LES REVENANTES

Pierre Daix est né en 1922 à Ivry-sur-Seine. Ses études d'histoire ont été interrompues par son entrée dans la Résistance à l'automne 1940, puis par sa déportation à Mauthausen. Rédacteur en chef des *Lettres françaises* de 1948 à 1972, il collabore après 1980 au *Quotidien de Paris* et au *Figaro littéraire*. Il est l'auteur de plus de quinze romans, dont *La Dernière Forteresse*, *Classe 42*, *L'Ombre de la forteresse* ou encore *Une maîtresse pour l'éternité*, ainsi que d'une autobiographie : *Tout mon temps*. Historien d'art, spécialiste de Picasso, il a également écrit de nombreuses monographies de peintres.

PIERRE DAIX

Les Revenantes

ROMAN

FAYARD

Je remercie pour leur relecture Mme Inka Zahn
et Mme Claude Bitran.

© Librairie Arthème Fayard, 2008.
ISBN : 978-2-253-12902-8 – 1re publication LGF

À Françoise.

I.

UNE HISTOIRE
À NE PAS METTRE
ENTRE TOUTES LES MAINS

1. Roger

Un soir d'avril 1945 à croire que la guerre est finie. Il n'y aura même pas un coup de clairon comme en 1918 ; juste le silence de ceux d'en face. Déconne pas : c'est comme ça qu'on se fait descendre, parce que tout est trop calme. Un *sniper* sournois et hop ! Il ne leur reste plus que ça, des *snaïpers*... Tu insistes sur l'*aï*, à l'anglaise. Tireurs d'élite embusqués, comme on dit chez nous. Chez eux ? Ton père est mort comme ça, en 1916. Tu crânes parce que ce calme te fait peur : il te laisse en tête à tête avec toi. La guerre est par trop devenue ta vie. Que seras-tu, après elle ?

Quel gâchis de couleurs sur un tel merdier ! Le désastre se met en scène sous les rayons du soleil rouge qui se heurtent à des bandes bleu-vert entre les nuages de suie du crépuscule, et chauffent la patine des ruines où s'efface la vieille ville hanséatique. Du surréalisme. Poètes, peintres, ils étaient eux aussi sortis d'une guerre, la « grande », comme on disait, avaient vu la réalité chavirée, les copains laissés dans les trous d'obus. Après cette tuerie-ci, il n'y aura nulle part d'« années folles », comme après l'autre, parce qu'il n'y a plus eu d'arrière. Combien de millions de tués ? Et les camps nazis ? En face, ils ont à se dessaouler de Hitler. Nous autres Français, rentrés dans la guerre en douce, après la plus grande déculottée de notre histoire, nous voilà travestis en vainqueurs ! Ils ne vont pas te laisser le leur dire.

Des combats reste un incendie devant toi, comme un écho du coucher de soleil. Parfait au théâtre pour la fin de l'*Électre* de Giraudoux. Après le carnage, Louis Jouvet, en oripeaux de mendiant, pointait la ville en flammes rougeoyant au fond de la scène. Résonnent les cavernes de sa voix : « *Cela porte un très beau nom, femme Narsès. Cela s'appelle l'aurore...* » Tu n'es pas au poulailler, comme en 1938. Ce n'est pas une aurore, mais un crépuscule. Curieux qu'ils disent ça au féminin, les Allemands, *die Dämmerung*. *La* crépuscule. En français, ça vous aurait l'air d'un diminutif.

Jouvet t'avait secoué. Tu t'es levé pour applaudir. Applaudir ! Ce printemps 38, Hitler venait d'envahir l'Autriche. Tu ne croyais pas encore que la guerre éclaterait, mais elle menaçait déjà tes vingt-deux ans. La pièce d'avant de Giraudoux, que tu avais vue dans le même théâtre, s'appelait *La guerre de Troie n'aura pas lieu*. Elle allait bien avec l'air du temps. On ne croyait pas encore à la guerre, en 37. Bon pour les Espagnols. Du temps d'*Électre*, elle se rapprochait. On t'a mobilisé tout de suite après, quand ça chauffait, avant Munich. Le merdier, comme tu dis, est bien là, depuis qu'on a emporté les cadavres et creusé des chemins dans les décombres en lançant les énormes pelleteuses américaines. Il ne reste intact que le cours sinueux et paresseux de la rivière Saale. Halle était trop proche de Leuna où se trouvent les raffineries de pétrole synthétique. Berlin aussi est rasée. Combien de copains morts pour ça ?

Où a commencé le trop, pour toi ? La photo de Capa dans un hebdomadaire illustré que vous vous passiez en Sorbonne à la rentrée de 1936. Le milicien espagnol reçoit dans son élan une balle en pleine tête. Tu as vingt ans. Il te semble aussi débordant de rêves que toi, le milicien. La liberté à portée de fusil. Tu croyais en la victoire rapide des peuples. D'abord en Espagne. Le fascisme, jubilais-tu, ne se remettra pas d'une défaite. L'Allemagne va renouer avec Rosa Luxemburg. Pourquoi revient-il te hanter, ce milicien ? Pour te dire que, neuf ans après, tu n'y crois plus ?

La vraie paix, l'as-tu même connue ? En 36, tu danses tes vingt ans et le Front populaire comme s'il devait durer toute ta vie. La fille dans tes bras, aussi excitée que toi. Tu prends ses lèvres. *Les derniers dons / Les doigts qui les défendent.* Elle est allée à la limite. Pas plus. Elle voudrait bien, mais la peur de choper un gosse. *Tout n'est que poussière / Et rentre dans le jeu.* Tu sais par cœur Paul Valéry, mais encore rien de la mort, sauf cette image de Capa. Presque trop parfaite. On n'avait pas voulu qu'à treize ans tu voies ta grand-mère sur son lit de mort : « Dis-toi qu'elle dort. » Ta mère, les yeux rougis, toujours un peu trop distante avec toi. Tu n'imaginais pas qu'elle suivrait sa mère, sous l'Occupation, si bien qu'on n'a même pas pu te prévenir et qu'il ne te reste rien d'elle. Ton père, tu ne l'as jamais vu. Tu ne connais de lui qu'une photo sépia, le jour de leur mariage. Quand ils t'ont fait, le jour d'avant qu'il reparte pour le front.

Le pire, dans une si longue guerre, te tombe dessus au moment où elle va s'arrêter, parce que c'est alors que tu fais les comptes. Avant, où aurais-tu trouvé le temps ? Tu ne possèdes que le peu que tu as appris et dont tu devras nourrir ta survie. Ce que tu as désappris, aussi : les monceaux de mensonges – des alpes, un himalaya de mensonges ! Munich : « La paix assurée pour une génération ! » Enfin l'arrêt des combats se profile. Aucune arme terrifiante brandie par Hitler n'y peut plus rien...

Tu n'es qu'un maquisard, un irrégulier que la Libération a retraité dans le journalisme. Tu te l'étais coulée douce, ta guerre officielle, interprète auprès des Anglais ; enfin, jusqu'à l'horreur de Dunkerque. Note que tu aurais pu y rester, comme Paul Nizan. Tu le comptes parmi tes copains, à cause de son roman *La Conspiration*. Un roman XXe siècle. Comme tu voudrais en écrire un.

Ce désabusement trotte dans ta tête depuis qu'on vous a stoppés en pleine avance. Dans la nuit tombante, parmi les ruines de cette bonne grosse ville de Halle, en Saxe prussienne, ça continue à te miner le moral. Tu t'étais vu arrivant sur l'Elbe. Un nom magique. Peut-être parce qu'elle coule du quadrilatère de Bohême ? Le million ou plus de soldats alliés et russes entrés en Allemagne n'ont pas détruit le monstre. Alors, pourquoi s'arrêter ? Le nazisme, c'est le sang sur les mains de Macbeth. Rien ne le nettoie. Il encarminerait la multitude des mers. Le mot te vient à cause de l'anglais. Tu n'as jamais vérifié si *incarnadine* était un néologisme de Shakespeare.

Quel prof d'anglais à la con tu as été, dans le civil ! Tombant en panne devant les questions les plus simples. « S'vous plaît, m'sieur, pourquoi les Anglais

disent jamais tu ? » Reconverti reporter, photographe !
Dans la Résistance, la photo, c'était tabou. Miam-miam
pour la Gestapo ! Tandis qu'à la guerre, les officiers
veulent leur album de famille. C'est le civil qui ne
consomme plus. Faut dire qu'avec les journaux réduits
au quart de page faute de papier... Toi, ce qui te plaît,
au contraire, c'est conserver l'éclat de l'instant. Ah, si
on savait l'attraper en couleurs ! Tu n'as que le noir et
blanc, et les ruines y deviennent belles. Pas la lumière
glauque de la guerre. Juste son passage. Et l'après ?
Quand elle sera finie, n, i, e, la guerre ? Tu te feras
voyeur de *pin-up* ou de misère ?

Beauté accrocheuse du cimetière de maisons. Tu
ajustes ton Leica récupéré sur un Schleu. Encore plus
décor de théâtre que tout à l'heure, avec des pans d'arcs
de voûte en pierres anciennes, nobles. Ne restent des
demeures bourgeoises que les damiers d'éboulis où
saillent des poutres et des morceaux de papier peint
mal brûlé. Impubliable. Du cubisme réel, mon vieux !
Est-ce que Picasso, quand il cassait les formes, juste
avant la guerre de 1914, a anticipé ? Et Braque, après
sa trépanation ? Picasso l'insoumis et Braque le métic-
uleux. Alors le cubisme, c'était la prémonition, et le surréalisme, le coup sur la tête ? Ta culture te sert à quoi,
un jour comme aujourd'hui, le premier où tu peux songer à l'après ? Dis-moi !

La paix, c'est d'abord le vide. Rien à quoi t'accrocher. Trouver enfin la femme qui t'aiderait à le combler.
Ces années, tu n'as pensé qu'à tirer ton coup dès que
l'occasion... Parce que ça te travaillait, ça te travaille
depuis même avant que tu ne sois devenu un homme.
La chair est triste, hélas... Un sexe importun. Tracassant
tracassin. Même avec celles qui s'en montraient aussi
gourmandes que toi, les plus délurées, tu en es toujours

venu à te demander : qu'est-ce que je fiche dans ce lit ?
Et de prendre tes cliques... Pourtant le grain de sa peau,
le parfum, la douceur de sa chevelure dénouée...
Qu'est-ce que je vais lui dire, demain matin ?

Elles finiront comme toi, seules. À chercher comment
faire une fin qui garde un peu de sel à la vie. Tu penses
trop. Devant toi, un enchevêtrement de poutres noircies
où se balancent encore des enseignes métalliques tara-
biscotées, restes du vieux quartier détruit par le *Bomber
Command*, le 12 mars. Cinq semaines plus tôt, quoi.
Tout y sent encore le brûlé froid, délavé par les pluies
de printemps, toujours âcre. *Jetzt wär es Zeit, dass die
Götter träten aus bewohnten Dingen.* Maintenant, il
serait temps que les dieux sortent des choses habitées.
Oui ! Pourquoi Rilke te trotte-t-il dans la tête depuis
que tu l'as découvert pour tes seize ans ? Parce que
l'allemand savant de cet Autrichien t'emporte ailleurs ?
te fait faire le grand saut du rêve ?

Après les cadavres en vrac au camp de Bergen-
Belsen, tu ne peux plus vivre la désinvolture de Fabrice
à Waterloo. Tu ne penses plus avec sa jolie tête, mais
avec tes haut-le-cœur. Pourtant, Stendhal avait fait la
retraite de Russie. Les morts aussi par paquets. Mais
plus propres, sans doute. Gelés. Vérifie ! À Bergen, les
morts sont des excréments. Et ceux passés par les fours
crématoires ? Il te manque les mots.

Les nuages gris-noir s'écartent, ouvrant le soleil très
bas qui laisse à présent régner un vert encore plus
violent que tout à l'heure, bien plus du nord que celui
d'Île-de-France. Un vert de soleil de minuit, à ce que
t'en ont dit les confrères canadiens. Il donne aux ruines
des profils d'animaux antédiluviens dressés les uns
contre les autres dans des combats sans merci. À ras des
décombres se découpent des femmes courbées qui se

passent de main en main des seaux remplis de gravats. L'alignement des jupes fait misérabiliste, Van Gogh des débuts. Ciel expressionniste, mon vieux. L'impressionnisme, c'est les douceurs d'Île-de-France. La lumière joyeuse du *Déjeuner des canotiers*.

Tu les as déjà dans le viseur de ton Rolleiflex, mieux que le Leica avec son cadre 36×36. Découvre le meilleur angle. Cette photo-là passera peut-être à Paris par goût de revanche. Robes en loques. Le pittoresque des vaincues. Elles ne te voient même pas. Te frappe soudain le silence juste brisé par les chocs des gravats contre le fer : un silence des ruines. Sous l'effet du vent, un bloc s'effondre. Roulement d'échos. Les femmes s'exténuent. La nuit tombe soudain. Une nuit de sorcières. Je peux encore m'orienter et hâte le pas pour retrouver l'immeuble presque intact où Billy, le commandant de la Task Force, a établi son quartier général et une sorte de mess.

Une serveuse encore jeune y froufroute en longue robe grise de service parmi les tables pour la plupart vides. Sa chevelure blond clair raide, les franges sur le front coupées par une raie à droite, riment avec ses joues creuses, d'autant que ses sourcils se détachent à peine, comme son regard bleu pâli. Pointe inattendue de joli, elle essaie de sourire. Elle n'a à offrir que de l'eau minérale, tout alcool interdit « *before ten p.m.* ». Martelé à l'allemande.

Tu poses tes appareils sur la table. Elle bredouille quelque chose. Tu réponds en allemand qu'elle t'apporte ce qu'il y a à manger. Elle reste bouche bée, sans doute à cause de ta prononciation universitaire. Une jolie bouche, quoique grande, dents très blanches : « Vous devez être français. C'est la langue de ma mère. » Elle sourit pour de bon : « C'était mal vu, ici.

À la fin, je me suis retrouvée dans une usine de parachutes, mais elle a brûlé lors du bombardement. » Voix
chaude à présent, qui jure avec sa fragilité décharnée,
son regard clair fuyant.

Je la félicite de son français : « Moi, figurez-vous,
j'étais prof d'anglais. Il fallait aussi savoir l'allemand. »
Elle sort son calepin pour prendre la commande. Son
mouvement fait bouger les salières, les pointes des seins
à peine marquées sous la robe de service pas vraiment
à sa taille. La peau et les os. Il règne une odeur d'œufs
frits et je devine qu'elle crève de faim : « Vous m'appor-
terez une omelette et des frites, à condition que je
puisse vous en offrir une partie. » Elle secoue la tête :
« On nous nourrit, monsieur. » Rougit, ce qui lui va
bien. J'ordonne : « Appelez-moi Roger, pas monsieur,
et apportez le double de couverts. Je fais ce que je veux.
Journaliste. » Je désigne le *WC*, *War Correspondent*, sur
mon uniforme.

Elle hoche la tête et s'en va. Économe de ses pas. Ses
cuisses longues se dessinent sous la robe. Je me lève à
sa suite pour aller dire au type du mess, sergent dodu,
péquenaud *Middle West* tout craché, que je ne pourrai
rien manger si je ne partage pas avec la servante squelettique. L'autre hausse les épaules, regarde sa montre,
éructe qu'elle aura fini à dix heures, dans dix minutes,
et qu'à ce moment-là elle pourra faire ce qu'elle voudra.
Il me glisse à l'oreille qu'elle préférera sûrement à un
peu de bouffe se faire tringler pour deux billets verts.
La bouffe, ça passe trop vite. Ne pas hausser les
épaules, regagner ma table.

Elle arrive déjà avec l'omelette fumante, les frites, en
fait des pommes de terre sautées, la grande tasse de café
à l'américaine. Je lui intime l'ordre de revenir quand
elle aura fini. Elle rougit comme une pivoine et

s'esbigne. Je découpe l'omelette en deux, les patates pareil. Je n'ai pas faim. La petite, enfin pas si petite, plutôt grande pour une femme, me semble plus abîmée que la moyenne. Elle revient, docile, toujours à pas comptés, enroulée à présent dans un vieux manteau de drap élimé. Je me lève pour l'aider à l'enlever. Au lieu de la robe grise neuve, un patchwork de longue misère, finement rapiécé.

« Mettez-vous à votre aise, mademoiselle. Mangez lentement. » Elle tremble, mais, après les premières bouchées, ne peut se retenir. « Prenez tout votre temps. » Des larmes dans ses yeux pâles. Sous ses hardes trop légères, elle est encore plus maigre que je ne m'y attendais. Pas de soutien-gorge. Pas besoin. Je pousse mon assiette vers elle : « Finissez tout. » Je fixe ses mains fines gercées, sans bague. La faire parler afin de l'aider à ne pas se jeter trop vite sur la nourriture.

« Votre mère était française ? – Oui. Mon père a été blessé dans l'autre guerre. Tout à la fin, dans le nord de la France. Prisonnier, elle l'a soigné, puis l'a suivi en Allemagne quand la guerre a fini. J'étais déjà conçue. » Elle me regarde sans ciller. Un sourire fronce ses lèvres décolorées. Le sang vient à ses joues : « Finissez votre omelette et buvez mon café. – C'est à cause de ma pauvre mère, que vous êtes si gentil avec moi ? – Vous voulez savoir ? Je ne supporte pas que vous ayez faim. Je me suis déjà cogné aux rescapés de deux camps nazis, ceux du Struthof en Alsace, ceux de Bergen-Belsen en Hanovre. Mais une jeune civile ! »

Les tas des cadavres du typhus. Une décharge d'humains. Elle ne peut pas savoir. Elle regarde son assiette vidée, puis dit d'une voix très basse, à peine audible : « Mon mari a disparu en Russie. Disparu. Vous comprenez ? Pas mort. » Elle baisse encore la voix :

« Considéré comme déserteur. Papa est mort à Dachau
en 38. J'étais déjà sur une mauvaise liste. On m'a coupé
les allocations, chassée de mon travail. Je me suis
retrouvée aux parachutes avec des prisonnières. » Des
larmes coulent sur ses pommettes. « Heureusement que
vous êtes arrivés. J'ai joué mon va-tout. Si on ne
m'embauche pas comme serveuse, il ne me reste qu'à
faire la putain. – Je vous raccompagne. »

J'entends mon enchaînement et c'est à mon tour de
rougir. Je place le manteau élimé si léger sur ses épaules
dont les os saillent. Tous les regards sont sur nous tandis que nous traversons la salle du mess. Persuadés que
je vais me la faire. Arrivés dehors, je lui prends le bras.
Un gradé nous jette un regard mauvais, mais avec mon
WC j'échappe aux ordres stigmatisant toute fraternisa-
tion. Elle chuchote : « Je ne sais même plus votre prénom. – Roger. Ne me demandez pas pourquoi. Je n'ai
jamais eu de parrain ni de marraine. » J'ai parlé pour ne
rien dire, contre le silence, mais ça marche. Elle rit pour
la première fois, d'un rire clair qui la transfigure : « Eh
bien moi, je sais pourquoi je m'appelle Cordelia. Mon
père avait voulu être acteur quand il était étudiant, et je
suis la fille fidèle au roi Lear. Quand je suis née, il m'a
vue comme son bâton de vieillesse. Il croyait encore
avoir une vieillesse. » Elle me fait obliquer vers les
ruines les plus rases, où les bombes au phosphore ont
nivelé.

Qu'elle ait parlé de son père acteur me ramène au
mien que je ne connais que par le récit de l'oncle Léon,
frère aîné de ma mère. Après la guerre, celle d'avant, un
copain de tranchée s'est pointé pour raconter comment
mon père, quand le vaguemestre lui a apporté la lettre
l'informant de ma naissance, s'était mis à danser dans la
boue, tellement excité d'avoir un fils qu'il a lancé son

casque en l'air. Le tireur d'élite de la tranchée d'en face ne l'a pas loupé. « Pourquoi le copain est-il venu vous raconter ça ? » avais-je demandé à l'oncle. « C'était un lascar, ce copain. Il voulait qu'on sache que ton père était mort heureux. » Y repenser me fait aussi mal que la première fois. Tu n'as pas demandé à l'oncle pourquoi il disait « un lascar ».

Encore plus blême, elle met sa main sur son cœur : « J'ai comme un malaise. C'est le trop de nourriture. » Il ne faut pas qu'elle vomisse. J'attrape ma fiasque de whisky, l'ouvre et la force à avaler une grande lampée. Elle hoquette. Chuchote que ça lui fait du bien. La maison où elle a trouvé refuge n'est plus très loin.

Le soleil couché laisse de longues traînées de cuivre rouge très haut dans le ciel. En bas, la nuit est trouée de-ci de-là par les lueurs de la vie souterraine. Cordelia évite les obstacles, me tirant parfois pour que j'évite un piège. Un sous-sol avec une vraie porte. « Je vivais déjà là avant le bombardement. Il n'a presque rien changé pour moi. Je n'avais pas l'électricité. » Elle gratte une allumette, allume un morceau de bougie. Lit de fer, couette en loques. Tout très très propre. Elle se jette dans mes bras : « Je voudrais que tu restes. Que tu me tiennes chaud. » Depuis le début, j'ai envie de sa maigreur. Caresser sa poitrine d'adolescente. Un préservatif dans ma poche. Déjà, elle fait passer sa robe rapiécée par-dessus sa tête à gestes prudents, pour ne rien déchirer. Le poème coquin de Valéry : *Ni vu ni connu / Le temps d'un sein nu / Entre deux chemises.* Elle me tend les bras : « Baise-moi tout de suite parce que je tombe de sommeil. »

Je m'écarte. Un joli sourire s'éteint dans son regard pâle, délavé. « Quand tout sera fini, je repasserai par Halle. Te voir. » Elle se colle plus fort contre moi. Elle doit sentir que je bande. Je la serre dans mes bras, si légère... Je la dépose sur le lit, caresse ses cheveux, plus souples que je ne croyais. Je descends le long des joues. Elle ferme les yeux. Cela m'aide : « Il est temps que tu dormes, petite. »

Je ne veux pas d'une passade de désespoir. Elle en a trop bavé. Et puis, ce mari disparu qui rentrera peut-être de Russie. Plus tard, elle regretterait sa défaillance. J'ai effleuré son front de mes lèvres, sa peau si jeune. Elle m'attire, mais je sens sa prise faiblir. L'instant d'après, elle dort, ses cheveux blonds étalés sur le traversin grisâtre. Je tire la couverture sur elle, sors un billet de dix dollars que je glisse au bas du traversin. Comme si j'estimais ce qu'elle vaut sur un trottoir ! Je me dis qu'elle aura du mal, dans la misère allemande, à casser un billet de dix dollars, et je sors des un dollar, les joignant au premier. Elle comprendra que je ne l'ai pas méprisée.

La lune se lève, découpant au scalpel les ruines. La vie vous apporte des romans qu'on croit tout faits, mais, tant qu'on ne les a pas écrits... Sauras-tu jamais mettre en mots le désarroi de cette fin de guerre ? Et pour qui ? Qui te lirait ? La victoire, à la rigueur, mais pas sa merde. Tu aurais mieux fait de la baiser. *Une nuit que j'étais près d'une affreuse Juive...* Non. Pas ça. Qu'est-ce qui prend à ta mémoire de te resservir cet alexandrin de Baudelaire ? Cordelia ? La pauvrette ! Un vers impossible, en plus, après ce que les nazis ont fait aux Juifs et aux Juives. Tu imagines un peu ?

Tu l'as lu dans ce vieux bouquin acheté sur les quais, que son premier détenteur avait décoré de femmes nues. Avec les pièces interdites. *Sois sage ô ma douleur et tiens-toi plus tranquille / Tu réclamais le soir, il descend, le voici... / Pendant que des mortels la multitude*

vile / Va cueillir des remords dans la fête servile…
Encore plus impossible, ces remords, quand nous
sommes les vainqueurs du mal. Politiquement incor-
rect[1], mon vieux Baudelaire, mais je t'aime. Je te sais par
cœur et t'emmènes avec moi dans l'Allemagne dévastée.
Il n'aurait pas aimé ça, lui qui, en Belgique déjà…
Aucun rapport. Fiche-lui la paix. La paix qui va te tomber dessus.

Voilà que Cordelia te ramène tante Céline. Maigrichonne, elle aussi, en un temps où la beauté d'une
femme se mesurait à ses avantages. La mémoire vous
joue de ces tours : déjà le père de Cordelia et mon père.
Céline avait eu pour mère une fille des îles importée
comme les fruits exotiques. De là une enfance choyée
de bordel en bordel par des pensionnaires en mal
d'enfant, avant qu'une maquerelle, « Tatie, ma vraie
mère, ne m'en sorte pour un pensionnat du Sacré-
Cœur. Les filles en savaient plus que moi. Après que j'ai
eu mon brevet, Tatie a vendu mon pucelage. Pour me
constituer une dot. Avant toi, je croyais que les hommes
ne me faisaient rien. »

Ferme le robinet aux souvenirs. *Regrets sur quoi
l'enfer se fonde.* Vraiment moins cinq, quand tu sautes
par la fenêtre de sa chambre parce que l'oncle Léon
rentre, tes grolles dans une main, ton uniforme sous
l'autre bras. Ton oncle et elle sont partis en zone sud.
Oublie. Cinq ans déjà. Pas des trucs à penser en temps
de guerre. Demain, de grand matin, la Task Force
repart. Tu n'as même pas pensé à prendre une photo
de Cordelia.

---

1. J'ai vérifié, l'expression n'était pas usuelle à l'époque. Née aux
États-Unis, elle n'est devenue lieu commun chez nous qu'à la fin du
XXᵉ siècle. Correction tardive de Roger, donc ? (*Note de L.C.*)

2. Franz

La guerre est devenue fuite. Vingt-quatre heures sur vingt-quatre. Tu ne rejoues pas ta vie. Essaie quand même de ne pas la perdre dans ce désastre que tu as vu venir de loin. Une telle *lassitude*. Le mot si français ne sort pas de ta tête, te conduit à : *de guerre lasse*. Les Français ont de ces attentions pour la guerre, qu'ils traitent comme une femme. La drôle de guerre ! Nous : *der Krieg*. *Le* guerre, comme *der Tod*, *le* mort. Il n'y a que sur la fuite et la peau qu'on est d'accord, au féminin. *Auf der Flucht, Mit heiler Haut davonkommen*. Sauver sa peau. Officier, il ne s'agit plus seulement de ta peau : de celle de tes hommes. Penser en français me désarme.

Le régiment de *Panzer* à quoi ton groupe est accroché, à force de reculer, de s'amoindrir, se retrouve en Silésie, oui, derrière la vieille frontière, afin de protéger nos sites industriels de la convoitise des Soviétiques. Comme si ça avait encore un sens ! Ils sont à moins de vingt kilomètres. Leurs meilleurs tanks ne font qu'une bouchée de nos Tigres. À nouveau plier bagages sans même le temps d'une halte. Et pour aller où ? Tandis que tu rassembles tes hommes, un motard débarque en longue capote de cuir noir, fringant. Il s'adresse à toi : « *Herr Oberleutnant Werfer ?* »

Pour un ordre idiot, c'est un ordre idiot. Une mauvaise blague. Rallier Berlin toutes affaires cessantes ! On y concentre des spécialistes pour les communications afin que l'état-major du Führer... Comme s'il pouvait encore communiquer quoi que ce soit, le Führer ! Laissez-passer prioritaire. À cause de ta réussite au cours du dernier encerclement, tu t'es trouvé pistonné sans t'en douter ! La première fois que de si haut on s'intéresse à toi. Et pour t'intimer l'ordre de ficher le camp comme un lâche en laissant en plan tes compagnons avec qui tu recules depuis Stalingrad.

Le temps de passer les consignes à mon adjoint, un roublard et un salaud que je suis bien heureux de laisser tomber, me voici parti sans demander mon reste. Je n'ai rien vu venir. Je pense seulement que ça me sort du chaos. Berlin ne peut être pire. Je peux juste emmener Honsi, mon vieux chauffeur, Günter, mon ordonnance, si jeunot. Je ne prends même pas congé des autres. Eux n'ont pas le temps non plus.

C'est étrange, de rouler à contresens de la guerre. Je nous prévoyais empêtrés dans les convois montant au front. Rien de tel. Personne ni avec nous, ni derrière nous. Simplement, plus les moindres réserves. Nous étions l'ultime rideau des troupes, aussi Honsi n'est-il freiné que par les fondrières. Voici déjà le calme de l'arrière dans les monts de Bohême, un petit monde de villages épargné par la guerre. Tu découvres le printemps pourtant déjà bien commencé. Une gare. *Königgrätz* en grosses lettres gothiques neuves. En tout petit, caractères latins, le nom tchèque : *Hradec Králové*. Honsi est fier que nous ayons pu attraper le train pour Prague, un omnibus seul à fonctionner encore. Tu es fasciné par les champs bien cultivés qui défilent. Le grenier de l'Allemagne.

Vous entrez déjà dans Prague. Ce pays est grand comme un mouchoir de poche. Courir pour le Prague-Berlin. Il part quasi vide, personne n'ayant goût à replonger dans la guerre. La nuit est tombée. Pas même une alerte aérienne. Le front n'est pas de ce côté-là. N'a jamais été de ce côté-là. Pourtant le train cafouille, roule centimètre par centimètre sur les ponts détruits. Tu t'endors. C'est à la fin de la nuit, vers l'approche de la capitale, dans la forêt de baraquements où logent les dizaines de milliers de travailleurs étrangers, que vous retombez dans les hurlements des sirènes, les fracas de la DCA. Ses projecteurs disputent la nuit aux incendies.

Ne voulant pas être coupé de tes subordonnés, tu quittes ton wagon pour officiers afin de les rejoindre. Hâte que cette défaite en finisse. C'est là que tu penses : Je me rapproche de Waltraut et de ma petite Linda. Si elles sont restées à Potsdam. Ton épouse est sans doute pendue à sa radio pour recevoir les derniers encouragements de Goebbels et autres toqués du régime. Tu n'aurais jamais dû donner une mère pareille à ta fille. La complicité entre toi et ta gamine. Sa menotte qui se ferme sur deux de tes doigts pour t'empêcher de la quitter. Caresser sa joue contre la tienne déjà mal rasée. Ses lèvres sur ta bouche. Presque comme une femme.

Berlin, drame absolu. Dès la gare, la seule qui reste sans doute, des vagues de femmes et de vieux efflanqués, hirsutes, se jettent sur les wagons pour y prendre place avant même qu'un nouveau train se reforme, si bien que tu dois sortir ton revolver pour te frayer passage. Affolement après les bombardements de la nuit. Presque pas d'hommes, ou de très vieux. Les mères essaient de canaliser des mômes effrayés. Personne pour vous attendre. Ton ordre de mission émane d'un monde de trois jours plus tôt, sans doute déjà disparu.

Nouvelle alerte. *Tiefalarm*, cette fois. Immédiate. Avions en rase-mottes, Stormoviki soviétiques. Honsi, Günter et toi foncez comme les autres dans l'abri le plus proche. Pas même de quoi prendre une douche. Se raser comme au front en puisant de l'eau à un robinet marqué *ungesund*, non potable. Tu prends enfin le temps de regarder ceux qui t'entourent. Sauf les femmes, des très très vieux. Tu repères des mutilés accrochés à leurs béquilles. Un torse sur un chariot à roulettes. Ça te surprend, comme si on te les avait cachés jusque-là. Tu te sens gêné d'être intact. Enfin le bout de l'alerte. Laissant Honsi et Günter à la gare, te voilà à pied parmi les ruines. La farine des pierres, plus une seule vitre aux immeubles encore debout. Ta quête du bureau auquel on t'envoie, comme tu le craignais, tourne court. À la place de l'immeuble, des pans de murs où s'enchevêtrent armoires et bureaux métalliques. Émergent, absurdes, des machines à écrire.

La pluie n'a pas encore éteint l'odeur des bois brûlés. Ça te fiche en rogne. Comme si on t'avait dérangé pour rien. Tu cherches à t'orienter. Une chenillette zigzague avec prudence parmi les fondrières. Sans réfléchir, tu lèves le bras pour l'arrêter, brandis ton ordre de mission. Il te faut trouver un commandement, n'importe lequel. État-major du Führer : ils se mettront à plat ventre. Tu fais un pas de côté quand tu découvres que l'engin transporte des SS. Le temps de penser qu'ils vont te prendre pour un fuyard, ils s'arrêtent. Tu es fait comme un rat. Tu en oublies même de lever le bras pour le salut nazi.

Malgré ton ordre de mission, ils te traitent comme s'ils avaient ramassé quelque clochard. Leur chef, trois pointes, *Obersturmführer*, rigole quand tu commences à parler de l'état-major. Le Führer et rien ! Voilà que tu penses en français qu'à leurs yeux il compte à présent *pour du beurre*. Ça rime avec Führeur. Tu as appris ça au lycée français de Mayence ! Ta frousse se dilue peu à peu. Tu ne t'étonnes plus. Tant mieux, parce que l'autre te grommelle que ça tombe bien : ils étaient partis pêcher le premier gradé venu. *An einen Oberleutnant geraten !* Tomber sur un lieutenant ! Ils se paient vraiment ta fiole. Voilà que ton français te sert de remontant.

Tu es leur prisonnier pour Dieu sait quoi. Des types jeunes, bien nourris malgré la débâcle, dans des uniformes impeccables qui semblent tout juste sortis de l'armoire. Preuve qu'ils ne mettent pas le bout de leurs pieds dans les ruines. À leurs yeux, de toute façon, *Oberleutnant*, tu es une merde. Te voilà bien *in der Patsche*. Dans le pétrin. Une manie, de tout te traduire en français. Eux sont contents, très contents d'eux-mêmes ; toi, tu joues ta vie. La chenillette s'arrête devant un immeuble bas transformé en blockhaus qui a échappé aux bombes grâce à des étais massifs en béton. Vous passez les chicanes. Le portail s'ouvre sur une rampe, vous la descendez vers un bunker où ronronnent des blocs électrogènes. Tout est nickel sous des éclairages de bloc opératoire. La chenillette se range et les SS t'entraînent dans une enfilade de bureaux. L'*Obersturmführer* va frapper à une porte, entre et réapparaît pour te faire signe de le suivre. Un *Standartenführer*, pas moins, un général SS sec et grisonnant.

Tu salues, bras levé cette fois. Ta trouille est revenue. L'autre a un geste las pour dire que ce n'est pas la peine. Tu montres ton ordre de mission. Il hausse les épaules sans le lire. Pas le temps de balbutier que c'est pour l'état-major du *Führer*. Il s'en fout, explique, comme si tu étais de la famille, qu'un ordre est un ordre. Pas le tien, qu'il fiche à la poubelle : il ne va pas faire la dépense – il répète posément : « *Keine Ausgabe* » – d'un bon SS pour une idiotie pareille. Bref, et ces dispositions émanent du *Reichsführer* Himmler en personne, *Oberleutnant*, donc, puisqu'on t'a sous la main...

Ils vont me faire laver les chiottes ? Au lieu de quoi, le voici qui me parle de Norvégiennes. Et, les yeux dans les yeux : « Une Norvégienne, aujourd'hui, c'est *bares Geld*. Tu comprends. Non ? De l'or pur, même crasseuse, pouilleuse, la peau et les os, mais les gardiennes vont te les briquer à les en faire reluire. Les gaver. Bref, tu te rends avec une voiture et un camion de la Croix-Rouge à Ellsrede, un trou en Saxe, tu les en sors et les conduis, avec un quarteron d'autres politiques, pour faire bon poids, jusqu'à Lubeck. Transfert en Suède neutre. En pourboire, tu as une Anglaise à sortir d'un camp. Toutes sont à traiter comme des demoiselles ! *Dafür wirst du mit deinem Kopf haften* ! » De ça, tu vas répondre sur ta tête. Trente heures maxi.

Ton SS, les communications de son *Führer*, il s'en tamponne. *Er pfeift darauf !* Son Himmler à lui a goupillé un troc dans le dos de Hitler. Tu ramasses les paperasses, claques les talons, tandis que l'autre explique à ses subordonnés qu'il faut te trouver une auto solide et de bonne apparence, y mettre des réserves d'essence pour cinq cents kilomètres. Répète que les poulettes, des Françaises en prime, doivent être à Lubeck le surlendemain à neuf heures du matin. Malades exclues, idem celles qui ont mauvaise mine. Toutes doivent paraître *prima* ! Tu as cessé de t'étonner, même quand tu reçois l'original de l'ordre de Himmler, belle signature.

On te conduit devant une grosse décapotable. L'*Obersturmführer* grommelle dans ton dos que c'est une bagnole de pute de luxe, mais te souhaite bonne chance en te tendant les ordres de mission : un pour la prison d'Ellsrede, l'autre pour un camp nommé Ellsrein. C'est de là qu'il faut extraire la nana anglaise, la seule qu'on ait sous la main. Le SS fait le geste de cares-

ser un croupion. Et d'ajouter que « les deux poulaillers
se trouvent près de Bautzen ». Si on t'avait dit que tu
finirais ta guerre copain-copain avec des SS ! L'autre
t'envoie une bourrade, en vieux camarade, te lâchant
qu'« il n'y a pas que la Wehrmacht pour avoir sa
merde. Nous aussi avons la nôtre ! » Du coup, les SS de
base me traitent avec les égards dus à mon grade.

La torpédo est une Auto-Union, sièges en cuir rouge,
volant et tableau de bord ronce de noyer, genre anglais.
De quoi se faire huer par les réfugiés, sur les routes.
La capote remontée rend l'auto moins provocante. Le
mécanicien m'explique : double débrayage pour rétro-
grader en première. Surdémultipliée dès soixante à
l'heure sur le plat afin d'économiser l'essence. « Oui, le
bouton, là. » Boîte de vitesse électrique. Vérifier l'huile
après cinq cents kilomètres. Conduite douce que c'est à
n'y pas croire. Sorti du bunker, j'entends le bombardement à l'est. Un bruit continu. Cahotant dans les ruines
avec un essuie-glace lent mais puissant pour balayer la
poussière, je récupère devant l'abri de la gare mon vieil
Honsi et Günter, ahuris.

Pourquoi, alors, n'as-tu pas triché pour aller jusqu'à
Potsdam afin de récupérer Waltraut et ta petite Linda ?
les mettre au vert ? Obéissance aux ordres ? Tu as trop
vite cru le détour impossible, vu l'état des rues. Tu te
mens. Tu n'as pas eu assez de couilles pour affronter ta
femme. Lui avouer ta mission. Du défaitisme ! Il aurait
fallu que tu lui enlèves Linda. La pensée ne t'est venue
qu'après coup. Trop tard. Ça te tarabuste. La guerre t'a
démoli de l'intérieur. Ce n'est pas la défaite qui te
déchire le plus, tu t'y attends depuis si longtemps, c'est
toutes les années de ta vie gaspillées pour ce régime. Tu
vas devoir rendre des comptes, comme tout le monde.
En rendre aussi à Linda, quand elle sera plus grande.

Les trente heures, il peut se les accrocher, le *Standarten-führer*. Il n'a pas pensé à l'état des routes.

Tu ne peux plus te défendre d'être dans la même armée, sur le même navire que ces SS arrogants aux mains si soignées qu'on les prendrait pour des civils de la haute. Des mains pourtant souillées de tant d'assassinats de Juifs, de communistes, de femmes et d'enfants qui n'avaient commis d'autre crime que de se trouver à leur portée. Et si un jour Linda, devenue grande, te demande pourquoi tu l'as fait naître dans un tel pays ? Si elle te dit : À quels enfants vais-je donner le jour ? Tu as trempé dans ces meurtres, même si tu regardais ailleurs. Tu n'y peux plus rien. Macbeth. Et toute l'eau de la mer… Ne pas regarder en arrière.

Déjà tu vois, gardés par deux SS qui te saluent, le camion étranger à croix rouge et son chauffeur prisonnier de guerre. Tu restes au volant. Tu n'aurais jamais rêvé conduire une *prima donna* de cette sorte. Notre petit convoi longe une gare de banlieue envahie par une foule bigarrée, hagarde. Réfugiés désemparés, blessés, valides, fuyards en loques civiles. Au-delà, plus de route du tout. Günter descend. Il revient, blême, encore plus gosse. Il explique : « On pourra passer. Une chaussée provisoire. Mon lieutenant… (il cherche ses mots) J'ai entendu des réfugiés dire qu'on a salement bombardé Potsdam. Là, tout juste, hier ou avant-hier. »

Mets ta main sur ton cœur. Ça devait arriver un jour ou l'autre. Waltraut accrochée à sa maison, refusant toute évacuation. Et ta petite Linda ? « Vous voulez qu'on revienne en arrière ? » demande Honsi. Tu as une chance de te rattraper. Tu essaies de calculer. Vingt-quatre ou quarante-huit heures après, errer dans les ruines là-bas ne servirait à rien. Une culpabilité encore pire que celle qui te tombe déjà dessus. Me concentrer sur ma mission. Tu es le seul à qui on demandera des comptes. Sauver au moins ces femmes inconnues.

L'alerte retentit à nouveau. Je peux feindre de l'ignorer. Je passe le volant à Honsi pour faire plus officier et lui ordonne d'une voix trop forte de continuer, comme si de rien n'était. *Als ob nichts geschehen wäre.* Après la bataille de Koursk où j'ai été enseveli par un obus soviétique et seul du groupe, grâce à Honsi, à en sortir vivant, le *Pfleger* qui me remettait sur pied m'a prévenu que la culpabilité remonterait. Un jour. À propos de n'importe quoi. Quand je ne m'y attendrais pas. La culpabilité de m'en être sorti quand les autres sont morts. L'âme humaine est ainsi faite. C'est même ce qui nous distingue des animaux.

J'avais demandé à l'infirmier d'où il sortait des choses pareilles. À peine plus vieux que moi, après avoir vérifié que nous étions seuls, il me chuchote qu'en 1933 il voulait se spécialiser en psychanalyse. Pour échapper aux soupçons, il a dû s'engager dans la Wehrmacht. Infirmier. Pourquoi ça me remonte, à présent ? Cette mission, pourtant décidée par les SS, est la première vraiment défendable qu'on m'ait confiée. Linda, quand tout sera fini, plongera dans mes bras avec cette façon tendre de toucher la barbe qui pointe à mes joues, en me couvrant de baisers qui me font venir les larmes aux yeux. Elle est bien de mon sang. Tu ne vas pas te mettre à douter de Waltraut ! J'espère seulement que Linda n'a pris que le minimum de sa mère.

On n'entend plus les sirènes. Les routes vers le sud sont à peu près vides. Juste du trafic local. Nous nous éloignons pour de bon de la guerre. C'est trop vite se réjouir, parce qu'à cause d'une gare de triage nous voici contraints d'obliquer dans un contournement de fondrières. Une armée de bagnards squelettiques, hommes et femmes en rayés blanc et bleu, s'escriment à traîner des rails. Des types en civil avec juste des encoches de tissu rayé leur cognent dessus à coups de tuyaux en caoutchouc. Je me demande s'il ne vaudrait pas mieux faire passer le camion avec sa grande croix rouge en premier. Les forçats ne lèvent même pas la tête.

Nous arrivons de nuit à Ellsrede, énorme bâtisse fermée de très hauts murs. La directrice, quadragénaire pète-sec en tailleur gris de l'armée, ne regarde même pas les ordres de mission. Elle préparera les prisonnières pour six heures trente, demain matin. Je dîne avec elle. Un vrai appart'. L'eau de la douche est chaude. La première depuis combien de semaines ? de mois ? Le lit entrouvert, un vrai drap blanc sous une couette lisse à carreaux blancs et bleus. Les prisonnières apportent des serviettes, un pyjama, un peignoir. Les délices de Capoue. C'est là qu'Hannibal a perdu la guerre. Toi, tu ne risques plus rien. La guerre est perdue. Tu frémis sous l'eau qui te caresse. Toujours bon à prendre.

Honsi, Günter et le Canadien prisonnier de guerre du camion de la Croix-Rouge ont rejoint les vieux du *Volksturm* en charge de l'entretien et du garage. Un vrai repas. Je me goinfre. La gardienne me raconte ses ennuis, à cause des réfugiés.

Coucher dans de vrais draps. Je me réveille en sursaut. Mon pyjama s'enfonce dans la couche chaude, trop molle, et m'étouffe. D'un coup de reins, bras en avant, je me redresse, envoyant valser la couette. Je suis secoué de rire. Ça m'arrive chaque fois que je sors de la rudesse de la guerre pour plonger dans un vrai lit. Croyant que c'était par dédain d'elle, Waltraut m'injuriait quand elle me retrouvait sur le tapis.

J'allume et mon regard s'accroche aux moulures tara-
biscotées du plafond, si parfaitement superflues. La
lourdeur des rideaux d'avant même l'autre guerre. On
a voulu faire princier pour les visiteurs officiels de ce
bagne, au temps de Bismarck. Aujourd'hui, ces raffine-
ments jurent avec les photos obligatoires en sous-verre
des dignitaires nazis, bras levé. *Kultur* IIIe Reich. Tu es
dans la chambre d'hôte de la prison d'Ellsrede. Tu
palpes à nouveau la douceur du drap. Même chez toi,
tu n'as jamais connu ce confort – dis-le ! cette liberté.
Jamais, entre Waltraut et toi, de vrai abandon. On ne
t'a pas donné le temps de jouir de la vie. Il te faut
l'apocalypse de la défaite pour t'accorder ces quelques
instants de farniente. Je m'étale dans le lit.

Reviens à ta guerre. Quand tu t'es décidé à rejoindre
l'armée, au début de 39, c'était pour fuir ton métier
d'avocat d'affaires. Dire que tu l'avais cru moins compromettant que le pénal ! Tu n'avais pas imaginé la
spoliation des Juifs. Il te restait à fuir une société civile
qui s'affaissait sous la terreur. Et ton mariage, même si
ton épouse attendait un bébé. Mais, grâce à ton enga-
gement, elle ne manquerait de rien. La Wehrmacht
t'apparaît comme un havre. Par-dessus le marché, on y
forme des spécialistes des transmissions. En précisant
que ce ne serait pas de tout repos, mais tu n'avais plus
un goût immodéré pour la vie. Et puis, on ne sait rien
de ce qu'on transmet. Cinq ans plus tard, tu t'en sors
sans trop de dégâts physiques. Une belle cicatrice à la
jambe gauche. Les dégâts moraux, on verra plus tard.
Et, dans la chierie de la défaite, cette esquive te vaut le
gros lot : l'arrière. Plus que ça ! Les mots te manquent.
Tu t'étales de plus belle sur le drap.

Linda. Le dernier soir de ta perm, après ta dispute
avec Waltraut, tu vas te coucher sur le divan et la voici

qui apparaît, tenant son oreiller et son drap, pour dormir avec toi. Tu t'y attendais si peu. D'y repenser, voilà que tu pleures. Tu devines que ce soir-là elle vous a écoutés. Peut-être déjà les nuits d'avant. Qu'est-ce que ça a fait, dans sa petite tête, d'apprendre que sa mère se refuse à toi ? Tu caresses ses boucles blondes. Pour la rassurer. Cette nuit, où est-elle ? Avec une mère pareille qui lui crie après : « Tu es bien comme ton père ! » Il faut que tu te rases.

Douche. Gymnastique. Fin prêt, comme neuf, pour le petit déjeuner tête à tête chez la directrice, servi par des prisonnières en robe de bure. Un thé moins ersatz que d'habitude. Tu t'arranges pour laisser de gros restes de pain. Ton hôtesse, si fermée hier, s'épanche dès que vous êtes seuls : « Vous avez de la chance d'être en bonne santé et ici, lieutenant. Moi, je suis sans nouvelles de mon mari depuis six mois. Au mieux, il est prisonnier de ces salauds de bolcheviks. » Compatis poliment.

Elle a des yeux très sombres qui jurent avec sa blondeur oxygénée. Fausse, donc, mais le blond est tellement de rigueur. « Cette libération des femmes de l'Ouest comptera en notre faveur, après la guerre ? Je veux dire : en votre faveur et en la mienne ? » Surpris, tu la fixes. Pas sûr de comprendre : « Parce que vous pensez qu'après leur victoire, les Alliés... – ... nous feront passer en jugement, lieutenant. Ils s'y sont même engagés. – Vos prisonnières ? » Pas besoin de finir ta phrase. « Je n'ai fait qu'appliquer le règlement. Mais il y a eu des exécutions. » Elle tremble.

Elle se reprend très vite : « Vous allez convoyer une Française très belle, d'origine russe, qui parle allemand comme vous et moi. Elle est un peu leur patronne. Je l'ai employée à l'administration. Il me semble que nous avons eu, elle et moi, de bonnes relations. Peut-être aurez-vous l'occasion de lui parler pour moi. » Son visage se défait à nouveau, je suis pris de pitié : « Souhaitez-moi de remplir jusqu'au bout ma mission. – Lieutenant, ce sont les premières paroles d'espoir que j'entends. – Espérons que votre mari vous sera rendu. » Elle éclate en sanglots. « L'ordre est que mes prisonnières ne doivent pas tomber entre les mains des Russes. On va nous lancer sur les routes. Les gardes doivent abattre les fuyardes. »

Je mets mes mains sur les siennes. Le temps de penser qu'elle, elle devait fêter les permissions de son mari. Faire l'amour avec lui. La première conversation civilisée que j'ai depuis... Je ne sais plus. L'infirmière à l'hôpital de campagne ? Les femmes, par leur seule présence, réagissent plus franchement, plus librement. Tu ne peux compter Waltraut dans leur tribu. Tu essaieras ton français si rouillé, avec cette Française. J'aurais dû tenter d'aller chercher ma petite Linda. Mais qu'est-ce qui nous attend, sur les routes ? Tu frissonnes.

Tout à trac, la directrice me demande si, à voir des choses pareilles, je crois encore que Dieu existe. Je cherche une réponse qui ne vient pas. Je dis : « *Das wissen die Götter.* » Seuls les dieux le savent. Me revient que les Français n'ont pas besoin de mettre les dieux au pluriel. Je répète dans leur langue : « Dieu seul le sait ! »

3. Julia

Je me veux de bois. Comme quand l'autre abominable, le truand qui m'a brûlée avec ses cigarettes, m'attachait les mains dans le dos avec ma combinaison déchirée, me laissant le cul à l'air comme les seins. Pourquoi t'enfoncer dans ce souvenir, la nuit qui doit être pour toi la dernière ici ? Tu le réentends s'en prendre à Henri : « On va lui faire passer sur le ventre tout le détachement. On lui aura un peu brûlé la cha-gatte avant, histoire de la faire gueuler plus fort, quand ils se la farciront. N'est-ce pas, monsieur l'*Obersturm-führer* ? » Je clamais mon mépris par mon silence roide. Peut-être l'ai-je ainsi distrait, permettant à Henri de foncer par la fenêtre ouverte ?

Ce n'est pas une vie, d'être une survivante. Tu n'as même pas vingt-quatre ans et ton mari s'est tué ce jour-là. Et les autres morts du réseau… Tu ne sais pourquoi, à ton arrivée dans la prison, ici, tu t'es mise à le raconter à Lucette, l'espionne belge délurée. Elle t'a prise par les épaules et ça t'a fait du bien : « Sûrement un mac, ton truand français. Faut être sadique avec les femmes pour penser à des trucs pareils sur ta moule. » Moule : je ne comprenais pas mieux que chagatte. Elle a dû traduire.

Nous attendions toutes les deux d'être rasées partout pour la désinfection, ce qui a ravivé mes plaies, déclen-ché l'infection. Claudine, ma compagne de cellule, m'a soignée avec son expérience d'infirmière : « Tu vas t'en sortir grâce aux sulfamides. Ils t'ont salement arrangée, tout de même. » Elle me dorlote. La maman que je n'ai pas eue. Me dit à l'oreille : « J'ai une fille, Paulette, la moitié de ton âge. Aussi câline que toi. » Deux ans plus tard, j'ai mal, ce matin, à la brûlure dans le pli de ma cuisse.

Vais-je vraiment sortir de ce monde affreux ? Retrou-ver la douceur de l'avant-guerre ? J'ai raconté cette autre vie à Claudine, les premières semaines. Reçu son impudeur en réponse : « Entre femmes, ma petite Julia.

Ou plutôt ma grande... » Et comment son mari... ? Elle se chantait : « Un vrai balèze. Fait pour la baise. Mes copines étaient contre, au début. T'es bien trop menue pour cette armoire à glace. Moi, il me faisait mouiller. Mais mouiller ! Trempée, j'étais ! » Son air de poupée en celluloïd.

Si douce avec moi. Mieux encore que grand-mère, parce qu'elle a quoi ? dix ans de plus que moi. Rien ne vous désunit, même quand tu as découvert qu'elle est communiste et, elle, que tu es fille de Russes blancs. Tu as été séparée d'elle quand les souris grises t'ont prise pour le secrétariat de la prison, parce que tu parles allemand. Ta propre cellule. Le châlit pour toi toute seule. Matelas de sciure de bois, enveloppe de bois tressé, et toi, là-dessus, de bois comme si tu n'étais que du mobilier. À cause de Claudine, tu te dis maintenant qu'Henri a glissé sur toi.

Et puis, hier soir, la patronne de la prison, toujours raide comme un pieu, ouvre ta cellule. Tu sautes au garde-à-vous réglementaire à trois pas. « Demain à l'aube, les femmes occidentales sont évacuées. Les Françaises comme les Norvégiennes. À vous d'organiser. » Sa bouche en cul de poule : *Eine trennscharfe Evakuierung !* Une évacuation sélective ? Évacuées, mais vers où ? Tu as peur du dehors. On te donne carrément un demi-pain de l'armée. Tu n'en as plus vu la couleur depuis février. Un vrai bout de saucisse. Tu dévores. Seul le thé est la même lavasse. Te voici déjà au greffe. Pourquoi la vieille me laisse-t-elle si longtemps ?

Je trie ce qu'elle a déjà sorti et passe mon alliance, par jeu. Elle me va encore. Réaction idiote. Tu as échappé aux gros travaux, donc gardé tes doigts de jeune fille de bonne famille. Ton mariage appartient à une autre existence, en poste restante, que tu ne réclameras pas. Tu continues, par jeu, de faire glisser le léger anneau d'or sur ta peau. Tu as ainsi voulu t'y habituer avant ton mariage, oh, sans y voir malice. Curieux, tout de même, que cette attente au greffe te réserve l'essai chez un grand bijoutier proche de l'Opéra ; Henri, penché sur toi, sentait le cigare. Sa voix un peu haut perchée pour un homme : « Vous avez les doigts les plus fins du monde ! » Tu as cru qu'il allait te donner un baiser, mais rien ne s'est passé. Et l'anneau de te sembler dès alors un petit peu trop grand, un peu trop lâche.

Ils vont se débarrasser de nous, à présent que la défaite paraît irréversible. La crainte revient me tarauder. Des avions mitraillant les routes comme pendant l'exode de juin 40. Pourvu que grand-mère soit encore vivante ! Avant la guerre, tu te voulais jeune fille *à la page*, comme elle disait. Le souvenir te fait rougir, te ramenant à tes même pas dix-huit ans. Le soir de l'achat, tu as mis cette alliance avant de te rendre en cachette à la chambre d'Henri, ayant décidé que tu devais être déjà sa femme pour savoir affronter de haut, dans ta grande parure blanche à traîne, les trois cérémonies qu'on t'avait fait répéter : la civile, la catholique et l'orthodoxe égrenées sur trois jours. Devant ton grand-père en uniforme de général. « Je veux que vous fassiez de moi votre femme par ma décision. Pas par l'autorisation de nos Églises. » Tu avais prévu de faire tomber ta culotte de pyjama. Il ne t'en a pas laissé le temps, t'a prise par le bras et raccompagnée. Oh, très gentiment.

Tu croyais savoir tout de la vie d'une femme, et tu ne savais rien, aucun souvenir de ta mère, morte si jeune, qui t'a laissée à des nourrices, jusqu'à ce qu'assez

grande pour atteindre l'étagère tu trouves un bluet
séché dans un livre lui ayant appartenu, que ta grand-
mère t'interdisait. Le titre ne te disait rien d'intéressant.
En fait, tu ne le comprenais pas. *Le Rouge et le Noir.*
Ouvert à la page du bluet, te frappe une croix dans la
marge. En face, souligné au crayon : *J'ai le bonheur
d'aimer, se dit-elle un jour avec un transport de joie
incroyable. J'aime, j'aime, c'est clair !*

À partir de là, tu ne l'as plus lâché. Tu as voulu être
Mathilde de La Mole au XXe siècle. *Elle abhorrait le
manque de caractère, c'était sa seule objection contre les
beaux jeunes gens qui l'entouraient.* Des enfants d'émigrés russes comme toi, dont les parents portaient des
titres ronflants et qui te laissaient de marbre. Henri,
tout au contraire de Julien pour Mathilde, venait de la
vraie noblesse et ne le laissait jamais paraître. Tu as su
tout de suite qu'il était fait pour affronter *le danger solitaire, singulier, imprévu, vraiment laid.* Vraiment laid.
L'avenir t'a donné hélas raison. « Tu voudrais régler ta
vie comme du papier à musique », disait grand-mère.
Ce que je pouvais être gourde, en me croyant auda-
cieuse et avertie ! Tout ça à cause d'un autre livre de
maman, sans bluet, aux pages fatiguées, en allemand,
dont je ne comprenais pas non plus le titre que j'ai dû
chercher dans le dictionnaire : *Frauenabteil* – comparti-
ment pour dames seules. Il détaillait, dessins à l'appui,
mon ventre, mon sexe et son emploi. Gardait le parfum
de ma maman.

C'est à cause de ce bouquin que j'avais décidé de
braver toute pudeur. Comme Mathilde. Tu piques un
fou rire qui désarçonne Henri. Tu ne savais rien, sauf
que tu n'étais pas faite pour attendre d'un homme qu'il
donne du sens à ta vie. Je renfonce mon alliance pour
me punir de l'avoir pensé : Henri a sacrifié la sienne

pour moi. Raison de plus pour que la suite ne dépende que de moi. Encore faudrait-il qu'il y eût une suite. L'attente dure par trop. Quelle idiote de les croire ! Tu portes la robe de bure noire, le matricule du pénitencier, les sabots réglementaires.

Sorties, on pourra vous flinguer dans les champs alentour. Les deux exécutions auxquelles on m'a contrainte d'assister. Ils décapitent les femmes jugées par tradition indignes des douze balles, la tête encagoulée sur le billot. Un seul coup de hache. Les saccades du flot de sang. La politique, une Polonaise, avait crié que l'Armée rouge vaincrait. L'autre, *Volksdeutsche* condamnée pour avortement, avait supplié jusqu'au dernier instant : *Meine Kinder !* Mes enfants !

La vieille *Aufseherin* revient à pas de souris, pose sur son bureau les morceaux choisis de Goethe en édition keepsake, Berlin 1921, seul souvenir officiel de mes parents disparus dans un accident de train. Je caresse la couverture de cuir, l'ouvre pour retrouver les textes en gothique que je sais par cœur. Cadeau de mon père à ma mère, ou l'inverse. Mes deux langues maternelles : le russe de ma nounou et de grand-mère, l'allemand que parlaient mes parents pour oublier le monde d'avant. Le français s'y est superposé à Paris.

La vieille a traîné le sac en grosse toile bleue marqué de mon matricule et de mon nom à l'allemande : *Julia von Villeroy.* Pas trace de mon sac à main, trop chic. Volé, sans doute. Elle fixe mon alliance et de sa voix de Prussienne me lance que ce n'est pas un truc à montrer, l'or. *Das Gold.* « Dans le sabbat qui règne au-dehors, ils te couperont l'index pour piquer ta bague plus vite. » La vieille me rend mes papiers d'identité, carte de la faculté des sciences, permis de conduire. Ajoute en confidence que, « sur les routes, mieux vaut que tu gardes tes habits de taularde. L'Allemagne en ruines peut t'en faire cadeau. » L'autre répète en me fixant de ses yeux gris, pour enfoncer le conseil : « *Meine Tochter, eine Primaware wie du !* » Ma fille, un article de premier choix comme toi ! Et, du pouce de la main gauche, pour se mieux traduire, embroche sa paume droite craquelée.

Ce geste jure à tel point avec son allure de dame coincée qu'il me paraît encore plus obscène. La tension nerveuse, la mauvaise bouffe, comme Claudine me l'avait expliqué, nous privent de nos règles. Je me sens asexuée. Encore plus offensée ; la vieille doit le sentir. Elle chuchote : « *Du sollst deine Nummer auftrennen.* » Tu dois découdre ton matricule. Puis, cherchant à nouveau une complicité : « *Du hast eine gute Nummer gekriegt.* » Tu as tiré un bon numéro. Malgré moi, je souris.

Jadis, je me tirais des situations difficiles par l'insolence. La taule m'en a appris les limites : mieux vaut fermer sa gueule. Soudain, la vieille te rappelle, grommelant qu'il ne faut pas sortir avec ton bonnet de taularde. Elle me tend une casquette d'exercice kaki. Vrai qu'une femme ne peut se balader tête nue, même dans la pagaille qui doit régner dehors, sans paraître... Surtout qu'on voit au premier coup d'œil que tu as été tondue. Casquette bien à ta taille. La vieille a l'œil.

Enfin seule, la tension ne retombe pas. Peur du dehors. Du vide. J'ouvre le sac pour penser à autre chose. Mes chaussures, d'honnêtes chaussures d'avant-guerre à talon plat, en cuir, choisies quand ils sont venus m'arrêter parce que vraiment pas tape-à-l'œil. Avec le retour de l'alliance, le signe qu'on nous libère vraiment. Ne baisse pas ta garde. Ta vie d'avant reste engloutie dans une tombe d'autant mieux scellée que tu l'imagines, puisque tu sais que la Gestapo n'a jamais rendu le corps de ton mari. À moins qu'après la libération de la France... ? Neuf mois déjà.

En dessous, plié intact, le tailleur gris clair sobre, genre Chanel, choisi le matin de ton arrestation pour faire dame honnête. Tu le portais autrefois comme un uniforme, les jours d'examen. À présent, un luxe indécent pour ce que tu dois affronter. Et peu compatible avec ton état de veuve. Ça m'est aussi difficile de me penser veuve que, durant le si peu de mois de ma vie avec Henri, me penser en épouse. Cache le tailleur au fond du sac pour chasser la culpabilité qui rejaillit. Je me reprends en main. Il suffit à présent de quelques pas pour vérifier si l'ordre de nous libérer, tellement absurde, est vrai.

Je franchis, comme si ça allait de soi, une porte blindée qu'on ne m'a jamais ouverte. Couloir repeint de neuf. Briqué. Lavabos sur la droite. Des vrais. FRAUEN. Pour dames. Propreté à l'allemande. Et, sans que je m'y attende, mon image dans le miroir. Ça ne m'est plus arrivé depuis deux ans ! Une autre. Fanée. Peau blafarde, pommettes hautes, trop saillantes. Souvenir des Mongols, disait grand-mère. Sous la casquette, ma tignasse noire. En fait de *Primaware*, du rebut. À même pas vingt-quatre ans. Vaut mieux. Les types prennent-ils le temps de regarder celles qu'ils... ?

Je touche mes joues et un peu de rose apparaît. Plaquer mes cheveux sur les côtés, les mouiller. Mon visage d'avant. Comme si j'avais coupé mes cheveux trop court. Ta liberté, avec les chaussures, c'est de ne plus porter de bonnet. Plus avoir à l'enlever dès qu'une gardienne... Pourquoi ai-je souri ? Je baisse les yeux. Dans mon autre vie, un sourire m'ouvrait toutes les portes. Fini. La vieille a raison. Dehors, la chienlit de la défaite.

Les bruits qui courent, depuis que nous logeons des réfugiées de Prusse, sur les viols commis par les Soviétiques.

La ravine de peur dans mon dos. Pas en pensant au viol : je me sens vraiment de bois, mais la mémoire toujours à vif des coups sauvages, des brûlures de cigarette. Je ferme les yeux. Plus jamais une épaule où te blottir. Un Villeroy fait la guerre. Professeur, il aurait pu... Non, retour volontaire à la cavalerie, comme ses ancêtres. Ensuite la Résistance. Tu calcules : fin 1939, 1940, sauf un peu en été, mais tout 1941, 1942. Trois mois avec lui et trois ans et demi sans, plus deux autres années depuis sa mort. Veuve d'Henri veut tout dire. Il s'est tué pour moi.

Je me frotte le visage à l'eau froide. J'ôte ma robe. Torse nu pour achever de réveiller mon corps. La lourde culotte réglo de grosse toile blanche bouffante et fermée au-dessous des genoux me donne une allure de cocotte pour comédie de boulevard. Je la jette. L'eau tiède, presque chaude. Du savon. Du vrai. Les poils des aisselles et de ma toison repoussent après les rasages et font sale, piquent sous les doigts. Tu t'en fous. Personne à qui plaire. Je cherche les traces des brûlures de cigarette. Celle au creux de la cuisse gauche forme un bourrelet jusqu'à la lèvre de mon sexe. Le Français écrasant le tabac en feu : « La prochaine, ça sera tu devines où ! Dis-lui de parler ! ! Ta chagatte te fera miauler ! » Klaspen, le patron SS, s'enquiert : « Chagatte ? Ah ! Miauler ? *Miauen ?* »

Je bondis nue hors de la douche, ramasse la serviette. Je me sens de bois, mais débordante d'amour inemployé. De l'amour-protection qu'on porte à un enfant. J'aurais dû... Une petite fille de cinq ans, déjà coquette. Qu'on câline. Je me vois en mère à fille. Pour ce qu'on ne m'a pas donné. Ma mère voulait, paraît-il, un garçon, et ma grand-mère m'a élevée comme un garçon.

Le miroir me montre l'arrivée de Gisèle dans un tailleur bleu marine trop long qui fait à lui seul vieille fille. Je ne bouge pas, comme si je ne l'avais pas vue. Elle se retient mal de m'inspecter. On se voyait à poil, une fois par semaine, aux douches. « La vieille ne t'a pas dit, à toi aussi, de garder tes habits de prisonnière ? – Non, pourquoi ? – Parce que, sur les routes, mieux vaut ne pas paraître... » Je ne dis pas « femme ». La greffière n'a pas éprouvé le besoin de mettre Gisèle en garde. Sans son violon, elle est aussi veuve que moi.

Je rentre dans la cabine. Ça me répugne de remettre la chemise de droguet, même si je ne l'ai portée que deux jours. Je passe mes dessous de la vie civile et, à les toucher, je me sens frémir comme sous une caresse. De la soie d'avant-guerre. Une vraie culotte souple, menue, au lieu de la tuyauterie rêche et moyenâgeuse. Le soutien-gorge, trop grand. La taule a ça de bon que je ne les ai pas usés.

Je m'en veux de ne pas être autant de bois. Henri, notre vie commune installée, ouvre par mégarde la porte de la salle de bains, me découvre en porte-jarretelles, chuchote : « Laissez-moi vous regarder... » Je me retourne, rieuse. Il m'a emportée... Je me suis sentie vexée que ce harnachement l'ait troublé plus que ma nudité. J'en sais toujours aussi peu sur lui. Sur les hommes, puisqu'il a été le seul exemplaire. Je prends sur moi d'aller me revoir dans le miroir. Je n'aurais pas dû. La soie fait ressortir le manque d'éclat de ma peau. Je remets ma chemise de gros drap par-dessus, puis ma robe noire. Je fonce. À penser à des trucs intimes, j'ai pris du retard.

Lucette, dans la cour, semble papoter sur un marché de province avec les Norvégiennes costaudes. Seule du groupe à avoir comme moi gardé la robe de prison, elle se détache par son allure souple, étudiée, de mannequin. Manque seulement Claudine. Je repère devant le porche un camion à grande croix rouge sur la bâche. Donc ils évacuent vraiment les femmes occidentales. Nous. Les hauts murs noirâtres de la *Zuchthaus*, la prison de réclusion, me paraissent moins agressifs. Tu n'as jamais pensé que tu en sortirais vivante. Ton cœur bat trop fort.

Pour la première fois, les *Aufseherinnen* ne nous gueulent pas dessus en arpentant la cour de leur marche mécanique, tailleur gris juste au-dessous du genou sur des bas de fil de même couleur. Je n'ai pas retrouvé de bas dans mon paquetage. Arrêtée en avril, je devais être jambes nues. Il fallait tellement économiser les bas, alors. Moi qui me croyais si sûre de l'avenir, je me voyais déjà passant ma thèse, docteur ès sciences dès 44.

Claudine arrive bonne dernière, plus poupée que jamais dans ses vêtements civils. Blonde éclatante et bouclée, infirmière, elle a échappé à la tonte générale. Robe demi-saison paille, veste de tricot verte, elle observe le groupe de ses grands yeux clairs qui lui mangent le visage. Elle veille à ne pas abîmer des chaussures à talons assez hauts. Du coup, elle paraît en visite : « Vous avez obéi à la vieille. Moi pas. Nous, nous n'avons rien à craindre des Soviétiques. » Je la rabroue : « Tu n'aurais jamais dû mettre tes chaussures de ville. Nous commençons en camion, mais d'ici à ce que nous finissions à pied ! » Elle me sourit pour faire la paix. C'est son truc, quand tu lui expliques que si tu n'as aucune raison d'aimer Staline, tu apprécies qu'il combatte les nazis. Elle dit : « Nous serons toujours comme deux doigts de la main. »

Afin de détendre l'atmosphère, je demande : « Par où peuvent-ils nous évacuer ? Par la Suède ? » Personne ne répond. D'après ce que je sais, la *Zuchthaus* se trouve en Saxe. Donc au fin fond de l'Allemagne, près du quadrilatère de Bohême. Celle des Norvégiennes qui parle français énonce : « Il faudrait que nous montions jusqu'à Brême, en passant à l'ouest de Berlin. Une belle trotte, comme vous dites. »

La gardienne en chef se montre, sèche comme un coup de trique, gueule taillée en biseau, calot portant les barres de son grade sur une indéfrisable de fausse blonde, boucles collées comme au cinéma. Elle me prend à part pour chuchoter qu'elle m'a rendu le séjour dans sa prison le moins pénible possible. Estomaquée, je ne trouve rien à dire, je hoche la tête. Elle fait l'appel, sautant seulement l'ordre d'enlever les bonnets pour lancer celui d'avancer au pas cadencé. *Ein zwei, ein zwei.*

Je découvre l'escorte. Réduite au minimum : un lieutenant de la Wehrmacht, assez jeune, grand, plutôt bel homme, un peu Clark Gable en blond, boitille entre deux soldats, un très jeune Bébé Cadum et un vieux, très vieux, par contraste. À côté, une voiture découverte, torpédo quatre places avec des fauteuils de cuir rouge. Le radiateur du moteur porte encore sa couverture d'hiver, molletonnée, avec un rideau réglable pour mesurer l'entrée d'air. Je ne connaissais de voiture ayant un dispositif aussi recherché que la Delaunay-Belleville de mon beau-père, le comte de Villeroy. À côté du camion, le chauffeur, un long gaillard, gueule de trappeur, uniforme étranger, dans son dos un gros *KG*, *Kriegsgefangene* : prisonnier de guerre.

Le plus vieux des troufions s'écarte, va avec le chauffeur chercher une petite échelle et l'ajuste afin que nous puissions monter dans la benne du camion. Le jeune arrive, ployé sous de grosses sacoches pour la nourriture et une bonbonne d'eau qu'il dépose avec des gobelets d'acier. Il nous fait signe de monter. Les autres s'écartent pour me laisser passer, respectant idiotement la hiérarchie de la prison. La directrice me salue. Je monte, relève ma robe pour enjamber le rebord. Des bancs de bois perpendiculaires à la route. Je me place sur le premier pour suivre le trajet.

Le lieutenant s'approche et confie qu'il s'agit d'une évacuation vers la Suède. *Ein Vergleich.* Comme si le mot lui avait paru bizarre, il l'explicite en français : « Suite à un accord. » Ils ont pris du retard. Beaucoup de retard. Nous aurions dû partir le 22 avril. Les ordres étaient allés à Ravensbrück, un camp de concentration pour femmes au nord de Berlin. Déjà évacué. On était le 24. Bref, il comptait sur notre coopération. *Ihre Mitwirkung.* Cette affaire le dépassait. Des ordres venus du commandement des SS. De très très haut. « In-dis-cu-tables, donc. » En bon français, syllabes détachées.

Il le répète, ajoutant : « Aussi longtemps que ce sont eux qui décident. » Je tressaillis, me demandant s'il faut entendre là un signe d'opposition. Je me méfie du charme de sa voix. Les Allemands ont perdu la guerre, le lieutenant le sait, point final. Je croise son regard : des yeux bleus, très bleus, d'un bleu net, dur, qui vous fouillent. Bienveillants, cependant. Comme s'il avait lu mes pensées, il sourit. Un vrai sourire. Voilà que ce sourire me fait chaud au cœur. Quelque chose passe dans son regard. Je me sens rougir ; je m'en veux de céder si vite à l'ennemi.

Il parle un allemand d'universitaire, sans accent local, peut-être un Rhénan. Il m'inspire malgré moi confiance et je lui dis, dans mon allemand le plus châtié, que j'apprécie son attitude et l'assure de notre *Mitwirkung*. En reprenant son mot. Ce qui veut dire que nous ne chercherons pas à nous enfuir ; pour aller où, d'ailleurs ? Les Norvégiennes opinent. Je me traduis pour Gisèle et Claudine. Lucette garde son air détaché. Elle comprend chaque mot, même si elle fait rire, avec son allemand mâtiné de flamand. Le lourd portail s'ébranle.

Le camion démarre aussitôt. J'étais arrivée de nuit à la *Zuchthaus*. Dès les premiers tours de roues, ma vue s'ouvre sur un horizon où moutonnent sous un ciel d'opérette des collines boisées, éveillées en vert clair par le printemps. Une églogue : parfum d'herbe mouillée, paix agreste. Le premier patelin, un bourg campagnard, ne semble guère atteint par la guerre, sauf qu'on n'y voit pas d'hommes. Le soleil est en arrière sur la droite, ce qui signifie que nous allons bien vers le nord-ouest. « Tu as des enfants ? » demande la Norvégienne francophone, comme nous en croisons un groupe bien propret, joues pleines et roses, sans doute une école maternelle. Je fais non de la tête. J'ai failli ajouter : et n'en aurai jamais. « Moi, j'en ai trois qui m'attendent à la maison. Je me demande s'ils vont me faire fête, après tant d'années. Me reconnaître. Ils peuvent m'en vouloir de les avoir abandonnés. Ça me fait peur. »

Nous traversons une petite ville encore plus proprette. N'étaient les inscriptions blanches sur fond rouge vif de banderoles à croix gammées demandant de tout consacrer à l'effort des armées, la vie y semble aussi éloignée de la guerre que dans le bourg d'avant. Claudine me chuchote : « Mon mari viendra me chercher avec des roses rouges, comme lorsqu'il m'a fait sa demande. Je suis sûre qu'il se sera réservé pour moi. Autant te dire que j'y aurai droit tout de suite. »

Je déteste. Henri me semble avoir été trop réservé, puis le mot me fait mal. Je m'en veux, j'en veux encore plus à Claudine de son manque de pudeur, de sa vantardise à la con, c'est le cas de le dire. Je n'ai jamais connu ce qu'elle ressasse. Pas faite pour. Et tant mieux. Le camion quitte la grand-route asphaltée pour un chemin caillouteux qui nous ballotte. Une odeur de forêt à m'en enivrer. Combien d'années que je n'ai plus senti la nature ? Le soleil, plus haut, joue parmi les jeunes feuilles des arbres, chênes et hêtres. Je ressens soudain une formidable envie de vivre, de courir à perdre haleine en humant l'air pur. Tu sauras déguster ta liberté. Ne t'emballe pas. Pourquoi ce détour, quand nous avons tellement de retard ? Nous revoici bientôt en pleine lumière. C'est pour voir le départ d'une rangée de barbelés mal tendus sur des pieux en bois dont la peinture s'écaille. Ils délimitent quelque chose. La guerre n'est pourtant jamais passée par là. Le camion cahote de plus belle. Un panneau porte en grosses lettres gothiques noires : *Gefahr !* Danger !

Une haute clôture toujours en barbelés, mais rectilignes ceux-là, soignés, tenus par des isolateurs en porcelaine. Électrifiés. Je pense « camp », avant de discerner des détenues maigres, bonnet et robe à rayures blanches et bleues, pieds nus dans des claquettes, qui se traînent dans la boue. Une grosse avec un brassard rouge de Kapo leur tombe dessus avec une trique. Ah, elle est belle, la *Mitwirkung* ! Salaud de lieutenant ! Comme une idiote, tu t'es laissé prendre par son air bien élevé ! Je lance malgré moi : « Quelle horreur ! » Visages fascinés de mes compagnes. À la *Zuchthaus,* on parlait avec terreur des *Lager*, des camps, à cause des détenues qui en était venues, des politiques polonaises. Elles prétendaient que la prison était un vrai sanatorium. L'air du dehors est devenu lourd, empuanti par une odeur de brûlé.

Le camion s'arrête dans un hoquet. L'instant d'après, le jeune troufion apporte l'échelle. Je m'apprête à lui dire ses quatre vérités, bien qu'il me sourie aussi gentiment que la première fois. Le lieutenant arrive, souriant lui aussi, et met sa main sur la mienne : « Vous allez recevoir une nouvelle compagne. » La peur que je venais d'emmagasiner s'envole dans un soulagement trop brusque. Il a laissé sa main et, quand je m'en aperçois, je frémis, nos regards se rencontrent. Bleu vif. Ça sort de moi : « Cela nous fait du bien que vous preniez soin de nous. »

Je passe d'un extrême à l'autre. C'est lui qui enlève sa main, parce qu'arrive une jeune femme aussi grande que moi, mais avec de belles rondeurs, vrai Titien aux cheveux châtains abondants, bien lavés, aux reflets roux. Je me sens éteinte. Je repère l'emplacement du matricule décousu quand elle arrive à ma hauteur. Elle m'adresse un sourire engageant et je lui réponds, désarmée par ses yeux vifs qui tirent sur le vert, par le rayonnement de sa présence. « Française ? Je m'en doutais », lance-t-elle. Je n'aime pas qu'on aille plus vite que moi, mais je lui fais une place sur la banquette. D'où sort-elle ? Une femme aussi femme !

La nouvelle venue examine sans gêne l'intérieur du camion, se présente : « Je m'appelle Katie, Katie Mildraw. J'ai la nationalité anglaise, mais je suis française. Vous aussi ? – Pas toutes », je réponds, encore sur mes gardes. « Bienvenue à bord ! » Je fais les présentations afin de marquer que je suis la patronne du groupe.

4. *Katie*

La règle du service était simple : en cas de capture, se tuer s'il ne restait plus d'autre issue, mais saisir toute chance honorable de survivre. Je n'ai rien lâché d'important sous la torture. Je me suis accrochée. J'ai pu entrer dans l'administration des camps où ils m'ont envoyée, aider quelques résistantes, parfois injecter de la pagaille dans les plans des SS. Comment le dire aux filles du camion ? Je suis une femme de guerre professionnelle. J'ai aimé ça et je me sens revivre. Jusqu'au fond de moi, avec ces mecs qui me libèrent. Dommage que je me sente si mal attifée.

Fais pas ta difficile, pour un coup de bol, cette libération, c'est un coup de bol, et même fumant ! D'une minute à l'autre, voilà toutes les gardiennes aux petits soins pour toi : « *SS Kost !* » Nourriture SS. La cheffesse du camp est venue escorter la *Stubendienst* qui m'apporte un petit déjeuner de rêve, vrai pain, margarine, *Marmelade* rouge. Elle me confie, pour expliquer ce miracle, que, depuis mon arrivée ici, les ordres d'en haut étaient de me garder vivante, en bonne santé, mais elle n'aurait pourtant jamais imaginé que je pouvais représenter une monnaie d'échange ! C'est vraiment le cas. Ça me vexe, parce que j'avais cru avoir conquis par mes propres capacités de double jeu ma place de secrétaire du camp. Ce festin était bon à prendre et je l'ai pris. Donc les SS, de longue date, ont envisagé qu'ils pourraient recourir...

Ma voisine est une pépée de luxe malgré tout ce qui a dû lui tomber dessus. Impec, dans sa bure. Comme s'ils l'avaient confite ! Un morceau de roi ! Tu ne vas pas virer gouine, quand même. Elle est si avenante que je me sens pourtant le besoin de la mettre dans la confidence. Un peu. Juste ce qu'il faut : « L'ordre d'évacuation portait que je devais être en vêtements civils. Il y a longtemps que les miens ont disparu, alors, tu vois, j'ai dû remettre ma veste de secrétaire du camp, et les souris gardiennes m'ont trouvé cette jupe de fliquesse. »

J'en ris la première. Elle plante son regard sombre sur moi et me confie sans ambages : « Je n'ai pas voulu remettre mes effets civils. C'est toujours la guerre. » Je brûle de lui demander d'où elle tient sa pointe d'accent. Du coup, je m'explique davantage : « Née à Colmar, j'ai eu la chance, si l'on peut dire, d'avoir une mère polonaise croyante et un père alsacien libre penseur qui m'a envoyée à Londres quand Hitler a pris le pouvoir. J'ai été quadrilingue sans même m'en douter. J'ai pu passer au travers d'Auschwitz. » Je remonte ma manche pour montrer le matricule tatoué. Elle sursaute : « C'est quoi, Auschwitz ? » J'en reste comme deux ronds de flan. Je dis très bas : « Un abattoir. J'y ai découvert que je parlais polonais. Il leur fallait remplir des rapports pour la bureaucratie de Berlin. J'étais douée pour ça. Après que celle qui tenait le poste est tombée pour drogue, c'est ce qui m'a valu de devenir *Lagerschreiberin* dans ce trou du cul du monde, comme ils appellent ce camp annexe d'Ellsrein. »

Ouf, sans reprendre haleine, débité comme un parcours universitaire, mais j'ai besoin de m'épancher devant elle. La Norvégienne qui parle français traduit. Le silence retombe. Mon « trou du cul du monde » les a choquées ? Le français, je l'ai appris aussi avec les garnements de mon âge. Je touche son épaule : « Julia, dis-moi, toi, tu viens d'où ? – Paris, mais parents russes. » M'explique, comme si je ne savais rien : « Je

n'ai eu à donner aucun gage, pour devenir *Schreiberin*.
– Moi, ils n'ont même pas tenu compte que j'étais *NN*,
Nacht und Nebel, Nuit et Brouillard, tu sais, les sans-
correspondance, morts civils. On est à égalité, toi et
moi. – Je suis si peu habituée à recevoir un soutien. »
Elle ajoute trop vite : « ... depuis que mon mari a été
pris par la guerre. » J'ai failli lui dire : moi aussi. Le
courant passe. Je me dois de la rassurer : « Je crois à
présent à notre libération. Ça ne peut pas être une
embrouille. Tu es une petite sœur que je n'ai pas eue.
– Je suis enfant unique. » Je l'embrasse.

Une complicité avec elle comme je n'en connaissais
plus depuis le lycée. La bonne nourriture fait son effet :
je me sens en forme. Envie de plaire au lieutenant : un
si beau mec. Voilà que ça t'échauffe comme avant ? J'en
ai vraiment ma claque, des souris en général. Les
bonnes femmes ne sont pas faites pour la vie collective,
enfin, pas vingt-quatre heures sur vingt-quatre. On ne
la leur a jamais apprise. Si tourneboulé, le gamin, de te
prendre par la taille pour t'aider à monter, si puceau.

Depuis tes parachutages, aucune tentation. Discipline de la clandestinité. Au camp, tu vivais dans le
dégoût. La *Blokova* énorme, débordante, faisait grincer
son châlit dans le cagibi voisin avec la kapo des femmes-
pompiers. Du temps qu'il y avait encore des arrivantes :
les séances d'essayage, comme elles disaient. Tu venais
en aide aux recalées. Les gagnantes étaient envoyées
faire le ménage chez les femmes SS qui mangeaient de
ce pain-là. Jusqu'à ce qu'elles finissent à la chambre à
gaz, parce qu'elles en savaient trop.

Comment le lieutenant croit-il nous conduire à
Lubeck ? Il rêve ! Dans le foutoir de la défaite nazie, on
va peut-être tomber sur une unité anglaise ! Tu ne
pourras jamais raconter ça à personne. Et va leur dire

que les gardiennes sont encore pires que les SS et kapos mâles. Tu redoutais quelque entourloupe, parce que toi aussi tu en sais trop. Au contraire – s'il existe un contraire ! –, te voici libérée. Ça t'a aussi libérée, que ce jeune puceau te serre la taille, rougissant comme une pivoine...

Tu ne vas quand même pas recommencer comme avant ? Avant Michael. Julia est là qui t'émeut par sa jeunesse, une fragilité. La petite sœur à protéger qui te manquait depuis toujours. Garde-toi de l'effaroucher. Pas si petite sœur que ça, à la voir observer en douce le lieutenant. Mais ça doit rester chez elle une affaire de tête. La liberté, c'est la fin de cette vie sans hommes. J'ai besoin d'eux. J'aime serrer leur torse dans mes bras. Les pousser à deviner ce que j'attends d'eux. J'en rougis. Ma mère, lors des vacances du lycée, guettait les cernes sous mes yeux. Lâchant, dans son polonais, que lorsqu'on a comme toi le feu au ventre, les hommes te font tourner en bourrique. À la fin sur un trottoir.

Personne avant Michael n'a éteint ce feu, mais, depuis qu'un obus l'a fauché tandis qu'il attendait sur une plage, à Dunkerque, le navire qui le rapatrierait... Il est mort durant le retour. Un cadavre rapatrié. Sans oser me regarder, le brigadier marmonne sur le seuil de notre petite maison, dans le West End : « Vous, au moins, vous pourrez lui faire un enterrement. Songez à tous les disparus. » Il me tend gauchement son alliance. Je l'ai rangée avec la mienne, et, le soir même, dans ma légère robe d'été à carreaux bleus de toile Vichy, j'ai levé le premier passant pas trop défraîchi, vite fait, dans une encoignure. Tout ça sans calmer ma rage. Pour rien. Histoire de dire merde à la mort, et à Dieu qui me gâchait la vie. J'ai brûlé la robe au matin. Pauvre Michael. Vingt et un ans, c'est pas un âge pour mourir.

« Parle-moi de toi », dit Julia en me prenant les mains. Un sursaut, comme si ma belle voisine avait lu en moi. Le feu aux joues, avant d'inventer une histoire pas vraiment fausse, convenable : « Tombée veuve à vingt ans, je me suis engagée. Je ne sais même plus ce que c'est que d'avoir un homme à moi. Michael et moi, trois mois, l'été 39. – Moi, j'ai été si peu mariée. » Je plonge dans ses yeux noirs. Ma copine rougit, ce qui lui va bien. « Je me suis mariée très jeune. – Il t'attend ? – Oh non ! »

Elle se dégage pour murmurer : « Il s'est tué devant moi. Pour empêcher qu'on me torture. » Je pose mes mains sur les siennes. Elle remonte d'on ne sait quel gouffre : « J'aurais voulu avoir quelqu'un à chérir, en rentrant. Si je m'en sors, me manquera l'enfant que je n'ai pas eu. » Moi, un môme, je me le serais fait passer. Les mots n'ont pas franchi mes lèvres. Je me retiens d'embrasser Julia tant, sous son allure, elle paraît frêle, vulnérable. La première fois que le courant passe entre moi et une femme de ma génération, alors que, d'habitude, elles sont déroutées par mes façons de mec. C'est plus fort que moi, il me faut tout diriger. Les mecs aussi.

La mignonne n'a eu qu'une ombre de mari. Est-ce que ça fait moins mal quand il ne te manque qu'une ombre ? Peut-être qu'elle les glace, les mecs. Elle n'en a pas l'usage, voilà tout. J'ai besoin d'elle pour la cohésion de notre groupe, en cas de coup dur. À deux, on arrivera à tout, mais il faut d'abord que j'aille avec elle au fond des choses : « En fait, ton mari t'a enfermée dans son sacrifice. » Elle regimbe, me fixe de ses yeux sombres : « C'est vrai, il décidait de tout à ma place. J'étais si jeune. L'amour, c'est comme les expériences scientifiques : elles comptent pour ce qu'elles t'apprennent, pour ce que tu ne savais pas en les lançant. L'expérience, c'était lui. Comment te dire : je crois avoir grandi sans lui, depuis qu'il n'est plus là. »

Elle se rattrape : « Je n'ai pas su le chérir. À dix-huit ans, on n'a aucune mesure de la vie. Il est passé trop vite. – Le mien aussi, mais ce n'est pas nous qui l'avons voulu. À présent, nous devons vivre hors d'eux pour nous tirer hors de ce merdier. »

Le mot m'a échappé. Je regarde Julia droit dans les yeux. Elle n'a pas cillé. Je corrige : « Merdier, ce n'est sans doute pas dans ton vocabulaire. – C'est dans quoi j'ai été plongée après qu'ils m'ont arrêtée : jusqu'à la bouche et aux oreilles ! » Pas si gourde que ça, donc. Il faut juste qu'elle trouve plus tard un mec à sa mesure. « Merdier était une expression de mon père. » Où en sont-ils, mon vieux et ma mère ? Ont-ils pu passer au travers des gouttes, après mon arrestation, même si, de Katie Mildraw, Anglaise, on ne pouvait remonter jusqu'à eux ? Pourrai-je les prévenir que je suis dehors ?

Je n'ai pas vu passer le temps. Je le mesure quand j'entends, de l'arrière, une voix aiguë : « Puisqu'on est en retard, pourquoi ne redémarre-t-on pas ? – Ne t'inquiète pas, Claudine, tout va bien se passer », répond Julia du ton d'une institutrice à une élève énervée. Puis, à voix basse, pour moi : « Claudine est l'impatience même. C'est pourquoi sans doute elle est communiste. – Ah bon. Aussi, je me disais… » Je garde pour moi : c'est pour ça qu'elle est aussi arrogante.

Je leur dis ce qui est en train de se passer dans mon camp : « Ne vous impatientez pas. Il faut signer des paperasses. Et puis, les visiteurs sont rares, les gardiennes sont volontiers bavardes sitôt qu'un homme passe. Il n'y a pas de bordel pour elles. – Tu les méprises ? s'enquiert Julia. – Je les hais. Tu as une idée de ce qui se passe ici ? C'est un camp oublié dans sa merde de fin d'hiver. On y fabrique des filets de camouflage alors que la Wehrmacht en fuite n'a plus le temps de s'en servir. La mort y est vraiment pour rien. Les gardiennes vont les lancer sur les routes. Les ordres d'évacuation sont prêts. Leurs revolvers pour abattre les traînardes aussi ! »

Je la serre à nouveau contre moi : « Nous nous en sortirons, ma mignonne. – Quand je pense à après, s'il y a un après, je me dis qu'il va falloir apprendre à survivre. (Julia détache : sur-vivre.) Tu comprends : vivre plus fort, mieux que ce dont nous nous contentions, avant. » Je baisse les yeux. Je me contenterais déjà d'un mec bien. Ça colle avec l'allure de Julia de vouloir atteindre la lune : « Faite comme tu es, tu trouveras un type droit qui t'aidera à tout oublier. – Ce n'est pas à quoi je pense. Je me sens de bois, si tu veux tout savoir. » Je traduis : son mec ne lui a rien appris. « Ne dis pas : fontaine je ne boirai pas de ton eau. »

À cet instant, le lieutenant réapparaît afin de vérifier que je suis bien installée. Je regrette qu'il ne me fasse pas monter avec lui : « Je suis contente d'être sous les ordres d'un officier de la Wehrmacht, parce que les SS... » Le lieutenant se borne à hausser les épaules et s'en va. Julia s'est renfrognée. Je remets ma main sur son épaule. Elle se rétracte. Je dois faire le point : « N'aie crainte. Ce n'est pas parce que j'ai vécu avec des tarées que j'étais de leur bord. Moi, j'aime les hommes. »

Gagné : elle rit. Moins pimbêche. J'explique au groupe : « On aura besoin de s'épauler. Moi, je vous apporte ma formation militaire et mon expérience pour les coups durs, para et corps franc. » Du coup, Julia m'embrasse. Ajoute qu'elle m'a déjà dit des choses qu'elles n'avait dites à personne : « Survivre. Savoir vivre tout court. Ça me crispait, ce matin, quand je ne savais pas encore si cette libération était vraie. Penser que s'ils me tuaient, je n'aurais rien laissé derrière moi. »

Le camion démarre enfin et, comme il dépasse le camp, elles découvrent le champignon de fumée noire. « Le *Krematorium*, ai-je expliqué. C'est pourquoi il y a cette odeur. Le camp dispose d'une petite chambre à gaz pour en finir plus vite avec les à bout de forces. Ou avec les enfants qui arrivent par erreur. Oui, ces souris tuent les enfants comme des punaises. » Julia me reprend les mains. Je lui dis à l'oreille : « Je suis, comme je te l'ai dit, une professionnelle. Parachutée en France à trois reprises. La Gestapo nous attendait, la dernière fois. Et toi ? – Moi ? Ils voulaient mon mari. Ils ont cru qu'en s'en prenant à moi… devant lui… »

Elle dit tout à trac sa vie insouciante d'avant. Henri, le brillant jeune homme vieille France à qui sa *babouchka* donnait des leçons de russe parce qu'on le destinait à la diplomatie, bien qu'il fût un scientifique brillant. « Je ne me suis pas engagée dans la Résistance. Même de loin, comme Gisèle ou Lucette. J'en étais parce que mon mari : une veuve de guerre parmi d'autres. » Je l'embrasse : « Après que j'ai perdu mon mari : je me suis trouvée avec ma nouvelle nationalité dans un pays mobilisé qui n'était pas le mien. Je me suis engagée dans ce qu'il y avait de plus difficile. »

Le camion roule lentement. À cette allure, nous n'arriverons jamais en Suède. Ma peur monte. Pas la peur brutale du premier saut en parachute, qui vous étrangle. Non : celle de la mort accueillante, si proche qu'on a envie de s'y laisser glisser pour poser le fardeau. Je mesure mieux le chaos dans lequel on nous jette pour remonter vers le nord au milieu de la débandade nazie et des avant-gardes soviétiques. Les gardiennes ne m'ont pas enlevé ma montre-bracelet de *Lagerschreiberin*. Déjà onze heures passées. Combien : deux, trois cents kilomètres jusqu'à la mer ?

« Il faut qu'on s'organise, ai-je lancé tout à trac, et je me traduis en allemand pour les Norvégiennes. – D'accord, reprend Julia. Je n'attendais que ça. » Lucette approuve de la tête. Claudine minaude : « Mon mari a toujours prétendu que je ne suis bonne qu'à récolter des signatures, mais je me sens prête. » Julia remet sa main sur la mienne pour montrer qu'elle prend le relais : « Gisèle, tu ne dis rien ? – Je ne suis pas très douée. Je ne vous ai pas écoutée. J'étais en train de me chanter dans ma tête un concerto pour violon de Mozart. Excusez-moi. C'est mon évasion. – Si ce n'est pas indiscret, ai-je coupé, pourquoi as-tu été arrêtée ? » Je la voyais mal dans la pénombre du fond du camion. Le silence s'épaissit. Enfin se détache sa voix fluette : « Je ne suis rien, à côté de vous toutes. Mon amie... » Sa voix meurt et remonte plus nette, d'un trait : « Ma compagne était la radio d'un réseau et s'est servie de mon appartement pour ses émissions. Ils se sont vengés sur moi. »

Cela fait un trou. Pas possible qu'elle s'avoue aussi tranquillement gousse. Mais, entre femmes ? J'ai repris comme si de rien n'était : « D'abord, qui sait se servir d'une arme à feu ? » Les Norvégiennes répondent oui en chœur. « Moi pas, susurre Claudine, je suis infirmière, mais, en temps de paix, j'étais dans un service qui s'occupait des blessés de la route. Depuis la guerre, des blessés tout court. » Lucette paraît gênée : « Ils m'ont mise dans la même prison que vous, mais je ne sais pas si vous voudriez de moi dans le civil. Mon espionnage, je l'ai fait, comment vous dire… sur l'oreiller. » Avec son accent belge, cela prend une tournure décente et naïve. « On n'a pas besoin de prix de vertu, ai-je grondé, mais de filles courageuses. Et tout montre que tu as du cran ! »

Gisèle et Claudine se mettent à observer Lucette comme un objet étranger. Le silence se referme. J'en profite pour enfoncer le clou : « Les Russes peuvent arriver, et eux n'ont aucune raison de se montrer corrects. – Pourquoi les craindre ? Ils nous libéreront plus vite, s'écrie Claudine. – Ne sois pas idiote. Ils nous prendront pour des Martiennes et te baiseront de force avant de te demander ce que tu fiches là. – Tu oublies que ce sont eux qui ont fini la révolution que nous avons commencée en 89. Ils sont un peuple libre, pas des sauvages ! » Comme pour nous ramener à la réalité, un coup de frein brutal nous jette les unes sur les autres. À l'arrière, Julia et moi avons le réflexe d'appuyer les pieds contre la benne pour ne pas tomber.

Je crois avoir entendu des bruits de tôle froissée. Avec raison, car le lieutenant accourt vérifier si aucune n'est blessée. « Plus de peur que de mal ! lui ai-je crié. – Les rats quittent le navire, madame. Je veux dire : les richards. Je vais y mettre bon ordre ! » Une Mercedes a refusé le passage à sa torpédo et embouti l'aile gauche. « J'ai dû sortir mon revolver. L'aile sera bientôt décabossée… » Il emploie comme ça de jolis mots français.

Il s'éloigne de son pas tranquille. « Évidemment, pour lui, c'est une promenade de santé ! » lance Lucette, et son accent nous fait carrément rire. Je me penche hors de la benne : « Lieutenant, j'ai un grade équivalent au vôtre dans l'armée anglaise. Au cas où vous auriez besoin de ma compétence militaire… – J'avi-

serai, madame ! » Julia semble choquée par mon
empressement. Je me penche à son oreille : « Tu ne le
sais pas encore, mais tu as le béguin[1] pour le lieutenant. » Elle rougit jusqu'aux oreilles. Moins de bois
qu'elle ne l'imagine ! La voix aiguë de Claudine perce :
« Si nous sommes trop retardées, nous seront libérées
par les Russes. » Julia lui renvoie, très brusque : « Ne
dis pas de conneries. Mieux vaudrait qu'ils n'aient
pas le temps de s'occuper de nous ! » Elle me chuchote que les Russes restent pour elle les destructeurs
de sa famille : « Heureusement, je porte le nòm de mon
mari. »

Elle ne sait donc pas ce que font les Russes ici !
Gisèle énonce : « Je crois que si Dieu nous a conduites
jusque-là, ce n'est pas maintenant pour nous abandonner. – Il vaut mieux en effet que Dieu soit à nos côtés
dans cet embouteillage », ai-je lancé de mon ton de
pince-sans-rire. Comme pour exaucer mon vœu, le
camion redémarre. Voix âpre de Claudine : « Laissez là
vos bondieuseries, s'il vous plaît. Que faisait votre Dieu
quand Hitler régnait sur l'Europe, la ravageait, assassi-
nait des millions d'innocents ? Par bonheur, les Soviétiques, eux, ne croient pas en votre Dieu. »

Julia lance : « Nous ne sommes pas en situation de
refuser l'aide de quiconque. Même de Dieu ! » Moi, je
me demande si ma mère va toujours prier dans son
église. Mon père est athée ; militant, même. Depuis
l'autre guerre et ses tranchées. Alsacien, il l'a faite du
côté boche et ne s'est jamais remis de Verdun. C'est
pour ça que, dès les premières rodomontades – ou du

---

1. L'expression, née en 1847, d'après le Robert, a cessé d'avoir
cours après le deuxième tiers du XXᵉ siècle. Elle signifiait : « Tu es
amoureuse ». (*Note de L. C.*)

moins ce que tout le monde prenait alors pour des rodomontades – de Hitler, il m'a envoyée en Angleterre. Je crois à notre retour. Je n'en dis rien. Il ne faut jamais braver le destin. Ni Dieu, pour celles qui y croient. Pourquoi la guerre m'a-t-elle pris Michael ?

5. *Franz*

Ce que tu viens d'entrevoir du camp d'Ellsrein te lève le cœur. Et pourtant, après deux ans de Russie… La guerre, c'est la guerre. Ici… Faire assassiner à froid des femmes par des femmes tueuses. À mains nues. Pourquoi est-ce pire que les hommes ? Plus hors de la civilisation ? Elle n'a pas disparu qu'ici. Les camps nazis sont à ton horizon depuis l'âge adulte et tu craignais alors que ton père, en dépit de sa croix de fer, avec cette façon qu'il avait d'appeler un chat un chat… Ellsrein ne passe pas. Un abattoir. Tu n'oses pas poser de questions à l'Anglaise qui en ressort plutôt en bon état. Elle va raconter partout au-dehors ce qui s'y passe. Les chefs SS, eux, s'en tamponnent. Comme de ton ordre de mission. *Sie pfeifen drauf.* Tu te répètes. Pour eux, de toute façon, ces meurtres ignobles ne sont que du nettoyage. *Säuberung !*

Heureusement, la Française dans sa prison est restée à l'abri. Une friandise. Le mot français s'impose pour la dire si fine, si délicate dans sa grossière robe-sac de prisonnière. Peu de corsage, mais une taille marquée, de longues cuisses. Et ces *Grübchen* qui rient au bas de ses joues. Un autre mot français te revient : des fossettes. Tu lui diras : « Vous avez de jolies fossettes. » La saisir dans tes bras. L'inviter dans ta torpédo. Mais l'Anglaise fougueuse s'est interposée. Pour elles toutes, tu restes l'ennemi. Ça fait si longtemps que tu n'as pas parlé avec des femmes. Avant, tu n'aurais jamais osé même penser ce que tu viens de penser. Friandise ! Les nazis faisaient une chasse frénétique au *Fremdwort*, au mot étranger, comme si ça avait pu leur servir à débusquer un Juif. Là, ça t'est venu comme si tout était déjà fini.

La voiture réparée, j'entre dans la cabine du camion afin d'ordonner au chauffeur de dépasser la torpédo, d'avancer contre le flot des réfugiés de façon à obliger les bagnoles des fuyards à stopper. Je serai sur le marchepied gauche, revolver au poing. La voix de la Française résonne encore en moi : « Vous n'avez pas d'inquiétude à avoir. » Ces paroles simples prennent de la saveur dans sa bouche, une certaine suavité. Lassitude. Ces fins de mots français en *tude*. Plénitude. Servitude ?

Tu fais le beau et la guerre te revient à la figure comme une claque. Ma dernière permission s'est trop mal passée. Linda avait dû deviner. C'est pour ça qu'elle voulait se coucher entre nous. Quand tu l'as remise endormie dans son lit et que tu es revenu, Waltraut te tournait le dos : « Je ne compte que pour ça. Va-t'en ! Quelle honte que tu n'aies pas demandé d'aller dans une unité de combat, après Stalingrad, au lieu de rester planqué comme un poltron. *Mir ekelt es davor.* » Cela me dégoûte. Linda a-t-elle compris ? Où sont-elles, toutes les deux, dans ce chaos ? Toi, ce qui te dégoûte à présent, c'est d'avoir trop donné aux nazis.

Moins d'autos, parbleu : le manque d'essence, mais elles sèment l'énervement à vouloir doubler tout ce qui peut rouler, charrettes, chariots, diables, voitures d'enfants, brouettes même. Si peu allemand, ce désordre. Pas de l'oie, bras tendu et *Heil Hitler*, le régime a déshabitué les gens de penser. Comment, dans cette chierie, remplir ta mission ? Surtout si ces fuyards venaient à en apprendre le but. Par bonheur, les femmes ont de la tenue, elles. La Française... Tu reviens à la *friandise*. Une femme comme elle à mes côtés. Ne rêve pas. En fait de côté, tu es pour elle de celui des salauds.

J'avise un panneau réclame vantant un hôtel dans une ville du nom bizarre de Hoyerswerda, que je ne trouve pas sur la carte. Je ne regarde pas au bon endroit. Les rats de Berlin foncent vers Bautzen, vers Prague, encore à l'abri.

Te reviennent tout à coup les dernières paroles de ton père : « Mon petit, je te laisse dans la barbarie. *Grausamkeit.* » Tu corriges : la cruauté. En cette année 1935, tu as vingt-trois ans et tu viens de prêter ton serment d'avocat. Ta mère est morte d'un cancer deux hivers plus tôt, et, pendant son agonie, après que l'hôpital l'a renvoyée chez elle, tu te revois essayant de calfeutrer la fenêtre pour qu'elle n'entende pas les SA maîtres des rues hurlant que le monde est à eux. Fermer les fenêtres, voilà ce que tu as fait durant les années qui ont suivi. Ton père croyait à la République de Weimar et s'est laissé mourir, après son épouse. Fils unique, tu as dû chercher tout seul une voie pour ne pas devenir, comme tes collègues du barreau, un complice de la Gestapo, et tu as cru y parvenir en te spécialisant dans le droit des entreprises. Tout ça pour apprendre à fermer les yeux sur les spoliations quand il s'agissait de biens juifs. Ce régime n'a pas sali que ceux qu'il engraissait. L'armée t'avait alors semblé plus propre. Elle, du moins, se fichait du droit.

La vague de l'exode nous oblige à revenir au sud-est. J'ordonne à Honsi de s'engager sur la première route à droite. Repartir vers le nord dès que possible. Dans les comptes qui seront demandés après cette guerre à chaque soldat allemand, cette mission sera ma sauvegarde. Si je m'en sors, je ne pourrai jamais m'en ouvrir à Waltraut. Est-ce que ma petite Linda comprendra ? Sûrement. Si avancée pour son âge. Je ne t'ai pas donné la mère qu'il aurait fallu pour ce temps de grêle. Pourquoi Waltraut, qui aurait pu enseigner l'allemand dans un lycée, s'est-elle arrêtée, choisissant, dès après notre mariage, avec une volupté perverse, de se faire *Hausfrau*, la ménagère des statistiques national-socialistes ?

Un vrai temps de printemps avec de petits nuages blancs dans un ciel décor d'opérette. C'est ça qui m'échauffe le sang. Devant nous, un patelin agreste, hors du temps. Pourtant, là aussi, les habitants emportent leurs biens ficelés n'importe comment sur les vélos devenus porte-bagages et jusque sur de vieilles poussettes à bébés. Des gens ordinaires, des vieux de peu de moyens abandonnés au désastre. Je fais stopper Honsi pour aller revoir les prisonnières. Je monte dans le camion. Elles se sont mises à l'aise parce que le soleil tape.

La Française au beau visage me dit qu'à voir mes compatriotes sur la route, elle revit l'exode français de 1940. Elle a fui Paris : « Nous n'imaginions pas alors que cela pourrait nous arriver. Encore moins à vous, puisque vous étiez les vainqueurs. » Elle ajoute, au bord des larmes : « Le cœur de mon grand-père n'y a pas résisté. Pourtant, général russe, il avait connu tout ce que la guerre peut apporter de pire. » Ah, elle est d'origine russe ? Pas volé, ce rappel à notre invasion de la France. Elle reste une ennemie ; plus encore avec ses parents russes.

Je réponds que je vais aux nouvelles, ce qui est idiot, mais il me faut éviter de penser que mon épouse et ma petite fille sont peut-être, à mon insu, tout près de moi, dans une de ces voitures affolées. Non, Waltraut a dû s'accrocher à son chez-soi, se berçant des bobards selon lesquels Hitler possède des armes terrifiantes dont il se servira au dernier moment. Quelle vie mener si nous en sortons, Linda, elle et moi ? Ma femme haïra le vaincu que je suis. Et ma petite Linda au milieu de nous ?

Au poste de police, tout le monde s'affaire au déménagement des dossiers. J'apprends par le planton que, depuis le début de la matinée, les Russes ont débordé Berlin par le sud. Si Waltraut n'a pas bougé, à présent, je suis coupé d'elles. Je regarde la grande carte murale refaite après la conquête de la Pologne, sur laquelle le policier me montre un point entre Potsdam et Brandenbourg que mentionne, « pour de durs combats », le dernier communiqué à la radio. Le seul moyen désormais d'aller vers la Baltique consiste à foncer au nord-ouest en remontant par Magdebourg, mais il faudra d'abord couper des routes surchargées de Berlinois en fuite.

Günter, mon jeune adjoint, a mis à profit la halte pour refaire les pleins d'essence et se procurer du ravitaillement, n'ayant qu'à puiser dans des réserves à l'abandon. Si je n'arrive pas à envoyer les femmes en Suède, puis-je interpréter les ordres pour les conduire, en sens inverse, à la rencontre des Américains qui doivent approcher de l'Elbe ? Je n'en suis pas encore là. Tu viens d'émettre une idée de trahison. Mais on ne peut trahir que ce qui existe et garde un sens. Il n'y a plus d'Allemagne ni de sens à se battre pour elle. Ma pensée va trop vite.

Mon devoir est d'aller expliquer la situation aux femmes. À la Française distinguée en robe de bure. Il me semble qu'elle esquisse un sourire de bienvenue et je lui demande son prénom pour cacher ma gêne. Elle

l'énonce froidement : « Julia. » L'Anglaise pétulante
ajoute : « Moi, c'est Katie. » M'adressant à Julia comme
si elle était le chef du groupe, je lui explique le but de
ma manœuvre vers le nord, ne lui cachant pas le peu de
chances de réussite. Elle me jauge comme un facteur
qui vous délivre un colis et à qui on donne la pièce. J'ai
déjà tourné les talons quand elle ajoute de sa voix
chaude : « Je vous fais confiance. » Je ne trouve rien à
répondre qui ne soit du toc, et je contourne le camion.
J'entends Katie constater : « Tu lui as tapé dans l'œil. Il
ne t'a pas regardée comme une prisonnière, mais
comme une femme ! – Tu es folle ! gronde Julia. – J'ai
des yeux pour voir. C'est tant mieux, note bien ! Il est
dans la force de l'âge. Ça doit le démanger de transférer
des femmes baisables. »

Je rougis parce que c'est vrai. J'en frémis parce que
Julia devient accessible. Une femme comme elle dans
ma vie ! Le courant passe, d'elle à moi. Si, de moi à
elle... Avoir rencontré une fille comme elle... Au lieu de
quoi, j'ai connu Waltraut quand l'étau commençait à se
resserrer. Elle était farouche, un peu Walkyrie. Je lui
avais fait la cour comme pour voir si je pouvais m'adap-
ter au régime, croyant que ça ne tirerait pas à conséquence. Elle est tombée dans mes bras. Vierge. Je ne
pouvais que réparer.

Dès que nous avons quitté les faubourgs pour la
grand-route, à nouveau la marée des fuyards. Des pié-
tons, à présent, ce qui augmente l'affolement. Et s'il
leur prend l'envie de grimper dans le camion ? Au premier ralentissement, j'ordonne à Günter d'aller se
mettre parmi les femmes. Je lui donne une miche de
pain, un paquet de margarine, des saucissons comme
cadeaux de bienvenue. L'instant d'après, je juge qu'il
vaut mieux, dans cette cohue, que j'aille moi aussi

m'installer avec elles. D'un rétablissement, je me juche dans la benne, content de ma prouesse physique.

Les femmes achèvent de manger. Elles me sourient comme au retour d'un ami, et ça me fait chaud au cœur. Julia se recule pour me faire place, sans façons, sur la banquette de bois entre Katie et elle. Je ne pouvais demander mieux. Günter, au bout du banc d'en face, me paraît embarrassé. Pour le réconforter, je lui dis qu'il s'est bien acquitté de sa distribution. Il hausse les épaules ou plutôt enfonce sa tête dans ses épaules ; elles lui ont demandé pourquoi, étudiant, il n'est pas officier.

J'éclate de rire, ce qui fait tourner toutes les têtes : « Les étudiants de la classe 42 étaient presque tous versés dans les *Waffen SS*. Günter a devancé l'appel pour y échapper, comme s'il n'était pas étudiant. » Je me traduis pour Günter qui réplique, soulagé : « *Ich habe einen guten Beschluss gefasst.* » « Il ajoute qu'il a pris une bonne décision. » La Belge renchérit dans son mélange de flamand et d'allemand. Günter rougit. « Regardez, il est tout défranchi ! » poursuit-elle en français. Elle s'aperçoit que personne n'a compris, se traduit : « Eh bien quoi, il est tout intimidé. C'est trop belge, pour vous autres ? » Fou rire général : elles ont mangé à leur faim.

Je me sens au diapason : « Heureusement, ai-je expliqué pour achever de briser la glace, comme je suis avocat on m'a versé dans les transmissions. » Ce qui fait rire Katie à pleine gorge : « Pour une fois, lieutenant, c'était un bon usage des compétences. Vous transmettez bien ! – Vous trouvez ? On m'a donc muté de France en Russie quand ça a commencé d'aller mal, là-bas, et je me suis tapé toute la retraite depuis le Don. » Content d'avoir su utiliser du français parlé.

Julia demande si j'ai pu avoir des nouvelles de ma famille. « Ma femme et notre petite fille sont – ou plutôt étaient – près de Berlin. Il paraît qu'on a bombardé leur ville. » La sentant attentive, j'ai ajouté : « *Es nagt an mir*, comme on dit chez moi. Ça me ronge. Mais, pour vous, il doit en être de même, non ? » Elle baisse les yeux, mais, tout de suite, redresse son regard sans gentillesse : « Moi, je n'attends pas de nouvelles. Mon mari est mort en me protégeant. Sauf ma grand-mère, je n'ai plus personne à chérir. – Excusez-moi », dis-je bêtement.

La crainte du toc, du *Unechtes*. Même si je ne me sens pas coupable de ce crime de la Gestapo, je ne peux, dans ce désastre, me désolidariser de mon pays. Si j'avais connu Julia à Paris, quand nous chantions de victoire en victoire ? Pas plus que les victoires cette défaite n'est mienne, mais je ne peux m'en distancier. Je me revois, pour ma promotion en *Oberleutnant,* remplir le questionnaire sur la race. Mon nom, Werfer, peut être juif. Mon père, juste avant sa mort, a dressé un arbre généalogique. « *Tadellos* » – impeccable – a éructé le nazi. Je me suis senti humilié jusqu'aux os.

Un bruit bizarre de cliquetis s'amplifie au-dessus de nous. Günter se penche au-dehors et dit avec angoisse : « *Eine Nähmaschine.* » « Une machine à coudre » ? Julia le dévisage, ahurie, en traduisant pour les autres. Je dis : « Oui, elle a bien compris ! » et désigne un petit avion biplan qui tournoie pas très haut. C'est son cliquetis qui lui vaut ce surnom. J'explique que c'est un avion d'observation soviétique. Il sert parfois à lâcher de petites bombes. Ça veut dire que les Russes sont très près.

Ils ont donc bien dépassé Berlin et foncent encore plus vite au sud, vers Leipzig. Cela confirme ce que j'ai

appris à la ville sur les armées d'un maréchal nommé
Koniev, qui arrivent de Silésie à la vitesse des tanks.
Pour la première fois, j'ai peur. D'être fait prisonnier.
À mon soulagement, l'avion s'éloigne. Günter continue
de scruter le ciel. Si des bombardiers doivent suivre, ils
seront bientôt là. Les Russes lancent des Stormoviki
blindés en rase-mottes, qui mitraillent tout. La *Nähmaschine* n'a pas provoqué de désarroi dans la cohue qui
nous entoure. Ces civils ne savent pas.

Katie s'approche pour demander à quelle distance se
trouvent les Russes. Je hausse les épaules. Les lignes de
résistance sont conçues pour défendre Berlin, où se
trouve le Führer. C'est pour ça qu'on m'a rappelé là-
bas. Et si les Russes contournaient la ville pour la
prendre à revers ? Je fais le geste, ajoutant qu'ils n'ont
aucun intérêt à pousser jusqu'à Dresde que les Alliés
ont rasée, mais sans doute foncent-ils vers Leipzig, aussi
copieusement arrosée. *Auf unseren Felsen.* J'en dis trop.
Je me mords la langue. Katie traduit : « Ils sont sur nos
talons. Je n'aime pas ça. »

Elle soutient mon regard comme si elle me désha-
billait, au moral aussi. Une femme qui aime les hommes
et sait y faire avec eux. Je sursaute en entendant : « Et
pourquoi, s'il te plaît ? » clamé par la petite blonde en
civil. « Claudine, laisse un peu ta politique pour une
fois. Ne me regarde pas comme ça. Il s'agit de notre
peau. Et d'abord de ton cul, si tu veux tout savoir, du
mien, du leur. » La Belge élancée traduit Katie pour les
Norvégiennes en précisant *Sexus* au lieu de cul.

Un silence pesant. Katie explique : « Les femmes
réfugiées de Prusse-Orientale arrivées dans le patelin à
côté de mon camp racontent des histoires abominables
sur les Russes. Ils ont pillé, brûlé ce qu'ils trouvaient
trop beau, trop luxueux dans des demeures pourtant

simples, et exécuté pour un oui, pour un non. Viols à la chaîne : les vieilles et jusqu'aux gamines. Des détraqués, fous d'alcool. Le Moyen Âge. – Tu y crois ? demande Julia, stupéfaite. – Elles ne pouvaient pas s'être donné le mot. La médecin nazie du camp et ses aides ont passé deux jours à les rafistoler. »

Comme pour la protéger, je prends la main de Julia et elle ne se dégage pas. Je ne crois que trop à ces viols et je le dis. J'ai eu affaire, en Silésie, à des officiers évacués de Prusse par mer que leur honte d'avoir abandonné la population à ces vandales poussait à des actes suicidaires. « Je ne vous crois pas, coupe Claudine. C'est de la propagande. – Si tu t'imagines que ta carte du Parti te servira de bouclier ! » lui lance Katie. Je cherche dans la pénombre du fond du camion cette Claudine. La poupée blonde, seule à porter une tenue de ville. Une communiste, donc. La première que je vois de près. Mon père s'horrifiait de leur sectarisme. Julia a laissé sa main dans la mienne, puis, me regardant avec douceur, chuchote que les Russes ont été les premiers et les seuls, au début, à casser l'armée de Hitler. On ne peut l'oublier. J'ai failli abonder dans son sens, ajouter que deux années se sont écoulées depuis Stalingrad, durant lesquelles les Russes ont découvert ce que la Wehrmacht et les SS avaient fait dans leur pays. Les pendus. Mais, aujourd'hui, je ne veux trouver d'excuses à personne. Je me tais. Nous avons les Russes au cul, comme dirait la vigoureuse Katie.

J'essaie d'imaginer l'effet que ces récits peuvent produire sur une jeune femme aussi désirable que Julia. Je sursaute parce qu'elle serre plus fort ma main : « Vous pensez à votre femme, n'est-ce pas ? » Je fais oui de la tête. Je dis à voix très basse, pour elle : « Tant que je serai là... » Les paroles de la suite : il ne vous arrivera rien, restent collées à ma bouche. Que peut-elle penser, Waltraut, à présent, de son Führer ? Et ma petite Linda, si les Russes s'en prennent à sa mère ?

Günter et Katie sont lancés dans une conversation animée à laquelle participent les Norvégiennes. Katie m'interpelle : « Lieutenant, on est en train de dire que la frousse les fiche tous à poil, vos compatriotes. *Keine Kultur mehr !* » Julia approuve de sa voix douce : « Oui, la peur les nettoie de tout vernis de bonne éducation. Ils se sont crus depuis si longtemps des vainqueurs qu'ils en ont fermé les yeux sur la Gestapo. Ne trouvez-vous pas que j'ai raison, lieutenant ? » Elle dégage sa main de la mienne. J'ai du mal à trouver mes mots : « Madame, vous avez raison. Nous avons mis le doigt, puis la main dans l'engrenage, et la tête y est passée. » Elle est si proche, soudain. Je peux lui dire ce que je n'ai jamais dit à personne : « Pour une fois qu'on m'a donné une mission humaine à remplir, je ne peux même pas y parvenir. – L'important, c'est qu'on vous l'ait confiée. – Détrompez-vous, j'ai été l'officier que les SS ont eu par hasard sous la main. » Je m'en veux d'avoir dit : madame. « Vous pouvez m'appeler Julia. Nous sommes dans la même galère. » Cela m'embrase.

Après un tournant, vers la gauche, au loin, je découvre une montagne de fumée noire qui se gonfle dans le ciel, puis le grondement nous arrive. Deux minutes. Trente, quarante kilomètres. Si peu. Les Russes écrasent tout ce qui les empêche d'avancer, sauf les usines. La vision de l'incendie redouble la panique. Une foule jaillit d'entre les autos, s'agglutine jusque contre le camion. Émerge de la débandade une poussette d'enfant avec deux tout jeunes gamins hurlant, dans laquelle les adultes viennent se prendre les pieds. Puis les gamins passent sur les épaules d'une femme, la mère sans doute, et d'un vieil homme, tandis que d'autres font le coup de poing pour les protéger. En vain. Ils tombent. Je tire en l'air.

Julia veut sauter leur porter secours. Je l'arrête de la main et, sans réfléchir, je la tutoie. « *Bleib ruhig !* Reste tranquille ! L'ordre est de vous emmener en Suède. » Pas de les perdre dans cette pagaille honteuse ! Le camion redémarre. La femme essaie de se relever. Une Mercedes flamboyante déboule de la gauche. Le conducteur ne peut la redresser et heurte la femme qui tombe face contre terre. La voiture accélère, escaladant la femme de sa roue arrière.

J'ai mis en joue le conducteur, mais l'auto oblique déjà pour doubler le camion et je n'ai plus en face de moi que l'épouse, portant des bijoux ostentatoires, et deux petits enfants blottis à l'arrière qui n'ont dû se rendre compte que des cahots et des chocs, et qui rient, ravis. « Elle est peut-être morte », dit Katie. Elle traduit pour Günter qui rétorque que les cadavres sont bien la seule chose qu'on peut obtenir pour rien, dans le Reich. Honsi a dû profiter de la trouée créée par la Mercedes, le camion le suit et file à bonne allure. Je ne peux nous arrêter. J'ai honte de n'avoir pas secouru les blessés. À la guerre, il faut savoir fermer les yeux sur ce qui n'est pas ta mission.

La fuite après Koursk. Un fourgon en panne bouche la route. Tu l'ouvres et tombes sur un bordel de campagne. Odeur fade des filles quasi nues, maquillées comme au cirque. Certaines, un matricule tatoué sur l'avant-bras gauche. Et Honsi t'explique que ce claque est pour l'armée roumaine. C'est pour ça qu'il y a des Juives. Pas de *Rassenschande*, de honte raciale, pour eux. Tu refermes la porte. Pas ton affaire. Une équipe de SS vous écarte pour lancer des grenades dans le bordel, puis faire sauter le camion. « De toute façon, elles sont liquidées après usage », susurre Honsi qui te voit trembler. On ne fait pas ce qu'on veut, avec la mémoire.

Je dois réussir. À supposer que je trouve le moyen de remonter vers le nord, rouler de nuit au risque de se cogner à une avant-garde russe ? Je jette l'éponge pour ce qui est de les conduire en Suède. Me reste à foncer vers l'Elbe, vers les Anglo-Saxons. Je n'obéis plus aux ordres. Le sens est : qu'elles s'en sortent vivantes ! Je dis seulement que je n'ai pas la moindre envie, après tant de combats, *meine Haut zu Markte zu tragen.* Julia rit malgré elle en comprenant que « risquer sa peau » se dit chez moi « apporter sa peau au marché ». « *Keine Lust !* Il n'y a plus de guerre, seulement cette *Scheisserei !* » Katie : « Ce n'est pas la vôtre. – Il faut que je vous sorte de là. » Katie s'impose par trop. Je veux Julia. Pourquoi ne pas demander : « Vous savez lire une carte ? » Elle fait signe. Oui. Je lui dis de venir avec moi. Aussi simple que ça.

Installée sur le fauteuil de cuir rouge à ma droite dans la torpédo, je lui tends la vieille carte routière que je me suis procurée au commissariat, et lui signale la ligne bleue oblique de l'Elbe : « Nous devrions pouvoir aller à ce patelin, Elsterwerda. Vous allez me lire les noms des villages. Je vais essayer de me repérer à la jumelle, car on a détruit tous les poteaux indicateurs. J'aurais voulu que nous allions jusqu'à Torgau, mais j'imagine que les ponts pour traverser l'Elbe sont hors d'usage, ou débordant de réfugiés. Nous allons essayer un peu plus au sud. »

Le paysage devient plus bosselé, plus boisé aussi, avec des hôtels aux noms savoureux, *Zum Bären*, *Goldener Löwe*, *Zum Hirsch*. Aux Ours, Le Lion d'Or, Au Cerf. Volets fermés. Bouclés. Je prends sa main :

« Après l'autre guerre, mon père, qui ne m'avait pas vu dans mon enfance, aimait m'emmener, aux vacances de printemps, dans le Harz pour de longues randonnées à deux, car ma mère n'aimait pas marcher. Nous nous arrêtions dans des hôtels qui portaient des noms semblables à ceux-ci. Mon père non plus n'a pas mené la vie qu'il voulait mener. »

Elle dit : « J'étais trop petite quand mes parents sont morts. » Le paysage change, s'aplatissant en une large vallée aux pentes douces. Son aveu me trouble. « J'ai bien fait de jeter l'éponge », dis-je, fier de retrouver une expression populaire. Elle me demande, inquiète : « Mais vous ? – Au pire, ils me feront prisonnier. – Nous nous porterons garantes... – Julia, il faut d'abord nous sortir de cette débâcle. – Franz, nous ne saurons jamais assez vous remercier de ce que vous faites pour nous. – Je le fais pour moi aussi, Julia. » Je ferais tout pour un sourire de cette femme. Je déserterais.

Un bruit de moteur d'avion s'amplifie jusqu'à nous assourdir. « Un stormovik ! ai-je lâché, la gorge serrée. Il ne reste plus qu'à faire confiance à la croix rouge sur le camion. » Le bruit, après avoir faibli, se renforce. « Il fait demi-tour ! » Je donne à Honsi l'ordre de ralentir en prévenant par des coups de klaxon le camion derrière. Aucun endroit couvert. L'avion à notre rencontre. Fracas de sa mitrailleuse. Julia se couche sur la banquette, contre moi. Le pare-brise explose, des craquements ébranlent toute la voiture et m'atteignent au visage, une sorte de pâte m'aveugle. La vague frappe mon épaule gauche. La douleur irradie. Je suffoque.

6. *Julia*

Ai-je perdu connaissance ? Aucune douleur trop vive ni trop précise. Secouée, ça oui ! Je bouge. Je poursuis le mouvement. Le moteur continue de tourner. Je me dégage avec prudence du trou entre le fauteuil et les sièges avant. Rien de cassé, donc. Je garde les yeux fermés parce que je me sens soudain seule au monde. Seule vivante. J'ai peur. Comment combattre la crainte de ce que je vais découvrir ? Des mains sous mes épaules, de fortes poignes. Katie ou Lucette. Je veux rouvrir les yeux. Quelque chose sur mon visage m'embarrasse et j'y passe un doigt, puis je parviens à soulever mes paupières. Ça colle. « Du sang ! – Ce n'est pas le tien, chuchote Lucette. Tu as eu le bon réflexe ! » L'accent belge renforce les mots rassurants. Mon cœur cogne. La peur monte. Monte ! Étreint ma gorge. Quel sang ? Le lieutenant. Franz !

Rien, soudain, ne compte que lui. La douceur, dans le choc, de m'être pelotonnée pour recevoir sa protection. Je resserre mes épaules, respire. On passe un linge sur mes yeux. Le visage de Franz en bouillie rouge. Je hurle : « Oh non, pas ça ! » Je glisse vers lui. Il ne bouge pas. Je crie contre cette saloperie de guerre qui n'en finit pas de tuer, ces foutus salauds de Soviétiques qui se font un convoi de la Croix-Rouge. Franz remue. « Il va étouffer ! Décoinçons-le sans lui faire de mal… – Laisse-moi faire, interrompt Claudine. C'est ma partie ! »

Franz est tout ce qui m'accroche à la vie, peut m'apporter du sens pour maintenant et pour après. Et rien ne va assez vite. Katie revient avec une des bon-

bonnes d'eau et les serviettes qui ont emballé la nourriture. J'en ai pris une, l'ai trempée pour nettoyer le visage où Claudine a laissé des traces sanguinolentes. Je n'ose pas frotter, mais Franz vit. Il va me revenir. Je pose un baiser sur son front. La douceur de sa peau. Je suis folle.

« C'est de la cervelle, constate Claudine, très calme. Son chauffeur a reçu une balle qui lui a arraché la moitié de la tête, le pauvre. Laisse-moi continuer. » J'ai refusé, ne voulant pas lâcher prise, comme si Franz m'appartenait. À moi de ressusciter le nez aux lignes fines. Je rince la serviette avant d'oser toucher la bouche, oh, juste en frôlant les lèvres. Je passe aux yeux. Le bord des paupières qui frémissent. L'impression m'exalte de réveiller un sourire. Il rouvre enfin les yeux. Revenu à lui ! Je plonge dans leur bleu si vif. Je crie de joie : « Franz ! », veux me baisser afin de baiser ses lèvres enfin revivifiées. Tout vacille.

Je me reprends dans les bras de Katie. « Tu en fais trop. Même si tu n'as rien, tu as été secouée. » Elle m'ouvre la bouche, y verse une lampée de schnaps qui me brûle et me force à m'ébrouer. « Ton lieutenant s'en sort. Aucune blessure. Juste une épaule bloquée. Le choc du camion sur la torpédo, sans doute. Les deux chauffeurs ont été zigouillés. Les balles ont frappé plus haut la bâche du camion sans atteindre personne. » Elle a dit : *ton* lieutenant. Achève de me nettoyer en caressant mes cheveux. « Vous avez eu du pot, tous les deux ! » Katie nous associe.

Mon corps renaît. Je m'étire. Les instants passés avec Franz dans la torpédo prennent la saveur d'une légèreté d'être que je n'ai plus connue depuis bien avant la mort de mon mari ; depuis la guerre ! L'odeur d'huile brûlée qui sort du moteur fracassé me ramène au présent.

Celui du camion continue de tourner. Le sang du vieil Honsi s'est déjà durci sur la bure de ma robe. J'ai besoin de toucher Franz. De le sentir vivre, de le prendre dans mes bras... Je me sens rougir et c'est ma vie qui me revient. Aussitôt, la peur me retombe dessus comme un étau.

Franz est couché sur l'herbe du talus. Je prends sa main qui pend. Il me chuchote : « Mon bras ne m'obéit plus ! » J'attrape son autre main : « Ça me fait tellement de bien que tu t'en sois sorti ! » Le « tu » est venu sans que j'y pense. Je suis seule au monde avec lui. Autour de nous, des arbres fruitiers en fleurs. La folie des pommiers dans la griserie du printemps. L'herbe tiédie. Je respire à m'en enivrer les parfums de la terre réchauffée qui me manquent depuis si longtemps. Une envie de chanter à pleine voix. Apollinaire. *C'est le printemps viens-t'en Pâquette / te promener au bois joli / L'amour chemine à ta conquête.* Enfin, tu es sortie de prison. Tu peux faire ce dont tu as envie. Le ciel me paraît d'une ampleur géante, un ciel bleu pâle dont rien n'arrête la vue, des filaments de nuages blancs comme un voile de mariée jusqu'à l'horizon sous le soleil. Je suis folle mais heureuse. Je respire un grand coup et l'air me pénètre tout entière. Je prends à deux mains la tête de Franz, la pose dans mon giron. Je lui caresse les cheveux comme à un enfant, surprise qu'ils soient si fins.

Une pression diffuse et je découvre Claudine debout qui me fixe, outrée de ces gentillesses prodiguées à un ennemi. Je soutiens son regard. Je pense : Je suis idiote, mais j'aime Franz. J'articule : « Il n'est pas notre ennemi. » J'aurais voulu en cet instant qu'il se redresse, me prenne dans ses bras. Son seul bras. Je suis bel et bien folle. Rien d'autre n'a d'importance. Katie ordonne : « Il faut que nous prenions les choses en main ! Heureusement, les Russes ont d'autres chiens à fouetter. Et côté Schleus, personne ne s'est arrêté pour nous secourir. »

J'aide Franz à se relever et saisis son bras valide. Sur la route, la cohue poursuit son défilé hétéroclite, moins dense, cependant, en dépit du bouchon formé par le camion et les débris de la voiture. Je dis : « C'est le chacun pour soi de la guerre. Katie a raison. À nous désormais de décider. » Franz répond de sa voix affermie : « Sauf mon bras, le reste est intact. – Vous ne le saurez que cette nuit », coupe Claudine. Elle prend son pouls, hoche ses boucles blondes pour dire que c'est correct.

J'entraîne Katie à l'écart : « Nous pouvons compter sur Claudine, très professionnelle tant que ses convictions ne sont pas en cause. Sur Lucette à qui rien n'échappe. Les Norvégiennes n'ont pas non plus froid aux yeux. En revanche, aucune aide à attendre de Gisèle, enclose dans sa musique. – C'est toi, la chef ; mais la pratique, c'est moi ! » Elle part inspecter le camion. Je me sens capable de faire front à tout. Henri savourait ce qu'il appelait mon « côté colonel de réserve ». Je lui expliquais : « N'oublie pas que je suis orpheline d'exilés. J'ai appris à ne compter que sur moi. » Je m'étonne de ce dialogue avec mon mari. Il me répétait : « J'ai toujours l'impression que tu n'es qu'en prêt, avec moi. » Je m'en défendais, tout en m'inquiétant de ne pas connaître la passion dévorante qu'on lit dans les romans. Je gardais la tête froide quand il dansait, toujours plein d'élégance, avec une autre.

Katie revient, joyeuse : « On doit pouvoir dégager le camion. Son pare-brise est en miettes, mais il suffit de le rabattre sur le capot. Günter dit que le moteur et la transmission n'ont rien. Il va transvaser l'essence de la

torpédo. » Je juge qu'il manque une touche humaine :
« Nous ne pouvons plus rien pour les morts. » La voix
de Franz me fait sursauter : « Julia, en revanche, nous
avons plus que jamais besoin de votre carte routière ! »
Claudine fait son rapport : « J'ai palpé votre épaule.
Rien de cassé. Un blocage dû au choc et à la douleur.
Julia et vous, on peut dire que vous avez la baraka ! »
Julia et vous… Je vais me mettre de son côté valide.
Il passe sa main droite sur sa tête comme pour chercher sa casquette de l'armée. Je cours la ramasser
dans l'herbe. Ça fait la paire avec la mienne. Katie
reprend son laïus : « Ne soyez pas vexé, mais vous
avez été sonné. Je vais assumer la direction des opérations comme si nous étions déjà passés sous le contrôle
des Alliés ! »

Franz retrouve son aplomb et nous apostrophe :
« Vous allez tout de même m'obéir, pour votre bien. Il
y a deux bouteilles de schnaps dans la malle. – Elles
n'ont pas été cassées. Je les ai déjà sorties. » Katie lui en
tend une. Il l'attrape, boit une vraie rasade. « Vous
répartirez aussi les fusils entre celles qui savent s'en
servir. Ce sont des armes dernier cri. – Les armes
sont aussi dans le camion. » Comme toujours, Katie se
donne trop d'importance. Je m'accroche au bras valide
de Franz.

Il se dégage pour aller chercher son bras ballant avec
le bon, afin de consulter sa montre. Elle fonctionne.
Déjà plus de six heures. Il dit : « Nous ne pourrons
jamais passer l'Elbe avant la nuit. » Il marche vers le
talus voisin, s'agenouille devant son vieux chauffeur, se
met à pleurer. « *Mein lieber Honsi !* » Je sors son mouchoir et le lui tends pour qu'il éponge ses larmes. Il
s'excuse : « Mourir aux derniers jours de la guerre,

après qu'on s'était sortis de toutes les batailles. Sa pauvre femme a déjà perdu l'aîné de leurs fils. »

Je reprends son bras valide et m'en entoure : « Franz, il n'y a pas de honte, pour un homme, à pleurer un ami. » Je regarde le ciel. Les filaments blancs sont toujours là, légers comme des voiles. Katie vient à notre rencontre. Il l'interpelle : « Si, comme je l'espère, nous tombons sur des Anglais ou des Américains, ce sera à vous de jouer ! En attendant – il se tourne vers moi –, cette attaque veut dire que les Soviétiques peuvent être très proches. Sur les routes, nous sommes sans défense. Je conseille donc de faire halte dans le premier village et de repartir demain à l'aube. » Je conseille : il se débarrasse de son grade. Katie rétablit la hiérarchie : « *Jawohl, Herr Oberleutenant !* »

J'installe Franz sur le siège avant du camion, à côté de Günter, pour reprendre à sa droite mon rôle de copilote avec la carte. Sitôt que nous prenons un peu de vitesse, l'air frais nous arrive en plein visage et nous ragaillardit. Günter explique que la boîte de vitesses a pris un coup et qu'il doit rester en première ou en seconde. Pas plus de vingt à l'heure. Je fais le point. Nous allons pouvoir nous arrêter dans un assez gros village sur la gauche, à l'écart de la grand-route.

Derrière un repli de terrain planté de peupliers encore à peine feuillus, une rivière, des champs entretenus au pied d'un bourg qui coiffe une butte, comme s'il n'y avait jamais eu la guerre. Je déchiffre sur un écriteau tordu : Westerweiler. Le soleil couchant allonge les ombres. Pas âme qui vive, sauf un vieux, tête blanchie, barbe à l'abandon, assis sur les marches d'une maison. Je descends lui demander où nous pourrions passer la nuit : des femmes, un soldat et un officier blessé. Le vieux me dévisage d'un air idiot comme s'il ne comprenait pas mon allemand châtié. S'ébrouant, il explique dans son patois qu'il existe un abri pour réfugiés, cinq minutes après le temple. Lui n'a plus personne dans la vie. Attendre là ou ailleurs. J'ai failli lui dire de venir avec nous. M'occuper de Franz suffit à mon altruisme.

Le temple est tout proche. J'aurais dit une église ancienne, avec un parvis, un porche et un clocher. Toujours pas âme qui vive. Je repère une grande bâtisse moderne, longue voûte mastoc en béton, soutenue par des arcs en relief. Ç'avait dû être avant la guerre un hall d'exposition. *Landwirtschaftsmaschinen.* Une enseigne rouillée : machines agricoles. Accrochée sur les devantures recouvertes de panneaux de planches pour les protéger des bombardements, une banderole rouge du parti nazi. Sur la double porte centrale, un écriteau en gothiques : *Schutzraum,* abri.

Je descends la première, m'attendant à devoir forcer la poignée du portail, mais elle s'ouvre facilement. Des panneaux de contreplaqué isolent un bureau. Le hall vide est éclairé par des baies vitrées entre les arcs du toit, protégées par de lourdes grilles plutôt neuves. Elles produisent une curieuse lumière filtrée. D'aquarium, ai-je pensé. L'âcreté des désinfectants. Dortoir propre, matelas à même le sol dallé, peu usés, des couvertures nettes, pliées. Évacué sans panique. Donc, la ruée des Russes dans cette direction était connue. Ça me fait froid dans le dos.

Au fond, une porte donne sur une pièce avec deux lits de fer, ce qui sera parfait pour les hommes. Plus loin sur la gauche, une cuisine. Un gros fourneau, des plats métalliques sur le pourtour de la cheminée. Du bois tout préparé, un évier et, au-delà, une annexe avec des waters à la turque, deux douches et même un bidet. Des serviettes pliées sur une étagère. L'eau courante fonctionne, si l'électricité est coupée. J'ai rêvé de la douche, mais je ressors pour appeler les autres. Au moment de franchir la porte, je découvre, inscrit en gothique avec des pochoirs, que ce magasin juif a été rendu au peuple allemand le 15/11/1938.

Mes copines achèvent l'inventaire, trouvent des paquets de pâtes pour la soupe et des sachets pour le bouillon. Un imposant morceau de fromage très sec. Je les quitte pour me laver la première. Eau froide, mais c'est sans importance. Un bout de savon. Mon corps frémit sous le jet. Je m'essuie avec ma robe de bure. Je sens l'alliance dans la poche et, machinalement, la remets. Pas de dessous de rechange, puisque j'ai jeté ceux de la taule. Je passe ceux du voyage et retrouve la caresse de leur soie ; du coup, je sors du sac mon chemisier et mon tailleur. Ils flottent un peu, mais je veux redevenir une femme. Quel risque, ce soir ? En sortant, je croise Franz. Je lis dans sa surprise que je lui plais.

Une tablée sous la lumière bleutée d'une lampe à pétrole. J'accroche les regards. Je retrouve ma suprématie de *Schreiberin*. Les Norvégiennes me demandent si elles peuvent aussi se mettre en civil. Je réponds que Claudine en a donné l'exemple. « Pourquoi ne pas prendre un avant-goût de la liberté ? Le plus gros du danger est derrière nous. N'est-ce pas, Franz ? » Claudine est toujours aussi fraîche dans sa tenue de demi-saison, sans la moindre trace de sang sur elle en dépit des soins qu'elle a prodigués. Franz dit : « Je crois comme toi. »

Günter essaie de suivre, mais le français lui échappe. Il grommelle que les Russes ne respectent même pas la Croix-Rouge. Ils ont tué Honsi, les salauds ! La voix dure de Katie domine soudain la tablée. « C'est vous, les Allemands, qui avez déclenché la guerre ! Si vos

ennemis sont devenus fous, c'est que vous les avez rendus pareils à vous. » Elle est soutenue par toutes, y
compris moi. Puis je dis avec une douceur qui
m'étonne, mais établit le silence : « N'oublions pas que
le lieutenant veut nous sauver. » Toutes approuvent.

Le repas, schnaps aidant, établit une convivialité.
Franz semble enfin se libérer de la mort de son vieux
copain. Il dit : « C'était fin 42, à ma première permission. Je prends Linda dans mes bras. Je dis : "Mon
bébé !" Elle me foudroie : "Je ne suis pas un bébé. Je
suis Linda !" Les enfants n'ont plus d'âge ! » Claudine
s'en agace derechef : « Moi, les miens sont en France
libérée. – Tu aurais pu naître allemande, ai-je coupé
afin de l'empêcher de poursuivre. – Peux-tu me dire
pourquoi nous continuons à fuir ? Quel mal, si les
Soviétiques nous rattrapent ? – Tu oublies qu'ils nous
ont tiré dessus, réplique Katie. Pense, s'il te plaît, à
Günter et à Franz ! »

Cela fait un trou de silence, le temps qu'on traduise
à Günter et aux Norvégiennes. Celle qui parle français
abonde dans le sens de Katie. « Les Russes sont plus
près de chez nous, mais merci bien ! Nous aimons
mieux faire un détour ! » Claudine la fixe et se tait.
Pour clore la dispute, je propose qu'on répartisse les
armes. Franz énonce qu'il faut « établir un tour de
garde dans le bureau, on ne sait jamais ». Katie saute
sur la proposition. Que Günter lui apprenne le fonctionnement du fusil-mitrailleur. Elle prendra le premier
tour avec lui.

Je m'approche de Franz. Son bras blessé pend. Je
prends sa main et la pose sur la table. Sa peau douce.
Je refoule mon émotion. « Franz, parlez-moi encore de
votre femme et de votre fille. Ça vous fera du bien. »
Son regard bleu se brouille. « Ma dernière permission

remonte à ma convalescence, après ma blessure, il y a plus d'un an. Ma fille Linda allait sur ses cinq ans : une vraie fillette, elle me parlait comme une adulte et n'a plus voulu me quitter. Pas un seul instant. » Son regard se voile. « Nous habitions à Potsdam, un quartier loin de toute industrie. On m'a dit à Berlin qu'il venait d'y avoir là un bombardement. Mais vous ? » Il sourit en fixant mon alliance. « Oh, moi, j'ai été mariée deux mois : des vacances en Corse, à l'été 39. »

Les autres n'existent plus. Cage de silence entre Franz et moi, lui qui pense aux siennes, moi qui me revois à griller sur le bateau qu'Henri prenait plaisir à lancer sous le vent. Même quand nous plongions nus dans la mer d'un bleu de carte postale, je restais tendue par peur que le bateau ne nous échappe. Je remontais la première et m'étalais sur le pont à l'ombre de la voile. Henri reprenait la barre.

J'ai bu à nouveau du schnaps. Je ne me sens plus du tout de bois. L'alcool, depuis quand je n'y suis plus habituée ? En Corse, sur le bateau, j'attendais qu'Henri me touche, me caresse en signe de complicité, pourquoi pas, me prenne ? En plein ciel. Par bravade. Il ne lâchait pas son gouvernail. Un goût de manque. La main valide de Franz sur la mienne me fait sursauter comme s'il entrait par effraction dans mes pensées. Je dis : « Je ne me raccorde plus avec celle que j'étais avant la guerre. – Moi non plus. Moi aussi, je me suis marié en 1939, à temps pour la naissance de Linda, en juin, et je n'ai même pas eu de voyage en Corse. »

J'ai failli dire : mais toi, il te reste une famille. La main de Franz restée sur la mienne fait un peu bouger mon alliance. « Vous aurez une Allemagne à reconstruire, une nouvelle Allemagne, un nouveau droit. Dans une nouvelle époque. » Il s'éclaire. Je crois même qu'il va m'embrasser, mais son bras inerte fait obstacle. Je crains son silence. « Il est temps que nous dormions. » Même ces mots me semblent trop intimes.

Se doucher à nouveau pour finir de chasser la crasse de la prison, et l'eau froide me calme comme je l'espérais. J'ai déniché une serviette et replié chemisier et tailleur dans mon ballot, renfilé ma robe de prison qui a eu le temps de sécher. Il me faut cette protection. Je me donne bonne conscience en appelant les copines pour dire que les douches sont libres, puis je vais vers l'évier. Une boîte de pâte dentifrice traîne, même pas ouverte. Un luxe incroyable ! Je me nettoie la bouche avec un doigt, puis me passe de l'eau sur le visage avant de me regarder dans une glace. Davantage de couleurs que ce matin. Le grand air ?

Franz tapote de sa main valide le matelas sur le lit. Le trop de complicité entre nous a disparu. « Voulez-vous que je vous aide à ôter votre veste ? – Merci, je dois apprendre à me débrouiller seul. Je vais en profiter pour prendre à mon tour une douche, quand vos amies auront fini. » Je le trouve triste. Je reviens poser un baiser léger sur sa joue pour le consoler. Je sens sa barbe qui a poussé au long de la journée, mais, au lieu d'en être rebutée, j'y appuie ma bouche, manquant d'aller jusqu'à ses lèvres. Je suis vraiment folle. J'aimerais qu'il ait deux bras. Je pars en courant.

Dans le dortoir, mes copines ôtent leur robe pour s'enrouler dans les couvertures. Cela me répugne et je me couche dans mon enveloppe de bure, veillant à ce que la couverture ne touche pas ma peau. En dépit de la fatigue, je sais que le sommeil ne va pas venir. L'excitation de la journée. Au temps si lointain de la paix, je me serais payé une bonne marche de nuit. L'idée que tu as perdu ta jeunesse depuis le voyage en Corse. Six ans. Pas de faux-fuyant, ma jolie. Tu n'as pas la moindre idée de ce que tu veux faire de ta vie, si on finit par t'en rendre une. Tu avais bonne mine, devant Katie, à prétendre t'en inventer une toute neuve. C'est la présence de Franz qui te fait tomber de ton piédestal. Sa main, tout à l'heure.

Je m'agace des ronflements. Mon corps est réveillé à présent, en attente de quoi ? Je décide d'aller tenir compagnie à Katie dans son tour de garde. Je franchis la salle sur la pointe des pieds et ouvre la porte de communication. Katie, nue, rondeurs blanches, enserre dans ses jambes Günter, encore à demi habillé. Leur halètement. C'est ça, la santé. Si, comme Katie, tu étais capable de coucher comme on boit un verre d'eau quand on a soif ? Trop tard. Tu fuis. Ta jeunesse est bel et bien finie.

7. *Charles*

Une journée comme les autres. Tu as expédié la réunion d'après Conseil des ministres avec tes collaborateurs, signé le courrier en vitesse pour foncer au retour des déportés. De Julia tu ne possèdes qu'une photo ancienne – l'année de la débâcle, 1940 – où elle est en robe d'été. Poitrine à peine marquée, jupe juste sous les genoux, ce qui alors est une audace, longues jambes, elle flotte comme ses cheveux de brune au vent. Son regard droit tranche dans un visage fin aux pommettes marquées, harmonieux cependant. Tu l'as découverte au printemps 39, dans ses trop amples voiles de mariée, Henri, ton ami d'enfance, en habit. Henri est mort. Marion, que tu aimais alors et qui, croyais-tu, t'aimait... Un monde englouti.

Peur qu'on te l'ait abîmée, cette Julia que tu attends. Au Lutetia où l'on accueille les déportés, le spectacle, comme chaque fois, te serre la gorge. Délabrés, air ahuri ou hagard, les yeux creusés, ils sortent d'enfers divers. Pour eux, tout va trop vite, sous trop de pression, de questions. Déphasage. Je sais. Je suis rentré d'un autre monde, moi aussi, quand on m'a repêché dans la Manche après que je me suis éjecté de mon bombardier Lancaster en flammes. Mon copilote touché de plein fouet, les copains n'ont pu se dégager. Plongeon sans fin dans l'eau noire, si froide. L'angoisse remonte quand je m'y attends le moins. Avec ces rentrants, elle se réveille.

Ce regard des femmes apeurées, humiliées, fagotées dans des robes pas à leur taille, cheveux collés et coupés en tignasse, visage éteint. Et ces hommes qui pleurent comme des enfants, s'étreignent entre eux. Les vrais enfants, juste extraits de l'école, qu'on pousse parce qu'ils se sentent perdus d'être embrassés par quelqu'un qu'ils ne connaissent pas, ou plus. Qui a perdu la voix, l'odeur et peut-être le toucher gardés dans un coin de leur mémoire. Ils n'osent plus dire ni maman, ni papa.

Ces revenants découvrent ainsi qu'ils ne sont plus ceux qu'ils étaient. Qui le leur réapprendra ? Rien de prévu. Mais alors rien de rien ! On les renvoie chez eux comme des bons à rien. Au moins, chez les Anglais, en 43, les services de réinsertion, les infirmières, les psychiatres étaient rodés. Faut dire qu'on ne repêchait pas que les aviateurs, mais des marins à la pelle. Précision de la *Flak,* des *U-Boot* [1]. Au retour, je garde sur moi ce relent des rentrants, le moisi des vêtements, la crasse de

---

1. *Flak* : artillerie antiaérienne allemande. *U-Boot* : sous-marins. (*Note de L.C.*)

combien de jours. Du coup, aujourd'hui, j'ai honte de me sentir trop propre pour eux.

J'avance au milieu de cette foule de fantômes qu'heureusement je domine de toute ma taille. Une femme sans âge, civile, pas retour des camps, me barre le chemin, une pauvre photo d'amateur jaunie dans la main : « Il était plus vieux quand ils sont venus le chercher, mais, monsieur, c'est tout ce que j'ai de mon fils. – Je comprends, madame. » Je pense : la photo que j'ai, c'est pareil. Mais ce n'est pas ma fille. Je me contrains à venir ici pour la jeune mariée joyeuse de jadis, aussi parce qu'après tant de rééducation, on m'a reclassé parmi les rééducateurs. Je pourrai peut-être quelque chose pour elle.

L'hôtel a été achevé à la fin de l'autre guerre, croyais-je. Drôle d'écrin prétentieux pour des rapatriés au comble de la misère. Un jeune type de bonne mine, genre commis pressé, prend le temps de regarder ma photo : « Est-ce que vous savez si elle a été déportée à Ravensbrück ? » Sans attendre de réponse : « De toute façon, on n'a reçu aucun convoi de là-bas. Les nazis ont dû les lâcher sur les routes. Je vous montre la carte. » Je découvre une étoile noire. Ravensbrück se situe au nord de Berlin. L'Armée rouge a dépassé ce point-là depuis plusieurs jours. Je m'inquiète : « Les femmes étaient toutes à Ravensbrück ? – Nous n'en savons rien, monsieur. »

La nuit est tombée. Je ne sais rien, au fond, de cette jeune femme conquérante, si ce n'est qu'Henri s'est tué devant elle en sautant par la fenêtre d'un bureau où on le torturait, place de la Madeleine. Les nazis sont allés chercher sa grand-mère pour reconnaître le corps. J'entends encore son accent russe : « Ils ne m'ont montré que la tête, sans doute à cause des tortures. Seul l'arrière du crâne était écrasé. Vous ne pouvez pas savoir à quel point le mari de ma petite-fille était beau. Comme je comprends qu'elle ait craqué pour lui. – Je connaissais Henri depuis la sixième, à Janson de Sailly. – Alors je ne vous apprends rien ! » Ils ne lui ont pas rendu le cadavre. Seulement les vêtements. Ils, des Français.

Henri était vicomte, mais avait laissé tomber la particule, peut-être pour se mettre de plain-pied avec moi, demi-pensionnaire boursier, un des seuls de mon espèce dans ce lycée. Par chance, mon père, ouvrier électricien, et ma mère étaient devenus concierges dans un immeuble du XVIe : de là le lycée chic. Tu n'as jamais conduit Henri dans la loge sans air et sombre en sous-sol. Nous avons franchi classes et prépas comme les deux doigts de la main, nous disputant les prix de fin d'année. Tu as choisi SupAéro pour te spécialiser dans les moteurs d'avion, Henri, théoricien, entrant à Normale sciences.

Timide, je le jalousais de collectionner les conquêtes, voletant de l'une à l'autre pour aligner un tableau de chasse. Jusqu'à ce qu'un jour, tout à trac : « Une gamine m'a mis la corde au cou. Orpheline, grand-mère russe, une perle rare. » Tu as très mal pris qu'il tombe dans ses filets. Quant à Marion... Aujourd'hui, tu ne veux te souvenir que d'Henri et Julia. À ton retour en France, tes parents morts, tu as adopté la vieille dame en souvenir d'Henri. Elle attend Julia : « Si quelqu'un en revient, ce sera elle. »

Toi, tu as fini ta guerre chez Rolls Royce. On t'a chargé, à ton retour en France, de reconstruire une industrie des moteurs déjà défaillante avant la guerre. Même si, dans la clandestinité, des ingénieurs résistants ont conçu de nouveaux programmes, il leur manque

l'expérience et surtout les nouveaux aciers des premiers
moteurs à réaction déjà en service aussi bien chez les
nazis que chez les Alliés. Ne jamais plus permettre
juin 40, ni Vichy. Donc, construire une France forte,
sachant résister aux sirènes qui assurent qu'elle aura
tout le nécessaire en avions anglais ou américains. Cela
te vaut de passer pour gaulliste et d'avoir, à cause de
ton jusqu'au-boutisme industriel, l'oreille du ministre
communiste de l'Air qui t'a promu.

Tu restes au Lutetia jusqu'à ce qu'on te dise : « On
n'attend plus d'autre convoi pour ce soir, monsieur ! »
Un froid vraiment pas de saison. Des soirs d'échec
comme celui-ci, je suis avec mon équipage prisonnier de
l'avion en flammes. Il aurait fallu remplacer ma
mémoire par une autre. On ne possède pas ce genre de
pièces détachées. Le demi-deuil du black-out qu'on n'a
pas encore levé, afin d'économiser l'électricité, me
détourne de prendre le plus court chemin pour rentrer
chez moi. Laissant la rue de Sèvres, je remonte le boulevard Raspail. Une place de stationnement pour ma
lourde Vivaquatre Renault. La Coupole offre un peu
plus de lumière que les autres cafés. La salle est assez
vaste pour que je puisse y rester dans mon coin devant
un demi sans que personne s'occupe de moi.

Tu lèves le nez parce qu'une silhouette est entrée
dans ton champ de vision périphérique. Ta gorge se
bloque, tu as cru, à cause de sa coiffure blonde... Elle a
percé ton regard et se dégage avec des gestes étudiés de
son manteau de demi-saison vert olive, quitte sa toque,
s'assied, remonte un peu trop sa jupe, croise les jambes.
Un peu trop. Bas nylon. Elle sait que tu la regardes. Te
voilà fixé. Une grue. Comme dans l'avant-Marion...
Oublie-la ! Plus facile à dire qu'à... Tu n'y échappe-
ras plus : Henri te conduit à elle.

Me revient ce déjeuner avec Henri, au chinois du haut de la rue Monsieur-le-Prince, le jour où il m'a avoué Julia ; amoureux fou, mais fou ! Je me sens trahi qu'Henri tombe de son piédestal dans les filets d'une gamine. Une chamaillerie entre nous. Puis d'autres quand nous occupons des bancs au Luxembourg afin de goûter le soleil précoce du début avril. Il y avait encore du printemps, en ce temps-là.

39, 40, 41, 42, 43, 44, 45 : six ans déjà ! Henri nous a installés trop près d'une belle fille à l'épaisse chevelure blond chaud, au visage vif, narquois, assez légèrement vêtue pour qu'on voie la naissance de ses seins. Elle occupe sans gêne deux chaises, ses jambes nues allongées sur la seconde. Je continue de morigéner mon copain parce que cette Julia qu'il courtise va me l'enlever. J'essaie de ne pas fixer les genoux de la voisine. Elle a un peu remonté sa jupe pour les laisser bronzer.

Henri regarde sa montre, fait signe qu'il fout le camp. On se serre la main sans que je me lève. Il s'éloigne à grands pas. Je me sens triste comme un rat mort : c'est ainsi que nous disons, dans notre jargon, depuis la « taupe ». Ma voisine m'observe, carrément rigoleuse. Je l'interpelle, énervé : « Qu'est-ce qu'il y a de drôle ? – Une scène de ménage entre hommes ? – Qu'est-ce que vous allez chercher ! C'est mon ami d'enfance. – N'empêche que pour une scène de ménage... » Je rougis. Qu'est-ce qu'elle croit ? « Il n'y a pas de ménage ici, mademoiselle. – Je n'ai pas mis en doute votre vertu. » Je ne supporte pas d'avoir le dessous devant cette fille éclatante aux belles jambes, à la voix chaude et qui me jauge. « Pour l'hygiène, mademoiselle, je vais au bordel, si vous voulez tout savoir ! » Tu reçois un rire en cascade, pas fou du tout, narquois. « Je n'en demandais pas tant. Et si vous croyez m'offusquer, je suis en troisième année de médecine. Rien ne m'étonne en ce domaine, même si je ne dispose pas des mêmes moyens que vous. Pour l'hygiène. »

Regard bleu tirant sur le vert, rieur ; bouche mutine, si moqueuse. Tu te sens bête, grossier. Tout à tes démê-lés avec Henri, tu n'as pas fait attention à cette fille de collection. « Excusez-moi. J'étais fâché. J'ai été con de vouloir vous vexer. » Le rire en cascade, tandis qu'elle ramène ses jambes à terre. « Vous m'avez vexée parce que votre copain et vous ne m'avez même pas regardée. – En fait, c'est mon copain qui vous a vexée. – Ça non. Je n'aime pas les mecs trop beaux. » Je capitule, me lève, lui tend la main : « Charles Moissac. – Marion. » Je la croyais plus grande. Elle lève la tête. Je crois lire une attente. Je l'attrape par les épaules, prend ses lèvres. Elle me répond, se dégage : « Enfin. » Le rire en cascade. « J'avais beau vous faire des effets de jambe. » Je ne prends pas le temps de m'étonner de ma har-diesse. « Je vous offre un pot. » Elle regarde sa montre. « Pas le temps. Labo à quatre heures. Demain, six heures, si tu veux. Tu m'attends à l'entrée de la fac. »

Le « tu » m'échauffe. Je fais oui de la tête, la prends par le bras. Nouveau rire en cascade tandis qu'elle se laisse aller contre moi. « En fait de pot, ce que tu attends de moi, c'est que je te dispense d'aller dans ces endroits. » Le loufiat reste planté devant ma table parce que j'ai presque fini mon demi. Je hoche la tête pour dire qu'il m'en apporte un autre, et vois la grue partir avec un gros type chauve. Je peux revenir à Marion.

Trois jours plus tard, dans sa piaule, je la déshabille en tremblant. Elle me rend la pareille à gestes précis et me conduit, nu, dans son cabinet de toilette pour me laver d'abord, « façon *Paysan de Paris,* avec du savon liquide de l'hosto… Pour oublier tes autres dames ».

Heureusement pour moi, j'ai lu Aragon. Quand nous nous dénouons, trace rouge sur la serviette qu'elle a placée sur le lit. « Tu... » Le rire en cascade. « Oui, je l'étais. » Elle se jette à mon cou. « Je craignais, après le lavage, de t'enlever tous tes moyens, si je te le disais. Dans ton ignorance, tu as été parfait. » C'est là que je lui ai raconté que mon père, inquiet pour un fils trop plongé dans ses grimoires mathématiques, avait cru bien faire, le soir de mes dix-huit ans, en me payant une heure au petit bordel de la rue Monsieur-le-Prince. « Pour te ramener un peu dans la vie. »

J'ai laissé Henri à Julia. Marion et moi avons partagé tout, vivant l'un par l'autre, sans même suivre les nouvelles, et la guerre nous est tombée dessus. Elle est venue chaque week-end jusqu'à Istres où l'on me formait pour être pilote de chasse. Puis à mes cantonnements : Amiens, Beauvais. Elle a commencé une analyse, parce qu'elle s'est persuadée que, pour être gynécologue, il ne faut pas seulement soigner le sexe, mais l'âme. Ça la trouble. Elle a besoin de se raconter, mais je ne suis pas assez là. Bien trop peu là. « Pas seulement pour la baise : je peux me caresser en pensant à toi ; mais l'analyse, il y a des choses, il faudrait qu'on les partage... »

Elle est encore venue avec sa traction avant en remontant les flots de réfugiés jusqu'à Rennes, le 14 juin 40. La nuit de la chute de Paris, les Allemands à trente kilomètres. Elle me raconte sur l'oreiller ses colères dans la débandade généralisée. Je la sais pétardière, mais jamais avec moi. Comment lui avouer que je vais aller poser mon zinc en Angleterre ? Pour l'honneur. Parce que mes parents viennent de mourir, ma mère après mon père. Tu as eu une perm, à chaque fois. Marion avec toi au cimetière...

Elle bondit : « J'ai déjà eu à supporter votre connerie de guerre. Je ne serai pas une laissée-pour-compte. Je ne veux pas user ma jeunesse seule dans mon lit. Tu vas rester chez les Angliches. Je ne t'attendrai pas. N'y compte pas ! » Elle se rhabille en courant comme une dératée vers sa bagnole. Je la retiens de force pour qu'elle prenne le temps de faire le plein, parce que nous avons de l'essence à gogo. Paire de gifles en guise de merci : « Je n'ai jamais pensé que tu pouvais être aussi con ! »

À mon retour en France, à l'automne 44, j'ai vérifié qu'elle avait exécuté sa menace et s'était mariée : Mme le docteur Verdier. Boule dans ma gorge. C'est elle qui m'a appelé, deux mois plus tard, au ministère : « Ça t'aurait fait mal de me dire que tu es vivant ! Pendant quatre ans, j'ai craint pour ta vie ! Il faut que j'entende par hasard ton nom à la radio. – Tu es à un autre. – Je ne suis pas à un autre : je baise avec un autre, pour l'hygiène, et tu n'es qu'un sale con ! En fait, une sale bite ! » Julia, Henri, Marion : tu vis dans tes souvenirs... Au fond, tu aimes qu'ils te mordent : ta façon de te prouver que toi, tu es vivant. Tu te revois gardant à l'oreille le téléphone sonnant occupé après que Marion eut coupé. Paie tes demis, réintègre ton chez... Pas chez toi. Chez Ginette. Tu as cru t'en tirer avec une gamine pas de ta génération, qui n'a rien vécu. Machinalement, en payant à la caisse, tu consultes le calendrier. Mercredi 24 avril 1945. En 40, le 24 avril, tout allait déjà mal. C'est le 26 que tu as descendu un Messerschmidt. Coup de bol de novice qui t'a valu une Croix de guerre.

Ginette devait guetter. Sitôt que j'ouvre la porte, elle me saute au cou. La fraîcheur de sa peau de vingt ans, son gros ventre. Elle prend ma main pour que je sente les mouvements du bébé. Au dîner, je parle de choses et d'autres. C'est-à-dire d'autres. Ensuite, le sommeil ne vient pas. Henri, l'ami et le guide de ma jeunesse, Marion qui m'a fait connaître l'amour, sont revenus et ne me lâchent plus. On t'a appris, après ton plongeon, comment chasser les fixations : le somnifère sur ta table de nuit.

8. *Julia*

Quelque chose m'a réveillée. Voilà que mon cœur se met à battre trop fort, comme si Franz était là. Jeune fille, tu avais des rêves fous, mais qui ne débordaient jamais sur ta vie réelle. Avec Franz, tu as perdu ton assiette. Tu ne vas pas t'en tirer avec des comparaisons de cavalière : le cheval que tu aimais à Villeroy est sûrement mort. Tu voudrais en descendre et que Franz te tienne par la taille, comme lorsqu'il t'a descendue du camion. Ça t'agace, mais ton corps garde le souvenir de ses mains.

Je comprends ce qui m'a alertée : un glissement de l'autre côté de la salle, comme un souffle. Quelqu'un marche à pas de loup en laissant traîner un vêtement. Je me redresse. Dans la pénombre d'aquarium, silhouette épanouie, triangles de peau blanche, Katie rentre dans la partie opposée du dortoir. Tout oser, comme elle ! La gorge sèche, j'attends qu'elle soit couchée pour aller à la cuisine boire de l'eau afin de me calmer. Je laisse flotter ma robe de bure pour sentir la fraîcheur. En évitant de me prendre les pieds dans les matelas, je longe la paroi du dortoir. La petite porte vers la partie cuisine est restée ouverte. La clarté des verrières s'interrompt. Au-delà, obscurité de cachot,

sans même un reflet. Tu t'y risques. Rappelle-toi la disposition des lieux : d'abord la chambre des hommes,
c'est-à-dire de Franz, puisque Günter...

Une respiration m'eût guidée dans cette nuit d'encre.
Rien que le silence. Où est-il ? Je touche le bord du lit
sur ma gauche, m'écarte. Tout à coup, je me heurte à
lui, debout devant moi. J'étouffe un « oh » de surprise.
Il chuchote : « On ne passe pas ! Je t'ai entendue
entrer. Il n'y avait que toi pour être aussi... souple. »
Onde de douceur. Comme ce matin, dans le camion. Je
veux passer en riant. Il est plus prompt et m'enlace de
son bras valide. Je m'y attendais un peu et me laisse
aller.

Il passe son bras sous ma robe de bure. Je devine
qu'il va prendre ma bouche, m'étreindre. Qu'il ne
s'arrête pas. J'aime qu'il écrase mes seins contre lui.
Tout devient possible, dans le noir. Comme pour mieux
m'en convaincre, ma robe ouverte, je sens contre moi
son sexe dressé. Je me presse contre lui, l'enlace, y compris son bras qui pend. À moi de le déshabiller. Comme
si je connaissais déjà la géographie de ses vêtements : le
tricot de corps, la ceinture, le pantalon. Sa peau, enfin,
qui me fait trembler. Plus rien que ma hâte à le guider.

M'ouvrir comme je ne savais pas. Monter une longue,
longue course en serrant la houle de son torse, jusqu'à
cet éclair qui m'arrache un cri bref. Le temps qu'il
reprenne son souffle, je le couvre de baisers, caresse sa
peau douce. Si douce. Ses cheveux. Mathilde se deman-
dait si elle n'allait pas faire de son amant son maître :
*Quelles ne seront pas ses prétentions si jamais il peut tout
sur moi...* C'est moi qui peux tout sur lui. Je ne savais
pas l'amour, voilà. Jusqu'à lui. Je ne vais pas le lui dire.
Mathilde a raison, il ne faut pas qu'il en prenne avan-

tage... Il joue avec mes cheveux. Henri, lui, ne les touchait jamais.

Je goûte sa peau. Gourmande. Prête à le reprendre, mais je sens qu'il m'échappe et s'endort comme un bébé. Je règne sur lui. Dénouée. Légère. Légère. C'est donc de ça que Claudine me rebattait les oreilles, les premiers soirs, à la taule. Moi, je n'en parlerai à personne. Endormi, il est tout à moi. C'est merveilleux, ce que la vie peut t'apporter quand tu ne croyais plus à rien. Éblouie. Il m'a éblouie. La vie m'a éblouie. Il a tout éveillé en moi. Besoin de danser. Je ne peux rester.

Je m'extrais du petit lit de fer bien fixé qui ne grince pas, en prenant garde de ne pas le réveiller. Franz est ma vérité, voilà tout. Je révélerai un jour aux autres que j'ai couché avec lui. Je l'ai voulu depuis le début, mais je ne savais pas ou je n'osais pas savoir. La calculatrice en moi reprend le dessus et me rappelle qu'il a une femme et une petite fille. Même s'il retourne avec elles, lui et moi nous aurons pris cette nuit à la guerre. Il a enseigné la jeunesse à mon corps. Je suis amoureuse. Tout un vocabulaire jusque-là abstrait, fait de lieux communs, prend maintenant chair et sens. Et s'il ne retrouve pas sa femme ? Oui, mais lui, allemand...

Et la gamine ? Je pose un baiser léger sur le front de mon amant. Peut-être un baiser d'adieu. Il ne bouge même pas. Je retourne à la douche, la rouvre au minimum, veillant à étouffer tout bruit. L'eau froide. Me laver. Me ressaisir. Pour la première fois, j'entends le sens du mot. Je ne veux rien reprendre à Franz. Ce qu'il a réveillé dans mon corps reste à lui. Tu ne pourras jamais raconter ça. N'empêche, ma petite, tu recommenceras, si l'occasion... Même clarté vague d'aquarium dans la salle, comme s'il ne s'était rien passé.

J'arrive à mon matelas. Je referme ma robe de bure étroitement, comme pour enclore le souvenir. Le sommeil va venir. Un bon, vrai sommeil apaisé. Je me pelotonne. Me laisse aller. Ai-je dormi ? Un drôle de bruit puissant perce, troué de grincements plus aigus. Tank ? Alors, des Russes ? Pas le temps de me dire que j'ai peur. Rafale de mitraillette. Cris des copines réveillées en sursaut. Une autre rafale dans un timbre plus grave. La porte du dortoir vole en éclats. Une escouade lourdement bottée. *Jenchniné !* Oui, on rugit en russe qu'il y a des femmes.

Je me blottis sous la couverture. Chocs des bottes et des armes. Cris aigus étouffés, bruits de lutte, jurons hurlés. Quintes de sanglots. Bramements ! Je serre encore plus étroitement ma robe de bure sur moi, mais reste clouée, tétanisée sur ma couche. La voix toute proche de Gisèle troue le tumulte : « Non ! Non ! Non ! » Reprend un « nooooon ! ». Me libérer de ma paralysie, me laisser glisser du matelas sur le béton du sol, reculer en rampant sur le dos vers la cuisine. Garde-toi de tout mouvement brusque, comme si onduler te protégeait des regards. Je connais mieux mon corps, depuis Franz. Et ça déclenche ma peur. Une peur du plus intime de moi. Le tumulte m'empêche de me repérer. Je tremble sous les bordées d'injures en russe et en ukrainien contre les putains nazies, les salopes de Hitler. Voix de basse qui dominent les cris éraillés ou étouffés des copines.

J'essaie de ramper un peu plus vite pour gagner la porte de la cuisine, mais je dois traverser une zone moins sombre. Je lève la tête. Trop tard, un type m'a repérée. Il se rapproche, brandit un coutelas en me gueulant dans son patois de me coucher, d'ouvrir les cuisses et de ne pas faire d'histoires. Il ôte sa veste.

Odeur écœurante de crasse chaude, d'alcool bon marché. Il agite son couteau et défait de l'autre main, empoté, les boutons de son pantalon. Je lui dis doucement en russe ce qui me vient : « *Ne dostavjaij bol'mné* ! » Ne me fais pas de mal !

C'est monté de mes six ans, quand les garçons, à l'institution pour enfants d'émigrés, me malmenaient, dans la cour de récréation, parce que j'étais la plus petite. Tellement hors d'échelle avec ce que l'autre veut ! À nouveau la frousse me paralyse. Je pense : une frousse bleue. Pas ce que tu aurais dû formuler. Pourquoi, bleue ? Je découvre que j'ai le temps de penser : l'autre ne m'a rien répondu.

Entre nous, un trou de silence que je mesure enfin. J'ose relever la tête : un vrai gamin mal poussé, qui reste ahuri, couteau dressé et sexe de même. Il me dévisage, ouvrant tout grand une bouche déjà arasée en chicots. Stupéfait ? Oui, il en perd la voix, baisse son couteau et son sexe suit. Il se détourne vers ses copains pour leur lancer, de son lourd accent que je devine ukrainien : « C'est des femmes russes. Des Russes ! Des Russes ! Il ne faut pas... » « *Niikak...* » Le reste se perd en bafouillages. Il s'étrangle à le répéter en rentrant son sexe dans son pantalon. Des boutons phosphorescents scintillent à ses manches, sur chaque poignet, jusqu'au coude : un alignement de montres-bracelets. Parmi elles, de petites montres de femmes.

Profites-en pour reprendre ta reptation, d'abord par un petit bond, afin de ne pas donner l'éveil ; puis un autre. Enfin une zone d'ombre. La surprise du gamin que tu sois russe : de ce fait, il nous croit toutes russes. Le tumulte se dissocie entre jurons et cris de douleur, sanglots lourds. Voix perçante mais cassée de Claudine : « Je suis française ! Communiste, comme vous ! »

Torrent d'injures avec des mots tellement orduriers que je ne les comprends même pas. En voilà un qui braille qu'il est monté comme un cheval. Je fais un bon mètre, puis deux, accélère ma fuite, me relève. Avance à grands pas, simplement courbée. Puis je cours ! Droit vers la cuisine.

La mêlée et la confusion atteignent un pic dans les vagues des hurlements et les gémissements. L'itinéraire de ma nuit. Je mets la main sur mon cœur : Franz à la porte, revolver dans sa main droite valide, me reçoit contre lui, m'étreint à m'en casser, chuchote : « Assieds-toi pour me servir de point d'appui. » Je tremble, mais ce n'est plus de peur. Je lui obéis et le reçois sur mon épaule. De là, les silhouettes des Russes se découpent en contre-jour, si on peut parler de jour, mais découpe nette il y a. Franz assure son poignet droit sur moi et tire. Douleur aiguë au tympan, qui m'étourdit. Le Russe le plus proche se redresse et s'effondre. Un autre Russe se soulève de sa proie. Longues lignes de Lucette devant lui. Ma peur revient.

La main de Franz se déplace. Le Russe inspecte le fond du dortoir, cherchant à repérer d'où l'on a tiré. Il cherche quoi, son fusil ? Franz est plus rapide et l'abat, mais je suis certaine à présent qu'il a été repéré et je m'attends au pire. Je me pelotonne contre lui, serre son bras inerte. Les coups de feu ont brisé le tumulte. Un Russe redresse la blondeur de Claudine pour se faire d'elle un paravent.

Soudain, du bord opposé, la silhouette de Katie, ses triangles de peau blanche, fusil à la main, se met à tirer, descendant d'abord le Russe qui se protège avec Claudine, puis un autre qui s'est redressé. Franz profite de la diversion, me repousse un peu pour trouver un meilleur appui et tire de nouveau, calme, comme à l'exercice. Un type s'effondre, révélant derrière lui le jeune Russe qui est venu vers moi, celui aux montres. Je veux crier : Pas lui ! mais les mots s'arrêtent dans ma gorge car il me vise de son fusil. Le rond du canon droit vers moi. Attends-toi au pire ! Franz a déjà tiré. Le gamin, bouche ouverte de stupeur, met sa main sur son torse qui se plie. Les cadrans des montres scintillent sur ses avant-bras. Un innocent. Dur de penser : il lui restait un peu de bon cœur. Peut-être a-t-il cru que c'était moi qui tirais et s'en est-il voulu, en mourant, de m'avoir épargnée. Pas lui. Il n'aurait pas fallu. Mais c'était moi ou lui. Franz m'a sauvé la vie.

Katie continue de tirer. Les autres fuient. Je respire. Je formule : « On a gagné », pour rejeter aussitôt ce dernier mot comme une mauvaise pensée. Une pensée qui fait mal. Nous n'avons rien gagné du tout. Tant de morts. Mes copines violées. Que des perdants, dans cette tuerie. Heureusement, Franz. Je lui dois tout. Je l'enlace. Besoin de le sentir vivant. J'ai le droit. Les copines penseront que c'est parce qu'il nous a sauvées. Je pleure comme elles.

9. Katie

Hurlements, comme s'il y avait le feu. Tu dormais encore à moitié quand tu as reçu sur la poitrine un quintal crasseux qui empestait la mauvaise gnôle. T'a coupé le souffle. Pire. *Thrown off balance.* C'est ce que tu dirais dans un rapport à tes supérieurs. Les mots te manquent, en français. Il m'a déséquilibrée. Trop faible. Prise par surprise. J'ai respiré quand il s'est reculé, avant de comprendre que c'était pour m'envoyer sur la gueule son fusil qu'il tenait par le canon. Pas eu le réflexe d'esquiver. Il m'a eue sur le côté gauche du visage. Plongée dans le noir. J'y passe ma main : le sang déjà sec ; pas la tempe, c'est le front qui a pris. Heureusement. Déjà une bosse. La tempe, ma belle, tu y passais.

Je m'approche du dernier Russe que j'ai flingué comme il s'apprêtait à fuir à bord de la chenillette. C'est le sous-officier du groupe. Il a quoi, vingt, vingt-deux ans, comme ses hommes. Il les a conduits à la curée. Lui aussi pue le mauvais alcool. Les Soviétiques ont eu tant de pertes que, comme les nazis, ils prennent les jeunes, ceux qui n'ont pas eu le temps de vivre, de savoir ce que c'est que la vie : voilà pourquoi ils se comportent comme des animaux. Je caresse le bon fusil à viseur que j'ai piqué au type qui m'a sauté dessus. Il m'a bien servi.

Ma fureur tombe. Rien perdu de ton entraînement. Tu as récupéré. La tête et le corps oui, mais ton sexe te fait mal. L'autre salaud t'a prise dans ton évanouissement. Même si tu ne lui as pas laissé le temps de jouir, tu dois te laver tout de suite. Comment ai-je pu oublier ? Odeur de tanière, sueur, crasse, sperme mêlés. Voix grave de Gisèle qui hurle encore des « Non ! Non ! Non ! » et s'éraille. Aiguë de Claudine : « Des Soviétiques ! »

Quand je suis revenue à moi, l'autre salaud m'avait pénétrée, soufflant, hennissant. La pointe d'une lame piquait en cadence ma cuisse. Serrant les dents, j'ai avancé ma main droite sous lui tandis qu'il s'excitait de plus belle. Je touche la pointe. Gagné ! Remonte vers le manche, assure ma prise, sors le poignard de sa gaine. Le retourne. Ne pas le louper tandis qu'il accélère son rut. Sous la dernière côte, comme au mannequin à l'exercice. C'est lui qui s'enfonce la pointe tandis que tu te crispes pour la ramener à la verticale, jusqu'à toucher le cœur. La première fois que je mets le cours en pratique. Banco !

Tu sais bien qu'en pointant le cœur la mort ne vient pas tout de suite. C'est l'hémorragie qui agit : attention aux derniers réflexes. Certains flinguent encore en mourant. Il mollit. Tu as eu de la peine à te dégager. Si tu es restée capable d'agir selon le manuel, tu ne chasseras jamais ce souvenir. Lucette règne sur les copines au fond de la salle, les unes prostrées, les autres bouillant de fureur, mais toutes ont été rasées de partout, dans leur taule, ce qui leur donne un air irréel de gamines hors d'âge, ensanglantées. Je leur crie : « J'ai descendu le chef ! L'important, ce n'est plus eux ; c'est que nous nous soignions. – Justement, dit Lucette, figure-toi, j'ai trouvé dans la pharmacie du permanganate, parfait pour ça. Avec le jet du bidet, je leur ai montré. » C'était ça aussi, le rouge. Elles me font place. Je rejette ce qui me restait de jupe et aussitôt m'inonde. « Laisse, je vais t'examiner », dit Lucette.

Je m'étends sur un des lits de fer. « Pas de déchirure. Ni de foutre. » Je dévisage Lucette qui sourit en faisant « non » de la tête. Je me relève : « Je l'ai viré vite fait. Occupe-toi des autres. – C'est ce que je fais. » Nous sommes un peu à l'écart. Lucette me prend par les épaules, souriant tristement. « Tu devais bien t'en douter, non ? J'ai été pute et d'abord violée pour accepter. Tu vois qu'on n'en meurt pas. » Comme toujours, son accent adoucit ses propos. Je la serre dans mes bras. « Alors, c'est à toi de les prendre en main. Comme une grande. » Elle attrape une des serviettes que tient Franz, lequel vient d'entrer. Je repars cul nu vers ma couche chercher d'autres vêtements. À la guerre comme à la guerre.

Mon salaud est resté allongé dans sa flaque de sang. Je me sers de sa chemise comme d'une serviette pour prendre son sexe, le décalotter. La chose flasque me paraît sans boutons ni plaies. Propre, en somme. Tu n'en as plus l'usage, abruti ! Qu'est-ce qu'il prend à un homme de se conduire comme un chien ? Le permanganate me suffira peut-être ; de toute façon, au premier centre sanitaire...

La mort l'a détendu, mais je lui vois une bonne gueule rose de Russe aux joues pleines, au poil blond ; si ça se trouve, un brave idiot dans le civil. Pas possible de remettre quoi que ce soit. Je ressors de mon paquetage ma chemise de camp que je noue autour de ma taille pour en faire une jupe. Heureusement, il me reste un slip, enfin, ce que les Français appellent comme ça, mes *pants*.

Reviens à tes copines : il faut que tu soignes leur moral. « Je les ai eus jusqu'au dernier ! » ai-je lancé à la cantonade. Toutes se taisent. J'inspecte le groupe comme si je portais mon grade. Julia a resserré sur elle sa robe de bure. Pâle sourire : « Nous sommes deux à leur avoir échappé. Une Norvégienne aussi. » Je respire : Julia n'était pas faite pour. Tant mieux, comme s'il y avait malgré tout une justice. La petite sœur, décidément. Je la serre contre moi, la couvre de baisers comme au retour d'un long voyage. Elle chuchote : « Un jeunot avec une collection de montres-bracelets sur ses deux manches. Je lui ai dit : *"Ne dostavjaij bol' mné !"* Ne me fais pas de mal ! »

Je n'aurais pas dit comme ça en polonais ; pas eu le loisir. Je lance : « Quand même le Moyen Âge... – Ça oui ! » C'est Claudine qui le crie. Elle a remis sa veste de tricot verte. Elle me confie, très pâle : « Ça va un peu mieux, maintenant que j'ai dégueulé. » Je la prends par les épaules, plonge dans ses yeux trop grands pour elle. Ne trouve pas les mots. Pas perdre de temps. Je commande : « Il faut se dépêcher ! » Ça me semble trop poli. Les copines attendent quoi ? Seul l'argot peut les secouer : « Magnez-vous le train ! Mieux vaudrait que ce soit de jeunes ivrognes en virée, mais c'étaient peut-être des éclaireurs. Vous imaginez, s'il en débarque d'autres ? »

Julia fixe la partie gauche de mon visage. La douleur et l'enflure doivent déformer le bord de mon front et ma joue. Y mettre de l'eau froide. D'abord lui raconter : « Il m'a réveillée d'un coup de crosse à assommer un bœuf. Je suis tombée dans les pommes, et il était dans moi. Le temps de le… de trouver son fusil. – C'est Franz qui tirait. – Comment Franz a-t-il fait, avec son bras ? – Je lui ai servi de point d'appui. » Je l'inspecte : « De point d'appui ? Toi, ma petite ? – Oui, dit crânement Julia, de point d'appui. » Elle poursuit : « J'avais troublé le jeune Russe. Il voulait se faire une Allemande. Mais pas une Russe. Ça m'a donné le temps de ramper jusqu'à Franz. – Pas besoin que tu me fasses un dessin. » Soudain, je hurle : « Et Günter ? Tu as vu Günter ? Non ? Il n'est pas avec Franz ? Oh, merde ! »

Je pense qu'il ne veut pas se trouver dans la salle avec les copines nues. Je cours vers l'entrée, furieuse de n'avoir pensé qu'à moi. Qu'à elles. Du sang a giclé dans la cahute en contreplaqué, des traînées partout. Pas là. Je respire. Je sors. Rien que le sous-off que j'ai flingué. Je rentre dans la cahute, dégage la table brisée, vois son corps dans le recoin où il gît, yeux grands ouverts, brouillés par la mort. « Dire qu'en rentrant tout à l'heure, j'étais si pleine de ma victoire que je ne t'ai pas cherché ! » Les sanglots m'étouffent. Julia m'a rejointe. Je tremble sans pouvoir me contrôler. Je suis une salope de n'avoir pas pensé à lui : « Si ça se trouve, il était encore vivant ! J'aurais pu faire quelque chose. Je suis une conne ! Une affreuse conne ! » Julia me désigne les impacts de la rafale, du foie au cœur : « Il est mort sur le coup ! Ils l'ont cueilli en arrivant. Que voulais-tu qu'il fasse, contre une troupe aguerrie ? »

Je m'agrippe à elle : « C'est le deuxième homme qu'on me tue. Je n'étais pas là quand Michael a été fauché, mais, aujourd'hui, ça s'est passé quand je dormais. Et je l'avais laissé seul. Si môme... J'ai oublié la guerre. » Julia me serre dans ses bras. C'est elle, la grande sœur. Mes sanglots repartent de plus belle. Un jeune animal, trop brusque. Trop léger. Ses yeux pâles, son visage qui s'émerveille. Si puceau. Si bête, d'avoir joui trop vite. Oublie. Oublie-le. Pour toujours. Comme, déjà, Michael. Au moins, Michael, je l'ai eu à moi.

Franz entre : « C'est moi qui aurais dû monter la garde ! » Il s'agenouille et je le vois qui pleure, lui aussi. Du coup, je n'ai plus envie de dire que c'est ma faute, et je l'aide à se relever. Julia chuchote : « Nous devons lui donner une sépulture. » Je me redresse aussitôt : « C'est à moi de faire sa toilette, tu as raison. » « Je retourne m'occuper des vivantes », dit Franz. Julia le suit. Je me vois dans une vitre qui fait glace. Je laisse tomber la chemise, mes *pants*. Ça me lave d'être nue dans le froid de l'aube, devant le corps de mon amant, mes reflets châtains allumés par le soleil levant. Je lave ses plaies, puis m'allonge sur lui. Je me sens très lasse, me relève, referme sa chemise, son pantalon d'uniforme. Les déchirures disent la rafale. J'ôte son blouson afin d'envelopper son corps dans sa capote intacte. Mes larmes reviennent et m'étouffent. On vient. Pas le temps de me rhabiller. Heureusement, c'est Julia. Tout lui raconter comme si chaque mot me le rendait : « Un vrai môme, tu sais, tout bête, si mignon. C'est à cause de moi... – Que voulais-tu qu'il fasse contre une escouade ? Pas plus que nous il n'attendait les Russes ! – Tout de même. Je me sens en faute. Il était si jeune. Si innocent. »

J'enlace une dernière fois Günter. Baise ses yeux, sa bouche. « Je ne veux pas qu'il soit mélangé avec les Russes. On va le déposer sur les marches du temple. Comme ça, quelqu'un lui donnera une sépulture décente. » Son blouson troué par la rafale me va. Je sors le portefeuille, en tire une pièce d'identité. Je la mets dans la poche de la capote et garde le reste. « Je préviendrai les siens en leur disant qu'il nous a sauvées. – Couvre-toi, répond Julia. On va te trouver un pantalon russe. » J'aurais dû monter la garde jusqu'au bout avec lui. Les Russes, d'être accueillis en fanfare, auraient fichu le camp. Julia m'aide à rentrer, décente, dans la salle. J'y pénètre, mal à l'aise : les copines m'ont quand même vue partager son tour de garde.

Claudine est secouée, vague après vague, de lourds sanglots : beaucoup plus menue, fragile, que dans sa rigidité d'infirmière. Elle lève ses yeux bleus vers moi. « J'ai aidé les autres, mais moi je ne peux pas. – J'espère qu'ils ne t'ont pas trop blessée. » Je la sens se raidir. « Je ne pourrai jamais dire ça à mon mari ! – Pense à toi d'abord. Quel besoin auras-tu de lui raconter ? S'ils ne t'ont pas refilé de maladie, il n'en restera qu'un terrible souvenir. Tu ne risques pas de gosse, tu le sais bien. – Tu ne comprends pas : des Soviétiques ! Des Soviétiques ! Ils sont passés à deux sur moi, l'un me tirant les bras dans le dos pour l'autre, en gueulant : *kommounist !* Comme ils auraient fait à une putain ! Des Soviétiques ! » Sa voix siffle.

Bien sûr, se taper une femme du Parti ! Une femme de la haute, à leurs yeux. Me revient bêtement, à cause de sa voix sifflante, l'allitération apprise au lycée : *Pour qui sont ces serpents qui sifflent sur vos têtes ?* Racine. Je ne savais plus ce que ça voulait dire. Je lui raconte mon propre violeur, comment je l'ai eu. Ça me fait du bien. À cause de Claudine, je pense : moi non plus, je ne pourrai jamais dire ça à maman. Elle réagirait en Polonaise. Le viol, c'est la guerre ; un Allemand, elle me plaindrait, mais un Russe ! Elle ne me pardonnerait pas de ne pas l'avoir liquidé avant. Et mon père ! Ça le tuerait aussi sec. Lui, à cause de la révolution d'Octobre !

Gisèle, en état de choc, respire mal. J'entreprends d'ouvrir sa robe remontée en bourrelets qui l'étouffe, puis de déchirer ce qui reste de la grande culotte de taule rêche, fermée sur ses mollets, dégoulinante de sang. Lucette me rejoint, hoche la tête : « Ils l'ont déchirée, si ça se trouve elle était vierge. » Nous essayons de l'asseoir, mais elle se raidit, égrenant ses « Non, non, non ! » Claudine me chuchote : « Il lui faudrait un calmant. Reste-t-il du schnaps ? » Lucette court à la cuisine, ramène une bouteille intacte. J'oblige Gisèle à en boire. Sans résultat.

Julia a pris Franz par sa main valide et lui dit avec une douceur qui m'émeut : « Notre petit Günter, après Honsi... » Elle a remis son tailleur comme lors du dîner, et cette élégance dans le chaos montre qu'elle ne veut pas baisser les bras. Elle me raconte qu'elle s'est retrouvée face au collectionneur de montres qui la flinguait. Mais Franz a été plus rapide. « Je lui dois en plus la vie. » Je traduis. Donc, avant, il l'a baisée. « Ni en plus ni en moins, ma chérie. Nous vivons. C'est tout ce qui compte ! »

Choisir parmi les morts un pantalon assez menu, qui m'aille. Julia prend des couvertures pour les disposer sur les tués. Leur mort devient plus propre. Je dis : « C'est la guerre qui a fait d'eux des bêtes. J'ai aimé les flinguer ! Ça m'a fait du bien ! » Elle me regarde, interloquée : « Tant de morts ! – Eux ou nous. Pense à Günter. » Julia rougit. Elle commence à apprendre la guerre.

L'aube se déploie, plus une seconde à perdre pour fuir. Julia revient, ayant passé sa robe de bure sur son tailleur, comme un manteau. Qu'est-ce qui nous attend au-dehors ? Avec son aide, je place Günter sur le banc à l'arrière du camion, Gisèle sur celui d'en face, gardée par Claudine et Lucette. Les Norvégiennes font bloc sur les autres. Julia et Franz montent à côté de moi sur le siège avant. J'ai observé comment Günter passait les vitesses en double débrayage, à cause du dérangement de la boîte, et je conduis sans anicroche le camion devant le temple.

Julia, Franz et moi portons Günter sur le parvis, lissons sa capote, sa tête bien dans le prolongement du corps. Je vais m'agenouiller quand je suis dérangée par un grognement dans un accent traînant : « *Die Ru-ussen ?* » Le vieux rencontré à notre arrivée sort de sous le porche, les yeux gonflés de sommeil, barbe encore plus de travers. Qu'est-ce qu'il veut, avec ses Russes ? Je lui gueule qu'ils ont disparu, les Russes ! Il mâchonne. Je devine : coups de feu ? jeune mort ? Tout à trac, je perce son bredouillage : les Russes lui ont demandé : « *Wo Frauen ? Wo ? Huren !* » Où sont les femmes, oui, comme ça : Où ? Les putes ! Plat de sa main pour dire un couteau devant sa gorge de coq. Il a cru qu'ils savaient, à cause du camion, et a répondu : dans l'abri.

« C'est cet imbécile qui a conduit les Russes jusqu'à nous. Leur a indiqué le *Schutzraum* ! » Je sors mon revolver. En face de moi, le regard égaré, les vieilles mains plissées de rides, tremblotantes, que le vieux essaie de lever. À quoi ça rimerait de le flinguer pour sa connerie ? Je lui hurle de ficher le camp. Il s'est conduit comme une ordure, un seau à merde, *ein Scheisskübel* ! À Julia, sidérée, j'explique : « D'accord, les Russes étaient partis à la chasse aux femmes, mais ce crétin leur a dit où trouver le gibier. Mon pauvre Günter ! »

Le vieil homme grommelle qu'il va lui trouver un cercueil de bon chrétien. Ça ne manque pas. Pour que Dieu prenne bien soin de lui, il creusera la fosse, mais il faudra qu'il trouve de l'aide pour transporter le corps. Quand on est tout seul, si vieux, on n'est plus bon à rien.

Je passe la main sur mon front, réveille la douleur du coup de crosse. Je me mets à pleurer, sans retenue. Tout ça est tellement bête. Julia comprend et me serre dans ses bras. Elle a eu raison de remettre sa robe de bure. Je caresse sur moi le blouson de Günter. Un peu plus tôt, les Russes nous tuaient ensemble.

10. Roger

Cocu, ça tu l'es jusqu'à l'os, mon vieux ! Depuis qu'ils ont appris la rencontre entre Américains et Soviétiques au cœur de l'Allemagne, les troufions s'embrassent à qui mieux mieux. Toi, tu es dans la merde, parce qu'elle a lieu près de Torgau, à trente kilomètres au nord. Tu avais cru tirer le gros lot en suivant ces éclaireurs, mais le commandant en chef, l'Américain

Hodges, mieux informé de l'avance du Soviétique Koniev que notre groupe, trop le nez sur le terrain, nous a baisés.

Pas le plaisir qu'on lise : « Notre envoyé spécial Roger Chastain était là. » Depuis Munich en 38, tu n'as plus quitté les armées, vraies ou clandestines. Interprète en 39 dans une unité anglaise, l'enfer de Dunkerque, Douvres d'où tu es renvoyé en France avec un régiment qui détale jusqu'en Aveyron, tu t'es pris les pieds dans la frousse et la honte. Au maquis, tu te découvres un professionnel face à des amateurs, ce qui te fait renâcler devant un rassemblement de la Résistance au Vercors, échapper de peu au massacre, y laissant tes copains. À la Libération, l'armée retapée n'aime guère les irréguliers : elle ressort tes capacités linguistiques afin de promener des officiers américains. Un pas de côté, te voilà correspondant de guerre.

Le groupe de reconnaissance vient de franchir le pont de Belgem, resté intact, et monte sur la rive opposée de l'Elbe dans un paysage de champs du vert clair des jeunes pousses de blé. Les parcelles un peu plus bleues, c'est l'avoine. Souvenir du temps de Céline, la fois où l'oncle et elle t'ont emmené dans la Creuse pour les vacances de Pâques. Ce matin, rien de plus dangereux qu'alors : des fermes isolées, faciles à neutraliser pour éviter toute embuscade. La route ne mène à aucun centre important.

Le *command car* du lieutenant texan s'arrête parce que deux motards reviennent de l'avant. Billy, tournant ses cent kilos vers moi, descend d'un saut. Un *truck* vient à notre rencontre. Si c'est l'avant-garde des Russes, le général sera bien baisé. *Will get fucked ! A lot of fun*. On rigolera un bon coup ! Matinée de printemps, arbres en fleurs, la branche peinte par Van

Gogh dans le bleu du ciel, mais répétée par dizaines. Les motards vrombissent vers l'avant, ce qui casse un peu l'églogue.

Mon Texan revient perplexe : Pourquoi un camion ? Il n'aime pas ça. Hier, une poussette d'enfant abandonnée actionnait un champ de mines. Une chance folle que le premier motard ait traversé sans ralentir. Et ce patelin, barré par une machine agricole où ils se sont fait tirer dessus à la mitrailleuse. Deux jeunes *deadheads*, des demeurés, mais tout de même ! Je me demande si Billy sait ce qu'est une résistance de maquis, comme en France. Le camion débouche au sommet de la côte, déglingué, capote trouée, pare-brise rabattu. Pas du tout faraud, précautionneux, déjà encadré par les motards. Pas russe. La croix-rouge sur le haut de la bâche.

Billy rigole à présent : ça n'est que des bonnes femmes, des civiles, mais qu'est-ce qu'elles peuvent bien fiche dans un coin pareil ? Le bon papier du jour se trouve ici. À Torgau, toutes les agences raconteront la scène. Ici je suis seul. La pellicule en place dans mon Rolleiflex, des photos du feu de Dieu ! Le camion s'approche. Impacts de balles de mitrailleuse sur son pare-chocs, le capot du moteur et le haut de la bâche. Une solide fille châtain dans un blouson de troufion allemand, un peu juste pour sa poitrine, tient, appliquée, le large volant comme si elle avait fait ça toute sa vie. À côté d'elle, un type assez jeune en uniforme d'officier de la Wehrmacht, bras gauche en écharpe, et une fine jeune femme brune, bizarrement en robe-sac de bure, mais délurée celle-ci. Française, pour avoir ce chic en hardes usées.

Les autres femmes arrivent de l'arrière du camion en sautant à bas de la benne. Sauf une petite blonde, genre poupée, qui paraît en visite, robe claire, chaussures à talons et veste verte, elles ont toutes gardé leur robe de bure de prisonnières. Une grande blonde effilée tranche par son aisance. De la classe, en dépit de sa défroque. Deux infirmiers passent avec une civière, portant une mémère en tailleur d'avant 14 qui s'agite. Elles en ont donc vu de dures.

Je me plante devant la conductrice. Une fois dépliée, grande pour une femme, sa poitrine déborde du treillis pas fait pour elle, dépareillé : blouson schleu déchiré, falzar bleuâtre, grolles de souris grises. L'apostropher en français me semble con. Je demande en anglais d'où elle sort. Elle éclate de rire : « Votre accent n'est pas mauvais. Nous sommes françaises. Enfin, pas toutes. Quatre Norvégiennes et une Belge. Moi, je suis anglaise par mon mariage, mais veuve. » Avenante. Pas froid aux yeux. Je lui souris : « Vous voici en sûreté. – Nous en avons bien besoin, figurez-vous. Mais c'est grâce à l'*Oberleutnant*. » Elle part vite fait rejoindre le groupe.

La longue blonde s'approche : « Vous n'auriez pas une cigarette ? » Fine pointe d'accent : c'est elle, la Belge. Mon paquet de Lucky Strike, j'en fais jaillir une, elle l'attrape. Mon briquet. Elle aspire la fumée en fermant les yeux : la tête qu'elle doit avoir dans l'amour. Je m'écarte comme un intrus. Elle me tapote l'épaule : « Deux ans. Vous vous rendez compte ! » Je calcule : deux ans non plus qu'elle n'a... Elle devine et rougit. Ce qui lui va bien. Trop tôt pour lui faire du gringue, pas farouche.

Déjà Billy s'est emparé du type de la Wehrmacht, assez jeune, de la tenue : on le prendrait pour un acteur de cinéma, Clark Gable en blond et en plus sec, mais uniforme pas net, taches de sang. Il remet, de sa main valide, son revolver à Billy, puis l'autre bras dans l'écharpe. Je reviens à la solide conductrice et à la brune si fine : « Vous sortez d'où, si ce n'est pas indiscret ? » Elles éclatent de rire. « Madame, d'une prison, lance la châtain ; moi, d'un *K Z, Katsett* qu'ils disent, un camp. Les SS voulaient nous envoyer en Suède comme monnaie d'échange d'on ne sait quoi. Le lieutenant nous a sauvées de la débâcle allemande en nous amenant ici. »

Genre pas froid aux yeux. Un camp ? Elle ne souffre pas de la faim. Je répète, incrédule : « Les SS ? – Oui, monsieur. Il s'agit même du sommet SS, de M. Himmler soi-même qui a dû faire un enfant dans le dos à M. Hitler pour tenter d'obtenir une paix séparée en envoyant des détenues occidentales en Suède. – Vous semblez en bonne santé. – J'en suis moins sûre que vous. »

Elle se passe la main sur le côté gauche du visage et je découvre un gros bleu qui descend de sa tempe et s'ensanglante sur la pommette. « Nous avons été bombardées par un avion russe. » Je complète : « Vous trouverez un petit poste de premiers secours. – Merci bien. Ce n'est pas ce qui m'inquiète ! » Je m'adresse à sa compagne : « Vous ne dites rien, madame ? – Katie est parfaite pour communiquer avec la presse, monsieur. C'est elle qui en sait le plus. » Elle ouvre sa robe de bure, la dépose comme un manteau et paraît en tailleur gris de ville.

La voix de son visage : un peu grave. Beauté d'ailleurs, pommettes hautes, fossettes, une finesse : « Madame, ai-je répété bêtement. – Laissez. Je m'appelle Julia. – Moi, c'est Katie, coupe la fille au treillis, je n'en ai pas l'air, mais je suis un officier anglais. Dites-le au type qui commande ici. – C'est facile. » Je me suis trop avancé. Billy a disparu avec le lieutenant allemand. Julia reprend : « Où en est la guerre ? Sauf que les Russes sont très proches, on ne sait rien. » Elle range sa robe de bure dans le camion. Je la tuyaute sur Torgau. Sans oublier le château. « Xe siècle, puis Renaissance, les Ricains sont très fiers : ils ne l'ont pas bombardé, mais vous ? Votre copine, sur une civière ? – Parce que vous, monsieur le *war correspondent*, vous croyez pouvoir publier que les Russes ne respectent pas les lois de la guerre, quand votre général et le leur vont se faire la bise ? » Elle a du chien, dans sa colère.

Je ne veux pas lui laisser le dernier mot : « Viendra un temps où il faudra en parler. – Vous le croyez pour de bon ? – Les embrassades ne durent qu'un temps. Quand on en sera à partager l'Allemagne… – L'important, c'est d'aider le lieutenant allemand. C'est lui qui nous a sorties de l'enfer. Dites bien à vos copains américains que nous lui devons tout. » Tremblement dans sa voix. Pas possible qu'elle soit amoureuse de ce Schleu. Mais, avec sa gueule à jouer le héros d'un film américain…

Katie arrive, me prend le bras. Un beau morceau, et comment ! « Julia a eu raison de vous faire la leçon. Trouvez-moi votre chef, je suis vraiment un officier anglais. » Si proche, elle me trouble. Une présence sans gêne. Elle concède : « D'accord, je n'en ai pas l'air. » Billy revient, sourcils froncés. Je fais les présentations, résume sèchement l'affaire. Il se penche pour grommeler qu'il n'y a d'hôpital digne de ce nom qu'à Halle, à soixante kilomètres en arrière. Il essaiera d'y évacuer la blessée ; en attendant, il va la déposer au couvent de Belgem, la ville sur l'Elbe. Les bonnes sœurs sauront s'en occuper. Que Katie aille au cantonnement afin de s'y chercher un uniforme convenable, même si c'est de *guy*, de mec.

Halle m'a fait tressaillir. « Attendez, je ne veux pas manquer la photo. » J'arme mon appareil, règle la distance en faisant placer Billy, qui les écrase, entre Katie et Julia. Un peu bal masqué, avec le désordre des tenues, mais, justement. Je recommence en y joignant l'Allemand, puis rassemble toutes les femmes. Il y aura même les impacts de balles sur le camion. La Belge en profite pour me taper d'une autre clope. Doit être championne au lit, mais c'est la châtain qui me botte.

Tandis que les femmes s'égaillent, Billy fonce sur moi. Déjà, tout à l'heure, je l'ai deviné à cran, sans comprendre. D'habitude, il aime bien qu'on le photographie. Surtout avec des pépées. Il m'entraîne derrière le camion afin que personne ne puisse entendre : on vient de lui donner l'ordre de revenir en arrière. Pas à Belgem, bien au-delà de Leipzig, pour laisser les Russes occuper le plus gros morceau d'Allemagne. « *In any case, we're in a real shithole !* » De toute façon, on est vraiment dans la merde ! C'était pour ça, déjà, la journée de repos, si absurde, à Halle.

Sa rogne éclate : « *I'm too old for this shit !* » Je suis trop vieux pour ces conneries ! Abandonner le terrain sur cent cinquante kilomètres et plus pour le plaisir de ce *scoundrel*, ce scélérat de Staline ! Les populations d'ici croient la guerre finie pour elles. Il fonce à Torgau pour en savoir plus. « *Frenchie*, si tu veux venir... »

Cent kilomètres et plus en arrière, ça veut dire que Halle... Cordelia. Ne pas la laisser dans ce foutoir. Comme tous les papiers les plus sensationnels, celui-là restera dans ton stylo, impubliable pour la censure, à cause de l'info sur le retrait des Amerloques. Ça me fait battre le cœur en chamade. Pas seulement à cause de Cordelia : les femmes du camion, ça crève les yeux, ont un drôle de compte à régler avec les Rouskis. Pas possible, tout de même, qu'il ne sorte de ces millions de morts qu'un nouveau découpage de l'Europe, façon traité de Versailles. Tu ne peux plus te payer le point de vue de Fabrice del Dongo sur la guerre. Déjà, après les tas de morts de Bergen-Belsen. Le téléphone et la radio ont tout changé. Un général ne fonctionne plus à la longue-vue, mais à ses écouteurs.

Un véritable convoi pour Torgau, automitrailleuses en tête et tout le toutime, parce que le colonel, un *Wasp*[1], lui, protestant de souche, a voulu aussi être de la fête. Français, je trouve un coup fumant que de Gaulle ait trouvé moyen de figurer parmi les vainqueurs. Pas écrit dans les astres. Un sacré culot, avec ses deux étoiles. La Résistance, après tout, aura servi à quelque chose. Les Français vont retrouver leur rôle d'emmerdeurs, tellement oublié depuis le Front populaire. Ferme-la ! Tu n'en es pas à l'après-guerre. D'abord, les Alliés vont calter devant les Russes.

Le convoi s'arrête à quelques kilomètres avant Torgau, au bord de la vallée de l'Elbe. Sans m'attarder au paysage, pourtant du genre sublime, j'en profite pour aller parler avec le colonel, un vieux blanchi sous le harnais de West Point. Même humeur de dogue que Billy. Vérifiant que nous sommes assez à l'écart de ses hommes de protection, il me confirme que les troupes américaines sont allées beaucoup trop loin, et trop vite. Tout ce que nous voyons sera zone d'occupation russe. Hodges a réussi son coup de bluff presque jusqu'à Berlin, mais l'oncle Joe[2] doit être dans une de ces rognes !

---

1. Pour *White Anglo-Saxon Protestant*. S'entend aussi dans le sens de « guêpe ». (*Note de L.C.*)

2. Surnom de Staline, à l'époque, chez les Anglo-Américains. (*Note de L.C.*)

Leipzig sera russe. Et Erfurt, Weimar. Naturellement, tout ça « *strictly off the record* ». Pas à répéter ! Juste pour que vous puissiez, mon vieux, « *play dumb* », jouer au con lorsque l'affaire deviendra publique. Quant à Billy et à ses éclaireurs qui ont franchi l'Elbe : « *They will be indignant !* » Ils l'auront mauvaise.

Je pense de nouveau à Cordelia. Tu ne peux rien pour elle. L'immense convoi de l'armée américaine, les centaines de tanks et de camions lourds pour l'essence, les ravitaillements, tout le charroi qui accompagne les GIs[1] va faire marche arrière sous le regard des Allemands qui se découvriront abandonnés ! Des films vrais d'horreur, aussi tordus que celui-là, jalonnent l'époque. Rien à voir avec le roman que tu cherches. L'actualité, même la plus perverse, reste du journalisme. Il y a roman quand les mots décollent, te font lever le nez plus haut que les traces de pneus. Est-ce qu'on va en venir à se taper sur la gueule avec les Russes ?

Je retombe sur le colonel. L'ordre vient de lui être confirmé. D'abord, revenir derrière l'Elbe. Il en bafouille. Oublier, mais oublier jusqu'à l'amnésie qu'on est passés au-delà. Pas le temps de rassembler l'escorte, elle nous courra après. Ces ordres, dans leur stupidité, exigent qu'il soit là où ça va craquer. « *We are in a mess !* » Quel gâchis ! Si vous voulez me suivre.

Trente bornes en Jeep à tombeau ouvert, sans même en placer une, tant la vitesse, la poussière, la honte nous étouffent. Retour à Belgem, laissant le colonel à ses remords, je me rencarde sur les bonnes femmes. Au QG, le gratte-papier ne sait pas, mais me jette qu'il y en a deux ou trois vraiment « *fuckable* », baisables. Fallait

---

1. Mot à mot, *Government Issue*, « fourniture du gouvernement ». Désigne les soldats des États-Unis. (*Note de L.C.*)

pas rêver : ce serait pour les gradés. Je le laisse face aux photos de pin-up agressives devant quoi il doit se branler, le soir.

Avec mon brassard de *WC*, je peux circuler. Intonations françaises. Katie, dans son treillis neuf, ajusté, de l'armée américaine, m'envoie un sourire complice. Julia, en son tailleur civil clair, un peu large sur sa minceur, me confie : « Moi, je ne les intéresse pas. Je ne suis que la veuve d'un héros de la Résistance. » Veuve ? Malgré moi je la dévisage. Voix de caresse. Je lui raconte Torgau. Sans les ordres de recul. Son visage pur se défait : « Alors les Russes étaient vraiment sur nos talons. » Elle baisse les yeux. « Ils vous auraient libérées. » Elle me fixe de son regard sombre : « Vous en êtes si... sûr ? » Elle cherche quelque chose de très difficile à sortir du fond d'elle-même. S'éclaire, ayant trouvé : « Vous imaginez le périple pour rentrer chez nous au cas où nous aurions été rejointes par eux ! Même si, du fait de mes origines, j'aurais pu servir d'interprète. » Non. Je n'avais pas imaginé. « Et puis, ajoute-t-elle en baissant les yeux, les risques physiques, tout de même... Dans une armée en guerre. » Je la dévisage : des hommes au régime sec avec elle.

La première fois, depuis Paris en octobre 44, que tu parles avec une jolie femme-femme. Tu ne comptes pas Cordelia, ni les consœurs, plutôt rares : elles veulent vivre comme des mecs et en remettent dans le disgracieux. Tu insistes : « Ça ne vous gêne pas de me raconter votre... odyssée ? » Mot con, mais pas trouvé d'autre. « Non, mais il faut que Katie soit là. Elle sort d'un camp. Que Franz... Werfer, notre convoyeur allemand, y participe. C'est grâce à lui que nous sommes là. Il parle français. » Elle l'appelle Franz tout court. Katie sort du bureau, vraiment militaire à présent. Son retour me réchauffe. Je lui lance : « Votre copine me fait comprendre que je dois lui ramener Franz Werfer. » Moue ironique : « Vous comprenez vite, monsieur le journaliste ! » Elle se paie, encore plus carrément que Julia, ma fiole. Je la prends par le bras : « C'est mon métier de comprendre vite. Surtout ce que disent les femmes. – Vraiment ? » Je l'ai enfin touchée. Au propre et au figuré. Si Katie n'est pas la plus jolie, elle est la plus excitante, et disponible.

Le mieux est d'aller demander aux officiers du renseignement où se trouve l'Allemand. On me répond : à l'infirmerie où l'on essaie de rétablir son épaule déboîtée. Le lieutenant s'est engagé sur l'honneur à ne pas s'enfuir. Ils n'allaient tout de même pas inventer un camp pour un seul prisonnier, officier de surcroît. À l'infirmerie, le toubib explique qu'ils n'ont rien pu pour lui. Pas de fracture, une contusion interne. Il faudra du temps, des massages pour débloquer l'articulation.

Je le repère sur un lit de camp. Rasé, ce qui le rend plus jeune. J'attaque sans préambule : « Je voudrais obtenir un récit de la libération de ces jeunes femmes. Elles tiennent à ce que vous y participiez. » Il se redresse et, dans un français à peine martelé : « Oh, vous savez, tout ça était très administratif, jusqu'à ce qu'un avion d'assaut russe nous prenne pour cible. Elles ont eu de la chance. – Mais c'est vous qui avez décidé d'aller vers l'Elbe ? – D'aller, à la fin, vers les Anglo-Américains, oui. – Vous vouliez en finir avec la guerre ? – J'ai été un des Allemands qui n'en voulaient pas. Je l'ai quand même faite. Disons qu'hier j'ai interprété des ordres qui ne voulaient plus rien dire. – Vous êtes d'accord pour un entretien ? – Pas sur moi. Sur le sort des femmes, oui. C'est elles qui comptent. »

La flamme dans les yeux de Julia en nous voyant arriver. Elles ont fait venir deux copines qu'elles présentent : Claudine, la petite effrontément blonde, plus que jamais l'air en visite, infirmière et communiste ; Lucette, la grande Belge avide de cigarettes, mannequin condamnée pour espionnage. Photo de leur groupe. La prison. Ellsrein. « Tout ça s'est passé hier, le 24. » Le lieutenant confirme que le transfert vers la Suède était prévu plus tôt. Mais les bureaux... « Et c'est ensuite que vous avez été mitraillés ? » Katie raconte d'une traite la fuite des Berlinois, le mitraillage par l'avion soviétique qui tue les deux chauffeurs et blesse le lieutenant, la mort de son adjoint Günter dans un accrochage avec des Russes.

Quelque chose se casse dans sa voix en parlant de Günter. Tu déconnes à imaginer qu'elles baisent. Tu veux en savoir plus sur cet accrochage, mais, déjà, elle explique : « Ça porte à trois le nombre de nos tués par les Russes ; plus Gisèle, blessée. » Elles ont déposé le cadavre de Günter sur le parvis de l'église protestante la plus proche. Les autres l'approuvent trop vite. Je suis persuadé qu'elles me mènent en bateau. Il s'est passé autre chose. Je me tourne vers le lieutenant : « Quels sont vos projets quand on vous aura libéré, ce qui, me semble-t-il, ne saurait tarder ? – Partir à la recherche de ma femme et de ma petite fille. Aux dernières nouvelles, mais c'était il y a deux mois, elles étaient à Potsdam. Il y a eu un bombardement. Si elles sont restées là-bas, elles se trouvent à présent chez les Russes. »

Je fixe Julia, mais elle ne laisse paraître aucune émotion. Le lieutenant se retire. Julia le suit avec, à mon adresse, un « Faites bon usage de nos réponses ! » et prend sans façon le bras valide. C'est donc tout à fait net entre eux deux. Pour faire diversion, je demande à

celles qui restent : « Comment vivez-vous d'être libérées ? » J'ai trouvé une question qui les désarçonne. « Je
ne me sens pas du tout libérée, dit la petite Claudine.
– Sauvées, si vous préférez. – Si les SS ne nous avaient
pas sorties de la prison, nous aurions été libérées par les
Russes. Ils nous auraient respectées. »

Je laisse s'apaiser le tollé que ces propos ont déclen-
ché chez les deux autres. « Il faut toujours que tu
récrives l'histoire selon tes rêves, reprend Katie. C'est à
cause des Russes que nous ne nous sommes pas senties
libérées, juste sauvées. Roger, vous avez trouvé le mot
juste. – Vous, vous n'avez rien à dire ? » Je me tourne
vers la Belge qui joue les belles indifférentes. Elle
esquisse un sourire : « Je ne me sentirai libérée que
lorsque je saurai si je peux commencer une nouvelle vie.
Ça vous semble peut-être idiot, mais c'est comme ça. »
Sourire éclatant, photogénique.

Je me tourne vers Claudine : « Vous pouvez être
d'accord là-dessus ? » Son visage de poupée se défait.
« C'est la seule question dont la réponse ne dépend pas
de nous », coupe Katie pour l'empêcher de réagir. Je
me garde d'insister. Des blessures encore à vif. En
groupe, elles ne m'en diront pas plus. Je les quitte.

À Katie qui me suit : « Pourquoi vous ne me dites pas
la vérité ? » Elle s'éclaire, moqueuse, ce qui la rend
jolie : « Vous pouvez dire, vous, monsieur le correspondant de guerre, ce qui se trafique à présent avec les
Russes ? Non. Vous ne pouvez pas non plus écrire sur
Julia et Franz, l'amour fou entre la veuve d'un héros de
la Résistance et un Schleu ! Pour Claudine, la communiste, c'est l'horreur ! Ça l'incite encore plus à se raconter des histoires pieuses. – Vous me parlez comme si
vous aviez cent ans ! – Mille ans ! (Elle relève la manche
gauche de son treillis. Beau bras, bien ferme.) Vous

savez ce que ça veut dire, ces chiffres tatoués ? Auschwitz. Je n'ai fait qu'y passer. La vérité n'est pas pour les journaux. Vous me le jurez ? – Sur mon âme. – Hier, on a été attaquées, la nuit, dans l'abri où nous dormions, par une escouade de jeunes Russes qui se sont jetés sur nous. Ils étaient partis en bordée se faire des Allemandes, et un vieil imbécile leur a dit où nous étions. Günter, l'adjoint du lieutenant, a été tué. Ces Russes, je les ai flingués moi-même. Avec Franz. Vous y êtes, à présent ? Des Soviétiques violeurs. Des violées. Une Anglaise et un Allemand qui descendent nos bons alliés l'un après l'autre. Notez, Julia leur a échappé. Elle leur a parlé en russe. Moi, avant cette horreur, j'avais eu envie que notre petit Günter me prouve que j'étais encore une femme. Ça vous va ? »

Elle me fixe jusqu'à ce que je baisse les yeux. Le coup sur sa tempe ? Je voudrais la serrer dans mes bras, en m'excusant. C'était donc ça, leur secret ! Mais alors, leur copine sur une civière ? « Ne faites pas cette tête-là. Nous ne nous en sommes pas trop mal sorties. Moi, j'ai tué mon Russe à temps. » Son rire, trop sonore. Je dis sans réfléchir : « Mais on va les leur laisser, ces Allemands, ces Allemandes que nous avons occupés, réinstallés dans la paix ! » Elle me dévisage, bouche bée. « Qu'est-ce que tu dis ? » Je lui ai arraché ce tutoiement. À mon tour de raconter mon secret : « Je t'emmène chez Billy. »

Il est dans son bureau, affairé à organiser le rebrousse-chemin de toute son unité. Katie l'attaque dans un bel anglais, véhémente. Billy, rouge brique, prend son téléphone, gueule pour obtenir le colonel, et nous y conduit. Katie répète ce qui leur est arrivé, ajoutant : « Vous allez les livrer au Moyen Âge. » Blême, le *Wasp*, toujours digne, attrape un téléphone rouge. L'état-major.

Puisque la ligne de chemin de fer est rétablie, il veut un train de wagons de voyageurs demain à dix heures à Belgem. Tout ce qu'une locomotive peut tirer. Sa voix monte d'un cran : Priorité absolue ! L'honneur de l'armée. Puis, pour nous : « J'organise une patrouille dans la ville pour préparer l'évacuation sans pagaille. Voulez-vous en être ? »

Trois Jeeps, la première et la dernière occupées par les MPs[1] armés jusqu'aux dents. Il faut se casquer et Katie me paraît encore plus avenante, avec ses mèches un peu rousses qui cachent le coup qu'elle a reçu. Soir aux souffles tièdes du printemps. Çà et là, une fenêtre ouverte laisse pénétrer dans une intimité. Couvre-feu respecté à l'allemande, c'est-à-dire total. Demain, ces gens devenus paisibles et confiants vont devoir entasser les plus précieux de leurs biens après avoir cru la guerre finie pour eux.

Au retour, Katie s'empare du colonel : « Évacuez les femmes, les filles d'abord. Camouflez ça sous une opération humanitaire. » L'autre la fixe. « *There's no camouflage for dishonour.* » Les mots sont les mêmes dans nos deux langues. Il nous sert des bourbons bien tassés. Katie prend ma main : « Arriver au bout de cette interminable guerre pour se dire que rien n'est fini ! – Si. Pour tes copines et toi. » Le colonel s'approche. Si quelqu'un lui avait prédit qu'il pousserait ses tanks et ses garçons depuis la Normandie, mille miles, la bataille des Ardennes, des montagnes de morts et de blessés, pour, en fin de course, montrer son cul aux Russes, il l'aurait tabassé jusqu'à lui faire crier grâce. « *To let him beg for mercy*, oui, monsieur le Français. »

---

1. Military Police. (*Note de L.C.*)

Katie se laisse aller contre moi. Ses cheveux châtains s'enflamment sous la lumière trop blanche. Elle sent l'eau de Cologne de l'armée. Quand le colonel nous laisse, elle chuchote : « Je vais faire monter le dîner dans ma chambre. Je ne voudrais pas rester seule, cette nuit. Si le cœur t'en dit... » Plus bas : « Tu as un préservatif ? »

11. *Julia*

Cet air affairé que prennent les militaires, même quand ils sont au repos, te dérange. Seule à porter des chaussures de femme dans ce mess, les auxiliaires féminines étant équipées de godillots réglementaires, ton tailleur un peu osé pour la saison, tes jambes nues te font paraître en visite. Provocante. Comme une pute du dehors ? Tu débloques, ma mignonne ! Ils viennent juste d'arriver. Ils n'ont pas eu le temps de s'approvisionner. N'empêche, ils te jaugent. Devinent. Franz et moi marchons du même pas. Sans nous toucher, le courant passe. Hier soir, il a mis sens dessus dessous ton corps, l'idée que tu te fais de ton corps et de l'amour. La guerre est revenue sur cette aubaine. Tu lui as échappé parce que le goût de votre étreinte t'empêchait de dormir. Tu voudrais enserrer ta tignasse dans un foulard. Paraître plus sage.

Tu n'y tiens plus, tu le regardes. Il le perçoit et se tourne pour te sourire. Tu frémis d'aise. Trop maigre, fanée sans nul doute sous la lumière crue, blanche des barres de néon que les Américains ont tout de suite posées, tu redoutes ces retrouvailles à froid. Jamais tu n'aurais cru la salle si grande, le couloir si long, tes pas si menus. Enfin, la bonne porte. Franz te tient de son bras valide. Ne réfléchis plus. Tu ne le reverras peut-être jamais. Demain, il sera dans son parcours de prisonnier. Au bout, son épouse et sa petite fille.

S'arrêter là. Prendre sa bouche devant eux tous. Lui dire bonne chance. Peur de tout gâcher. Hier, l'imprévu. L'audace. Ce soir, envie de fuir.

Mais avec lui. Je veux son bras autour de moi.

Tu ouvres sa chambre. Tu peux encore revenir en arrière. Pénombre devant vous, tu trembles, et, le seuil franchi, il t'attrape avec sa seule main, te serre à t'en faire perdre haleine, te lâche pour refermer lui-même porte et verrou. Tu le prends dans tes bras et poses enfin tes lèvres sur les siennes. Tu n'as plus peur que de ta propre impatience. Tu l'aides, comme tu as appris, hier, à ôter son uniforme. Défais ton chemisier. Torse nu, tu laisses tomber jupe et culotte que tu enjambes.

Instant de vide. Ta peur monte. Tu voudrais cacher la cicatrice si laide sur ton sein. Il est déjà contre toi et, de son bon bras, t'attire. Sa peau si douce, si appariée à la tienne ; la hâte du temps volé sur la guerre vient de disparaître. Tu penses : c'est à présent que je suis libérée, de la taule et de moi. Son torse dans mes mains. Tu n'avais pas imaginé les délices de le retrouver. Le savourer. Sa lenteur vers moi.

Violon dont il est l'archet, mon corps joue sa partie. Pourvu que le chant dure. La mélodie. Tu n'es plus qu'elle. Contre-*ut*. Laisse-toi aller. Oubli du temps, de tout.

Franz a bougé le premier : « Tu es la femme dont j'ai rêvé et que je n'ai jamais rencontrée. Hier, quand j'ai profité du noir, j'ai craint que tu ne me répondes par une gifle. » J'éclate de rire. Un rire aux larmes. « Je ne savais rien de ce que je voulais, de ce que je pouvais te donner. » J'aime qu'il caresse ce qui reste de mes cheveux. Mes joues. Il chuchote : « Je n'ai pas trouvé le mot français tout de suite, mais tu as les plus jolies fossettes du monde. Sans parler de tes seins de jeune fille. » Ma maigreur, la brûlure, le rasage, il n'a rien vu. Je rougis. Il est si doux, si chaud. J'entends le silence.

C'est encore lui qui le rompt : « Je voudrais que tu sois un modèle pour ma petite Linda. *Es tut mir so weh ums Herz.* Ça me fait si mal au cœur de lui avoir donné pour mère une idiote nazie. » J'enfouis ma tête contre les poils de sa poitrine. Apprendre cet homme. L'avoir à moi. Dire que je redoutais de recommencer hier !

Nous sommes deux à ne vouloir rien perdre de cette nuit, ne craignant que sa fin, mais, dans la retombée d'une étreinte, il glisse dans le sommeil, comme la première fois. Je me sens au contraire trop aiguisée. Prête à le réveiller. Non. Il faut que tu le quittes quand vous vous êtes donné plus que vous n'attendiez l'un de l'autre. Mais parle pour toi ! Il t'a donné ce… ce que tu ne savais pas demander. Et lui ? Dans la clarté faible de l'aube qui naît, j'étudie son geste d'enfant pour cacher ses yeux. Lève le drap pour revoir son corps. Son abandon. Je résiste à l'envie de le réveiller. Le soleil levant blanchit le haut de la fenêtre par-dessus les rideaux.

Sortir de la poche du tailleur le feuillet préparé avec mon adresse à Paris, le petit Goethe keepsake qui te vient de tes parents. J'écris dessus : « *à Franz, J.* » Les déposer sur la table de nuit. Me rhabiller en retrouvant le souvenir de ses mains sur moi. Éviter le moindre bruit. Comme je ramasse mes chaussures, il se réveille malgré tout. Je me jette sur lui. Tout lui dire. Les mots se pressent : « Je m'en vais. Je ne t'oublierai jamais. Je te souhaite de retrouver ta petite fille et ta femme. Elles auront besoin de toi. Moi, je vais rendosser mon uniforme de veuve, je resterai au fond de moi la maîtresse française de Franz Werfer, je t'attendrai aussi long-temps qu'il le faudra, même si c'est juste pour un week-end. » Sans reprendre haleine.

Je clos ses lèvres par un baiser qu'il fait durer. Je pense : j'ai encore tout à apprendre de toi. Mais je le garde pour moi : « Je te laisse mon adresse à Paris, fais-moi passer tes coordonnées de prisonnier quand tu en auras, je t'enverrai des colis. Ils te rappelleront mon amour. » Je cours à la porte. Pas me retourner : je ne pourrai plus partir. Et puis ça sort : « Tu m'as appris la femme que je suis. » Et je fonce aux lavabos sur la gauche. Mon armure vient de tomber. Larmes. Me refaire un visage montrable, remettre en ligne mon tailleur comme si je ne l'avais jamais quitté.

« Il a fallu que je perde Henri pour apprendre ce que c'est qu'un homme. » Ça me fait du bien de me le dire. Amoureuse, ça se prononce avec le corps tout entier. Je me demande comment je le raconterai à Babouchka. J'ai eu envie de Franz, comme je ne savais pas que. Voilà tout. L'amour m'est tombé dessus. Mon corps décide avant ma tête. Oui, après le bombardement, quand j'ai nettoyé son visage à lui, centimètre après cen-timètre.

Rentrée dans ma chambre, je vais à la fenêtre saluer le nouveau jour. Grand temps que je l'aie quitté : les MPs l'emmènent dans la cour et le font monter dans une Jeep. Le bousculent ? Non, c'est à cause de son bras ballant. Je lui envoie du bout des doigts un baiser qu'il ne voit pas. Le ciel le lui transmettra. Je me moquais bien qu'ils me trouvent avec lui au lit, mais leur intrusion aurait gâché nos adieux. Tu ne dois pas souhaiter la perte de Waltraut. Non. Tu veux lui enle-ver son homme, mais à la régulière. N'oublie pas Linda, la fillette. L'amour a le goût pour toi, comme le français, d'une langue apprise. Je mélange. Je m'allonge.

Réveil en sursaut. Ils ne partiront pas sans moi. Je cours sous la douche, me masse la figure et les yeux à l'eau froide. Dépêche-toi, tu t'en fous d'avoir les yeux cernés. En fait, j'arrive une des premières. Katie est déjà là, qui me dit à l'oreille : « Il est épatant, Roger, le correspondant français. Il m'a bien plu. » Je m'étonne une fois encore de sa franchise, puis lui souris en m'avouant qu'elle m'a bien aidée à sauter le pas. Je ne lui confie rien. Je sais qu'elle sait : aucun doute, à voir son sourire. Tout le monde doit savoir. Tu fais front dans ta tête. Oui. Je sors de son lit.

Les autres nous rejoignent. Tu redeviens la veuve d'Henri. Ce sera encore plus vrai au retour à Paris : Franz est d'un autre monde. Tu n'as rien enlevé à ton mari. Katie m'observe du coin de l'œil. Pour rompre les chiens, je demande tout à trac : « Ils laissent Gisèle dans son couvent ? » Katie en reste bouche bée. Puis, reprenant ses esprits : « Avec les Russes qui vont arriver. – Qu'est-ce que tu me chantes ! » Katie m'entraîne à l'écart et me débite à mi-voix, d'une traite, tout ce qu'elle a appris avec Roger, Billy et le colonel, sur le recul décidé par les Américains. « Il faut qu'ils évacuent les bonnes sœurs. Je parie qu'ils n'y ont pas pensé ! »

Je me sens suffoquer. Heureusement, ils ont déjà embarqué Franz. Évidemment, ils savent, eux. Le colonel ne prend pas le temps de s'étonner que nous soyons au courant. Dénicher une ambulance, laisser un détachement afin d'évacuer le couvent. Il retrouve soudain sa hauteur : il ne croit pas que les sœurs accepteront d'être évacuées. Elles penseront que Dieu a voulu les mettre à l'épreuve. *Put to the test…* Je demande, interloquée : « À l'épreuve des viols ? » Katie retient de justesse un fou rire. Il baisse la tête : « Savent-elles ce qui se passe hors de leur couvent ? » Pour moi, il précise d'une voix plus apaisée : « Il y a déjà longtemps que votre ami allemand est en route vers les *Staff Headquarters,* ce qui le met hors de la portée des Russes. » Je corrige in petto *your German friend* en *your German lover.*

Un camion Dodge arrive avec les copines. Roger suit, ployé sous son barda, monte à côté du conducteur. Un autre Dodge, bourré de soldats, se met en tête bien que l'itinéraire soit prétendument *secure*, sécurisé. Katie explique aux autres la reculade américaine devant les Russes : « Nous avons déjà payé, aussi partons-nous les premières. » Ce qui déclenche une riposte acérée de Claudine : « Tous les Russes ne sont pas comme les soudards d'avant-hier. Ils vont remplacer les Américains par des troupes d'élite. – Élite ou pas, c'est ce qu'ils ont fait partout, tes Russes ! – Tu oublies que ces populations vont passer tout de suite sous le socialisme ! »

Là, Katie en a le bec cloué. Moi, je me dois de rester polie : « Pour l'instant, elles vont être occupées. Comme il y aura relève et pas combats, cela se passera peut-être sans trop de heurts, mais je doute que les troufions de l'Est renoncent à collectionner les montres, et que les femmes consentantes leur suffisent. » Personne ne répond. Je m'en veux de m'être montrée si agressive, mais Claudine me tape par trop sur les nerfs, ramenant toujours son communisme de deux et deux font quatre.

Lucette rompt le silence : « On peut dire que Katie et toi, vous avez la santé ! » C'est encore plus coquin, avec la pointe d'accent. Je décide de faire front. Revendiquer tout de suite mon droit à aimer Franz. Je ne sais comment m'y prendre à cause de ce que les autres ont subi : « Oui, j'ai la chance de vérifier que je suis en bonne santé. – Ça fait du bien et c'est bon pour les sentiments », reprend Lucette, très docte. Katie constate, comme si ça ne la regardait pas : « Roger a décidé de rentrer à Paris avec moi. Il ne veut pas voir la suite. » Comme pour nous convaincre qu'il y a une suite, le camion stoppe, nous envoyant les unes sur les autres. Un bombardement comme nous n'en avons jamais entendu, rauque, sec, entrecoupé de vrombissements. Le camion tressaute. « Les avions d'assaut, traduit Katie, les nôtres, des chasseurs bombardiers en piqué. » Cascades des mitrailleuses lourdes. Silence. Le convoi repart à toute petite vitesse, comme dans un embouteillage. Des cahots, car nous quittons la route. Ruines toutes neuves, fumantes, effractions dans l'intimité, papiers peints juste déchirés et brûlés, vaisselle cassée sur la table d'un déjeuner. Une vieille auto flambe par bouffées. Des troufions américains allongent des morts civils sur l'herbe. Plus loin, des rescapés ahuris, hébétés, collés les uns aux autres.

Dans mon dos, la ravine de la peur. Roger réapparaît : « Un nid de résistance nazie. Billy a décidé : "*I don't want any more of my guys to get hurt or die !*" Il ne veut plus risquer aucune perte. Pour ça qu'il a demandé aussitôt l'aviation. – Tu en sais davantage sur l'accrochage ? demande Katie. – Accrochage n'est pas le bon mot. En fait de nid de résistance, trois gamins. Ils ont barré la route pour s'installer avec une mitrailleuse dans l'immeuble où se trouvait le siège du parti nazi. Ils portaient leur uniforme des Jeunesses hitlériennes. – Vous avez tout détruit à cause de ces gosses ! s'écrie Claudine. – Ils étaient là pour tuer et voulaient se faire tuer ! » Pas les jeunes Russes de l'avant-veille. C'est toujours la guerre. Il ne faut pas jouer avec elle.

Roger doit sentir que ces morts nous troublent : « Pour Billy, *the job is done*, comme il dit. Ils ont fini le boulot. La vie des siens passe avant tout. – Alors, on est pareils que les nazis ! reprend Claudine. – Non. Le prix à payer dépend d'eux. Qu'ils posent les armes et lèvent les bras ! Tes Russes raisonnent pareil. Je ne justifie rien. C'est Hitler qui a voulu la guerre, et si Staline, au lieu de lui donner d'abord un coup de main, avait tout de suite fait vrombir ses chars, la France aurait peut-être tenu le coup, avec combien de morts en moins ? Et vous... – Tout ça pour trois gamins ! » ai-je coupé en pensant de nouveau à mon Russe aux montres. Roger doit lire au fond de moi : « Vos Russes aussi étaient des gamins. Tout ça est d'autant plus con que les cartes sont déjà faites, qui montrent les nouvelles frontières. » Il baisse la tête.

Une heure après, notre convoi arrive à Halle sans plus d'encombres. Soleil ardent, grosse ville rasée mais nettoyée, saupoudrée de quartiers en apparence intacts avec un château, des églises anciennes. Le déménagement commence parmi la population civile, avec ordre. On évacue les machines d'une petite usine. Billy me paraît encore plus imposant et nous lance un compliment dont je ne saisis pas la moitié. Roger traduit que « si l'armée française en 40 avait été faite de femmes comme vous, ils n'auraient pas eu besoin de venir en Europe ». Je me hausse pour lui faire la bise. Billy, rouge, répond : « *You're the light in this shithole.* » La lumière dans ce merdier. Il doit reculer au-delà de Nordhausen, à cinquante miles à l'ouest.

Dès qu'il a tourné les talons, Roger explique : « Les Norvégiennes nous quittent pour être envoyées en auto vers le nord. Un avion nous conduira, Lucette et nous, à Francfort. De là, vol vers la base d'Évreux que l'US

Air Force a installée après le débarquement du 6 juin. Le zinc fera escale pour nous au Bourget. Je rentre avec vous. Il y a ici des télex. Si vous voulez prévenir vos familles… Préparez une phrase bateau, courte, que je n'aurai plus qu'à personnaliser par les adresses. Je vous quitte un moment : une quasi-Française, ici, que je ne peux pas laisser aux Russes. » Je le ramène à la réalité : « Il faut que Gisèle rentre avec nous. Elle doit avoir ses papiers sur elle. – Je m'en occupe, lance Katie. Je vais accompagner Roger et nous ramènerons Gisèle. – Ces deux-là n'ont pas perdu de temps, constate Claudine, acide. – On n'a qu'une vie, ma petite », rétorque Lucette.

Roger fait demi-tour : « Il y a un service pour les vénériens à l'hôpital militaire qui jouxte la caserne. On baise, dans l'armée américaine ! Vous avez le temps. L'avion ne part qu'à cinq heures. – Il faut en profiter, répond Claudine, même si j'ai fait tout ce que j'ai pu. » Katie la suit, laissant Roger aller chercher sans elle sa quasi-Française. Je reste seule et ça me fait du bien. Lucette revient la première : « C'est superficiel. Je crois que je vais m'arranger pour rester à Paris avec vous. – En Belgique, ils vont te recevoir comme une résistante. – Sans doute. Mais le service anglais me fera tous les papiers possibles, où que je sois. » Elle ajoute à mon oreille : « Je n'ai pas envie d'être rattrapée par mon passé. » Je chuchote : « Katie te fera tes attestations. »

Claudine, qui nous rejoint, nous lance un regard noir : « Vous en avez fini, avec vos messes basses ? – Nous ne sommes pas comme toi, nous n'aurons pas un parti qui s'occupera de nous : il faut bien que nous songions à nous entraider. » Je redeviens une fille de Russes blancs. Je n'ai jamais cessé de l'être. Elle n'insiste pas, a trop besoin de raconter : « C'est un exa-

men de routine. Rien de suspect pour l'instant. On m'a
fait une piqûre d'un médicament miracle, la pénicilline,
radical contre les gonococcies et même la vérole. Ils ont
la plus grande confiance en ce truc. »

Katie réapparaît à son tour, détendue. « Comme j'ai
viré mon Russe presque tout de suite... » Elle n'achève
pas, car Roger revient avec une jeune femme blonde en
robe de serveuse. Très maigre, sèche, cheveux raides
coupés court sur le front, elle se pend à son bras. Vrai
qu'il a beaucoup de charme, s'il lui manque le côté
homme d'action de Franz. Il jette : « Cordelia. On
l'ajoute au groupe. Elle en a presque assez bavé pour
être des vôtres. Gisèle rentre avec nous. » Katie considère Roger comme son bien et le montre en lui prenant
le bras. Lucette fait la leçon à Claudine qui prend les
choses au drame : « Tu sais à quoi ils vont penser, les
mecs, à Paris, si tu leur racontes ? À savoir si on a pris
notre pied. Ils ont une case qui leur fait croire que du
moment qu'ils entrent en nous, on jouit : Tu t'es tapé
des Alliés, en somme ! » Je rougis. Lucette me serre la
main, façon de corriger : Je n'ai pas dit ça pour toi.

On nous appelle au mess pour le déjeuner. « Les
Russes sont dans Berlin où il y a de très durs combats »,
confie Roger. Il a ramassé des journaux américains qui
me semblent énormes, et désigne à Katie les gros titres
sur la rencontre de Torgau, photos à l'appui, façon de
lui montrer que c'est elle seule qui compte. Elle le rem-
barre. « Viens, me lance-t-elle. On a le temps de
prendre une douche. » Une salle de bains. Nous voici
toutes deux à poil sous l'eau chaude ! De vraies serviettes. Des peignoirs. On frappe à la porte. J'ouvre.
C'est Roger qui veut se rattraper, un tas de vêtements
kaki dans les bras : « J'ai pensé que vous aimeriez du
linge propre. Voici deux rouges à lèvres, un pour blonde,

Katie s'en arrangera, et un pour brune. » Katie lui envoie un baiser du bout des doigts. Elle lui a pardonné. Seul le soutien-gorge ne va pas, mais ça fait si longtemps que je n'en porte plus. Ma tignasse lavée paraît moins garçonnière. Le rouge me rajeunit. Mon visage est montrable.

L'empressement des officiers me rassure. Leurs regards descendent pour reluquer mes jambes nues. Roger aurait dû penser à nous acheter des bas de fil beige comme en portent les auxiliaires. Il ne savait pas les tailles. En dépit de mon alliance, les yeux posés sur moi comme avant-guerre ; à Belgem, je ne me suis aperçue de rien, je ne voyais que Franz. On me place à côté du seul qui parle français, un professeur aux cheveux gris, à bajoues. Il me dit qu'il enseignait la civilisation de la Renaissance dans une université dont je ne comprends pas le nom. « Je ne veux pas vous faire raconter vos malheurs. Dites-moi ce que vous attendez de votre liberté. » Son air malicieux me déplaît. « Je n'ai pas eu le temps d'y réfléchir, monsieur. Jusqu'ici, la liberté et ce qu'elle m'a apporté me sont plutôt tombés dessus. Pour le mal comme pour le bien. »

A-t-il deviné le non-dit ? Il se renfrogne et se montre même doucereux : « Ma question était en effet mal posée. Qu'est-ce que vous voudriez que la liberté vous apporte ? » Je n'hésite pas : « La capacité de bien la vivre. La prison décide pour vous. Libre, c'est à moi de choisir. » Je pense : j'ai choisi Franz, et complète : « Même des choix impossibles. Justement des choix impossibles. – Il est normal, après ce que vous avez souffert, que vous demandiez trop. – Moi, je crains de ne pas demander assez. » Je plante mon regard dans le sien jusqu'à ce qu'il baisse les yeux.

La liberté, c'est aussi cette inquisition, même si on vous la distille sous un air bonasse. Le mieux, c'est d'attaquer : « Je suis une scientifique. Être coupée de tout pendant deux ans ne m'a pas seulement rouillée, mais déviée. Je ne sais plus si je suis encore capable de la concentration nécessaire. Pour vous dire la vérité, je me sens trop vieille. » Je sais provoquer des récriminations, et les laisse passer. « L'invention en mathématiques et en physique requiert la jeunesse d'esprit, monsieur. – Faite comme vous l'êtes, vous pourrez... – ... me remarier ? Faire des enfants et tenter de leur donner ce dont on m'a privée ? Peut-être, en effet, la vie ne me laisse-t-elle pas d'autre issue. Mais il s'agit là de la vie, pas de ma liberté. » Il encaisse le coup : « Vous êtes très exigeante. – Vous avez raison. Je suis vraiment d'humeur à demander trop à la liberté. Je vous l'ai dit. – Si vous ne trouvez pas en Europe assez de soutien, songez que les États-Unis ont besoin de femmes comme vous. »

Les autres Américains demandent la traduction. Mon voisin s'exécute. Katie, de l'autre bout de la table, ajoute qu'ils ne peuvent comprendre ce qu'a été l'occupation nazie pour l'Europe, et elle raconte son camp, puis Auschwitz. Elle répète, en la traduisant, sa dernière phrase pour moi : « Nous ne savons pas encore ce qu'ils ont tué en nous. » Cela fait un silence lourd. Cordelia, à côté d'elle, pleure à gros sanglots. Un capitaine bellâtre répond que nous n'avons qu'à lever le petit doigt pour que tous les hommes nous courent après. Katie fonce : « *Fucking*, baiser, est facile, *even for a fright as ugly as sin*, mais l'amour ? Est-ce que nous pourrons encore aimer ? »

Cette dernière remarque rend l'avantage à mon voisin. Il se penche vers moi : « Vous avez compris ?

– Deviné. Une je ne sais quoi aussi laide que le péché.
– On peut dire : une horreur. – Les hommes n'y regardent pas de si près. Mais l'amour, monsieur, il ne faut pas seulement le chercher ou le recevoir, il faut le construire. Et après ce que nous avons subi, si nous sommes peut-être trop exigeantes, comme vous dites, nous sommes aussi les mieux douées pour vouloir réussir. » J'ai parlé en me contrôlant, sans agressivité, mais mes mots laissent mon interlocuteur sans voix. « Vous avez beaucoup d'assurance », dit-il. Il porte encore plus son âge, même s'il vit la guerre à l'arrière. Je pousse mon avantage : « L'assurance, monsieur, comme l'amour, ça s'invente, ça se construit. »

Un avant-goût des interrogatoires qui m'attendent. « Je vous ai posé des questions idiotes », dit mon voisin. Je me force à sourire : « Ce n'est rien. On ne sort pas si facilement de la guerre. » Je ne suis pas encore entrée dans la paix : je n'y entrerai que lorsque Franz sera libre. Libre de sa femme ? Je me sens rougir. Des rires me sortent de mes peurs. Du vrai champagne français pour les toasts. À la Victoire ! À la Liberté ! Des mots abstraits, mais le champagne me traverse. J'en reprends.

L'avion servait jusque-là à des lâchers de paras. Pas insonorisé. On le remplit à ras bord d'officiers et de soldats pour qui c'est la quille, et tous rient très fort. Pompette, je m'endors. J'ouvre les yeux dans la descente sur Francfort. Je calcule : 24 avril, sortie de prison, Franz, puis les Russes. 25 : Belgem, Franz tout court. 26 : un tout petit peu Franz. Halle. Francfort. Bientôt Paris. Tout va si vite... Comment ai-je pu y faire tenir tant de Franz ? Katie m'observe : « Tu dormais que c'était un plaisir. Tu l'as bien remis à sa place, l'autre vieux con ! – Un fouineur, je corrige en tirant ma jupe sur mes genoux. – Sûrement un type de leur contre-espionnage. Bientôt, tu vas voir, les Allemands vont mieux leur plaire que les Français. Ils nous jugent trop imprévisibles. Pas dans leurs catégories. »

À Francfort, nous prenons congé de Cordelia parce que Roger est parvenu à la faire embaucher au mess. Il explique, pour Katie, qu'elle craint de n'avoir plus jamais de nouvelles de son mari disparu en Russie, ce qui déclenche l'ire de Claudine : « Tous, vous ne pensez vraiment qu'à votre anticommunisme ! – Cordelia a déjà payé assez cher aux nazis. Il est temps qu'elle se refasse une vie », tranche Roger avec tant de vivacité que Katie en blêmit.

Après le dîner trop arrosé, on nous laisse dormir notre saoul. On ne nous réveille qu'au milieu de la matinée suivante. Il faut attendre encore des heures à l'aérodrome, car les retours ne sont pas prioritaires.

J'aimerais être dans les bras de Franz. Poser ma tête sur sa bonne épaule. La liberté, c'est choisir ce qu'on va faire. Ce que tu veux. Avoue qu'elle te fait peur. Sans Franz, tu n'es pas encore libre, voilà tout.

12. Charles

Deux soirs de suite, tu n'as pas pu retourner au Lutetia, te bornant à y passer un coup de fil afin de t'assurer qu'aucun convoi de femmes n'était apparu. Enfin une soirée libre. Ta seule thérapie. Cesse de psychanalyser : Si Julia en revient, l'aider à revivre te sortira de ta mouise morale. Tu dois bien ça à Henri.

Comme tu te gares boulevard Raspail, le voyant d'essence s'allume. Tant pis. Si jamais elle débarque, tu as quand même de quoi la reconduire jusqu'à Montparnasse. Comme à l'accoutumée, le Lutetia est envahi par les femmes tenant une photographie, mais les revenants semblent plus atteints que d'habitude. Ils sortent de Dora, un des pires kommandos de Buchenwald. Si l'usure des rescapés va crescendo, dans quel état arrivera Julia ? Si fine, si… princière ! Henri en a perdu la tête. Ça me fait mal de le penser : mauvais jeu de mots. Julia me sortira de mes angoisses. Oh, pas pour se consoler avec moi, mais tout de même, nous parlerons d'Henri. Nous l'avons en commun. Elle me sortira de ce qui m'englue. Ou ce sera plutôt à moi de la sortir.

Même réduite à une épave… Justement, on emporte sur une civière un mourant. Il n'est encore que sept heures du soir et, dans l'épanouissement du printemps, même avec un temps d'hiver comme c'est toujours le cas, les jours rallongent.

La nuit est carrément tombée quand se déclenche au-dehors une agitation anormale. Un troufion à moto explique que cinq femmes déportées viennent d'arriver au Bourget. La foule s'agglutine autour de lui, chacun essayant de faire préciser la nouvelle. Je me faufile, malgré ma taille, mais le motard a démarré. Heureusement, je retrouve le jeune fonctionnaire que je rencontre à chacune de mes visites. Elles ne viennent pas de Ravensbrück, mais, rapatriées par un avion américain, sortent d'une prison de l'est de l'Allemagne. C'est justement le cas de Julia. Mon cœur se met à battre plus fort. « Je n'ai pas de quoi vous y conduire, balbutie le fonctionnaire. – Ça ne fait rien. J'ai ma voiture. Je vous emmène. »

Il reste vraiment peu d'essence et le gros moteur est gourmand. Tant pis. Pas le temps de passer à une pompe militaire pour faire le plein. Tu devrais te munir de tickets civils de rationnement. Pas question de rouler à l'économie : Le Bourget, c'est à dix kilomètres. Deux litres, au pire. La rue du Bac, traverser la Seine, un boulevard Sébastopol vide, tu fonces vers la porte de la Chapelle en espérant que les pneus rechapés tiendront le coup. « C'est votre fiancée ? – Non. La veuve de mon meilleur ami. – À voir votre émotion, j'aurais cru... – Elle est ce qui me reste de ma jeunesse. »

Sur la nationale 2, j'accélère. Tant pis pour l'essence. Nous voici pourtant dépassés par une autre grosse voiture, une Delahaye, comme les ministres, qui roule pleins phares et fraie le chemin. Elle se dirige elle aussi vers Le Bourget. « Peut-être vont-ils à la rencontre du même convoi », dit le fonctionnaire. Une ambulance et un fourgon de police nous dépassent, tous clignotants en batterie. « Si c'est pour nos cinq femmes, elles sont importantes ! » Je me tais, inquiet à cause de l'ambulance.

Une coupure de courant éteint les rares réverbères, me privant soudain de repères. Je vois trop tard un écriteau, dois faire une marche arrière. Je ne peux plus me guider sur les feux des véhicules qui nous ont dépassés. Je ne les rattrape qu'une fois arrêtés. Déjà une civière vers l'ambulance ; une femme, bien trop grosse pour être Julia. Je respire. Une solide jeune militaire, en treillis et calot américains, avec des reflets roux dans sa chevelure, donne le bras à un jeune type en uniforme de *War Correspondent*. « Vous savez où sont les femmes qui viennent d'arriver ? – J'en suis une. » Elle éclate de rire : « Pourquoi, je n'en ai pas l'air ? » Elle me prend par le bras, sans façon : « Venez, s'il vous plaît. » Je respire : pas aussi tragique que j'avais fini par le craindre. Quand on arrive près du feu de position d'une voiture, je sors ma photo pour la placer dans la lumière : « Voilà qui je cherche ! – Julia jeune ! C'est ma meilleure copine ! s'écrie la militaire. Moi, je suis Katie. » Elle me tend la main, crie : « Julia, quelqu'un pour toi ! »

Je fonce, la trouve, sans avoir repris mon souffle, en tailleur clair, juste amaigrie, sa fierté de princesse intacte, sauf ses cheveux noirs bien trop courts, en broussaille. « Oui, dit-elle, absente. Attendez. Vous êtes Charles ? – Le témoin d'Henri à votre mariage. – Vous avez des cheveux blancs ! » Elle tombe dans mes bras, y cherchant abri, puis se reprend, angoissée : « Vous avez vu Babouchka ? – Avant-hier. Elle va très bien. – Avant-hier ? Alors vous ne savez pas si elle a reçu mon télex, qui a été envoyé hier. » « Les télex, c'est moi, Roger Chastain, de *France libre* et d'autres journaux », explique le jeune *WC* hâlé, presque aussi baraqué que moi, qui tient toujours Katie par le bras.

Un grand type très maigre, trop bien habillé, chapeau Eden et gants beurre frais, me bouscule sans s'excuser et ordonne, péremptoire, à Julia : « Suivez-moi. Je vais vous faire passer tout de suite. – Permettez que je vous présente : Charles Moissac, un vieil ami. Monsieur Motin. » Elle immobilise l'intrus d'un air de défi, jusqu'à ce qu'il me serre la main. Regard condescendant. C'était lui, la Delahaye. Julia reprend d'une voix tranquille : « Je vais passer à mon tour, si vous le permettez. – C'est que…, dit l'autre en tirant sa montre du gousset. – Je vous suis reconnaissante, monsieur Motin, de vous être dérangé. Je rentre à Paris avec mes camarades. – Vous êtes des revenantes. Comment avez-vous fait pour vous relever après une épreuve pareille ? » Julia hausse les épaules pour montrer qu'elle juge la question déplacée : « En devenant une autre. Voilà tout, monsieur Motin ! »

Aussi impénétrable que s'il n'avait rien entendu, Motin s'incline pour un baisemain, salue de loin Katie, m'ignore et repart en homme pressé. Julia me prend pour confident : « L'adjoint d'Henri dans le réseau, à présent un des vice-présidents de l'Assemblée consultative : c'est comme ça qu'il se présente. – Vous avez été rude avec lui. – Il méritait pire, pour son inquisition. Je ne l'aime pas : j'ai été l'épouse, à présent la veuve, mais pas la chose de mon mari, comme il a l'air de le penser. »

Julia tranche de plus belle sa voie dans la vie, comme Marion. J'ai dû rencontrer ce Motin dans l'exercice de ses fonctions. Je demande : « Comment a-t-il pu connaître votre retour ? S'y préparer ? – Il est passé chez ma grand-mère. A vu le télex. Il faut dire qu'il l'a aidée, après la mort d'Henri et mon... départ. Mais je vous ai, à présent. Vous avez craint pour moi un jour de trop. Je suis là ! » Je retrouve la gamine insolente, catégorique, de naguère, en plus femme, comme de juste, malgré le malheur de toutes ces années. Prête à mordre à belles dents dans la vie, comme sa copine Katie. Elle a fait son deuil d'Henri. Je plonge dans ses yeux sombres : elle est vraiment devenue une autre.

Les gendarmes interrogent à une table une longue jeune femme à la chevelure blond foncé, à l'accent belge. « Nous nous portons garantes de notre amie Lucette », leur assène Katie d'un ton sans réplique. Julia poursuit, imperturbable, les présentations : « Katie, vous la connaissez déjà, mais vous ne savez pas qu'elle est un officier anglais. » Je comprends mieux. J'admire de nouveau ses cheveux châtains, ses yeux tirant sur le vert. Son allant me rappelle... Je me mords les lèvres. Julia désigne une autre femme plus petite, d'un blond de cinéma, poupée aux yeux trop grands pour son visage, déjà dans les bras d'un homme corpulent et sûr de lui : « Claudine, notre communiste, et son mari, maire d'une grande commune de banlieue. »

Elle ajoute *mezza voce* : « J'aurais dû être plus gentille avec Motin, mais sa façon de m'isoler, comme si mes copines comptaient pour du beurre... Je ne sais pas quels étaient ses rapports avec Henri, qui ne parlait jamais du réseau. Qu'est-ce que c'est, cette Assemblée consultative ? – Elle est composée de résistants choisis par les résistants. C'est là que se fait la politique, à présent. » Soudain les lumières alentour reviennent, découpant les silhouettes des ambulanciers qui s'affairent encore autour de la civière. « Notre amie Gisèle... Elle est en état de choc. Nous avons été bombardées. » La longue blonde me jauge : « Vous n'avez pas une cigarette ? – Je ne fume pas. »

À côté de la lenteur fatiguée ou abattue de celles qui débarquent au Lutetia, Julia et ses copines semblent rentrer de voyage. Je lui en fais la remarque. Elle hausse les épaules : « Trois jours déjà que les Américains nous ont recueillies. Nous sommes passées de la peur à l'espoir. » Comme pour nous rappeler que rien n'est encore gagné, les lumières s'éteignent à nouveau, hormis celles de l'aérodrome et des voitures. « Il est souvent difficile de rétablir une coupure de courant, ai-je expliqué. Avec ce froid pas de saison, comme les gens n'ont pas de charbon, ils allument des réchauds et tout disjoncte. – Nous avons goûté au printemps en Allemagne. Il y a de l'électricité, à Francfort. La France est donc toujours en hiver, pas remise de la guerre », conclut Julia. Je la dévisage. Elle ne cille pas.

Ne pas lui compliquer la vie. Je conseille au fonctionnaire qui m'a guidé de se faire ramener par les gendarmes. J'enverrai un militaire prendre ma voiture demain matin après avoir fait le plein d'essence à l'aéro-drome. Pour l'heure, je monte d'autorité dans le four-gon avec les femmes. Je vais prendre Julia en main, parce que je crains qu'elle n'en vienne à craquer, par ce trop d'hiver. Ça ne prévient pas.

La route s'ouvre. Les pleins phares et les clignotants de l'ambulance découpent la nuit noire de la défense passive, toujours de rigueur. Le courant ne revient pas. Assis derrière les gendarmes, je vois l'aiguille du comp-teur osciller au-dessus de cent dix, vitesse qu'atteignent peu de voitures de tourisme. Les femmes, sans doute aussi fascinées que moi par cette course sans repères, gardent le silence. Je devrais parler, mais je ne trouve rien à leur dire.

L'animation commence au sortir de Saint-Denis, en même temps que le retour du courant sur quelques lam-padaires. Au lieu de s'enfoncer dans le centre de Paris, comme je m'y attendais, le convoi prend les boulevards extérieurs, toujours pleins phares, en augmentant encore l'allure dans les souterrains. J'ai l'impression de m'envoler dans la descente de celui de la porte d'Italie. Je suffoque comme lorsque j'ai plongé dans la Manche. Ma sueur déferle. On m'a appris comment respirer en mesure pour chasser le malaise. J'y parviens, inquiet de ma rechute, ne voulant rien en montrer aux femmes. Je m'éponge le front en feignant de me moucher.

Nous coupons devant la Cité universitaire pour gagner Denfert-Rochereau et le boulevard Raspail, presque sans ralentir aux croisements. Ma peur revient, mais c'est une peur objective de l'accident. Julia demande : « Si je comprends bien, Paris est intact, mais sans autos. – De l'électricité et du gaz au compte-gouttes. Beaucoup de stations de métro sont fermées pour économiser le courant. Dites-vous bien, Julia, que les ruines morales sont encore pires. Comment va se passer le retour des millions de prisonniers ? Vous, vous savez pourquoi on vous a arrêtées. La plupart d'entre eux en sont restés à la fuite de leurs officiers. »

Avec elle, je rentre dans la vie. Julia me demande ma guerre. Je raconte en raccourci. Posé mon zinc en Angleterre. Les bombardements nuit après nuit. Ma chute. Mes peurs. Je tais celle du passage souterrain. « On m'a rafistolé. Réparé. J'ai aidé à la réparation des autres. Ensuite, je me suis mis à jour chez Rolls Royce, comme spécialiste. Je me suis marié à mon retour en France. Mon épouse attend un bébé. – Allez la rejoindre. Je trouverai le chemin pour rentrer toute seule. – Non. Elle sait le prix que j'attache à vous. »

À son tour, Julia raconte comment elles ont d'abord failli être évacuées vers la Suède, puis leur voyage en camion jusque chez les Américains. Un avion russe les a pris pour cible. Récit trop rapide et touristique, un pendant du mien. Elles viennent tout juste d'en sortir. Leur horloge intime n'est même pas encore à l'heure. Si elles ne veulent pas en dire plus, c'est leur droit. Elles ont tous les droits sur nous. Pour ne pas paraître trop idiot, je lâche : « En somme, vous avez eu de la chance. – Si l'on veut, oui, monsieur », tranche Katie. Ce qui accroît ma défiance.

Nous arrivons au Lutetia. La foule attend au-dehors, décontenancée de ne voir que l'ambulance, le fourgon et seulement quatre femmes que les gendarmes canalisent déjà vers le Photomaton. J'en profite pour courir au téléphone, pensant que Ginette doit s'inquiéter. Une queue d'une demi-douzaine de parents. Je m'y insère de mauvais gré. Julia est toujours aussi éclatante, en dépit de son calvaire ; différente pourtant, plus sûre d'elle. Je n'ose penser : plus femme. Je me revois à ma première visite après mon retour d'Angleterre chez la grand-mère russe : « Croyez-moi, elle s'en sortira. Elle est très forte. C'est elle qui a choisi son mari, quand elle avait dix-sept ans. Elle avait repéré qu'il donnait un cours de mécanique des fluides hors programme, à l'institut Poincaré. Il ne la remarquait pas. Beau à en couper le souffle, c'était un coureur effréné. Elle est venue s'en plaindre. Je lui ai dit d'attendre ses dix-huit ans. "Pourquoi, grand-mère ? – Parce que, jusque-là, si tu lui fais la cour et qu'il te répond, c'est un détournement de mineure." – Je vois, ai-je dit gauchement. – Non, mon cher, vous ne voyez pas. Je ne sais pas comment elle s'y est prise, mais, six mois plus tard, j'ai signé une dispense pour qu'Henri l'épouse à l'église orthodoxe de la rue Daru. »

C'est enfin mon tour, au téléphone : « Figure-toi, chérie, que Julia est rentrée. Oui, tout à l'heure. Étonnamment peu marquée. Je l'accompagne chez sa grand-mère. – Je t'attendrai pour dîner. – Tu le peux ? Tu n'as pas de malaise ? – Non. Ne t'inquiète pas. Rentre-moi vite. » Julia revenait du Photomaton : « Ça fait identité judiciaire. – Rien ne peut vous enlaidir, Julia. – Vous êtes marié, Charles. Pas de compliments compromettants. Nous allons rentrer à pied, si vous voulez bien m'accompagner. Il me faut ça pour croire que je suis libre, et à Paris. » Son rire enjôleur. Elle n'était qu'une gosse lorsqu'elle a séduit Henri. C'est une femme.

Grâce aux fiches des gendarmes, l'établissement des cartes de déportés qui serviront d'identité ne prend guère de temps. L'infirmière communiste part, couvée par son époux. Julia va embrasser Katie et leur copine belge. Elles lui glissent qu'elles se sont renseignées et vont passer tout de suite à l'hôpital Necker où un service militaire ouvert nuit et jour leur fera une prise de sang. Je ne suis pas sûr de deviner. Julia est plus lumineuse que jamais. Son tailleur me paraît bien léger pour le froid du dehors. « Je vais vous donner ma veste ! » Rire libre qui me décontenance. « Je me sens presque trop habillée. Si vous croyez que la prison était chauffée… »

La ville déjà déserte, tous les cafés fermés. Des lumières incertaines jalonnent le boulevard Raspail, donnant du luisant aux passages cloutés, mais, dès que nous coupons par la rue du Montparnasse, nuit d'ouate noire, trouée de loin en loin par le halo d'un réverbère. Le trop de noir me replonge dans la guerre, avec les bombardiers par les nuits sans lune. Julia me serre plus fort le bras. « J'aime que vous soyez là. Toute seule, figurez-vous, j'aurais peur. – Vous me faites marcher ? – Détrompez-vous, Charles. J'ai bien failli être violée. » Les autres et leur prise de sang…

Elle raconte d'une traite les Russes. Seule à s'en être tirée, parce qu'elle parlait leur langue. Je comprends leur crânerie collective. Cet Allemand que Julia appelle Franz leur a sauvé la vie en mettant les Russes en fuite. Je dis : « On oublie, Julia, en vous voyant si décidée, à quoi vous avez échappé. – Même si c'est mon russe qui m'a sauvée, pas un mot à grand-mère ! – N'ayez crainte. D'ailleurs, à l'inverse de certains de ses vieux amis, les victoires russes ne l'ont pas réconciliée avec Staline. Pour elle, un ogre reste un ogre. »

Je lève les yeux en m'engageant dans la rue où habite la vieille dame et lis la plaque : Rue de la Gaîté. Ça doit venir d'un nom de théâtre, la Gaîté-Lyrique ou quelque chose d'approchant. Le nom n'est vraiment pas de mise : dans cet appartement, Julia a été arrêtée un matin de 1943. Elle ouvre et s'annonce. Au lieu de son nom, c'est celui de sa grand-mère qu'elle lance à la concierge.

« Deux années d'absence, je ne veux pas faire de vagues », me chuchote-t-elle. Elle prend mon bras : « Je suis heureuse de t'avoir trouvé en premier : tu es ce qui me reste d'Henri. – Tu pourras toujours compter sur moi. » Je savoure le tu entre nous.

La vieille dame nous attendait. Elle s'écrie : « Qu'ont-ils fait à tes cheveux, ma chérie ? » Et se répète en russe. Je les laisse s'étreindre, tandis que Julia parle de sa prison, puis je me sens de trop et m'excuse de partir aussi vite. « N'oublie pas de crier "Cordon, s'il vous plaît !", si tu veux que la concierge t'ouvre, sinon tu resteras coincé ici ! » blague Julia avant de m'embrasser sur les deux joues.

Dehors, tandis que je fais attention aux rares autos qui prennent trop vite les rues désertes, je me sens soudain vidé. Le retour de Julia me soulage, mais m'enlève un objectif. Le sacrifice d'Henri n'aura donc pas été vain, mais ce qu'elle raconte des Russes... C'est le sens de ta guerre, de ta vie, que tu mets sur la sellette. Si tu étais resté en France, serais-tu encore vivant ? et avec Marion ? Ne fais pas attendre Ginette...

II.

L'ESPACE D'UN PRINTEMPS

1. *Julia*

Grand-mère s'effare de me découvrir au matin sur le tapis. Mon corps ne supporte plus les creux ni la souplesse de mon lit de jeune fille que j'avais repris quand Henri était passé dans la clandestinité. Une fosse moelleuse m'emprisonnait. J'étouffais. Je m'en étais sortie d'un coup de reins, comme après un plongeon, pour n'emporter que le drap fin sur moi. Voilà que ça fait image avec mon mariage. Mon corps n'est plus le même. Il m'a fallu Franz. Dire son nom me réchauffe.

Je m'ébroue, me lève, câline Babouchka sans rien expliquer. « Te voilà aguerrie, ma chérie. » Je ne crois pas. Je retrouve ma vie d'adolescente, les odeurs d'avant, la tiédeur du foyer, la tendresse de grand-mère. Plus le même corps. Les cicatrices des brûlures. Les cals laissés par les sabots. Les poils rasés qui piquent. Voilà pour la surface. L'inconnu, c'est ce vide qui attend des caresses. Franz. Tu penses si fort son nom. Goût du premier baiser dans le noir, le plaisir jailli... Moi qui croyais savoir régler ma vie comme du papier à musique !

Je suis à Franz, mais il n'est pas à moi. Il m'a délivrée. Babouchka me laisse.

Il m'a fallu un homme blessé, vaincu, qui dépendait de moi, pour que j'ose tout. Si j'avais eu une maman, est-ce qu'elle m'aurait appris ? Si j'ai un jour une fille... Tu en as une. Peut-être. Je m'en veux de faire disparaître l'épouse, et je retombe dans notre malheur. J'étais libre, effrontée avec lui, parce que nous n'avions plus d'avenir. Comment est son camp ? Les Américains ont dû réutiliser les dispositifs nazis, ce n'est pas ça qui manque, mais eux sont riches, débordent de nourriture. Ils le traitent en officier prisonnier de guerre. Dans quelques jours, la guerre sera du passé.

Quand va-t-il pouvoir m'écrire ? La question des questions. Tu vas te débrouiller pour lui faire parvenir des colis de vivres, car l'épouse de Franz, sa Waltraut, ne peut rien pour lui. Tu te fiches bien de le partager : tu auras la meilleure part, celle qui te fait défaut, ce matin. Je m'attendais si peu à avoir un avenir, quand je l'ai rencontré. Ne cherche pas d'excuse. Tu le veux ou plutôt tu le voudrais à toi. Une dépendance ? Du temps d'Henri, tu te comparais à Mathilde de La Mole : des enfantillages dus aux vides que laissait Henri. Tu diras Franz à Babouchka, qu'il a ému ton cœur et, s'il est moins beau que le vicomte... Tu ris. Babouchka t'a dit un jour : « C'est ton esprit qui est marié avec Henri. Tu le résous comme un de tes problèmes de mathématiques. Un homme, c'est autre chose, crois-moi. Pas civilisé pour un sou, ça sent le tabac, l'alcool. Ç'est lourd. Maladroit. Ça sue. Ça fait un creux dans le lit. »

À présent je comprends. Pour avoir aimé, grand-mère partagera ma découverte. Je lui confierai aussi que je laisserai Franz à son épouse et à sa petite fille si elles se sortent de la guerre. Franz restera mon retour à la vie. En deux jours il a débarrassé mon corps de cette guerre, empêché qu'elle me colle à la peau. Je ne veux pas me passer de lui. J'ai assez perdu de temps. Oui, mais tu vas être contrainte d'assumer devant les gens ta position de veuve d'un héros. Franz sera donc mon amant clandestin. Mon amant allemand. Le secret des secrets. Et après ? La guerre sera finie. Il n'y aura même plus d'Allemagne.

Grand-mère devait guetter mon premier bruit, car elle réapparaît avec un plateau fumant, café au lait et tartines beurrées, expliquant que ce sont des cadeaux des commerçants du quartier pour mon retour. Je retrouve mon étonnement de la veille, quand on m'a remis une double carte d'alimentation. Et l'employée de m'expliquer que, dans la France en guerre, les rations restaient les mêmes que sous l'Occupation. Qu'il existait un restaurant spécial pour les déportés, au Centre d'accueil, rue d'Artois, où je trouverais une nourriture riche et des bons de vêtements et de chaussures.

Babouchka excuse le café, « toujours aussi dégueulasse ». Je m'épanouis dans la chaleur du réconfort et chuchote : « La guerre est enfin derrière nous. – Comment as-tu fait pour qu'elle glisse si vite sur toi ? » La question me fait rougir : « Je ne m'attendais pas à être jamais libérée. Je pensais qu'ils nous tueraient avant. – Taratata, mon enfant. Je suis passée par la guerre. Ce qu'elle vous inscrit dans le cœur, qu'elle déchire, tout est déjà chez toi cicatrisé. » Je me sens rougir. Pas possible que Babouchka ait déjà perçu Franz. « Fais attention, ma fille, il y a des blessures qui ne se réveillent pas tout de suite. Je ne pense pas à ton mari, qui n'aura fait que passer, mais à ce qu'ils ont gâché de ta jeune vie, au trou que cela creuse, les rides dans ta jeunesse. Ce qu'en français on appelle des *séquelles*. (Elle me câline :)

Tu as raison d'être aussi fraîche, je veux dire : sans rides
de l'âme. »

Franz m'a changée à ce point ? Ma toilette sera un
dérivatif. « Pas question de prendre un vrai bain, mais,
en faisant chauffer deux casseroles d'eau, je vais te laver
comme lorsque tu étais petite. » Puis, quand je suis
dans la baignoire : « La guerre t'a conservé ton corps de
jeune fille. Une fausse maigre. Tu resplendis. Les
hommes vont être fous de toi. Tu le sais, sans doute. »

Je mets ma main sur la brûlure à mon sein. Je suis
belle parce que Franz... J'évite son regard pour ne pas
me trahir. La douceur du gant de toilette au creux de
mon dos. Une mer sensuelle. Le mauvais shampooing
vaut mieux que le mauvais savon. Mes cheveux retrouvent leur bouffant. Babouchka sourit, émue : « Comme
ça, tu as l'air moins tondue, sauf le bas-ventre. Ici, ils
ont tondu les femmes qui avaient couché avec des Allemands, seulement la tête : ils sont pudiques. » Je
réponds par un fou rire. Grand-mère hausse les épaules :
« Je n'ai pas trouvé ça drôle. » Je me sens devenir
pivoine. S'ils savaient que je couche avec un Allemand !
J'attrape la serviette.

Mes vêtements d'avant la guerre me vont mieux que
ceux de mon paquetage. Porter un soutien-gorge. Mon
tortionnaire avait arraché l'ancien, déchirant une épaulette, laissant une marque sanglante à mon épaule. Je frissonne : j'ai craint alors que le salaud ne m'étrangle avec.
Je me harnache du porte-jarretelles. Les bas de soie
d'avant. Comme j'avais été vexée que ça excite Henri !

Je me vois dans la glace, remplumée ou plutôt revi-
gorée, si je compare à mon inspection dans les lavabos
de la prison. J'ai passé l'épreuve. Qu'est-ce qui nous
a unis, Franz et moi ? Tu prépares ta défense ? Tes
copines t'ont déjà blanchie. Même Claudine ! De biais,

la glace me renvoie la fossette de ma joue gauche. Henri
ne les a jamais remarquées. Franz, sa première lettre
sera peut-être pour dire qu'il a retrouvé sa femme.
Seule tu sais sa solitude et son enfermement. Il est
encore tout à toi. Mais, dans un camp, il va se retrouver
avec des nazis ? Non, les Américains ne vont pas com-
mettre une telle erreur : ils ont bien vu sa complicité
avec nous qu'il avait sauvées. Franz rencontrera des soldats fatigués de la guerre, des gens qui veulent comme
lui s'en sortir. Pas question que je remette le tailleur : il
en a trop vu. La robe d'hiver amarante d'avant-guerre.
Mon imperméable complète le retour en arrière.

Déjà l'heure de partir. J'explique à grand-mère que
je dois me rendre au Centre d'accueil pour les déportés.
« C'est dimanche, dit Babouchka, stupéfaite. – Il n'y a
pas de dimanche pour nous, du moins pas encore. Hier,
au Lutetia, ils nous ont fixé ce rendez-vous. » Je suis
libre, vraiment libérée, puisque, à la prison, on nous
forçait, chaque dimanche matin, à assister au service
religieux. Pas possible de se dire athée : les nazis uti-
lisaient la mainmise des Églises reconnues. Et ne pas
bâiller pendant le laïus du pasteur. Deux jours de
cachot. Même Claudine avait fini par céder.

Grand-mère m'attend en bas de l'escalier : « Je te
veux ici ce soir de bonne heure, amène tes copines : un
dîner à la russe. J'ai de quoi. Gilbert Motin m'a donné
beaucoup d'argent. – J'aimerais que tu ne l'invites pas.
Avec lui, ce serait trop officiel. – Bon, toi, Charles... »
Je complète : « Ma copine Katie, Roger, son compagnon, Lucette, notre Belge, qui est toute seule. » Laissons Claudine à son mari. Et puis, une communiste ?
Grand-mère est plus rapide, qui ajoute : « Des copains,
si tu veux. » Nos regards se croisent. Je ne baisse pas

les yeux. Je lui raconterai Franz en temps voulu. « Roger connaît notre équipée. »

On sonne à la porte. Je me trouve face à deux ouvriers en bleu de travail avec des rouleaux de fil électrique. « Nous venons pour le téléphone. Une installation prioritaire. » Il n'y a plus de week-end. Je manifeste ma surprise : grand-mère n'en a jamais voulu. Je l'interroge du regard. « C'est M. Motin, pour que je puisse être prévenue tout de suite de ton retour. Il fallait son poids. Personne ne peut avoir une nouvelle ligne. » J'en reste bouche bée. Ce Motin, elle a même dit « Gilbert Motin » hier, s'installe par trop dans notre vie. Heureusement, j'ai pris les devants pour le dîner de ce soir. Ça ne se commande pas. J'ai acquis le droit de vivre comme je l'entends. Voilà tout. C'est ça, les séquelles de la guerre. « Tu ne prends pas ton sac ? – Ils me l'ont volé ! – Ce ne sont pas les sacs qui te manquent ! » En effet, mais je n'en veux pas pour aller là où je vais. « Les poches de mon manteau me suffiront ! »

Il me faut traverser une bonne partie de Paris pour aller rue d'Artois, derrière les Champs-Élysées. J'ai remis sans y penser mes souliers d'Allemagne, des talons feraient trop distingué pour les copines. Les gens sont emmitouflés. Ils ont froid. Pas moi. Je descends dans le métro. J'ai tout de suite trop chaud dans l'odeur un peu aigre et lourde d'avant, qui me prend le nez et la gorge. Je présente à tout hasard ma carte de déportée en pensant à une réduction. Rien à payer, ce qui me fait plaisir.

L'attente est longue. La rame bleue de l'ancien Nord-Sud s'immobilise en grinçant, juste un peu plus crasseuse. Je change à Concorde, jugeant qu'il me faut descendre à la station qu'on vient de rebaptiser Franklin-Roosevelt, même pas quinze jours après la mort du pré-

sident des États-Unis. À la prison, les imbéciles de surveillantes avaient dansé, à cette nouvelle. Le nom est
peint sur des banderoles ; c'est bon signe qu'on inscrive
si vite le changement. L'avenue des Champs-Élysées
m'assaille par sa malpropreté : trottoirs à l'abandon,
boutiques tristes aux étalages factices. Des vitrines rafis-
tolées avec des planches et des bandes collantes.

Les gens me dévisagent. Je panique avant de comprendre que c'est parce que je garde, dans ce froid,
mon imperméable sur le bras. Je le remets en vitesse,
mais ça ne change rien, au contraire. Trop d'espace
m'oppresse. Après mes années de taule, c'est ce qu'ils
appellent agoraphobie, sans doute. Mettre là-dessus un
nom grec me calme. Respirer. Compter mes pas en
fixant le trottoir. Je relève la tête. Toujours le trop
d'espace avec la chaussée vide, presque sans autos,
jusqu'à l'Arc de triomphe. Respire un autre grand coup.
Ça va mieux. J'avance les yeux baissés. Je parviens à
marcher sans m'essouffler et j'ose regarder devant moi,
mais je reste traquée.

Monter jusqu'à la rue La Boétie. Un militaire me sif-
flote son admiration et je frissonne, dépaysée, car tous
les autres sont emmitouflés jusqu'aux oreilles, en cette
fin avril. Mon malaise se dissipe dans cette rue des
beaux quartiers où rien, sauf le peu d'autos, ne permet
de penser qu'il y a eu la guerre.

Foule au Centre d'accueil. Mes copines sont déjà là :
Katie dans son treillis, du rouge aux lèvres, Lucette,
robe serrée au cou, très dadame, avec sac à main et
veste chic : « J'ai retrouvé une copine qui m'a accueillie,
habillée, explique-t-elle avec son plus bel accent. Ma
tenue était bien un peu voyante dans l'église, oui, je suis
allée me confesser et j'ai assisté à la messe. Ça m'a, comment dire, bien lavée... » Claudine suffoque d'entendre

des choses pareilles. Son tailleur d'hiver, flasque sur elle, la tasse sous le chapeau sage qui emprisonne sa blondeur ; ses grands yeux mangent plus que jamais son visage. Elle aussi a pris un sac à main, un de tous les jours, fatigué. Elle se lance à l'assaut de Lucette : « La prison ne t'a donc rien appris ! Ton Bon Dieu t'a pourtant bien laissée tomber ! – Tu n'y comprends rien, il fallait que je Le remercie de nous avoir sauvées. Même des Russes, s'Il ne l'a fait qu'à moitié. Et puis, Saint-Philippe-du-Roule est une si belle église ! »

Je les sépare et prends Claudine tout de suite à part : « Tu lui as dit, à ton mari ? » Elle fait non de la tête. Je la prends dans mes bras. « La vérité est tout de même plus simple. Invente un nazi, si c'est la politique qui te retient. » Elle se raidit : « Écoute, Julia, je peux ne rien dire, mais pas inventer des mensonges. Surtout devant mes enfants. Je ne m'en sortirai pas. – Tu vas trouver le temps long. – Je suis complètement bloquée, nouée, évidemment, il ne comprend rien. S'irrite. Pour en finir (un chuchotis), je l'ai sucé. Comme une pute ! » Je l'embrasse avant de trouver la repartie : « Tous les moyens nous sont bons pour en sortir. » Si le Dieu de Lucette nous lave, je doute que le communisme de Claudine en fasse autant.

La salle est pleine d'hommes. Beaucoup dans leurs rayés de camp. Le déjeuner offre une abondance insultante. Nous nous jetons sur la salade de laitue dont nous n'avions plus vu la couleur depuis tant d'années. Un ragoût avec des pommes de terre à volonté, de la vraie cuisine assaisonnée, du vin potable. Entre deux bouchées, j'invite mes copines au dîner chez grand-mère. Claudine ne peut accepter. Lucette dit : « Tu es sûre que tu veux amener chez toi une fille comme moi ? – Justement, une fille comme toi. » Katie demande : « J'amène

Roger ? – Il est prévu. – Ta grand-mère a les idées larges. – Je l'ai habituée. – Tu as toujours été aussi *frech*, comme disent les Allemands ? – J'aime mieux ça que culottée. » Je retrouve mon fou rire : « Ça m'est revenu ici. – Mais, *frech*, tu l'étais déjà avec Franz, pas vrai ? – Tu as raison, Katie : Franz est ma liberté. Ici, je dois paraître aux yeux des femmes, dans la rue, une ancienne tondue, comme celles qui ont couché avec les Allemands, mais je me sens prête à faire front. » Au tour de Katie d'être interloquée. Je suis contente de ma provocation, et qu'elle ait parlé de Franz. « Je me fais du souci pour lui », ai-je très vite ajouté. Claudine détourne la tête, ne voulant pas savoir, et ça m'agace. « J'ai dit à l'ami qui est venu me chercher que nous avions été attaquées par des Russes et que nous les avions mis en fuite. Nous ne pourrons pas toujours garder pour nous ce qui nous est arrivé. – Roger sait tout », dit Katie.

Claudine baisse la tête. Elles en reviennent aux examens sérologiques. Pas de pénicilline pour le rappel : il faudra aller chez les Américains. Un silence d'où Claudine se sort comme d'un accident, à gestes lents, précautionneux : « Je vous demande que cela ne devienne jamais public. – Roger m'a donné sa parole, enchaîne Katie. – J'en mourrais. Ma fille a treize ans, et déjà ses menstrues. » Drôle, qu'elle emploie ce terme technique. Je n'ai jusque-là pensé qu'au mari. Je chuchote avec toute la douceur dont je suis capable : « Nous sommes et nous serons toujours avec toi. Dis-toi pourtant que tu ne pourras pas rester dans le mensonge. Il te rongera. – En mentant, j'ai déjà retrouvé mes enfants. Mon mari, ce sera dans quelques jours. Il y a des médicaments, pour me décrisper. »

Je mets ma main sur la sienne, sans la regarder. Elle est trop communiste. Elle croit que la vie serait toute simple, de A à Z, s'il n'y avait pas le capitalisme. Mais aussi trop infirmière pour ne pas identifier le danger mental tapi en elle. Après tout, son mari se satisfera d'un vagin disponible, comme avant. C'est son âme qu'elle ne libérera pas.

Lucette rit des blagues de Roger, venu nous rejoindre au dessert. Katie n'aime pas et me prend aussitôt à part : « La paix me fait peur. – Tu blagues ! – Pas du tout. » Un voile dans son regard. « J'ai commencé des études de droit à Londres, figure-toi. Le droit sert à ne pas juger ce qui s'est vraiment passé, seulement à assurer la conformité avec les lois. Quand on ne juge pas la réalité, mais ce qu'en filtre le droit qui ne l'a pas prévue, toutes les tricheries deviennent possibles. Les avocats sont là pour ça. Les professionnels du crime savent en jouer. Il n'y a que les innocents ou les idiots qui trinquent. Tu imagines les juges avec leurs lois d'avant, celles de Vichy à qui ils ont obéi, tu les vois face à nos tortionnaires ? Face aux collabos ? Avec ces juges-là, il faudra régler nos affaires toutes seules. »

J'approuve. Je ne me connais pas d'affaire à régler, sinon avec mon tortionnaire français aux ongles noirs et avec Klaspen, ce SS arrogant qui a poussé Henri à la mort. « Je te crois. » Katie me prend les mains. Son pessimisme me paraît pourtant exagéré. Je ne veux pas voir l'avenir en noir, aussi j'écourte les adieux. Hâte de revenir chez moi.

Plus peur des espaces vides. Je trouve Babouchka achevant un pâté de viande en croûte. Du riz, gâteau au fromage blanc, vodka. L'argent de Motin, comme pour le charbon de la cuisinière. J'édulcore, mais je lâche la vérité sur ce qui s'est passé avec les Russes et Claudine. Je ne passe sous silence que Franz. Ma Babouchka pleure en grommelant que les moujiks sont des sagouins, puis s'éclaire : « C'est de parler russe qui t'a sauvée, ma petite fille. *Lioubichtchina maïa...* » Dans sa bouche, cela fait caresse et je me mets à pleurer. La chance que j'ai eue. Que j'ai.

J'aurais peut-être fini par avouer Franz, mais grand-mère lance : « Tu me sembles assez forte pour voir ta vie en face, or il y a quelque chose que je garde et qui me coûte. » Elle trottine vers l'armoire de sa chambre, avance un tabouret, y grimpe d'un élan, en dépit de ses soixante-quinze ans, et sort un gros paquet de papier kraft où a été écrit au pinceau à l'encre noire : *Henri de Villeroy*. Angles gothiques venant d'une main allemande. « Ses vêtements ? – Oui. Je ne l'ai jamais ouvert. Si tu veux, on peut les détruire dans la cuisinière. – Pas avant que je les aie revus et touchés. »

Je monte dans ma chambre, le paquet sous le bras. Il a été fait par ceux qui l'ont déshabillé après sa mort. Je sors des gants de ménage, éventre le papier avec ma lime à ongles. Pliés, le costume, poches sorties au-dehors, la chemise souillée de sang. Coagulé, dur. Je ne m'occupe que de la chemise en fine batiste. L'arrière du col est pris dans une masse croûteuse avec des cheveux. Je touche les pointes du col, comme autrefois quand je dénouais sa cravate, ouvrais sa chemise parce qu'il aimait ça.

Les baleines, toujours tendues, sont inégales. Celle de gauche a dû se briser et fait un renflement qui me gêne. Henri voulait que sa mise fût impeccable et passait plus de temps devant sa glace que moi. Où est sa cravate ? Ses geôliers ont dû la lui enlever de peur qu'il ne s'étrangle avec. Il était entré col ouvert dans le bureau du SS, ses bras tirés en arrière par les menottes. Remettre de l'ordre dans ce col. Te montrer que Franz ne change rien à la tendresse que j'ai pour toi.

Même après avoir ôté mes gants, je ne peux saisir la baleine. Il faut ma pince à épiler pour tirer ce qui pointe, mais au lieu de la barre de celluloïd, c'est un morceau de papier qui vient, replié de façon à créer l'illusion. Je l'ouvre, le cœur battant : des lettres couleur de sang séché. J'étire le bout de papier sans oser le lisser et déchiffre : *A sia raî re.* Des restes, peut-être, de *t* dans les blancs. Grâce au circonflexe, cela prend soudain sens : *traître*. Henri a désigné un traître. Avec son sang. Pour qu'on sache un jour. Mais *A sia* ne correspond à rien que je connaisse. Il ne me reste qu'à montrer ma découverte à Motin, seul à pouvoir comprendre. Mettre en œuvre des moyens scientifiques. Pour arracher quoi ont-ils pratiqué ces tortures ?

Je me sens délivrée d'avoir cette tâche à remplir, et une tâche pour mon mari. Mon devoir est de tout faire pour retrouver ce traître, le démasquer et le faire payer. Le legs d'Henri à sa femme, par-delà sa mort. Mon cœur bat plus fort, comme autrefois quand je m'attaquais à un problème difficile et voulais le dompter. Ça me rebute de faire appel à la police. J'ose lisser le petit bout de papier déchiré. Peut-être un *i* après le *A* majuscule... Je caresse une fois encore le col de batiste. Douceur du souvenir. Henri n'a pas suffi à emplir ma vie. Franz me sert de passeur.

Bonne occasion d'inaugurer le téléphone. Je cherche dans les poches de mon tailleur les numéros de Charles Moissac. Est-il à son bureau, un dimanche ? Je n'ose pas le déranger chez lui. Bah ! c'est toujours la guerre. J'essaie. Il décroche aussitôt. « Je viens tout de suite. » Il débarque quelques minutes plus tard, très officiel, comme la veille, avec son chapeau à bord relevé, et me dit en m'embrassant : « Le suicide de Hitler est confirmé. »

Après les salutations d'usage à grand-mère, je le conduis chez moi, lui montre ma découverte. Il fait la même lecture. « *Traître !* C'est bouleversant ! Il faut poser ce papier sur un bristol, le caler dans une petite boîte avec de la ouate, avant l'analyse, parce qu'il doit être très fragile. Tu n'avais pas pu parler à Henri avant qu'il se tue ? – Non. Ils étaient venus me cueillir chez grand-mère, la veille, à mon retour de la fac. Ils m'ont harcelée toute la nuit, battue à coups de nerf de bœuf : "Où est le radio ?" Ils ne voulaient pas croire que je n'étais au courant de rien. J'avais le dos en sang et des brûlures de cigarette sur les seins, le ventre. » Des larmes montent.

Je m'écarte pour mieux faire front : « Ils m'ont traînée à demi nue dans le bureau de Klaspen, le SS, et c'est là qu'ils ont transporté Henri, méconnaissable. Mon tortionnaire comptait les brûlures de cigarette sur moi, gueulant qu'il restait encore beaucoup de place, y compris sur mon sexe. Il a proposé à Klaspen de me faire violer par la garde devant Henri jusqu'à ce qu'il parle. Henri, jusque-là écrasé, inerte, qui semblait ne rien comprendre, a foncé d'un élan par la fenêtre ouverte. »

Je me trouve pour la première fois distanciée de cette horreur, comme face à un film au ralenti. Je dis, comme pour moi : « Je ne sais rien du réseau. Il faut faire parler ce papier. – Le premier mot, c'est peut-être un pseudo. Dans la Résistance, Julia, tout le monde, m'a-t-on dit, en portait un. Ça nous ramène à Motin. Si ça te gêne, j'irai lui parler. – Il faut d'abord faire parler ce papier. Je ne veux pas que ce soit lui qui s'en occupe. – Tu te méfies beaucoup de lui ? – Mon instinct. Je ne l'aurais jamais choisi pour second. Il est trop lisse. – Je vais me servir de ton beau téléphone tout neuf. »

Naturellement, le dimanche, personne n'est joignable. « Allez vous promener, vous m'encombrez », dit grand-

mère qui semble deviner notre tracas. Charles m'oblige
à prendre un manteau. Du coup, je sors aussi l'espèce
de béret chamarré du temps de la fac, qu'Henri
n'aimait pas, mais qui civilisera ma tignasse. Il me prend
le bras, m'entraîne vers la gare Montparnasse en racontant ce qu'il a appris, à son retour d'Angleterre, des
combats en France : les barricades de la libération de
Paris, la plaque célébrant la reddition de Von Choltitz
quelque part à cet endroit.

Traces de l'insurrection, façades écornées par des
balles, rectangles de marbre neufs avec les noms des
tués. Il comprend que j'aie peur des espaces vides. Du
côté de la Closerie des Lilas et du Luxembourg, je
retrouve mon Paris d'étudiante. Henri. Un éclair de
découverte comme quand, jadis, je séchais sur un problème de maths et que, tout soudain, la solution me
tombait dessus : « Alésia. » Charles me dévisage : « La
rue d'Alésia, c'est beaucoup plus haut. – Non. (je ris
malgré moi) Le nom sur le papier, c'est Alésia. – D'accord,
mais ça ne nous avance guère. Il nous manque le code.
Et pourquoi un résistant aurait-il pris pour pseudonyme
le nom d'une défaite gauloise ? Au fait, pourquoi la rue
s'appelle-t-elle ainsi ? » Il croit savoir qu'Alésia a été
exhumée au temps de Napoléon III. La charade reste
aussi énigmatique.

Charles est près de chez lui. Je suggère qu'il amène
sa femme au dîner. Il écarte l'idée : sa grossesse trop
avancée. J'ai envie d'être seule, le passé soudain trop
lourd, cette histoire de traître. Rechercher le corps
d'Henri et l'enterrer décemment dans le château de ses
parents. Il faut que je les avertisse de mon retour. Je
sens le regard des hommes sur moi. Deux jeunes troufions me sifflent. « Allez ! Souriez au printemps et à la
paix, mademoiselle ! » J'accélère, plutôt contente.

Katie et Roger arrivent peu après mon retour. Je les mets au courant. Roger photographie la feuille : « Une photo agrandie peut révéler des détails. » Katie pense qu'Alésia est un curieux pseudo, mais le propre des pseudos comme des messages envoyés par Radio-Londres pour la Résistance était d'être insolites. Elle a déjà repris contact avec ceux qu'elle appela « mes gens », et déjeune demain avec eux. Ils doivent avoir des spécialistes, pour ce genre d'affaire. Lucette s'encadre dans la porte, manteau trois-quarts, collier de perles, bas qui attrapent la lumière. « Ma copine m'a habillée. – Des bas nylon ? s'enquiert Katie. – Oui, c'est moins doux à la peau que la soie, mais hors de prix. » Charles revient bon dernier avec des nouvelles de la guerre. Pétain ramené à Paris. On ne sait pas où est le corps de Hitler.

Grand-mère apporte les petits verres pour la vodka. Le dîner est une fête. Une vraie fête. « J'y crois, dit tout à coup Babouchka après plusieurs toasts. Jusqu'ici, je n'ai connu que des défaites. Même si j'y ai perdu mon joli gendre, je suis heureuse pour ma petite-fille, heureuse qu'elle soit parmi les vainqueurs ! »

2. *Franz*

Comment Julia a-t-elle pu s'offrir à moi ? Je n'en reviens pas. Tu le penses en français, parce qu'en allemand elle s'est « donnée » à toi. Or elle ne s'est pas donnée. Prêtée. Elle peut se reprendre. Ça te soulage, de chercher à la comprendre, parce qu'elle te reste comme une ancre dans un bonheur qui a disparu. Tu ne t'attendais à rien de ce qui a suivi, et ça te mortifie. Secoué comme un prunier par deux MP, genre hercules de foire, te gueulant de te fiche à poil : « *Nackt ! Ganz Nackt !* », les seuls mots qu'ils savent d'allemand, avec *Raus !* ou *Stopp !*, ils t'ont inspecté jusqu'au cul, comme un criminel, t'ont tendu tes vêtements un à un, s'irritant de ta maladresse avec ton seul bras que le plus gros des MP a ensuite enchaîné au sien. Tu voulais leur dire : Je suis un officier, je vous donne ma parole.

Ils t'ont fait monter sur la banquette d'une bizarre camionnette de l'armée, large et basse, te laissant menotté au gros qui ne conduisait pas. Tu te souviens d'avoir traversé des patelins vidés de leurs habitants : une Allemagne retombée après la guerre de Trente Ans. Quelque gigantesque herse a éventré une ville : maisons, rues, places, temples, les sols jusqu'aux égouts. Étrangement un lampadaire intact, une devanture de pharmacie avec des bocaux cassés, en plus un portrait intact de Hitler. Des bataillons de corbeaux criards faisaient des piqués dans le ciel clair.

Vous avez repris de la vitesse sur une route goudronnée, comme si la cité rasée n'était qu'un abcès isolé. Des civils autour de petits pavillons proprets, avec des nains de jardin pimpants, bonnet rouge vif, accueillants. La route longeait ensuite un très vaste camp délimité par des barbelés neufs. En fond, des casernes. Par centaines, des soldats et sous-officiers de la Wehrmacht avec de grands *WP* en blanc au dos de leur uniforme. La défaite. Un écriteau : la Bavière. Barrage de contrôle. Là, les MP te font descendre, te gueulant de mettre les mains en l'air. Comme tu ne peux lever ton bras gauche, tu le saisis par le droit, geste qui n'a rien de réglementaire et te vaut une volée de hurlements postillonnés où tu déchiffres qu'on t'accuse d'avoir fait le salut hitlérien. « *No. I am against... I...* » Me manque le mot anglais pour dire que je suis blessé. J'ai laissé tomber mon bras inerte en le désignant : « *Ich bin am Arm verwundet.* » Nouvelle rossée. Mes convoyeurs ont fait de l'essence et repartent.

J'aperçois un camp avec ses barbelés électrifiés usagés, ses baraques vert terni, patinées, son portail où l'on n'a même pas recouvert le *Arbeit macht frei*, le travail vous rend libre, des *KZ* nazis. Ils me jettent devant un bâtiment américain tout fait, demi-cylindre en tôle peinte en gris. Un groupe de MP attendait avec nonchalance et s'agita comme piqué au vif, engueulant mes convoyeurs pour ne m'avoir pas enchaîné. J'ai compris que l'un se défendait en disant : Celui-là, c'est un gentil. *Nice.* Qu'est-ce qu'ils m'auraient fait de plus si je n'avais pas été *nice* ? Un du groupe a rigolé en beuglant qu'on verrait ça, qu'il n'existait pas de *nice* nazis.

M'attendant au pire, j'ai voulu montrer que mon bras gauche pendait, manière aussi de prouver mon incapacité physique, car je sentais qu'ils n'attendaient qu'une occasion pour me rosser, histoire sans doute de m'apprendre les bonnes manières ou de faire jouer leurs muscles. Je ne comprenais pas le laisser-aller de cette armée-là qui semblait aussi posée sur le camp que le bâtiment à l'entrée. J'avais connu le temps des victoires. Même victorieux, on se tient. Eux s'ennuient.

La boîte métallique où mes convoyeurs ont enfermé mes papiers passe de main en main. On me fait signe d'avancer. J'obéis, trop lentement au gré des portiers qui me poussent par les épaules. Le plus costaud, une vraie montagne, me place en rigolant un coup de pied dans les fesses qui m'envoie rouler par terre. Je me relève, essayant de m'épousseter. Je suis cueilli par une gifle qui me fait à nouveau valdinguer. *Dirty nazi !* Sale nazi. J'ai le tort de dire que je ne suis pas nazi. On me gueule en mauvais allemand qu'un *Oberleutnant* est un nazi. Deux autres gifles. Avec mon bras pendant, je ne peux me protéger le visage.

Deux officiers dans un bureau. Le plus gradé a une gueule carrée, genre dur de cinéma. L'autre, petit, noiraud, avachi dans un fauteuil, fume une cigarette, les pieds sur un tabouret. Je me sens à nouveau choqué par ce laisser-aller. On leur apporte la boîte. Gueule carrée me crie de l'ouvrir. Je lève à moitié mon bras valide en signe d'impuissance. Le petit noiraud saute de son fauteuil pour me gifler. Les nazis sont *kaputt*. Fini de lever le bras. Je rassemble mon anglais : « *You have the key, not I.* » C'est vous qui avez la clé, pas moi. Piqué au vif, l'Américain se lève en s'égosillant : « *Arrogant, fucking despicable nazi !* » Les MP arrivent aussitôt, me sortent par les épaules pour mieux me tabasser. La Gestapo a fait école. On me tord les bras pour les attacher. La douleur perce jusque dans mon épaule gauche. Je crois qu'ils l'ont cassée.

Gueule carrée donne des ordres et on me laisse. Le noiraud, de la pointe d'un couteau de chasse, fait sauter la serrure de la boîte. Il tire en vrac les papiers. Je pâlis parce que l'ordre de mission de Himmler sort du paquet avec les écussons de la SS. Les autres ne le voient pas tout de suite, mais ce n'est que partie remise. Mon livret militaire. Allons, ils vont enfin comprendre. Gueule carrée le repose et l'ordre de mission est dégagé. Il bondit, rouge de fureur. « *You're a liar, a SS ! A fucking bastard !* » Nouvelle avalanche de coups, et, soudain, je découvre que je me protège le visage de mes deux bras. Ces salauds, en la tordant, ont décoincé mon épaule.

J'articule que je ne suis pas un *liar*, un menteur, et, avant que les MP aient le temps de réagir, je mets un doigt sur l'ordre de mission pour montrer à Gueule carrée qu'il est adressé à l'*Oberleutnant* Franz Werfer, et j'explique qu'il n'y a pas de *Leutnant* dans la SS. Il n'y a que des *Führer*. J'y aurais été *Sturmführer*. L'autre, estomaqué par ma hardiesse, m'a laissé parler, mais c'est pour mieux m'injurier dans son mélange d'allemand et d'américain. Pour lui, cette histoire d'*Oberleutnant*, comme mon uniforme et mon livret militaire, n'est que *camouflaging, disguising* un *war criminal*. Il répète en se rengorgeant : *ouar craïminol*. Criminel de guerre. Plus son affaire. Il aboie très vite quelque chose que je ne comprends pas.

Les MP reviennent, me prennent les bras et les tordent avec encore plus de violence pour me menotter dans le dos, puis me passent, dans le même style, des chaînes aux pieds qu'ils relient aux menottes. Ils me portent en laissant glisser la pointe de mes chaussures sur le plancher, puis le dallage, afin d'aller plus vite, jusqu'à un cachot où l'odeur de vieille pisse et de dégueulis me prend à la gorge. Ils m'y poussent sans me désenchaîner.

Une pensée pour ceux qui ont été jetés dans cette cage de ciment par la Gestapo ou les SS. Le plafond est calculé trop bas pour qu'on puisse y tenir debout. Sol humide et un peu gras au toucher. Je frissonne. Du sang ? Je comprends la fureur des Américains contre les nazis. À Belgem, tous étaient sous le choc de leur découverte des camps : Bergen-Belsen, Buchenwald, Dachau. Le typhus. Les morts. Les hommes-squelettes. Mon propre effroi en arrivant chez Katie. Mais quand même ! Me traiter comme un des fauves de Hitler. Ils ne vérifient rien. La torture des chaînes enfièvre mon épaule blessée qu'elles tirent vers le bas. L'engourdissement. J'ai froid.

Je veux bien me sentir coupable de l'armée allemande, de son obéissance aux nazis, mais pas des SS et du reste. Qu'ils puissent croire, sans vérification aucune, que mon livret militaire usagé est un faux pour camou-fler on ne sait quel grade dans la SS me semble telle-ment absurde que je n'arrive plus à mettre mes idées en place. Comment ignorer à ce point l'esprit de corps, de supériorité des SS ? Si on m'enferme avec eux, ils m'excluront. Et si les autres imbéciles ne voient là qu'une autre forme de camouflage ? J'essaie de retrou-ver les noms de mes chefs dans l'armée, qui pourraient témoigner, mais où sont-ils ? Honsi et Günter morts, il ne me reste, pour éclaircir mon véritable rôle, que Julia quand elle aura regagné Paris. Oui, Julia. Elle ne m'oubliera pas et tentera tout pour moi. Cela doit me libérer de mon angoisse, car je m'endors.

C'est ainsi que le dimanche 29 avril s'annonce par des coups de pied et l'ordre de me mettre debout, ce que je fais en essayant de ne pas me cogner la tête. Pour un sale dimanche, c'est un fichu sale dimanche. Des militaires me cognent dessus, comme la veille, et conti-nuent dans le couloir, mais je ne peux faire que de tout petits pas à cause des chaînes qui me scient les chevilles. Dehors, je suis ébloui par le soleil. Des MP me jettent dans la benne d'un petit camion bâché.

Gueule carrée apparaît et ricane que son camp n'est pas fait pour les *ouar craïminols*. Là où il m'envoie, je serai parmi les miens. Je crève de soif, mais je ne veux rien demander à cet imbécile haineux. Flot d'injures où je comprends que je suis un SS lâche, qui n'ose pas se reconnaître comme SS. Il me revient assez d'anglais pour hurler : « *You are crazy !* » Vous êtes fou ! Heu-reusement, le petit camion démarre en trombe, me fai-sant rouler contre le volet de la benne.

En m'allongeant, jambes repliées, j'ai donné du mou à mes chaînes. Moi qui croyais que les Américains possé-daient une vraie justice, étaient des démocrates, je me

trouve accusé des pires crimes sans même un interroga-
toire, tout ça parce que j'ai gardé cet ordre de mission de
Himmler. Un ordre de libération, par-dessus le marché !
Ça en promet de belles ! Et les Russes, de l'autre côté ?
J'ai fini par en oublier les Russes. Une chance que je ne
sois pas tombé entre leurs pattes. Si j'avais suivi l'ordre ?
Et Waltraut ? et ma petite Linda ? Elles sont chez les
Russes. Je me mets à pleurer. Le petit camion se traîne,
mais ma colère et mon dégoût m'aident à supporter soif
et faim. Une discussion à l'avant. Le conducteur a dû se
tromper, il fait une marche arrière puis repart. Ils parlent
un drôle d'américain mouillé.

Je comprends quand, à l'arrêt, je vois deux troufions
noirs athlétiques. Eux me sortent en veillant à ce que je
ne me cogne nulle part, et désentortillent mes chaînes. Je
peux enfin marcher à mon pas. Sur leur feuille dactylographiée, je lis que je suis *Security Threat*, menace pour
la sécurité, et suspecté de crimes de guerre. Mes deux
guides s'en fichent, à l'évidence. Ils semblent même
compatissants. Tous ceux qui m'ont battu étaient des
Blancs. Nous arrivons devant le portail d'un autre camp
nazi à barbelés électrifiés, mais celui-ci, on l'a débarrassé
de toute référence au passé. Il porte juste *Camp 3*. Là
aussi, un bâtiment américain préfabriqué sert à l'accueil,
mais il est posé sur des soubassements de moellons. Des
MP prennent la feuille dactylographiée, traitant mes
convoyeurs comme s'ils n'existaient pas.

Enfin un officier. Je prends un air absent, espérant
éviter les coups. L'autre, bureaucrate grisonnant, plutôt
bon enfant, m'inspecte, demande mon nom. Un coup de
tampon. Il tend la feuille aux Noirs qui s'inclinent, m'inspecte de nouveau, gueule qu'on m'emmène au *SS Block*.
Aussitôt des MP se déchaînent sur moi, hurlant que c'est
là mon *baptism*, mon baptême. Ils me forcent à courir,

malgré mes chaînes, et me poussent dans l'entrée d'un block de l'ancien camp nazi comme un paquet de linge sale. Je reste immobile après qu'ils m'ont désenchaîné. Je frotte mes chevilles meurtries et me remets debout. De jeunes SS me saluent, me demandant ce qui me vaut l'honneur d'être placé avec eux. Je réfléchis très vite que je ne peux m'en sortir qu'en leur disant la moitié de la vérité : un ordre de mission venant du *Reichsführer*. Officier, dans Berlin désorganisé par les bombardements... Ils me sourient, me tapent dans le dos pour manifester qu'ils vont me traiter comme un camarade.

Le camp date d'une dizaine de jours et rassemble déjà quelques centaines d'hommes, mais leur block ne compte que peu d'habitants. Les châlits à deux étages du fond ont été placés de façon à former une sorte de réduit. Les SS qui s'y trouvent me paraissent plus âgés et portent des grades plus élevés. Je comprends sans demander d'explications et choisis un lit du haut, proche de l'entrée, c'est-à-dire parmi les SS de base, espérant y respirer mieux. Le matelas de fibres de bois, sur un rembourrage de même matière, doit dater, comme les châlits, du camp d'avant. Dès que je m'y suis hissé en ayant enlevé mes chaussures, j'ai coulé dans le sommeil.

J'en suis tiré par un des jeunes SS qui m'explique que c'est l'heure de l'appel du soir. Je me retrouve en file avec eux tandis que les plus vieux, passés les premiers, m'ignorent. Autant les jeunes sont fringants, autant ceux-là paraissent fatigués, uniformes déchirés comme s'ils avaient résisté. Je découvre, en voyant les alignements dans la cour d'appel, que les blocks se différencient : un pour les officiers supérieurs de la Wehrmacht ; un autre pour les responsables nazis locaux qui continuent d'arborer leurs brassards à croix gammée.

War criminals, nous sommes en dernier. Il me semble que l'étiquette est distribuée fort largement. Sans doute beaucoup des civils sont-ils, comme moi, de simples suspects. Je vois arriver les deux officiers qui m'ont battu à l'entrée, accompagnés d'un sergent massif, tandis que les MP forment une haie, main sur la trique. Les civils ont oublié l'ordre militaire. Hurlements, coups. Les Américains veulent des carrés parfaits pour chaque block. Celui des SS est vraiment malingre, mais composé de professionnels qui forment des rangs impeccables.

Je compte que nous sommes vingt-sept. Je crée une tache verte parmi eux caca d'oie. On nous compte, recompte. Il faut défiler au pas devant la cuisine, toucher une gamelle, une cuiller, recevoir d'un solide gaillard en civil une louche de soupe, d'un autre un morceau de pain américain qui a passé, sans aucun doute depuis longtemps, la date réglementaire. Mais c'est du pain. J'ai trop faim pour faire le difficile. Par vieille habitude de manque de nourriture au front et dans la retraite, je me contrains à avaler lentement. La soupe contient des fibres végétales et une sorte de gélatine.

Les jeunes SS comptent parmi les plus anciens prisonniers et n'ont que sept jours de camp. Ils m'expliquent les règles. Le distributeur de soupe est un des Kapos « droit commun » de la cuisine du camp de Dachau. Ils en viennent et me disent qu'on peut s'arranger avec lui, ce que je ne comprends pas d'abord, mais, très vite, je repère qu'un système de combines est déjà en place. La louche est plus ou moins remplie. Ils m'expliquent que les Américains ont eu la légèreté, afin d'aller plus vite, de réemployer des Kapos. Ceux-ci ont importé leur marché noir.

J'ai noué des relations avec les SS de mon âge, parce que toute la vie se passe en commun, de la douzaine de chiottes alignées sans séparation aux lavabos et à la salle des douches. Cette promiscuité pousse aux conversations, même si personne n'aborde le passé, ce qui m'arrange parce que je préfère ignorer la conduite de mes co-détenus, mais je n'ai pas non plus envie de me désolidariser d'eux face aux Américains. Les « vieux » voient les jeunes comme des fils à papa qui ont évité le front de l'Est en se planquant dans un camp de concentration, à l'arrière, où ils ne risquaient rien. Quand je leur ai dit que j'avais été blessé à Koursk, puis à nouveau il y a quatre jours par l'attaque d'un Stormovik, ils m'ont mieux adopté.

Trois nouveaux venus font leur apparition le lundi. Amochés, au point que des brancardiers viennent en chercher un pour l'emmener à l'infirmerie. Il existe donc des soins, ce qui me remonte le moral, même si, après le bol de lavasse de café et le croûton du petit déjeuner, je commence à ressentir la faim. Je l'ai déjà connue durant la retraite en Ukraine et jusqu'à ses horreurs qui vous faisaient chercher des trognons de choux pourris, des restes d'herbe. C'était alors que, à l'entrée d'un village incendié, une dizaine de squelettes desséchés sur des potences m'avaient horrifié. Des partisans ou des Juifs, avait dit Honsi. Les équipes de nettoyage des SS. J'avais entendu des histoires plus horribles encore. Des Juifs, hommes, femmes et enfants, alignés devant un fossé qu'on leur avait fait creuser. Les vieux du block...

Justement, l'un d'eux vient me chercher. Je me trouve en face d'un grand type à cheveux gris, visage allongé, une cicatrice profonde sur la joue gauche. Quatre étoiles sur son col. Il me salue par mon grade. Je veux me montrer poli et l'appelle colonel. Il me lance avec un accent berlinois qu'il comprend que ça me fasse mal aux lèvres de l'appeler *Standartenführer*, mais si je veux trouver un équivalent, je dois dire général. Et poursuit, en retombant dans son attitude usée, qu'il est au courant pour mon ordre de mission et veut juste savoir quelle mission.

Son regard gris prend un éclat de faïence ancienne. Je me jette à l'eau. Ma recherche de femmes occidentales. Le *Zuchthaus* d'Ellsrede, le camp d'Ellsrein pour les conduire jusqu'à la Baltique. Les envoyer en Suède. Bombardé par les Russes, j'ai perdu mon escorte, été moi-même blessé avant de me faire cueillir par les Américains en approchant de l'Elbe. Pour noyer le poisson, je raconte ce que j'ai appris de Torgau. Et comment les Américains se replient, livrant le territoire conquis aux Russes. Le SS se tasse à mesure, devient plus blême.

Je lui laisse le temps de réfléchir à ce que mon ordre impliquait de la part du *Reichsführer*. Il dit de sa voix lasse qu'il fallait bien en finir. Quelqu'un comme moi ne pouvait pas le comprendre : il avait vécu dans la SS le meilleur de ce qu'une vie pouvait offrir, vu l'Allemagne redevenir elle-même et tenir tête au monde entier. Rien à se reprocher, pas même sa capture, parce qu'il avait été assommé dans la destruction de son abri par une bombe. Son seul espoir était que les Américains le fusilleraient sans le renvoyer chez les Italiens, car ces sous-hommes lui réserveraient une mort indigne. Que sa mort se passe entre soldats.

J'ai soutenu son regard très pâle, presque gris, avec cet éclat qui me faisait penser à de la faïence, sans trouver quoi lui répondre. Le général a ajouté d'une voix douce qu'il a eu, comme tout le monde, des choix à faire et n'en regrette aucun : « Seulement de n'avoir pas pu en finir avec les Juifs ! » C'est tellement à l'encontre de l'apparente humanité de ses confidences que je sursaute. C'est aussi le Himmler de l'élimination des Juifs qui a signé mon ordre de mission. Un long silence entre nous. Il me retient par le bras : « J'aime à parler avec quelqu'un comme toi. »

Cet entretien me vaut une considération nouvelle de la part du block. Le général doit être né avec le siècle. Il n'a pas eu à faire l'autre guerre. Trente ans au moment de l'arrivée de Hitler au pouvoir. Dans les quarante-cinq aujourd'hui. Je n'ai pas envie d'aller m'abaisser devant les Américains pour demander qu'on me change de block. Quel avenir pour ma petite Linda ? Il faut que je me sorte de ce trou : que je puisse écrire à Julia. Française, elle fait partie des vainqueurs. Je l'aime comme je n'ai jamais aimé. Comme je ne savais pas que je pouvais aimer. Je ne le lui ai pas dit.

Le lendemain, un brouhaha me réveille. Les jeunes SS se passent un journal américain, *Stars and Stripes*, étoiles et galons, avec deux gros titres : *Mussolini Executed !*, et un autre, plus long, sur l'Armée rouge au centre de Berlin. En sous-titre : Hitler aurait désigné l'amiral Dönitz comme son successeur. L'un des jeunes SS se met à pleurer comme un môme. Un des vieux le toise avec mépris et me prend à témoin de ce qu'il appelle une *weibliche Empfindsamkeit*, une sentimentalité efféminée. Le Reich immortel était *futsch*. Foutu. Là-desssus, à son tour, il vitupère la décomposition du monde par les Juifs. C'est eux qui dirigent l'Amérique. « C'est bien d'un malade minable comme Hitler de finir en s'en remettant à un marin ! »

Pas religieux pour un sou, je ne voyais jusque-là dans l'enfer qu'une invention pour inciter les pauvres et les femmes à filer doux, mais les Américains, avec leur ignorance et leurs préjugés, m'y ont bel et bien logé.

3. *Roger*

Ciel gris deuil, froid humide attendant la neige. Novembre à Paris, ce dernier matin d'avril. Coupure d'électricité, pour ne pas changer. Le petit appartement de la rue Tournefort, tous volets ouverts, se dissout dans la pénombre. Alangui, bras en croix sur toute la largeur du lit, tu savoures, comblé, que Katie soit si *demanding*, le mot anglais s'impose, parce qu'« exigeante » te paraîtrait vulgaire. Tu n'imaginais pas une femme comme elle. Céline s'amusait ; Katie te pousse au comble.

Tu t'étales encore plus largement pour rester dans le conte de fées. Quel est l'imbécile qui a pensé en latin qu'après le coït l'*anima* est triste ? L'âme est joyeuse comme ça ne lui est pas arrivé depuis la guerre. Jamais, en effet, depuis l'aubaine pour tes seize ans, avec tante Céline. Drôle comme les mots s'allient : aubaine, comme aube, aubade... Katie est tout à la fois. À coup sûr, une aubaine. Grâce à elle, les mots font l'amour dans ma tête. Je savoure. J'écoute le bruit de sa douche. Au gaz, le chauffe-eau n'a jamais de coupures. Ça vaut mieux, parce que bonjour les explosions ! Tout est tellement délabré, dans cet immeuble. Comme à Paris. Mais pas la vie.

Céline, c'était un jeu très doux ; Katie, il me faut la conquérir à chaque moment, lui apporter ce qu'elle n'a jamais connu, dont elle n'a jamais rêvé. Aussi lui faire oublier le camp. Elle n'en parle jamais, pas plus de ce qui l'y a conduite. Peut-être que l'affaire avec les Russes a clos pour elle ce passé. Il faut que nous apprenions ensemble à repartir de zéro. La lumière triste du dehors ne m'atteint pas. J'avise mon paquet de cigarettes sur la table de nuit. La première du matin. Je n'avance pas la main. Comme si en allumer une était devenu une infidélité puisque Katie ne fume pas. Je suis un fumeur d'anxiété. Ça me passera.

En trois jours, tout a déjà changé. Ce gros bouquet de fleurs, preuve d'une obstination certaine, chez Katie, la plupart des fleuristes n'ayant pas encore rouvert. Les rideaux ramassés chez un brocanteur amadouent les fenêtres déglinguées. Elle a créé une intimité dans ce qui n'était qu'une escale. Je me revois lui ouvrant la porte. Elle m'enserre dans ses bras solides : « Tellement d'années à rattraper, mon chéri ! » Nous avons aussi en partage ce à quoi je ne m'attendais vraiment pas : la poésie neuve. Rimbaud, Verlaine, Apollinaire. Même Eluard. Celle des autres langues que nous possédons : Whitman, Brecht ou Eliot. Rilke. Elle a deviné : « Tes articles, c'est un peu un pis-aller. Je saurai te stabiliser, afin que tu trouves du temps pour écrire autre chose. Pourquoi pas le roman de cette fin de guerre ? » Je l'ai couverte de baisers. Elle est là. Dans ce chez moi où je n'ai conduit jusqu'ici aucune femme.

Elle revient, serviette en bandoulière, et la jette sur la chaise pour s'allonger contre moi, ses beaux seins à ma portée. « Non, ne chahute pas. Toujours trop pressée. J'aurais dû te laisser me conquérir. J'ai peur que la vie ne m'attende pas. L'autre soir, j'avais besoin de savoir si j'aimerais encore baiser après... mon Russe. Au fond, tu n'étais pas tellement mon type, mais là ! Eh bien... là ! À présent, je ne veux pas te perdre ! » Tu n'as jamais dit : je t'aime. C'est le moment ou jamais.

Avec Céline, ce n'était pas de mise. Puis, très vite, comme pour éviter le ridicule, tu expliques : « Moi, on m'aurait bien étonné si on m'avait dit que je plaquerais la reddition des nazis pour revenir à Paris avec toi. »

Nous éclatons de rire ensemble. « Alors, c'est vrai, tu ne me trouves pas trop rapide, envahissante ? – Je ne t'ai même pas ralentie... » Rire de nos craintes. « Je craignais que tu n'apprécies pas ma hâte à rempiler, chez les Anglais. Ma vraie libération, tu comprends. Et puis, je leur dois bien ça. » Toutes ces années, les types de son service lui ont gardé sa place, persuadés qu'elle rentrerait. À présent, ils lui offrent un poste à Paris pour régler la dissolution des réseaux, le soutien aux familles des déportés et des morts. Un contrat payé en livres sterling, ce qui l'augmente, vu le très bas niveau du franc. Si l'on y ajoute les années de sa pension de veuve, « te voilà avec une concubine riche, mon ange ! ».

Les boucles rousses de sa toison flambent sous la lumière du soleil reflétée par les plaques de neige du dehors. La capter ! « Ne bouge pas ! Tu es un Titien. » Je cours chercher mon Leica que j'ai piqué à un officier allemand tué par le maquis. Le Rollei est carré, tandis que là, des 24 × 36. Parfait, pour mon idée de nu. L'éclaircie au-dehors s'affirme, avivant l'or du soleil sur les seins, le torse. Je règle, cherche le bon angle pour qu'elle prenne la lumière, ce qui allonge son corps, déploie ses belles cuisses comme si elle s'ouvrait. « Un peu plus vers la droite. Tu t'offres au soleil. Là... Parfait ! » Harmonie des seins, large vallée. Je rétrécis le cadrage. Coupe à la limite du cou. Quel sculpteur a inventé le torse ? Le corps en soi, sans le visage. À moins que ce ne soit les destructions de sculptures par les guerres de l'Antiquité. Non. Ça a été voulu. Cadré avant même que l'idée existe. Je tourne autour d'elle jusqu'à la fin du rouleau.

Ébloui. « Tu te prends pour un peintre, ma parole ! – Tu es un modèle à me pousser au crime. Je rivalise avec Goya. *La Duchesse d'Albe*. Mais toi, j'ai ton nu dans ta vérité, bien plus arrogante que la sienne, trop parfaite. Trop pour la montre. – Ne me compare pas à elle. Je sais qu'elle a eu une mort violente. – Je mettrais ma main au feu que les détails bien tondus, ça n'est pas la duchesse, mais la pose d'une pute de luxe à qui Goya a donné la tête de la duchesse. La duchesse était sûrement comme toi : nature ! effrontée ! » Elle se dégage. « Tu m'amollis. Il faut que je reprenne mon travail pour me sentir libre : j'ai déjà fui la mort de mon mari comme ça. Là, il s'agit de mes camps, de mon pauvre petit Günter. Toi, apprends à tenir bon la rampe, mon chéri : trois de suite, ce serait trop ! J'ai besoin de toi, mon grand. Besoin... Besoin de t'aimer. Ça te donne des devoirs. » Elle passe sa robe, mais la manche laisse voir les chiffres tatoués. Bon Dieu ! Combien de vies avons-nous vécues ?

Le téléphone nous interrompt. Le type de la rue d'Artois. Il appelle parce qu'est arrivé, la veille, un gros convoi de femmes politiques d'un camp inconnu, un camp en Autriche, Mauthausen. Elles y ont été envoyées de Ravensbrück. Quelques hommes avec elles. L'intéressant, c'est qu'elles et ils ont eux aussi été libérés par les SS, et envoyés par la Suisse. Ils doivent se retrouver ce matin au centre de la rue d'Artois. Je dis : « Ce serait bien que. » Après un coup de fil à son service, Katie décide de m'accompagner.

Nous dévalons l'escalier, puis fonçons place Jussieu prendre la ligne de métro n° 7 qui offre à Palais-Royal un changement plus commode qu'au Châtelet avec la ligne des Champs-Élysées. Le temps est de nouveau à la neige. Katie s'en soucie comme d'une guigne. Elle porte la robe et le manteau de demi-saison touchés rue d'Artois, le fichu bleu marine dans quoi elle ramasse sa chevelure.

Comme nous émergeons de la station rebaptisée Franklin-Roosevelt, la bise dévale l'avenue et nous aveugle de petits flocons de neige à l'horizontale. J'ai froid. Katie se moque, me couvrant de son fichu. Du coup, les passants se retournent à la voir nu-tête. Rue la Boétie, la neige cesse de frapper. Je laisse tomber le fichu. « Tu crains le jugement de mes copines ? Ne sois surtout pas gêné de te sentir moins militaire que moi. Je suis une professionnelle, mon amateur chéri. » Elle rit si fort que les passants se retournent. Peut-être ont-ils interprété « professionnelle » autrement.

Une petite foule stationne devant le Centre d'accueil, insensible, comme Katie, à la neige qui tombe dru à nouveau. Les femmes ont fait un effort de toilette, maquillées pour la plupart, combattant les marques de leur calvaire. Katie me pousse vers l'intérieur. Elle rectifie mon col, ma cravate : « Il faut qu'on voie que je m'occupe bien de mon homme et que tu aies l'air d'un journaliste ! » Un groupe se presse autour d'un colosse aux allures de chef d'entreprise, costume élégant, mais bien trop large. J'ai attaqué : « Vous venez de Mauthausen ? On me dit que vous avez été libérés par les SS. – C'est bien le cas, mon cher. Et, d'après ce qu'a appris notre organisation de résistance, l'ordre serait sans doute venu de Himmler en personne. »

Comme Katie et ses copines, donc. Il énonce les faits insolites de la voix posée, grave, de quelqu'un habitué à ce qu'on l'écoute. Je relève : « Votre organisation de résistance ? – On peut en parler, à présent. Jusque-là clandestine. Ultra-clandestine ! C'est elle qui a sauvé la vie de la majorité d'entre nous. – Vous étiez un de ses chefs ? – Un de ses agents. – Vous pouvez m'en parler ? – Allez plutôt voir le jeune homme tondu, là-bas. Lui, malgré son âge, c'est un ancien. – L'ancienneté a telle-

ment d'importance ? demande Katie. – Dans un camp
comme le nôtre et dans une organisation secrète, oui,
mademoiselle. – Je connaissais la réponse », dit-elle en
remontant sa manche pour qu'il voie le tatouage. Le
colosse se lève : « Mes hommages, camarade. Nous
savons un peu ce que fut Auschwitz. Il faut décidément
que vous alliez voir Pierre, le jeune homme là-bas. C'est
lui qui a réceptionné le convoi de ce camp, envoyé chez
nous fin janvier. »

Katie m'entraîne : « Eux ont réalisé une résistance, ce
que j'étais toute seule à tenter. » Le jeune homme a l'air
très jeune et très las, avec de grands cernes sous les
yeux. Le crâne comme ceux qui ont été passés au rasoir.
Katie lui en fait la remarque pour détendre la conversation. « Je travaillais au commando d'accueil. *Aufnahme-
kommando*. Je devais me faire raser la tête, pour
l'hygiène. La peur du typhus. » Il confirme que l'ordre
était bien venu de Himmler, avait été envoyé à Ravensbrück et répercuté sur Mauthausen. Un sourire détend
ses joues creuses : « On n'y croyait pas. Il y avait eu tant
de convois de la mort ! » Ils auraient dû être conduits
sur le lac de Constance pour être transportés par navire
de la rive allemande en Suisse, mais l'avance alliée, trop
rapide, avait contraint le capitaine de la Wehrmacht qui
dirigeait le convoi à passer par le tunnel de l'Arlberg.
« C'est lui qui nous a sauvé la vie. »

Tout à coup, le jeune homme se fâche : « Vous êtes
journaliste ? Eh bien, nous, nous n'avons plus aucun
intérêt pour vous ! Nous sommes libres, peut-être pas
sains, mais saufs. Vous avez dit que Mauthausen était
un camp inconnu : il a compté plus de cent mille
hommes, monsieur, cent soixante kommandos sur toute
l'Autriche, jusqu'en Croatie ! Il reste là-bas des centaines de Français. Et des Espagnols qui ont été pris

chez nous, en France. Ils ont sauvé la plupart d'entre nous. Si vous publiez quelque chose, publiez ça ! Personne ici n'est au courant, ni ne veut s'en occuper. Nos copains meurent à chaque minute qui passe ! »

Je suis abasourdi par sa violence. « Faites attention, me dit le colosse de tout à l'heure, Pierre a été un terroriste. Il lui en reste quelque chose. C'est comme ça, d'ailleurs, qu'il a pu faire ce qu'il a fait au camp ! – Je m'en doutais », dis-je pour me sauver la mise, tandis que Katie va embrasser le jeune homme qui rougit mais me reprend aussitôt en ligne de mire : « Si vous croyez que vous allez pouvoir publier les conditions de notre libération, vous vous mettez le doigt dans l'œil ! On n'aime ici que les camps proprement libérés par les armées alliées. Mauthausen n'était même pas sur leurs listes, et un imbécile au ministère m'a dit avec un sourire en coin : "Mais, l'Autriche, ça devait être mieux pour vous !" Comme si nous étions allés y faire du tourisme ! Nos SS étaient presque tous autrichiens. C'est un militaire allemand, pas un Autrichien, qui nous a sauvés. »

Je tenais enfin le papier dont je rêvais. Impubliable, ce jeune homme en colère a raison, mais je pourrai le sortir quand on commencera à réfléchir sur le sort des déportés. Pour le moment, ils débarquent comme des Martiens. Le colosse se penche : « Je vais vous dire un secret. À la Défense nationale, ils ne savent même pas où en est l'armée française qui fonce vers l'Autriche. Pierre a raison : nos camarades risquent de n'être pas libérés avant encore des jours et des jours. Et dans quel état ! »

Katie me paraît songeuse : « Moi, j'ai fait de l'artisanat dans mon petit coin. Parler avec les femmes m'enlève un poids sur le cœur. J'ai eu raison de prendre les responsabilités que les nazis m'offraient. Ça n'est pas racontable. Si tu veux me faire plaisir, emmène-moi dans un restaurant. »

Un italien, rue Marbeuf. Les spaghettis au beurre fleurent l'avant-guerre. Pas de tickets. Le chianti chasse nos idées noires. La neige a cessé, mais le froid et la grisaille persistent. Comme nous passons devant une pharmacie, elle m'y entraîne. Je l'entends demander à la vendeuse, sans baisser la voix, un pessaire. Il fallait une ordonnance médicale. « Madame, l'usage de contraceptifs est interdit. Faites utiliser un préservatif à votre conjoint. » Conjoint. Le français a de ces rencontres.

Dehors, elle m'explique qu'en Angleterre elle n'a jamais connu semblable refus : « C'est dans les mœurs. Bonjour, les pays catholiques ! Moi, contrairement aux copines de la *Zuchthaus*, j'ai toujours mes règles et... (elle me serre plus fort le bras) dis-moi, tu as raison, ce pays est vraiment toujours sous Vichy. Je vais aller me ravitailler chez mes Anglais : eux vivent au XXᵉ siècle. Profites-en pour te mettre à travailler pendant que ce que tu as appris est encore chaud. » Elle me plaque en pleine rue un baiser de cinéma qui fait s'arrêter les passants. Remétro. Je coupe par le Luxembourg. Les pousses neuves du printemps éclosent du blanc si pur de la neige que fait fondre une échancrure de bleu. L'échancrure se referme, finies les noces avec le soleil. Le ciel repasse au gris deuil. Fonce chez toi. Chez vous.

L'électricité est revenue. J'insère une feuille et j'attaque : « *Se défaire des trois mots "retour des déportés". Elles et ils reviennent parmi nous de ces enfers qui ont noms Auschwitz, Bergen-Belsen, Buchenwald, Mauthausen et d'autres dont nous apprendrons l'horreur. Elles et ils ne retrouveront que géographiquement leur point de départ. Pas par la mémoire physique, morale ou intellectuelle : pour eux, pas de retour. Ils arrivent.*

Ils ne sont pas ou plus ceux qu'ils étaient. Et ceux qui les ont attendus, qui ont tremblé des mois, des années, à la pensée de ne plus les revoir, doivent apprendre à traiter leur revenant, et plus encore leur revenante, comme un être dont le corps et l'esprit resteront plus ou moins long-temps, peut-être toujours, ailleurs. Elle, il risquent de se perdre dans un no man's land *où elle comme lui n'enten-dront que suspicion, refus d'aller jusqu'à eux. Elle et il ne savent ni qui elle ni qui il sont devenus ; ni, faut-il bien ajouter, ce que sont devenus ceux qui les ont attendus. »*

Grandiloquent. Je corrigerai à froid. Sur ma lancée, je me mets à la lettre pour Céline que je mijote depuis Halle. Mais Katie a tout changé. *Cher Léon.* D'abord, pour la bonne règle. *Chère Céline.* Le reste vient, facile : « *Ma pre-mière pensée en cette fin de guerre est pour vous deux qui m'avez tant aidé. Chère tante, je n'oublierai jamais ce que tu m'as appris, enseigné, qui chante dans ma vie.* » Comme ça, elle saura que je suis amoureux d'une autre. « *Je t'embrasse très fort et je serre la main de l'oncle Léon.* »

Le téléphone. Katie : « Chéri, j'ai eu tout ce que je voulais. » J'entends bientôt sa clé. Je suis envahi par son parfum. « Numéro 5 de Chanel, dit-elle fièrement. Mes copains ont trouvé ça chez une dame qui a fui avec les Allemands et ils l'ont gardé pour mon retour. » Elle se dégage : « J'ai trouvé ce que je cherchais. Autre chose, aussi. » Elle ouvre son manteau. Une salopette bleu-noir fort seyante. « Les Anglaises adorent ça ! » explique-t-elle avec jubilation. Elle relève une jambe : « Bas nylon ! » La salopette l'affine, laissant saillir sa poitrine. « Il faut bien que je cherche à te plaire... » Elle sort d'un grand sac un duffle-coat bleu électrique.

Je n'ai pas osé lui montrer mon monstre, comme on appelle ça dans le jargon de mon métier. Je lui ai seu-lement donné la lettre. « À la place de ton oncle, j'y

découvrirais qu'elle t'a dépucelé. On va arroser notre
retour au champagne. Julia est d'accord, elle retient une
table à la Coupole. Tu crois que je peux téléphoner à
Claudine ? – Qu'est-ce que tu risques ? Ça lui fera plaisir qu'on pense à elle. »

Le téléphone de sa banlieue n'était pas encore automa-
tisé. Bataille avec les opératrices pour s'entendre dire :
« Le numéro ne répond pas. » Katie, têtue, essaie de
nouveau. Cette fois, ça marche. J'écoute distraitement.
« Coupole. Champagne. (Silence.) Tu n'as rien fait ? Ce
n'est pas possible ! C'est pas des trucs à laisser traîner,
même si... enfin, tu me comprends. Viens, ça te changera
les idées. » Elle lui donne l'itinéraire. J'ai du mal à trouver une chemise potable et une cravate pas fripée. Elle
arrange le nœud en ronchonnant. « Ce qui m'intéresse,
c'est que tu en jettes aux yeux de mes copines. » J'aime
chez elle ces expressions argotiques un peu vieillottes.

4. *Julia*

Nuit blanche à ne pouvoir me dépêtrer d'un cauchemar où des soudards russes menacent Linda, la fille de
Franz, devenue adolescente et blonde, comme Claudine. Réveillée en sueur, j'émerge comme si on m'avait
battue. Le champagne, le trop d'alcool de la veille ? J'ai
raconté à grand-mère une version à l'eau de rose du
dîner. C'est alors qu'il me tombe dessus que j'ai accepté
de participer au défilé du 1er mai, justement pour faire
plaisir à Claudine. Je me demande si le mari en sera. Je
tire les doubles rideaux et reçois la lumière blafarde
d'un nouveau matin de neige. L'hiver en mai à l'unisson
de l'horrible guerre qui s'éternise.

À quoi ressemblera ce défilé ? Des drapeaux à foison, sans doute. Je veux bien marcher avec des communistes, tout de même pas qu'on me prenne pour, même si Claudine est devenue une vraie copine. La vie civile, avec ce froid, c'est d'abord remettre des bas de soie. Enfiler le pied, dérouler en veillant surtout à ne pas laisser filer une maille, tu réinventes ces gestes qui se chargent d'une sensualité nouvelle et te replongent dans un avant-guerre encore bien plus fragile que tes bas. Sommes-nous sorties du cauchemar ? Ça me poursuit tandis que je cherche la tenue la plus sobre possible, robe chaude et sage, souliers à semelle de caoutchouc. Un sac à main te ferait prendre pour une bourgeoise. Ne rien expliquer à Babouchka.

Les copines ont choisi comme lieu de rassemblement la place Jussieu. Le 1er mai, ni métro ni bus ne roulent. Une belle trotte à faire. J'ai coupé par la rue de Vaugirard et le Panthéon, retrouvant de plus belle mes souvenirs d'étudiante, mais j'arrive tout de même bonne dernière. Lucette a remis son manteau du retour. C'est Katie, avec son duffle-coat tout neuf, la plus chic. Roger nous prend en photo.

Le brouillard s'est concentré sur la Seine. On ne voit même pas Notre-Dame depuis le pont Sully. Nous plongeons dans la grâce de l'île Saint-Louis. Le monde d'avant. D'avant même la guerre de 14. La place de la Bastille est envahie par de vastes tribunes encore vides, aussi par des groupes électrogènes, car on procède à des essais de sonorisation. Je me revois au bras d'Henri, à la Foire du Trône où des bateleurs s'égosillaient. La première fois qu'il me sortait en épouse. Contraction du temps. En prison, faute de repères, la mémoire condense la durée. Henri, chemise déchirée, en sang. Ses mains enchaînées. Mes brûlures. Personne ne remarque ma distraction. Lucette se montre pleine d'entrain, fière d'être traitée en égale.

Nous prenons le futur trajet de la manifestation à contresens, de la Bastille à la Nation. Il est temps de trouver un restaurant. Dans le bas du faubourg Saint-Antoine, nous en sommes pour nos frais, car les magasins n'offrent que des meubles en vantant leur rabais. « Depuis qu'on ne craint plus les bombardements, Paris se repeuple, explique Roger. Pas comme le poème de Rimbaud... Retours, certes, surtout un flux de naissances nouvelles, comme il n'y en a plus eu depuis un siècle. On a baisé dur, en 44 ! » Même Lucette en rougit.

Au fond d'une impasse, un morceau de campagne comme parachuté en décor de film, maisonnettes et jardins. Un lilas arborescent pointe ses lourdes grappes mauves qui ploient sous la neige. Lucette secoue la branche pour chasser les flocons et hume : « C'est paradisiaque ! » Ouvert le 1er mai, un bistrot à tonnelles, genre à être fréquenté par les ébénistes du coin. Le patron, gras à souhait, tablier blanc pas très net, me paraît sorti d'un film populiste d'avant-guerre, un peu la gueule de Gabin dans *Le jour se lève*, mais en plus madré. Il nous demande nos tickets de rationnement, se montre étonné que nous puissions consacrer deux cents grammes pour le pain, mais vante son boulanger, le meilleur du quartier. La sauce de son ragoût de bœuf en vaut la peine.

Je m'amuse de sa faconde et trouve le plat délicieux, même si les navets y prennent la place des pommes de terre. Je trouve tout de même pénible de penser que, neuf mois après sa libération, la France connaît des restrictions aussi sévères. « J'ai du vrai beaujolais, glisse l'aubergiste pour me rassurer. – Oui, si je peux le goûter », répond Roger, méfiant. Il prend son temps, hume, fait claquer sa langue. Approuve. « Les Américains en raffolent. Je le fais venir comme dans l'ancien temps, par péniche, depuis l'Yonne, pour qu'il soit moins secoué. » J'y trempe les lèvres, surprise par le goût fruité. Je ne veux pas marquer mon dépaysement. C'est Lucette qui s'en charge, demandant si « faubourg » est un quartier rajouté à Paris. Roger raconte que la Bastille était jadis la limite de la capitale : « La place de la Nation, c'est l'ancienne place du Trône ! Je pense qu'elle a été rebaptisée après l'exécution de Louis XVI. – C'est vrai que vous, les Français, vous avez une histoire longue. Mais pourquoi défiler de la Nation à la Bastille, puisque vous avez détruit la Bastille ? – Ce que tu peux être belge ! Demande à Claudine. Si quelqu'un sait, c'est elle. » Claudine n'en sait rien, mais raconte la liesse des défilés du Front populaire en ces lieux. Dix ans et un autre siècle...

Surgit une petite femme vive, noiraude, entre deux âges, avec un accordéon. « Nous faisons guinguette à la belle saison », explique le patron. Déjà elle cherche des accords sur ses touches et annonce sans façon : *La Valse brune*. Elle attaque d'une voix chaude et plus puissante que je ne m'y serais attendue, et les rimes en *une* vibrent : *La lune... Fortune... C'est la valse brune...* La chanson reprise en chœur, des couples s'élancent. À la pause, la chanteuse annonce : « Et maintenant, pour vous mettre en jambes, une autre couleur : *La Java bleue*. » Le public applaudit.

Je me sens emportée par Charles sur la piste. « Je ne sais pas danser la java ! – Mais si, tu sais, c'est une valse, juste saccadée. » Il reprend l'air d'une voix de ténor : « *C'est la java bleue / la java la plus belle / celle qui ensorcelle / et que l'on danse les yeux dans les yeux...* » Je m'abandonne au rythme comme à sa voix d'or. Aux dernières mesures, j'ai failli mettre ma tête sur son épaule. Voilà que j'ai du goût pour les hommes : Franz a fait de moi une femme, et une femme sans retenue. Je me sens trop épanouie pour culpabiliser. « Ça te va bien ! » me dit Lucette, raccompagnée par un athlète. La chanteuse réclame le silence : « En ce 1er mai, nous ne devons pas oublier le souvenir de la Commune. Le 1er mai 1871, ils étaient encore heureux. Les Versaillais ne les ont tués qu'à la fin du mois. Chantez avec moi *Le Temps des cerises* ! »

Lucette et moi sommes les seules à ne pas savoir. Tout de suite la griserie : « *Gais rossignols et merles moqueurs... Les belles auront la folie en tête, Et les amoureux du soleil au cœur* ». Vient le temps de la souffrance. Des femmes pleurent. Puis le refrain : « *Quand il reviendra, le temps des cerises...* » Un monde dans lequel je ne suis jamais entrée. Charles s'en aperçoit. « Le souvenir de la Commune est resté vivant, chuchote-t-il. – Toi, ça te fait quoi ? » Je rougis parce que ma question me semble idiote. « Moi, sourit-il, je suis né à Nanterre, dans la banlieue rouge. J'étais le seul de mon espèce, dans la taupe de Janson de Sailly. Pour ton Henri, je débarquais d'un pays étranger. Un jour, il m'a dit, un peu étonné : "Les tiens ont dû faire guillotiner les miens." – Ton père était communiste ? – Oh non. Anarcho-syndicaliste, comme il s'en vantait. C'est-à-dire aussi mal vu par les communistes qu'un Russe blanc. Oui, ils les ont tués, en Russie comme en Espagne. Il en a vu de toutes les couleurs, avec eux, dans son usine. Son cœur a lâché au début de la guerre, et ma mère ne lui a pas survécu. Ça m'a aidé à sauter le pas, en juin 40, et à passer en Angleterre. » Sa voix se casse.

Claudine, si elle apprend l'histoire du père de Charles ? Ce passé réveille mes craintes de participer à ce défilé. Trop tard. Et puis le beaujolais m'enflamme. Nous retrouvons le Faubourg sous la même petite neige fine. Interdit aux autos, il s'emplit de groupes endimanchés avec des banderoles, des drapeaux presque tous rouges. J'ai un mouvement de recul qui n'échappe pas à Katie : « Il faut t'y faire. Ils ont le haut du pavé. » Un groupe d'hommes en pyjama et béret à rayures blanches et bleues des déportés. « Nous n'en avons même pas l'air ! minaude Lucette. – Eux ont été libérés par les Alliés, explique Roger. – Il va nous falloir montrer nos cartes, pour être admises ! » Nous rions, ce qui nous vaut des regards courroucés, et nous nous plaçons derrière une banderole : AMICALE DES ANCIENS DÉPORTÉS DE BUCHENWALD.

« Ils sont rentrés les premiers », commente Roger. Une autre grande banderole : PLUS JAMAIS ÇA ! Je repère un petit homme noiraud, presque aussi large que haut, qui tient à bout de bras un écriteau bricolé : MAUTHAUSEN. Je cherche les rescapés entrevus rue d'Artois. Le colosse n'est pas là. Je finis par repérer, tête nue, comme s'il ne neigeait pas, le jeune homme que les autres appellent Pierre. Il parle avec un vieux bourlingueur aussi peu vêtu pour l'hiver que lui. Je les montre à Roger qui n'ose pas les déranger : « Je suis tout de même avec vous par raccroc. – Tu as fait la guerre, corrige Claudine. Ils nous ont placés en tête, juste derrière les directions syndicales. »

Le cortège s'ébranle. Beaucoup plus dense, et je me sens aussi mal à l'aise que devant le vide sur les Champs-Élysées. Il faut que tu saches oublier la solitude de la prison. Rafales d'applaudissements sur les trottoirs. Des mères de famille lèvent par-dessus leur tête leurs bébés pour qu'ils puissent voir. Je veux seulement me sentir portée par la chaleur de la foule.

Quelqu'un crie : « Comment, tu n'as pas été fusillé ? La radio l'a annoncé, le 11 novembre ! » Me levant sur la pointe des pieds, je vois le nommé Pierre embrasser un garçon de son âge. Cinq minutes plus loin, la même scène se reproduit avec le vieux loup de mer qu'on nomme « Tatave » !

La manifestation traverse un carrefour où la foule agglutinée applaudit sans relâche. Pressée contre Charles, je prends son bras pour me sentir protégée. Soudain, une chanson part, reprise aussitôt par des dizaines de voix :

> « *Ah ! Ça ira, ça ira, ça ira !*
> *Tous les Pétain on les pendra !*
> *Et si on les pend pas*
> *On leur cassera la gueule !*
> *Et si on les pend pas*
> *La gueule on leur cassera !*
> *La gueule on leur cassera !* »

Claudine se rapproche de moi : « Tu comprends, maintenant, ce que mon Parti représente ? C'est lui qu'on salue, ici ! » Elle est transfigurée. La chanson reprend :

> « *Bazaine-Pétain avait promis*
> *Bazaine-Pétain avait promis*
> *De faire fusiller tout Paris*
> *De faire fusiller tout Paris*
> *Mais son coup a manqué*
> *Grâce à nos FTP*[1]. »

---

1. Francs-Tireurs et Partisans, groupes armés de la Résistance communiste. (*Note de L.C.*)

Les pancartes s'ébranlent à nouveau. Le cortège passe devant l'hôpital Saint-Antoine, salué par un groupe d'infirmières. Claudine me quitte pour aller les embrasser, mais revient en courant afin de ne pas perdre sa place. Un jeune homme nous double sur la droite et crie « Pierre ! Pierre ! On me dit que tu es vivant ! » Katie se rapproche de moi. « C'est vrai que nous sommes tous des revenants ! Tu es bien silencieuse... – C'est si nouveau, pour moi. » Soudain, un homme d'âge, pardessus et chapeau qui le distingue de la forêt des casquettes, se plante devant moi, lève son feutre taupé : « Madame de Villeroy, je ne me trompe pas ? » Je hoche la tête, cherchant à reconnaître ce visage usé, bouffi. En vain. « Vous ne me connaissez pas. Moi, je vous ai vue place de la Madeleine. » Je rougis à la pensée que j'y étais quasi nue. L'autre enchaîne, gêné : « Klaspen, le SS, voulait que je vous connaisse ! » Je rougis de plus belle. « Excusez-moi de vous rappeler de si horribles souvenirs ! Je rentre de Buchenwald. Mon meilleur ami du réseau y est resté. J'ai un message de lui pour vous, au cas où... C'est pourquoi je me suis permis. – Mais je ne connais rien du réseau. – Tout à l'heure, madame, à la dispersion, faites-moi l'honneur de m'accorder cinq minutes. Seul à seule. » J'acquiesce, interloquée.

L'homme au chapeau s'est déjà fondu dans la foule. Katie me serre plus fort le bras : « Tu en as besoin, pour ton mari. » Le faubourg Saint-Antoine se rétrécit. La foule, plus dense sur les trottoirs, continue d'applaudir, presque à nous toucher. De nouveau quelqu'un reconnaît le nommé Tatave et fend le groupe pour s'assurer qu'il est là en chair et en os. Je vois des pleurs sur son visage raviné. J'appartiens aussi à ce monde-là. Pas Franz. À mon habitude, je me prépare à faire front, m'imaginant à son bras dans une manifestation semblable.

Place de la Bastille, je cherche à repérer le rescapé de Buchenwald. « Je te suis », dit Katie d'un ton sans réplique. L'autre devait me chercher lui aussi et lève à nouveau son chapeau. « Katie est ma meilleure amie. » L'homme paraît déconcerté, recale son chapeau. « Elle peut tout entendre. – Eh bien, voilà. Ce n'est pas facile à dire. Nicolas, mon copain décédé, était convaincu... Enfin, il y avait des choses qui lui faisaient penser... » Il cale de nouveau son chapeau, puis l'enlève. « Qui lui faisaient penser ? » ai-je répété comme un disque rayé. L'autre se redresse : « Que votre mari portait une responsabilité dans la chute du réseau. Voilà. C'est dit. » En dépit du froid, il s'éponge le front avec son mouchoir.

« Vous voulez dire qu'avant de se tuer, mon mari a parlé ? » Je m'étonne d'avoir énoncé cela si froidement, mais je me retrouve en position de combat. L'autre tripote son chapeau, à nouveau le regard ailleurs. « Quelque chose comme ça, madame. Il m'a fait jurer de vous le dire. – Pourquoi à moi ? – Je lui avais raconté comment Klaspen vous maltraitait. Il voulait que vous sachiez que c'était, comment dire... pour la frime. Ça ne servait plus à rien, puisque Klaspen savait tout. Quand je vous ai vue dans le défilé... – Mais les menaces contre moi étaient bien réelles. Et mon mari s'est tué pour y mettre fin. – Je n'en sais pas plus, madame. »

La foule autour de nous semble s'être écartée. Katie, très pâle, part à l'assaut de ce type si débordant de précautions : « Votre copain s'est trompé. Ça n'a pas de sens. Son mari a choisi de se tuer pour la sauver, et, avant, il avait caché dans son col de chemise un mot écrit avec son sang. Son sang, vous m'entendez : "*Alésia traître"*. Alésia, ça vous dit quelque chose ? » Troublé, il fait « non » de la tête et recule.

Soudain, un trou de silence. Hurlements de la sonorisation : « Notre camarade Benoît Frachon, secrétaire de la Confédération générale du travail, va parler. » Cris et applaudissements. Je toise le revenant. Vieil homme à bout, malaxant son chapeau devenu chiffon, il semble chercher très loin sa réponse : « Non, madame. Alésia ne me dit rien, mais je me suis renseigné. L'homme de main français de Klaspen a été fusillé. Il ne reste que nous. » Gilbert Motin, chapeau Eden à la main, aussi arrogant que l'autre se dilue, l'écarte sans s'excuser : « Suivez-moi à la tribune d'honneur, Julia. Vous êtes la veuve d'un héros. » J'ai failli dire que ce n'était pas l'avis de tout le monde, mais le porteur des mauvaises nouvelles, peut-être vexé, a disparu. « Soit, cher ami, mais je ne me sépare pas de ma copine Katie. » Plus que jamais besoin d'un garde du corps. Motin nous entraîne sur les gradins. Je ne peux pas garder pour moi ce que je viens d'entendre : « Le vieux est venu me dire qu'Henri avait parlé... » Motin stoppe. Passe une ombre sur son visage ascétique, mais il s'éclaire en me tapant sur l'épaule : « Julia, pas d'inquiétude à avoir ! C'est la psychose des torturés. Henri s'est conduit en héros ; s'il avait parlé, je ne serais pas là. Aussi simple que ça ! »

Il s'excuse de nous quitter pour aller à sa place réservée : « Affaire réglée, chère amie. » Katie balaie la neige qui mouille nos sièges. Charles nous rejoint. Les haut-parleurs rugissent : « Camarades ! Vive le 1er mai de la Victoire ! Faisons qu'elle soit celle des travailleurs du monde entier ! Je vous demande une minute de silence pour tous les morts, héros de notre combat ! » Nous nous levons avec la foule. Silence total. La voix grave reprend : « Merci. Rendons hommage aux rescapés des

camps de la mort qui sont parmi nous. » Rafales
d'applaudissements. Malgré moi, je me sens émue.
« Ayons une pensée pour notre grand camarade Léon
Jouhaux, déporté par les nazis, qui n'est pas encore rentré. Je suis sûr qu'il va très bientôt revenir prendre sa
place dans notre combat. » Les applaudissements montent d'un cran.

Revendications. Sécurité sociale. Bataille de la production pour que la France renaisse. J'applaudis avec
les autres. Motin est donc la preuve qu'Henri n'a pas
parlé. Ça ne regarde pas Franz. Ça ne le regardera
jamais. Pourtant, j'ai besoin de lui, de cette force qui
émane de lui. Tu es toute seule à faire front. Charles
sera à tes côtés par amitié, mais, pour te comprendre, il
n'y a que Katie. Nos regards se croisent et elle m'enlace :
« Tu n'avais vraiment pas besoin de ça ! »

L'Internationale. Katie et moi restons silencieuses. Je
n'aime pas cette grandiloquence, même portée par la
voix d'or de Charles, qui s'est rapproché. Il y va de tout
son cœur : *... forçats de la faim... la raison tonne en son
cratère...* En suivent-ils le sens, ces chanteurs ? Sans
doute pas plus *qu'un sang impur abreuve nos sillons* de
La Marseillaise. Besoin de clamer la même espérance. Je
reste seule avec Henri.

Motin revient. « Je vous raccompagne, par ce temps
pourri. » Je manque dire : pas sans ma copine, mais déjà
Katie m'embrasse. « Il faut que je retrouve Roger. » Un
signe d'adieu à Charles. Je monte dans la Delahaye qui
fait partie d'un convoi admis à pénétrer derrière les tribunes. Motin ordonne : « Rue de la Gaîté », puis tire la
vitre de séparation. « Excusez-moi d'avoir été un peu
bref, mais il y a le protocole, même dans une telle manifestation. J'ai réfléchi. Ce sont des sornettes. Henri n'a
rien dit. Je n'en suis pas l'unique preuve : notre radio,

avec qui il était seul à être en contact, a échappé à la rafle. Quant à moi, je suis passé, comme vous savez, à Alger. »

Je me sens touchée par sa sollicitude. « Je comprends, poursuit-il de sa voix étudiée, que ça vous ait fait mal, Julia. La guerre ne s'en va pas des âmes sur le coup de clairon d'une victoire qui ne saurait tarder. Il se confirme que Hitler s'est suicidé, tout comme Goebbels a tué sa femme et ses cinq enfants. Le IIIe Reich finit en apocalypse. » La Delahaye fonce dans un Paris sans autobus, sans autos. Je suis sur le point de lui demander de monter avec moi chez grand-mère, mais quelque chose me retient.

Je lance à Babouchka : « Ma journée m'a crevée. » Qu'Henri ait pu faiblir, même si ce n'est pas prouvé, me rend vulnérable, comme on dit au bridge de l'équipe qui a gagné la première manche et voit ses pénalisations doublées. Des survivants peuvent croire... Je ne le laisserai pas tomber. Ça renvoie ma vie avec Franz à la saint-glinglin. Comment défendre l'honneur d'Henri ? Il faut remettre la main sur cet horrible Klaspen, le faire parler. Seule Katie peut m'y aider. Pourquoi ce SS lâcherait-il le vrai traître, cet Alésia qui l'a servi ? Je pleure comme ça ne m'est plus arrivé depuis qu'on m'a jetée sur les dalles de ma cellule, après le suicide d'Henri. Dans sa fosse commune, si meurtri, abandonné de tous... Une, puis deux vodkas. Cul sec.

5. Katie

Fin de la manif. Dispersion. Tristesse redoublée par ce ciel livide ou plombé qui vous plonge du cœur du printemps dans une brouillasse glauque et transperçante de Toussaint. Amertume de quitter Julia blessée sans rien pouvoir pour elle. La colère gicle à nouveau dans ma poitrine. Qu'avait-il dans la tête, ce type, en train de mourir dans la merde de son camp, pour lui faire transmettre comme dernier message que son mari... ? Lui faire savoir qu'on l'a torturée pour des prunes, même s'il en voulait à son mari de l'avoir envoyé à la mort, lui, ça ne colle pas. Si Henri a balancé tout le réseau, pourquoi un tel acharnement contre elle ? Rien ne s'ajuste, dans cette affaire. Donc, les violences sur Julia n'étaient pas pour faire parler son mari, mais pour le pousser à bout, vers la fenêtre laissée ouverte ? Oui. Obtenir son suicide devant elle comme preuve, pour les autres, de ce qu'il avait à se reprocher. Vu ainsi, ça se tient. Mais pour couvrir qui ? Qui d'assez important ? Alésia. Voilà pourquoi Henri a écrit son nom avec son sang. Alésia ne peut être que celui qui s'en est tiré : c'est-à-dire Motin.

Tellement logique que j'en reste interdite, sans y croire. Tu ne le sais que trop, dans ces affaires de trahison, tout est conduit, par ceux qui tirent les ficelles, pour qu'on regarde ailleurs et, une fois les fausses pistes éliminées, tu retrouves le nez au milieu de la figure. Le traître tellement évident qu'on ne le voit pas. On ne voit que ce qu'on est prêt à voir. Tu n'aurais jamais dû laisser Julia rentrer sans toi avec ce Motin. C'est lui, Alésia. Aucune preuve, ma belle. Seulement ton flair d'avoir déjà eu à régler trop d'affaires comme celle-là. Devant un tribunal anglais, il s'en tirerait. C'est bien pourquoi, dans ton service, vous prenez les devants. Là, en France, il te faut le prouver. Ferme ta grande gueule. Priorité : délivrer Julia.

Donc, tout reprendre depuis le début. Ses tortionnaires ne lui ont jamais lâché à elle qu'Henri avait parlé.

Ç'aurait pourtant été logique : « On sait tout, alors, ma belle, laisse-toi aller... » La musique ensorceleuse pour pousser le suspect ou la suspecte à la chansonnette des aveux : « Manquent juste deux ou trois détails, tu nous les racontes. Pourquoi te retenir ? Ta porte de sortie ! Et, au lieu de souffrir au-delà du supportable, avec des marques indélébiles sur tes tétons, des tétons à se branler, tu as un bon vrai café fumant. Avec du vrai sucre. Susucre ! » Les aveux les plus doux.

Peut-être voulaient-ils aussi vérifier si cet Alésia avait joué franc jeu avec eux. Les indics, c'est la famille tuyau de poêle, ça vous baise par-devant, par-derrière. À pourri, pourri et demi. Propose à tes chefs de t'y coller, histoire de te remettre dans le bain. Ce qu'il me faudrait, au fond ! Une vraie traque policière. Tu n'es pas faite pour l'inaction. Tu aimes même te salir les mains. Oui, mais Roger ? Comment va-t-il le prendre ? Roger *is a square guy*. Curieux que ça te soit venu en anglais, mais c'est plus fort qu'en français. Un type carré, régulier, qui joue franc jeu. *Square* est plus fort, comme *guy* vaut mieux que « type ». Il faut qu'on parle davantage anglais ensemble. J'évitais, à cause de Michael. Lui aussi était *square*. Roger, en plus, a de ces attentions... Il me fait fondre. J'ai touché, sans jouer, le gros lot.

Michael me ramène, je ne sais pourquoi, à sa Cordelia. À Halle, son adjonction à notre groupe est passée comme une lettre à la poste, mais je me suis arrangée pour être toujours entre cette nana et Roger. Qu'il l'ait casée à Francfort ne m'apporte pas un vrai soulagement. Pourquoi rester à ce point jalouse de cette maigrichonne franco-schleue, ni jolie ni excitante ? Qu'est-ce que tu sais de ce qui fait bander les mecs ? Quand tu as été transférée au camp avec des putes d'un bordel du mur de l'Atlantique tombées dans une affaire d'entôlage, la

mieux achalandée, au dire des autres, était un vrai écha-
las : la peau et les os, elles l'appelaient « Baise la mort ».
Et alors que Cordelia est restée en Allemagne, voilà que
ça te mord... Tu parles d'une rime ! Si Roger se met à
être jaloux des hommes que tu as baisés !

Günter n'aura été qu'un flirt. Roger est mon homme
au long cours. Il me réconforte, me garde la tête hors
de l'eau. Et il m'apprend à laisser tomber la gamine
délurée que j'ai été. Il est le premier à me traiter comme
une chose fragile, cassable, qu'il faut ménager. Une
douceur de vivre que je n'ai jamais connue. J'ai besoin
de lui. À Belgem, je n'avais pas vraiment envie de baiser. Le préservatif. Ne pas être seule ! Et, sans que je
m'y attende, l'homme de ma vie. Je ne suis jalouse que
de ce qu'il organise dans sa tête. Les mots qu'il marie,
qu'il pousse à faire l'amour entre eux.

Pourquoi ramènes-tu Cordelia qui, allemande, n'a
plus rien à fiche ici ? Parce qu'un courant a passé entre
Roger et cette tringle. Tringle... Si ça se trouve, Cordelia
est de ces bonnes femmes que ça ennuie de se faire
tringler, qui passent à la casserole comme on prend une
assurance sur la vie. Zyeutent le plafond en attendant
que leur jules ait joui. Moi, j'ai enfin trouvé mon mec,
je veux Roger tout à moi, des pieds à la tête. Et, bien
sûr, sans comparaisons dans sa tête à lui.

Est-ce que mon père a été averti par le télex de
Roger ? Oui, sûrement. Il faut que je leur envoie mon
adresse. Je me sens démobilisée et ça m'angoisse de plus
belle, car c'est tirer un trait sur ce qui m'a portée au-
dessus de moi-même. Que m'en reste-t-il ? Ma solidarité avec Julia. Roger va m'épauler comme enquêteur,
sur Alésia – enquêteur français. La chute du réseau
d'Henri, et d'un réseau en cheville avec les Anglais qui
aidait les pilotes tombés, c'est mon affaire et justifie que

je le mette dans le coup. Décidément, ma vieille, avec ton vocabulaire de salle de garde...

Ça me fait rire : ma guerre va continuer sous d'autres formes. Aussi peu faite pour la vie civile que pour la vie sans homme, ma mignonne. Roger a le format que tu aimes : c'est ça que tu veux dire en pensant qu'il est *square* ; capable de tenir le coup ; un peu trop sensible aux autres femmes, à Lucette quand il lui donne à fumer. Surtout à cette Cordelia planche à pain qu'il n'a pas eue, mais ça prouve qu'il est comme toi, chaud au lit. Un bon compagnon.

Tu ne pourras pas l'épouser tant que tu seras en service actif, même s'il demande la nationalité anglaise. Compte tenu de tes années de guerre et de camp qui comptent double, tu pourras prendre une retraite d'ici huit à dix ans. Trente-trois, trente-cinq ans. Faire alors deux enfants, à supposer que les camps ne m'aient pas trop marquée. Je peux me tromper, mais je me crois bâtie pour être encore baisable à quarante. Ton point de vue compte pour du beurre, ma cocotte : lui, comment te verra-t-il, dans quinze ans ? Tes parents ne connaîtront pas tes enfants. Il faut que je leur écrive dès demain pour confirmer le télex de Roger. Je leur dirai tout de lui : J'ai ramené d'Allemagne un coquin...

Justement, Roger revient enfin vers moi, me prend en photo : « D'abord un 1er mai sous la neige. Ensuite, ces déportés en civil, mais encore avec leur gueule de déportés. Je ne fais pas de misérabilisme : j'essaie de saisir qu'ils sont encore un peu, beaucoup ailleurs. Qu'ils en ont vu, si j'ose dire, de toutes les couleurs. – Et pas moi ? – Non. Toi, tu es une professionnelle. Ça fait partie des risques que tu acceptais de prendre. Ce que je voudrais capter, c'est le regard de quelqu'un qui est tombé en enfer au tournant de la rue. Je ne veux pas

te vexer, mais tu n'as pas l'air de sortir d'un camp. – Pour
les coups inattendus sur la gueule, tu as Julia ! »

Il me dévisage, soudain à côté de ses pompes : « Non.
Julia, rien n'a pu l'ébranler. Je pensais à quelqu'un qui
s'effondre parce qu'il y a laissé tout, tordu à fond
comme une serpillière, qui a craché toutes ses res-
sources, au propre comme au figuré. Toi et tes copines,
vous êtes des indestructibles. Même après les Russes.
Enfin, je le vois mieux que je ne le dis. » Ça m'émouvait
qu'il se prenne les pieds dans le tapis. Je l'ai enserré
dans mes bras pour un baiser de cinéma. Là, c'est sorti :
« En fait de coup inattendu, un survivant accuse le mari
de Julia d'avoir parlé. Il faut que tu m'aides à dénouer
ce sac de nœuds. »

Un couple chaudement habillé s'est arrêté pour nous
observer et la femme, fourrure trop chic, s'approche,
précautionneuse, comme en terrain miné : « Vous venez
de vous retrouver ? – Non, dis-je. Nous nous sommes
trouvés déjà en Allemagne. – Oui, fait l'homme grave-
ment. Notre fils est rentré de Buchenwald. – Jamais,
autrement, nous ne nous serions déplacés pour une
manifestation de cette sorte », lance trop vite, pincée, la
dame. Roger les prend en photo, s'arrangeant pour que
je sois dans le cadre. « Vous voulez que je vous envoie
un tirage ? – Ce ne sera pas nécessaire, monsieur. Notre
place n'est guère ici, mais il nous a dit que ce sont des
communistes qui lui ont permis de survivre, alors... »,
énonce l'homme en tirant son épouse pour s'éloigner.

« Tu vois, ils ont deviné que nous non plus, n'étions
pas vraiment de la manif. Rien n'a changé. Il y a toujours une France qui garde le nez sur ses petits ennuis,
celle qui ne voit jamais venir les catastrophes : Munich,
juin 40. Tous ces socialos qui ont voté Pétain. Alésia,
c'était bien choisi, comme pseudo. Pauvre Vercingéto-

rix ! La Pétainie et les résistants de 1944 croient qu'après un petit coup de plumeau pour déplacer la poussière, tout va recommencer comme avant ! – Tu es injuste, Roger. Ceux-là se sont dérangés pour une manifestation communiste. – Staline gagne la guerre. Mieux vaut regarder du bon côté. – Leur fils unique était à Buchenwald. – Ils ne comprennent toujours pas. Elle te l'a dit. – Pourquoi es-tu si pessimiste ? – Parce que je t'aime. Je voudrais que nous fassions un jour des enfants et être sûr qu'ils ne connaîtront pas ce que nous avons vécu. Il faudra que je me naturalise anglais. Julia a raison de s'annexer un Allemand. Lui, voudra changer de passé. »

Que Roger parle d'enfants à nous m'a émue, mais ce sera pour dans si longtemps... Je me jette à son cou : « Parlons de son Henri. – L'accusation du déporté, ça ne va pas avec le côté vieille France. – Encore moins avec l'*Alésia* trouvé dans son col, je te l'accorde, mais tant que nous n'aurons pas les archives du service nazi ou les réponses de ce Klaspen... – Celui-là, j'aimerais pouvoir l'amener à pousser la chansonnette ! – Le torturer ? demandé-je, surprise. – Tout de suite les grands mots ! Le pousser simplement à déballer. – Ne te cache pas derrière ton petit doigt, nous n'avons pas à prendre de gants, avec ces gens-là. Il faut la pression physique. – Et d'abord le faire prisonnier. En attendant, je ne veux pas laisser Julia dans ses tourments. »

Toujours à se soucier des femmes. Après tout, je préfère un coureur à un mollasson. Il devine, me prend par les épaules : « Elle est de notre famille, ma douce et tendre. Nous sommes toujours en guerre. Julia a besoin de pouvoir organiser un bel enterrement à son mari pour épouser son Franz. Avec lui, elle a découvert l'amour, mais, pour le vivre, il faut que son Henri soit au panthéon des braves. » Il a raison. Ça me remonte le moral. Après tout juste quatre jours, mes vacances me semblent déjà longues. Le micmac dans l'affaire d'Henri tombe vraiment à pic.

Le ciel est toujours à la neige et assombrit les contours de façon déjà crépusculaire. Les flocons tombés forment une gadoue indistincte sous nos pas, mêlant un clapotis au ronronnement des conversations : « Il nous manque des buts de paix, voilà tout ! » ai-je lancé. Ma voix trop forte fait se retourner les gens. Personne ne répond. Sans nous le dire, nous nous sommes écartés du chemin le plus court en passant par l'île Saint-Louis, intacte dans son silence de morceau d'un autre siècle parachuté au cœur de Paris. Nous avons coupé par la rue Saint-Louis-en-l'Île afin de rejoindre le quai et de traverser le Jardin des Plantes où la neige reste intacte.

« Tu m'as rendu mon âge », dis-je en embrassant Roger. Il s'écarte, ce qui me déplaît, mais c'est afin de ramasser de la neige. Il la pétrit en boule, me vise, m'atteint en plein bonnet. Je lui rends la pareille. Comme deux mômes. Nous ne nous sommes arrêtés qu'essoufflés, rigolards.

Rue Tournefort, je cherche la BBC sur les grandes ondes. Moscou a fêté en grande pompe le 1er Mai. Avec le décalage horaire, c'est déjà la nuit, là-bas. La conférence de San Francisco marque des progrès dans l'élaboration d'une charte des Nations unies qui établira un nouvel ordre mondial et une paix durable. Le téléphone me fait sursauter. Julia : « J'ai réfléchi, Katie. Ça ne tient pas, l'histoire des survivants contre mon mari. Motin m'a fait remarquer qu'il ne lui était rien arrivé à lui, ni à leur radio, c'est-à-dire les hommes clés du réseau, après Henri. Klaspen a dû inventer ça pour les décourager, les pousser à parler. »

Ma copine a repris du poil de la bête. Bon signe. Curieux que ce soit Motin qui... Il a de l'estomac, et puis, c'est aussi son intérêt que Julia ne se livre pas à une enquête. Vraiment fortiche ! Je balance Henri, Klaspen lui fait porter le chapeau, conclusion : je suis la preuve vivante qu'Henri n'a rien dit. Un coup tellement fumant que, sans autre indice, je ne peux même pas m'en ouvrir à Julia. Pour compenser, je l'invite à partager notre dîner avec sa grand-mère. Elle saute sur l'occasion. À peine le temps de mettre un peu d'ordre dans la cuisine, elles arrivent, étant tombées sur un taxi en maraude. Manteau et toque de fourrure. Très russes.

La grand-mère apporte de la vodka, se débarrasse toute seule de sa pelisse, examine l'appartement, puis Roger et moi. Bien conservée, elle paraît sa mère. « Ma petite-fille vous aime beaucoup, tous les deux. Vous lui donnez un bon exemple. » Je me sens rougir. Sait-elle, pour Franz ? « Je suis certaine que Julia est de taille à nous suivre. » Je me mords les lèvres. Elles éclatent de rire ensemble. « Julia dit que la manifestation était très communiste. – Pas entièrement, répond Roger. Ils sont les plus actifs. Les mieux organisés. – Il n'empêche que les rouges vont occuper le plus gros morceau de l'Europe. – Les Américains resteront là. Ils ne sont pas très heureux du recul qui leur est imposé. » Roger raconte Torgau et Belgem.

Comme plat, je n'ai que des œufs et du bacon. J'entraîne Julia à la cuisine. Je me dois de l'aider : « Je me demande si, un jour, la guerre sera derrière nous. – Ça dépend de ce que tu entends par là. Elle ne cessera sûrement pas de se remettre au présent, par les horreurs que nous allons découvrir peu à peu. Le plus grave viendra des individus, les disparus sans laisser de traces, ceux et celles dont on remettra en cause le passé. – Alors, tu crois au fond qu'Henri... – Oh non, je suis sûre que son honneur est intact. Mais des survivants peuvent se persuader du contraire. »

Je garde Motin pour moi. Je prends le large : « N'oublie pas que les nazis, avec leur cinquième colonne et leur quatre années d'occupation, ont foutu à des dizaines de milliers de Français une vérole de l'âme. La Résistance, c'était salissant. Trop d'intérêts s'opposeront à ce qu'on punisse les collabos d'en haut. Ils resteront dans les fins fonds de la France et de l'Europe, prêts à resurgir sous d'autres couleurs : banquiers, détectives privés, je ne sais pas, moi. Notaires. Pourquoi pas ministres[1] ? »

Je m'arrête, le temps de casser les œufs dans la poêle chaude, de répartir le bacon. Julia prend le relais : « Et puis, tous ces bonshommes et bonnes femmes restés bien au chaud, qui vont se permettre de juger ceux ou celles qui ont faibli sous la torture. Plongeant dans ces dossiers venimeux, des juges qui se sont aplatis devant Pétain, des flics aux ordres. Toi, tu vas t'en sortir en continuant ta guerre. » Ses yeux sombres, marron chaud. Bienveillants. J'ai concédé : « J'ai été formée pour la faire. – Oui, mais tu l'aimes. Ne dis pas le contraire ! Je t'ai bien vue, quand tu es rentrée de flinguer les Russes. – Je nous avais vengées. – Oui, avec quelque chose en plus. »

Elle secoue sa tignasse comme pour bien solidifier ses paroles. J'ai caressé ses cheveux qui poussent encore trop drus et raides. « Tu simplifies, ma jolie Julia. On m'a appris à tuer d'abord. Si tu n'es pas la plus rapide...

---

1. Cette allusion me donne à penser que le manuscrit a été retravaillé après l'affaire Papon, du nom du préfet de Vichy devenu ministre dans les années 1960, jugé dans les dernières années du XXᵉ siècle. (*Note de L.C.*)

C'était leur peau ou la nôtre. – Moi qui n'ai pas fait la guerre, je crains pour vous le moment où elle va se retirer lentement devant vous, où vous allez vivre à marée basse. »

Je garde pour moi que c'est elle qui vit pour l'heure à marée basse. Nous apportons le dîner. Roger finit de disposer les assiettes, il a entendu : « N'écoute pas Julia, ma chérie. Sitôt que viendra ce qu'elle appelle la marée basse, nous ferons nos enfants ! – J'ai eu tort, reprend Julia, troublée. Au fond, je voudrais en cet instant être comme toi, Katie, et partir à la chasse au Klaspen, pour qu'Henri repose enfin en paix. »

« Mon si joli gendre, me dit la vieille dame. Il était fait pour une guerre propre, à cheval et sabre au clair ! – Que voulez-vous, grand-mère, que la victoire vous apporte ? – Un nouveau gendre, et des petits-enfants. » Julia devient coquelicot : « Laisse-moi rendre les honneurs à Henri ! – Chaque chose en son temps ! coupe Roger. Je lève mon verre à vos futurs petits-enfants, grand-mère ! La victoire vous les apportera. – Cul sec ! » répond l'aïeule. Pour la première fois, je vois Julia les larmes aux yeux. Je la réunis à sa grand-mère et les embrasse ensemble.

6. Roger

Le printemps a débarqué sans crier gare. En fait, c'est le retour de celui qui avait percé, triomphant, au début d'avril, avant ce réveil livide de l'hiver que les déportés ont ramené avec eux. Je ne savais pas ce que c'est que d'avoir une compagne avec qui tout partager, jusqu'au goût pour le français des rues ou les vieux

mots savoureux. Égale en tout. Qui me devine. Anti-
cipe. Un émule. Évidemment, ça n'existe pas au féminin, « émule ». Avec elle, si. Il faut pourtant que je me
montre au journal.

Nous sommes stoppés sur le palier par la concierge
enturbannée d'un foulard criard et douteux, boudinée
dans un tablier bleu de chauffe, balai à la main. Elle fait
la gueule à Katie, la traitant comme une fille que j'aurais
ramassée. Je la prends de vitesse en présentant :
« Mme Katie Mildraw. Il est possible que du courrier
arrive à son nom. » La bignole incline la tête sans quitter son air renfrogné : « On a déposé ce papier pour
vous, monsieur Chastain. » Elle le sort de son corsage,
ou plutôt d'un soutien-gorge rose crasseux. Je le déplie
du bout des doigts car je n'ai que faire de son odeur.
Le rédacteur en chef veut me voir à dix heures.

L'autre s'incruste, déçue de mon silence : « Vous qui
rentrez d'Allemagne, c'est vrai que les Juifs vont revenir ? » J'ai juste le temps de mettre la main sur le bras
de Katie pour l'empêcher de bondir. « Pourquoi cette
question ? – Eh bien, les locataires du quatrième occu-
pent l'appartement des Founkel. Les policiers les ont
emmenés tous, les petits enfants, la vieille grand-mère,
à l'été 42. Alors, à présent ? »

Je l'ai imaginée conduisant les nazis, aux petits soins
pour eux ! « Que ces Juifs rentrent ou que les nazis les
aient tués, ces nouveaux locataires ont des raisons
d'avoir peur, madame, dis-je. Ces policiers aussi et tous
ceux qui les ont aidés. – Oh, mais, monsieur, c'était par
force, et on a groupé leurs meubles dans une pièce fermée à clé. Le proprio pouvait pas se permettre de laisser un appartement inutilisé, vous comprenez. – Non.
Les temps ont changé, madame. Les gestapistes et tous

leurs lèche-bottes vont passer de mauvais moments. De *très* mauvais moments. »

Je remonte chez moi avec Katie afin de rassembler mes notes pour le journal : « J'espère qu'après ça, elle et les locataires du quatrième vont commencer à se faire du mouron, mais je ne suis pas du tout certain qu'on leur cherchera noise. – Enfin, Roger, c'est intolérable ! – Si un des Founkel rentre, je me chargerai de l'aider à récupérer son appartement, mais s'ils sont tous morts ? – Dans quel monde suis-je rentrée, dis-moi ? – Vichy reste dans leur tête. Pour ceux-là, je ne suis qu'un voyou qui a réussi dans le maquis, c'est-à-dire dans l'illégalité. – Je ne me marierai jamais avec toi. Je veux rester anglaise ! »

Je vais chercher, dans un petit volume bleu du Stendhal édité par le Divan, la page marquée par un signet : « *Rien de moins ressemblant à ce que nous étions en 1780 qu'un jeune Français de 1814.* » Il écrit ça, les Champs-Élysées occupés par les cosaques, quand tout est foutu pour le napoléonien qu'il a été. Moi, je peux dire : « Rien de moins ressemblant à ce que nous étions en 1940 qu'un jeune Français amoureux d'une Anglaise en mai 1945 ! Nous sommes victorieux quand il était vaincu, et vice versa. Si peu victorieux ! Voilà le roman que je veux écrire. »

Katie secoue la tête : « Moi, j'ai vraiment l'impression d'être victorieuse. – C'est que tu n'es vraiment pas française. Attends un peu ! » Je fonce fourrager dans le tas d'articles que j'ai découpés chez les confrères : « Écoute ! *"Le gouvernement ne pouvait pas arrêter les coupables en quelques semaines. Il pouvait en quelques semaines créer sa loi d'honneur qu'on aurait appliquée pendant six mois, un an, et qui aurait débarrassé la France d'une honte qui dure encore. Maintenant il est trop tard. On condamnera à mort des journalistes qui n'en méritaient pas tant. On acquittera encore à demi des recruteurs qui auront un beau langage. On s'habitue à tout, même à la honte et à la bêtise.*" Cela, dans un journal né de la Résistance, daté du 5 janvier 45[1] ! Le 5 janvier, il y a cinq mois ! »

Katie en reste bouche bée. Il faut à présent que je me dépêche. Elle ira seule chercher ses résultats, moi je fonce rue Réaumur. Heureusement, place Monge, j'ai un taxi. Comme je fais au chauffeur la remarque que les rues sont vides : « La guerre n'a eu que ça de bon, monsieur. L'essence au marché noir, les bagnoles restent au garage ! » Je suis un peu inquiet de ne pas avoir donné signe de vie depuis mon retour, mais je ne voulais rien gâcher, avec Katie. J'ai bien fait. Je n'ai pas fini de payer le taxi que des copains m'entourent : « Tu nous as sauvé la mise ! Formidable, que tu aies été là. » Javier, le rédacteur en chef, m'accueille à bras ouverts : « Ton truc à Torgau a été un scoop ! » Il ouvre la collection et me montre le journal avec un gros titre en une : NOTRE ENVOYÉ SPÉCIAL ROGER CHASTAIN ÉTAIT LÀ... « On a baisé les confrères ! »

J'en suis comme deux ronds de flan. Vif-argent à cinquante berges bien tassées, Javier me prend par le bras : « J'ai un peu arrangé la fin de ton papier : les Russes, faut pas y toucher, ici. – Mais ils vont prendre le plus gros bout de l'Allemagne ! – Tous les lecteurs préfèrent que ce soit à eux. Même qu'ils aient un pied dans la Ruhr. D'ici à ce que les Ricains reconstruisent l'Allemagne ; comme après l'autre guerre... » Là, je suis scié : « Mais tu n'as pas idée de comment les Russes... – Normal qu'ils se vengent des nazis. Qu'ils se défoulent.

---

1. J'ai retrouvé la coupure dans les papiers de Roger. Le journal est *Combat*. L'éditorial est signé A. C., lire : Albert Camus. (*Note de L.C.*)

Même de Gaulle leur fait la bise. Les vainqueurs de Stalingrad ont pris le Reichstag, point final. Dommage que
tu n'aies pas été là. C'était aux Actualités cinématographiques, tandis que Torgau, nib de nib ! »

Son regard pétille. Envie de tout envoyer dinguer :
« En somme, on savoure de compter parmi les vainqueurs, et on se fout du reste ! – Exactement, mon
vieux. Comme tu es le seul à connaître les ficelles, c'est
toi qui vas couvrir les conférences internationales. Rang
de rédacteur en chef adjoint. Une bagnole à ta disposition. » Je le remercie pour ces honneurs. Je demande :
« L'épuration en est où ? – On vient de fusiller des policiers tortionnaires. On met au pilori ceux qui ont eu le
tort de se salir les mains : les journalistes, les flics. Pour
ceux qui n'ont sali que leur âme ou leur portefeuille, la
lessive lave plus blanc. – On peut l'écrire ? » Il hausse
les épaules. « Manque de papier. Oui, je sais, tes
copains ne sont pas morts pour ça, les miens non plus.
Peut-être nos enfants rouvriront-ils les dossiers. Ou nos
petits-enfants. En attendant, aide-moi à faire vivre ce
canard. Fête d'abord la Victoire avec un grand V ! »

La secrétaire entre : « Monsieur Chastain, un coup de
fil pour vous ! » Ahuri, je prends congé. Qui a bien
pu ? C'est Katie, sortie du labo : « Propre comme une
pucelle ! On fête ça ce soir. – Félicitations ! – Non.
Vive la vie, mon chou ! » Je passe chercher la bagnole,
une 302 Peugeot avec des décorations pour nana sur les
housses et un petit marin qui pend du rétroviseur, boîte
en bon état, moteur un peu poussif. Un plaisir de
conduire sur un boulevard Sébastopol vide. Toutes les
places que je veux pour me garer. Katie est déjà là. Je
n'ai que le temps de lui raconter ma promotion. C'est
le printemps. De nos corps, aussi.

Il me reste un costume léger mettable. L'après-midi nous avons cherché une robe printanière au Bon Marché, mais Katie ayant demandé négligemment si elle pouvait payer en livres sterling, on lui a sorti des modèles d'une tout autre qualité : « D'avant-guerre. » Elle a choisi une robe décolletée assez sage, d'un vert chaud qui fait rayonner sa chevelure. La vendeuse la lui déconseille : les manches courtes ne cachent pas son matricule. « C'est mon bijou, madame ! » Du coup, elle s'offre un manteau de demi-saison.

Nous sommes arrivés à la Coupole en même temps que Julia et Lucette, toutes deux aussi printanières. Lucette, rayonnante, nous clame qu'elle est « négative ». Katie et elle s'embrassent. Charles débarque, très gentleman. Le trajet de Claudine étant plus long que les nôtres, elle arrive enfin en fichu, dans le manteau reçu rue d'Artois. Lucette, sans rien dire, ôte le fichu et lui met à la place son propre foulard de soie écarlate. Katie et elle ne lui disent mot de leurs bons résultats.

Nous trinquons à la paix. Claudine paraît enfin se détendre en levant son verre. « Je pense que vous pouvez trinquer à ce que mon parti appelle des lendemains qui chantent ! – Allons-y pour ces lendemains », dit Katie trop sèchement. Elle enchaîne : « Si tu veux qu'ils chantent, il faut que tu saches faire face à la réalité. – C'est ce que je fais comme communiste ! – Sauf, jusqu'ici, pour ce qui te concerne. »

Le mot « communiste » fait se tourner les têtes alentour. Je veux calmer les choses, mais Julia me devance : « Tu ne t'en sortiras pas toute seule. Demande plutôt à Charles comment, après son bain forcé dans la Manche, ils lui ont remis la cervelle d'aplomb. » Interloquée, Claudine se tourne vers Charles qui dit avec douceur : « J'ai reçu un traitement psychologique. Je survivais à mes coéquipiers. Je ne dormais plus. – Il oublie de te dire que, comme il ne pouvait plus voler, il a ensuite fait partie de l'équipe chargée de tels soins, reprend Julia. Il te sera de bon conseil. – Mon parti est là pour m'aider », coupe Claudine.

Cela fait un trou de silence. Ou plutôt je le sens tomber comme du plomb. Charles est plus prompt que moi : « Je crains que votre parti ne vous referme sur vous-même. » Lucette sourit : « Il a raison. C'est en te bloquant sur l'horreur que tu l'emmagasines. – Et tu me vois racontant ça à mes enfants ? – Pourquoi mets-tu en avant tes enfants ? gronde Lucette. Ils sont passés par ton ventre. À présent, celui-ci ne les intéresse plus. C'est ton mari qui est preneur. Tu vois, on peut appeler un chat un chat. Ou plutôt, puisqu'il s'agit de nos... »

L'accent de Lucette fait tout passer. Claudine n'en démord pas : « Je ne suis pas comme toi. – Détrompe-toi. Tu y es passée. Deux ou cent, ça ne fait pas la différence. Comme Katie, je sais que je n'ai rien. » Claudine se rebiffe : « Mais moi, je ne peux pas le prendre à la légère ! » Charles est à nouveau plus rapide : « C'est pour cela, madame, qu'il existe des spécialistes. – Tu as raison », dit Julia. Le tutoiement nous fait sursauter. Julia s'en aperçoit : « Charles a été l'ami de jeunesse de mon mari. » Claudine lève la main pour reprendre la parole : « Je ne veux pas que cette affaire soit connue. Enfin, pour ce qui me concerne. – Oui, répond Julia. Mais, dis-toi que tu risques d'en payer le prix, un prix insensé. Proprement insensé ! »

Lucette doit juger qu'il faut s'arrêter là et dit à sa façon ingénue : « J'ai voulu m'informer, sur Gisèle. Ils l'ont transférée à Bichat pour ce qu'ils appellent une cure de sommeil. On ne peut donc pas lui parler. » On apportait les hors-d'œuvre et le sommelier a demandé qui voulait goûter le bordeaux. Katie lève la main, approuve le vin. J'ai tenté de faire diversion en lançant Charles sur ses bombardements. « Rien ne m'y avait préparé. Jusqu'au pacte Hitler-Staline, je n'avais pas vu la guerre approcher. »

Claudine a repris du poil de la bête et lance que c'était horrible, de tuer des civils. Charles lui rappelle avec douceur : « Ni les mines, ni les usines, ni les gares ne se trouvent loin de toute habitation. – Et Leipzig ? et Dresde ? tranche-t-elle. – Madame ! » – presque crié. Je le vois inspirer profondément afin de se contrôler, puis reprendre d'une voix trop calme : « Madame, il a fallu que nous cassions les nazis. Que nous les écrasions. C'est pourquoi vous êtes là ce soir. Il faudra aussi que nous cassions les Japonais. Vous imaginez le prix d'un débarquement là-bas ? »

J'ai craint que Claudine ne poursuive et ai levé mon verre à « la victoire sur tous les fronts ! La Victoire avec un grand V ! » Réussi. La dureté contrôlée de Charles me surprend, mais je réfléchis à ce qu'il lui a fallu de caractère pour repartir nuit après nuit à l'assaut de la DCA et de la chasse nazies. Lâcher ses bombes. Rentrer. Toujours sous la DCA, parfois face à la chasse ennemie. Remettre ça le lendemain. Il a raison, mais ça en promet sans doute de belles, quand les pacifistes et autres humanitaires bien pensants, restés quatre ans au chaud dans leur lit, demanderont des comptes, mélangeant tout, une fois la guerre achevée ; quand on recommencera à recenser les accidents de la route et les suicides. Depuis la guerre d'Espagne, je n'ai jamais, après ma sortie de l'adolescence, connu la paix, et elle fait peur : le partage de l'Allemagne, les Russes gourmands, l'épuration sabotée, les ruines et la pauvreté.

« Où as-tu trouvé ton parfum ? » demande tout à trac Julia à Katie. La question, puis le champagne sauvent le reste du dîner.

7. Julia

« J'ai été flouée. » Depuis que ces trois mots ont débarqué dans ma tête, ils ne cessent d'y trotter et s'imposent quand je m'y attends le moins. Pas mon vocabulaire. Ce n'est pas Henri qui m'a flouée, même si les autres le croient : il n'était pas homme à trahir. Mais pourquoi les autres s'en sont-ils persuadés ? Pourquoi Klaspen et ses malfrats m'ont-ils torturée, s'ils savaient tout ? Depuis Franz, tu te dis qu'Henri te respectait trop. Que partageait-il avec toi ? Sa future descendance ? Mathilde de La Mole ne me sert plus. Il me faut retrouver Klaspen. La fac, la recherche d'un travail, ce sera pour plus tard. Comment retomber sur mes pieds après ces deux années perdues ? À présent qu'avec Franz un homme est entré dans ma vie, j'en ai besoin.

Le temps s'est enfin vraiment mis au printemps. L'après-midi peu entamé, je me sens désœuvrée de plus belle. À l'affiche du grand cinéma de Montparnasse, le nouveau film de Carné, *Les Enfants du paradis*. Arletty, Brasseur, des noms qui me ramènent à mes bonheurs d'avant-guerre : *Hôtel du Nord*, *Drôle de drame*. J'arrive pile pour la séance. Exactement ce dont j'avais besoin : trois heures de dépaysement absolu, une autre époque, cent ans plus tôt. Ah, ce mime Deburau ! Ce jeune acteur Jean-Louis Barrault qui semble tombé de la *commedia dell'arte* parmi nous... Et la révélation d'une actrice espagnole, vraie Carmen indomptable, Maria Casarès.

J'en sors éblouie : plus que jamais envie de renaître pour manger la vie à pleines dents. Les dieux ce jour-là sont avec moi. Je me lance dans une longue promenade par la rue Lecourbe jusqu'au ministère de l'Air où Charles m'attend à six heures. Immeuble encore neuf. Cabinet du ministre, tout en haut. Huissier à chaîne. Charles m'accueille et m'annonce qu'il crée un bureau de recherches au ministère et qu'il y voit très bien une scientifique comme moi : « Pour rattraper les années perdues, un esprit ouvert comme le tien. Un regard neuf ! » J'accepte, ravie. Cerise sur le gâteau : il vient de toucher des autos des Domaines. Il m'en réserve une.

Grand-mère me blague, au retour : « Tu es déjà bonne à te remarier. » Je rougis, mais ne dis toujours pas un mot de Franz. Cette nuit-là, j'ai rêvé de lui comme jamais, sa présence si forte, si précise que je me suis réveillée en le cherchant. Il me semblait avoir partagé toutes les étapes de sa vie, ses randonnées avec son père, ses études à Mayence. Je n'ai jamais ainsi rêvé d'Henri. Jamais non plus ouvert avec lui ses souvenirs d'avant moi. Remonte alors le « J'ai été flouée ».

Une fois, nous nous étions astreints à visiter ses parents, au château familial. Plus tard, j'y avais séjourné seule, quelques jours, durant la drôle de guerre, couvée par mon beau-père, le comte, qui me vantait la lignée ancestrale comme si son fils n'était pas au combat. La grand-mère grabataire ne parlait plus. Ma belle-mère était tout le temps malade. Il ne faut pas qu'ils sachent, pour leur fils. Jamais ! Dans mon rêve, Franz voulait savoir pourquoi on m'avait torturée. Il disait : « C'est mon affaire, à présent, de tuer celui qui t'a fait ça. L'Allemand qui t'a fait ça ! »

Les rêves ont une drôle de façon de vous contraindre à regarder ce que vous essayez de lisser. Je suis sûre qu'Henri n'a pas trahi. Revient me mordre ma querelle avec Katie, l'autre soir, sur son plaisir à tuer. À cause du jeune Russe aux montres. Or, ce n'est pas Katie qui l'a tué, mais Franz, en me sauvant. Pourquoi me suis-je ainsi trompée ? L'inconscient vous joue de drôles de tours. C'est à moi seule d'en finir avec les soupçons qui pèsent sur Henri et l'enfoncent dans le trou noir, sans fond, de la fosse commune où il gît. Si détruit, et j'en tremble une fois de plus.

M'envahissent des questions dont personne ne s'est soucié : Qu'a-t-on fait de son corps après qu'on a traîné grand-mère à la morgue pour qu'elle le reconnaisse ? Et pourquoi cette formalité administrative absurde, puisque Klaspen, le SS, savait mieux que personne qui il était ? Méthodiques comme le sont les Allemands, ils ont dressé procès-verbal certifiant qu'il s'agissait bien d'Henri de Villeroy, l'ont transmis aux autorités françaises. Motin doit trouver s'il existe ou non un tel acte. Tout retombe sur lui.

Je le lui demande carrément au téléphone. Il ne connaît les faits que par ma grand-mère ; sur le moment même, il n'a été averti que de l'arrestation, suite à des filatures. À Alger, on croyait Henri déporté en Allemagne, comme tant d'autres dont on était sans nouvelles. « Ce n'est qu'à la Libération, en prenant contact avec votre grand-mère, que... Pas eu le temps de procéder à des recoupements, vous comprenez ? » Excuses de mauvais goût, je le lui laisse entendre. Et Motin, interloqué, de me confier qu'il s'est gardé de remettre le sujet sur la table pour ne pas faire de peine à ma grand-mère. Je me demande : délivré qu'Henri ne soit plus là ?

À l'association en train de se monter pour les internés et déportés, une jeune femme me répond qu'ils ont assez à faire avec les survivants, le plus souvent très mal en point, pour ne pas perdre leur temps à... Pareil à la Préfecture de police : « Un suicide à la Gestapo, mais voyons, chère madame, ils ne nous mettaient pas au courant de leurs échecs. Seulement des succès ! » Même si sa rage aveuglait Klaspen, un cadavre, c'est encombrant. Pas seulement dans les romans policiers.

Entamer une nouvelle démarche auprès de Motin me répugne. Comme s'il était Créon. Que je le veuille ou non, je deviens Antigone cherchant le corps de son mari afin de lui donner une sépulture, quand personne n'y a songé : « *De mon bonheur nuptial dépossédée, sans que le deuil de mon mari...* » Ces mots appris à seize ans ne m'atteignaient alors que par leur sonorité dans le grec de Sophocle. Je les vis aujourd'hui. Relire aussi Mathilde de La Mole après la mort de Julien. Je dois organiser à Henri un enterrement avec tous les honneurs dus à un héros de la Résistance. Défi à ceux qui se sont arrangés de son absence, encore plus à ceux qui émettent des doutes sur son intégrité. À ceux qui, simplement, oublient. Ils devront tous saluer son cran.

Oui, mais Henri n'était pas du genre à exalter ses faits d'armes, il y voyait même une indécence, comme dans le « de » nobiliaire. Je décide pour lui. Ça ne regarde que moi. À moi de me débrouiller avec ses états militaires. Je m'y plonge. Le grand genre ! Cadre noir de Saumur. Citation signée Weygand, général en chef, « *pour avoir, avec ses cavaliers, en mai 40, fait preuve d'une bravoure exemplaire en rompant un encerclement par des chars ennemis* ». J'imagine, comme aux Actualités du cinéma, le cercueil porté à dos de soldats, un officier tenant le coussin brillant de décorations.

Oui, ma belle, tu apportes, à soutenir son honneur, le soin qui ne peut germer que dans le cerveau d'une épouse adultère. Pensé et dit crûment. Sans culpabiliser. À dix-huit ans, la quête du bonheur tient de la compétition sportive, dans l'abstraction alors du mot « aimer ». Dès la guerre, tu as déjà perdu Henri dans l'homme pressé, distrait, des permissions ; encore plus dans le clandestin anxieux, en coup de vent, sans me toucher. Alors, pourquoi penser : épouse adultère ? J'ai eu envie de Franz quand je ne savais pas si j'aurais un lendemain. Je ne savais pas non plus ce que c'est qu'avoir envie d'un homme. J'aimerais recommencer. Le plus vite possible.

Je me sens si libérée qu'avec un culot et une vitesse record je franchis à nouveau les obstacles téléphoniques qui me séparent d'un vice-président de l'Assemblée consultative : « Monsieur Motin, j'ai décidé qu'Henri doit avoir un enterrement digne de lui, les honneurs qu'il mérite. Il ne me manque que son corps ; comme vous savez, personne n'a songé à s'en occuper. » Pour la première fois, sa superbe est entamée : « Oui, chère amie, nous n'avons pas assez pensé aux morts. (Il se ressaisit) Je vous envoie un médecin légiste pour les recherches. Ça va être une épreuve très rude, pour vous. – La prison et le chaos de l'Allemagne m'ont aguerrie, monsieur. Les morts, ça me connaît. »

Je repose le combiné en me demandant pourquoi j'en veux à la terre entière. Neuf mois depuis la Libération, le temps d'une grossesse, et de quoi ont-ils accouché, mes compatriotes libérés ? D'une France toujours aussi à vau-l'eau que durant l'exode de 40, quand la défaite avait balayé toute morale, toute décence. Je vais imposer mon enterrement d'Henri à tout le monde. Au bras de Franz, s'il est libéré. Moi, libérée. Lui, libéré. Un même mot. Deux usages.

Le légiste téléphone déjà. Un ton gêné : « Le recensement des fosses communes des nazis est à peine entamé. Si vous voulez bien répondre à des questions simples : taille du disparu, autres mensurations. » Je m'entends énoncer : « Un mètre quatre-vingt un, pointure 45, chaussures sur mesures. – Signes distinctifs ? – Blessé en mai 40. Une balle a entaillé son flanc droit, en remontant parce qu'il était courbé sur son cheval ; dernière et avant-dernière côtes touchées. Pas cassées. – Sa dentition ? – Dents parfaites, il en était très fier. (Je m'arrête pile.) Pardonnez mon idiotie : les nazis l'ont arrangé de telle manière... – J'ai besoin de sa dentition d'avant, madame. Pas de plombages ? – Un, je crois, dans son adolescence. – L'adresse de son dentiste ? – Je vais la rechercher, mais il était juif, le dentiste... – Je vois, madame. Il a peut-être laissé des archives. Les vêtements de votre mari, au cas où ? – Ils nous ont été rendus. » Le silence tombe à l'autre bout de la ligne. Mauvais signe. « Après deux ans, j'en fais mon affaire, madame ! »

Je m'effondre. Comment retrouver le corps d'Henri, nu, dans quelque charnier ? Les cadavres entrevus dans le camp de Katie... Je me jette sur l'opératrice des Renseignements parce que le numéro du dentiste ne répond pas. L'autre me rit carrément au nez : « Avec un nom pareil, madame ! » Comme si aucun Juif n'avait pu, en ces neuf mois, regagner la capitale ! Par bonheur, Katie est chez elle. Ou plutôt chez Roger. « Te voilà délivrée. En outre, si tu as la chance de pouvoir l'enterrer... » Revient comme une gifle le souvenir que le mari de Katie a été perdu en mer. Lui, n'aura jamais de sépulture. Rôles soudain inversés, à moi de consoler : « Mais non, dit Katie. On me l'a ramené de France. »

Nous déjeunons dans un chinois du quartier Latin qui n'a pas changé depuis avant la guerre. C'est revenir à l'avant-Henri ; pour Katie, la provinciale, une découverte. Comment se servir des baguettes ? Je parle pour deux : « Nous devons survivre à cette cochonnerie de guerre ; rien ne nous y prépare, tu es à chaque instant aux prises avec le jamais encore connu, jamais encore vécu. (Je reprends haleine.) Pas si nouveau que ça, note bien. La seule fois où j'ai parlé à la grand-mère d'Henri, en son château de Vendée, après notre retour de Corse, juste au moment où l'annonce du pacte germano-soviétique ouvrait les portes de la guerre, la vieille dame s'est mise à raconter son pèlerinage au Chemin des Dames. C'était là que son fils cadet, le jeune oncle d'Henri, avait été porté disparu. J'entends encore sa voix grêle : "Tout avait été retourné tant de fois par l'artillerie que dès que je grattais le sol du bout de ma canne, des fragments d'os sortaient. Oui, ma petite. Il ne nous est resté de lui que son nom sur le monument aux morts de Saint-Cyr." Tu imagines ! »

Katie en a les larmes aux yeux. Je jette : « Heureusement, elle est morte avant Henri. » Katie me prend les mains : « Tu feras des enfants avec Franz. Pour qu'il n'y ait plus d'autre guerre. » J'avoue que j'ai rêvé de lui, puis bifurque vite : « Franz est parmi les vaincus, dans un camp, je ne sais où. – Il faut qu'on se retrouve toutes. Qu'on fête la Victoire ensemble. Je m'occupe de Lucette. – Tu me laisses Claudine, à moi, la Russe blanche ? – Justement. Tu es la mieux placée pour l'aider à enterrer le passé. – Tu crois qu'elle est allée se faire contrôler ? »

Le silence retombe. Un silence éteint dans la pénombre suave, accueillante. Déjà le garçon nous offre l'alcool de riz traditionnel, s'attendant à ce que nous disions non, mais nous acceptons en riant. Je jette un coup d'œil, au fond de la petite coupe, à la femme nue en couleurs, sexe en montre, grossie par le liquide. Katie se penche : « J'ai découvert que Gisèle a été transférée. (Elle chuchote afin que personne n'entende :) À Sainte-Anne. Ils trouvent presque normal que ça lui ait, comme ils disent, "dérangé l'esprit". Cure de sommeil ou pas, voilà pourquoi on ne pouvait pas avoir de nouvelles à Bichat : ils n'osaient pas dire la vérité, j'ai dû me fâcher. Une résistante devenue dingue, imagine la douleur de son amie ! » Je rougis, pas de l'amitié particulière, mais de me sentir en faute. Nous avons partagé la même taule. Katie, la pièce rapportée, assume mieux la responsabilité de notre groupe.

Le regain d'hiver a bien disparu. Le jardin du Luxembourg éclate de couleurs, jeunes feuilles juste écloses sous les souffles tièdes. Ce que le lilas de l'impasse du faubourg Saint-Antoine doit être beau ! « J'ai eu des rendez-vous avec Henri sur ces bancs, ces fauteuils. Il craignait, figure-toi, que ses élèves ne nous voient. » Katie se rembrunit : « Excuse-moi, j'ai une mémoire idiote des dates. Ce n'est pas le 7 mai 43 qu'il s'est tué ? C'est aujourd'hui, le 7. » Souffle coupé, je mets la main sur mon cœur : « Tu penses à tout ! Ce connard de légiste ne me l'a même pas demandé. »

La colère me libère. « Connard », c'est le parler de la taule. J'en ai besoin. Ces deux années m'ont changée de fond en comble, jusque dans mon vocabulaire. Et Franz ? J'avoue : « Je n'y peux rien, ça ne se compte pas en années, c'était hier et dans une autre vie. Tu crois qu'on arrivera à revivre dans un temps normal ? Si nous faisons des enfants, à être normales avec eux ? – Je te vois, toi, avec des enfants. Pas moi », coupe Katie. Je brûle de téléphoner au légiste pour lui donner la date du décès. Katie, sans doute à cause des enfants, me plaque au carrefour de la rue d'Assas.

Le légiste prend note en s'excusant une fois de plus. Reste le plus difficile : Claudine. Une voix d'homme me demande sans gentillesse de rappeler dans dix minutes. Le mari. Pour passer le temps, je compose le numéro de grand-mère, lui raconte mon déjeuner, les plats à la vapeur, l'alcool de riz. Montrant qu'elle n'est pas dupe, elle me chuchote en russe qu'on retrouvera le corps de mon mari. Ce n'est plus comme du temps de la guerre civile, quand rouges et blancs s'entre-massacraient, jetant les cadavres au fil de l'eau ; les nazis étaient des tueurs, mais des hommes d'ordre.

Claudine rappelle : « J'espère que mon fils n'a pas été trop désagréable. » Des réjouissances sont déjà programmées par son mari. Elles commenceront sitôt l'annonce officielle de la Victoire ; pas de pétards, qui rappellent trop la guerre, mais un bal géant. Puis, tout à trac : « J'aurais pourtant bien besoin de te parler. – Quand tu veux. – Je vais profiter de ce que je suis seule à la maison. Eh bien voilà, j'ai fait les examens. Le toubib ne peut pas savoir si j'ai été contaminée. La pénicilline m'a blanchie, mais pas forcément guérie. Il n'est pas sûr, ne sait pas bien, pas encore tout à fait informé sur ce qu'on appelle les antibiotiques, mais, dans le doute, il me conseille, ou plutôt m'ordonne de continuer le traitement. Et les précautions. – Tu n'as toujours rien dit ? » Je n'ai pour réponse que le silence. Je reprends, avec toute la douceur dont je suis capable : « Raconte que ce sont les nazis... »

La communication est coupée, je n'ose la rétablir. Il se passe bien cinq minutes. Enfin la sonnerie. « Excuse-moi : je suis trop coincée. Où trouverais-je l'argent, pour l'Hôpital américain ? Je me disais qu'un docteur pourrait dire à mon mari... » À nouveau, communication coupée, mais, cette fois, Claudine ne rappelle pas. J'essaie Katie, la mets au courant. Elle riposte : « Il faut que ça tombe sur elle ! Écoute, j'ai toujours le papier du type de Halle, pour les Américains. Je dénicherai de quoi le lui payer. On se retrouve demain, jour officiel de la Victoire ! Lucette est d'accord. Ton copain Charles peut amener son épouse, non ? »

Le soir, en dînant avec grand-mère, je lui raconte enfin Franz. Le russe est très doux pour les mots de l'amour. Babouchka dit qu'elle a tout de suite vu une flamme dans le visage de sa petite-fille, le sourire de mes fossettes. J'ose parler de Waltraut et de la petite Linda. Nous avons affirmé que l'amour pouvait sur-monter toutes les épreuves, et grand-mère me révèle la rencontre de mes parents. Comment ma mère a eu l'audace de contracter un mariage blanc avec un officier de la mission française à Moscou afin de pouvoir quitter l'URSS et rejoindre son fiancé qui avait déjà fui la révo-lution à Paris. L'officier a divorcé à temps pour que je ne naisse pas sa fille, et a aidé le jeune couple jusqu'à ce que lui-même se fasse tuer dans la guerre du Maroc.

Nous avons regardé les photos de maman. « Un caractère bien trempé, comme toi, des pommettes encore plus mongoles que les tiennes. (Elle caresse mes cheveux.) Je ne suis pas certaine qu'elle serait restée toute la vie avec ton père. Elle l'avait aimé homme de guerre, mais ensuite... L'exil... C'est moi qui t'ai élevée, depuis le début. – Tu ne m'as jamais conduite sur leur tombe », dis-je en pensant à la future tombe d'Henri.

Grand-mère se ferme, puis fond en larmes. « Ils sont au cimetière russe de Menton. Tu peux tout savoir, à présent : il n'y a pas eu d'accident de chemin de fer. Ton père l'a tuée avec son amant, puis s'est suicidé. Ils ne sont pas dans la même tombe. »

Nous sanglotons, enlacées. Elle explique : « Ta mère jugeait indigne de se cacher. La colonie russe l'exigeait, les grands-ducs chauffeurs de taxi étaient pointilleux. Ton père s'est résolu à ce que l'honneur lui commandait. Pour le monde : une intoxication à l'oxyde de carbone, enterrements avec les popes. – Pourquoi tu ne m'as jamais rien dit ? – Tu es devenue mon enfant, tu as eu si peu de mère et de père, il fallait qu'ils soient purs. Tu as la même envie de vivre que ta mère. »

Je devine soudain que le bluet, dans *Le Rouge et le Noir*, était pour cet amant. Et le trait de crayon sur « *J'ai le bonheur d'aimer, se dit-elle un jour avec un transport de joie incroyable. J'aime, j'aime, c'est clair !* », comme si, pour la première fois, grâce à Stendhal, j'entendais la voix de maman ! « Je suis bien la fille de ma mère. » Je comprends que grand-mère a voulu protéger mon enfance, mon adolescence. Je pense : « J'emmènerai Franz sur la tombe de maman. Il saura tout. » Je dois tenir d'elle de savoir être amoureuse. Grand-mère aussi a été une amoureuse. À moi de vivre !

8. *Franz*

J'ai déjà pris l'habitude de ma captivité, au point de sortir du block afin de me promener dans la cour, parce qu'il faut bien passer le temps. Les conversations sont partout les mêmes et renvoient la défaite au débit d'un monde extérieur qui ne veut jamais comprendre l'Allemagne. Je jouis de la considération particulière que les nazis accordent aux SS, autre coup tordu que m'inflige la bureaucratie américaine, mais pourquoi en refuser les avantages, puisque je n'y peux rien ? Ils en remettent dans l'hommage, sans repérer que le cul qu'ils lèchent n'est pas celui qu'il faut !

Chefs et chefaillons civils, officiers de la Wehrmacht, suspects de crimes de guerre, n'abordent le passé que pour se convaincre que leurs décisions étaient justes et indispensables. N'ont-ils pas reconstruit, sorti du néant où les trahisons de 1918 les avaient plongées l'Allemagne et l'Autriche ? Et tout va retourner à la *Schurkerei*. Au règne des coquins. Anglais et Français sont des ennemis de toujours. Et quel besoin de ressusciter ces Français aveulis qui avaient enfin, en 40, reçu, pire qu'en 1870, la raclée qui leur pendait au nez depuis leur arrogance sous Napoléon ? Une fois de plus, ces idiots d'Américains ont fait basculer la guerre en armant les Russes. Roosevelt mort, ils livrent l'essentiel de l'Allemagne à cet Asiate et à sa racaille.

Je n'attendais pas d'eux du remords, tout de même un certain recul. Quand se mettront-ils à mesurer la haine qu'ils ont déclenchée parmi les peuples qu'ils asservissaient ? Les montagnes de cadavres des camps. Ils se gargarisent d'avoir accompli jusqu'au bout le fameux : « Ordonne, Führer, nous te suivons ! » Ils le suivent encore, le Conducteur, après qu'il a fui dans le néant. Faute de mieux, ils se vantent de s'y noyer la tête haute. Incompris. Ils se disent qu'une revanche est moins improbable, somme toute, qu'en 1918, parce que Staline ne tardera pas à se démasquer. « Alors ceux d'en face auront besoin de nous. » Un espoir comme un autre.

Le *V Day*, selon les Américains, la consécration de la Victoire n'apporte que vexations nouvelles. Les MP et les chefs du camp s'immergent dès le 7 dans une cuite, nous laissant à l'appel jusqu'au petit matin. « Comme jadis, dans les camps, nous fêtions nos faits d'armes contre les Russes ou les Américains », me chuchotent les jeunes du block. Aucun doute. Pour leur donner raison, se réchauffer ou se réveiller, les plus saouls des gardes nous tombent dessus. Alors que l'échauffourée bat son plein, je reviens en rampant au bord de mon block.

Deux des SS sans grade, mais des rassis de mon âge, me rejoignent. Des ingénieurs civils devenus SS parce qu'ils travaillaient dans un centre secret. Je leur explique ma situation, ma dernière mission. Ils se dégèlent, aussi inquiets que moi pour leur famille. Les vainqueurs auront besoin d'eux parce qu'ils sont spé-cialistes de la technique de frittage des métaux qui consiste à les réduire en poudre afin de les refaçonner en accroissant leur résistance, ce qui permet l'usinage des turbines pour les avions à réaction. Ils n'ont pas envie de servir les Américains, déjà trop forts comme ça. Mais si les Anglais, voire les Français ?... Nous sym-pathisons et ça me ragaillardit de rencontrer enfin des gens qui ont subi le régime et essaient de se tenir la tête hors de l'eau. Si je pouvais alerter Julia...

Le matin du 8, quand tous ronflent, cuvant les coups reçus, j'ose enfin sortir du sac de toile qui contient les restes de mon paquetage le petit livre des poèmes de Goethe, en forme de missel, le compagnon de toutes ses prisons, que Julia m'a donné. Souvenir de ses parents, à présent gage de son affection. Je n'ose penser : de son

amour. Toucher le cuir est comme retrouver la douceur
de sa peau. J'ouvre le livre pour laisser filer les feuillets
au hasard. Et, sans doute parce que les premiers lecteurs ont aimé ce poème, je tombe sur Prométhée
engueulant Zeus :

> *Wer half mir vider*
> *Der Titanen übermut ?*
> *Wer rettete vom Tode mich*
> *Von Sklaverei ?*
> *Hast du die Tränen gestillet*
> *Je der Geängsteten ?*

Je ferme les yeux pour réentendre ces vers que je sais
par cœur : « *Qui m'a aidé contre l'arrogance des Titans ?*
/ Qui m'a sauvé de la mort, de l'esclavage ? / As-tu
jamais étanché les pleurs des angoissés ? » Les mots cessent d'être des abstractions pour dire à Zeus ce que je
vis et qu'il m'a bien, comme Prométhée, laissé tomber.
Je poursuis en me cachant. C'est sûrement très mal vu,
dans ce block, de lire du *belletristik*, des belles-lettres,
comme disent avec mépris les cagots luthériens qui y
voient un vice. Les nazis en ont fait un article de leur
haine de la culture. Même à l'armée, j'ai dû me tenir sur
mes gardes afin de ne pas passer pour un « intellectuel
de merde ».

Je lis longtemps dans le concert des ronflements, ne
pouvant me détacher d'un poème après l'autre. Goethe
n'a pas connu une époque spécialement joyeuse pour
un Allemand, même si la Révolution française, un
temps... Napoléon, la retraite de Russie, et les cosaques
à travers l'Allemagne jusqu'à Paris... L'Histoire a cette
vertu de rappeler que personne n'est maître du futur,

mais qui, en Allemagne, a ouvert un livre d'histoire depuis le temps de la République de Weimar ?

Ça m'a fait du bien, d'être enfin ailleurs. Aussi, l'après-midi, quand je juge que les patrons américains du camp ont dû cuver leur bourbon, je vais au bureau des affaires intérieures, quitte à me faire rosser. Les préposés fatigués écoutent mon anglais approximatif et, sans répondre à ma demande d'aide pour la recherche de ma femme et de ma petite fille, me dispensent un cours sur les camps de « personnes déplacées » qu'on est en train de construire. Pour des dizaines, des centaines de milliers. Établir un recensement demandera des semaines. Enhardi, j'ai osé demander si quelqu'un allait s'occuper de mon dossier. Ils me rient au nez. Un criminel de guerre, il faut des mois et des mois d'enquête !

Il existe une bureaucratie américaine comme il y a eu une bureaucratie nazie, voilà tout. L'essentiel est de savoir passer au travers. Cela ne fait jamais qu'un peu plus de trois semaines que j'ai reçu l'ordre de Himmler. Trois semaines qui comptent pour une vie. Et Julia ? Au retour, je dois faire un récit de mon aventure. Tout le monde est d'avis que le temps des représailles aveugles de la part des Américains est terminé. Les vainqueurs doivent gérer l'Allemagne vaincue, donc s'appuyer sur des Allemands. Après la victoire, il s'établira une routine, dans le camp, avec de longs appels. Presque aussi bêtes qu'à Dachau, disent les jeunes qui en reviennent et qui ajoutent que, par bonheur, les Ricains ne nous font pas travailler. D'après eux, c'est le travail forcé qui tuait les prisonniers. Le manque de sommeil aussi, à cause des appels interminables.

Les hommes ne portent pas leurs crimes sur la poitrine comme des décorations, pourtant cette tranquillité d'esprit me frappe. C'est ça que le national-socialisme a apporté à l'Allemagne et à l'Autriche : la bonne conscience dans le crime. J'attendrai de mieux connaître mes nouveaux amis du frittage pour leur faire part de ces dernières réflexions. Sans doute géraient-ils eux aussi des déportés au travail dans leurs usines, sans se soucier qu'on les tue à la tâche.

Je ne peux détacher mes pensées de Julia, surtout depuis que j'ai touché à son petit livre. Elle est parmi les siens, on l'honore, ce qui la reconduit à son mari assassiné. Si je retrouve Waltraut et Linda, Julia disparaîtra de ma vie, mais jamais de mon âme ; je ne savais pas qu'une femme comme elle pouvait exister. Les mots de l'Américain sur les personnes déplacées me hantent : ma petite Linda dans un camp ! Le changement vient du printemps. Ôter ma vareuse pour profiter du soleil. Bronzer.

Soudain, un des MP s'approche et me fait signe de le suivre au bureau. Une suite à ma visite ? Devant moi, un civil blond, de mon âge, costume bleu foncé, tout de même très militaire, me demande dans un bon allemand universitaire de confirmer mon identité, puis se présente : « Steven A. Walch, Office of Strategical Services. » Ça sonne comme une enjolivure des services secrets. Je reste coi. On nous ouvre un bureau. L'Américain sort des cigarettes. Je décline : « Je ne fume pas. » Je m'en veux aussitôt, pensant que c'eût été une bonne monnaie d'échange, dans le block. « Vous parlez français, d'après votre dossier. » J'ai acquiescé. « Nous allons poursuivre dans cette langue, mon allemand étant un peu juste. – Je crains que mon français le soit aussi. » Malgré moi, je cesse d'être sur mes gardes.

L'Américain prend ses aises, allume une cigarette et, me fixant de ses yeux clairs : « Qu'est-ce que vous fichez ici ? – Demandez-le à vos collègues du camp. – Ils n'en savent rien. Présumé criminel de guerre. – Pourquoi cela vous intéresse-t-il ? – Parce qu'il est anormal qu'un officier de l'armée soit considéré comme un SS. – Je ne vous le fais pas dire ! Vos collègues ont pensé que mon livret militaire, mon grade, mon costume étaient autant de camouflages. – Ce n'est pas leur affaire. Pourquoi, vous, avez-vous accepté de figurer parmi les SS ? – Parce que vos compatriotes m'ont poussé chez eux à coups de bottes. » Silence. À nouveau le regard clair me sonde : « Mais vous ? – Protester, pour me faire rouer de coups ? » Il pose sa cigarette sur le cendrier : « Non, pour marquer votre répugnance à être assimilé à eux. »

Je m'installe mieux sur ma chaise : « Quoi qu'ils aient fait, monsieur, les SS sont mes compatriotes. J'espère qu'il viendra un temps où l'Allemagne pourra faire ses comptes et leur en demander. En attendant, je ne veux pas vous ériger en arbitre entre moi et eux. » Je me devais de le dire. Cela solidifie le silence.

« C'est à nous de dénazifier l'Allemagne, je veux dire : à nous, les Alliés ! » Le regard et la voix de l'Américain se sont durcis. J'ai pris mon temps : « Vous avez les droits et les devoirs des vainqueurs. J'ai pris mes responsabilités d'officier allemand jusqu'au bout, d'autant plus pleinement que le dernier ordre que j'ai reçu, même s'il émanait de la SS, était humanitaire. Je l'ai interprété au point de conduire les prisonnières dont j'avais la garde chez vous. Blessé, ayant perdu mes hommes, me rendre était une issue honorable. À Belgem, ce fut le cas. Depuis, les vôtres m'ont traité sans explication comme une canaille et un menteur. – Moi, je vous traite comme vous devez l'être. – Je vous en sais gré. Mais, tant que je serai dans ce camp, je me veux, face à vous, solidaire de ceux qui y sont. – Ils ne méritent pas cette solidarité. – Même s'ils ont fait le malheur de l'Allemagne, je suis dans le même malheur qu'eux, monsieur. – Franz, appelez-moi Steven. »

Nouveau trou de silence, parce que je ne m'y attendais pas. Le coup du prénom, c'est un truc des Américains pour vous mettre dans leur poche : « Eh bien, Steven, merci de m'avoir traité comme j'aurais dû l'être, et pas comme vos collègues. – Mon cher Franz, je n'ai pas de collègues. J'appartiens à une unité indépendante. Vous êtes un spécialiste des transmissions ? » J'acquiesce. Il dépose son paquet de cigarettes sur la table : « Même si vous ne fumez pas, ça pourra vous servir. Vous aurez bientôt de mes nouvelles. » Il me tend la main. Je la serre sans hésiter. Je ne passerai pas de marché, mais j'accepterai une offre, si elle est honorable.

De retour au block, je vais de suite rendre compte de ma conversation au vieux général dans sa cahute de châlits. Il marque d'emblée qu'il me sait gré de cette visite de politesse : « Tu aurais, par ton comportement, été digne d'être des nôtres. » Je me dis que je ne l'ai pas volé ! Aussitôt, je me demande si Julia comprendra : je n'ai jamais tant mesuré qu'elle est du côté des vainqueurs. Jusqu'ici, j'ai trouvé moyen d'éluder de telles décisions. Celle d'aller vers les Alliés, à Belgem, ne peut compter.

Tout est devenu différent. Mon père m'avait enseigné le sens du devoir : « Un social-démocrate et un Juif, me confiait-il, ont toujours à prouver qu'ils sont de bons Allemands. Pour enseigner le socialisme, tu dois toujours être le meilleur. » Avant de mourir, il a eu le temps de voir ce que ça voulait dire, que Hitler ait accolé « national » à « socialisme », aussi n'ai-je pas hérité de lui le socialisme, seulement le devoir. En allemand, le devoir, la *Pflicht*, vous enveloppe des pieds à la tête, parce que c'est du féminin, comme la *Schuld*, la dette, la faute, la culpabilité, qui va avec.

Il faut que j'apprenne à me sortir de tout ça, si je veux que Julia puisse m'aimer. Julia, si française ; enfin, russe aussi. Exclu qu'elle puisse jamais accepter de devenir allemande. Tu mets la charrue avant les bœufs. Où que tu regardes, l'avenir n'existe plus. Tu accepterais de quitter ta nationalité ? Sûrement pas dans le malheur de la défaite. Mais, s'ils te sortent du camp ? Tu pourras peut-être d'abord travailler avec les Alliés. Je me prends à espérer que l'Américain revienne. Les hurlements des haut-parleurs me font tomber de mon haut : ils annoncent la Victoire, et un appel général. Hymne américain, *Star Spangled Banner*, communiqué officiel sur la capitulation.

Les SS me paraissent pour la première fois accablés. Il me faudra rester sur mes gardes, parce qu'ils doivent avoir envie de passer leur colère sur quelqu'un. Je ne me trompe pas. Un des jeunes de Dachau s'approche de moi. Comment ça s'était passé avec cet Américain, au bureau ? « *Formalitäten* », dis-je prudemment. L'autre hausse les épaules, grommelant qu'ils m'avaient envoyé un Juif. « Pourquoi un Juif ? – Tu ne vas pas me dire que tu ne t'es pas demandé si c'était un Juif ? » Et il se met à hurler, comme s'il s'adressait à un sourd : *« Ein Jude ! Ein Jude ! »* Un Juif ! Un Juif ! et le mot électrise les types du block. *Ein Jude*, comme si on en avait soudain détecté un.

Ils se rassemblent devant moi. Ah, Monsieur ne se pose pas de questions sur les Juifs ! Ça lui est bien égal ! Soudain, tout le vernis de politesse, de convenance s'efface pour des flots de haine recuite. S'ils ont détruit des Juifs par centaines de milliers, des millions, disait Katie, les Juifs restent pour eux l'ennemi absolu. C'est pour ça, pour ne pas se regarder, qu'ils s'excitent dans la vengeance. Je me contrains à rester silencieux afin de ne rien envenimer. Une légère envie de vomir.

Ils vont me mettre en quarantaine. Ils en brûlent sans doute d'envie, depuis mon arrivée, mais leur manquait jusque-là le prétexte. Dire que, tout à l'heure, j'en étais encore, devant l'Américain, à choisir mon camp ! Je sens le paquet de cigarettes dans ma poche. J'ai de quoi acheter n'importe quoi. Même de la tranquillité.

Arrive le vieux général qu'ils sont allés sortir de sa tanière. Il me prend par le bras. « Ils ne supportent pas d'avoir été vaincus. Et par des Juifs ! Ils en voient partout. Tu ne peux pas les comprendre. Nous en avons tué des milliers et des milliers avant que les camps ne s'en chargent. Je ne peux plus rien pour toi, mais je vais leur dire que tu vas bientôt quitter le camp et qu'ils te laissent tranquille jusque-là. »

Je ne peux me retenir de lui demander pourquoi cette faveur. L'esquisse d'un sourire fait bouger le visage raviné. « Parce qu'on a perdu la guerre. Nous l'avons mieux faite que tous les autres. Nous avions la qualité, mais pas le nombre, ni l'espace. Les Japonais vont eux aussi finir par la perdre. On ne va tout de même pas la continuer contre toi. Aux types comme toi de se débrouiller avec la paix ! »

Il tourne les talons. Puis se reprend et revient vers moi. « Toi, tu vas t'en sortir. Je vais te dire : moi, je n'en ai pas envie. Je préfère qu'ils en finissent avec moi. Ce sera mieux pour ma femme et mes deux filles. J'aimerais que, toi, tu te souviennes de moi comme d'un *anständiger Kerl*. Que tu ailles un jour le leur dire. » J'ai croisé son regard de faïence, répété : « *Ein anständiger Kerl.* » Un type bien. J'ai dit que oui.

9. *Julia*

Pas de transition entre les révélations de Babouchka et le branle des cloches des églises à toute volée pour l'annonce de la Victoire avec un grand V. Moi, je viens de retrouver maman ensevelie dans les tôles fracassées d'un déraillement, depuis vingt ans. Un fait divers et je ne savais même pas qu'il existait des photos de sa vie de femme. Je la découvre dans une robe légère à plis amples qui laisse ses beaux bras nus. Lâche à la taille, elle tombe presque aux chevilles. Ses cheveux noirs coupés court, dissociés par une raie à gauche, forment une boucle sur le front. Elle défie l'objectif, la terre entière. Une date de la main de mémé : 1923. Quand j'ai deux ans.

Le déraillement restait abstrait, le drame avec mon père me la rend dans sa fraîcheur, comme je rêvais de l'avoir touchée, d'être embrassée par elle. J'imagine mieux ses doigts sur les pages de ses livres. Sur le bluet. Le grain de sa peau contre la mienne d'enfant. Sa douceur. Elle a eu besoin de changer d'homme, comme moi. Ce qu'elle m'a manqué ! Je me demande si ma robe lui plairait. La sienne faisait beaucoup plus d'effet. Si j'étais à son bras, pour ce jour grand V ?

Au fond, grand-mère a eu raison de me laisser dans l'ignorance. Je n'aurais pas su quoi faire de l'histoire vraie de maman avant que la guerre ne me rende femme. À présent, je m'enrichis de ses rêves ; en revanche, mon père reste un étranger : aucun souvenir. Grand-père grommelait devant mes insolences : « Heureusement que ton père n'est plus là ! » Lui, pourtant, les goûtait à sa façon, me traitait de garçon manqué, ce qui me mettait en colère parce que je comprenais : pas réussi.

À présent, je retrouve le ventre dont je suis sortie, je me recadre, comme dirait Roger. Promenade au hasard pour achever de mettre mes idées en ordre. Les orchestres de bal se rassemblent déjà. Des vieux et des femmes, juchés sur des échelles, tendent des banderoles au travers des rues. Les chants révolutionnaires du 1er Mai cèdent la place à l'accordéon roi, aux airs de musette, et voilà qu'après six ans on ressort les accessoires tricolores du 14 Juillet interdit. Pour moi, une année de plus, puisque avec Henri j'étais, en 39, au large de la Corse.

« Mademoiselle ! » Un grand gaillard en bleu de travail me harponne : « Cette valse, s'il vous plaît ! » Je me laisse entraîner. D'autres couples se lancent et un second accordéoniste se met à l'unisson. Je me dégage, salue, puis reprends ma marche. Je n'ai pas mis mon alliance, sans même y penser. Tu ne pourras pas partager la victoire avec Franz, ni cette année ni les suivantes. Peut-être un jour... Quand Linda sera grande. Non, pour les Allemands, ça restera... Quoi ? Les cloches à toute volée.

À cause de ce passé qui me tombe dessus, il me revient que j'hérite d'Henri. Oui, les terres, le château. Madame de Villeroy. Je chasse cette idée qui me fait du mal. Les cloches s'arrêtent. Tout le monde se met à s'embrasser. Un monsieur d'âge me dit en ôtant son chapeau : « Vous êtes belle comme la Victoire, mademoiselle ! » J'éclate de rire. Il m'a sortie du passé.

Notre rendez-vous est place de la Contrescarpe : une idée de Roger qui veut un quartier populaire. La rue Mouffetard, la Mouffe, symbolise pour lui le Paris des

barricades. Katie s'est mise en jupe. Elle resplendit.
Nous nous étreignons. Je me sens bien dans ma tête et
mon corps, à présent. La fête est déjà là comme nulle
part ailleurs, avec des femmes à cheveux gris en tablier
qui s'amusent comme des gamines. « Ça manque
d'hommes, grommelle Roger. Pense aux deux millions
de prisonniers de guerre. Ils vont déferler, à présent ! »
Il ne me laisse pas le temps de réfléchir et m'entraîne
dans un fox-trot que Lucette et Katie dansent ensemble,
faute de cavaliers.

Arrive Claudine que je n'attendais plus. Elle détonne
par sa robe sévère, brun sombre, fermée au cou, pas de
saison. La seule à avoir pris un sac à main. « Comme c'est
bien que tu sois venue ! » Elle se dégage et m'entraîne à
l'écart : « Je n'arrive pas à me reprendre. Je le rends
fou ! » Je lui chuchote : « Évoque la torture. Grâce à
Katie, tu auras ton traitement à la pénicilline. » De ce
côté-là, elle est rassurée. C'est le reste : « Je ne supporte
pas que mon mari... Une crispation. Tu me comprends ? » Je devine. « Il te le reproche ? – Il se
contrôle. Je lui fais perdre la tête. Mais, pour lui, c'est
comme si je refusais une France libérée où notre parti
triomphe... »

Des trompettes arrivent en renfort. Claudine me
prend le bras. « Et moi, je ne peux toujours rien lui
dire. » Je la conduis hors de la fête : « Vois un spécialiste. Une, si ça t'est plus commode. – Pas un psy-
chiatre : je ne suis pas folle ! – Laisse-moi en parler à
Charles. Comme tu sais, il a reçu de tels soins, après son
plongeon dans la Manche. – Et tu crois que... ? – Claudine, il faut que ça sorte de toi. Que tu dises tout à
quelqu'un qui saura t'écouter. Ton mari craint d'avoir
perdu sa femme. »

Claudine, toujours à mon bras, n'est plus là, plongée dans un trou sans fond, hors de ma portée. Sa voix remonte de très loin : « Entre deux communistes, de telles choses ne devraient pas arriver. – Arrête, avec ton parti ! Il ne t'a déjà servi à rien, face aux salauds russes. Pour votre sexualité, il est aussi déphasé que l'Église pour les curés qui tripotent les gosses du catéchisme. Tu vis au XXᵉ siècle. Un des seuls vrais progrès c'est que nous avons appris à regarder ces choses-là en face ! »

Claudine chancelle. Tant pis. Il faut frapper encore plus fort : « Gisèle est à Sainte-Anne. » Je la prends par la main pour qu'elle n'ait pas le temps de penser, et la lance avec moi dans une ronde, gamins et gamines mélangés aux parents et aux ancêtres. Tradérira dondaine. Tradérira dondaine !

Une seule et unique valse me fait passer de cavalier en cavalier et dévaler du théâtre de l'Odéon jusqu'à la rue de Buci, autre lieu populaire où le déchaînement passe toute mesure. Claudine, elle aussi, a été emportée par la danse, mais elle se dégage et crie grâce. Le temps a passé et la nuit va tomber. Tout autour, le déferlement de la joie nous assourdit, comme si tout le monde se libérait de ses chaînes. Seule Claudine ne peut oublier. Nous faisons cercle autour d'elle. Katie ne veut pas la laisser rentrer dans sa lointaine banlieue, pas sûre qu'elle trouve les correspondances des métros et, d'autorité, elle entreprend de lui chercher une chambre d'hôtel. Nous continuons de faire groupe, mais partout on nous rit au nez. Les gens normaux sont dans les danses. Rue Grégoire-de-Tours, on nous envoie dans un hôtel de passe. Ça marche enfin, rue de Seine. Une chambre propre donnant sur une cour où s'étouffe la fête.

Nous laissons Claudine sans réaction avec un sand-
wich de marché noir, un verre de cognac de même
source en guise de somnifère. Le groupe se retrouve dans
un bouillon[1] dont les tables envahissent la rue de Buci.
Un costaud s'est joint à nous, qui ne lâche plus Lucette.
Ouvrier autrefois chez Renault, il vient d'être démobilisé
après une blessure à la jambe, mais elle ne l'empêche plus
de danser. La patronne, poitrine opulente, veille à ne
jamais laisser les verres vides d'un chiroubles de bon aloi.
Je me sens bien. C'est vrai que la guerre est derrière nous,
et la paix va me ramener Franz. Un soir pareil, on peut
croire à tous les contes de fées.

Le vin me monte à la tête, mais je m'en fiche. Un
groupe endimanché attend notre table. Katie règle
l'addition et nous voilà repartis, bras dessus bras dessous. À Saint-Germain-des-Prés, la place n'est que bal,
mais beaucoup plus jeune. Je comprends quand je
repère, sur une estrade, un orchestre de Noirs américains encore en uniforme de GIs. Saxophones, trompettes, batterie ; du jazz et même du swing, comme
celui des derniers films américains que j'ai vus. Déjà
Katie se lance. Je la suis, m'abandonnant au tempo dans
les bras de mes cavaliers.

Il n'y a de pause que lorsque des projecteurs se mettent à balayer le ciel pour dessiner un immense V
jusqu'aux étoiles. Applaudissements sans fin, même
après que la nuit s'est refermée. Comme on voudrait
que la victoire n'ait pas de fin ! Tout oublier. Enfin,
eux. Pas moi : je pense à Franz enfermé. L'orchestre
reprend plus endiablé que jamais et je danse à perdre
haleine. Ma jeunesse à rattraper.

---

1. Restaurant à bon marché où l'on servait une cuisine familiale.
(*Note de L. C.*)

Quand l'aube point, Lucette et son compagnon ont disparu. Katie et Roger ne veulent pas que je rentre seule. Cette fois, la page de la guerre est bel et bien tournée. Pauvre Franz, dans ton camp. « Tu penses à lui, dit Katie en m'enlaçant. Il va te revenir. » Je ne peux rien répondre, étranglée que je suis par les larmes.

Je tombe dans les bras de Babouchka qui me réconforte d'un bon verre de vodka. De retour dans ma chambre, je sors du papier à lettres d'après mon mariage.

Chers beaux-parents.

Je n'ai pas osé vous rendre visite depuis mon retour, craignant de raviver votre douleur. J'ai entrepris des démarches pour faire retrouver son corps, et j'ai enfin bon espoir d'y parvenir. En ce jour tant attendu de la Victoire, je tenais à vous faire part de cette espérance.

Croyez-moi très respectueusement vôtre...

J'ai signé Julia. Je n'ai pas écrit « Henri ». Je ne peux pas corriger. Ma vérité.

10. Charles

Il n'appréciait guère de se voir exclu de la fête commune, mais la crainte que Ginette ne se trouvât en difficulté, le terme de sa grossesse approchant, son sens toujours aussi vif du devoir aidaient son sacrifice. Elle dormait quand il était rentré tard du bureau après le champagne offert par le ministre. Il ne put trouver le sommeil sur le divan, car les flonflons arrivaient par bouffées au gré du vent tiède. Julia doit danser à ravir...

Il est content qu'elle ait accepté le poste. Comme ça, j'aurai au moins sa présence. Et tu lui as trouvé du travail qui a du sens...

Tu t'es marié à ton retour en France pour oublier Marion. Tu avais hâte, te racontais-tu, après toutes tes années de guerre, de vérifier ton fonctionnement intellectuel. De ce point de vue, tu as gagné. Ton fonctionnement sexuel aussi, même si la veuve de chez Rolls Royce... À propos, elle s'est remariée... Bah, si tu as déjà vécu dix vies, tu n'as pas trente ans et tu as assez fréquenté les psy pour savoir que le cerveau est le premier organe sexuel de l'homme. Si tu avais revu Marion, parler de ta remise sur pied en Angleterre vous aurait rapprochés. Est-ce qu'elle a été au bout de son analyse, Marion ? Les syllabes de son nom m'apportent une bouffée de désir...

Le lendemain, je me lève du mauvais pied. Vague mal de tête. Le téléphone sonne déjà, réveillant Ginette. Pas encore huit heures. « C'est Julia. Je ne vous... te réveille pas ? » Je bredouille que non. « Je t'appelle avant d'aller me coucher. J'ai dansé jusqu'à maintenant. Besoin de me laver le corps et l'âme. Mais ça ne m'a pas lavée de l'idée qui me hante : il faut que je retrouve le corps d'Henri pour lui donner des obsèques... vraiment dignes de lui. Que je puisse clore ce chapitre. Enfin, tu me comprends. Toi, avec tes relations, ton esprit méthodique... J'ai un peu honte d'avoir tellement fait la fête. »

Mon esprit fonctionne sur deux registres séparés. Je vais me rapprocher d'elle, mais c'est au prix d'aller perdre mon temps avec des administrations qui s'en foutent, tremblant de peur dès qu'on touche à l'Occupation. Je note la date : « 7 mai 43. Villeroy pas fusillé, suicidé. » Les nazis n'ont pas voulu qu'on sache où son corps se trouvait. D'abord déterminer où la grand-mère est allée le reconnaître. Je cherche de quoi prolonger les résonances de la voix de Julia qui passe si bien au téléphone, mais ne trouve pas.

Je reprends mes dossiers sur le premier moteur à réaction : il faudra que j'aille sur place à Toulouse. J'attends l'heure du déjeuner pour appeler la grand-mère. Julia répond, pas du tout ensommeillée. « Je lui ai déjà posé la question, tout à l'heure. L'auto de la Gestapo allait trop vite, elle ne s'est pas repérée : une salle avec un seul lit, la tête enturbannée d'Henri émergeait du drap. On avait empaqueté ses vêtements. Veux-tu qu'on déjeune ensemble ? Je te raconterai ma nuit. »

Elle me remet à ma place de confident. Ginette n'a pas besoin de moi. Je retiens une table dans un petit restaurant du haut de la rue de Rennes où Julia pourra se rendre à pied, et prends la 15 Citroën toute neuve qui remplace ma vieille Renault. J'aime toujours conduire vite dans ce Paris où l'on stationne comme on veut.

Elle arrive en robe d'été, gaie, décolletée, très jeune fille, m'embrasse comme du bon pain : « C'était merveilleux, tu n'as pas idée. Les Noirs américains, leurs rythmes si neufs, leur joie dans la musique de leur liberté comme les États-Unis ne peuvent leur en offrir ! Ils voudraient pouvoir s'établir en France parce qu'avec nous ils oublient la couleur de leur peau. » Le patron la traite comme ma dernière conquête. Je n'ai rien démenti. Qui aurait pu croire à cette détente il y a quoi, pas même vingt jours ? Je vais mettre le jeune troufion qui me sert de secrétaire sur la piste du corps d'Henri. Qu'il consulte la main courante du commissariat de la Madeleine, au cas où.

« Charles, j'ai besoin d'être en règle avec lui. » Regard vif de ses yeux, aussi sombres que sa chevelure trop courte, bien lissée. Cesse d'espérer que son Allemand ne sera qu'une aventure de tête, comme son mariage : « Il faut, Julia, que tu sois en règle avec toi-même. Je t'y aiderai. » Le saint-émilion d'avant-guerre rosit ses pommettes, mais j'ai devant moi un visage en plans tendus : « J'aurai la peau du traître. – C'est une autre affaire. À moins que, comme au cinéma, l'enterrement de ton mari ne serve de révélateur, tu devras sans doute attendre que les Alliés se lancent dans l'épluchage des archives de la Gestapo et des SS. – Je compte bien mettre moi-même la main à la pâte. J'accepte le poste que tu m'offres à condition que je puisse prendre les congés nécessaires. Aller en Allemagne... – Tu auras même des ordres de mission. Il nous faut récupérer des installations, des secrets industriels pour rattraper notre retard, au besoin kidnapper des techniciens, des ingénieurs. Nous n'avons pas seulement cinq ans d'émulation dans le progrès à rattraper, avant-guerre nous étions déjà à la traîne : l'acier de nos moteurs ne tenait pas le coup. C'est un moment inouï, on peut tout inventer ! »

Mon discours l'excite. Parbleu, l'Allemagne la conduit à son homme. « Toi et moi, nous sommes pareils. Nous nous demandons pourquoi la vie ne peut pas nous donner simplement ce que nous attendons d'elle. Je suis tombée amoureuse de l'Allemand qui nous a sauvées. Moi qui me croyais devenue de bois, j'ai eu envie de coucher avec lui. (Elle plante son regard dans le mien.) J'ai recommencé à froid et je veux le retrouver. Pour rattraper le temps perdu. (Elle baisse les yeux.) Une histoire sans issue. Il est marié, ne sait pas où se trouvent son épouse et sa petite fille. » J'ai failli dire : personne ne peut te juger. Elle est à nouveau la plus rapide : « Je n'y peux rien. À présent, c'est comme si Henri n'avait fait que frôler ma vie. »

La jeune exilée aventureuse voulait le beau garçon vieille France. Julia est lancée : « Ma copine Katie pense que tout nous est dû, après ce que nous avons connu. Plus futée, elle se choisit un homme sans attaches. » J'ai ri malgré moi : « Vous n'aurez pas de séquelles ? » Elle me regarde plus intensément : « C'est la question que vous nous posez tous. Ce que je vis ne ressemble à rien de ce que j'avais prévu en prison. Je ne veux pas penser que j'aurai – ou si j'aurai – un jour quarante ans. La prison, c'était la vie au jour le jour. Heure par heure. À la fin, sans savoir s'il y aura une autre heure, un autre jour... »

L'impression que tout le restaurant l'écoute, bien qu'elle parle à mi-voix. « Je ne croyais pas qu'on me tuerait, puisque Klaspen, l'assassin d'Henri, ne l'avait pas fait. Je ne craignais que la fin de la guerre. – Elle est derrière nous, à présent. » Julia rit de bon cœur : « La nuit d'hier a été joyeuse et le déjeuner d'aujourd'hui, où un copain charmant m'écoute en train de m'autoanalyser, épatant ! Sois-en sûr : je vais mordre dans la vie à belles dents. (Elle ajoute plus bas :) Mes deux copines qui vont bien, Katie et Lucette, c'est pareil. Les deux autres sont amochées. Claudine dans sa tête. Gisèle en vierge lesbienne violée. Ils l'ont mise en cure de sommeil à Sainte-Anne. Est-ce que tu connais une femme médecin qui saurait s'y prendre avec elles ? – Je connais une gynéco, psychanalyste à ses heures. – Pour Claudine, je t'arrête tout de suite : son parti ne voudra pas. Violée par des nazis, ce serait une blessure de guerre. Par les siens, ça casse d'autres cordes. – Alors, il faut la traiter sous hypnose. »

Ses yeux sombres à s'y noyer. Pas la flamme rieuse de Marion, l'eau des profondeurs. Je ne parviens plus à me concentrer : « J'ai vécu ça, lors de ma rééducation après mon grand plongeon. Les hommes, pour les remettre d'aplomb, tu dois leur rendre leur sommeil. Les convaincre aussi qu'ils peuvent encore... donner du plaisir à une femme. Tu rafistoles leur mécanique et ils repartent comme en 14. Les femmes, je n'en sais rien. Je ne suis pas sûr que quelqu'un en sache quoi que ce soit. – Tu touches là le point sensible. Tu sais bien que Claudine ne veut pas ou plutôt ne peut pas en parler à son mari. – Le côté communiste... Mon père, même s'il était trop anar pour le Parti, croyait lui aussi que les troubles, disons sexuels, étaient une affaire de bourgeois. La classe ouvrière était pure. Il suffisait de savoir : il m'a payé un coup au bordel pour me déniaiser. Voilà peut-être pourquoi la première femme qui a compté dans ma vie était... enfin, voulait être gynécologue. C'est elle, la psychanalyste. Elle m'expliquait : "La seule différence avec les ouvrières, c'est que les bourgeoises ont le temps de penser à leur cul. Et le fric." Tu devrais le lui dire, à ta Claudine ! »

J'ai trop parlé. Parlé de Marion. Julia, comme on lit une éprouvette, veut me percer à jour : « Ça te gênerait de recontacter ta copine ? Enfin, ton ancienne copine ? » J'ai rougi, me forçant à sourire : « Non, après tout. » Rattraper notre dernier coup de fil, si moche. Curieux que ce soit Julia qui... Je fais le faraud : « Pas du tout. C'est la meilleure idée, pour ta Claudine. » Julia me saute au cou par-dessus la table. « Katie, c'est ma grande sœur, mais Claudine, même si on est souvent comme chien et chat, on peut tout se dire de ces choses-là. Comme avec une mère, moi qui n'en ai pas eu. »

Je ne veux pas en entendre davantage. Temps que je la ramène chez elle. Je me contrains à conduire prudemment. Le printemps entre en tourbillons par les vitres ouvertes. *Le moment d'amour de l'année.* Tout te ramène à Marion, aujourd'hui. Cesse de te rejouer *La Chanson du mal aimé.* Rue de la Gaîté, je descends pour ouvrir la portière, l'embrasser puisque nous ne sommes pas au ministère. « J'ai vraiment besoin de ton aide », insiste Julia, câline. Je fonce au bureau.

Ma table de travail déborde de dépêches précisant la fin de la guerre : combats à retardement sur la Baltique, Prague libérée, le cadavre de Himmler sans doute identifié, défilé gigantesque de la Victoire à Moscou devant Staline, les drapeaux ennemis déposés devant lui par centaines. Je me replonge dans mes dossiers : le travail reste ce qu'il y a de mieux pour oublier. Tu vas être père de famille dans deux mois : accepte une vie conjugale réduite aux acquêts, tu verras Julia tous les jours. Passe dans ma mémoire l'image de Marion, provocante, chahuteuse, débordante...

Ginette me fait fête : « Chéri, j'en ai marre de lire et d'écouter la radio. Je m'ennuie ! – Sors un peu, par ce beau soleil. – Tu sais bien que je n'ai pas le droit sans être accompagnée. Surtout avec tout ce monde dans les rues. » Je l'entraîne dehors, mais il y a trop d'agitation, des enfants à qui on lâche la bride courent dans tous les sens. Partout des danseurs, même sans musique. Ma femme se traîne avec son gros ventre et veut tout de suite rentrer. Ça augmente mon cafard : je ne suis pas fait pour les échecs privés. Penser des choses pareilles en pleine Victoire ! Justement, je n'aime pas non plus les victoires : elles vous font perdre votre sens critique, on ne peut plus revenir en arrière. Mes dossiers me sauvent. Ginette écoute les reportages de la radio sur les défilés dans le monde. D'abord celui de Sydney. Les antipodes.

Composer le numéro de Marion. Dr Verdier, désormais. Mauvaise idée, par un jour férié, personne ne décrochera. Une voix de pimbêche : « Monsieur, le docteur Verdier est une femme et elle ne soigne que les femmes. » Occasion de raccrocher. J'insiste : « Dites-lui que c'est Charles Moissac à l'appareil. » Soudain en sueur. Voix chaude de Marion : « Ta nana est suivie à la maternité où j'ai un service : c'est comme ça que j'ai appris qu'elle finit son septième mois. Tu ne dois pas rigoler tous les jours. C'est pour ça que... ? – Non, Marion. Une ancienne déportée. »

Je parviens à me maîtriser pour exposer le cas de Claudine. « Je ne suis pas sûre que ce soit de ma compétence, mais chez votre copine, il y a aussi la mécanique de la baise qui va de travers. La sortir de ses blocages ? – Elle est infirmière. – C'est pire. Ce que tu me racontes, c'est déjà un diagnostic : elle se soustrait à la réalité, ta protégée. Tu me l'envoies. Du seule à seule. Dénouer une bonne femme, ce n'est rien. Dans le temps jadis, ils aidaient les dépucelages coincés avec de l'essence de genévrier. Aujourd'hui, en dehors du gin, c'est pour la médecine vétérinaire. »

À cause du silence, je crois qu'elle a raccroché, mais sa voix cajoleuse revient : « Sans les viols, aurait-elle retrouvé son mari ? Là, en plus, ses enfants sont arrivés à la puberté sans elle. Elle ne les retrouvera donc pas non plus. Son idéal est victorieux et on lui a cassé sa romance par des horreurs. À moins que tu ne sois de ceux qui ne voient dans *Phèdre* qu'une histoire de rombière folle d'un gigolo, fais un peu l'addition ! – OK. Après ma chute dans la Manche, j'ai eu affaire à des gens de ta spécialité. Comment je lui présente ça ? – Pas de mot en *ose*. Une remise en forme. Elle a perdu ses règles ? – D'après ce que m'a dit Julia, la veuve de mon copain Henri, c'est leur cas à toutes. – Alors, mets ta copine Julia dans le jeu pour la conduire à moi. Parce que je suppose que tu n'as toujours pas envie de me revoir... » Je ne peux que bredouiller : « Au... aucun problème... – Si, justement. Sinon, tu aurais profité de l'occasion. Bon. Je t'ai assez torturé. Je te laisse à ma secrétaire pour le rendez-vous. Bise, tout de même. » Silence jusqu'à ce que la voix rêche me fasse sursauter.

Je me sens tout rouge. Les caresses de la voix de Marion. Avec ce sens que les femmes possèdent pour tout deviner dès que le sexe entre en jeu, Ginette m'attaque : « Tu n'as jamais le temps de me parler, mais avec une femme au téléphone, tu fais le beau. – Elle est docteur, c'est pour aider une déportée. – Et moi, je n'ai pas besoin qu'on m'aide ? Tu es présent et tu n'es pas là. » Tant pis pour la scène, je mets la radio. Les défilés dans le monde. Des péniches pleines de déportés ont été coulées en mer du Nord. « Éteins ça ! Je me fiche de la guerre. Elle m'écœure encore plus que ma grossesse. Ma mère est venue. Vu mon ventre, elle est sûre que c'est un garçon ! »

Je connais par cœur l'enfance de Ginette. Destinée à jouer les petites filles émancipées, inscription aux Faucons rouges des socialistes où, comme les garçons, elle portait un uniforme dans les défilés du Front populaire. J'avais eu le beau-père, agrégé de grammaire, comme prof de français, en sixième, à Janson. À mon retour d'Angleterre, il m'a reconnu sur le boulevard Saint-Michel : « Vous n'êtes pas Charles Moissac ? Vous avez gardé quelque chose de vos traits d'enfant ! » Dîner chez lui. Ginette sortait de Sèvres, mal fagotée, aussi vierge que fille pouvait l'être. Je n'ai vu que sa douceur bien élevée, son goût du théâtre. Avoir enfin un chez-moi. J'ai joué avec elle les Pygmalion, mais ça finit aussi mal que la pièce de George Bernard Shaw.

Replonger dans mes dossiers. Assister aux essais du nouveau moteur à réaction à Toulouse me fera partir mardi pour trois jours. Cela implique une négociation avec ma belle-mère pour qu'elle vienne s'installer auprès de sa fille. Je m'attendais à des manigances, elle se montre ravie. Au ministère, avec Julia tout marche aussi comme sur des roulettes. Elle est d'accord pour le bureau que je lui ai choisi, séparé du mien par celui de ma secrétaire. Pour sa voiture de fonction, elle refuse la traction avant Citroën neuve que je lui propose, les tractions lui rappellent trop la Gestapo, et opte pour un coupé Peugeot d'avant-guerre récupéré chez une dame partie avec les Allemands. Personne n'en veut parce qu'il n'a que deux portières.

Même si avec le Junker pris aux nazis il fallait pas loin de quatre heures de vol pour se rendre à Toulouse, ce voyage est resté pour moi le moment le plus heureux depuis le retour de Julia. Je suis tombé au milieu d'une équipe jeune, passionnée, inventive, qui avait su ne pas se faire repérer par les nazis. Leur turboréacteur n'était qu'un prototype, mais ils concevaient déjà une filière. Dans quelques mois, ils auraient un engin capable de passer le mur du son. Pas d'inquiétude pour la cellule : c'était le seul domaine où les Français possédaient encore une réelle maîtrise.

J'ai vécu trois jours dans leur enthousiasme, partageant leur dépit que les Alliés, Américains comme Anglais, ne semblent guère désireux de voir renaître une aviation française et ne leur fournissent que le minimum d'informations. Exemple, pour la post-combustion, c'était à eux de tout redécouvrir, avec pour seule aide le fait de savoir que d'autres l'avaient mise au point. Un domaine bien à moi, je fus heureux d'y briller. Dans un moteur à turbine, il reste une quantité appréciable d'oxygène après la première combustion. Savoir l'utiliser : j'ai planché, l'équipe m'a applaudi.

Mon seul tracas vint du téléphone et de la bataille avec les opératrices pour obtenir Paris, une fois sur deux inaudible. Et les coupures ! Ma belle-mère, par-dessus le marché, monopolisait l'appareil. J'ai dormi pendant le voyage de retour. Cinq bonnes heures, à cause du vent contraire. Surprise à Villacoublay : au lieu d'un chauffeur du ministère, c'est Julia qui m'attend avec son coupé Peugeot.

Une fois dans le flot des voitures, elle se tourne vers moi : « Claudine et ta copine Marion, ça a l'air de bien coller. Elle lui a tout raconté. Et même que c'étaient des Soviétiques. Celle qui ne va pas, c'est Lucette. Figure-toi que son ancien mac l'a repérée. Il a débarqué chez elle avec un nervi. Ils ont si bien cassé la figure à son copain de chez Renault qu'il est à l'hôpital. Ils la mettent, comme ils disent, à l'amende ! Ils ont compté le manque à gagner de ses mois de prison et lui réclament "trois cents tickets pour les coups que tu n'as pas tirés pour nous". Comme je te le dis : trois cent mille francs ! Sans rire. »

Julia ne m'avait jamais raconté le passé de Lucette. Katie était comme folle de cette histoire, car Lucette appartenait à un réseau anglais, comme elle. Julia l'avait freinée, exigeant qu'on voie d'abord ce que la légalité permettait de faire. « La légalité, Charles, c'est toi. Je veux dire : tes relations. » J'ai approuvé sans imaginer pour autant un moyen. Julia ne me laisse pas le temps de réfléchir : « Lucette a eu la présence d'esprit de noter le numéro de la bagnole. Une Delahaye dernier cri, il ne doit pas y en avoir des tas. – Tu me conduis d'abord au bureau ! »

Je téléphone pour expliquer à Ginette mon retard, le vent contraire. Heureusement, le directeur de cabinet est là. Je laisse Julia exposer l'affaire. Homme du Sud-Ouest, bon vivant, il a été résistant et paraît comprendre la solidarité avec une compagne de captivité victime d'erreurs de jeunesse. Il appelle son homologue de l'Intérieur sur l'interministériel. C'est à moi de plaider. Appartenance à un réseau anglais et ce que j'appelle son calvaire en Allemagne. « Donnez-moi son numéro d'immatriculation ! » Je passe l'appareil à Julia qui énonce lentement : « 2913 RN 9. – Merci, mademoiselle. Je vous rappelle. »

Julia me regarde : « Je crois qu'il m'a prise pour Lucette. » Elle rit, ce qui détend l'atmosphère. « Vous avez été longtemps ensemble ? » demande le directeur. Julia l'observe comme si elle prenait ses mesures. Son accent débonnaire jure avec sa tenue à l'ancienne, pantalon rayé noir, veston noir. Seule frivolité : un nœud papillon. « Vingt mois, monsieur. Lucette s'est montrée d'un courage exceptionnel. Entre nous, c'est à la vie à la mort. – On ne peut laisser le milieu prendre le pas sur la Résistance, ai-je complété. – Le jour où nous en aurons fini avec le marché noir, je ne dis pas, cher ami. » J'avais oublié que le directeur comme le ministre est communiste. Il croit qu'avec de la volonté l'économie s'assagit.

L'interministériel sonne. Le directeur me passe le combiné, gardant l'écouteur. « Le propriétaire est un homme d'affaires connu : Nicolas Rongier. Presque honorablement. Il a participé à la construction du mur de l'Atlantique, mais s'est défendu de tout soupçon de collaboration en invoquant le fait que "le béton lui paraissait par essence pacifique". Vous voyez, il a de la culture. Le comité d'épuration du Bâtiment lui a collé un blâme et une forte amende. S'il a financé l'envoi de dames de compagnie pour la Wehrmacht, vous ne le prouverez jamais. Votre protégée a eu tort de croire qu'émigrer de Bruxelles à Paris... Puisqu'elle a travaillé pour les Anglais, qu'ils la récupèrent à Londres. C'est le meilleur conseil. »

Mépris affiché pour une ancienne pute, même héroïque et rangée : logique policière. Blême de rage, je remercie le type de l'Intérieur et dit au mien : « Vous avez raison, monsieur le directeur, il n'y a rien de changé. – Ne désespérez pas, mon cher. Attendez les élections ! » Julia nous lance comme un défi : « À présent, ça ne regarde plus que moi et les miens. » Son profil aux méplats découpés par la tombée du jour affiche une décision implacable. Un sphinx. Le directeur fait celui qui n'a rien entendu. J'ai échoué. Julia est déjà ailleurs. Comme Marion.

11. *Roger*

Je parcours les journaux ; la Victoire est déjà au passé. L'édito de *Combat* fustige un remaniement ministériel où certains songeraient à faire revenir au pouvoir les anciens présidents du Conseil de retour de déportation : Herriot, Daladier, Reynaud. Ni plus ni moins. Pas signé, mais l'auteur dit ce que je pense : « *Il est une attitude où ils se sont tous rencontrés, y mêlant autant de faiblesse que d'aveuglement : ils ont tous reculé devant les agressions du fascisme.* » Et l'éditorialiste d'énumérer ces agressions, « *de l'assassinat de l'Éthio-pie* » à cette « *entrée des troupes allemandes à Prague qu'aucun des hommes de notre génération ne pourra oublier* ». J'applaudis. Ça doit être de Camus. Quel pays de merde !

En rangeant *Combat*, je ramène au jour ma photo de Saint-Germain-des-Prés, Lucette abandonnée, char-nelle, au swing, l'orchestre des Noirs déchaîné, au fond la vieille église gothique. Le cliché s'étale en « une » de *France-Soir*. Ta première vraie réussite. Idiot, tu n'as pas vu plus loin que le bout de ton nez ! Pour une réussite, c'en est une, qui a permis aux types qui maquereau-taient Lucette de découvrir qu'elle est rentrée bien vivante, baisable, et à Paris ! Aussi con que si tu avais tiré sur Katie en nettoyant ton revolver. Tu as oublié dans quel monde tu vis : une guerre gagnée n'a changé ni les vieilles larves de la politique, ni les embûches ordinaires des crapules.

Accroche *Combat* dans la chambre noire. Et, pour te faire encore plus mal, ressors la première épreuve que tu as tirée, le corps splendide de Lucette épanoui par le rythme, sa robe moulant ses longues cuisses. Leur envol. Une image de bonheur absolu, au juste moment. La Victoire. Tu parles : une dénonciation ! Pour chas-ser ma gêne, je reprends les photos que j'ai faites de Katie nue. Celles-là resteront mon secret. C'est le tirage en noir que je préfère. Les reflets sur la peau, le rayon-nement des courbes de ses seins, de ses cuisses irradient mieux. Mes photos violent sans scrupule les interdits. Je n'en prenais pas, du temps de tante Céline. J'irai un jour lui présenter Katie.

S'il m'est donné de vivre assez vieux, je publierai un album mêlant l'immonde des camps, l'inhumanité débri-dée des ruines bombardées, oui, la dévastation sans bornes, l'ignoble, et, en face, comme images de la grâce sauvée, les torses de Katie, Lucette, Julia rayonnante à Belgem. Je l'avais taquinée en les lui montrant. Elle n'a pas cillé : « Franz m'avait déjà rendu à la vie. » J'ai su piquer sur la pelloche son insolence : la photo comme machine à voir. Ton appareil n'a pas d'idée préconçue sur le sujet. Pas comme le romancier. Et pourtant, tu voudrais écrire le roman de Julia, sa hardiesse, son effronterie naturelle : choisir ce Schleu après son héros vieille France. Un roman d'elles toutes, y compris Katie. Tu en sais si peu. Mais tu déconnes : tu as envie d'apprendre à voir, à découvrir, pas de t'enfermer dans les affres de l'écrire. Je range les épreuves des photos : j'en ferai un cadeau de noces à Katie.

Elle débarque, toute rouge d'avoir couru, m'embrasse en vitesse, prend ensuite le temps de regarder les cli-chés. « Pas mal », mais c'est juste une halte avant d'exhaler sa colère : « Les macs et autres ordures de l'Occupation tiennent toujours le haut du pavé. Mon réseau a un contact aux Renseignements généraux. Ce Rongier a été un des financiers des bordels du mur de l'Atlantique, mais on n'a jamais trouvé les factures pour l'accabler. On le soupçonne de gérer un réseau international de putes de luxe. Intouchable, parce qu'il ravitaille en chair fraîche le gratin politique. »

Inutile d'essayer de la calmer, jusqu'à ce qu'elle reprenne haleine. « Ton projet ? – Il a donné rendez-vous à Lucette chez elle, demain : il veut qu'elle accepte "de son plein gré" – je cite. Si elle y met du sien, comme il dit, elle aura tôt fait de se libérer. Susucre et violette : donc, je donne d'abord du mou à ta laisse : à ton niveau, une pute hargneuse c'est pas rentable, mais si tu me fais un coup fourré, c'est Buenos Aires et les bordels d'abattage. Avec l'accent de Lucette, c'est moins triste, mais elle réagit bien : "Je ne suis plus la gosse trop crâ-neuse qu'il a mise au turf." C'est moi qui répondrai à son Rongier. J'ai déjà les clefs du studio. Si tu veux être de la partie... »

Ça va me racheter de ma photo de Lucette. « Je dois prendre mon flingue ? – Laisse-moi m'en charger, n'oublie pas tes appareils. » Elle téléphone ses décisions à Julia et me confie : « Je vais retourner le chantage : que le Rongier, de son plein gré, veuille bien signer une décharge à Lucette comme quoi elle a remboursé toutes ses dettes, plus un dédommagement, et nous oublions. S'il n'a pas trop la grosse tête, il doit être assez futé pour ça. Tu feras des photos de l'empoignade comme personne n'en a jamais pris, sauf à travers les glaces sans tain des chambres de bordel ! »

Remontée, Katie me fait l'amour à la diable. Je crois avoir bien joué ma partie, car elle sombre dans le som-meil. Je reste aux aguets, ne parvenant pas à imaginer la réunion du lendemain avec le même détachement qu'elle : Rongier va se faire accompagner par l'homme de main qui a envoyé le copain de Lucette à l'hôpital, Katie n'est-elle pas rouillée, malgré tout, même après ce que Julia m'a raconté de la nuit avec les Russes ? Elle dort comme un ange, sa main devant sa bouche. Tôt ou tard, tu ne parviendras pas à suivre son rythme. Mais, de son côté, elle ne pourra pas toujours faire la guerre.

Je la laisse dormir en prenant les clés de Lucette. Au courrier, une lettre de la Creuse : Céline ? Je ne recon-nais pas son écriture si claire d'institutrice. L'oncle Léon, ce qui me serre la gorge : « *Mon cher neveu, je suis heureux que tu te sois bien tiré de cette guerre. Notre pauvre Céline ne pourra partager notre joie. Je ne savais où te joindre pour te l'annoncer : elle est morte l'an passé. Il y a eu ici, au début de 44, une bataille entre Allemands*

et maquis. Ta tante a été, dans sa classe, victime d'une
balle perdue. Elle était très aimée, parce qu'elle a su
remonter l'école du chef-lieu. Tout le village est venu à
son enterrement. »

Je ne peux pas lire les quelques lignes qui suivent.
Quel âge avait-elle, Céline, en 44 ? Dix-neuf ans en
1920, quand l'oncle Léon... Trente en 1931, l'année de
mes quinze ans. Quarante-trois, donc. Si jeune pour
mourir. Tu te revois le mercredi soir et le jeudi, alors
jour de congé des écoles, dans leur petit pavillon de
l'Haÿ-les-Roses parce que ta mère travaillait. Avant de
surveiller tes devoirs, Céline grimpait le matin dans ta
chambre t'apporter un chocolat au lait fumant. Son peignoir crème s'entrouvrait quand elle posait le plateau,
et tu rougissais.

Tu as grandi et, un jour, tu as décidé d'aller chercher
le plateau pour qu'elle n'ait pas à le porter. Tu guettes
le départ au bureau de l'oncle, descends en pyjama,
franchis le couloir sur la pointe des pieds. Un halètement te surprend. Par le trou de la serrure, tu la vois
nue, cuisses écartées devant sa glace en pied qui te renvoie l'image de ses longs doigts lissant la conque
ouverte de son sexe au milieu de sa toison noire. Elle
porte sa main à sa bouche, mouille le bout de ses doigts
de salive, reprend plus vite. Toi qui crois, avec les garçons futés du lycée, que chez les filles il n'y a rien à
voir ! Elle se tend, pousse un petit cri. Tu files te recou-
cher, le cœur battant.

Peu après, elle t'apporte ton chocolat, visage rieur
sous son hâle, sans trace de rien. Tu es si rouge qu'elle
croit que tu as de la fièvre et, posant son plateau, se
baisse pour frôler ton front de ses lèvres. Ses seins nus
dans l'ouverture du peignoir crème. Tu perds la tête, y
poses tes mains. De surprise, elle bascule, entraînant

drap et couverture. Révèle ton sexe dressé. « Fallait demander, gros bêta ! »

Morte depuis deux ans. Enfermée dans un cercueil. Le noir et le froid de sa tombe. Je chancelle. Moi qui voulais lui présenter Katie ! Je remonte en courant. Elle dort encore. Je lui mets un mot et saute dans ma bagnole. Je double tout dans ma colère et arrive déjà rue Christine sans comprendre comment j'y suis arrivé. Une province fort ancienne, peut-être XVIIe, qui me calme. À deux pas de la Seine. Sur un immeuble, une barre peinte, noire, à hauteur de mes yeux, marque le niveau de la crue de 1910. Pas de concierge. Le stationnement des autos rétrécit encore la rue. Il faudra occuper d'avance les places libres. Je vais laisser là ma vieille tire du journal, afin que Rongier soit obligé de faire les derniers mètres à pied. Katie me rejoint devant la porte à l'heure prévue. Nous montons. Deux pièces au troisième étage, sans vis-à-vis, claires, pas du tout genre cocotte. Plutôt vieille France. On verra arriver l'ennemi.

Je n'ai rien dit de Céline à Katie. Plus tard. Lucette nous rejoint en pleins repérages : « Mon copain va mieux. Il s'en sort avec une côte cassée. Il voulait rentrer aujourd'hui, je l'ai persuadé d'attendre demain. » Biche, comme à l'accoutumée, dans ses gestes. Nous continuons l'examen : les pièces nobles forment une sorte de L, l'entrée, la petite barre, la grande, la chambre séparée du salon par une tenture des Gobelins assez lourde. On peut voir au travers sans la déplacer.

Je rentre au journal qui me renvoie au Lutetia, parce que viennent d'arriver des déportés jusque-là bloqués en Autriche. Pas beaux à voir : épuisés, ils répondent par monosyllabes ou grognements. Aucune photo : ç'aurait été devenir le voyeur de leurs souffrances. Des Espagnols ont pu passer parce qu'ils ont prétendu posséder des papiers français, mais leurs copains restent bloqués dans le camp, apatrides du fait qu'ils ne veulent pas rentrer chez Franco. De toutes les conneries de cette fin de guerre, celle-ci me paraît le disputer en absurdité au retour des anciens présidents du Conseil dans le gouvernement. Le patron du journal me répond qu'il n'y a pas place pour une histoire aussi tordue en pleine victoire. Je repars à pied vers la rue Christine par les Halles, livrées à cette heure aux clochards qui ramassent ce qui peut être mangé : trognons de choux, pommes de terre écrasées.

L'île de la Cité me paraît belle et neuve sous le soleil, si bien que je pousse jusqu'au petit square du Vert-Galant. Regarder couler la Seine. Céline m'obsède. Trop injuste : elle qui n'en avait rien à fiche, de la guerre ! Tu aurais tout plaqué pour être là quand ils l'ont portée en terre. D'ici, on peut croire que les hostilités n'ont jamais eu lieu. Ce qui nous attend avec Rongier, ce n'est pas une séquelle de la guerre : la continuation du monde d'avant, de la pourriture et de la crasse d'avant.

Katie m'attend déjà. En salopette et veste, elle fait exotique devant le canapé rose trémière de la première pièce. Je la vois placer un revolver assez plat entre ses seins, en déposer un autre, plus gros, derrière un tas de livres, et elle s'entraîne pour l'en sortir sans hésiter. « Rien n'est plus idiot que de placer son flingue à droite pour un droitier. Il faut que tu l'enfouisses dans la poche intérieure opposée. » Elle me tend une arme de dame, me fait répéter le mouvement, ôter le cran d'arrêt. « Tu n'auras que lui ou qu'eux en face de toi. Même si tu vises mal, avec un 6.35 tu ne feras pas de *side damages*, comme on dit chez moi ; de dégâts chez les voisins. »

Lucette s'est habillée sobrement, robe à ramages montante, descendante. Julia débarque, fringante, dans son tailleur gris. Elle porte, nouveauté, un collier de perles, est passée chez le coiffeur, ce qui civilise sa chevelure et arrache des cris d'admiration à Lucette : « Il va vouloir t'embaucher dans son truc ! » Naïveté qui parvient à dérider Katie.

Rongier doit aimer l'exactitude. À six heures moins cinq, la Delahaye apparaît et doit se garer plus loin, comme je l'ai prévu. Katie observe avec une petite paire de jumelles : « Ils ne sont que deux ! » La minute d'après, Rongier frappe à la porte. Taille moyenne, musclé sous son complet d'homme d'affaires. Son sbire prend l'air d'un employé propret, même si ses épaules tiennent mal dans sa veste. « J'espère que tu as réfléchi et que tu ne m'as pas fait me déranger pour rien. – C'est tout réfléchi, dit Lucette, sans accent. Je ne suis pas preneuse. – Te voilà bien insolente ! »

Katie jaillit de derrière la tenture : « Bas les pattes, monsieur le maquereau. Lucette appartient à mon réseau de Résistance. Nous savons protéger les nôtres ! » Je sors avec Julia, ce qui, comme prévu, provoque un effet de surprise chez les intrus, d'autant que je les photographie au flash. Katie en profite pour attraper le gorille par un bras. Elle le fait basculer, le cueille à la gorge du plat de la main, et l'étend pour le compte. Lucette pointe son revolver sur Rongier.

Je prends des photos de la scène avec Katie triomphante. « Je ne l'ai pas tué, dit-elle, juste un voyage dans les pommes. Il faut, mon bon Rongier, que tu comprennes que le monde a changé, depuis le mur de l'Atlantique. Si tu veux garder ton hôtel particulier au parc de Saint-Cloud, tes deux fils à Janson de Sailly, tu dois apprendre à filer droit. La Résistance était hors la loi : il nous en reste l'efficacité. »

Congestionné, Rongier observe son nervi toujours immobile : « Vous ne savez pas à qui vous avez affaire. – Oh que si, mon beau ! Jusqu'à tes jetons de conseils d'administration. Et tu devrais changer de ton. » Katie le déleste de son portefeuille qu'elle inspecte, ne conservant que la carte des bonnes œuvres de la Préfecture de police. Elle demande à Lucette de lui enlever ses bretelles, ainsi qu'au gorille qu'elle débarrasse au préalable de son coup-de-poing américain et de son revolver.

« Je vous réserve des chiens de ma chienne ! gronde Rongier. – Je ne te le conseille vraiment pas, si tu ne veux pas d'ennuis plus sérieux. Tu vas signer ces deux papiers, ramasser ton type qui se réveille, et nous dire gentiment bonsoir ! » Rongier s'exécute sans même lire. Re-photo. Katie vérifie, en sortant les papiers d'identité, que la signature est bonne. « Tes bretelles nous feront un souvenir. »

Je photographie les deux, encore grotesques, tenant leur pantalon, suis le colosse appuyé sur Rongier qui doit prendre lui-même le volant. Katie reste sur le pied de guerre : « Comme il ne veut pas comprendre, Lucette, tu fais ta valise. Ce soir, tu ne risques plus rien, tu caleras tout de même ta porte avec une chaise. Je garde les papiers signés et les photos. Ton copain et toi, vous passez une semaine à Biarritz, c'est le réseau qui paie. Voici les billets pour le train. Ton Rongier doit être en cheville avec la police des garnis, donc, au nom de ton copain, la chambre. Si tu veux te bronzer les fesses plus longtemps, ce sera à vos frais. D'ici là, le Rongier aura compris. »

Tandis que Julia aide Lucette à remettre de l'ordre dans les tapis et les meubles déplacés, je tends à Katie la lettre de mon oncle. Elle lit jusqu'au bout : « Et tu me trouves à sa hauteur ? – Pourrais-tu en douter ? – Il faudra que tu me conduises sur sa tombe. Nous déposerons un beau bouquet : *À tante Céline, son neveu et sa nièce reconnaissants.* À l'oncle Léon, tu diras que nous célébrons ses qualités d'institutrice. »

12. Katie

J'ai encore mal à la main d'avoir frappé trop fort le gorille. J'aurais pu le tuer, ce qui nous aurait mis dans l'embarras, mais ce n'est que partie remise. Rongier ne me semble pas homme à céder si facilement. L'annonce inattendue de la mort de cette Céline me tourneboule : Roger est plus secoué qu'il ne veut bien le montrer. Il n'a rien expliqué à Julia ni à Lucette quand nous les avons conduites dans un restaurant du coin. Il aurait dû, parce que, dès que nous avons été installés, Julia m'a prise par les épaules : « Qu'est-ce que tu feras quand tu ne seras plus en guerre ? »

C'est la question que je ne voulais pas me poser. Pour me donner contenance, j'ai passé les pouces dans les bretelles de ma salopette. « Il faut d'abord se débarrasser des salauds. Au fond, j'aime ça et personne ne tournera la page à notre place. – Mais viendra un moment où elle sera bel et bien tournée, du moins je l'espère. – Tu veux dire : où nous devrons vivre comme les autres ? Nous y sommes mal préparées. Il y a une foule de Rongier. Pourquoi se pavaneraient-ils quand ton mari comme le mien sont morts pour la liberté ? Ce n'est pas une question rhétorique. Et puis, je vais te dire : je ne sais pas ce que c'est, la vie civile : Munich à dix-huit ans, la guerre à dix-neuf, la mort de Michael, le *Blitz* à Londres, mes parachutages, la chute du réseau, la torture, Auschwitz, Ellsrein. Les Russes... »

L'impression que tous les autres clients nous écoutent. Au fond, je suis furieuse d'avoir laissé l'affaire Rongier en suspens. Roger m'a raconté qu'on parle du retour des anciens présidents du Conseil, ceux de tous les abandons. « Il nous faut apprendre à oublier ce passé qui ne passe pas, dit Julia d'une voix douce mais assurée. C'est pourquoi je veux retrouver le corps de mon mari. – Au fond, lance Lucette, il n'y a que moi qui n'ai jamais été mariée. » Ce coq-à-l'âne nous libère. Roger sort son Rolleiflex et nous mitraille. Moi, je ne veux rien oublier : Rongier est mon affaire.

Roger sourit, ce qui me fait chaud au cœur. J'aime ses silences. Il les remplit de son charme. On ne sait jamais, avec lui, s'il a un article en tête ou une idée pour ce roman qu'il traîne après soi ; j'en ai déjà pris l'habitude. Là, il revient aux démarches entreprises pour le mari de Julia, puis demande : « Ta grand-mère, où est-elle allée reconnaître le corps ? À la morgue ? Vérifie, parce qu'alors il y a quelque part des traces dans l'administration française. C'est le rayon de Charles. »

Il complète, toujours méthodique : « Revenons à mai 1943. L'armée allemande a donc, cadeau des SS, un cadavre public sur les bras, ce qu'elle n'aime pas, surtout en plein Paris et dans un endroit chic. En plus, un cadavre qui porte des traces indécentes de torture, donc très mauvais effet. Cependant, quelqu'un a besoin d'établir que ton mari est bien mort. » Julia enchaîne : « Je suis certaine, à présent, que c'était ça, l'objectif de la grande scène de Klaspen avec moi : que mon mari se tue. Voilà pourquoi ma grand-mère est convoquée pour l'identifier. Ensuite, elle reçoit ses vêtements, mais pas question de laisser le corps à la famille qui lui offrirait une sépulture. Les complices français sont sûrement encore en place. »

Je mets mes mains sur les siennes pour lui dire oui. Elle conclut : « Katie, il faut que je mette de nouveau à contribution mon ami Charles, c'est une affaire d'État. – Et comment ! ai-je repris. Avec tous ces vichystes qui traînent dans les administrations, elle doit même être bien enterrée, si tu me passes le jeu de mots, ton affaire d'État ! – Julia, tu ne dois pas prendre le problème de si haut, corrige Roger. Il faudrait monter jusqu'à de Gaulle. Pour le corps de ton mari, recourons aux moyens des journalistes. J'ai des copains en cheville avec la police de terrain, celle des chiens écrasés, comme on dit. Entre ton copain Charles au sommet et mes amis au ras des caniveaux, un macchabée est très difficile à effacer. »

Roger va trop loin en réduisant Henri à un mort de fait divers, mais il faut en passer par là pour trouver la clé du problème. Les trottoirs, c'est aussi le monde de Rongier, négrier sous ses dehors d'homme d'affaires au-dessus de tout soupçon. Lucette m'a raconté les sévices destinés à la briser, lui faire perdre toute boussole sociale. Je dis : « Donc, en finir avec ce fumier de Rongier ne regarde que moi. » Je me mords les lèvres, craignant d'être allée trop loin, mais personne alentour ne tique. Pour le dessert, on nous propose les premières cerises de l'année : la paix est bien là. Roger et moi reconduisons Lucette chez elle en vérifiant que personne ne nous suit.

Je me suis réveillée comme en guerre, avant que le réveil sonne. J'aime le petit matin. J'ai pris les clés de la vieille tire de Roger en lui mettant un mot d'explication. Le jules de Lucette, bras en écharpe, m'attendait déjà à l'hosto. « C'est vrai que vous avez allongé le gorille pour le compte ? – Affaire de technique, jeune homme. » La rue Christine est vide. Je l'ai laissé dans la bagnole, le temps de faire descendre Lucette avec ses bagages. Je suis revenue rue Tournefort prendre Roger et lui ai laissé le volant. Je ne veux surtout pas me laisser distraire. Le moment difficile sera la gare. Rongier a le bras assez long pour faire surveiller Lucette par la flicaille.

Il ne se passe rien. Je l'ai embrassée : « Bonnes vacances ! » Roger me prend ensuite dans ses bras : « Ça te plaît, hein ? – Oui. J'aime être efficace. Au fond, ça t'excite aussi, non ? » Il n'a pas nié. J'aime chez lui ce goût pour ce qui sort des usages. Journaliste, photographe, écrivain, il doit en faire la synthèse : c'est ça qui le fait bander, au figuré comme au propre. Rue Tournefort, la concierge m'arrête pour me tendre une lettre en minaudant. *Mademoiselle Katie Moder, chez Monsieur Roger Chastain.* Maman a mis mon nom de jeune fille. J'attends de rentrer. L'écriture appliquée :

Tu ne peux pas savoir le plaisir que tu nous as fait de te savoir rentrée en forme et heureuse. Viens vite nous voir avec ton coquin, comme tu as écrit, parce que ton père t'attend, mais j'ai peur qu'il ne nous quitte bientôt. Déjà, il ne peut tenir un porte-plume. J'aimerais que vous vous mariiez vite.

L'écriture moulée acquise dans les cours du soir, mais maman a bien pris le « coquin ». Je tends la lettre à Roger.

« On peut y aller dès demain, ma chérie. – Non. Je n'aurai l'esprit libre qu'une fois réglée l'affaire Rongier. La vie réserve aussi de bons moments. Le problème est de les faire durer et d'en confectionner des lendemains. »

Sans rien dire à Roger, je vais chez « les miens » me renseigner sur les motos disponibles. J'en essaie une et m'entraîne au stand de tir avec le 9 mm pris au gorille. « *You're not out of training !* » s'extasie l'instructeur en examinant mes cibles. Bon, je n'ai pas perdu la main, mais il me faut une assurance tous risques. Je démonte et vérifie le revolver. Je m'apprête à sortir pour l'essayer de nouveau quand mon patron, plus sec que jamais, m'intercepte : « Qu'est-ce que tu es en train de mijoter, ma belle ? Ton jules te fait des misères ? » Français populaire impeccable, mais avec l'accent d'Oxford. Six fois parachuté en France. Mieux vaut le mettre dans la confidence. J'ai déballé Lucette et Rongier de A à Z. « Toute seule, tu prends des risques. Je vais te donner Jill comme motard. Elle en veut autant que toi. Vous serez habillées en cuirs de la *Feldpolizei*, gants même origine, casques civils, aucun papier au cas où. Tu signeras le règlement de comptes en balançant l'arme du milieu dans la bagnole après usage. » Je l'écoute, soufflée. Il me tape sur l'épaule. « Tant que la guerre n'est pas finie, c'est la guerre, mais vous ne devez pas vous faire prendre. » J'ai envie de l'embrasser. Je m'en tire par un salut militaire de bon aloi. « Oui, ajoute le chef, plus posé que jamais, il nous reste toujours à régler les problèmes que la justice ne veut même pas connaître. »

J'aurais voulu fêter ça, entraîner Roger dans un gueuleton, aller guincher à en perdre haleine. On le fera une fois que le Rongier aura bouffé les pissenlits de saison par la racine. Rendez-vous avec cette Jill. Tout ce que je sais d'elle, c'est qu'elle est fluette, brune, et a, comme moi, perdu son mari à la guerre, mais elle, ce fut lors des parachutages malheureux sur Arnheim, à l'automne 44. Récent, donc. Elle m'attend déjà à la sortie de l'immeuble. « Formidable. J'étais interdite de moto. Grâce à toi... »

Je rentre de belle humeur. Roger m'a toujours traitée comme un objet fragile, mais là, il invente des égards qui m'envoient tout de suite grimper aux rideaux. Quand je pense que le premier soir, je l'ai traité comme un produit de remplacement ! Non. Dès que je l'ai vu... J'aime lui laisser la direction des choses. Enfin, de temps en temps. Je ne lui dis rien de mon entreprise. S'il s'en étonne, je lui chuchoterai : « Tu ne m'as pas laissé le temps. » J'aimerais qu'il continue d'avoir envie de me baiser, comme ça, pour un oui pour un non.

Nous avons ensuite traîné un peu dans le quartier, parce que le soir commençait à ressembler à un vrai soir de mai. Au matin, c'est encore lui qui m'a réveillée. Je suis toute amollie en retrouvant Jill, mais elle s'excite tellement sur notre projet qu'elle ne s'aperçoit de rien. Elle s'est mise en planque dès la veille. Rongier a quitté l'immeuble de sa boîte vers dix-neuf heures, conduit par son armoire à glace dans sa Delahaye à son appartement familial des bords de Seine, à Suresnes. Étoile, avenue Foch. Route de Longchamp. Cette longue ligne droite pourrait convenir.

Pour le tir, nous allons au camp de Satory tout équipées, afin que je puisse prendre mes marques, mes appuis sur l'épaule de Jill. Répétition en vraie grandeur. Le 9 mm du gorille est fiable, il demande seulement une poigne d'homme, la mienne. Au retour, nous baignons dans un soir du printemps enfin déchaîné. Parfait pour le repérage. Comme la veille, Rongier quitte son bureau à dix-neuf heures pile. L'auto roule vitres baissées, à cause de la chaleur. L'avenue Foch vide, nous laissons du champ à la Delahaye afin, seule moto, de ne pas nous faire repérer. La route de Longchamp est déserte : les restrictions d'essence dissuadent des promenades motorisées. Au bout de deux minutes, je n'y tiens plus : « On se les fait ce soir ! »

Serrant la manette de l'accélérateur, Jill se met à la hauteur de la Delahaye. Rongier ne lève même pas la tête de son journal. Du sur-mesure ! Je tire à la tempe, me retiens à Jill pour encaisser le recul, me remets en position. Le chauffeur se retourne en m'offrant sa nuque. Coup double, comme si on avait déjà répété la scène. Cette fois, j'accompagne le recul de l'arme vers l'arrière avant de me pencher une nouvelle fois sur Jill afin de lancer, comme prévu, le 9 mm à l'intérieur de l'auto.

« Stop ! » Pied à terre. La Delahaye poursuit sur son erre, touche le trottoir à droite, ce qui doit déplacer le malfrat mort, car j'entends la décélération du moteur. La lourde bagnole oblique le long des arbres dans des crissements de tôle froissée. Bruit sourd du choc. Le moteur cale. Dommage, un incendie aurait parachevé... Tout se passe mieux que prévu. Nous allons nous cacher sous le couvert des arbres.

Pas besoin d'aller me rendre compte sur place. Une auto arrive de Paris sans s'arrêter en dépassant la Delahaye. Une autre, en sens contraire, ne ralentit pas non plus. Le manque de solidarité des Français : pour eux, être témoin d'un accident, c'est d'abord des emmerdes. « On a eu du bol, constate Jill, détendue. Tu as eu raison : il fallait se les faire tout de suite. » Pas besoin de vérifier, ils sont occis.

Elle tourne la moto pour le demi-tour et remet les gaz à petite allure. Nous rentrons en promeneuses, blouson ouvert. Les gestes mécaniques pour ranger la moto, les vêtements de cuir, les bottes, les gants, les lunettes. Retour au civil. Jill m'étreint plus que par politesse. Bien sûr, la détente après le danger. « Il faut que tu te trouves un jules. – Aucun ne conviendrait. Comme tu sais, je n'ai pas droit aux hommes du service. (Rit trop fort.) Ça limite vraiment le choix. Je n'apprécie pas la fadeur. Après, je me sens sale. Il n'y a que dans des trucs comme ce soir que je peux oublier. Puisque je dois te laisser à ton mec, je vais dormir avec une bouteille de whisky écossais. » On se serre la main. Elle a tort. Elle retrouvera goût aux mecs.

Un taxi pour la rue Tournefort. Roger, à son habitude, ne pose aucune question. Whisky avec une bouteille d'eau pétillante, par miracle fraîche, car aucune panne de courant n'a coupé le réfrigérateur. Un vrai chez-soi. Je corrige : un chez-nous, douillet, *cosy*. Il a deviné que, ce soir, il me faut du temps. Il ouvre la radio. Cherche une musique, tombe sur Verdi, la fin d'*Aïda*. Je m'abandonne contre lui. L'ensevelissement de Rhadamès. Se laisser porter par les chœurs comme sur une mer docile et douce, fermer les yeux et oublier.

Comme prévu, nous sommes partis dès le lendemain pour l'Alsace. Ce voyage chez mes parents est mon affaire. La route jusqu'à Nancy en bon état, ce qui prouve qu'on ne s'y est guère battu, les ennuis nous attendent dans la traversée des Vosges, surtout après Saint-Dié où les chars ont démoli la chaussée, mais nous avons débouché sur Sélestat après seulement huit heures de route. J'ai foncé sur mon village de vignobles déjà pimpants. Les façades à colombages, intactes.

J'arrête la voiture. « Laisse-moi aller en avant-garde. » La demeure de mes parents apparaît, petite, presque maison de poupée, ses volets mi-clos.

Maman devait guetter. La porte s'ouvre et elle me reçoit dans ses bras. Sauf ses cheveux tout blancs, la vieillesse l'a seulement frôlée. « Ma fille, comme tu es belle ! J'ai préparé la chambre du premier. Ne t'étonne de rien devant ton père. » Je sens son cœur battre trop fort. Déjà, qu'elle ait préparé un lit pour sa fille et l'amant qui l'accompagne !

La pénombre me laisse apercevoir un vieillard en chemise dans le fauteuil où il écoutait autrefois la radio, et je m'avance pour l'étreindre. Une barbe blanche clairsemée couvre ses joues. Je l'embrasse avec toute la douceur dont je suis capable. Je le caresse, n'osant rien dire. Puis j'articule : « Je t'aime, mon papa. » Quarante-deux ans en 19, à la fin de l'autre guerre. Soixante-huit, donc. Je redis : « Mon petit papa. Papouchka ! » Je l'ai connu si fort, capable des décisions les plus hardies. « Je vais aller chercher mon coquin. » Un sourire sur les lèvres de maman. Mais, tout de suite après, des larmes. À la porte, elle me chuchote : « Tu vois, il s'éteint. Il n'a plus envie de vivre. Ils l'ont trop abîmé, au Struthof. – C'est à cause de moi ? – Non. Pas pour ce que tu as fait. Quelqu'un l'a dénoncé, fin 40, racontant qu'il avait envoyé sa fille en Angleterre. Seuls quelques amis étaient au courant, c'est l'un d'eux. On saura un jour qui. – Je suis là, à présent. – Et bien là ! Je sais, ma fille, mais il a décidé qu'il avait assez vécu. »

J'appelle Roger. Maman tombe dans ses bras. Je les sépare : « Viens m'aider à faire lever mon père et à le conduire au-dehors. » Papa se laisse faire, demande sa canne, sa casquette. Je cherche son regard et ne le reconnais pas. « Je... deviens... aveugle. – Je pense que tu as une double cataracte, voilà tout. On ne s'en est jamais occupé, n'est-ce pas ? » Le seuil franchi, nous avons plongé dans la tiédeur. « La vie est plus belle quand on la voit derrière un nuage. Je ne veux pas que tu me redonnes goût à la vie, Katiouchka. J'ai fait mon temps, ma gosse. À toi de faire le tien. » Il demande qu'on l'assoie sur le banc au milieu des parterres de roses.

Je me raidis afin de ne pas pleurer devant lui. Je ne supporte pas qu'il s'abandonne à la vieillesse et à la mort. Je vais lui faire envoyer un médecin spécialisé de Paris. Je m'étais construit un scénario avec mes vieux parents heureux de me retrouver en forme, avide de réussite. D'abord leur faire installer le téléphone.

Il ferme les yeux. Je prends peur, pose des baisers sur ses joues. Il dit : « Tu sens bon. N'essaie pas de me rendre goût à la vie. – Je suis, moi aussi, passée par un camp comme le tien. On peut et on doit vivre, après. Cesse de ne penser qu'à toi. Et maman ? » Il se secoue : « Ma fille, c'est d'elle qu'il faut que tu t'occupes. – Je ne suis pas prête. Donne-nous encore une année de ta vie. »

Je prends peur de ma rudesse, mais il s'est redressé. Je l'embrasse afin de sceller le pacte. Je vais remuer ciel et terre pour leur faire poser le téléphone.

13. *Charles*

Sur mon bureau, ce matin-là, une note manuscrite du directeur de cabinet : « *Passez me voir. Très urgent.* » Sécheresse inhabituelle. Je devine et monte au septième. Aussitôt l'huissier à chaîne m'introduit. Le directeur oublie son affabilité méridionale pour me tendre, sourcils froncés, par-dessus son bureau vide de tout dossier, luisant comme un sou neuf, une dépêche de l'Agence France-Presse tombée des téléscripteurs au petit matin : « RÈGLEMENT DE COMPTES AU BOIS DE BOULOGNE. *Vers 22 heures, cette nuit, une ronde de police a repéré une voiture de marque Delahaye tous feux éteints après avoir éraflé plusieurs arbres. Deux cadavres se trouvaient à l'intérieur, tués par balle à l'aide d'un revolver de calibre 9 mm, arme des règlements de comptes, abandonné par les agresseurs dans l'auto comme signature de la double exécution. À l'arrière, Nicolas Rongier, administrateur de sociétés. Au volant, un certain Dino, connu des services de police. Une enquête est ouverte, confiée aux Renseignements généraux.* »

« Qu'est-ce que vous en dites, mon cher ? – Que ce Rongier s'était fait beaucoup d'ennemis. – Votre... protégée ? – D'abord, ce n'est pas ma protégée. Dans son cas, le terme serait par trop compromettant, vous ne trouvez pas ? C'est une amie de prison de ma collaboratrice Julia de Villeroy. Autant que je sache, elle se repose de ses émotions au Pays basque. Ensuite, vous voyez que c'est une affaire du milieu. Ce Rongier a dû se montrer trop gourmand. – Pas d'éclaboussures, nous sommes bien d'accord. – Aucun risque, monsieur le directeur. »

De retour dans mon bureau, assuré que personne ne peut m'entendre, j'appelle Julia : « Tu es seule ? – Oui. » Je lui raconte la dépêche et les remarques du directeur. « Ta copine aurait pu me mettre dans la confidence. » Julia prend son temps : « Elle n'y est sûrement pour rien. Tu vois, ce Rongier s'était fait beaucoup d'ennemis. » Mes propres termes de tout à l'heure. « Tu es vraiment sûre ? – Comme tu le sais, mon amie Lucette se remet... – Ce n'est pas à elle que je pense. Katie ? – Elle est partie chez ses parents, à Sélestat. – Recruter deux tueurs ? » Julia hésite, mais se reprend : « Écoute, Charles, pour moi, c'est une bonne nouvelle. Je n'y suis pas mêlée, tu penses bien, mais je ne crache pas sur les bénéfices, pour Lucette. Tu ne crois pas qu'elle en a assez bavé ? » C'était un point de vue, Dieu seul sait par où elle est passée. Je n'ai pas insisté. Elle renoue la conversation : « Si tu as deux minutes, je vais te dire où j'en suis, de la recherche du corps de mon mari. »

Le terrain où je peux agir ; une bonne occasion aussi de reprendre contact avec le directeur de cabinet de l'Intérieur, juste après la liquidation de Rongier, comme si de rien n'était. Je vérifie que la dépêche ne figure pas déjà dans les journaux du matin et décroche l'interministériel. Après mon bonjour, l'autre ne me laisse pas dire un mot : « Personne aux Renseignements généraux n'y comprend rien. Les indics n'ont jamais entendu parler d'un contrat sur ce Rongier. Le type d'arme du milieu, certes. On vérifie. Mais pas le style. Avec ce calibre, on est certain de liquider. Ça tuerait un éléphant. On ne leur a pas fait les poches. Séquelles de l'Occupation. Rongier faisait l'indic, à ses heures. La DGER[1] dit tout ignorer. »

La victime à Biarritz, j'étais armé pour lui répondre. À mon soulagement, le directeur change de sujet : « Je reviens à Mme de Villeroy : la mort de son mari a été enregistrée à la morgue le 7 mai 1943, figurez-vous. La description des blessures correspond. Mais, au lieu d'une identité, mention : anonyme. Et un numéro qui,

---

1. Direction générale des études et recherches, alors dénomination des services spéciaux. (*Note de L.C.*)

paraît-il, ne veut rien dire. Rien n'est ici selon les règles. Il faut que je retrouve quelqu'un qui était au courant en 1943, et qui ait encore de la mémoire ! Vous avez raison : c'est plus important que la mort de ce Rongier. J'en fais mon affaire ! »

Comme j'allais quitter mon bureau pour déjeuner, nouveau coup de fil de Julia : « Katie est contente qu'on ait sorti du rouge le compte bancaire de sa copine. » Des mots à double entente, comme dans la Résistance, pour le cas où le téléphone serait écouté. Elle n'a pas tort : le cabinet d'un ministre communiste... Après tout, sa copine a eu raison de profiter de ce qu'on est encore sur la lancée de la guerre. Le milieu récupérera l'héritage de Rongier, mais, sa disparition étant signée par des pros, les candidats à la reprise oublieront Lucette.

Je m'étonne que ce meurtre ne me fasse ni chaud ni froid. Après tout, je n'éprouve pas de remords pour le coût en victimes civiles de mes bombardements. Il n'y a plus de civils, dans une guerre pareille. Les foules françaises mitraillées pendant l'exode de juin 40, les habitants de Londres. Dresde. Les Anglais disent *collateral damages*, mais, chez eux, *collateral* ne signifie pas seulement concomitants, mais aussi secondaires. Rêver d'une guerre plus propre que celle de l'adversaire ? Foutaises, une fois qu'on est pris dans l'engrenage ! Nous avons vaincu. Si nous avions perdu, Rongier serait au pinacle, Lucette souillée à vie.

C'est le vainqueur qui décide des crimes de guerre. Viendra un temps où l'on voudra oublier celle-ci, cesser de comprendre ce qu'elle exigeait. Roger parviendra-t-il à en sortir Katie à temps ? J'en parlerai à Julia. Au fond, je les envie, toutes les deux, de savoir rejeter les compromis. Ne m'y suis-je pas englué depuis mon retour en France ? Marion m'en aurait empêché. Même si Julia peut donner à Henri de vraies obsèques, elle ne trouvera pas la paix avant d'avoir démasqué le traître. Qu'en fera-t-elle alors, à supposer qu'elle n'ait pas de preuves pour obtenir une condamnation ? La méthode Katie ?

J'aurais bien besoin d'un bon café. Donc d'un vrai café. Autant vouloir caresser la lune. J'ai regagné mon bureau à petits pas. Comme un fonctionnaire. Tu vas finir rond-de-cuir. Depuis mon voyage à Toulouse, je rêve d'appartenir à une équipe, mais je me juge trop vieux, à l'intérieur de ma tête, pour les inventions. Juste bon a dégotter des financements. Il me faudrait une femme comme Julia, capable de me pousser à croire en moi. Marion ? Pourquoi revient-elle me hanter ? L'Afat[1] planton de garde me cueille à l'ascenseur. « Il y a une employée qui vous attend. » Je sursaute comme d'une intrusion dans mes pensées. Ce ne peut être Julia, que personne n'appellerait ainsi. L'affaire Rongier ?

Hâtant le pas, je tombe, chez ma secrétaire, sur l'infirmière du groupe de la prison nazie, Claudine. Sobrement mise, en chapeau, elle tient gauchement un gros bouquet de roses. La femme planton l'a prise pour une fleuriste. Elle se lève à mon approche et me tend les fleurs : « Une brassée de mon jardin. Pour votre épouse. Sa grossesse se passe bien ? » Je les accepte, ne sachant quoi dire. Elle rougit jusqu'aux oreilles. « C'est afin de vous remercier de m'avoir fait rencontrer votre amie Marion. – J'ai pensé qu'elle vous serait de bon conseil. » Elle rougit encore plus, ce qui lui rend un bref instant le côté poupée que Julia décrivait d'elle. « Votre amie m'a permis de retrouver mon mari. – Je

---

1. Nom donné alors aux auxiliaires féminines de l'armée. (*Note de L.C.*)

comprends... Enfin je vous comprends ! » Elle me fait front : « Disons plutôt qu'elle a permis à mon mari de me retrouver. C'est tout ce que je demandais. – Bien sûr ! » ai-je approuvé, comme un idiot. Pourquoi, alors, est-elle si mal fagotée, elle qui était la plus coquette du groupe ?

Je conduis la conversation sur ses enfants et elle retrouve sa fierté : tous deux vont monter de classe, au lycée. Son mari a été promu au premier congrès légal du PC, quelque jours plus tôt, suppléant au Comité central. « C'est le couronnement de sa vie de militant. Je vais reprendre mon métier après les vacances d'été. » Je la félicite, mais elle se cabre de nouveau. « Je n'en ai pas encore fini avec... ce que j'ai vécu. Marion me convainc qu'à la longue, en me surveillant... » Son allant chute : « Je n'aurais jamais pu imaginer que la paix, ce serait si contraignant. Je peux vous le dire, à vous. Marion m'a expliqué que pour vous aussi, après votre plongeon dans la Manche... Vous pouvez me comprendre. »

Je baisse les yeux, surpris que Marion se soit laissée aller à cette confidence sur moi. « Voyez, on peut s'en sortir. Avec le temps, l'affection des vôtres... Vous savez pouvoir compter sur moi, sur vos amies aussi. » Encore une fois elle me fait face, toutes griffes dehors, comme si je l'insultais : « Je voudrais pouvoir d'abord compter sur moi. Ni votre amie Marion, ni personne ne peut se mettre à ma place. Je ne demande à personne de me comprendre ni de m'aider. C'est à moi seule de m'en sortir. » Elle se force à sourire – un sourire immobile d'idole publicitaire : « Excusez ma colère : je reste paumée, vous savez sans doute comment c'est. » Elle a cessé de me regarder. Je la prends par les épaules pour la sortir de sa nuit : « Je sais que vous êtes forte. J'ai confiance : vous gagnerez ! Moi aussi, j'ai dû repartir de zéro, de double zéro ! »

Elle part vers la porte sans se retourner. Un jour, elle va craquer pour de bon, mais qui pourrait l'en sortir ? Moi, au-delà des psy, ç'avait été le bureau d'études sur les moteurs chez Rolls Royce, la jeune chef d'équipe veuve. J'appelle aussitôt Marion pour la mettre au courant. Du moins c'est l'excuse. « Elle sort de chez moi. J'ai eu aussi ma brassée de roses pour me remercier d'avoir réparé sa mécanique. – Tu n'as pas l'air convaincue ! – Avec ce que je lui ai donné, son mari peut la baiser. Point final. Pour le reste, il lui suffit de feindre d'être dans le coup, si tu me permets ces considérations de corps de garde qui, en l'espèce, sont précises. À ce prix-là, plus de scènes. Plus de bleus. – C'est un début ? – Peut-être une fin. Il n'y a pas de littérature médicale là-dessus. Et pour cause ! Qui cela intéresse ? Son cycle est encore en sommeil. Je ne sais pas quand il va reprendre. Je lui ai dit de faire attention à ne pas tomber enceinte. Elle est devenue une vraie furie : "Ça, jamais, après ce que j'ai subi ! Vous imaginez le bébé que je ferais !" Autrement dit, mon vieux Charles, elle n'est pas sortie de l'auberge. Et son connard de mari se rattrape du temps perdu, matin et soir. Je commence à croire aux bienfaits de la polygamie, pour un zigue comme lui. – Venant de toi ? – Ne prends pas ça à la blague, Charles. D'abord, nous avions vingt ans. Ensuite, si tu voyais comme moi les femmes après cette guerre. Et celles des prisonniers, après cinq ans de séparation. N'oublie pas la loi de 1920 interdisant de publier les moyens de contraception, elle est toujours en vigueur. Et l'ignorance de la sexualité. Au fait, c'est à présent le huitième mois, chez toi ? – Tu lui as parlé de moi ? – Tu restes ma référence, mon grand ! »

Je raccroche. La voix de Marion fait vibrer trop de cordes. Du temps de Balzac, on ne craignait pas de recourir à l'opium, au laudanum, mais avec le communisme de Claudine et de son mari, comment songer à de tels remèdes ? Ils verraient là une tricherie avec leur morale. Athées, certes, mais, sur le sexe, cathos pratiquants ! « Mon grand ». Elle a bien dit : « Mon grand » ! Je serai bon à rien de tout l'après-midi. Je téléphone au directeur de l'Institut médico-légal.

Traversée des deux tiers de Paris en suivant la rue de Vaugirard pour couper par le Panthéon. Soleil vif et mordant, peu de circulation, je me contrains à la vigilance parce qu'aux croisements, pour économiser l'électricité, peu de feux sont en fonctionnement. Le directeur de la morgue, belle calvitie, grosse chaîne d'or pour la montre de gousset sur sa bedaine, m'accueille avec affabilité, me conduit à la baie vitrée d'où l'on surplombe la Seine, afin de me faire l'honneur du lieu.

« J'ai retrouvé le dossier, monsieur le chef de cabinet. Si l'on peut parler de dossier. Nos chers occupants ont été piégés dans ce drame par les pompiers. Oui, nos pompiers ! (Il se rengorge :) Quand la personne en question a chu, il s'est trouvé qu'un de leurs camions passait. Ils ont fait leur devoir, ramassé le corps. Bref, le mort est arrivé à la morgue tandis que les Allemands le cherchaient encore. Ils l'ont retrouvé, ou une bonne âme le leur a signalé, mais ils avaient besoin d'un justificatif prouvant que le cadavre était bien celui de leur prisonnier. Ce pour quoi ils ont fait venir la grand-mère de l'épouse. Vous y êtes ? »

J'y suis : « Ce n'est sans doute pas un cas unique. – Certes non. Il vous reste à retrouver la fosse commune où ils l'ont jeté. Le numéro vous servira. Vous ne serez pas au bout de vos peines, parce qu'avec ces micmacs, votre ami ne sera pas mort aux yeux de l'administration française. D'ici à ce que vous ayez besoin d'un arrêt du Conseil d'État ! Il ne suffit pas de mourir, il faut mourir dans les règles, mon cher ! » Envie de lui arracher sa chaîne d'or qui tressaute. « Vous prenez les choses du bon côté ! » Je pense qu'il a aussi pris l'Occupation du bon côté. Je laisse errer mon regard sur la beauté sage et immuable de la Seine, et j'abandonne le chauve épanoui à ses considérations d'almanach Vermot[1]. Il en faut si peu aux imbéciles pour être heureux. Ne rien raconter à Julia. Ginette me fait fête de rentrer si tôt. Elle prend ma main, comme à l'habitude, pour que je touche le bébé.

Ces câlins achevés, je me rue sur le téléphone dans cet état qui fait que votre voix ouvre toutes les portes. Les numéros non communiqués. L'administration des cimetières parisiens. La liste des fosses communes. Dans la foulée, j'ai appelé Motin. Sans lui laisser le temps de reprendre haleine, je lui ai dicté les démarches qui restent à accomplir. Je ne me suis plus senti en pareille forme depuis Toulouse.

J'appelle Julia pour lui dresser un bulletin de victoire. Elle se referme. « Qu'ai-je dit qui t'a déplu ? – Rien. Ce n'est pas toi. Je ne voudrais pas que ce soit Motin, le maître de cérémonie. Encore moins qu'il fasse le discours. Toujours mon instinct. – Il suffit de trouver qui était le patron de ton mari à Londres. » Un vide au téléphone. Puis la voix sèche que sait prendre Julia pour donner des ordres : « En fait, je ne veux pas de discours. Je dirai simplement qu'il s'est sacrifié pour que je vive. Il a réussi, puisque je suis là et que je peux lui

---

1. Almanach populaire jusqu'à la fin de l'entre-deux-guerres. (*Note de L.C.*)

donner une sépulture décente. – Ce sera difficile. On va sans doute vouloir le traiter en martyr. – Non, Charles. C'est moi qui décide. Seule. Si tu le retrouves, j'ai déjà pris mes dispositions avec sa famille. Il a sa place dans le caveau familial des Villeroy. »

Je l'envie de si bien savoir où elle veut aller. Il me revient que Marion a bien dit « Mon grand ». Je sens peser mes chaînes, avec Ginette et le bébé à venir.

14. *Franz*

La quarantaine m'est appliquée avec la même rigueur qu'à un contagieux à haut risque : un pas de côté, regard ailleurs. J'incarne la réussite des compromis qu'ils abhorrent, ce qui me vaut de pouvoir sortir sans précautions mes bouquins de mon paquetage, lire et relire ; mieux vaut encore à leurs yeux passer pour une merde d'intellectuel ! Les Américains m'ont enfin laissé remplir un questionnaire de recherches parmi les personnes déplacées, pour Waltraut et ma petite Linda. Délivré de tout faux-semblant, je respire mieux, mais je dois toutefois veiller à ce que ni mes geôliers ni les SS ne se doutent de mon rétablissement moral, de sorte que les jours passent aussi lentement qu'avant, à peine colorés d'un peu plus d'impatience.

Mon seul souci est d'entretenir ma forme physique, ce qui me ramène, parmi les autres occupants du block, à faire des pompes dans la cour dès que le temps passe au beau. Reconvoqué au bureau, j'y pars tout joyeux, convaincu que je vais enfin recevoir des nouvelles des miennes. Steven, toujours dans son costume bleu foncé, me tend la main et me salue par mon prénom : « Franz, j'ai trouvé un truc pour vous sortir d'ici, que vous ne pourrez pas refuser. Vous avez bien habité Potsdam ? » J'acquiesce. Il m'étreint d'une bourrade. « Ça marche, mon vieux ! »

Les MP suivent, bouche bée, nos effusions. Steven me révèle que Staline a choisi Potsdam comme lieu de la future conférence de la paix, en juillet. Je l'interroge du regard, surpris d'une telle confidence. « Ex-officier dans les transmissions, vous serez l'Allemand local qu'il nous faut ! » Pour les services de renseignement, ai-je complété in petto. Contre les Russes. Aucune objection. Steven se lève, me tend à nouveau la main. « OK, lieutenant ! Maintenant, voici, pour vous mettre à jour. »

Il ouvre sa serviette et en sort une liasse de documents. Potsdam a été pour l'essentiel rasée par l'aviation alliée le 30 mars. Je n'avais pas imaginé l'ampleur des destructions. Des photos aériennes de haute qualité me permettent de m'orienter d'après le cours de la rivière Havel, son renflement dans le lac de la Tiefer See. Le centre, les bâtiments anciens, comme la Résidence royale, ont été démolis.

Là-dessus, Steven me demande si j'ai une idée de l'endroit que pourrait choisir Staline. Le parc et le château de Sans-Souci, à l'ouest, semblent épargnés, mais le lieu n'est guère commode pour ce que doit impliquer la première conférence internationale de l'après-guerre en Europe. Les commissions d'experts. Les techniciens pour la mise au point des cartes des zones d'occupation. Les actualités cinématographiques des Alliés. Celles de Staline.

Il poursuit en français : « Les Russes voudront du grand spectacle. Tout le tralala ! Ils disposent de leurs grivetons et des femmes allemandes pour le nettoyage. Donc, ça pourra être n'importe où. » Je regarde mieux les photos. Le centre ville n'est que ruines. De mon quartier, avec la rivière et la Tiefer See, rien qui reste debout. Mon cœur cogne. Le mieux est de dire la vérité : « Ma femme et ma petite fille habitaient là. » Steven revient à l'américain pour les paroles de réconfort qui s'imposent, et enchaîne que les siens ont exigé d'être sur les lieux quinze jours avant pour assurer la sécurité du président Truman. Le délai sera trop court pour qu'on ait le temps de détecter tous les systèmes d'écoute en quoi les Russes sont passés maîtres. De là, cette combine d'envoyer une équipe pour étudier la *feasibility* – la possibilité technique – d'un centre de presse que Washington a exigé en préfabriqués US, mais la main-d'œuvre, fournie par les Russes, sera infiltrée de spécialistes.

Je serai donc de cette mission exploratoire. En civil, bien sûr. On me donnera une identité américaine. Après mon retour, je serai transféré dans un autre camp, en semi-liberté, et ma dénazification *will be in the bag* ! La première fois que j'entends le terme « dénazification ». Je sais que *bag* veut dire « sac ». Je me traduis en français qu'elle sera « dans la poche ».

Je tombe des nues, mais dis oui tout de suite à ce que Steven appelle un *deal*, un marché. Pour Waltraut et Linda. Donc, je vais savoir enfin, sur place, ce qui s'est passé, avec elles. Une chance inouïe, au fond. Je me lève, ébloui. Steven me répète que je ne reviendrai pas dans ce camp, au retour de Potsdam. J'aurai un avocat qui pourra rechercher ma famille. Il explique la préparation à mon nouveau travail. Physique, aussi. *It wont be a bed of roses.* Pas un lit de roses. Le moins fatigant va être de subir une semaine de cours renforcés d'américain afin de pouvoir passer comme tel aux yeux des Russes. « Nous avons besoin d'un type capable de s'orienter au milieu des ruines, vous me suivez... Aucun guide touristique ne fait plus l'affaire. – J'ai compris », dis-je avec application. J'ai surtout compris que j'allais acquérir des degrés de liberté impensables jusqu'à présent.

De retour au block, afin d'éviter tout incident, je me suis efforcé de faire grise mine, avant d'expliquer au vieux SS du fond qu'on m'embarquait à cause de l'ordre de mission de Himmler, en haussant les épaules pour accréditer que ça faisait toujours de moi un SS camouflé et que j'ignorais le sort qu'on me réservait. Ç'est passé comme une lettre à la poste. Je ne me sentais aucun devoir vis-à-vis des SS, mais, à l'idée que j'allais me trouver au dehors, ils réagirent d'une façon qui me déconcerta. Un grand type au crâne rasé me dit sans émotion que nous ne nous reverrions plus, car les Français le réclamaient. Il se passe la main à plat au niveau de la pomme d'Adam, pour signifier qu'ils vont le mettre à mort.

J'ai balbutié des mots de compassion et lui ai serré la main. Il a haussé les épaules : « On a brûlé en Pologne, me lance-t-il, des tas de synagogues emplies de Juifs. Tout le monde s'en fout. En France, une petite église, des familles de partisans, même les enfants nous tiraient dessus ! *Und solch'ein Klatsch !* » Et tout ce potin ! J'en ai remis ma main dans ma poche, comme si elle se brûlait aux cendres. Pour retrouver mon assiette, je suis allé demander aux ingénieurs du frittage qu'ils m'écrivent leurs coordonnées. Le SS leur avait raconté l'exaspération des siens, à cause des partisans : purs assassinats au coin d'un bois ! Contre toutes les lois de la guerre !

Un cercle se fait autour de moi ; tous veulent m'endoctriner, puisque je sors. L'auteur du bûcher des Français est un des premiers à être sous le coup d'une demande d'extradition, or, qu'est-ce que les Anglo-Américains venaient de faire d'autre, à Leipzig et à Dresde, avec leurs bombes au phosphore, sinon brûler des femmes et des enfants ? Comme s'ils me chargeaient de ce message pour le dehors.

Je m'esbigne pour regagner mon coin de block en attendant qu'on vienne me chercher, ce qui, par chance, ne tarde pas. Sortant aux côtés de Steven, je suis salué par les MP qui m'ont cassé la figure avec volupté à mon arrivée. Comme dans toutes les armées, il suffit du soutien d'un gradé. Chez les Américains, tout de même, je ne comprends pas le mélange de discipline à l'ancienne et de laisser-aller aux sévices corporels, mais ce n'est plus mon affaire.

Steven s'étonne de la légèreté de mon paquetage. Je lui raconte le bombardement de notre convoi par les Russes. Il m'avoue son pessimisme quant à l'avenir : les soldats alliés veulent à présent rentrer chez eux le plus vite possible. Staline, lui, dispose d'une armée cinq fois supérieure en nombre, ivre de sa victoire, et qui, visiblement, ne se rassasie pas de piller, donc ne manifeste aucune envie d'être vite démobilisée. « En termes militaires, mon vieux, l'avenir est à Staline ! »

Ça le rend volubile. L'« Oncle Joe » n'est pas homme à ignorer cette disproportion des forces qui ira croissant, ses exigences monteront d'autant. Mis en confiance, je lui raconte ma stupéfaction lorsque j'ai assisté au début du repli des Alliés loin derrière l'Elbe. « *You know what it's all about !* – Vous voulez dire que je suis au courant de tout ? – De tout ce qu'il faut savoir. » Je n'avais jamais pensé, et pour cause, à l'écart irrattrapable entre les possibilités des Alliés et celles de Staline. Je dis que je me sens du côté des Alliés, pas pour me faire bien voir, mais parce que j'ai peur de l'avenir.

J'ai touché juste. Il me sort sa carte : Steven A. Dennis, Director of the Center for German Studies, Boston, Mass. « Franz, appelez-moi Steve. *If you run up against difficulties...* » Si vous vous heurtez à des difficultés... Mon français peut donc m'aider, via l'américain. « En fait, ajoute Steven, décidément mis en confiance, je suis de la CIA, enfin pour la durée de la guerre. » Il traduit le sigle et m'explique que cette carte de lui me sera le meilleur des laissez-passer.

Je me retrouve dans un petit centre qui n'est même pas isolé, sauf par une clôture tout à fait civile. Ravitaillement adéquat, quatre heures de cours d'américain, exercices et *coaches*, des répétiteurs qui, jusque-là, ont travaillé à corriger la diction des acteurs de Hollywood, parce qu'il existe, me dit-on, des accents américains locaux dont il faut se débarrasser pour passer à l'écran, sauf dans les films comiques. Les élèves appartiennent à une dizaine de nationalités, jusqu'à des Turcs et des Finnois. Il y a deux Allemands, mais qui feignent de m'ignorer.

En dépit de l'emploi du temps chargé, du *footing* en guise de loisir, on me laisse trop de temps à me faire du souci sur le sort de ma femme et de Linda. Sur ce que pourra penser Julia de ma situation. Je me découpe en mari, ou plutôt en père, et en amant sans problème, parce que je suis hors du monde où elles se trouvent. Le futur reste dans les limbes. La morale aussi.

Les photos aériennes ne me quittent plus, façonnant les cauchemars qui brisent mon sommeil. Je n'imaginais pas jusque-là que Potsdam, surtout le centre-ville, sans industrie, pouvait avoir été pareillement ravagé. Aviation ou artillerie ? La dernière fois que je suis venu en permission, Waltraut ne m'a pas parlé d'abris, mais à l'époque la ville semblait encore hors de la guerre. Linda dansait, insouciante, à mes côtés quand je l'ai conduite à l'école. Image de grâce blonde déjà sur fond de désastre.

Je lui ai menti en disant que la guerre allait bientôt finir. Elle a répondu, pas si ingénue que ça : « Mon petit papa, c'est le soir que tu me racontes des contes de fées. » J'ai plongé dans ce regard bleu qu'elle tient de moi. Elle n'a pas cillé. Elle en savait beaucoup plus long sur la guerre que je ne me l'étais imaginé. Je pensais encore, alors, que des généraux renverseraient Hitler avant que les Russes atteignent l'Allemagne. Les photos de Steven déchirent mes dernières illusions. Où est Linda, avec son regard déjà d'adulte ? À Potsdam, tu vas savoir. Du moins, en savoir plus.

Après m'avoir doté d'un costume civil bleu marine, chemise blanche et cravate, on me fait la coupe de cheveux réglementaire. Je retrouve Steven, cette fois en uniforme de commandant d'aviation. Nous roulons à tombeau ouvert dans une limousine trop suspendue qui me donne un vague mal au cœur. Un petit avion militaire nous attend, déjà rempli de troufions et de civils. Les Russes ont instauré des couloirs aériens au-dessus de la zone qu'ils contrôlent, et il faut voler au-delà de deux mille mètres. Au bout d'une heure et demie, la masse de Berlin s'étale sur l'horizon. L'impression que la ville a été labourée, plutôt hersée par des titans. Trouées géantes. « L'artillerie russe », commente Steven. Un paysage plus lunaire : « Les bombes de nos avions. »

Le petit appareil pique. Mal aux oreilles, à en hurler. Trois secousses brutales et nous roulons sur une piste rafistolée avec des tôles à trous au milieu de gravats.

Une longue limousine russe entourée de motards, mitraillette à la main. Je m'efforce, en mastiquant, de rétablir mes tympans. À peine le temps d'observer un entrelacs de poutrelles roulées sur elles-mêmes, portant les débris d'une coupole, qu'on me pousse dans une autre limousine, juché sur un strapontin.

L'auto doit vite réduire son allure à cause des fondrières. Aux carrefours, des soldates de l'Armée rouge font les signaux. Un épais colonel, plastronnant sous une giclée de médailles, discourt dans un anglais méthodique. Je l'écoute distraitement, ne reconnaissant plus aucune route dans ce champ de ruines. Haie d'enfants en haillons, leurs petites mains tendues pour mendier. Femmes dans le même état. En russe, en anglais, en allemand, tous et toutes demandent du pain. Sous la crasse due au manque d'eau, la lividité de la faim. Je reconnais le Reichstag, endommagé mais debout, les colonnes de la Brandebürger Tor. La ville est tombée un mois plus tôt.

Au terme du voyage, les arbres qui ceignaient la rivière Havel gisent, brisés, au milieu d'un régiment de vieilles qui les découpent avec des scies de menuisier. Nous avons mis une heure pour franchir moins de vingt kilomètres. Pas d'hommes allemands, nulle part. Mon quartier, de l'autre côté de la Havel. Je me penche. Tout est rasé, sauf quelques pans de murs. On voit jusqu'à la carcasse de l'église de la Garnison à un kilomètre de distance. Les photos ne m'avaient pas livré le désastre en trois dimensions, la verticale anéantie. Combien de morts enfouis ? Waltraut ? Linda...

Un pont de navires permet d'aller vers la place du Vieux-Marché. Les roues font cogner les madriers. À l'arrivée sur la terre ferme, une autre armée de femmes déblaient les gravats à mains nues, remplissent des seaux que d'autres se passent de main en main jusqu'à les déverser dans des caves éventrées par les bombardements. Si Waltraut est entre leurs mains... Les petites mains de Linda tendues pour recevoir n'importe quoi à manger. Le Russe dit, dans son anglais mécanique, que tout sera en état pour la conférence. Il traduit par une formule simplifiée : « *All will be OK.* »

J'observe, fasciné, le manège des femmes. Descendre parmi elles, hurler : « Waltraut ! Waltraut ! » Les Russes qui possèdent les meilleurs tanks de cette guerre doivent aussi bénéficier de bulldozers, ne serait-ce que grâce à l'aide américaine. Ils ont donc choisi ce déblaiement à mains nues, comme au Moyen Âge. Je dois refermer la vitre, à cause de la poussière. La voiture s'arrête. D'abord, je ne reconnais rien, puis un morceau de mur me rappelle l'hôtel de ville. Pendant que le Russe fait son topo sur le centre sécurisé, précisant que des bâtiments légers y seront édifiés pour le travail des journalistes, j'explique à Steven que la mairie a dû être un centre de communications. Avec son autorisation et la permission du Russe, je m'approche des ruines. Un morceau de l'escalier d'apparat en marbre. Derrière, le hall où l'on affichait jadis les informations des différents bureaux.

Tout l'immeuble a été décapité, mais reste le plancher du premier étage qui protège en partie le rez-de-chaussée. Je m'y aventure et découvre, sur la paroi, des sous-verre poussiéreux, mais intacts, contenant des documents dactylographiés. Je les époussette. Annonces de ravitaillement. Numéros où appeler les pompiers. Soudain, liste des morts identifiés après le bombardement du 30 mars. Le nom d'une voisine. Rien des miennes. Le panneau suivant a trait à une distribution de bons de charcuterie. Je respire. Reste un dernier cadre : Bombardement (russe) du 15 avril. Le deuxième nom : Waltraut Werfer.

Je lis toute la liste, deux fois. Reviens à celle du 30 mars. Pas d'autre cadre. Rien sur Linda. Un morceau de pierre pour fracasser le sous-verre. Je prends la feuille et la cache dans ma veste. Je n'éprouve rien. La liste est signée. Il faudra retrouver un jour l'employé. Que signifie l'absence de Linda ? Disparue, ou vivante ? Pas le temps de chercher s'il y a un autre panneau parmi les gravats : il faut que je m'en retourne avec le groupe. J'explique avec trop de volubilité à Steven que les sous-sols doivent être intacts, ce qui veut dire que l'arrivée des câbles téléphoniques doit sans doute l'être aussi. Les Russes s'impatientent. Les limousines démarrent en frôlant l'armée des femmes. L'une d'elles crache dans notre direction. L'angoisse qui m'avait saisi à la pensée que Waltraut pouvait se trouver parmi les déblayeuses m'a quitté. Ce qui me taraude, c'est Linda. Linda abandonnée, des jours et des jours peut-être, à l'étouffement affreux des ensevelis. Ou, si Dieu l'a voulu, ma petite Linda si frêle sauvée, toute seule, cherchant sa maman parmi les décombres, l'horreur de la faim, des cadavres.

« *It shook you up* », dit Steven. J'ai approuvé, devinant qu'il disait que ma visite m'avait secoué. La mort de Waltraut et le sort de Linda ne regardent que moi. Comment savoir si Linda en a réchappé ? Est-elle chez les Russes ? Si c'est le cas, me laissera-t-on jamais venir dans cette zone à sa recherche ? Un second coup sur la tête après le bombardement et la mort de Honsi, mais, cette fois, je ne suis pas tombé dans les pommes, et il n'y a pas non plus les mains de Julia sur mon visage. Waltraut, si peureuse, si confiante en son *Führer*. Mais, si je retrouve un jour ma petite Linda, ne serai-je pas un

étranger pour elle ? Un méchant qui l'a abandonnée ?
Julia appartient à un pays vainqueur. Pourrait-elle aller
la chercher en zone russe ?

L'officier-guide annonce que nous arrivons au château de Sans-Souci, et débite que c'est un des pires
témoignages de l'exploitation du peuple allemand par
l'aristocratie. Ce château va être rendu au peuple. Il
jubile de sa grandiloquence et paraît déçu que son audi-
toire, suffoquant, gorge sèche, les yeux rougis, ne réa-
gisse pas. Mes larmes perlent. Je m'essuie comme si
c'était à cause de la poussière.

La conférence aura lieu dans le château de Cecilien-
hof, au nord de la ville ; Staline habitera la villa Luden-
dorf – autant de fruits de l'exploitation du peuple.
Surgit devant nous un régiment en uniformes clairs,
flambant neufs, avec des tanks sortis du lavage comme
leurs camions porte-fusées Katiouchka, dites orgues de
Staline. On nous traduit que ce sont les forces spéciales
du KGB. « D'accord, c'est l'Armée rouge qui a fait la
plus grosse partie du boulot, chuchote Steven. C'est elle
qui a cassé la machine de guerre de ton Führer, et en
payant le prix fort, mais c'est ceux-là, ces services politiques, qui vont nous le faire payer ! » C'est eux que je
vais devoir affronter. Leur nombre et leur puissance me
font froid dans le dos.

15. Julia

Depuis qu'on a retrouvé le corps de mon mari, je
piaffe d'impatience. Je ne me suis pas heurtée aux difficultés administratives que Charles redoutait – il a suffi
de mon témoignage –, mais à une intervention inatten-

due : le général de Gaulle a décidé de faire d'Henri un
Compagnon de la Libération. Un officier le représen-
tera donc aux obsèques, reportées en conséquence à
après les cérémonies du 18 juin célébrant son Appel
à la résistance, en 1940. Le père d'Henri, plus vieille
France que les légitimistes du faubourg Saint-Germain
chez Proust, a fort mal pris ce qu'il appelle une intrusion du nouveau pouvoir dans ce qui subsiste de ses
affaires de famille – façon pudique de dire que sa mère
et sa femme n'ont pas vécu jusqu'à la mort de leur petit-
fils et fils unique. Moi, je lis dans cet hommage du
Général la preuve que l'honneur de mon mari est lavé
de tout soupçon. Je respire mieux.

Le comte m'a fait tenir un mot disant qu'il « serait
congru que votre conducteur (il s'agit de Charles) et
vous arrivassiez la veille ». L'imparfait du subjonctif, le
goût marqué pour le vieux français donnent à son langage une patine qui brise en moi toute résistance. J'ai
donc obéi.

Ma tignasse a repoussé en tous sens. J'ai essayé d'y
donner quelques coups de ciseaux. Une catastrophe !
J'avais repéré un grand coiffeur, près de l'Alma. Personne ne m'y demanda d'où je sortais. J'ai pensé aux
femmes tondues de la Libération. Le bon shampooing
me rend une chevelure. Pour la première fois depuis
longtemps, je sens sa présence. Seul le prix me stupéfie,
mais je me sens différente, comme je l'avais voulu.
Franz aimait caresser ma tignasse. Il m'acceptera à la
mode. Ma nouvelle coiffure exige un chapeau convenable. J'ai achevé de me ruiner, mais je dois ça au comte
et à Henri. La fin de ma vie d'avant. Il me fallait une
assurance tous risques pour affronter la cérémonie que
j'ai voulue. Ma grand-mère me regarde de travers : « Tu
n'es plus ma petite-fille. Te voilà gravure de mode ! »

Je sais que j'ai réussi en voyant la surprise joyeuse de Charles.

Son auto avale les kilomètres, et le comte nous accueille avec la solennité requise. Ayant ouvert lui-même la portière, il m'offre son bras : « Vous l'avez, chère enfant, échappé belle. Vous êtes à ravir. Ne rougissez pas. Vous aurez désormais ici vos appartements. Vous n'êtes pas que l'héritière d'Henri, mais *mon* héritière. Vous êtes donc chez vous et pourrez meubler ces pièces comme bon vous semblera. »

Il s'arrête, plante son regard vif dans le mien : « Elles n'ont pas d'histoire à vos yeux, ces pièces. Je veux dire : pas de passé. Vivez au présent, vous avez la volonté de fer qu'il faut. Comme Dieu ne vous a pas comblée de grâces pour que vous restiez veuve, que vous avez repris goût à vivre, la seule fidélité qui me comblerait serait que vous gardiez votre nom d'épouse. Persuadez-en celui que vous prendrez – un silence, et il détourne son regard – pour amant. »

Je n'ai pas frémi. Mis simplement ma main sur celle du comte pour sceller l'accord. A-t-il deviné Franz ? Nous entrons dans le château. En repliant l'ombrelle qu'il tend à un domestique, il donne des ordres à la femme de chambre pour qu'elle me débarrasse de mon chapeau, de ma veste de voyage, et reprend mon bras pour me guider. Je n'aurai pas la chambre spartiate que j'avais occupée jadis avec Henri, mais un appartement de dame avec boudoir pour vivre hors de l'époque.

Je m'étais toujours efforcée de plaire au vieil homme, et je crois avoir réussi au-delà de toute attente. Il me conduit d'abord au point de vue sur le parc par une fenêtre ouverte. Puis à ma chambre à coucher. Grand lit à baldaquin ; salle de bains moderne par contraste. Il ouvre un placard. Le costume de cavalière qu'il m'a offert lors de mon premier séjour avec Henri. Comme jamais porté. « Je suis sûr qu'il vous va toujours. Une promenade à cheval vous changerait les idées. Disons : à six heures. » C'est ainsi depuis notre première rencontre, il y a six ans : il ne me laisse pas le choix de la réponse, mais pour des propositions que je ne songe pas à discuter.

J'ai l'impression d'entrer tout éveillée dans un rêve. Franz ici, un jour ? Je prends une longue douche, essaie le costume. Il me va comme un gant, ce qui me comble d'aise. Une glace en pied me montre plus femme, plus sûre de moi, et ça me fait rosir les joues. Je me demande seulement si je m'entendrai bien avec le cheval. C'est le cas, et le rêve continue. Le comte m'escorte sans parler, comme s'il me protégeait. Détendue, j'ai passé au trot, grisée par l'air frais des sous-bois. Il vient à ma hauteur : « Vous êtes vraiment une Villeroy. Toute cette campagne est à vous ! »

Je n'ai pas osé raconter ma promenade à Charles quand nous nous sommes retrouvés pour le dîner qui est, au contraire, solennel à souhait. J'ai écouté distraitement une conversation portant sur le référendum qu'on allait soumettre aux Français. Charles et le comte étaient d'accord qu'il fallait en finir avec les « gouvernements d'assemblée », instables, flottant au gré de la démagogie, de la Troisième République. Mais si Constituante il y avait, qu'en sortirait-il ? Qui la France élirait-elle comme députés ? Les résistants ? Charles en est persuadé.

Le comte se redresse comme s'il prenait du recul : « Seront-ils encore des rebelles dans cinq ans, mon cher ? – Je ne vous suis pas, dit Charles, décontenancé. – Hitler vous réunissait. À présent, vous gouvernez. Autant dire que vous vous divisez. C'est un des inconvénients de la démocratie. Rappelez-vous que les élus du prétendu Front populaire, tous plus à gauche les uns que les autres, ont voté, sauf les communistes, massivement pour Pétain en 40. Les leçons de la fin de votre révolution de 1789 n'ont servi de rien, mais Bonaparte était un jeune général victorieux, de Gaulle est un politicien. Laissez-moi lever mon verre à un avenir que mon fils ne verra pas, mais que Julia saura emplir de sa beauté et de sa droiture ! »

Si j'avais été à ses côtés, je lui aurais sauté au cou. Je dis simplement : « J'espère que vous partagerez longtemps cet avenir avec moi. – Ce sera à vous de perpétuer mon lignage. Ce ne sera sans doute pas la première fois depuis les croisades qu'il se poursuivra par procuration. » Là, bravant tout cérémonial, je me suis levée pour poser un baiser sur son front. Il a serré ma main pour y répondre.

Nous avons pris congé tard, après les alcools auxquels mon côté russe a fait honneur. Charles chuchote : « Tu as conquis ton beau-père. – Je suis tout ce qu'il lui reste. Il me donne le rôle de son fils dans la continuation des Villeroy. » Je le fixe comme pour lui dire : J'espère que Franz... La phrase s'arrête dans ma tête avant d'être achevée. Franz accepterait-il ? Cela ne dépend que de moi. Charles m'embrasse. « Il sait que l'avenir est à toi. » Je me rétracte aussitôt : toujours la peur de braver le bonheur. D'abord, il faudrait que Franz soit à moi. Ensuite, un Allemand, tout de même, chez les Villeroy ? Il est vrai, comme le pense le comte, qu'ils n'en sont sans doute pas à leur premier relais, au cours des siècles. Leur côté vieille France : affaire de nature ou de culture ?

Pas le temps d'y penser, car la femme de chambre m'attend, ce qui me gêne parce que je ne sais qu'en faire, ne voulant pas me laisser déshabiller. Je lui donne mes ordres pour le petit déjeuner. Puis pour les vêtements de grand deuil. Mes quelques heures au grand air me font dormir comme une souche.

Roger et Katie arrivent à l'heure précise, le lendemain, après l'envoyé du Général qui semble tout juste sorti de Polytechnique. Ils sont suivis, avec un peu de retard, par Motin, raide et tendu comme un lord ayant forcé sur le whisky, chapeau Eden et manteau gris de demi-saison, trop chauds, donc. Il se casse en excuses parce que sa voiture a crevé. Autant le comte s'est montré chaleureux jusque-là, autant Motin est reçu avec la morgue qu'il réserve au nouveau pouvoir.

Pour la première fois, je me demande ce qu'Henri serait devenu en politique s'il avait vécu. Aurait-il été gaulliste ? Le sujet n'avait jamais été abordé entre nous. Il faudra que j'en parle avec Charles. Je me sens réconfortée d'être traitée comme une Villeroy. Ai-je cette volonté de fer que le comte me prête ? Les femmes votent, désormais. Ce sera à moi de choisir, et toute seule, car Franz n'aura qu'un statut d'étranger. L'aurai-je seulement à moi ? Le comte a fini par me plonger dans un conte de fées.

Katie a mis son uniforme qui la sculpte, ses cheveux flamboient sous le drôle de chapeau réglementaire anglais à bord relevé. Roger, embourgeoisé dans son trois-pièces cravate, est seul à rester tête nue. Charles joue au chevalier servant avec conviction et panache, chapeau Eden lui aussi, complet de Savile Row sur sa carrure de rugbyman. Tous gardent leurs distances. Le grand deuil.

Conduite dans la Delaunay-Belleville du comte, puis isolée dans l'église sur un fauteuil à côté de lui, j'entends le curé du village célébrer la messe pour le repos de l'âme. Il évoque Henri enfant, Henri héritier du château. Grand professeur à Paris. Reconnu désormais comme un héros. La simplicité que je voulais pour clore la tragédie. La cérémonie me semble bien un peu exotique, trop nue par rapport à l'orthodoxe, mais elle gagne en émotion devant ces femmes et ces hommes noueux, basanés par le travail de la terre, qui gardent le souvenir d'un enfant et d'un jeune homme de livre d'images. Sans autre repère que le comte, j'ai un temps de retard quand il faut se lever, ce qui gêne mon recueillement.

Henri l'aurait voulu ainsi. Cette pensée met fin à mon examen de conscience pendant la longue procession sous le soleil brûlant jusqu'au caveau, en forme de petit temple antique, sur une butte entourée de grands arbres. Le comte me donne le bras. Sacre son héritière. Motin, impassible, met ses pas dans ceux du jeune envoyé du Général. Je dois subir mon sort de veuve jusqu'au bout, engoncée dans des vêtements trop lourds, selon la tradition.

Henri se méfiait de l'armée et de ses rites, même s'il les pratiquait avec une rigueur consommée. Sa mobilisation en 39 n'avait rien changé, qui s'était muée en résistance. Il restait en marge. N'obéissant qu'à lui-même. Cet enterrement solitaire lui eût convenu : il appartenait d'abord à cette France-là. La présence de l'envoyé du Général mettra un terme aux questions sur la chute du réseau. Ultime problème à régler pour moi : retrouver ce Klaspen. Tirer enfin au clair ce que signifie *Alésia*.

Le protocole s'enclenche et me sort du passé. La médaille. Ou plutôt le collier de l'Ordre. Troufions au garde-à-vous. Drapeaux. Vide autour de moi pour que je dise les quelques mots prévus, avec les corrections exigées par le curé qui a besoin que toute idée de suicide soit écartée : « Il s'est sacrifié dans l'honneur pour me sauver la vie. Je suis rentrée vivante. Nous vivons donc unis dans la victoire qu'il voulait arracher à notre défaite. Honorons son courage indéfectible et sa grandeur d'âme. Prions pour son salut ! »

Je croyais en avoir fini, ayant oublié le défilé des gens. Le comte me guida. L'aide de camp du Général me salua. Motin me baisa la main. J'ai accompli le rituel, l'esprit ailleurs. Katie me prend à part : « Tu as été parfaite. C'est bien que Motin ait été relégué dans son coin. Il me plaît de moins en moins. » Dès que nous sommes seuls, mon beau-père m'étreint : « Vous vous êtes montrée en tout digne de votre époux. J'ai à vous parler. » « Époux » me fait me mordre les lèvres. J'avais préparé pour mon discours : « Mon époux s'est sacrifié ». C'était devenu : « Il ».

Inquiète d'avoir gaffé, je le suis à l'écart. Malgré lui, il prend la pose, chef blanchi, visage encore allongé par la barbichette très vieille France, ou vieille Russie, voire vieille Espagne dans sa cape noire. Profil d'aigle qu'il fend d'un sourire. « Julia, vous êtes une Villeroy. Vous venez de le prouver, s'il en était besoin. » D'un geste de bénédiction, il m'empêche de répondre. « Comme vous savez, il ne me viendrait pas à l'idée de vous enfermer dans votre veuvage. Simplement, enfin, si vous nous donnez un fils assez vite (il me fixe) je veux dire : de mon vivant, j'aimerais trouver le moyen de l'adopter afin qu'il hérite de ce château, des chevaux. Du mode de vie Villeroy... Quand Henri vous a présentée, j'ai pensé que c'était vous, pas seulement par votre sexe, qui seriez en charge du futur de la famille. J'ai anticipé. » Il saisit ma main, la baise et s'éloigne, jugeant, à son habitude, que ma réponse va de soi.

Je demeure un long moment immobile, puis laisse retomber mon voile noir pour être seule à nouveau.

Franz comprendra. Katie, Roger et Charles m'attendent
à l'écart. J'ôte et range mon voile. « Tu as fait la conquête
de ton beau-père », blague Katie. Je l'embrasse sans
répondre : je ne partage pas mon secret. Je tends mon
front à Roger, ma main à Motin. Charles me conduit à
l'auto où se trouvent déjà nos bagages. J'attends d'être
hors de la vue des gens du village pour me débarrasser
de mon chapeau. « Je craignais que tu ne tiennes pas le
coup jusqu'au bout », dit Charles. Je dégrafe mon corsage pour mieux respirer : « Je n'avais pas imaginé que
ce serait si long. Si lourd de responsabilités. » J'ôte mon
alliance.

Il me restera des images agrestes sous le grand soleil
de l'été. La promenade à cheval. Un paysage à la Gains-
borough, XVIIIe, comme l'appartement. Je ferai cet
enfant avec Franz. Et il sera un cavalier, comme Henri.
Avec le comte, il aura au moins un grand-père. Grand-
mère reprendra pour lui du service. Je n'ai jamais conçu
un avenir, le voici qui sourit tout soudain, hors de
l'époque. Dès que nous avons traversé la Loire, nous
entrons à perte de vue dans la mer des hauts blés de
Beauce qui jaunissent déjà. Quelques vagues de fraîcheur entrent par les vitres ouvertes. Je me réveille dans
la longue traversée pavée d'Étampes.

« Je te dépose chez ta grand-mère ? – Oui, je lui dois
le récit. À présent, je suis prête, pour Franz. Le sera-t-il
pour moi ? » La route pavée, pas refaite depuis le siècle
d'avant, est encombrée : charrettes à chevaux, camion-
nettes à gazogène, comme sous l'Occupation. Sorti de
l'embouteillage, Charles se penche : « Je ne t'ai jamais
posé de questions. – Je suis amoureuse, Charles.
Comme je ne savais pas que ça existait. Probablement
en vain. Franz m'a fait goûter au bonheur quand j'espérais seulement éviter la mort. » Un flot de larmes. Je me

calme. « Je fais des plans pour l'avenir, mais je n'ai aucune nouvelle de lui. Peut-être m'a-t-il déjà oubliée dans les bras de sa femme. » Je pleure de plus belle, comme pour évacuer toute la tension.

Dans la descente d'Arpajon, nous avons croisé le petit train à vapeur des maraîchers qui revenait des Halles, ses wagons débordant de cageots vides. Je rentre bel et bien chez moi, l'aventure finie. « On ne sait jamais quand l'amour vous tombe dessus, dit Charles d'une drôle de voix. Toi au moins, tu l'as connu. Voilà ce que tu dois te dire. Il n'y a que ça qui compte. Le reste n'est que foutaise. » Sa voix a trébuché sur le « qui compte ». Tellement inattendu de sa part. Déjà il me dépose.

Je raconte. Ma grand-mère estime que M. de Villeroy parle vraiment comme un homme de la noblesse : « Pour lui, ton Franz ou qui que ce soit d'autre ne sera jamais qu'une pièce rapportée. Il suffira de toi pour lui faire un Villeroy. – Je ne sais même pas si je pourrai jamais avoir un enfant. – Ne sois pas idiote. Dès que tu auras fini de sécher sur pied... Tu n'en feras peut-être qu'un, comme moi et comme ta mère. Mais toi, il faut que tu sois une mère à fils ! »

16. *Katie*

Les obsèques du mari de Julia m'ont plus secouée que je ne m'y attendais. Si elle peut ainsi clore sa guerre, moi, je voudrais pouvoir m'extraire du passé, changer de peau, mais je ne saurai pas quoi faire de la paix, et c'est ça qui me ronge. Roger est parti pour l'Allemagne : une tournée des popotes d'après-victoire avec le général de Lattre. Il a pris une telle place dans ma vie que je me sens toute bête. La France se passionne pour le procès Pétain. Au bureau, je n'ai que des paperasses à trier.

Le chef a dû s'en rendre compte. Il me convoque avec Jill et nous prévient tout de suite que, cette fois, nous n'aurons pas à tirer : il s'agit d'une visite formelle à un survivant d'un réseau, un haut fonctionnaire des Finances. On le soupçonne d'avoir sauvé sa peau en livrant les autres aux nazis. Aucun ne s'en est sorti. Pas de preuve, donc. Étant donné son rang, ses protections, la solidarité propre à ce milieu en France, nous devrons y aller avec des pincettes. Seulement lui faire sentir : « Je vous demande un effort de coquetterie. Le but est de l'alerter, de l'inquiéter. Dites que vous êtes chargées d'établir les pensions, pour les veuves, qu'il vous manque des détails : *You have to shatter his self-confidence.* » Ébranler son assurance.

Diversion bonne à prendre. Je laisse Jill régler le rendez-vous pour m'occuper de moi afin d'en jeter devant ce type. Rendez-vous chez le coiffeur. Manucure. Ma robe d'été vert céladon pour chauffer mes reflets roux : Roger en sera sur le cul. J'ai dû réussir mon coup, à voir la tête de Jill qui, elle, n'a fait aucun effort. Nous avons rendez-vous à dix heures du matin. Une petite rue du XVIe Auteuil, genre constipé parce que sans boutiques. C'est moi qui conduis. J'en suis à chercher à me repérer dans ce quartier inconnu, quand une voiture de pompiers, tous feux et sirènes en action, m'oblige à la laisser passer. Elle stoppe bientôt. Rue bloquée, j'arrête l'auto pour découvrir que ça se passe dans la maison où nous devons aller. Un pompier me barre le chemin. « Suicide au gaz, n'approchez pas. » Je regarde Jill. Je suis certaine que c'est la réponse à nos questions. Il nous suffit de jouer les badauds.

Les habitants de l'immeuble, déjà évacués, attendent dans la rue. Des femmes, la plupart en peignoir. Rien de négligé. Vieille bourgeoisie. D'ailleurs, l'immeuble est cossu. Enfin les pompiers sortent avec une civière. Un corps recouvert d'un drap. Des femmes se mettent à pleurer. Je repère la plus vulgaire, sans doute la concierge. « Qu'est-ce qui s'est passé ? – Oh, madame, il n'a jamais supporté que sa femme soit morte en déportation. »

Le chef ne nous en a rien dit. Comment savoir si c'est bien lui ? Un flic se présente pour annoncer qu'il va apposer les scellés. La concierge donne le nom et l'étage. C'est bien notre objectif.

Au retour, le chef ne tressaille même pas. « Vous voyez, parfois il suffit d'un coup de téléphone. C'est toi, Katie ? – Non, Jill. – Tu as pris la voix qu'il fallait. Venez, les filles, je vous paie un gueuleton. Ne vous y trompez pas, ce n'est pas une victoire. Il cherchait seulement comment en finir. Nous aussi. »

Nous avons trop bu. Nous portons soudain tous les deuils de notre présent. L'Inde enfin indépendante va à la guerre entre musulmans et hindous. Churchill ne survivra pas aux élections. Staline a tout gagné.

Nous sommes rentrées pompettes. Il y a une banquette dans mon bureau. Je me suis réveillée la première. Jill, couchée sur moi, sa tête entre mes seins, comme si nous avions fait l'amour. Je l'ai déposée avec douceur. Je ne raconterai rien à Roger. Rongier, au moins, c'était encore la guerre.

III.

L'AMOUR ET LA MORT,
DE L'ÉTÉ À L'HIVER

1. *Julia*

J'avais tellement fabulé sur la victoire que j'ai le sentiment qu'elle est passée comme une lettre à la poste, sans apporter ces bouleversements dans la vie pour lesquels Henri et tant d'autres sont morts. Les journaux ne parlent que du procès Pétain. Toujours la boue. Moi, je pense à retrouver Franz afin de fuir ce passé dont je veux enfin sortir. Et d'abord à danser, le 14 juillet. Pas possible de compter sur Charles dont la femme va accoucher. Je téléphone chez Katie. Personne. Au journal, on m'apprend que Roger vient de repartir pour l'Allemagne : la conférence de paix. Il paraît que les Russes veulent une partie de la Ruhr. Pourquoi se gêneraient-ils ?

Ma solitude. Un magma étouffant. Jamais connu ça, même pendant les mois à l'isolement, à mon arrivée en prison. J'attendais, j'espérais dans ma petite cellule nue. Quoi ? La fin de la guerre ? Bien trop tôt alors pour oser y penser. Qu'on me sorte pour me mettre au travail ? Que quelqu'un, enfin quelqu'une vienne me parler ? Peu importe. L'espoir était ma drogue. L'arrivée de Claudine l'a confirmé.

Libre, il ne m'en reste plus rien. Le comte me veut un avenir, mais je n'ai que des lendemains vides et la peur de ce que souffre Franz quand tous danseront à perdre haleine. Libre, oui, au sens où le sont les taxis et les putes, à attendre le client. Aucun mot ne me semble assez dur, assez cruellement tordu pour contenir mon angoisse. Tout a été trop beau, au château. Madame de Villeroy, avoue que tu t'emmerdes alors que ça ne se fait pas dans un pays qui pense avoir enfin décroché la lune ! Je m'étonne d'avoir pensé « de », comme mon beau-père. Jette aux ordures ton conte de fées. Le conte du comte. Le compte du comte !

Plus fatiguée qu'après une nuit sans sommeil, je prends le temps d'essayer de chasser la bouffissure sous mes yeux. En vain. Je pars pour le bureau sans avaler autre chose qu'un café. Conduire me fait du bien. Je fonce. J'arrive boulevard Victor comme Charles sort du bâtiment : « J'ai conduit Ginette à l'hôpital, mais ils m'ont chassé. Ils ne veulent pas d'un mari impatient. J'ai rendez-vous à onze heures. Je ne peux tenir en place. – Je t'accompagne ! » Pour chasser les démons de la nuit.

Il m'enlace : « Je n'osais pas te le demander. » À la maternité de Port-Royal, nous sommes reçus comme des chiens dans un jeu de quilles et aussitôt enfermés dans une petite salle sans air. Je me sens ramenée en prison. Soudain, Claudine, pimpante en infirmière : « J'avais bien cru vous voir passer. J'ai pris ce travail, le temps des vacances, pour ne pas perdre la main. » Je tombe dans ses bras : « On m'a séquestrée avec l'heureux père. – C'est pour éviter toute possibilité d'infection. On pense toujours que, sauf les accoucheurs, c'est une affaire qui ne regarde pas les hommes. La tradition, que veux-tu ? De toute façon, un bébé, les premiers jours, c'est un tube digestif. » Cette désinvolture me choque. J'ai plus que jamais besoin de sentiment, mais je suis sans expérience.

Claudine enchaîne, prolixe : « Mon mari a conçu une réunion où je parlerai, avec d'autres femmes déportées ; il faut que tu y viennes, j'y joue un peu mon va-tout, avec lui. Je dois lui montrer que je suis encore bonne à quelque chose, pour le Parti. Oui. Ce n'est pas gagné, tu sais. Surtout, tu dois convaincre Katie d'y parler : c'est elle qui a la plus vaste expérience. Ça m'évitera peut-être de me donner en montre. » Pas la moindre envie de monter sur une estrade et de parler à un public de rouges, mais Claudine me bouleverse, à son habitude. Je la serre dans mes bras comme aux premiers jours dans la prison. Je m'arrangerai avec Katie.

Notre groupe est bousculé par une forte infirmière qui porte des insignes de gradée : « Une fille, monsieur Moissac. Trois kilos trois cents. Une réussite. On va vous la montrer derrière une vitre. » Claudine bat des mains. Charles me glisse à l'oreille : « Selon le désir de sa mère pour une fille, elle va s'appeler Danielle, à cause de Danielle Darrieux. » Choisir le prénom d'une actrice me choque, mais ça va bien avec ce que je devine de Ginette. Un prénom, pourtant, ce n'est pas pour soi, c'est pour l'enfant. Je m'en tire en souhaitant bonne chance au bébé, et décampe après avoir à nouveau embrassé tendrement Claudine. J'aimerais faire un bébé avec Franz. Une idée me traverse : « Claudine, il faut que tu me donnes les coordonnées de ta gynéco. – Tu as des problèmes ? » Je secoue la tête : « Les cicatrices des brûlures que tu as si bien soignées, je voudrais les... les arranger. J'aime mieux en parler à une femme. » En fait, je passe par elle pour ne pas mettre Charles au courant.

Je rentre au ministère en métro. La rame est presque vide. Comme à chaque fois, le passage en ligne aérienne me procure du plaisir, car j'aime planer au niveau des toits. Pourquoi la maternité m'a-t-elle conduite à mes cicatrices ? Franz. Je n'ose pas me le dire, mais j'en rougis : son sexe me manque ; mon corps en rêve. Il me faut attendre assez longtemps au changement de La Motte-Picquet. Ensuite, tout va très vite jusqu'au terminus, Place Balard. Ç'avait été un quartier neuf, avant la guerre ; à présent, il s'est lui aussi terni, avec des salissures. Négligences et abandons. Le poids de l'Occupation, ou autre chose ? Non. Comme avant 40, des crottes de chiens, preuve que les gens ont davantage à manger. Je redeviens terre à terre.

Le meeting de Claudine m'effraie. Comment refuser ? Je me rassure à l'idée que la responsabilité en retombera sur Katie. J'aurai juste à raconter la prison et la différence avec le camp, l'horreur qui m'a saisie en découvrant des barbelés électrifiés. N'importe quel passant allemand pouvait voir. Ce sera simple et efficace. Ne pas évoquer notre rapatriement, que personne ne comprendrait. S'en tenir à la déshumanisation. Aux meurtres de masse. Je vois bien le bénéfice politique pour le mari de Claudine et son parti qui se fait appeler « le parti des fusillés », mais c'est l'affaire de tous. Allons, ma vieille, ne sois pas trop russe blanche.

Au ministère, note du directeur. On renfloue l'épave d'un Heinkel à réaction dernier modèle qui s'est abîmé dans la Manche. Les Anglais l'emporteront pour l'examiner à loisir, mais ils acceptent la présence de spécialistes français. Je confirme au téléphone. Je le sens content que j'aie répondu si vite, mais sa faconde méridionale s'éteint aussitôt. « Le chiendent, chère amie, c'est qu'ils ont placé la remontée le 14 juillet. Pour eux, ce n'est pas un jour de congé ! »

J'éclate de rire, soulagée d'être prise en ce jour de fête : « Pour moi non plus, monsieur. » Il mettra ma réponse au compte de la particule, mais je m'en fiche. Exactement ce qu'il me faut. Je reprends le téléphone pour demander à Katie de m'accompagner. « Tu acceptes ? – Bien sûr. Tu as besoin d'une traductrice. Je n'ai pas le cœur à m'amuser toute seule avec des gens qui se croient victorieux. »

Dans la foulée, je lui transmets la proposition de Claudine. Katie prend son ton des mauvais jours : « Ce que j'ai à dire va les déranger. Le mari de Claudine y perdra des voix. – Tu acceptes ? – Si on refuse, Claudine risque de ramasser une rouste, comme au temps où il ne pouvait pas la baiser. Au fait, elle s'est rétablie de ce côté-là ? – Oui, Charles a une copine gynéco. – C'est bon à savoir. D'accord pour l'avion. J'y serai, ma douce et tendre. Il y a des jours où j'ai envie de dire merde à la terre entière. En attendant, retrouver des types de mon armée me fera du bien. »

Pas de train convenable pour Cherbourg. Je venais de troquer ma Peugeot qui rendait l'âme pour une 15 Citroën traction avant toute neuve. Autant l'essayer. Il faut de la poigne pour la faire virer, mais elle colle à la route. Nous avons dû quand même rouler jusqu'à la nuit parce que – fondrières et déviations – les chaussées se ressentent encore des combats du débarquement de juin 44 et des charrois des tanks. Les marins des deux flottes nous reçoivent avec les égards dus à la reine d'Angleterre. Gueuleton. Le renflouement, le lendemain matin, est une réussite. À la première manœuvre, le navire-grue dépose l'avion sur le pont. Un bimoteur effilé, l'avant intact. On donne aux Français un des deux moteurs à désosser. L'avion me semble beaucoup plus fin que le prototype français. Beaucoup plus moderne, aussi. La guerre est une accélératrice des recherches.

Les officiers se mettent en frais pour nous. La mer est belle, le soleil ardent. Lunch à bord. Les Français semblent nous tirer au sort, tandis que les Anglais n'ont guère le cœur à rire. Churchill va perdre les élections parce que la guerre a été très dure et très longue. Il y aura des compressions dans l'armée et la marine, si les travaillistes gagnent. La marine, surtout, devra se serrer la ceinture.

Nous avons un petit coup dans l'aile en reprenant l'auto. La vitesse nous dessoûle. Ce sont les pneus, pourtant neufs, qui lâchent à cause de leur mauvaise gomme. Méfiante, j'avais bien fait de prévoir deux roues de secours. L'exercice physique n'est pas mince, pour dévisser les boulons, monter la lourde voiture sur le cric ; il achève de nous remettre en forme et nous voilà dans Paris en fête, fort contentes de notre virée.

À Saint-Germain-des-Prés, comme je m'y attendais, très décolletée, en beauté, Lucette règne. D'entrée de jeu elle nous annonce qu'elle a viré son métallo après usage : « Je ne suis pas prête à restreindre ma liberté de mouvement. » Donc, elle appelle ça *du mouvement*. Elle chuchote pour Katie : « On m'a dit que Rongier a passé l'arme à gauche, que c'était dans le journal. – Ça lui pendait au nez », dit Katie. Lucette l'enlace : « Je te dois la vie. Personne ne m'ôtera de l'idée que tu as été la cheville ouvrière... – On ne prête qu'aux riches ! » Lucette la serre à la faire décoller de terre et ne la lâche que pour entrer dans la danse. Katie a rougi. Est-ce elle qui a... Rongier ? « Viens, dis-je en l'enlaçant à mon tour. Ça va nous faire venir des cavaliers. » Je ne me trompais pas.

Nous avons fini la nuit avec des GIs noirs émoustillés de danser avec des Blanches. La fête terminée, ils pensent avec inquiétude à leur rapatriement proche, à ce qu'ils vont trouver au pays. Ou plutôt ne pas trouver. Certains vont inventer n'importe quoi pour rester en France. Je m'en veux de si mal suivre leur conversation. Il faut absolument que je me mette à l'anglais. Ou plutôt à l'américain. Aux Américains. Je me suis mordu les lèvres, comme si j'avais voulu m'éloigner de Franz. Non. S'il ne m'écrit pas, c'est qu'avec sa femme... Je me suis levée pour demander dans mon anglais appliqué qui d'entre eux voulait une dernière danse avec moi. Passant de bras en bras, j'apprécie comme ils ont le rythme dans le sang. Et la provocation que je lis dans les regards furieux, pas seulement des femmes, mais aussi des hommes blancs ! Si j'étais courageuse, j'irais jusqu'au bout. J'en choisirais un. Tu n'es pas comme Lucette. Te voilà revenue à tes amours de tête. Si Franz pouvait me revenir ! « *You're not here anymore* », chuchote mon cavalier. « Excusez-moi ! » Après lui avoir fait, pour accroître la provocation, une bise, j'expédie les adieux avec les copines.

Grand-mère est déjà debout. « Tu as retrouvé ta jeunesse, c'est bien. » Je me sens plus flagada que jamais. J'ai failli lui répondre que non, mais je me suis ravisée pour ne pas lui faire de peine et j'ai approuvé. « Tu n'as même pas ouvert le courrier arrivé après ton départ ! » Elle me désigne une enveloppe sur le buffet. Je bondis. *US Postal*. Sigles et chiffres. Ma respiration s'arrête. *Mrs Julia de Villeroy*. Franz !

Petite feuille couverte d'une écriture fine, précise, sans trace même de gothique : « *Potsdam 10/07. Julia chérie. J'ai une occasion inespérée de t'envoyer ce mot parce qu'on me sort de mon camp pour travailler quelques jours. J'ai appris que ma chère Waltraut a été tuée dans le bombardement de notre maison par les Alliés, une semaine avant que je vienne vous chercher. J'ai trouvé une liste administrative où son nom est tapé à la machine, mais ma petite Linda n'y figure pas. Mon seul espoir est qu'elle ne se soit pas trouvée à ce moment-là avec sa mère. Peut-être avait-on évacué les enfants ? Dans le cas contraire, comment a-t-elle pu vivre dans ces ruines ? On ne sait rien des survivants. Je suis malade d'inquiétude. Une fillette encore si frêle. Sans défense. On m'a promis qu'après ce travail j'irai dans un camp d'où je pourrai officiellement t'écrire. Excuse ce français de lycée. Il me permet de dire que je t'aime. Ton Franz. »*

Écriture et ratures d'une main ferme. Mon cœur cogne. Je n'arrive pas à reprendre souffle. Grand-mère m'observe, inquiète. Je lui tends la lettre et j'ai du mal à attendre qu'elle l'ait lue. Je parviens à articuler : « Moi aussi, je l'aime. » Je monte l'escalier quatre à quatre, couvre le papier de baisers en pleurant un trop-plein d'émotions. Je m'en veux d'oser imaginer que Franz sera tout à moi, puisque son épouse... Si ça nous portait malheur ? Trop de bonheur ne me vaut rien. Je me sens toute chose. La fatigue. Une douleur trotte en mon ventre. Dans ma tête.

Je me sens toujours aussi vide et patraque quand j'émerge au début de l'après-midi. Mal aux cheveux. La fête de la veille, ma vieille. Mon estomac crie famine. Ce que Franz écrit de sa petite Linda... Il ne peut aller à sa recherche. Il ne sera à moi que si je la retrouve. Il faut que Linda soit vivante. Trop injuste que... Je comprends mon malaise : mes règles sont revenues.

2. Roger

« *Wer aber sind sie, sag mir, die Fahrenden, diese ein wenig / mehr Flüchtige noch als wir selbst ?* » Qui sont-ils, dis-moi, ces errants, un peu / plus fugitifs encore que nous-mêmes ? Tout au long de cet interminable voyage en train qui me ramène de la zone soviétique où s'est tenue la conférence de Potsdam, ces vers hachés mais si souples de Rilke me trottent par la tête comme un disque cassé reprenant sans cesse à son début. Je les ai relus dans un album d'art ancien ramassé à Erlangen, une ville de huguenots, parmi les ruines d'une bibliothèque. Ils étaient mis en légende à la grande toile rose de Picasso, *Famille de saltimbanques*. Je me vois comme l'un d'entre eux, par malheur pas dans un paysage paisible et nu sous le soleil d'Espagne, mais au milieu des décombres de l'Allemagne vaincue, roulant sur des ponts brinquebalants, passant de gravats en débris. Mon métier est un métier d'errant. Je le supporte mal, mais je ne peux m'en passer. Qui suis-je ? Seule Katie le sait. M'a-t-elle attendu ?

J'avais trop vite pris cette conférence de la paix sans la France pour une formalité. Qu'après les trois premiers jours Churchill et Eden, les vainqueurs, aient été chassés par les premières élections de l'après-guerre m'a secoué. Au fond, j'aimais bien Churchill, ne croyant guère que ces gens du Labour Party seraient de taille à affronter, en compagnie d'un autre inconnu, l'Américain Truman, à la place de Roosevelt, un Staline en place depuis un quart de siècle. Un Staline qui, dès avant la conférence, a mis Berlin et les deux tiers de l'Allemagne dans sa poche. Trop de nos socialistes ont été munichois, trop ont voté pour Pétain. Au fait, est-ce que le Labour, lui, a refusé Munich ? Chez eux, c'était Churchill le résistant. Alors ?

Un taxi gare de l'Est et, dans le Paris encore désert de sept heures du matin, je me trouve presque trop vite chez moi. J'entre comme un voleur, de peur de réveiller Katie. Elle crie « C'est toi ! – Qui veux-tu que ce soit d'autre ? » Elle sort nue de la douche, plus Titien que jamais. Je balance valise et imperméable pour la prendre dans mes bras. « Sachons attendre ce soir, dit-elle, il faut que tu te laves aussi du voyage. Et moi, j'ai une corvée dont je me serais bien passée. »

Je crois à une affaire du service et contemple l'habillage. Katie sait être aussi sensuelle dans ce sens-là que dans l'autre. Soudain, je repense à Rongier. Nous n'en avons jamais reparlé, mais, pour moi, cela n'a jamais fait aucun doute, c'est elle ou les siens. Je prends un air détaché : « L'affaire Rongier est close ? – Il n'y a jamais eu d'affaire Rongier. Point final, mon chéri ! » Elle m'explique trop vite qu'elle n'est pas prise par son service, mais par une réunion de témoignages sur les déportés due au mari de Claudine. « Je ne croyais pas que tu serais déjà de retour. C'est pourquoi j'ai dit oui. Ça te donnera l'occasion d'un bon papier. – L'ennui, c'est que Julia et toi vous êtes de belles filles en bonne santé. Ils n'y croiront pas... Comme la France n'a pas été invitée à Potsdam, je suis disponible. »

Je n'aurais pas dû lui dire ça, après ma question sur Rongier. Elle me regarde droit dans les yeux. « Rongier, si tu veux savoir, je ne regrette rien. C'était un nuisible. Tant qu'il y a état de guerre... » Je la prends dans mes bras pour lui montrer que je suis solidaire. Liquider Rongier était la seule façon de libérer Lucette. Pas de morale qui tienne. « Ça te laisse tout chose. – Je pense aux risques que tu as courus. – Je saurai arrêter à temps. » Elle enchaîne sur la soirée : « Je vais y aller en civil, mon chéri. Salopette et veste, chignon serré. Opération kommando, de nouveau. Moralement, du moins. Plutôt, mentalement. »

C'est elle qui a raison. Potsdam n'y change rien. La première fois, tout de même, que je suis parti aussi longtemps. Je raconte la tournée des popotes avec de Lattre, le général français qui a signé la capitulation allemande, sûr de lui à en être infatué, charmeur. Nous traversions des ruines déjà propres, bousculés par des marmots surgis de n'importe où, hâves, dépenaillés, leurs petites mains sales tendues. Des femmes en échange de cigarettes, de chocolat. Des vieux, malins, nous proposaient les préservatifs de l'armée US et la jeune fille qui allait avec.

« On a toujours vendu les enfants, complète Katie, sentencieuse. Mon mari racontait, de son service en Birmanie, que fillettes et garçonnets y étaient proposés ouvertement, bordels ou pas. – Mais quelle Allemagne va sortir de là ? – Une Allemagne qui voudra oublier. Se refaire. Ils sont habiles, industrieux. – Les femmes, Katie ? – Un vagin n'a pas de mémoire, notre copine Lucette te le dira. C'est dans la tête. Ensuite, comme moi, elles auront peur de faire des enfants. »

Elle me clôt la bouche d'un baiser : « Si c'était affaire de tendresse, d'en parler à haute voix, comme le croient les psychanalystes, ces choses-là se régleraient avec le temps. Mais nous sommes plus assujetties que vous à notre corps. Il a son propre programme. J'ai appris à négocier avec le mien. Je m'en veux de t'avoir à ce point dans la peau. » Elle met son doigt sur mes lèvres. « Régime sec jusqu'à ce soir ! Ne recommence pas trop souvent. Une conférence de paix, ça va. Deux, j'aimerais pas. »

Au journal, j'ai tout de même demandé au gars des faits divers s'il y avait eu des suites à l'affaire Rongier. « C'est passé comme lettre à la poste. Aucun règlement de comptes. Ce type était devenu de trop. » Il m'a sorti un magazine spécialisé qui publiait une photo de la Delahaye accidentée. On y notait que le revolver abandonné comme signature avait servi en 1943 à tuer une prostituée travaillant dans un des bordels du mur de l'Atlantique. C'était donc bien celui du garde du corps de Rongier. J'ai pris mon courrier. Une lettre de la zone US en Allemagne :

« *Roger chéri, mon mari avait déserté pour sa cause et il est à présent un dirigeant régional en zone soviétique. C'est pour ça qu'il a pu faire passer un avis de recherche à l'Ouest. Je pense que mon devoir est d'aller le rejoindre, quand ce ne serait que pour être fidèle à l'idéal de mon père. Je ne peux pas quitter mon travail tout de suite, parce que j'ai pris des responsabilités dans la gestion du mess et que je dois en dresser un bilan avec ma remplaçante. Je ne t'oublie pas. Si tu peux passer me dire un au revoir avant la mi-septembre, j'en serai très heureuse.* »

Cordelia était écrit au milieu de l'empreinte rouge de ses lèvres.

J'ai humé son parfum. Elle ne m'a pas oublié, si elle va rejoindre ce mari par devoir. Ça me fait de la peine qu'elle quitte sa vie libre, et tout ça pour un type qu'elle n'aime plus. J'ai demandé le numéro de téléphone. À ma surprise, je l'ai eue tout de suite au bout du fil. Nous avons bafouillé, nerveusement. « Aller à l'Est, je ne suis pas certaine que ce soit bien, mais refuser serait mal. » Comment la consoler ? « Je vais passer te voir dès que mon travail... – Vite, coupe-t-elle. Nous avons du temps perdu à rattraper ! » J'ai su que je n'irais pas. Ne rien gâcher avec Katie.

Ah, les femmes qu'on n'a pas eues... Je suis rentré en fin d'après-midi rue Tournefort pour me doucher et passer des vêtements propres. Un jeune homme très brun, costaud, en treillis américain, attendait devant la loge de la concierge, qui est sortie à mon approche : « Voilà M. Founquel, dit-elle, haletante. Le locataire du troisième. Enfin, le fils. » Elle baisse les yeux. J'examine l'arrivant. Bonne santé, apparemment. Je devine qu'il ne veut pas parler devant la bignole : « Je vous emmène chez moi. » Il me suit sans répondre. « Whisky ? – Je ne bois pas. – Vous avez compris que l'appartement... – Je ne veux pas savoir s'ils sont de bonne foi ou non. D'ailleurs, je ne veux rien. Moi, j'ai pu partir à temps aux États-Unis. Je n'ai rien à faire ici. » Je l'observe, décontenancé par la dureté du ton. « Comprenez-moi. Je suis tout seul à présent. Douteux que mon père resurgisse. Un malin, mon père : il s'était démerdé pour franciser le nom, Founquel, en laissant tomber le *chtein*. Trop malin. Il a cru que nous pourrions passer au travers. Ils sont partis en fumée, puisque, fin juillet, on est sans nouvelles d'eux. Je veux juste récupérer quelque chose qui m'appartient. Je vais tout vendre. Que ça aille à l'Amicale d'Auschwitz. »

Des gouttes de sueur perlent à son front. Je me verse un whisky. J'en ai besoin. « Nous allons prendre rendez-vous avec le propriétaire. – Pas la peine. Je suis déjà allé le voir. J'ai la clé. Simplement besoin de vous comme témoin. » Même ton qui élimine toute réplique. La sueur à son front a disparu. « Vous savez ce que vous voulez. » Pour la première fois, le jeune homme s'éclaire : « J'ai eu le temps d'y penser. Je ne veux rien de l'Europe, vous savez. Direction : la Palestine. J'ai tout préparé, je passe par la Turquie et la Syrie. Par mer, on nous donne la chasse. – Bon, je vous conduis au troisième. La concierge a dû les prévenir. »

J'avais, au fil des rencontres, un peu parlé avec les nouveaux locataires. Le mari, un postier maigre, toujours pressé, prisonnier de guerre rapatrié pour maladie ; elle, menue, effacée, s'occupait de leurs trois enfants. Des gens de bonne foi. Je sonne. C'est elle qui ouvre, mise pour sortir. J'ai considéré qu'elle était au courant : « M. Founquel. Il n'en aura pas pour longtemps. » Elle nous conduit sans poser de questions devant la porte fermée, une chambre à en juger par la disposition des pièces. Founquel l'ouvre sur un bric-à-brac de meubles entassés jusqu'au plafond. Une bouffée de renfermé nous saisit. Il referme la porte sur lui.

Elle chuchote : « Vous savez, monsieur Chastain, nous ne nous doutions de rien. On me dit que, comme il est seul face à toute une famille, avec la crise du logement nous ne risquons pas grand-chose. » Apeurée, tout de même. Un air fatigué qui me fait penser à Cordelia. « Je n'en doute pas, madame. – Oh, merci, monsieur. Mais comment le Maréchal a-t-il pu laisser faire des choses pareilles aux Juifs, lui qui a été si bon pour mon mari ? – Que n'a-t-il pas cédé à Hitler, madame ! »

Founquel sort bientôt et referme à clé la porte de la pièce. Dans l'escalier, il me montre une petite sacoche : « Mon père avait aménagé une cache dans le poste de radio. Toutes leurs économies en pièces d'or sont là. – Il me reste à vous souhaiter bonne chance. – En Italie et dans les Balkans, les services anglais nous traquent, pareil que la Gestapo. Les Arabes ne nous veulent pas. Mais les uns comme les autres ne savent pas ce que nous sommes devenus. Fini, les Juifs dociles ! » Il serre le poing. Comme nous repassons devant la concierge, je dis plus haut qu'il n'est besoin en lui tendant la main : « Monsieur Founquel, je suis heureux de vous avoir connu. »

Je remonte m'habiller en chassant tout laisser-aller, comme pour l'enterrement d'Henri : costume strict, cravate. En imposer. La rencontre avec Founquel m'a conforté. Julia et Katie m'attendent déjà sur le trottoir de la rue de la Gaîté. La salopette de Katie brille de ses fermetures Éclair. Très chic, au fond.

Une fois franchi les boulevards extérieurs, nous pénétrons dans un quartier propret, pavillonnaire, pas du tout l'idée que je me faisais de la banlieue rouge : classe moyenne plutôt que prolos. Les communistes viennent, aux élections municipales d'avril, de prendre la commune aux socialistes qui la géraient avant-guerre. La conduite héroïque du mari de Claudine y est sans doute pour quelque chose. Julia observe en silence, habillée elle aussi comme pour une rencontre officielle, mais elle rayonne d'un nouvel éclat. Katie explique : « Franz a donné de ses nouvelles. – Oui, confirme Julia, et elles sont encourageantes. »

Affichettes sur les poteaux de signalisation. Je trouve facilement, range l'auto sur une place réservée, ouvre la portière comme un chauffeur. Claudine nous accueille, très épouse du maire : « Vous êtes les deux seules à parler. On a pensé que ça ferait électoral, que je raconte mes souffrances. Je suis votre alliée, si quelque chose vient à... clocher. » Sa voix se casse et elle s'écarte. Le mari apparaît, majestueux, complet flambant neuf qui met en valeur sa belle taille : « Un honneur pour moi et ma commune. » Je me présente : « Juste un prince consort. » Ça fait mauvaise blague et je me mords la langue, mais il expose déjà que le public est « surtout petit-bourgeois ». « Les ouvriers se trouvent minoritaires et il n'y a guère que les militants qui se sont dérangés. Mais ceux qui sont venus vous seront un soutien sans faille. » Donc, lui aussi se méfie.

Une salle pleine, trop chaude, âcre de sueur. Public figé, comme engoncé. À cause du sujet ou de l'absence de vacances, parce que les trains manquent et qu'il faut des papiers spéciaux de congés payés pour partir ? Bien quatre cents personnes. Je ne voulais pas monter sur la tribune, mais Julia me l'ordonne : « Tu es notre témoin. » Décidément, c'est le jour. Le laïus du maire, après la minute de silence, enfile les expressions déjà toutes faites : camps de la mort lente, barbarie, châtiment implacable des criminels de guerre, épuration en France bien trop prudente. Lendemains qui chanteront. Il laisse la salle applaudir : « Je donne la parole à Mme Julia de Villeroy dont le mari est mort en héros de la Résistance et qui a subi, pour la seule raison qu'elle était son épouse, des tortures affreuses et des années de réclusion en Saxe. »

J'ai tressailli au « de ». Julia se lève, amincie par l'éclairage frontal qui met en valeur la bonne coupe de sa robe sombre, l'élégance de sa coiffure encore courte. Léger frémissement d'admiration. Elle raconte avec aisance sa découverte de l'enfer d'Ellsrein, « le camp dont Katie est sortie, un vrai camp de la mort ». Le micro donne de l'écho à sa voix grave. Aucune fioriture. Une matheuse. « Pas si lente qu'on le dit, la mort. Pour résister, il fallait avoir l'âme chevillée au corps, un courage sans faille, et de la chance. J'ai la plus vive admiration pour mon amie Katie qui a su, parce qu'elle parlait allemand et polonais, créer un foyer de résistance au milieu de l'horreur. » Même retenue pour dire la « traversée d'une Allemagne livrée à tous les dangers » :

« Nous avons été bombardées, il y a eu des tués dans notre escorte. Par son sang-froid, son professionnalisme d'officier anglais, Katie nous a sauvé la vie. »

Applaudissements maigres. Ne fait pas assez victime. Katie les surprend avec son costume masculin, aussi par son ton brusque : « Julia vous a trop parlé de moi. J'ai à témoigner d'Ellsrein, un trou du cul du monde, comme disaient les gardiennes, mais surtout du camp le plus abominable où j'ai d'abord été envoyée : Auschwitz. (Elle laisse la fin du nom siffler.) Auschwitz, c'est ça ! » Elle remonte lentement sa manche gauche, met en évidence, avec son autre main, le matricule tatoué.

La salle a frémi à « trou du cul » ; là, elle est médusée. Katie explique : « Ce matricule était la survie : vous n'aviez pas été aiguillée à l'entrée vers les chambres à gaz. Dites-vous bien qu'Auschwitz a été, pour des millions de Juifs, non pas l'arrivée dans un camp de la mort lente, comme le dit l'expression toute faite, mais ce tri entre la survie tatouée et la mort immédiate dans d'atroces souffrances par le gaz à tuer. »

Elle les a atteints. Décrit la sélection. « Personne ne pouvait imaginer qu'au XXe siècle il existait des hommes pour tuer des êtres humains comme des mouches avec du gaz insecticide. » Elle s'interrompt pour laisser ses derniers mots pénétrer le silence. « C'est de la folie ! crie un homme dans la salle. – En effet, monsieur, mais de la folie méthodique et industrielle. – Alors, pourquoi, vous, y avez-vous échappé ? – D'abord, je ne suis pas juive. Je n'ai fait que passer par Auschwitz. Ensuite, comme a dit Julia, je parle l'allemand et le polonais. En outre, j'ai reçu un entraînement militaire anglais qui me procure une bonne résistance physique. Enfin, la chance tout court. Ça vous suffit, monsieur ? – Non, je ne vous crois pas. C'est des bobards sur les atrocités, comme après l'autre guerre ! »

Le tumulte explose. Soudain, le micro amplifie un ordre sec : « Arrêtez ! » Katie a pris le micro à deux mains pour l'approcher de sa bouche : « Laissez-le ! S'il en a le courage, qu'il monte à la tribune pour lire mon tatouage. » Elle relève de nouveau la manche de sa veste. Je la trouve très Walkyrie. D'où je suis placé, je vois le profil usé du contradicteur. Je pense soudain à ces mêmes gens, il y a cinq ans, pendant la « drôle de guerre ». En ce temps-là, Staline et Hitler marchaient main dans la main. Daladier qui s'était déculotté devant Hitler à Munich, chef des armées ; Thorez, le patron du PC, seul à refuser Munich, déserteur ; le PC réclamant la paix, comme les fascistes. Qu'est-ce que ça laisse dans leurs têtes ? Katie me fixe quand elle reprend le micro : « Je voudrais que Roger Chastain, qui a vu ça en tant que correspondant de guerre, raconte comment nous avons été récupérées par les Américains. »

A-t-elle lu en moi ? Je vais d'abord leur expliquer Torgau, pour leur faire saisir que, s'ils ne savent rien des camps, ils ne savent rien non plus de la guerre, du recul américain. Pendant que j'y suis, mon passage parmi les morts au Struthof, « en Alsace, c'est-à-dire en France ». Puis Bergen-Belsen. À ma surprise, les applaudissements sont plus chaleureux. Ils ont eu le temps d'encaisser.

Le maire nous remercie avec emphase, demande s'il y a des questions. Un des voisins de l'interrupteur se lève : « Si c'était aussi horrible, madame, comment avez-vous fait pour en revenir ? » Katie remet le micro à sa hauteur : « Je connaissais la langue des bourreaux. Ils avaient besoin d'interprètes. Je savais que je pourrais ainsi aider des camarades. – N'est-ce pas une forme de collaboration ? – On ne demande pas son avis à un ou une esclave, monsieur. C'était ça ou d'autres travaux pour eux, exténuants. J'étais une esclave spécialisée. Mais puis-je vous demander où étaient vos pieds pendant la nuit, alors que les miens gelaient dans la boue à Auschwitz ? – Je ne comprends pas, madame. – Ne fais pas la poule qui reste plantée devant un peigne ! Elle te demande si tu avais les pieds au chaud dans ton lit pendant ce temps-là », gouaille un type en bleu de travail. Un rire énorme secoue la salle. Gagné !

Julia embrasse Katie. Moi aussi. Une femme se lève, âge certain, cheveux gris, robe d'été échancrée qui met en valeur sa poitrine solide. « Je suis outrée. Deux jeunes femmes ont résisté à tout, et vous le racontent. Elles parlent pour toutes celles, comme ma fille, qui sont restées dans les horreurs des nazis, et vous ne leur rendez pas justice ! Comparez-les plutôt à ceux qui, pendant ces années, se sont gobergés, et aussi à ces hommes de notre pays qui ont ramassé en 40 une déculottée honteuse. Combien sont restés chez eux à se chauffer les pieds, au lieu de résister à Hitler ! »

J'aurais dû leur parler de ma résistance. Le maire applaudit pour empêcher la femme de poursuivre. Je cherche Claudine et la trouve ratatinée dans son coin, pleurant en silence. Je n'ose aller la consoler, de peur de la révéler à la salle. Son mari s'est déjà lancé dans une conclusion bien frappée sur le PC, « parti de l'avenir que nous ferons radieux ! ». Il entonne *La Marseillaise*. J'admire ce savoir-faire.

Claudine s'est reprise et nous présente la femme qui a perdu sa fille : « La directrice de mon école, autrefois. » Je n'ose l'embrasser. Je la regarde dans les yeux : « Vous avez eu raison de les traiter en adultes. » Elle me prend les mains pour me remercier : nous sommes bien du même camp. Julia et Claudine se sont mises à l'écart. Je m'approche sans réfléchir. Claudine dit d'un souffle : « Je reste sa spectatrice, espérant qu'il finira vite. » Femmes entre elles. Gêné, je m'éloigne. Il va nous falloir donner aux femmes bien autre chose que le droit de vote : leur liberté. Pas la leur donner : admettre leur liberté de femmes. Nous ne devons plus laisser le passé nous gouverner.

Une brunette, copine de Katie, a fait le déplacement et tombe, menue, dans ses bras puissants. Tant mieux. Toute diversion est bonne à prendre.

3. Katie

Ça remonte en moi comme un cauchemar mal oublié. La salle bourrée, les regards qui me scrutent, me détaillent. Lumière glauque comme celle du *Schutzraum* avant les Russes. Frisson. Douleur diffuse là où le coup de crosse du Russe... Il faut les obliger à entrer dans ton camp, ces spectateurs qui sont venus chercher quoi ? Un exhibitionnisme de vos souffrances, comme ces types qui vous interviewent à la radio en filles à soldats, ennemis par-dessus le marché. Ne peuvent s'empêcher de calculer le prix qu'on a payé avec notre sexe. Ils nous aimeraient mieux en cendres, ce serait plus propre ? Ulysse retour des Enfers. Non, Ulysse est un mec. Pénélope reste en son palais. C'est ça, le vrai gouffre à combler.

À Auschwitz, les femmes se savaient des survivantes. Elles avaient échappé à la sélection. Dans ton camp, rien de tel. Tu les recevais vidées par leur trouille. Rien ne les y préparait, c'est ça que tu aurais dû dire à ce public, et que celles de la prison de réclusion étaient d'une autre trempe : elles savaient ce qu'elles risquaient, même Julia. Lucette, Claudine étaient des battantes. Les femmes de la salle se sont mieux comportées, ce soir. Normal : les mecs, eux, sont passés de la défaite et de l'asservissement à l'orgueil de la victoire sans avoir eu le temps de changer de caleçon. Qu'ont-ils au juste dans la tête ? Le Général[1] les empêche d'y penser, parce qu'il leur parle de la France éternelle, mais ça ne durera qu'un temps. Les Anglais, qui ont été bien mieux toute la durée de la guerre, virent Churchill. Comment leur mettre le nez sur leur veulerie ? Tu es passée au-dessus de leurs têtes.

Sauf le « trou du cul du monde ». Ça, du moins, les a secoués. Et puis, le coup des pieds au chaud ! Le reste, ils ne voudront jamais l'entendre. Tu vois les mères de famille survivantes le raconter à leurs enfants ? et à leur mari ? Ils auraient dû faire venir un rescapé : il aurait créé une diversion. Nous ne sommes pas des leurs. Tu t'attendais à quoi ? Dis-moi. Tu ne reviendras jamais dans le civil. La pauvre Claudine ne se doutait pas du guêpier où elle nous a fourrées, et elle aussi doit se sentir mise à poil devant eux tous, même si Julia a marqué la différence. Elle a cru bien faire, en jeter à son mari. Et rien de rien ! La terrible lassitude dans son regard, dans ses traits si délicats. Au camp, je lui aurais dit, comme à ma jeune adjointe polonaise : « Va te coucher. Tu n'en peux plus. » Moi aussi, je me sens vidée.

Julia vient m'embrasser : « C'est derrière nous, dit-elle. – C'est pas des trucs à nous demander. » Elle me chuchote quelque chose que je ne saisis pas dans le brouhaha, puis : « ... elles sont revenues sans que je m'y

---

1. C'est-à-dire de Gaulle. (*Note de L.C.*)

attende. – Ah bon. En un sens, te voilà rassurée. » Je l'embrasse, à nouveau grande sœur protectrice, puis je sens un regard hostile : Jill dans son imperméable bleu marine, trop militaire. « Ah, tu es venue ! – Quelqu'un a mis des affichettes au café, devant le bureau. Je ne pouvais pas laisser passer ça, tu penses bien ! Je t'aime trop pour te laisser seule dans une occasion aussi difficile. » Elle se jette sur moi, me pose un baiser d'amante, comme si nous étions seules au monde. Ou sur la moto.

Des affichettes ? Comment sont-elles venues là ? Un coup du Parti communiste. Les types de la sécurité vont me demander pourquoi j'ai participé à un meeting politique. Je reprends le bras de Julia. Jill va bouder ailleurs. D'accord, je comprends sa solitude, son besoin d'être soutenue. Pas une raison pour qu'elle me traite comme le mec qu'elle a perdu. Je peux me faire une raison des pédés, mais les femmes entre elles, ça me semble toujours triché, quelque part. Comme il y a trois mois, au Lutetia, je me retrouve soudain prisonnière d'un défilé d'hommes, surtout de femmes qui se pressent en brandissant la photo d'un ou d'une des leurs, le genre de truc à quoi on ne s'habitue pas. « Vous qui en revenez... » Ils te forcent à imaginer celui d'avant, l'adolescent, l'homme. Un paléontologue part d'un crâne pour lui rendre vie, des yeux, des muscles ; eux demandent à notre regard l'inverse : le travail de la mort.

Je me sens encore plus mal à l'aise quand on me met un verre de champagne en main. Et Jill qui de nouveau me colle au train. Je reprends un verre de champagne, le bois cul sec. J'attrape Roger pour fuir. « Ils veulent oublier, dit Julia. – Tu te goures, ma chérie. Ils ont déjà fait leur deuil de leurs chers disparus. Ce qu'ils attendent de nous, c'est de pouvoir les enterrer, faute de corps à mettre dans un cercueil. On aurait dû leur faire

un service de pompes funèbres avec des cendres préle-
vées n'importe où. » Je ne m'arrête que pour reprendre
haleine.

Roger me sourit, le temps de laisser passer l'orage. Il
n'a pas songé à se munir de son appareil pour photographier la réunion, et le regrette : « Aucun article,
aucun livre ne pourrait franchir cette distance. Un
roman ? Tu parles ! À la limite, ce public-là pourrait se
dire : "C'est du roman, du baratin. Ça ne tire pas vraiment à conséquence." Mes photos du désastre, personne n'en a voulu. Sauf une des ruines de Halle ; là, ils
ont trouvé que ça faisait un peu Picasso. Silence et
bouche cousue ! » Du coup, il se lance dans ce qui lui
tord le cœur : « Si j'étais capable d'en écrire un, de
roman, je pénétrerais dans ce que toi, Katie, tu ne peux
pas leur dire à propos des requis du STO[1] qui, dans les
usines, fermaient les yeux sur les établis d'à côté où
trimaient des squelettes en rayés, à propos des gens du
dehors qui oubliaient de sentir la fumée des crématoires, des Alliés qui ne tenaient aucun compte des
camps de la mort dans leurs plans de guerre et ne les
ont découverts qu'en ayant le nez dessus ! »

« Holà, Roger, tu reviens parmi nous ? » Je serre son
bras, à l'en tordre. J'ai su que nous ferions bien l'amour,
ce soir. Le mari de Claudine nous rejoint, rubicond,
rayonnant : « Vous avez été toutes les deux transcen-
dantes. Croyez-en ma vieille expérience ! » Tandis que
Roger dégage la bagnole du parking, Jill s'approche de
moi par-dessus le siège. « Je croyais qu'au contact de
femmes qui ont tout perdu comme moi je me libére-

---

1. Service du travail obligatoire organisé par le gouvernement de
Vichy en 1943. 875 000 appelés furent envoyés en Allemagne. (*Note
de L.C.*)

rais... – Non, Jill. Beaucoup ont perdu encore plus que toi. Jusqu'à leurs enfants qu'elles ne retrouvent plus. Toi, tu affrontes nos risques professionnels. Seul le service te remettra sur pied. » Je m'étonne de ma brutalité, celle qui m'a manqué tout à l'heure face à la salle, mais Jill me ramène par trop au temps de l'après-Michael.

Roger fonce par les rues désertes et nous arrivons au pied de Montmartre, place Blanche, où elle habite. « Pense à moi, ma chérie. » Elle pleure à lourds sanglots. « Qu'est-ce qui t'arrive ? Reprends-toi. – Je vais être de la prochaine fournée, pour rentrer à Londres. Dans les bureaux. – Quand as-tu appris ça ? – Le chef a laissé traîner la circulaire. Compression du personnel à l'étranger. Le gouvernement travailliste va réduire *drastically* les crédits militaires. Les officiers comme toi ne sont pas concernés. – C'est toute notre guerre qui s'en va en eau de boudin. » Je ne trouve rien d'autre à lui dire. Moi aussi, j'ai peur de la paix. Je l'embrasse comme une sœur et la quitte. « Tu es son type, raille Roger. – Toi, comme tous les hommes, tu prends les histoires de femmes entre elles à la légère. Si tu avais été dans un camp d'hommes avec des pédés, chefs de block ou kapos, qui t'auraient joué aux dés... – Ne parlons plus des camps, veux-tu ? dit Julia. C'est le droit de ta copine d'aimer les femmes par défaut, et de te trouver à son goût. – Tu peux en parler à ton aise, à présent que tu sais que l'épouse de ton Franz est morte, que tu vas l'avoir tout à toi, ton Allemand ! »

Je m'en veux aussitôt. Qu'est-ce qui m'a pris de passer ma colère sur ma meilleure amie ? Impossible de rattraper mes paroles. Je me mets à pleurer, moi aussi. Je bafouille : « Pardonne-moi, Julia, le champagne ne me réussit pas. – Non, ma chérie. C'est ce que nous avons appris qui ne passe pas. J'avais envie de leur crier : "Oui, je suis amoureuse d'un Allemand et je suis certaine qu'il vaut beaucoup mieux que la plupart des hommes dans cette salle." J'aurais dû ! Je te l'accorde ! »

Pourquoi Jill me met-elle hors de mes gonds ? Parce que son désarroi m'ébranle ? Celui de Claudine aussi. Julia doit s'apercevoir que je reste à côté de mes pompes : « Ma chérie, personne d'autre que nous n'a le droit de nous juger. » Roger se concentre sur sa conduite dans ce Paris toujours mal éclairé. J'attends, anxieuse, son avis. Il dit trop fort : « Nous ne sommes pas des leurs. Nous ne le serons sans doute jamais plus. Voilà tout, mes jolies. » Je mets ma tête sur son épaule. Il a tout compris. Ça ne me libère pas de mon angoisse. Comment pourrai-je jamais créer un foyer ? Un jour, tu vas prendre trop de risques. Il faut que je trouve le temps de retourner en Alsace. Redonner un peu de goût de vivre à mon vieux père. Aider ma mère.

4. *Charles*

Je voulais quitter Paris pour fuir les récriminations des gaullistes sur cette fichue conférence de paix à laquelle on avait oublié d'inviter la France. Moi, je continue de penser que c'est inespéré qu'on figure parmi les vainqueurs, avec une zone d'occupation à nous. Trois, en fait : une au sud de l'Allemagne, une à Berlin et une en Autriche. Le bébé m'en donne le prétexte. Pour qu'elle et sa mère puissent échapper aux touffeurs de l'été parisien, je loue une fermette aménagée près de Saulieu, au cœur du Morvan. Le grand air. Quatre chambres, deux salles de bains. J'ai invité Julia et ses copines. Katie a « organisé » – ce qui, dans l'argot de son camp, signifie « obtenu par n'importe quel moyen » – assez de tickets d'essence pour une expédition. Roger a emprunté une « familiale » Chenard et Walker, pas trop usagée, à son journal.

Je les vois débarquer à cinq avec Julia, sa grand-mère et Claudine qui se trouvait seule, ses enfants en colonie de vacances et son mari parti inspecter celle de sa commune. Peu après, Lucette paraît au volant d'un superbe roadster anglais rouge, s'en extrait avec grâce dans une tenue de cavalière qui l'affine : « J'ai un ami garagiste, il élève des chevaux pas loin d'ici, dans l'Yonne. »

Ciel bleu, petits nuages blancs comme sur les cartes postales. On respire enfin la paix dans ce coin de Bourgogne. Des vaches parsèment de leur bariolage une prairie bien verte. Une moissonneuse neuve, sans doute américaine, fait jaillir la paille du blé retardé à cause de l'altitude. Je me sens heureux en cette Arcadie. Les chambres réparties, tandis que Ginette fait visiter la propriété en poussant le landau du bébé, je peux enfin me livrer à mon violon d'Ingres, la cuisine. Le boucher nous a livré une côte de bœuf de belle taille, introuvable à Paris.

Julia s'approche dans sa légère robe d'été à grands carreaux rouges et blancs, son visage, son cou et ses bras déjà hâlés. Elle n'est plus la même depuis qu'elle a des nouvelles de Franz. Là, pourtant, elle me paraît tendue : « Tu m'as bien dit que, selon toute vraisemblance, Klaspen était vivant ? – Je n'en sais toujours pas plus. Il est recherché comme criminel de guerre par les Polonais chez qui il a fini son parcours, ce qui veut dire qu'on ne l'a pas trouvé parmi les morts, à moins que les filières vaticanes, l'Amérique du Sud... – J'ai hâte de clore le chapitre d'Henri. C'est ma façon d'être sa veuve. Je peux bien te le dire : je veux me consacrer à Franz et à sa petite Linda, perdue on ne sait où. »

Les larmes étouffent sa voix. Je l'entraîne vers le garde-manger où sont stockés les légumes, et lui fait partager mes préparatifs : allumer un feu de bois pour chauffer le four à l'ancienne, préparer la côte, poivre, épices, éplucher les pommes de terre, laver la laitue. Quand il ne nous reste plus qu'à attendre le retour des autres, je dis : « Parle-moi de Franz. – Pas de nouvelles nouvelles. Bonnes nouvelles ? » Elle fait dévier la conversation sur Claudine. « Pendant tout le trajet, elle est restée murée. Ta copine Marion l'a remise en bon état de marche, mais le goût de vivre n'est pas de sa compétence. – Tu crois que votre réunion pour parler des enfers nazis lui a fait du mal ? – Elle ne nous a pas fait de bien. Moi, je m'y attendais. Mais je suis une fille d'émigrés russes. La France n'a pas été, pour les miens, la gentillesse même. Vous savez accueillir, à condition qu'on n'amène pas avec soi les drames qu'on a dû fuir. C'est pareil avec les camps. Il ne faut pas déranger. Surtout nous, les femmes. »

Je la prends par le bras pour la conduire vers la forêt proche : « Il vient un temps où il faut déposer le passé trop lourd derrière soi, comme un fardeau inutilisable, on me l'a appris, après mon sauvetage, mais le communisme de Claudine lui interdit cette défausse. » Nous sommes rejoints par la grand-mère, radieuse : « J'ai retrouvé les odeurs de ma jeunesse. Il y a même des bouleaux ! » « Je devrais peut-être m'établir avec un paysan, dit Lucette. Je lis un journal, *Le Chasseur français,* qui est plein d'annonces de ceux qui cherchent femme. Ils proposent même des châteaux. » Avec son accent, l'offre devient ingénue et nous fait rire. « En somme, la campagne te pousse à t'établir. – Oh, pas si

vite ! Je n'ai encore que vingt-six ans et des propositions pour revenir dans la haute couture. Mais, pour
après, je ne dis pas. Vient un temps où on a moins
besoin de la chose. – Tu le penses vraiment ? » demande
Katie. Elles s'embrassent dans un fou rire.

Le soir rehausse les odeurs. Aucun bruit, sauf la brise
qui fait frémir les feuillages. Vraiment la paix. La guerre
m'a enlevé Marion, pas les souvenirs d'elle. « Je vais
mettre la côte de bœuf en route. » Je fonce vers la cuisine. Julia me court après : « La paix te fait peur autant
qu'à Katie ? » Je sursaute. Étrange qu'elle me devine à
ce point : « Je voudrais être sûr que nous en possédons
encore le mode d'emploi. – Ça, vraiment pas ! Avec
Franz, ce qui me réconforte, c'est que nous devrons
recommencer de zéro. » Julia est femme à tout reconstruire. Et si Marion... ? J'en rougis malgré moi et hâte
le pas pour n'y plus penser. « Je vais aider Ginette à
mettre le couvert », dit-elle en ajustant son allure à la
mienne.

Le four est à bonne chaleur. Trente minutes de cuis-
son, le temps de finir la salade. Les autres arrivent. La
grand-mère en présidente, moi près du fourneau. Tandis qu'ils s'installent, m'apercevant qu'il est huit heures,
j'allume la radio. Les grandes ondes, seul moyen d'avoir
Paris, ici. Le son n'est pas très bon. Grésillements, puis
voix profonde du speaker : « La grande nouvelle, mes-
dames, messieurs, c'est qu'il y a moins d'une heure, à
8 h 15 du matin, heure locale, une forteresse volante
américaine a lancé une bombe d'un type jusqu'alors
inconnu, une bombe atomique, sur la ville japonaise
d'Hiroshima. L'explosion a été vue à des dizaines de
kilomètres. On estime que dans un rayon de deux kilomètres autour de l'impact tout a été littéralement vitrifié
par la chaleur dégagée. Le président Truman doit

s'adresser... » Le son s'évanouit. Je me précipite pour tourner les boutons. En vain.

Soudain la voix reprend : « ... premières réactions dans le monde... » À nouveau le son s'évanouit. Excédé, je coupe le poste. À la mi-juillet, déjà l'information secrète de l'explosion d'une nouvelle bombe dans le désert mexicain, à Los Alamos. Là, elle est à l'œuvre. « Un seul appareil, dit Katie, une seule bombe, et ils vont faire le même travail que les Anglais à Dresde avec des centaines de bombardiers, des milliers de bombes incendiaires. » Je me ressaisis : « Que la nouvelle ne vous empêche pas de faire passer la salade, sinon la côte de bœuf sera trop cuite ! »

« Heureusement, ce sont les Alliés qui ont mis ça au point les premiers. Hitler nous aurait tous fait griller », reprend Katie d'un ton tranquille. « Il fallait en finir avec les Japs, ai-je répondu. – Voilà un bon point de vue de pilote de bombardier », conclut-elle. Je me sens prêt à faire face, en solidarité avec les copains américains qui ont lâché cette bombe. J'avais mis des semaines, tu parles, des mois et des mois à me convaincre du bien-fondé des bombardements de nuit sur la Ruhr. Déjà, après mon saut en parachute et la perte de mes copains dans les flammes de l'avion, j'avais eu du mal à retrouver mes repères. Tout me reprend comme avant. Même s'il fallait en finir avec le Japon, en finir à moindre prix ! Si je n'étais pas tombé, si j'avais continué sur un bombardier, lâché une de ces bombes ? Les pauvres gars qui ont fait ce boulot... La paix vient de ficher le camp de mon jardin privé.

Pour n'en rien laisser paraître, je sers le bourgogne, un côtes-de-Beaune, dix ans d'âge, afin de lever mon verre quand même à la paix. Les autres ne partagent pas mon trouble. Ils voient la fin de la guerre se rapprocher.

La viande est à point. Le vin aidant, nous avons remonté le courant. Je n'ai pas cherché à remettre la radio. Roger rouvre le débat : « Les Japonais ne pourront plus résister. Cette bombe épargnera les immenses pertes d'un débarquement. » La conversation se poursuit cahin-caha. C'est bien l'arme terrifiante dont Hitler nous avait menacés.

La voix forte de Roger couvre soudain les autres : « La bombe n'est pas aux mains des Alliés, comme dit Katie, mais des Américains. Ce n'est pas tout à fait la même chose. » Et il enchaîne sur ce gros bout d'Allemagne qu'ils ont libéré jusqu'à l'Elbe et rendu sans problème à Staline. « Je sais bien qu'il s'est agi d'Allemands, mais je crois qu'à Washington on ne pense qu'à ce qui est bon pour eux, pour l'Amérique. – Ce que vous dites, jeune homme, vaut aussi pour ce que les Américains, les Français et les Anglais ont fait du reste de l'Europe, après l'autre guerre. Ils n'ont pensé qu'à ce qu'ils croyaient bon pour eux. » De sa petite voix douce, la grand-mère nous a imposé le passé. Elle ajoute : « Potsdam, à ce que j'ai compris, va mettre tout l'Est sous les pieds de Staline. »

Je regarde Claudine, m'attendant à ce qu'elle explose. Elle rougit, mais, à mon étonnement, ne dit mot et regarde ailleurs. Ce peut être simple politesse devant la vieille dame, quoique ce ne soit pas son genre. Je dis, sentencieux : « Combien les Japonais ont-ils tué de Chinois, de Coréens, d'Américains ? Qu'est-ce qui les aurait arrêtés ? » Je parle pour moi-même. Contre le silence. « Excusez-moi, je dois m'occuper de mon bébé », coupe mon épouse. Katie demande comment obtenir une côte de bœuf aussi onctueuse. Je me sens en faute d'être en vacances. Aucun téléphone à ma portée ; même si je saute dans ma bagnole pour aller à

Saulieu, tout sera fermé à cette heure. Le retard français en équipement téléphonique me fait chaque fois fulminer. Trouver une liaison avec mon ministre est donc râpé. Résigne-toi. Il te faut aider tes invités à tuer le temps après une pareille nouvelle. Je propose un bridge. Lucette, Katie et Roger acceptent. Claudine annonce qu'elle va se coucher, comme la grand-mère. Je dois les installer et demande à Julia de jouer les premières donnes.

À mon retour, je suis un fort mauvais partenaire pour Katie qui répare beaucoup de mes fautes. Nous perdons, car Lucette se révèle des plus redoutables à cet exercice. Libéré de mes devoirs de maître de maison, je réfléchis à la nouvelle et m'avise que les Américains ont pu transmettre depuis le Japon leur succès quasiment en temps réel, ce qui implique des moyens de transmission planétaire aussi neufs que leur bombe. On entre bel et bien dans un monde nouveau. La France va mettre des années à combler un tel retard.

La radio, le lendemain matin, est à nouveau inaudible, ce qui n'a rien d'étonnant, les grandes ondes passant mieux le soir. J'ai mal dormi, réveillé par les tétées du bébé, mais mes invités paraissent en grande forme. Sauf le café, toujours ersatz, j'ai veillé à ce que la tablée de petit déjeuner paraisse d'avant-guerre. Pain grillé, vrai beurre. La jatte de lait frais passe de main en main. Soudain, un gendarme à moto apparaît, casqué : « Un télégramme pour M. Moissac. » Convocation immédiate à Paris pour le soir. « Transmettez que je viendrai à la réunion. »

Je traduis : « Une conséquence de la bombe. – Si tu rentres, je t'accompagne, dit aussitôt Julia. – Moi aussi, enchaîne Claudine. – Vous pouvez rester. Je rentrerai sûrement ce soir ou dans la nuit. » Ni Julia ni Claudine ne reviennent sur leur décision. Je suis rassuré que Lucette, Katie et Roger restent avec mon épouse et le bébé. Temps sec, soleil, Paris, deux cent quarante kilomètres, est à trois heures de route avec la 15, à supposer que les pneus de rechapage tiennent le coup. J'aurais dû en toucher de vrais, mais le coulage, le marché noir... Je place Claudine à l'arrière avec la grand-mère, de façon à avoir Julia à mes côtés.

La route sinueuse dans la descente sur Avallon, la remontée vers la vallée de la Cure et Auxerre m'accaparent. J'aime à pousser le moteur tout en gardant une conduite souple. Briller devant Julia ? Soudain, voix angoissée de Claudine : « J'ai la nausée. Je ne peux plus tenir. » Je stoppe dans un élargissement après un virage, furieux de n'avoir pas pensé à proposer de la Nautamine. Julia escorte sa copine et revient, aussi pâle qu'elle. Heureusement, nous en avons fini avec les courbes du Morvan. Dans l'Yonne, les longues lignes droites améliorent la moyenne. Je m'arrête à un bistrot de village, mais les tenanciers roulent des yeux ronds quand je leur demande du thé ou une tisane. L'eau fait l'affaire. Julia cède à Claudine sa place à l'avant. Déjà la traversée ennuyeuse de Sens. Si tout va bien, dans une heure nous serons à Paris.

J'ai un peu forcé l'allure – du 130, 140 au compteur –, ayant vérifié, à l'arrêt, que les pneus n'étaient pas trop chauds, et je peux déposer Julia et sa grand-mère à une heure de l'après-midi chez elles. Quand nous sommes seuls, Claudine me demande : « Vous pensez que je peux faire confiance à votre copine Marion ? » J'attends d'avoir franchi le carrefour avec le boulevard Raspail : « Elle s'est bien occupée de Ginette. – Pas seulement comme doctoresse. Comme femme. Je tremble à l'idée d'être enceinte. Là, cette nausée... Je ne veux en aucun cas d'un enfant. En aucun cas ! »

Marion n'assumerait sûrement pas les risques d'un avortement. Plus que jamais la loi de 1920 : la radiation, prison en cas de découverte. « C'est une bien lourde responsabilité. » Je la sens se raidir : « Qu'avez-vous compris ? Je veux seulement qu'elle confirme si je suis enceinte. » Nous sortons de Paris. « Et vous êtes l'épouse d'un responsable politique... – Je pense d'abord à mon parti, c'est à lui que j'ai voué ma vie, Charles. Je préférerais me supprimer plutôt que d'avoir un enfant après le drame que je porte en moi, mais, si j'en viens à cette extrémité, que ça tourne mal, je veux qu'on y voie non un suicide, mais une conséquence de ce que les nazis m'ont fait subir. – Et vous voulez en parler avec Marion ? – Je veux simplement qu'elle m'examine, m'informe, et garde le secret. – Là, vous pouvez compter sur elle. »

Nous arrivons dans sa banlieue, passons devant une belle bâtisse en construction, pierres de taille, cours spacieuses. « La future crèche, explique-t-elle. Mon mari a vu grand, elle accueillera des enfants des communes voisines. Vous voyez, le communisme, du moins ce qu'on peut en faire ici, ce sont des réalisations de ce type, un service public pour soulager les jeunes familles travailleuses. – Vous me faites visiter le chantier. – Non, Charles. Mon mari voudrait que la crèche porte mon nom. Ce serait gênant, mais j'aurais au moins eu ça. » Elle désigne un arrêt de bus : « Déposez-moi ici. Une voiture comme la vôtre risque de faire jaser. »

J'obéis. « Je voudrais tellement vous venir en aide. – Vous me rassurez, avec Marion. » Elle s'enfuit sans se retourner. À présent qu'elle n'a plus besoin de crâner, elle semble tassée, ratatinée. Plus rien de la jeune femme

fringante, toujours sur le qui-vive, que j'ai découverte au
Bourget. Voyant un commissariat de police, je m'arrête,
sors ma carte tricolore du ministère et demande au
planton où je peux téléphoner. On me conduit à une
cabine. Je pense tomber, en ce début d'août, sur une
secrétaire. C'est Marion qui décroche : « Quel bonheur
de t'entendre ! Je suis seule à Paris. »

Ça me gêne de jeter tout de suite Claudine et ses
malheurs entre nous. Je dis : « Moi aussi. » Elle me
coupe aussitôt. « Je ne fais que penser à toi : comment
Charles s'arrange-t-il de la paix ? Est-il bien sorti de ses
épreuves ? Je te prépare à dîner ? » Une musique
tendre qui me remue. Je parviens à articuler : « Après
ma réunion, d'accord. – Je voudrais que tu sois déjà
chez moi. » J'entends un baiser. Je me sens rougir. Ça
doit être le cas, car les flics me regardent avec des sou-
rires en coin.

J'ai pris du retard mais, en risque-tout, j'arrive à
l'heure. Le ministre, le directeur de cabinet, le cinq
étoiles de l'armée de l'air sont là. Fichtre ! Ils me mettent au courant : si le gouvernement décide de doter la
France d'une telle arme, oh, dans un futur assez lointain, quel type de bombardier pour la transporter ?
« C'est votre partie, il devra être français. Le général de
Gaulle veut qu'on y pense dès à présent. La France n'a-
t-elle pas su être pionnière en ce domaine atomique,
avant la guerre ? »

J'aime la science-fiction, comme disent les Anglais de
leurs contes ou nouvelles dans de petites revues pour
initiés. Là, c'est de l'industrie-fiction, ce qui nous a
manqué justement en 40. J'ai posé les questions qu'on
attendait de moi. Je me suis laissé aller à rêver. Le cinq
étoiles me félicite de ma *prospective*, un anglicisme, mais

qui souligne notre complicité d'avoir combattu avec l'aviation anglaise.

Quand je reprends ma voiture, je pense aux retours de la campagne à Paris que cette situation nouvelle va me permettre. Marion ? Je parviens à dénicher un fleuriste, boulevard Raspail. Le choix est restreint aux roses. Une brassée de pourpres, ardentes. La vendeuse me fait un sourire entendu. « Je commets une erreur ? – Oh non, monsieur. Chez moi, en Touraine, on dit : Roses d'août, roses de tendresse. » J'avais laissé la voiture au soleil, sans réfléchir : une fournaise. Je baisse les vitres à l'avant, les seules mobiles, en me brûlant les doigts aux manivelles. Tu veux à trente ans jouer les godelureaux ? Cinq ans, mon vieux, que la guerre t'a arraché à elle. Tu ne pouvais imaginer que la séparation durerait autant. Tu vas arriver en sueur.

La partie chic du XIIe, avec des immeubles encore neufs datant d'avant l'autre guerre. Je me gare sans problème. Une plaque : DR VERDIER 2e étage droite. Ascenseur rapide. Elle paraît derrière la porte en robe légère à fines épaulettes qui met en valeur ses belles épaules nues, la naissance de ses seins, sa peau hâlée qui va bien avec sa blondeur de sable chaud. Elle prend sans mot dire les fleurs et les pose sur une étagère, puis revient à moi, m'embrasse comme avant.

« Depuis que la guerre t'a volé à moi. » Elle m'enlève ma veste. Je dis : « Oui, la guerre nous a volé l'un à l'autre, et aussi notre jeunesse. – La jeunesse, je ne crois pas. J'étais une idiote. Je croyais me montrer femme du XXe siècle en vivant à la colle avec toi, comme on disait alors. Si j'avais accepté de t'épouser à ta dernière permission au lieu de te dire que je ne t'attendrais pas si tu partais pour l'Angleterre... » Elle retire mon alliance et la dépose sur la table, plonge dans mes bras et laisse tomber sa robe. Ses beaux seins ont forci. Je touche sa peau. « Prenons notre temps. Nous avons toute la vie devant nous. »

Je me ressaisis le premier. « Tu vois, dit-elle, je t'ai conduit là où je voulais. J'aime séduire. Toi, je t'aurai séduit deux fois. Personne n'en souffrira, et tu en avais besoin autant que moi. Tu sens toujours aussi bon. J'ai souvent pensé à toi dans les bras de mon mari. J'ai été une conne. » Je plonge dans ses yeux bleus. Limpides. Tendres. « Tu es comme... » Je pense : comme si je t'avais quittée hier. Je corrige trop vite : « ... comme toi il y a cinq ans. » Elle rit à pleine gorge : « Sauf que je suis une femme de trente ans. – D'abord, tu n'en as que vingt-neuf, comme moi. – Je veux profiter de toi jusqu'au bout. J'étais frustrée que tu partes pour l'Angleterre. Encore trop pleine de mes cours théoriques : papa Freud pour qui un pénis est une entité de série. J'ai appris à mes dépens qu'un pénis ne vaut que par celui qui le porte. Sans toi, je suis tombée dans la corvée des femmes mariées. Merci, mon grand, d'être de retour ! »

Les femmes ont une façon de tout dire qui devient, chez un homme, propos de salle de garde. Je n'ai pas spécifié à Ginette que je rentrerais ce soir. Le grand air bourguignon fait toujours son effet sur moi. Je dévore le dîner. Marion dit tout à trac : « Au fond de moi-même, je me jugeais comme une salope, de vivre confortablement pendant que tu étais en guerre. Et je ne savais même pas quels dangers tu courais. Tu me pardonneras, dis ? – Je n'ai rien à te pardonner. Tu voulais acquérir ta spécialité. – J'étais à fond contre Vichy qui voulait ramener les femmes un siècle en arrière. »

Bonne occasion pour en venir à Claudine. « Je t'arrête, coupe Marion. Je l'ai mise en garde contre son taureau de mari. Elle est enceinte, c'est ça ? – Oui. – Je lui ai expliqué que la nature, quand il y a cumul de sous-alimentation, de tension nerveuse et de peur, empêche les femelles de produire ce que le mâle féconde. Le retour de l'ovulation précède donc le retour des règles. – Cela semble une catastrophe. Elle préfère mourir. – Elle a choisi en préférant mentir. Je sais bien qu'elle le rendait fou. Si elle lui avait dit la vérité, il aurait mis des capotes. »

J'ai devant moi la Marion furie que je ne connais que trop. « La sexualité est un sujet tabou pour les croyants, mais les communistes, parce qu'ils sont matérialistes, croient en plus qu'ils savent tout. Or ils trimbalent une morale de catéchisme selon laquelle quand quelque chose de sexuel se détraque, c'est que tu retombes dans les turpitudes bourgeoises ! – Le mal est fait. – Elle va se tuer. Sans faire d'histoires. Infirmière. Non par l'avortement, par les séquelles. Il lui faudrait un cure-tage, mais ça rend la fausse couche publique. – Tu dois lui parler. – Elle en sait autant que moi là-dessus. On donne le droit de vote aux femmes, mais on applique les mêmes lois anti-contraception, anti-avortement que sous Vichy. Je ne peux même pas lui faire un test, comme elle voudrait, parce que ça laisse des traces. – Et la persuader de garder ce bébé ? – Ce sera faire une victime de plus : le bébé. »

Marion resplendit dans sa colère. Je la serre contre moi. J'ai dit tout ce qu'on pouvait dire. Elle se dégage : « Je me bats pour libérer les femmes, mais je ne peux pas libérer ta Claudine d'elle-même. » Elle va ouvrir le buffet et nous sert un cognac. « À mon amant de tou-jours ! » Je n'ai pas trouvé tout de suite la réponse, ne voulant pas qu'elle ne fût que ma maîtresse. « À mon amour de toujours ! » Elle s'assied sur mes genoux :

« Apprends à te partager. Je saurai prendre la meilleure part. »

5. *Franz*

Il a fini par détester Potsdam, ou plutôt ses amas de ruines, sa maison rasée, la poussière partout présente, farine des pierres broyées qui vous prend au nez et à la gorge. Même s'il ne craint plus d'y repérer Waltraut, le grouillement des femmes hâves, déguenillées, courbées vers le sol, qui s'escriment à déblayer les gravats, lui fait mesurer l'énorme pression des forces russes qui contrôlent tout.

Ma patrouille de protection appartient à l'Office of Strategical Services. Nos lampes électriques dernier modèle surprennent, dans les recoins, des filles pour une poignée de *papirossy*, comme crient les Russes afin de les appâter. Le plus souvent nous sommes seuls dans notre recherche de dérivations aux lignes téléphoniques ou autres pièges, tous sens tendus afin de prévoir les effondrements. Par bonheur, les patrouilles russes s'annoncent par un bruit d'enfer pour évacuer leur propre peur.

Ce qui m'étonne le plus, c'est le progrès des liaisons radio et des détections du côté soviétique. Il me semble parfois appartenir à une bande d'amateurs face à des professionnels. J'ai trouvé dans les arbres du parc de la villa destinée aux Américains de petits micros directionnels, au cas où nos diplomates se croiraient à l'abri en se confiant au-dehors. Nous avons dû insonoriser en studios de cinéma les pièces de travail. Hitler et les siens avaient eu tort de les prendre pour des sous-hommes.

Est venu le temps de la conférence elle-même, où la hantise de l'espionnage est montée encore d'un cran, mais toutes mes craintes ont été balayées quand elle s'est achevée parce que c'est alors qu'on a appris que les Américains avaient fait exploser une bombe d'un type nouveau, capable d'anéantir une ville. Je ne les avais jamais combattus et me sentais au fond rassuré qu'ils aient ainsi signifié aux Russes qu'ils ne dépendaient plus d'eux pour mettre le Japon à terre. Et Julia, là-dedans ? Il te reste si peu d'avenir... Et Linda si les Russes, comme c'est probable, la détiennent ?

À la conférence, Staline a emporté le morceau en dotant les Polonais de la Silésie. Il a dû concéder trois secteurs de Berlin aux Occidentaux, mais ils y seront encerclés par la zone soviétique. Churchill et Eden, avant même le dénouement, ont été balayés aux élections. Depuis, tu passes ton temps libre à chercher ce qu'a pu devenir ta petite fille ; Steven, en confiance, te laisse aller de cave en cave interroger les survivants. Tu n'apprends rien. Les maquerelles te serinent : « *Fick, fick, eine echte Jungfau, dreizehn, ganz rein !* » Une vraie vierge, treize ans, tout ce qu'il y a de pure ! Les mioches laissés à eux-mêmes fouillent la boue et les ordures. Tu contactes les organisations chargées des réfugiés, mais elles sont balbutiantes, écrasées sous le nombre. Elles ramassent certes les enfants errants, mais se plaignent de pervers qui en kidnappent, horreur qui nourrit tes cauchemars, la nuit.

Chaque fois que je parle de ma fillette à Potsdam, on me renvoie aux Russes, or ils me feraient prisonnier sans explication. Je ne peux donc les approcher. C'est dans une défaite sans issue que je me laisse rembarquer pour l'Ouest par Steven. Comme un malheur ne vient jamais seul, Steve (je l'appelle ainsi désormais) n'a pas

compté avec la bureaucratie de l'armée US, et je devrai
d'abord repasser par mon camp d'origine pour y être
libéré.

Durant le parcours de retour, je me demande comment les SS vont me recevoir. Ils me remettront en quarantaine. Ou pire, puisque je me suis beaucoup frotté à
l'ennemi. Je me suis inquiété à tort. Ils me font quasiment fête : enfin quelqu'un avec des nouvelles du
dehors ! Par-dessus le marché, des nouvelles qui laissent penser qu'entre les Alliés d'hier...

Il ne s'est rien passé d'important. Le temps immobile
des captifs. Le type fatigué que les Français réclament
est toujours là. Tous s'arrangent avec les kapos « droit
commun » transférés de Dachau qui les respectent
comme avant, et un marché noir commence d'améliorer
le menu du camp. La vraie différence, avec mon temps,
a été la venue en inspection, à l'improviste, du général
Patton, un héros de la guerre américain, relégué à un
commandement civil pour avoir giflé un soldat. Ce qui
a déclenché, me dit le vieux général, une hilarité irré-
pressible, dans le block.

Ils s'étaient calmés, s'attendant à passer un très mauvais moment, au moins un appel interminable. En effet,
une fureur à froid dans le regard de l'Américain, puis
explosive, mais, à leur stupéfaction, pas contre eux, au
contraire ! Contre les MP qui les malmènent, lesquels
avaient fait un peu de zèle en son honneur. Patton
s'était aussitôt mis à hurler : « Ce sont des hommes !
C'était bon pour les nazis de traiter les hommes comme
des bêtes, mais que des soldats américains s'abaissent à
ce point, c'est intolérable ! » Il avait fait traduire aussitôt sa colère en allemand, afin que tout le camp n'en
perde rien, traitant les gardiens de planqués sadiques,
indignes de porter l'uniforme d'un pays libre !

Et avait renvoyé l'état-major du camp séance tenante, sous les applaudissements des prisonniers à qui, ensuite, il avait toutefois jeté son mépris à la figure. « Des *bastards* comme vous ne méritent pas ce que je vous apporte ! Beaucoup d'entre vous ne valent même pas une bonne corde pour les pendre. Je le fais non pour vous, mettez-vous bien ça dans le crâne, mais pour l'Amérique et Dieu qui nous regarde tous ! » Il a fait traduire. « *Ein anständiger Kerl !* » commente le vieux SS. Un type bien ! Les mots mêmes qu'il voulait que je garde de lui.

En captivité, il faut prendre le bon du bon côté, en tentant d'oublier le reste. Comme les SS ont trouvé Patton à leur goût, ils ne me cherchent plus noise de travailler pour l'Amérique : rabiot de soupe, un coup de schnaps, des claques amicales dans le dos. Je n'en oublie pas une seconde ma petite Linda, mais je ne peux que penser tendrement à elle, en espérant un miracle, et les jours passent à me ronger les sangs. Je n'ose pas non plus espérer une réponse de Julia, me demandant, dans les heures noires, si elle pense encore à moi. Je finis même par croire que Steven me laisse tomber quand je suis enfin appelé chez le commandant. Mon transfert est décidé, mais mon nouveau lieu de séjour ne sera précisé que plus tard.

L'atmosphère dans le camp s'appesantit parce qu'avec le lâcher de deux bombes atomiques et la capitulation du Japon, la paix générale approchant, les polices alliées mettent davantage le paquet pour s'occuper des dossiers. Un des SS est renvoyé chez les Tchèques. Le schnaps clandestin coule à flots. À la mi-septembre, je suis appelé chez le nouveau commandant. Steven est là, tout fringant. On me transfère dans une semaine. Autre bonne nouvelle : il va en mission à Paris.

Si je veux envoyer un mot à ma copine pour lui donner ma future adresse...

J'écris « *Julia chérie* » et reste en panne. Puis ça me vient : « *Je voudrais te voir le plus tôt possible, parce que toi seule pourrais t'occuper tout de suite de ma petite Linda. Son sort me ronge. Quelque chose me dit qu'elle est vivante, sans doute chez les Russes. Je rêve de te voir pour t'aimer. Ton Franz.* » Je me relis en vitesse, écris son adresse sur l'enveloppe. Steve ajoute sur le papier celle de mon futur camp. Rigolard, il me demande si ma copine parle l'anglais. « Mieux que moi. » Il me précise : « Dans le nouveau camp, il y aura une pièce réservée pour les couples. Mais les vrais. — Comment veux-tu que j'aie des papiers pour me marier ? Je n'ai que la liste de morts à Potsdam. » Steven rit de bon cœur : « Nous trouverons toujours un aumônier pour vous unir devant Dieu, et ça suffira. Ajoute qu'il faut qu'elle apporte ses papiers de veuve. »

Julia n'aimera sans doute pas ces détails qui sentent la caserne. Je ne sais plus rien : si elle m'aime toujours ; comment elle a pris l'annonce de la mort de Waltraut. Maintenant que ma semi-liberté approche, je me sens plus désemparé que jamais ; et pourtant, il n'y a pas eu entre nous que le soir d'avant les Russes, mais aussi la nuit de Belgem, au vu et au su de ses copines comme du journaliste qui ne lâchait pas Katie d'une semelle. Mais, après tant de semaines et de semaines ? Si quelqu'un peut agir et sauver ma petite fille, c'est elle. Julia fera ça pour moi.

Retour au block. Un des jeunes SS me tombe dessus en grondant que je suis vraiment comme cul et chemise avec les Américains. Je réponds que je suis un civil mobilisé : « Je vais redevenir avocat. » Je n'ai plus à les ménager, mais j'ai tout de même décidé d'aller prendre congé du vieux chef pour le remercier de son hospitalité. « Après tout, tu es un Allemand, me lance-t-il, tu n'as pas à payer pour les trahisons dont nous avons été victimes. Peut-être cela valait-il la peine de tenter une dernière fois la paix séparée à laquelle tu as participé. Un jour ou l'autre, les Américains auront besoin de gens comme toi. Nous avons un savoir-faire. Ça ne tiendra pas, leurs embrassades avec les Russes. » Je le laisse m'étreindre.

Le transfert me surprend par sa rapidité. Je me trouve un des premiers arrivants dans un camp de préfabriqués reliés entre eux par des surfaces cimentées, équipés de téléphones et avec l'eau courante. Premier signe que je vais vers la liberté : je récupère ma profession d'*Anwalt*. Le patron du camp, Chambers, un capitaine ventru, jovial, lui aussi juriste, mais passé dans les affaires, me charge d'organiser un secrétariat pour enregistrer les détenus, préparer leur convocation devant la commission de dénazification. On me munit d'un brassard blanc avec *POW* – prisonnier de guerre – qui me permet de sortir de l'enceinte de barbelés. Je me demande si Julia a reçu mon mot.

On peut téléphoner au-dehors, ce qui accroît mon énervement à la pensée que si j'avais son numéro... Un rêve fou, et mon impatience en grandit. Julia aura pour récupérer Linda des idées neuves auxquelles je n'ai jamais pensé. Les nouveaux arrivants m'accaparent, en majorité de braves types qui cherchent à se sortir de la guerre. Le seul événement est qu'un des entrants démasque, parmi les anciens rassis et posés, un agent de la Gestapo qui a volé l'identité d'un de ses copains tombé aux derniers jours de la guerre. Chambers laisse le camp lui fiche une belle raclée.

La construction du petit bâtiment pour les visites des épouses est achevée et Chambers m'en fait les honneurs. Un salon avec deux fauteuils de bois et une table. Une chambre sans fenêtre, deux couchettes, lavabo, douche et bidet. Du fonctionnel. Il a veillé à l'insonorisation. « *A love room, a love nest !* » Une chambre, un nid d'amour. Il en a plein la bouche. Je ne m'imagine pas en cet endroit avec Julia. Une porte, au fond du salon. Chambers l'ouvre et nous voilà dans une petite chapelle avec un autel. Bénédiction et hop ! le lieu pour baiser. Le claque du bon Dieu, quoi ! J'ai honte. Chambers resplendit. Je me force à approuver, à paraître touché.

Je prétexte des paperasses à terminer pour foncer me réfugier dans le cagibi qui me sert de bureau. Impossible de rattraper ma lettre. Dire : il n'y a que Linda qui compte. Je ne serai moi-même que quand nous l'aurons retrouvée. Qu'ai-je à donner à Julia ? Du vide. Je passe la fin de la journée à me ronger les sangs. Au soir, Chambers m'invite dans ses quartiers avec une bouteille de bourbon. Lui, se fait du mouron pour sa fille et son fils à l'université. Il a rempilé pour payer leurs études. Mais, avec la fin de la guerre, renouvellera-t-on son contrat ?

Le lendemain, solide gueule de bois. Chambers fait irruption. On me demande au téléphone. Je cours. Voix de Julia : « Mon amour, je serai là à cinq heures. J'ai expliqué que tu étais mon mari, pas légalement, mais *actually*, de fait, donc qu'il faut qu'on te donne une permission jusqu'à demain. On se marie à ton Église. J'ai tout réglé pour après. Trouve-toi des vêtements civils. Il me reste cinq heures de conduite pour aller jusqu'à toi. Je t'aime. Dis-moi que tu m'aimes ! »

« *Nice gal...* », grommelle Chambers. Comme je ne sais pas trop dans quel registre d'appréciation se situe *gal*, je dis : « *Very nice.* » Je cherche encore à mettre mes idées en place, quand Chambers m'explique qu'elle a réglé ma permission de douze heures en haut lieu, tout comme la présence de l'aumônier. Et que, pour ça, il faut qu'elle soit *awfully cunning* ! Je ne sais même pas comment traduire. Peut-être : astucieuse. Et je me sens plus pétrifié que jamais. Julia vit dans le temps rapide des gens en liberté. Comment parviendrai-je à me mettre à l'unisson ? Derrière la chapelle où personne ne me voit, je me mets à faire des pompes, et tout le récital de gymnastique ensuite. Ça me dérouillera le corps, mais la tête ? Heureusement, j'ai gardé et nettoyé mon costume civil de Potsdam. Les attentes, la guerre en est prodigue, mais celle-là est la pire. J'y joue mon va-tout. L'avenir de ma petite Linda. Mon cœur bat à m'en couper le souffle. Et les jambes.

6. *Julia*

Marion m'a reçue comme si elle me connaissait depuis toujours. J'ai d'abord cru que c'était dû aux confidences de Claudine. Elle m'a raconté sa rencontre avec Henri, mon futur mari, et Charles, au Luxembourg, leur scène de ménage. « Je te connais donc depuis toujours. Tu es aussi belle que je t'imaginais. » Une complicité qui m'a rassurée, d'autant qu'elle a décidé de se charger elle-même de mes *réparations*, comme elle dit. Cela me vaut une semaine dans sa clinique à cause de la brûlure à l'aine. « Je ne veux pas te raser une nouvelle fois, alors je te contrains à rester tranquille. Au fond, souffrir te rapproche de ce que ton Franz endure... »

Donc, à nouveau, Charles lui a tout dit, mais je la sens proche et amicale. Je partage Franz mieux avec elle qu'avec Katie. Là-dessus, malgré sa gentillesse et son habileté chirurgicale, je me retrouve en taule, aux aguets des moindres bruits dans le couloir. Drôle de façon de me libérer du passé. J'ai mis à profit cet enfermement pour rattraper les grands romans américains parus durant la guerre : *Pour qui sonne le glas,* de Hemingway, *Les Raisins de la colère,* de Steinbeck. Des romans d'homme.

Mon vingt-quatrième anniversaire tombe le 24 août. J'ai voulu rester en tête à tête avec grand-mère. Trop d'incertitudes, même si les cicatrices des opérations s'effacent comme prévu. Pourrai-je célébrer le suivant avec Franz ? J'ai bu quelques vodkas cul sec afin de dormir comme une souche. Le lendemain, avec un thé bien fort, grand-mère m'apporte une nouvelle lettre *US Postal*. Postée de Paris, le texte toujours griffonné. J'ai sauté de *Julia chérie* au *PS* : *Apporte une pièce d'état civil prouvant que tu es veuve.* Suit : *Pour nous marier.* L'adresse de son camp. Pas de sa main.

J'ai relu posément le tout, oscillant entre joie et désappointement. Si froid dans le fond. Mais ça va faire quatre mois qu'il est dans le trou. Et ce n'est pas lui qui a inscrit son adresse. Donc un mot que le transporteur pouvait lire. De là le PS. Comment obtenir un tel papier d'état civil ? Tout de même, si sec. Une femme peut signer avec le rouge de ses lèvres, mais un homme ? Tu ne possédais pas de rouge, en taule. Imagine que tu l'aies déjà connu ? J'aurais écrit : J'ai besoin de toi.

Au bureau de liaison avec les Américains, j'ai la réponse. Gastreden se trouve dans la grande banlieue de Munich. J'obtiens même le téléphone. Beaucoup de monde à l'état civil de la mairie, mais la pièce qu'il faut est à celle de Villeroy. Trois jours d'attente. Je retourne chez mon grand coiffeur où l'on me prend sans rendez-vous. « Une coiffure pour le plein air ? On ne porte plus de chapeau en été. »

Le sourire de Charles me dit que c'est réussi. Il se montre la compréhension même. Ordre de mission assez vague pour que j'en tire ce que je voudrai, déblocage de dollars et de bons d'essence. Je peux partir dès que j'aurai la pièce certifiant mon veuvage. « Tu ne vas pas aller seule en civile dans ce pays occupé ! Tu auras un grade temporaire : capitaine dans les AFAA, les auxiliaires féminines de l'armée de l'air. » Ma nouvelle coiffure est faite pour le petit calot avec les trois barrettes dorées sur le côté. Je passe côté hommes pour me faire attribuer deux rechanges de sous-vêtements et une chemise d'une taille qui me semble être celle de Franz.

Grand-mère me chuchote que les hommes, quand ils sortent d'une guerre, surtout après qu'ils ont été vaincus et prisonniers, c'est comme de la vaisselle fragile : « Ce sera à toi de conduire la voiture, au propre et au figuré. Mais je t'en sais capable, ça te rend encore plus belle d'être amoureuse. » Le tailleur me va sans retouches. Après la douche, je me retrouve devant mon miroir comme face à celui de la salle des gardiennes d'Ellsrede. Le soleil d'été m'a dorée, rendant la peau plus blanche là où se marquent le soutien-gorge et le slip. Mes seins ont forci. À la place de mon pubis mal rasé, je n'ai, en brun, rien à envier à Katie. Mes cicatrices s'effacent.

Essais pour laisser tomber la jupe en un rond parfait. Où est passée ton effronterie de Belgem ? Ce soir-là, tu avais tout à gagner, et rien à perdre. Là, tu penses : défi.

Oui, je vais retrouver mon amant allemand. Tu rends visite à un prisonnier de guerre culpabilisé par la mort de son épouse, par la disparition de sa petite fille. Habillée, je reviens me rassurer devant le miroir : même si c'est sans lendemain, j'ai besoin de l'avoir à moi.

Il est si loin. Tellement hors de portée. Retombée dans la prose. Comme une maille filée à un bas, que plus rien n'arrête. Et, après tant d'absence, si nous ne nous retrouvons plus ? Nous nous connaissons si peu. La prose me fait penser aux précautions dont il n'était pas question, à Belgem. Pas prendre le risque d'un bébé. Et puis l'inconfort d'un camp de prisonniers. J'appelle Katie. « Qu'est-ce qui te travaille ? Mauvaises nouvelles de Franz ? – Au contraire ! » Et de lui déballer en vrac mes problèmes, ces diaphragmes anglais que les pharmaciens d'ici refusent... Katie me coupe. « Ça ne s'improvise pas. Ici, les médecins, de par la loi, ne doivent pas traiter ces problèmes. La copine de Charles... Mais tu n'as pas le temps. Tu es vraiment ma petite sœur. Les préservatifs, c'est pas ton truc. Dis-moi plutôt où tu en es de ton cycle. – Je devrais avoir mes règles début septembre. – Et tu ne peux partir qu'après-demain au mieux ? Alors tu ne risques rien. » Elle se reprend : « Mais, du temps de ton mari ? – Henri veillait, me jugeait trop jeune pour faire un enfant. – Est-ce qu'il a été autre chose qu'un courant d'air ? »

La grande sœur que je n'ai jamais eue. Mille bornes pour baiser. C'est mon avenir que je joue, sans même savoir comment. Je joue celui de Franz aussi. J'essaie de conjurer les démons de ma peur. Si son camp ne ressemble pas aux prisons que j'ai connues, sa captivité nous rapproche. Nous est commune. Franz et moi avons bien mérité un peu de bonheur. OUI : *mérité*.

Certes, Dieu s'en fiche et ne tient pas de pareils comptes, mais ça me remonte le moral de penser que je mérite mon mec.

Enfin, le papier de Villeroy. On est déjà le 30. Retour à l'état civil. Il fait beau. Vraiment très beau. Pourquoi attendre ? Je décide de partir ce soir même et d'aller coucher à Nancy pour gagner trois cent cinquante bornes. Ça m'évite de trop penser. Les routes sont vides. La 15 ronronne et me permet un solide quatre-vingt-dix de moyenne.

Le lendemain, je me mets en militaire et pars à l'aube. Strasbourg. Le pont de Kehl. À dix heures, Baden-Baden, pas touché par la guerre. Villas pimpantes au milieu de parcs, un morceau de paradis insolite. Des flèches dans la verdure pour le siège élégant de l'administration française. J'y suis reçue avec empressement, même après qu'ils ont compris l'objet de mon voyage. Coup de fil au QG américain où ils me trouvent un officier de liaison parlant français. « Appelez-moi Milton. » Je n'y vais pas par quatre chemins : « Eh bien, Milton, je veux revoir l'officier allemand qui m'a libérée. Vous le gardez prisonnier, en instance de dénazification. »

À présent que je joue mon va-tout, rien ne me semble compliqué ni difficile à atteindre. « Qu'attendez-vous de nous au juste ? – De lui faire accorder une permission d'un jour, plutôt d'une nuit, sous ma responsabilité. Nous nous marions ce soir au camp de Gastreden. Je l'emmène à l'hôtel que vous allez me réserver et je le ramène demain. – Après tout, c'est sûrement faisable. Vous le demandez si gentiment, souligne-t-il. La guerre est finie, n'est-ce pas ? »

Je ne m'étais pas attendue à tant de simplicité. Je devrais passer d'abord le voir au QG. Les troufions ont bichonné ma Citroën : plein, pneus, lavage. Des déviations évitent les centres en ruines, mais j'y roule au milieu des affamés, mouflets tendant leurs menottes, femmes qui me crachent dessus parce que je suis une occupante.

Milton m'attend dans la cour du QG, blond comme les blés, désireux de me plaire. Il me détaille du regard, puis me conduit dans son bureau, décroche le téléphone : une brève conversation que je ne saisis pas, trop rapide. Autre numéro. Je comprends que ça va marcher, mais quelque chose le fait rire. Il explique : « Ils ont prévu un coin discret, dans ce camp, pour la réunion des couples. » Il me faut Franz sans introducteurs, voyeurs ou écouteurs, et j'ai jugé bon d'exploser pour me faire entendre : « Je vous avais demandé de me faire retenir une chambre. Je veux bien me faire bénir par le chapelain. Mais il me faut mon mari dans un chez-moi. Je n'ai pas fait mille kilomètres, six cents miles, pour le retrouver dans un parloir aménagé ! »

Je m'étonne de mon refus de toute concession, mais, ancienne taularde... Les points sur les *i* : « J'ai besoin de lui faire la surprise. Qu'il n'ait pas le temps de penser. De gamberger, comme on dit chez nous en argot de prisonnier : *I spent two years in a nazi jail*. Deux ans ! Il ne sait pas ce qu'est devenue sa fille. – Vous avez tout planifié. – Vous vous trompez : j'improvise. »

J'éclate de rire. Milton refait le numéro. De nouveau une longue conversation, mais plus détendue. À la fin : « *She will be OK.* » Il repose le récepteur avec le sourire. « Vous vous êtes porté garant de moi ? – Exactement. Vous avez gagné. Le commandant Chambers est d'accord pour la surprise. Il va la préparer de son côté. »

Milton me dit de laisser mon auto. Il la fera inspecter et graisser par le garage. Il me conduit lui-même à l'hôtel, m'y escorte afin de s'assurer que la chambre est en ordre. Double lit. Il vérifie que l'eau chaude fonctionne et pousse la courtoisie jusqu'à me montrer où se trouve le Px, le magasin à l'usage des forces d'occupation.

Ces politesses ont pris du temps. Du coup, il me conduit à tombeau ouvert à Gastreden. Un camp propret. Tout neuf. Le portail franchi, je repère Franz en civil, amaigri, apparemment en forme, faisant les cent pas avec un commandant américain bedonnant. L'auto stoppe devant lui. J'en jaillis pour me pendre à son cou : « Je t'emmène à mon hôtel. On m'a donné un grade pour faire plus sérieux. » Je prends sa bouche comme si personne ne nous voyait. Puis : « Je t'ai jusqu'à demain matin. »

Tout ce qu'il trouve à me dire, c'est : « Tu as fait de sérieux progrès en américain. – Toi aussi, mon chéri. » Le commandant et l'aumônier tout novice, rougissant, nous attendent. J'ai sorti les papiers qu'il faut. Franz me prend le bras. Milton sera mon témoin, Chambers le sien. Réglé comme du papier à musique. Je n'ai pas le temps d'observer la petite chapelle nue que l'aumônier sort une boîte pleines d'alliances en fer-blanc, disant que je dois en choisir une pour Franz, et lui une pour moi. Je n'y avais même pas pensé. J'ai trouvé du premier coup la sienne, mais toutes celles qu'il me tend sont trop grandes. C'est moi qui lui indique la bonne. Je l'essaie avant de la remettre au jeune chapelain qui rougit. Je peux observer Franz. Il paraît en forme, me prend enfin par la main, et ce geste fait passer dans tout mon corps une onde de tendresse : c'est sa main invalide du temps de Belgem.

L'aumônier part dans son laïus sans nous regarder. Il me semble qu'il en rajoute. Je n'écoute plus, si bien que je suis surprise lorsqu'il demande à Franz s'il me veut pour épouse. Franz répond, en se penchant vers moi, d'un « *I do* » très militaire. Mon tour. Oui, je le prends pour le meilleur et pour le pire. Je pense que nous avons déjà connu le pire, et dis un peu trop vivement : « *I do.* » L'échange des bagues. Je me jette dans ses bras. Je vois l'aumônier détourner son regard et rougir.

Chambers a déjà sorti une bouteille de bourbon. Pour écourter les toasts, Milton rappelle qu'on l'attend : « Je vous ai réservé une surprise. Je voudrais vous inviter à dîner ce soir. » Je garde dans la mienne la main valide de Franz et j'accepte sans demander son avis. Milton nous reconduit à l'hôtel jusqu'à notre chambre, ouvre et nous montre un gros bouquet de roses rouges avec une carte en français : *Tous nos vœux de bonheur. Les officiers de liaison du QG.* La surprise. Je l'embrasse.

Milton vérifie de nouveau que l'eau chaude arrive. Je le regarde faire, trouvant qu'il consomme mon peu de temps avec Franz. Enfin il salue. Le temps à nous. J'ai peur.

J'ôte mon calot, ma veste. Comme à Belgem, celle de Franz. Ce qui le fait rire. L'homme d'avant, mais son visage a vieilli. L'instant d'après, je sens ses deux mains sur mes épaules. Elles glissent le long de mes bras et de ma taille. Ses deux mains comme dans mes rêves. Jamais depuis ma descente du camion... La glace vient de se rompre. Je frémis. Montent en moi Westerweiler, Belgem.

Rappelle-toi. Tu te croyais de bois. À toi de le sortir de tout, de son camp, de la mort de sa femme, de ses peurs pour Linda. Les mots de grand-mère : un homme, c'est fragile. Après ce qu'il a subi... Je ne retrouve pas l'éclat de son regard bleu. Je vais fermer les lourds rideaux pour créer la pénombre. Je défais sa chemise, touche sa peau. J'en tremble. Enchaîne sur mon soutien-gorge. Laisser tomber ma jupe. L'enjamber sans regarder. Me sortir de ma culotte. Je m'avance.

J'aurais dû ne pas y prêter attention, prendre sa défaillance à la légère, mais ça me bloque. Une fureur contre tout ce que j'ai accepté : ces mille kilomètres, l'angoisse, les risques. Ce mariage factice. Idiote, tu gâches tout ! Je l'enlace comme si de rien n'était. Peau contre peau. Je frémis, n'ose pas le regarder. Tu es allée trop vite. Rends-lui confiance. Mon doigt sur ses lèvres. « C'est à moi de donner, tout te donner. Oh, mon chéri, viens. » Un de mes seins touche sa poitrine. Je serre plus fort. Pense qu'il est affaibli. Sois douce, douce. Ose. Lentement. Effleure. Frôleuse.

J'ai dû être inventive, car je le sens revivre. Sais ne pas te hâter. Le guider. Comme la première fois. Gagné ! Je pense encore à lui rendre le pouvoir pour recevoir son poids. Tenir ses côtes. Enfin... J'oublie tout. Ce que femme veut, Dieu le veut encore mieux. Être à lui. Nous deux. M'y perdre.

J'émerge pour découvrir que j'ai gardé mes bas et mon porte-jarretelles. Henri... Je me sens rougir : si Henri avait connu pareille panne, je l'aurais planté là, ivre de rage. La fatigue de la route me retombe dessus. Je ne bouge pas. Ne pas lutter contre cette torpeur, si douce. J'ai ressuscité Franz pour moi, pour toute ma vie. Tu mènes une course que Mathilde de La Mole n'aura jamais connue. Nous avons si peu de temps à nous. Je m'avoue : j'ai bien gagné mon plaisir. D'un souffle, je lui dis : « Merci. Tu es à moi à présent. » Il me reprend dans ses bras. Oui, ses deux bras. Ses deux mains.

« Tu m'as rendu ma jeunesse », constate-t-il quand je le rhabille avec les sous-vêtements et la chemise que j'ai choisis. C'est alors que j'ai pensé que nous venons de nous marier. Je mets mon index sur ses lèvres : « Il n'y a qu'une Mme Franz Werfer, la mère de ta Linda. Je reste Mme Villeroy. Nous légaliserons quand nous aurons retrouvé Linda. J'ai commencé ma nouvelle vie dans tes bras. »

Il rougit : « Tu penses à tout. – C'est la responsabilité des vainqueurs, mon chéri. » J'ai improvisé et rougis encore de mes audaces. Je me les récapitule en me rhabillant. Le goût de ton sexe sur mes lèvres. Je t'ai gagné, Franz. Je ferai n'importe quoi pour te garder. L'amour gagne en le faisant. Tu croyais qu'une femme, pour gérer sa liberté, doit garder la tête froide. C'est mon sexe qui était froid.

Milton nous attend. Dîner au vin du Rhin. Il parle pour trois. Son boulot, d'abord. Tout réorganiser : l'économie, la vie politique, l'éducation. Passe à sa fiancée qui se morfond en Californie. S'il pouvait la faire venir en Europe... Au sortir de cette guerre, on sait mieux y prendre le temps de vivre qu'aux *States*. « Une Américaine n'aurait jamais autant d'indépendance d'esprit que vous, Julia. Trop peur du qu'en-dira-t-on. – Julia sait m'apporter une nouvelle vie, explique Franz, soudain sentencieux. Elle cherche un avenir pour nous deux et ma petite fille. »

Milton nous conseille de nous installer à Berlin pour la rechercher : « C'est là seulement que s'établissent les contacts avec la zone soviétique. Franz pourra peut-être faire jouer le fait qu'il est un réfugié de Potsdam. » Alors que nous buvons ses paroles, Milton doit penser qu'il s'incruste et regarde sa montre pour prendre congé.

Ma belle humeur disparaît dès que je referme la porte de notre chambre. J'ai la trouille. Je tremble. J'essaie de me dire que c'est d'avoir ôté mes vêtements. Comment revenir à tout à l'heure ? Ne pas perdre une minute ! J'ose et j'oublie aussitôt ma peur. Je retrouve sa chaleur, et le noir nous est à nouveau propice.

Je me réveille dans les bras de Franz. Il chuchote : « J'ai attendu le dernier moment. Avec toute la route qui te reste. » J'aurais bien goûté encore une fois à lui, mais il a raison. On nous apporte un petit déjeuner à nourrir un régiment. Le temps de refaire les bagages, Milton frappe. Il va m'ouvrir le chemin avec son auto. Arrive trop tôt le portail barbelé du camp. Sans couper le moteur, je prends Franz une dernière fois dans mes bras, comme si nous étions seuls au monde.

Le garage a fait durant la nuit la vidange et le plein. Je n'ai à me préoccuper de rien jusqu'à Baden-Baden. Est-ce l'heure matinale ? Moins de mendiants et surtout moins de mômes en loques qu'à l'aller. Je lève un peu le pied. Personne ne m'attend. Ne pas prendre de risques. Comblée, comme si j'avais fait provision de sexe, mais je n'ai pas tout à fait retrouvé mon Franz. J'ai beau ajouter la captivité, la perte de sa femme et peut-être de sa Linda. À Belgem, nous étions encore sur un pied d'égalité. Là, il ne sait pas où il va, et le sort de Linda le ronge. L'important, c'est que la gosse ne figure pas dans la liste des morts. Elle est donc quelque part.

Je vais leur faire un foyer, en France. Aucune idée de comment on démobilise un officier de la Wehrmacht. Mais Charles... Ces plans sur la comète me permettent d'avaler les kilomètres. Plein d'essence en zone française. Un capitaine de cavalerie, sémillant et qui le sait, me fait du gringue. « Je viens de me marier ! » J'exhibe mon alliance à quatre sous. Allons, la vie peut être plus drôle que je ne la voyais.

Il n'est pas dix heures du soir quand j'arrive porte de la Chapelle. Je ralentis, soudain très prudente, comme si le danger me guettait à chaque croisement. Mon pressentiment menaçant se raffermit quand je découvre, rue de la Gaîté, une 15, matricule militaire de l'air, qui ne peut être que celle de Charles. J'ouvre, crie mon nom, monte quatre à quatre, redoutant qu'il soit arrivé quelque chose à grand-mère. Charles. Sa gueule des mauvais jours : « Je t'attends depuis des heures. Claudine est en train de mourir. Septicémie. Elle veut te parler. Je t'y conduis. »

Grand-mère me tend un pirojki tiède et un verre de vodka. « Il te faut ça pour tenir le coup. » Je me mets le visage sous l'eau de la douche pour chasser la poussière du trajet. Mes yeux restent rougis. Pourquoi n'ai-je rien tenté pour sauver Claudine ? Tu ne pensais qu'à Franz.

Dès que nous sommes seuls, Charles confie : « Marion l'avait prévu. Ta copine a voulu se faire passer son bébé elle-même. Le plus grave est qu'elle n'a plus envie de vivre. Je ne dis pas qu'elle a choisi de mourir, mais c'est tout comme. » Toute la fatigue de mon escapade me dégringole dessus. Autre vodka.

Nous roulons déjà sur les pavés de la banlieue pavillonnaire avec un éclairage beaucoup plus chiche qu'à Paris. Charles stoppe. Le mari nous attend sur le perron, visage défait. Je me laisse embrasser et guider vers une chambre éclairée par une lampe de chevet. Claudine couleur des draps, sa blondeur en vrac, semble dormir. Je pose un baiser sur sa tempe brûlante, lui caresse le front. Ma Claudine rouvre les yeux. Trop

grands, plus que jamais, pour son visage. « Ma... » Je
m'interromps. J'allais dire maman. Je répète : « Ma...
Claudine. » Tout s'entrechoque dans ma tête : je n'ai
pas vu maman mourir, je n'ai jamais pu lui dire maman.
Je répète : « Ma Claudine... Ma Claudine... – Prends ma
main. » Sa voix raucie, alentie.

« Ma Claudine, maman Claudine... » C'est sorti, mais
quelque chose en moi ne se dénoue pas. Je dis, trop
calme : « On va te tirer de là. Toi et moi, on s'est...
– Pas de consolation, s'il te plaît. Je ne tiens que... pour
te parler. Il n'y a qu'à toi... que... peux dire. » La voix
se perd et revient d'encore plus loin : « Rien où je vais.
Rien. » Elle est bien comme moi : elle regarde tout en
face. Son regard est parti. Je crois que c'est fini. La voix
à peine audible : « Nous sommes juste toutes les deux ? »
Le mari et Charles ont disparu. « Oui. – Je veux de
toi... que ce soit toi... qui parles... devant mon... cercueil. Toi seule. Tu sauras quoi... leur dire. » Je
cherche bêtement du secours autour de moi. « Ma
Claudine, je ne veux pas que tu meures. – Je... t'en...
prie. Ne gaspille pas mon temps. Si peu... de temps.
– Oui. J'accepte. – Merci. »

La main de Claudine a glissé et je prends peur, la
rattrape dans la mienne. Je mets mon visage contre le
sien pour qu'elle sente que je suis avec elle. Ses lèvres
remuent en un souffle : « Je veux que tu... t'occupes de
Paulette, ma fille. » Puis, plus articulé : « Qu'elle sache
tout ce qui m'est... Tout. Prends conseil de Marion. Je
veux aussi qu'elle... » La voix s'amenuise. Je serre ses
doigts, me colle plus fort à elle pour être sûre
d'entendre le moindre souffle : « ... s'occupe... pour que
Paulette ait une vraie vie de femme... Qu'elle me
rachète, tu... comprends ? »

Claudine retombe, m'agrippe plus fort contre elle. « Maintenant, je peux y passer. » Elle ferme les yeux et cesse de respirer. Je crois qu'elle se repose, puis je comprends qu'elle a tout dit. C'est fini. Elle a lutté pour me parler avant de se laisser aller. Je dépose un baiser sur son front, sa fièvre, essaie d'autres gestes de compassion. Je chuchote : « Maman Claudine », et m'enfuis. Le mari attend derrière la porte. « Je crois que c'est fini. » Il fonce. Chocs de son pas lourd sur le plancher. Il hurle : « Réponds-moi ! Réponds-moi ! Tu ne vas pas me faire un coup pareil ! »

Je demande à Charles du papier pour noter ce que m'a demandé Claudine. Sa fille arrive en pleurs, très femme pour ses quatorze ans. Je l'embrasse. « Ta mère m'a chargée de te parler seule à seule. Plus tard. » Je lui tends le papier. « Je te demande de faire respecter ceci : sa dernière volonté. » Je la sens glacée : « Les dernières paroles de ta maman ont été pour toi. » Elle fond en larmes sur mon épaule. Je la garde contre moi, sentant les baleines trop grandes de son soutien-gorge. Il va falloir que je lui apprenne quels bonnets... Ça me servira peut-être plus tard, pour Linda. J'ai toujours vu Claudine comme un recours. Jamais je ne me suis sentie aussi seule. C'est à moi d'aider sa fille, comme d'aider Franz. Les remettre sur pied. Pour lui. Pour Linda. Pour que Linda... Je demande à Charles de me ramener sans plus attendre.

7. Charles

Je n'avais jamais vu Julia pleurer. Pas de consolation qui tienne. Et Marion ? Je me contrains à conduire prudemment. Il faut que... Je dis calmement : « Il faut que je mette Marion au courant. – Non, Charles. C'est à moi de le faire. C'est un drame de femme. » Elle se reprend : « Katie et moi n'aurions jamais dû laisser Claudine seule. Avec Marion, nous l'aurions sauvée. Marion était complexée par la résistante, la victime de la guerre. Toute seule elle ne pouvait franchir le pas afin de la faire avorter dans les règles. Nous, si. » J'en reste bouche bée. Des femmes de guerre. « Appelle-la pour le lui dire. Je veux venir la voir avec toi. »

Nous arrivions porte de Pantin. Les cafés étaient encore ouverts. J'ai arrêté la voiture pour entrer et demander un jeton de téléphone : « C'est moi. Mauvaise nouvelle. – Claudine ? – Oui. » Julia me fait signe qu'elle veut prendre le combiné. « C'est Julia. Nous, je veux dire ses copines, avons eu tort de la laisser seule. De vous laisser seules, toi et elle. J'aimerais venir avec Charles. » Elle me rend l'appareil. Elle pleure. Je dis avec toute ma tendresse : « Nous venons. » Je repars en trombe sur les boulevards extérieurs jusqu'à la porte de Saint-Mandé. C'est le plus rapide.

Marion nous attend en peignoir sur le palier, les yeux rougis. Elle se jette dans mes bras. Julia l'étreint à son tour : « Je prends les choses en main. C'est la dernière volonté de Claudine. » D'autorité, elle conduit Marion sur le canapé : « Claudine, d'abord, c'est ma faute : je n'aurais jamais dû la laisser décider seule. Oui, dès le retour de Bourgogne, quand elle a eu cette nausée. C'était à moi de prendre les choses en main, puisque je suis sa plus ancienne camarade. Voilà ce que je voulais te dire tout de suite. Toi, tu dois agir selon les lois. Nous, je veux dire ses copines de résistance, non. Ce ne sont pas nos lois. Elles ont été criminelles, pour Claudine. »

Je serre plus étroitement Marion contre moi. Elle se libère pour enlacer Julia : « Vous auriez sauvé le corps de Claudine, mais pas elle. Cette forme de suicide était sa seule issue... Propre. Sans bavures politiques. – Vivante, j'aurais su trouver des mots pour la libérer. – Lui accorder une survie. On sait si peu agir sur les psychoses... C'est moi que tu libères. Merci, Julia. Je n'ose guère le dire, parce que je n'ai rien fait durant la Résistance : Vichy a trop déteint sur notre vie, nous a trop renfoncés dans le XIXᵉ siècle ! Je risque plus à donner des conseils de contraception que sous Pétain, parce que les cocos sont les plus féroces contre le contrôle des naissances : il paraît que c'est pour empêcher la classe ouvrière d'avoir les enfants qui feront la révolution. Il n'y a même plus de surréalistes ! Quand il ne joue pas du clairon, Aragon renie son *Paysan de Paris* et approuve la fermeture des bordels. C'est le règne des faux culs ! » Ma Marion requinquée, pétardière ! À mon tour de dire merci à Julia : « C'est toi qui gardes l'esprit de la Résistance ! »

8. Julia

J'ai juste dit à Babouchka : « C'est fini. » J'ai monté quatre à quatre l'escalier de ma chambre, sorti une feuille de papier à lettres. « *Franz, mon chéri. Je suis bien rentrée toute pleine de toi. Charles m'attendait pour me conduire chez Claudine en train de mourir des Russes. J'ai recueilli ses dernières volontés.*

Mon amour, tiens bon la rampe ! Ça veut dire : reste en bonne santé. Tu es tout mon avenir. Ta Julia.

J'ai signé la lettre avec mes lèvres, couru la poster. Tant pis si Chambers la lit. Il me fallait ça pour trouver le sommeil.

9. *Katie*

Claudine, ma première morte de paix. Je m'imagine à sa place. Que resterait-il de moi ? Roger me regretterait parce que je le fais vraiment jouir : une silhouette dans son roman ? Mes photos à poil. Si peu, au fond, de ce que je voudrais lui donner. Tandis qu'avec une petite fille déjà toute faite ? Julia, tu ne le sais pas, tu es, dans ton malheur, une veinarde. Je la vois arriver juste à l'heure. L'uniforme qu'elle a apprivoisé en Allemagne lui va comme un gant. J'ai besoin de me sentir grande sœur avertie et dominatrice, mais j'aimerais prendre des vacances. M'occuper de Roger. Justement, il m'apporte les clés de l'auto. Je veux marquer mon terrain devant ma copine : « Tu sais qu'il est en train d'écrire un roman ? Je suppose que c'est un roman-promenade à la Stendhal, comme tu les aimes. Tu nous vois dedans ? » Julia rougit, regarde Roger : « Stendhal est en effet mon romancier préféré. – Ah bon ? Qu'est-ce que tu lui trouves ? – Il m'a aidée à chercher le sens de ma vie. – Comment ça ? Tu as rêvé de coucher avec Fabrice ? Avec Julien ? – Ni avec l'un, ni avec l'autre. Le premier est bon pour une femme mûre comme la San Severina, le second trop puceau. Mais Mlle de La Mole m'a ouvert des chemins. J'en ai fait des chemins à moi. C'est à quoi doivent servir les romanciers. »

« Attrape ça ! » ai-je crié, ravie de la réponse. Je les entraîne vers l'auto et prends le volant, à droite, car c'est une anglaise. J'ai dû lire trop vite *Le Rouge et le Noir*, car je ne vois en Mathilde qu'une pimbêche aristocratique heureusement déniaisée. Moi, je ne m'intéresse qu'aux mecs. Pas de rêves sur Julien, gamin ambitieux, mais Fabrice ? Je retombe dans le XXᵉ siècle. Paysage de pavillons rétrécis comme leurs jardinets. Soudain, un vieux village intact, serré autour de son église, sans doute du faux gothique XIXᵉ. Non, du vrai. Délaissant le quartier neuf de la salle des fêtes, grâce à un écriteau fléché je m'engage dans une montée où restent des terrains à construire. Le cimetière est un espace vaste, ouvert. Les tombes s'échelonnent sur une large pente où la vallée de la Marne commence d'infléchir le plateau. Quelqu'un a voulu que les morts puissent profiter d'un horizon.

Pointent çà et là les toits des chapelles en calcaire gris, souvent déglinguées, coiffant d'anciens caveaux à perpétuité. Autant de rappels d'un monde sans âge, quand la banlieue de Paris n'arrivait pas jusqu'à ces villages qui datent souvent des Romains, m'a dit Roger. Allées noires de public, drapeaux tricolores des associations de déportés et rouges du Parti communiste : Claudine a été récupérée par les siens.

À cause de Julia, on nous ouvre un passage jusque devant la tombe fraîchement creusée dans une terre brun-rouge. Le fourgon arrive. Julia s'isole sur le trottoir de l'allée, guidée par un type des pompes funèbres. Une trop belle envoyée de la mort. Je l'imagine un jour, ainsi, devant ma propre tombe : je ne sais pourquoi, je veux toujours qu'elle me survive. Les deux enfants se tiennent par la main. La fille a la blondeur de sa mère, mais tient de son père une tête de plus. Des volumes déjà gonflent son corsage. Le gamin, châtain comme le père, mais fin comme sa mère, la dépasse de ses cheveux fous. Tous deux les yeux rougis. Leur géniteur plastronne, entouré du conseil municipal portant l'écharpe tricolore en bandoulière. Un vieux, très vieux, brandit à l'écart un drapeau rouge avec *Les Amis de la Commune de Paris* en lettres d'or. Trois quarts de siècle plus tard, se peut-il qu'il soit un survivant ?

Je demande à Roger s'il voit des officiels du Parti. Il hausse les épaules. En tout cas, ils ne se montrent pas comme tels. Il grommelle : « Je me demande si c'est la volonté de Claudine, ou une façon pour ses camarades de se démarquer d'une mort dérangeante. – Tu crois que Claudine a pensé à son parti, en mourant ? » Soudain, je repère, fendant la foule, duo de couleurs un peu trop vives, Gisèle au bras de Suzanne, son amie. Je ne savais même pas qu'elle était sortie de sa maison de santé.

Visage apaisé, notre violoniste rayonne dans un manteau de demi-saison vert olive. Suzanne, plus grande qu'elle, plus mince, sanglée dans un imperméable bleu un peu trop clair, coupe de couturier, conduit leur couple en mec. Lucette les suit de son pas de mannequin, chapeau noir tressé à large bord, manteau trois-quarts lie-de-vin grand chic, robe au ras des genoux brillants de nylon. Les belles relations de notre défunte. Allons, Julia et moi, en militaires, ne faisons pas mauvaise figure. Les employés sortent le cercueil de chêne, aussi massif que Claudine était frêle, le déposent sur deux tréteaux, l'entourent des grandes couronnes de roses rouges.

Le maître de cérémonie annonce : « Madame de Villeroy, en accord avec la famille et les amis de la défunte, va rendre un dernier hommage. » Julia me paraît encore plus sanglée, plus militaire. Elle ôte brusquement son calot et l'enfouit sous l'épaulette de son uniforme comme si elle avait fait ça toute sa vie. Sa chevelure jaillit, libérée. Je la trouve bien un peu théâtrale, mais c'est réussi. Une vague se forme avec toutes celles qui se haussent pour mieux la voir. Un monde de femmes, soudain, comme si toutes avaient écarté les maris. Seul Roger à mon bras. Savent-elles ? Je juge que oui. Je cherche le maire-époux. En bon politique, sa rigidité reste impénétrable.

Julia, pour faire face, monte sur le trottoir de l'allée. Elle arrête son regard sur Gisèle, comme si elle allait parler d'abord pour nous, les compagnes de prison, mais, touchant de sa main le cercueil, elle se détourne et affronte l'assistance : « J'ai connu Claudine dans la cellule de la prison, en Saxe, où les nazis nous avaient jetées. Nous ne savions pas si nous allions survivre et nous avons, dans notre isolement, échangé soir après soir nos pensées les plus intimes, plus ouvertement, plus librement sans doute que la vie normale ne le permet, puisque nous ne savions pas si nous la retrouverions. »

Elle s'arrête, parce que sa voix s'est un peu cassée. Peut-être aussi pour laisser le temps au public d'absorber ce qu'elle lui communique, puis reprend, plus assurée : « Nous étions différentes, presque opposées. Claudine communiste, moi fille d'émigrés russes, mais nous avons appris à vivre comme deux doigts d'une même main. Cette solidarité sans faille a été la clé de notre survie. Nous avons été évacuées... »

Elle marque une nouvelle pause. Je sais qu'elle en vient au plus difficile, et je croise les doigts. Julia prend un ton apaisé, presque de confidence : « Quand notre convoi, après avoir erré des heures dans la débâcle nazie, s'est trouvé bombardé par l'aviation soviétique qui tua deux de nos convoyeurs et blessa l'officier responsable de notre évacuation, Claudine a été la plus admirable de courage, de dévouement. Oui, dans l'enfer qui a suivi, encore plus admirable de lucidité comme d'efficacité médicale. C'est une femme de bien et une combattante hors pair que nous perdons. »

Julia s'arrête à nouveau et je crois qu'elle en a fini, mais, d'un geste, elle requiert à nouveau le silence. Sa voix perce : « Claudine a tenu à ce que ce soit moi qui lui rende ce dernier hommage parce que j'étais à ses côtés dans ce qui l'a frappée le plus cruellement, en cette fin de guerre, et qui fait qu'elle nous quitte aujourd'hui alors que, dans un pays libre, elle n'aurait jamais dû mourir. Nous, les femmes qui avons tout partagé avec elle, sommes réunies ici en ce dernier hommage parce que nous n'en avons pas fini avec ce que cette horrible guerre a semé d'horreurs en nous et autour de nous. Jamais, dans un pays plus attentif aux tragédies qu'ont vécues ses déportés, plus encore ses femmes déportées, Claudine n'aurait dû mourir. »

Elle étouffe un sanglot, puis se redresse : « Je répète que c'est la guerre, en ce qu'elle a de plus atroce, de plus inhumain, qui nous l'enlève quand la paix n'a toujours pas appris à guérir les blessures. Nous aimerons et honorerons toujours Claudine dans sa vérité. Puissent mes paroles aider ses enfants et son mari après la perte irréparable qu'ils viennent de subir. Que la vie puisse enfin l'emporter ! »

Ces derniers mots, qu'elle lance vers la tombe ouverte, creusent un gouffre de silence, bientôt couvert par les sanglots des femmes. Je veux la prendre dans mes bras, mais elle met fin au trouble : « Merci pour Claudine ! » Le mari surgit, bousculant ses voisins, et l'embrasse. La gamine reste raide à l'écart et se met à pleurer. Gauche, le garçon attend que son père ait fini pour s'approcher. Il est devancé par Gisèle qui saisit

Julia dans ses bras et la couvre de baisers : « Claudine m'a aidée à revivre. C'est elle qui s'est chargée de moi après ma cure de sommeil. » Son amie prend le relais : « Elle a su persuader Gisèle qu'elle pouvait sortir plus forte après une semblable épreuve. Elle a gagné. La musique de Gisèle est devenue plus sensuelle, plus charnue. Vous savez, on se l'arrache. » Roger les prend en photo.

Je suis la dernière à m'approcher de Julia qui se laisse enfin aller et pleure sur mon épaule. Je l'admire d'avoir su tout dire en ne disant rien, mais je ne trouve pas les mots pour le lui confier. Nous marchons en nous donnant le bras. Soudain, Julia s'écarte : « J'ai pris rendez-vous avec la fille de Claudine pour demain. – Tu es sûre de ne pas la traumatiser ? – Elle vient de me dire : "Pour une Russe blanche, vous avez bien parlé. J'ai perdu ma maman bien avant qu'elle meure. Elle ne m'a rien raconté, depuis qu'elle est rentrée. J'étais encore une petite fille quand elle a été arrêtée." Si je l'avais su plus tôt, j'aurais parlé des silences de Claudine. Je n'ai pas osé. J'ai déjà craint de trop en dire. »

Nous sommes bousculées par l'arrivée du vieillard qui porte un drapeau de la Commune de Paris et qui s'installe sans façon au milieu de nous deux, avec une arrogance que je ne lui soupçonnais pas : « Pourquoi, madame, n'avez-vous pas dit qu'elle était communiste ? – Je l'ai dit. – Mais sans la relier à son parti. – Écoutez, j'ai affirmé qu'elle était une femme bien. Ça ne vous suffit pas ? » Le vieux s'accroche à sa question ; « En quoi cela vous gênait-il de dire la militante ? Grâce au communisme, c'est la Russie qui a gagné la guerre. Pourquoi accabler l'aviation soviétique ? – Si Claudine a demandé que ce soit moi qui parle, et pas un ou une de ses camarades, c'est parce qu'elle voulait que je parle de la femme qu'elle a été, et non de la militante. C'est la femme que j'ai connue. J'ai tenté de lui apprendre à penser à elle, ce dont elle n'avait jamais pris le temps, monsieur. »

Le vieil homme s'agrippe à son drapeau et s'éloigne, voûté, sans répondre. J'entraîne Julia vers la voiture : « Tu lui as fait prendre dix ans de plus. » Julia a un sourire triste : « J'ai failli lui demander : Êtes-vous sûr que Claudine n'est pas morte de son communisme ? Morte pour ne pas poser de problèmes à son parti ? »

Charles arrive, impérial, Marion à son bras. Je pense : elle l'a transformé. « Tu as dit ce qu'il fallait. » Marion pleure en silence. Julia la prend par les épaules : « Tu l'as aidée autant qu'il t'était possible. — Mon rôle de médecin était de trouver une issue. Claudine et toi m'en avez plus appris que toutes mes autres patientes. »

« Charles va beaucoup mieux, ai-je chuchoté à Roger dès que nous avons été seuls. — Ils surmontent la guerre à leur façon. Julia et toi leur donnez le bon exemple. » Je ne surmonte pas si bien la guerre qu'il le croit. La mort de Claudine me ramène à Michael et à mon petit Günter. Je n'ai jamais reçu de réponse de ses parents. Vivent-ils encore ? Ma lettre s'est perdue dans les ruines de l'Allemagne. Westerweiler est en zone soviétique. Comment savoir si le vieux l'a bien enterré ?

Un pneumatique[1] m'attend chez la concierge. Je me garde bien de l'ouvrir et refrène mon impatience jusqu'à ce que Roger ait refermé la porte sur nous. Je le lis alors et ne lui cache pas mon émotion : « Klaspen est en taule chez les Polonais. On m'envoie l'interroger

---

1. À l'époque en effet, la Poste envoyait à Paris les correspondances urgentes par un système de tubes pneumatiques. (*Note de L. C.*)

pour notre compte. Comme nous aurons un avion spécial, je vais nous faire adjoindre Julia. Viens avec moi
pour un reportage sur Varsovie en ruines. C'est gratis !
– Oui. Les ruines de la Pologne, après celles de l'Allemagne. Et les ruines de la morale, ma mignonne ? C'est
Eluard qui a inventé ces mots-là pour parler d'Ora-
dour[1]. Klaspen en fait partie : la vérole nazie de l'âme
est toujours là. »

10. *Julia*

Katie comptait sans les Polonais. Nous avons passé la
moitié de l'automne avant qu'ils en aient fini avec Klaspen. J'ai droit à un coup de téléphone par semaine avec
Franz. Une visite par mois. Nous restons au « nid
d'amour » pour ne pas perdre de temps, nous nous
racontons nos enfances, nos adolescences, nos mariages,
faisons provision d'étreintes. Rien n'y peut : je repars en
manque.

La campagne électorale a fait diversion : la première
fois que j'avais à voter. Au référendum, j'ai dit oui à de
Gaulle. J'aurais dû choisir le PCF, à cause de Charles.
Je n'ai pu m'y résoudre, ce qui n'a rien changé à leur
victoire électorale. Le ministre de Charles est passé de
l'Air à l'Armement, et même à la Défense nationale.
Enfin arrive le feu vert de Varsovie.

La voiture est venue me prendre à 5 h 30 du matin.
Je me force à m'habiller chaudement, manteau et toque

---

1. Oradour-sur-Glane, le village de la Haute-Vienne qu'évoquait
le SS de son block à Franz, incendié par les SS de la division Das
Reich le 10 juin 1944 ; 642 habitants disparurent dans le massacre.
(*Note de L.C.*)

de fourrure, parce que je crains d'avoir perdu mon endurance au froid qu'on annonce précoce, là-bas. Sac à main grand genre : je veux qu'il en soit ainsi pour créer la distance. Katie en uniforme molletonné ; Roger porte une casquette à oreillettes genre Sherlock Holmes. Il m'encourage : « J'espère que tu vas savoir. – Pour l'instant, je crois surtout que j'en sais trop. »

La Humber fonce dans la nuit, me rappelant notre sortie du Bourget il y a, quoi, six mois. Six mois de paix, une fin de printemps, un été impartis à Claudine, un bout d'automne. Si peu, pour elle, et si peu de Franz.

Dans l'avion, le soleil nous accueille au-dessus des longues plaines nues et blêmes de la Champagne. Je cesse de regarder, me recroqueville sur ma tristesse et, à mon habitude, m'endors. Je me réveille comme Katie se rassied à côté de moi. Elle vient de parler au pilote : nous volons dans le couloir aérien au-dessus de la zone soviétique, droit sur Berlin. Varsovie dans un peu plus d'une heure. Je me mets au hublot, guettant les ruines, mais la visibilité n'est pas bonne. On nous fait passer des sandwiches. Une heure après, la descente brutale me blesse les oreilles. Des Polonais en uniforme, avec leur curieuse casquette aplatie à angles, nous font monter dans une limousine soviétique où nous attend un officier anglais qui explique à Katie que nous n'aurons pas le droit de poser à Klaspen des questions générales, seulement celles touchant l'affaire Villeroy. Les problèmes des Anglais viendront ensuite.

L'auto arrive en pleine ville devant un immense champ de ruines déjà herbues, assez élevé, qui me paraît tout autrement découpé que ce que j'ai vu du reste de Varsovie. Un officier polonais explique que la ville a été détruite par l'artillerie nazie, c'est-à-dire à l'horizontale, mais ici, à la base, par des charges explo-

sives, pour éradiquer le ghetto. Ce champ est en effet
ce qui reste du ghetto. Le chauffeur ne ralentit même
pas. On nous emmène vers un vaste immeuble dont le
rez-de-chaussée a été reconstruit. Des grues travaillent
à l'édification du premier étage. Une prison, mais tout
s'y passe encore dans les caves des nazis réutilisées.

Katie traduit, à l'étonnement des Polonais peu habi-
tués à ce qu'une Anglaise parle aussi bien leur langue.
Une réunion s'installe avec un avocat en toge chargé de
la défense. Mon manteau ôté, je me sens, comme je l'ai
voulu, exagérément chic. Pas d'alliance : ni l'ancienne,
ni la neuve. Sans émotion. Juste attentive ; comme
lorsque, en fac, je découvrais l'énoncé du problème à
traiter. On nous fait descendre deux étages, passer une
grille, une autre, un couloir à lourdes portes avec, à
hauteur d'yeux, de petits volets. L'installation de la
Gestapo, je connais. La pièce pue les désinfectants, les
mêmes que ceux des nazis. Les murs de béton, laissés
bruts de décoffrage, ne peuvent porter aucune trace de
ce qui s'est passé dans ce lieu, ni les sursauts des sup-
pliciés, ni les traces de leurs mains torturées. Il suffisait
de fermer les deux vasistas, hors de portée du détenu,
pour qu'aucun cri ne sorte au-dehors. Roger a dû se
faire les mêmes réflexions, car je le vois se tasser sur lui-
même. Seule Katie garde son allant.

Klaspen s'annonce par un bruit de chaînes traînées.
Comme je m'y attendais, je lui trouve le même air las
qu'autrefois, après que je l'eus giflé, mais là, il l'accepte,
voûté, surtout bouffi. Tondu et rasé de frais, menotté,
dans un costume de prisonnier beige, on le fait asseoir
à une petite table. Il m'a sûrement reconnue, mais n'en
laisse rien paraître. Je me demande à quoi il peut penser. Sa guerre perdue ; pas d'échappatoire. Je dois trouver son point faible. Katie parle en polonais à l'officier,

puis nous chuchote qu'ils ont pris aux Soviétiques la méthode des interrogatoires nuit après nuit, la privation de sommeil des semaines durant : « Ils les usent. »

L'officier nous présente le captif en riant. Katie traduit : « Il a voulu se faire passer pour un paysan. Il était dégoûtant de crasse et de poux quand on l'a démasqué. » Klaspen lève les yeux et me découvre. Pas du chiqué : il ne m'avait pas remarquée et se dresse trop vite, se reprend, me toise et dit lentement en français : « J'aurais dû vous faire tuer. – Devrais-je vous remercier ? Cela me vaut le plaisir de vous revoir. (Je me sens maîtresse de moi, sans haine, décidée à l'estoquer :) Mon mari a pu me transmettre à votre insu que le traître dans le réseau se nomme Alésia. »

Klaspen cligne des yeux malgré lui et se lève de nouveau : « Pourquoi vous aiderais-je ? – Parce que vous allez mourir et que ça n'a plus d'importance pour vous. Vous m'aideriez à réparer le mal que vous avez fait. » Je me sens sûre de moi. Il éclate de rire, mais je ne cille pas. Il hausse les épaules : « On ne peut pas dire que vous manquez de culot. Vous étiez moins arrogante ! – On a soigné mes cicatrices. Il n'en reste rien. » Katie traduit pour les Polonais. Klaspen se tait. Je place mon estocade : « Vous n'avez aucune raison, même par vengeance, de vous en prendre encore à mon mari. Nous l'avons enterré comme devait l'être un Villeroy, décoré par le général de Gaulle : vous avez perdu sur tous les tableaux ! Alors, qui est Alésia ? »

Je sais, à cause de sa lenteur, du contrôle de ses moindres gestes, que j'ai fini par l'atteindre. Le silence se fige. Les Polonais semblent se retenir de lui sauter dessus. Klaspen frotte ses doigts devenus boudinés les uns contre les autres, tend la chaîne de ses menottes. « Après tout... (il sourit) Dites-leur de m'apporter de leur saloperie de thé. Il faut bien que j'y trouve mon compte, moi aussi. » Katie se hâte de traduire. Un des Polonais sort. Le silence s'épaissit.

Une femme soldat apparaît avec un bol fumant. Klaspen y trempe les lèvres. « Dégueulasse, comme on dit chez vous, madame de Villeroy. » Il s'essuie les lèvres du dos de la main. Son dernier numéro sur scène. Shakespeare. Macbeth. Comme le répète Roger : *A poor player that struts and frets... and then is heard no more.* Il sait et fait durer. « Il me reste un recours contre ma condamnation à mort, mais je vais quand même satisfaire votre curiosité. » Il penche la tête pour paraître affable : « Alésia est une invention de votre mari. Il lui fallait un bouc émissaire. Non qu'il ait parlé, mais, trop imbu de soi, il ne regardait jamais derrière lui. Le filer fut donc un plaisir. Il s'est à bon droit senti coupable de l'arrestation de ses subordonnés. »

Je me force à rester de marbre. Il poursuit du ton d'un constat : « Mes hommes l'ont cueilli trop vite, craignant qu'il ne file à Londres. C'est pourquoi nous n'avons jamais mis la main sur son adjoint, ce Motin, ni sur le radio du réseau. Il fallait donc le faire parler, et vite. La torture ne marchait pas sur lui, c'était comme s'il se voulait déjà mort. Il nous bravait. Aussi nous avons pensé que son côté vieille France ne supporterait pas qu'on s'en prenne devant lui à sa mignonne jeune femme. J'avais mal mesuré à quel point il était suicidaire. Pour vous protéger, pour ses propres négligences ayant conduit à la perte des siens, il s'est supprimé et vous a légué cet Alésia. »

Kaspen s'est ragaillardi. Les filatures, je veux bien. Pas le reste. Jusqu'à « ce Motin », avec tout le mépris possible. J'ai été présomptueuse. Katie hoche la tête pour m'encourager. Aussi, sans doute, pour me rappe-

ler qu'elle-même s'est toujours méfiée de Motin. Klaspen boit à loisir son bol de thé seul tout en me
surveillant du regard. Je suis soudain sûre qu'il me
ment. Je ne peux pas le laisser croire que j'accepte sa
version : « Pourquoi, alors, avez-vous fait croire aux
membres du réseau qu'Henri, enfin, mon mari, les avait
donnés ? – C'était presque vrai, et ça leur laissait
entendre que nous savions tout. Comment vous dites,
déjà ? *Instiller*, oui, c'est le mot juste, instiller dans les
interrogatoires que votre saint de mari avait parlé et
était le coupable de la vingtaine d'arrestations, dont
celles des trois pilotes anglais que le réseau essayait de
faire passer en Espagne, leur instiller ça ne pouvait que
les rendre plus dociles. Ce tableau de chasse m'a valu
la promotion qui m'a conduit ici. Il aurait été préférable
pour moi que je réussisse moins bien. Les vôtres
auraient peut-être été plus civilisés avec moi que les
Polonais. On m'a dit que Motin a profité (il fait tourner
ses doigts boudinés et me fixe de ses yeux gris) du relâ-
chement dû à mon départ pour nous fausser compagnie
et fuir à Alger. Il paraît qu'il a bien réussi. »

Je m'efforce à nouveau de rester impassible, le temps
que Katie traduise pour les Polonais. Klaspen vient
d'avouer qu'il s'intéresse beaucoup à Motin. Il ne
lâchera rien sur Alésia. Il a presque retrouvé son visage
martial d'avant, et détache ses mots en me fixant :
« Évidemment, c'est une histoire qui ne vous arrange
pas. Ce n'est pas ce que vous étiez venue chercher ici.
Le futur pendu emporte ses secrets dans la fosse commune où on va l'enduire de chaux vive pour qu'il ne
reste de lui que poussière. Pas *ça* de preuve pour blan-
chir ton mari ! » Il fait claquer son pouce contre son
index et, traînant ses chaînes, quitte son siège.

« Sauf, Klaspen, que tu avais laissé la fenêtre ouverte. Personne entre mon mari et la fenêtre. Tu avais besoin qu'il se suicide pour couvrir ton Alésia ! » Touché par le *tu*. Avec un revolver, il m'aurait flinguée. Il se reprend, hausse les épaules, demande qu'on le reconduise à sa cellule, mais s'arrête en me fixant : « Tu n'as pourtant pas fait ton voyage en vain. Tu vas avoir des choses à raconter au type qui te baise et te donne une mine superbe. Villeroy, avec son goût du panache, ne connaissait rien aux hommes. Encore moins aux femmes. Se jeter par la fenêtre, pour toi ! »

Il sue quand même. Sa dernière scène sur les planches, avant de tomber la corde au cou. Traînant ses chaînes, il revient encore vers moi. Roger s'interpose. Je vois un sourire se former sous les dégoulinures de sueur : « Motin était présent, n'est-ce pas ? C'est lui qui a fait le discours, hein, devant la tombe de ton mari, quand tu l'as enterré ? – Non, c'est moi. Devant Motin qui devait sans doute penser à toi. » Mon tutoiement le fait à nouveau reculer comme une gifle. Il repart en traînant ses chaînes. Au dernier moment, il se retourne, articule d'une voix lasse : « Salue Motin de ma part. Au fond, il salivait, devant ton Henri. On se retrouvera tous en enfer. »

Klaspen a-t-il mijoté tout ça ? Non. Il aurait fallu que les Polonais commettent la bêtise de le prévenir de notre arrivée. Pas leur genre, à voir comme ils le traitent. Ça lui est donc venu en me parlant. Comme le veut Katie, parce qu'Alésia est Motin ? La partie d'échecs qu'il a perdue et rejouée dans sa tête ?

Quand le bruit de ses chaînes a disparu, je dis : « Motin, je ne l'ai jamais vu avec une femme. » Katie reste songeuse. « Ça n'est pas un crime. Et si Klaspen voulait parachever son travail en enfonçant Motin

devant toi, sans en avoir l'air ? – Il n'a pas expliqué
Alésia, ni l'origine de la chute du réseau. Je vais faire
fouiller de fond en comble la vie de Motin, pour voir si
Alésia a quelque chose à voir avec lui. – Essaie de savoir
pourquoi tes compatriotes, enfin, ceux de ton mari, ne
sont jamais venus interroger Klaspen ici. » C'était la
question à poser. Henri en sort plus victime que jamais.
Il était fait pour affronter l'ennemi sabre au clair par
une charge de cavalerie, pas pour s'empêtrer dans ce
genre d'intrigues. Les réseaux clandestins, les dissimu-
lations de la Résistance, les traquenards ourdis contre
lui et les siens, ce n'était pas son genre. Ne pas regarder
s'il était filé ?

Les Polonais ont mené à bien l'enquête sur l'affaire
anglaise, et Katie se satisfait de leurs procès-verbaux.
Elle me chuchote : « Pas un mot à Paris sur Motin.
Klaspen ne t'a rien dit. – Alors, on va le laisser se pava-
ner ? – Le moins longtemps possible. Ne rêve pas. Il est
intouchable. Les types comme lui ont des réseaux. Une
fois Klaspen pendu, tu pourras dire aux survivants
qu'ils ont été vengés. Même leur raconter que tu l'as vu,
que le réseau a bel et bien été trahi. Si le doute laisse
place à de vrais soupçons, je te garantis que Motin aura
un bel enterrement. »

Les Polonais ne voulaient pas nous laisser partir si
vite. Dîner à baisemains d'officiels très contents d'eux-
mêmes. Ils encensent Staline qui a reconstruit la
Pologne. Menu gargantuesque dans un palais rénové au
milieu de la ville famélique. On nous fait valoir que le
gouvernement réalise une union entre les Polonais
d'URSS et ceux de Londres, comportant même deux
Juifs, ce que ne justifie plus leur pourcentage, devenu
minime dans la population. Roger regimbe devant le
flegme avec lequel ces officiels parlent des gigantesques

transferts de populations dus aux nouvelles frontières :
les Allemands de Silésie expulsés à l'Ouest, les Polonais
devant sortir d'URSS. Les journalistes ne peuvent se
rendre dans les régions concernées.

La soirée s'achève dans la première boîte de nuit
ouverte dans des caves. Elle peut rivaliser avec celles
de Saint-Germain-des-Prés, nous assure-t-on. La différence, c'est que l'entrée se trouve au milieu des ruines.
Les effeuilleuses, toutes polonaises, ont une belle chair
blanche, du chien et encore plus d'effronterie. Il faut
danser. Un peu ivre, je me sens de bois, comme en
cellule. « En Pologne, vous seriez une reine, dit mon
danseur, un ministre, bel homme fringant. – J'en doute,
monsieur. Je suis russe. » Mon récit plaira à grand-
mère. Je tombe sur Roger et Katie qui se chamaillent.
Elle me prend à témoin : « Imagine-toi qu'il a voté communiste aux élections... quand tu vois ceux d'ici ! – En
France, ils n'ont pas l'URSS sur le dos », répond Roger.
Katie gronde : « Tu oublies 1939 ! – Ils ont payé très
cher leur participation à la Résistance. » Je dis à Katie :
« Moi, j'ai failli voter pour eux. » Je prends leurs mains
pour les unir : « J'ai besoin de vous deux pour venger
Henri. »

Charles est venu nous attendre au Bourget, comme
l'autre fois. Je lui raconte tout de go Klaspen et ses dires
sur Motin. « S'il est homo, ce qu'insinue Klaspen, il doit
bien avoir laissé des traces quelque part, chez les flics
de la Mondaine, coupe Katie. – Il doit aussi avoir de la
défense, souligne Charles. Jouir de fortes protections.
– Déjouer les protections des taupes, quel que soit leur
sexe, c'est mon métier. Je sens que je vais mettre du
cœur à l'ouvrage », conclut-elle.

Je rentre au milieu d'un scénario déjà connu. Klaspen, l'ennemi. Motin, le douteux. Henri, la victime. La

partie de moi qui ne concerne pas Franz. Il me suffit de penser son nom pour rougir. L'amour, c'est aussi ne pas chercher midi à quatorze heures. Prends ce que ta jeunesse te donne. Il fait tiède, à Paris. Je dis à grand-mère : « Klaspen ne peut plus nous faire de mal. » Elle m'annonce que Motin, élu à la Constituante sur une liste de résistants, dans un groupe charnière, vient de se voir confier une vice-présidence dans la nouvelle Assemblée.

Le lendemain, je fonce le féliciter. Il porte aussi beau qu'à l'accoutumée, s'enquiert de ma santé et de celle de grand-mère, se plaint d'être harassé par ses obligations parlementaires. « Je viens d'aller en Pologne interroger Klaspen avant qu'il soit pendu. » Le masque de bienveillance reste figé. Il énonce, toujours détendu : « J'aurais bien aimé vous accompagner. Voir enfin de quoi il a l'air, ce Klaspen. Pour moi, jusqu'ici, c'est un ennemi sans visage. » Rien n'altère sa voix maniérée. Je dis comme en confidence : « Les Polonais ont dû le prendre en photo. Mais il n'est plus comme aux jours où il se croyait tout permis. »

Je le fixe à présent et je vois une goutte de sueur se former à la naissance des cheveux, sur son front. J'ajoute très vite, comme si je croyais Henri coupable : « Rassurez-vous, Klaspen n'a rien dit. » Une deuxième goutte de sueur coule le long du nez. Motin doit s'éclaircir la voix : « À ses yeux, chère amie, la destruction du réseau reste une belle victoire. Elle l'aidera à affronter la mort. – Vous voulez dire qu'Henri s'est donné la mort, lui, sur une défaite ? »

Cette fois, il passe la main sur son front, ramenant les gouttes de sueur dans ses cheveux, et exhale un soupir : « Notre pauvre Henri, ma chère. Comme vous avez eu raison de lui faire rendre les honneurs au château de son père. C'est là qu'il pouvait trouver une terre digne de sa dépouille. J'aimerais qu'un jour vous me permettiez d'aller m'y recueillir. – Qui songerait à vous en empêcher ? Klaspen nous a lancé, pas par étourderie, par défi, qu'il attendrait Alésia en enfer. »

Je suis satisfaite d'avoir changé « tous en enfer » par « Alésia en enfer ». Les gouttes coulent sur le visage de Motin. Je lui tends – ce que je n'ai jamais fait – ma main à baiser. Sortie, j'essuie sa sueur sur ma peau.

11. *Charles*

Les nuits découpées par la discussion du budget, Ginette et le bébé, Marion, j'ai du mal à tenir le rythme, mais je rajeunis. Marion dit : « à vue d'œil ». Elle considère la dépression de Ginette « dans la norme, *post partum* », pour s'abriter dans le latin. Je juge l'explication un peu trop physique, mais, culpabilité aidant, l'accepte. Une naissance est un événement heureux : laisser faire la nature. Marion me démontre qu'en médecine j'en suis resté au temps de Bichat. « Tu crois, parce qu'ils te l'ont dit, que ta fille est un tube digestif. Elle a déjà besoin de sentir qu'elle a un père ; tu dois entrer dans ce qui va devenir son cerveau par les réactions les plus élémentaires : le toucher, par ta peau, ton odeur, le son de ta voix. »

Facile à dire, quand c'est le tintouin pour les choses les plus simples ! Les couches à faire laver et à économiser parce que, même au marché noir, dénicher les bonnes exige de l'opiniâtreté. Et le lait spécial, le seul que la gosse si menue peut supporter ! Marion m'aide, mais n'a d'intérêt pour la maternité que professionnel.

« Je ne suis pas faite pour ça. Tu me rends à une vie de femme. » Elle s'attend à ce que je remplisse cette vie, quelque complication que j'en aie. Que d'amour j'ai perdu !

Les informations que Julia rapporte de Varsovie aiguisent mes soupçons contre Motin. Je le vois professionnellement, surtout quand il préside les séances de nuit. À partir du moment où vous vous demandez d'un homme s'il est homosexuel, même si ça ne vous fait ni chaud ni froid, sa conduite se dédouble. L'obligation de se cacher de la répression, les chantages s'il est en vue, et, le temps d'un claquement de doigts, je trouve à Motin la tête d'un type que la Gestapo aurait pu « retourner ». Henri, déjà quand nous étions en taupe, avait déchaîné deux passions : chez un élève et chez un prof. Bref, je crois moi aussi que Motin = Alésia. Le prouver ? Une autre affaire.

Klaspen va mourir en nous laissant dans le noir. Henri n'était pas du même siècle que nous tous : un mousquetaire d'Ancien Régime ayant du génie en mathématiques, mais pas doué pour le double jeu, bien que son père, le comte, l'ait vu dans la diplomatie. Marion me dit : « Il était bon pour Julia parce qu'elle n'avait que dix-sept ans. Femme, elle l'aurait laissé tomber plus tard. » La mort de Claudine l'a intégrée au duo Julia-Katie. Elle avoue : « Ma Résistance commence à présent. »

Ce matin, j'ai demandé à ma secrétaire de se renseigner sur Klaspen aux Affaires étrangères. Quelques minutes plus tard, j'ai eu la réponse : la condamnation est confirmée ; Klaspen va être pendu. Il emportera ses secrets avec lui. Motin est-il au courant ? Il préside la séance de l'après-midi. Du coup, je vais rôder à la buvette du Palais-Bourbon vers l'heure de la suspension de séance. Motin y apparaît, à son habitude sanglé dans un costume anglais sombre, cravate idoine. Je le salue avec chaleur : « À propos, monsieur le président, je viens d'apprendre que Klaspen... » Une pause pour observer l'effet produit, mais Motin reste impénétrable : « Vous savez, le tortionnaire de Julia et de son mari... » Toujours aucun signe : « Eh bien, sa condamnation est confirmée. Il va être pendu par les Polonais. » Motin paraît chercher quelque chose derrière moi, baisse les paupières et, ne l'ayant pas trouvé, dit de sa voix posée : « Oui, je ne le sais que trop. » Il se redresse, encore plus raide : « C'était dans l'ordre des choses, monsieur Moissac. – En effet ! – Pour mieux les humilier, les Polonais les pendent. – Les condamnés de Nuremberg seront eux aussi pendus. – Vous savez, mon cher, il n'y a pas de belle façon d'administrer la mort. Dans le genre spectacle, la guillotine... »

Je dois me montrer plus que jamais affable : « Vous ne trouvez pas que c'est dommage que nous n'ayons pas pu le juger en France ? Pour que les vôtres puissent faire le deuil de ceux que vous avez perdus. – Sans aucun doute, monsieur Moissac. » L'amphibologie, pourtant bien calculée, n'a rien produit : pas un dérangement sur le lisse rasé du visage, ni dans le regard toujours aussi distant. Je le quitte cérémonieusement, ne trouvant plus rien pour le débusquer.

Quelqu'un doit pourtant savoir ! La nouvelle République, même si elle s'apprête, pour laver plus blanc son passé, à fermer les bordels, hérite de la basse cuisine policière de la Troisième, surtout si le suspect appartient au monde politique. N'ayant jamais eu à faire de campagne personnelle, puisque élu à la proportionnelle sur un scrutin de liste, Motin n'a pas eu à affronter en public ce genre de problème concernant ses mœurs.

Plus je cherche, moins je trouve un moyen élégant d'étayer mes soupçons. Le confondre devient pour moi une dette envers Henri et surtout Julia.

Avant de partir dans sa famille pour les vacances de Noël, Marion tient à organiser un dîner avec Julia, Katie et Roger. Je choisis un petit restaurant de la rue des Grands-Augustins où le prix des menus procure des tables assez isolées pour une intimité. Marion règne, sa blondeur rehaussée par un grand coiffeur. Julia met sa main sur la mienne et attaque : « Je vais te demander un congé pour retrouver la petite fille de Franz. » Katie prend le relais et expose leurs projets sans fioritures : « Ils veulent sûrement éduquer ces orphelines dans leur socialisme, donc ne pas en lâcher une seule aux capitalistes. Un enlèvement sera peut-être nécessaire. » Claudine n'est plus là. Je m'en veux de le penser, mais c'est ainsi : Katie n'aurait pas pu dire les choses aussi crûment devant elle.

Julia poursuit : « Le point décisif est de croire qu'elle est vivante et bien vivante. À Berlin, des milliers de gens sont encore dans les ruines ou les caves ; alors, imaginez Potsdam, sept, huit mois plus tôt, au moment où la ville tombe aux mains des Russes ! Une gamine de même pas six ans, seule dans les rues. Sa mère tuée sous ses yeux. » Je reviens à la charge : « Une commission fonctionne entre les quatre zones d'occupation : il faudrait que le père de Linda devienne domicilié dans la zone française. De toute façon, pour la retrouver, surtout la sortir, mieux vaut traiter, comme toujours, le problème au plus haut niveau. » Ils n'ont rien prévu de tel. Silence de tous. J'enchaîne : « Revenons à Motin. Pardon : au président Motin ! »

Je reconstitue avec précision notre échange, ou plutôt mon inquisition et ses dérobades. Marion prend son ton professionnel : « On peut traiter ce blocage. Si le questionnement n'aboutit pas, il faut créer une situation imprévue pour miner les obstacles que Motin nous oppose. Supposons que Katie, qui doit en avoir les moyens, fasse une photographie de la page du journal polonais annonçant la pendaison. On devra bien y parler du rôle de Klaspen à Paris. Que, sur cette photographie, vous entouriez à l'encre noire le passage le plus pernicieux pour votre Motin et le lui envoyiez anonymement. À son adresse officielle, bien sûr, pour que la chose tombe sous les yeux d'une secrétaire. Voilà peut-être de quoi le mettre dans tous ses états. – Il faudra d'abord qu'il le fasse traduire, enchaîne Katie. – Justement. Avec l'obligation de dénicher un traducteur à sa dévotion, pas officiel. Toi, par exemple. On peut le faire tomber de son socle[1], votre Motin ! – D'où te vient toute cette science ? » ai-je demandé, ravi de son audace et de sa subtilité.

Marion me prend le bras et, câline : « Provoquer les gens à s'exposer est mon affaire. Mon métier m'en apprend beaucoup sur les hommes ; plus qu'ils n'en savent eux-mêmes. Indirectement sur ceux aussi qui couchent avec des hommes, même s'ils sont menteurs comme des soutiens-gorge ! » Tout le monde de rire. Je me sens fier de cette Marion aiguisée, cynique. Roger, jusque-là silencieux, relève le gant : « Je comprends la botte. Moi, je préfère les termes d'escrime. Mais qui en analysera l'effet ? Charles ne voit Motin que de loin en loin, et de façon officielle. – Cela suffira,

---

1. Le tapuscrit porte, au lieu de « tomber de son socle », le mot « déstabiliser », rayé. Sans doute parce que ce verbe, selon le Robert, n'est apparu qu'en 1970. Roger a craint une invraisemblance chronologique. (*Note de L.C.*)

reprend Marion. La discussion du budget n'est pas close ? – Loin de là, ai-je renchéri. Julia pourrait vouloir découvrir si Klaspen n'a pas laissé une confession avant de mourir. Elle me chargerait de demander à Motin d'intervenir en tant que survivant du réseau auprès des Polonais. – Banco ! s'écrie Marion. Tu fais des progrès en perversité, depuis que nous sommes de nouveau ensemble. » Je rougis.

Pour couper court, je demande à Julia si la perspective d'avoir à élever une gamine allemande traumatisée, qui risque de la considérer comme une marâtre, ne l'inquiète pas. « Si je lui rends sa liberté et son père ? Je ne sais même pas où je vais pouvoir vivre avec lui. J'espère : avec eux. Alors, les questions de sentiments... » Julia dans son effronterie, telle que je l'ai rencontrée le soir du Lutetia. Marion poursuit ses analyses : « Le père de Linda n'a pas quitté sa mère pour Julia. Ce n'est pas du tout la situation de la marâtre : la petite sait que sa mère ne reviendra plus. Elle a besoin de la tendresse, de la sécurité que seule une femme peut lui apporter. Qu'elle soit au surplus jeune et jolie, la femme, et amoureuse de son papa... »

Julia rougit. Ça doit lui faire chaud au cœur qu'on parle de Linda vivante. Presque comme si elles avaient rendez-vous. Elle le dit. Le pauillac est de premier ordre. Les fromages fleurent l'avant-guerre. Le fric a du bon : ce sont toujours les pauvres qui paient les guerres, les défaites. Et les après-guerre. Que des communistes figurent au pouvoir ne leur donne pas les moyens d'y changer quoi que ce soit autrement qu'en discours. Je leur sais gré de vouloir reconstruire la France. Mais, à nouveau, les pauvres paieront. Parce que les plus nombreux. La politique ne s'adapte pas, même si l'on vient de développer une Sécurité sociale.

Assez ratiociné, il faut que je reprenne mon rôle d'aîné : « Passons aux décisions pratiques. D'abord, Motin. Katie, tu es d'accord pour t'en charger ? – J'ai déjà tout organisé dans ma tête. » Tandis qu'elle explique comment elle va mettre le piège au point, j'entends la conversation à voix basse entre Marion et Julia : « Si tout se passe bien, la gamine va entrer dans votre vie avant même que vous ayez formé un couple. Tu es la maîtresse du père. C'est à partir de là que tu peux construire ta relation avec la gosse. Passée par où elle est passée, elle sait tout de vous deux. »

Le patron en toque vient nous offrir son cognac ou un Cointreau pour les dames. « On pourrait croire à la paix, lui fait remarquer Roger. – Je ne dis pas non, monsieur, mais vous croyez que ces centaines de milliers de prisonniers de guerre ont retrouvé la paix ? J'en sais quelque chose. – Vous étiez prisonnier ? s'étonne Roger. – Oh non, pas moi, mon gendre. Eh bien, ils divorcent. Notez, ma fille l'a attendu, sage comme une image, ces cinq longues années. Il l'a déçue. Ah, monsieur, c'est pas pour dire, mais les femmes sont pleines d'exigences depuis qu'elles votent. » Nous le saluons par un éclat de rire.

Je raccompagne Marion. Je ne peux décemment pas inventer une séance de nuit afin de ne pas rentrer chez moi, mais la séparation me pèse. À elle aussi. « On s'arrête d'abord chez moi », dit-elle en me caressant la main. Nous aimons faire l'amour entre deux portes. Cette soirée finit donc bien.

J'achève la nuit sur le canapé, pour ne pas réveiller Ginette. Après tout, c'est une vie vivable, temporaire, comme le ministère, car de Gaulle cherche une sortie honorable. En bon général, il ne supporte pas de devoir transiger avec une Assemblée élue nettement à gauche.

Je régulariserai un jour ma vie avec Marion, quand l'enfant sera autonome. En ce temps-là, j'aurai quitté la politique pour un emploi d'ingénieur, la Libération sera remisée au rang des beaux rêves, et Claudine et mes copains seront morts pour quoi ? Voilà que je redeviens porteur des idéaux de mon père ! Un patron anar ? Heureusement, Julia et Katie restent prêtes à tout. Je crains toujours de faire fuir Marion, avec mes idées noires. Elle sait y faire pour les chasser.

12. *Julia*

Marion m'a remise en forme. Sa complicité m'aide à vivre. Avec elle et Katie, je dispose de deux amies solides. Au bureau, le lendemain, l'huissier à chaîne m'avertit qu'une jeune fille m'attend. Je pense tout de suite : « La fille de Claudine. » En effet, la voici, dans un tailleur qui ne lui va pas, trop serré, sans doute de sa mère. Pli visible de rallonge à la jupe. Le tout teint en noir, deuil en vingt-quatre heures, avec des auréoles. Le regard n'est plus le même. Fuyant. « Bonjour, Paulette. » Je l'embrasse avec l'impression désagréable qu'elle se refuse, lui désigne le fauteuil. Elle fait non de la tête, puis, d'une voix mécanique : « Je suis venue vous dire que j'ai adhéré aux Jeunes Filles de France pour suivre les traces de maman. Je ne dois plus vous revoir. – C'est ta maman qui m'a légué... – Vous êtes une ennemie. Vous l'avez montré, au cimetière. Mon père s'est fait salement sonner les cloches, parce qu'il ne vous a pas répondu. – À quoi aurait-il dû répondre ? Je n'ai rien dit. – Justement. – Pourquoi oublies-tu que c'est ta mère qui a voulu que ce soit moi ? – Elle n'était plus elle-même. Le Parti, c'était sa vie. Une Russe blanche, voilà ce que vous êtes. »

Ils l'ont donc retournée. « Ma chérie, quand auras-tu oublié ta leçon ? » Paulette, tête rentrée dans les épaules, ses longs cheveux étalés n'importe comment dans son dos, fonce déjà vers la porte, sans me regarder. « Le jour où tu en ressentiras le besoin, viens ici comme chez toi. Tu ne penses pas ce que tu viens de répéter. » J'ai martelé ces derniers mots et je m'en veux. Idiote, tu avais oublié la politique. Claudine, elle aussi, devant sa mort, a oublié la politique. Reste le boulot à expédier avant de partir pour la visite conjugale mensuelle à Franz. Je m'y attelle.

La secrétaire de Charles me fait profiter d'un vol militaire pour Munich. Chambers m'attendait avec un festin. Franz et moi avons passé le plus clair des deux jours et des deux nuits du week-end dans la chambre d'accueil, sans la voir tant nous voulions profiter l'un de l'autre. Seule ma tête reste insatisfaite. Quand le départ approche, j'aborde mes projets touchant Linda. Je conclus : « C'est mon affaire », en mettant un doigt sur la bouche de Franz. Il se met à pleurer. Moi aussi.

Milton me trouve sans problème un vol de retour sur Évreux. Le chauffeur de Charles me ramène à Paris. Grand-mère m'attend avec un borchtch digne de la cour des tsars et des compresses pour mes yeux, afin que je n'aie pas de cernes. En me réveillant, je sens l'absence de Franz. J'ai besoin de lui, le matin. Donc, je peux vraiment vivre avec lui. Que ferai-je quand il sera libéré ? Comment m'imaginer avec lui dans les ruines allemandes ? Tout va dépendre du sort de Linda. Je n'ai rien dit à Franz de Klaspen. Nous sommes encore loin d'une vie commune.

Charles vient une fois de plus à mon secours. On organise la zone française d'occupation à Berlin prévue depuis Potsdam. Pourquoi ne pas proposer Franz pour s'occuper des communications au consulat ? Du coup, je me démène, fais agir l'aumônier qui nous a mariés, collecte les témoignages de Katie, de Gisèle, de Lucette qui vient d'échanger son garagiste pour un banquier. Je téléphone à Steven et improvise une nouvelle visite à Franz « pour cas de force majeure ».

Chambers me promet que son dossier passera en premier, il ne sait pas exactement quand ni où, mais en premier. J'en ai profité pour parler avec les deux spécialistes du frittage qui ont rejoint le camp de Franz, et leur porter carrément la botte. Séjour avec leur famille dans un château en échange de l'apport de leurs techniques à la France. Reste l'essentiel : Linda. Pour elle, il faut que je me fasse d'abord envoyer à Berlin. Nous avons de nouveau fait l'amour jusqu'à plus soif, histoire de ne pas trop penser. J'en profite, parce que quand Linda sera entre nous deux... Mais tu mets la charrue avant les bœufs. L'expression me semble mal venue, mais elle dit trop bien où le bât me blesse.

À Paris, je tombe en plein dans les séances de nuit du Parlement sur le budget. Les socialistes, comme d'habitude, ne sentent pas le vent et font passer la doctrine avant tout, exigeant une réduction significative des dépenses militaires. Charles et son ministre bataillent ferme, parce que cette proposition se traduirait par des licenciements dans les usines d'armement. Charles a plus que jamais le sentiment que de Gaulle veut tomber là-dessus et se retirer : « Je n'ai aucun besoin de toi en ces circonstances. Suis le sort des spécialistes du frittage, ce qui justifiera un nouvel ordre de mission, mais, cette fois-ci, tu devras pousser jusqu'à Berlin afin d'établir là-bas une antenne du ministère et faire engager directement ton Franz. »

Je décide l'inverse. D'abord me rendre compte sur place des moyens d'accès à la zone soviétique. Katie se propose aussitôt. Les Français restent tout de même la cinquième roue du carrosse, dans cet après-guerre. Il nous faut un déguisement humanitaire, et là, les Anglais sont à la fois puissants et champions.

C'est ainsi que je me retrouve avec Katie et Roger, par un matin pluvieux de cette fin d'automne, dans un *command car* à drapeau anglais, sur l'autoroute réparée de Helmstedt, toujours seul moyen pour les Alliés de pénétrer par voie de terre dans la zone soviétique jusqu'à Berlin. Le camion qui nous suit porte une croix rouge. Katie et moi pourrons ainsi aller livrer des colis de Noël dans la zone soviétique.

Sur l'autoroute, nous doublons des colonnes de camions américains apportant du ravitaillement, des carburants. Même si la ville dépend des centrales électriques situées en zone soviétique, elle se réveille à l'Ouest sous des néons, tandis que les quartiers Est restent sombres et glacés, comme punis. Une Anglaise et une Française militaires côte à côte font bizarre. Remise en civile, je passerai à l'Est pour l'employée allemande de Katie. En cas de découverte de la petite Linda, je pourrai ainsi prétendre être de sa famille.

Dès le lendemain, nous nous mettons en chasse sous prétexte de recenser les besoins des enfants. Le passage dans la zone soviétique se fait sans problème pour les Alliés au *check-point*, au point de contrôle. Le premier camp que nous visitons accueille les adolescents jetés dans la guerre par les nazis dans des unités de guérilla. Ils sont traités en prisonniers de guerre, c'est-à-dire mal. Ils nous crachent dessus. *Werwolf*, nous explique-t-on.

Loup-garou. Un mouvement de résistance d'après la défaite de 1918, que les nazis ont essayé de ressusciter. Le patron russe nous vire proprement. Ce n'est guère encourageant pour la suite, mais les Soviétiques semblent surtout s'affairer aux démontages d'usines et aux récupérations de ce que le désastre a laissé traîner de transportable.

Le second point sur notre liste est, dans la grande banlieue nord, vers Pankow, une lourde bâtisse intacte au milieu de façades déchiquetées. Elle réunit un ancien *Gerichtshof,* un tribunal, à une caserne. Le tout porte une longue banderole neuve : *Sozialistisches Waisenhaus.* Orphelinat socialiste. Nous y sommes reçues par des dames imposantes en uniforme qui semblent sorties des unités de la Wehrmacht, mais portent les tissus plus clairs de l'armée soviétique. Face à leur arrogance, Katie sait trouver une morgue anglaise convenable. Moi, je joue, comme prévu, l'interprète. Une des gardiennes dit avec mépris que j'ai l'accent du Palatinat. J'approuve, satisfaite que ma mise en scène fonctionne. On nous laisse seules, le temps qu'elles aillent en haut lieu. Katie me paraît mal à l'aise. Elle me chuchote : « Je n'y peux rien. Elles me rappellent les gardiennes de mon camp. Une, surtout, celle qui a de grosses lèvres. Je jurerais que je l'ai déjà vue. »

Elles reviennent pour nous donner sèchement les renseignements que nous voulions : 121 filles entre deux et douze ans, 73 garçons de la même tranche d'âge. Pas les noms. C'est moi qui ai l'idée de demander si on ne peut pas essayer de donner aux cadeaux un tour plus personnel, en y portant au moins les prénoms. Ce n'était pas prévu, et la demande provoque de longs conciliabules. Mais des cadeaux... Finalement, la chef nous répond que beaucoup de noms manquent ou sont incertains, bref, il ne faut pas que nous en tenions trop précisément compte. Mais si nous voulons collecter les prénoms et les âges...

Elles nous installent dans un bureau qui sent le désinfectant et nous apportent des listes dactylographiées. Il reste une surveillante plus jeune, plutôt belle fille, qui a l'air de s'ennuyer ferme. Katie joue à être une Anglaise peu douée pour l'allemand et lui baragouine des compliments afin de détourner son attention. Je comprends que les noms ne sont pas par ordre alphabétique, mais dans l'ordre des entrées. J'inscris les prénoms au fur et à mesure. Lisa, Charlotte, Frieda. Enfin surgit une Linda, mais onze ans. J'en profite pour ne plus cocher que les Linda. J'arrive vite au bout, le cœur battant. « Linda Werfer, six ans. Potsdam. 30/04. » Entre parenthèses : « *Mutter gest.* ». Mère morte. Gagné ! Mais sa mère est morte bien avant le 30...

Je me contrains à ne rien laisser paraître et reprends la liste. Peu de très jeunes enfants. La majorité des filles ont entre cinq et dix ans. Katie me rejoint. Je lui montre sans dire mot ma découverte, pointant le 30/04. Mon cœur bat. Il faut tout de suite avertir Franz, mais comment ?

Roger nous attend au QG, de retour de sa propre incursion en zone soviétique. Il nous met sous le nez un journal polonais affiché là-bas, les kiosques ne contenant plus que la presse de l'Est. *Trybuna Ludu*, « La Tribune du peuple », offre un gros titre sur Klaspen. Sa condamnation à mort a été exécutée, traduit Katie. Elle se plonge dans l'article, un portrait poussé au noir du SS depuis sa jeunesse étudiante, et soudain traduit à haute voix : « *Homosexuel caché, sa carrière a été émaillée de quelques scandales vite étouffés qui l'ont sans doute conduit à accepter des postes particulièrement exposés. »*

Roger est le premier à réagir : « Voilà qui enrichit les hypothèses sur les rapports entre Motin et lui. – Je ne supporte pas que cette affaire en reste là, dis-je sourdement. À présent que Linda est à notre portée, achever de laver l'honneur d'Henri... » Katie me coupe : « C'est Linda qui compte. Roger, mets ton journal de côté. Il servira. Achètes-en un deuxième exemplaire. »

De Berlin, impossible de téléphoner à Gastreden. Heureusement, l'efficacité américaine fait merveille, d'autant que cette masse d'orphelins attendrit soldats et soldates séparés de leur famille. Des organisations charitables organisent une razzia dans les écoles de New York, Boston, Philadelphie, affrètent un avion. Nous pouvons donc revenir trois jours plus tard avec le nombre voulu de poupées, de chapeaux de cow-boy et de petites autos. Katie réquisitionne le personnel de l'antenne diplomatique anglaise pour faire des sacs individualisés.

Je me souviendrai toute ma vie des deux groupes d'enfants dans le vaste préau, alignés par tailles, garçons et filles en uniformes bleus de pionniers. On distingue mal les filles, cheveux coupés à la garçonne et même parfois plus court, sans doute par crainte des poux. Si j'avais une photo de Linda ? Pauvre Franz, avec sa trousse oubliée après la mort de Honsi ! La distribution commence par les plus petites. Mon cœur bat parce que je ne dois en aucun cas me tromper, quand viendra le tour de Linda Werfer. J'en arrive aux gamines de six ans. Soudain, je suis frappée par une blondeur éclatante comme celle de Franz. Regard bleu, droit, direct.

La petite dit d'elle-même : « Linda Werfer. » Je la prends aussitôt dans mes bras, m'écriant : « *Meine*

Les Revenantes

Nichte ! Meine Nichte ! Mein Schätzchen ! » Ma nièce !
Mon petit trésor ! J'explique d'une voix forte : « Je suis
la petite sœur de ton père. Je te croyais morte ! » Je le
répète aussitôt à la surveillante hommasse qui accourt
et je couvre la petite de baisers, criant que c'est un bonheur, *ein wunderbares Glück* ! Je l'explique en anglais à
Katie pour faire bonne mesure, tandis que la petite
s'agrippe à moi : « *Meine Tante !* » Ses cheveux blonds
ont la finesse de ceux de Franz. Je demande aux surveillantes si je pourrai revenir la voir après la fin de la
distribution, l'explique avec tendresse à la gosse, qui me
sourit. Comme on me l'accorde, j'essaie de calmer mon
cœur. La comédie jusqu'au bout. À tout prix, paraître
naturelle !

La gosse doit savoir que ce n'est pas vrai. Elle a joué
le jeu. Comme une grande. Et ce regard bleu qui me fait
chavirer parce que c'est celui de son père. Un regard qui
vous fouaille. Sans innocence. Avoir tenu l'enfant me
trouble. Il faudra que je sois sa maman. M'acceptera-
t-elle ? A-t-elle vu mourir sa mère ? Tout le reste de la
matinée se passe dans une sorte de dédoublement. Je
m'applique, mais mon esprit reste avec Linda.

Dès que nous en avons fini, une gardienne me la
ramène ; méfiante, elle m'inspecte des cheveux aux
chaussures, toujours de son regard droit, perçant, mais
elle paraît se dégeler dès que je la reprends dans mes
bras. J'avais préparé mon discours : « Quand je t'ai vue
pour la dernière fois, tu étais toute petite. C'était à Potsdam. Avec ta maman Waltraut. – Elle est morte, coupe
la gamine. – Mon frère Franz, ton papa, est vivant. »

Me croit-elle ? Ou est-ce calcul, dans sa petite tête ?
Elle se jette dans mes bras et me couvre de baisers en
disant que je sens bon. D'un souffle, à l'oreille : « Fais-
moi sortir d'ici. » J'acquiesce d'un léger hochement de

tête et dis simplement : « *Ja.* » Je la sens frémir. À nouveau le regard bleu, pas de son âge. Elle m'embrasse avec passion. La peau de Franz. Le toucher est un sens qui vous embrase jusqu'à l'âme. Ne pas se mettre à dos les surveillantes. Paraître normale.

Je quitte la gamine en la serrant très fort, dis que je vais avertir son papa qu'elle est vivante, et revenir dans quelques jours. Je demande aux surveillantes si je pourrais apporter quelques gâteries à ma nièce, leur confiant que son père, mon demi-frère, est prisonnier des Américains. À nouveau des conciliabules, et elles me disent que je pourrai revenir aux heures de visite des familles, une fois par semaine, donc dans huit jours. Je ne devrai apporter que ce que l'enfant mangera pendant la visite, afin de ne pas faire de jaloux. Le père aura davantage de chances de la récupérer s'il vient s'installer en zone soviétique. J'essaie de négocier pour venir plus tôt. On me répond que Noël est une superstition chrétienne.

Katie fait celle qui se trompe de route afin de contourner le bloc des bâtiments, note le nom des rues, repère un itinéraire de retour. « Tu prépares une évasion ? – Si tu crois, ma jolie, qu'ils vont relâcher ta pseudo-nièce comme ça, tu te goures ! Tu as vu qu'ils veulent, pour commencer, attirer son père à l'Est ? – Linda a confiance en moi. Elle m'a chuchoté : "Fais-moi sortir d'ici." C'est tout de même bon signe. – Laisse-nous revenir à l'Ouest. Là, je me sentirai plus libre de faire des projets. – Tu ne peux pas savoir, Katie : elle a la peau de Franz ! »

Ça m'a fait du bien de me lâcher. Je mets ma main sur l'épaule de Katie. On est vraiment deux sœurs. On se dit tout. Je bous d'aller avertir Franz, mais il y a si loin de la coupe aux lèvres. Les Soviétiques rendront-ils vraiment la petite ? Ma vie bascule. Linda vivante, accrochée à moi, dans mes bras. Cette gamine se sent encore prisonnière. Rien ne te dit qu'elle t'aimera.

13. *Charles*

Passer le réveillon de Noël avec Ginette et notre petite Danielle a réveillé mes malaises. Nous nous étions couchés de bonne heure, n'ayant aucune raison de traîner jusqu'à minuit avec un bébé dont la vie est rythmée par les biberons. Le sommeil se fit attendre. Mes copains morts défilèrent. Que pouvais-je leur dire ? Rien qui ressemblât aux soucis ou aux rêves que nous échangions alors entre les combats. Cette petite Allemande de Julia, que j'aurais pu tuer, comme sa mère l'a été ?

La discussion du budget 1946 m'exaspère. Il n'y a guère que mon ministre et celui de la Production industrielle, ancien déporté et lui aussi communiste, pour s'inquiéter de la reconstruction. Le budget que je défends décide de milliers d'emplois. Certes, beaucoup datent de la guerre et doivent être transformés, mais il faut aussi prévoir des achats de fournitures pour la renaissance d'une aviation civile. Notre rattrapage dans les domaines de pointe. Chaque député ne veut pas voir plus loin que sa clientèle à qui fournir quelques sucettes quand on manque de tout. Ils sont déjà mobilisés sur la nouvelle Constitution soumise à référendum, pour la sorte de pouvoir qu'elle fournira aux partis. Le Général n'échappe pas à ces intrigues. On le sent exaspéré. Impossible pourtant qu'il cherche une porte de sortie quand le pays languit dans la misère, encore accrue par un hiver genre sibérien, sans accalmie.

Je ne suis pas fait pour ça. Cette politique à la petite semaine m'exaspère, mais je dois avaler couleuvre sur couleuvre. Si mon pauvre père me voyait devenu solidaire des communistes, et sur des questions de défense nationale ! Il serait tellement écœuré par les autres qu'il me comprendrait ? Et mes copains qui y ont laissé leur vie ? L'aube vient sans que j'aie fermé l'œil. Retour au bureau, je suis surpris d'y découvrir Julia, rentrée par un vol de nuit. Elle me saute au cou pour annoncer qu'elle a retrouvé Linda : « On a déjà des secrets, la petite et moi ! Je n'ai pas pu le dire à Franz, les lignes sont saturées, à cause des fêtes. » Julia veut repartir tout de suite pour l'Allemagne, mais, d'abord, sort un journal polonais avec la manchette sur Klaspen : « Voilà de quoi réaliser le projet de Marion. Nous avons un autre exemplaire du journal, au cas où... Celui-ci est déjà tout préparé pour Motin. Le passage encadré est même, paraît-il, scabreux à souhait. Il paraît que Klaspen a eu des ennuis, autrefois, pour la chose... À présent, si tu permets, je vais aller dormir. »

Allons, la vie continue. Une tout autre femme que celle rentrée à la fin d'avril. Radieuse, avec des buts dans la vie. Marion et elle vont bien ensemble. Réfléchis à la façon de faire envoyer le journal à Motin. Prétends que l'envoi a été déposé au ministère. Je remets moi-même le journal dans ses plis, l'entourant d'une large bande de papier afin de couvrir la manchette, tape sur une étiquette le nom de Motin et son titre, puis, de biais, l'inscription « strictement personnel ». J'appelle le service du courrier : « Ce journal a été déposé au ministère par erreur, il faut le faire porter d'urgence à l'Assemblée constituante. » S'il me téléphone, je dirai que c'est venu de l'attaché de l'air à Varsovie.

J'expédie avec mes collaborateurs les affaires qu'on dit courantes, puis je renvoie tout le monde pour appeler Motin. Sa secrétaire me paraît troublée. « Après avoir ouvert son courrier, le Président est parti sans prendre le temps de me donner des instructions. Voulez-vous, monsieur le chef de cabinet, essayer de rappeler plus tard ? – Cette affaire n'a rien d'urgent, madame. Je rappellerai à l'occasion. »

Nous avons touché le point sensible. La même jouissance intellectuelle que jadis, quand je résolvais un problème trapu de maths ou de physique. Henri était toujours plus fort que moi dans ces épreuves. Un esprit comme la foudre. Enfin, tu vas être vengé, mon vieux copain. Ma complicité logique avec Julia. Le syndicat des matheux ? Pas seulement. Au fond, c'est elle qui m'a réveillé, m'a reconduit à Marion. Henri n'avait même pas eu un regard pour elle, en cet après-midi, au Luxembourg. Lui comme moi, nous ne voyions rien venir. Marion et moi allons faire de cette rencontre d'avril 39 le point de départ de notre union. Comme ça, quand nous la fêterons, Henri y sera associé. On va enfin coincer Motin.

Il me rappelle sur l'interministériel : « J'ai dit à votre secrétaire que ma communication n'avait aucun caractère d'urgence. – Je ne veux rien laisser traîner, mon cher, vous savez bien. – Monsieur le président, quand j'ai annoncé à Mme de Villeroy que son tortionnaire... (je fais celui qui cherche le nom pour creuser un silence)... que ce Klaspen, oui, avait été pendu, elle m'a demandé s'il avait laissé des papiers, des mémoires, une confession, quelque chose où il aurait évoqué le martyre de son mari. Est-ce que vous ne pensez pas, vous qui êtes un des dépositaires de l'honneur de la Résistance, qu'on pourrait s'enquérir auprès des Polonais, en passant par les Affaires étrangères... ? – C'est une bonne question, mon cher. Une très bonne question que vous soulevez là. Je vais m'en occuper de ce pas. Je vous tiens au courant. »

Il a décidément de l'estomac. Le téléphone interministériel direct sonne de nouveau. Re-Motin : « Mme de Villeroy a bien une amie d'origine polonaise ? – Oui, monsieur le président. Katie Mildraw. – Je suppose qu'on peut avoir toute confiance en sa discrétion. J'aimerais que vous me donniez ses coordonnées, parce qu'on m'a envoyé un journal polonais qui parle de Klaspen, justement... – Cette amie est un officier anglais. – Oh, alors, c'est vraiment parfait. »

Je lui donne les coordonnées, ravi que le poisson ait si vite mordu à l'hameçon, et je préviens Katie. « Je biche, Charles. Jamais traduire ne m'aura procuré plus de plaisir. Je chercherai des mots croustillants. » Il me reste à réunir mes collaborateurs afin d'établir un tour de garde pour la période des fêtes, compte tenu de la discussion du budget qui s'éternisera. Acheter un cadeau pour le bébé. Un autre pour mon épouse. Apaiser ma mauvaise conscience.

J'en prends le temps sur le déjeuner que j'expédie à la cantine du ministère. Katie est sûrement déjà avec Motin, en train de lui traduire... Retour au bureau, j'ai du mal à me concentrer. Il peut toujours y avoir une anicroche dans un projet, même le mieux ourdi. Heureusement, le directeur du cabinet fait diversion. En commission, un député de droite vient d'attaquer les crédits de recherche pour un avion à réaction transportant des passagers, disant qu'ils ne sont que gaspillage et pure folie. Même les Américains n'y pensent pas... Il me faut rédiger à la hâte une note explicitant les progrès sur les turbines grâce à de nouveaux aciers, les réductions prévisibles de consommation de carburant, la post-combustion. Les études en soufflerie, secteur où la France reste en avance. Je n'en suis plus à passer des examens. C'est à moi d'établir l'énoncé. Nous sortons de la science-fiction. À bientôt les prototypes !

Le coup de fil de Katie arrive en fin d'après-midi. Très excitée. « Le rendez-vous a été tardif, parce que le receveur a fait photographier le texte après avoir effacé le trait noir qui encerclait les lignes en question. Un travail de spécialiste, puisqu'il a fallu reconstituer deux ou trois des lignes d'imprimerie. Pour cela, et pour l'obtenir aussi vite, il faut qu'il soit en cheville avec des amis bien dotés. Une association de pêcheurs à la ligne, quoi ! » Katie n'a décidément aucune confiance dans les communications téléphoniques. J'oublie que mon ministre est communiste. Elle reprend avec gouaille : « Ça tourne à la pêche au gros. Même en hiver, le temps peut le permettre. J'ai toujours pensé que tu étais doué pour les mots croisés. »

Donc, Motin est bien la cible. Intouchable par les moyens ordinaires. Maintenant, c'est à Roger de jouer, en écrivant dans son journal une nécro fouillée de Klaspen, avec une trace de malignité, histoire d'entretenir le suspense. Après, faire confiance au temps. Donner du temps au temps[1]. Au hasard des archives. Des témoignages. À moins qu'un jour Motin ne juge plus prudent de s'évanouir dans quelque pays accueillant. L'Espagne de Franco, l'Argentine où Perón, sorti de prison, va devenir président.

Avoir pensé juste me ramène une fois de plus à Henri. Il savait prendre de la hauteur et m'inciter à me

---

1. L'expression paraît reprise d'un président de la République française des années 1980. (*Note de L.C.*)

mettre à son niveau. Nous croquions alors la vie à belles dents. Julia pourra convoquer les survivants du réseau et leur démontrer que son mari, tout comme eux, a été victime de cet Alésia dont il a su transmettre le nom après les pires tortures. Ce ne leur sera d'aucune consolation, puisque toute mention publique en restera interdite, mais peut-être sera-ce un moyen d'empêcher de clore le dossier. Tu vois bien, Henri, que je ne t'oublie pas.

Nouveau coup de fil de Katie, glacée et en clair à présent : « La DGER[1] le soupçonne de participer aux filières d'évasion des nazis. Ce sont des filières proches du Vatican. Voilà qui expliquerait la protection dont il jouit, et son assurance d'avoir un avenir politique. » Julia passe me voir. Je lui raconte l'effet produit par le journal. Elle a tout prévu : « Motin paiera un jour ou l'autre. Dès que Linda aura retrouvé son père, nous irons tous trois déposer une gerbe de fleurs sur la tombe d'Henri, pour dire que son souvenir nous accompagnera dans nos nouvelles vies. Ma tête est déjà à Berlin. Je fonce d'abord chez mon mari. » Plus radieuse que jamais !

Je raconte tout à Marion, heureux que son traquenard ait fonctionné. « J'en étais sûre, mon amour. Dans le temps passé, j'aurais baisé les Jésuites sur leur propre terrain. – Je ne savais pas que les curés sans soutane t'exci... – Laisse tes plaisanteries de corps de garde ! Comme je ne t'ai pas eu à Noël, je t'ai fait à dîner. » Le repos du guerrier. Avec elle, je découvre enfin qu'il existe la vie. La guerre est bel et bien finie. J'ai téléphoné à Ginette pour lui annoncer que j'avais un jeu

---

1. Voir *supra*, note p. 270.

musical pour le bébé. Ce sera pour demain. Je suis pris toute la nuit par le budget.

14. *Franz*

Ébahi. Tout fier d'avoir retrouvé ce vieux mot français pour dire ce que j'éprouve depuis notre mariage. Je ne savais pas ce que peut être l'amour, et Julia d'un seul sourire change le monde. Et l'onde de grâce qui émane de tout son corps, jusqu'au moindre de ses gestes, frémit de son poignet à ses longs doigts. Une femme si gracieusement femme. Naît aussitôt le doute : suis-je à la hauteur ? Usé par la défaite et la captivité, elle va me voir trop vieux, trop las. Julia m'a consulté ou plutôt informé sur les élections françaises. Nous essayons d'ébaucher des idées d'avenir pour Linda. Je finis par la croire entre nous.

Comme un miracle ne vient jamais seul, voilà Julia qui débarque, radieuse, sans prévenir, le soir de Noël, et pour m'annoncer que Linda est vivante, qu'elle lui a parlé : « À cause des fêtes, je n'ai jamais pu t'avoir au téléphone ! » J'encaisse le choc en pleurant, si bien que Chambers accourt, croyant à une mauvaise nouvelle. Je bafouille : « *Too much happiness !* » Il rigole : « *Happy as a lark !* » Julia corrige, narquoise : en français on ne dit pas heureux comme une alouette, mais comme un pinson. *A chaffinch.* Pinson, je la prends dans mes bras.

Au fond de moi, je savais ma fille rescapée, vivante. Dix-huit mois que je n'ai pas revu son triste minois. Son regard bleu qu'elle vrille sur moi comme pour percer ce qu'il y a en mon âme et que je ne dis pas. Elle caressait mes joues, ma barbe naissante de ses petits doigts, ce qui mettait Waltraut hors d'elle, comme si nous avions été incestueux. Le récit de Julia me laisse sur ma faim, parce qu'elle ne possède aucun point de comparaison avec le passé, mais Linda l'a frappée par sa longue taille, sa vivacité. Je dis : « Elle a toujours été en avance. »

Au courant de rien, je n'avais pas eu à me faire de souci pour Julia. Je la prends dans mes bras. Son équipée pour venir me rejoindre au bout de tant de kilomètres de routes enneigées, sans doute du verglas ! Je la serre plus fort pour me persuader qu'elle a vu Linda, l'a tenue dans ses bras. Mes élans de père, si longtemps réprimés, se déchaînent. Quand je venais en permission, Waltraut ne nous laissait jamais seuls. Je ne me lasse pas de faire répéter à Julia leur rencontre. « Je l'ai trouvée grande pour son âge. Longue, plutôt. Un peu comme moi. Une fausse maigre. – Sa mère était bien en chair... – Elle a ton regard bleu, très droit. Pénétrant. On croirait qu'elle sait tout de la vie. Il ne faudra rien lui cacher. Si tu l'avais entendue me dire que je ne devais pas la laisser... *im Stich* ! Je ne sais même pas comment traduire exactement. Pas la laisser tomber ? – C'est ça. *Stich*, c'est la piqûre. *Im Stich lassen* : abandonner. – J'ai peut-être commencé à gagner sa confiance. – Voilà ce qui compte, pour elle. Ce qu'elle veut, c'est avoir confiance. »

Je me mords les lèvres : lors de ma dernière permission, Waltraut était jalouse d'elle. Je sens Julia, comment dire, réchauffée d'avoir vu Linda, de lui avoir parlé, de l'avoir prise dans ses bras. Je n'ose encore croire que mon rêve de recréer une famille va se réaliser : trop d'embûches. D'abord, on ne m'a toujours pas libéré ; et puis, qu'entreprendre ? Je le dis à haute voix. Julia sourit : « Tu es avocat d'affaires. – Qu'ont fait les entreprises allemandes sous Hitler ? Je préfère ne pas y penser. – Tu n'y étais pour rien. – Si. Je couvrais leurs décisions. Leur collaboration. J'étais un rouage. – Le régime s'est volatilisé. On va élaborer un nouveau droit. Il y faudra des gens comme toi. Défendre les faibles et les orphelins. Les victimes. – Nous sommes tous coupables. Collectivement coupables. J'aurai des comptes à rendre. J'y pense de plus en plus. – Les comptes, ce sont des mots de vainqueurs. Ta petite Linda serait dans ce compte collectif ? Non. C'est une innocente et une victime. Je l'inscrirai à l'école en France, sous mon nom : Linda Villeroy. Ce sera à vous, les Allemands, de protéger leur génération. Celle que vous avez faite. Il vous faudra leur apprendre à partir du bon pied. »

Julia m'embrasse pour se faire pardonner un trop long, trop âpre discours. Les craintes qui me serraient la gorge s'évanouissent. Elle possède le don de me rassurer, de me regonfler. Ce que j'avais espéré en vain à chacune de mes permissions, pendant la guerre, elle me le prodigue. L'instant d'après, elle tire le loquet pour nous enfermer. Elle sort, comme en se jouant, ses épaules et ses bras de la lourde robe d'hiver rose trémière, et la laisse tomber à ses pieds, l'enjambe tout en passant par-dessus sa tête sa combinaison. Elle me provoque et se met aussitôt à me déshabiller, comme la première fois, quand mon bras gauche était encore ballant.

Elle va trop vite et j'ai peur de connaître la même panne que le jour de nos retrouvailles. « Fais-moi oublier mes dix heures de route. » Elle sent bon la liberté. Je me prends à son jeu. Comme un fou. Elle en sort la première, s'éclipsant dans le cabinet de toilette. Le bruit du bidet me ramène à la prose. Serai-je à la hauteur ? Quand finira le romantisme de ma libération, je lui apparaîtrai comme un vaincu.

Elle remet son soutien-gorge, renfile en hâte porte-jarretelles, bas, culotte et robe. « J'imagine que ton Chambers a préparé quelque chose. – Avec Linda, tu es mon plus beau cadeau. – Tu me referas la cour plus tard, j'espère bien. En attendant, essaie ce costume civil. » Elle le déploie. Belle étoffe de laine. Gris sombre. « J'ai besoin de savoir s'il est à tes mesures. – Avec ma grosse chemise ? – Justement. » Le pantalon flotte un peu, mais il est à la bonne longueur. Les épaules de la veste me semblent parfaites. Julia bat des mains : « Je t'ai dans l'œil. »

Il me semble pourtant qu'il doit y avoir une erreur quelque part, que Julia un jour se réveillera : « S'ils me libèrent, je ne sais même pas où aller. – Comme si je n'étais pas là ! lance-t-elle. S'ils te relâchent maintenant, ce que j'espère bien ! d'abord direction Berlin où tu t'occuperas des communications de notre antenne là-bas. C'est prévu. Pendant ce temps, Katie et moi nous récupérerons Linda de l'autre côté. Je vous embarque tous les deux pour la France. Tu seras un parfait directeur du château où nous allons réunir tes techniciens allemands du frittage et d'autres que nous volons aux Alliés. Il est dans l'Orne, le château, à cent kilomètres de Paris. Je viendrai les week-ends, peut-être un peu plus. Mais il faut que je m'occupe de ma grand-mère. Je ne peux pas la laisser seule, ni lui faire quitter son Montparnasse. – Tu as tout organisé. – C'est ce que je sais le mieux faire. Il faudra que tu apprennes le français à ta fille pour qu'elle puisse aller à l'école à la rentrée 46. »

Je la serre dans mes bras pour me persuader de sa réalité. « Franz, tu dois t'occuper de tes papiers. Je veux t'épouser légalement. Ce sera nécessaire pour les études de Linda. » C'est ainsi depuis le début : elle a pris le commandement de notre couple. « Il me reste à t'aimer, dis-je gauchement. – Continue. Tu ne t'en sors pas mal. Quand tu ne te fais pas trop de mouron. » Elle doit traduire : « De souci. »

Le temps n'est pas encore vraiment au froid. Juste au-dessous de zéro. Chambers nous accueille en bras de chemise, commence par expliquer que c'est de lui, le choix de la dinde, les vins français. L'état-major du camp nous rejoint. Pour une fois, ils me traitent presque en égal. La présence de Julia. Elle a fait des progrès en américain. Le français et l'allemand resteront les langues de notre amour.

La fin de ma captivité m'effraie. Julia ne décidera pas toujours à ma place.

Les toasts finissent de me ragaillardir. Chambers, éméché, lance tout à trac qu'il comprend que Julia ne veuille plus de Français, ils ne sont pas encore remis de leur frousse de 1940, mais pourquoi, alors qu'il existe de si beaux et bons Américains, choisir un officier tout à fait moisi de Hitler ? *Mouldy*. Elle répond du tac au tac : « Parce qu'il était là pour me sauver la vie et qu'il n'y avait encore aucun Américain à moins de deux cents kilomètres. » Elle raconte sa prison et leur fuite au milieu de l'exode des Berlinois, l'attaque soviétique – pas les viols. Comment, ensuite, les Américains ont reculé, laissant les Soviétiques tout occuper jusqu'au-delà de Weimar.

« Je ne vois là aucune moisissure, monsieur Chambers. *No mouldiness*. » Elle ne cherche presque jamais ses mots. Chambers encaisse le coup, beau joueur. « Je bois à la réussite de votre mariage ! » Je lève mon verre en le remerciant. Julia me chuchote : « J'ai feint de croire qu'il te traitait de moisi. En fait, *mouldy*, dans son argot, veut dire minable. » Ça me laisse sans voix.

Je n'arrive pas à me faire à l'humour lourdaud de Chambers, mais je ne suis pas très sûr qu'il n'y ait pas une part de vérité dans ses propos. Le décalage s'amplifie entre moi et Julia qui règne, désinvolte, sur tous ces hommes. Elle me verra un jour tel que je suis, mouliné par la guerre. Pour me prouver que je peux encore changer le cours des choses, je propose un toast au retour de Linda de l'orphelinat soviétique. J'obtiens l'effet escompté. Je me sens en position fausse, comme si je voulais faire admettre qu'après tout la Wehrmacht a eu raison de faire la guerre aux Russes, mais personne ne réagit. Chambers, qui a trop bu, a sommeil. Julia salue la compagnie et je la suis.

Le lendemain, jour férié ou pas, je dois ouvrir mon secrétariat au camp à sept heures du matin. Julia dort comme un bébé et je m'esquive non sans avoir pris le temps de l'admirer. Si jeune. Elle garde une application enfantine dans son sommeil. Un jour, elle ouvrira les yeux. Chambers remue déjà sa bedaine, la gueule enfarinée : « Vous êtes libéré, mon vieux ! » Il brandit une feuille dactylographiée.

L'ordre était arrivé hier, mais il voulait m'en faire un cadeau personnel. Il me tend mon portefeuille, un petit sac avec mon alliance. Je rougis. Je l'avais enlevée à Westerweiler, après... Et oubliée. Inutile d'en parler à Julia. Chambers, agacé par mon silence, dit que je peux quitter le camp tout de suite, si ça me chante. Je cours réveiller Julia. Elle entend d'abord fêter ma libération à sa manière. Rhabillée, elle me fait passer mon costume civil, corrige les épaules : « Ça va, tu as l'air démobilisé. » Les adieux avec Chambers sont brefs. Nous nous sommes tout dit la veille. Il se montre ému de me perdre. Lui, son avenir, c'est de reprendre son affaire de quincaillerie, quelque part dans l'Ohio. Deux filles,

bientôt à marier. Achever de payer leurs études. Et
payer des études, aux États-Unis...

« Avouez qu'on ne vous a pas maltraité ! » J'étais
prêt à avouer tout ce qu'il voulait. Je l'ai remercié. Du
fond du cœur. J'aurais vraiment pu tomber plus mal.
Julia s'occupe de son auto : niveau d'huile, pression
des pneus. Chambers fait apporter deux jerrycans
d'essence.

Julia doit passer au quartier général français afin de
faire attester que Franz Werfer a été embauché pour
être son chauffeur, les contrôles étant tatillons pour traverser la zone soviétique. Heureusement qu'on m'a
rendu mon permis de conduire. Elle dévide son plan :
« Faire étape à Nuremberg au mess américain, coucher
là, afin d'arriver à Hanovre et Helmstedt avant midi,
demain. Même s'il y a, comme d'habitude, embouteillage au passage, traverser la zone soviétique par
l'autoroute avant la nuit. » Je l'écoute, étranger à mon
propre pays. Heureusement, la météo est avec nous.
Fraîcheur humide, pas de neige.

Ça me fait drôle, d'être conduit par une femme. Ma
femme. Elle joue du curieux petit changement de
vitesses accroché au tableau de bord de sa Citroën,
prend des virages à une allure qui me décontenance,
mais cette traction avant s'accroche à la route. « C'est
pour cela que les gangsters l'ont adoptée, mon chéri,
après que la Gestapo leur en a donné l'exemple. Ils sont
venus me cueillir dans une bagnole semblable. » Même
si c'est dit gentiment, je retrouve mon inquiétude, ou
plutôt mon décalage. D'autant qu'au seul bruit de
l'auto des gosses en haillons sortent de partout, faisant
l'aumône. Enfin, nous rattrapons l'autoroute.

Le charroi des véhicules alliés, d'énormes camions-
citernes que Julia double avec précision. Ce voyage fait

décidément trop image avec la nouvelle vie qui s'offre à moi. Je dis ce qui me trotte dans la tête : « Je te suis à charge. » Elle continue de regarder la route : « Dis-toi que je suis amoureuse de Linda. Je prends le père qui va avec. Voilà tout. » Elle rit : « Enfin, après t'avoir d'abord essayé ! – Oui, mais dans dix ans ? – Ce sera le plus difficile. Une fille de seize ans. J'en aurai trente-quatre. »

Baden-Baden n'avait guère connu de combats, à voir ses étagements de villas. Je reste à attendre dans l'auto. Julia réapparaît, escortée d'un officier français fringant, en bottes de cavalier. Elle rit à son côté. Je me sens vieux. Elle dit : « Mon mari », en me désignant, et l'autre fait la gueule. Garage officiel pour refaire le plein. On voit bien des files d'attente çà et là devant des commerces ou des institutions, mais c'était ainsi depuis les dernières années de Hitler, et la vie, là, semble avoir repris.

La course sur les autoroutes recommence. Julia a trouvé des sandwiches et mange tout en conduisant. Je me laisse aller au sommeil. Quand j'émerge, nous avons passé Francfort. La nuit va bientôt tomber. Il y a moins de charrois. Elle allume les phares. Le monde est à nous. « Tu ne veux pas que je te relaie ? – Ça fait combien de mois que tu n'as pas touché un volant ? Depuis le bombardement russe. Au fait, pour tout simplifier, tu t'appelles M. Villeroy. Sans la particule. De toute façon, j'ai promis à mon beau-père que je continuerai à porter ce nom. »

Pas trouvé quoi répondre. La nuit de Nuremberg est restée dans mon souvenir comme un pic dans nos étreintes, parce que j'ai cru lui imposer ma force, la posséder. Elle m'a laissé penser que oui. En reprenant le volant, le lendemain, elle m'a dit : « Ça te donne des idées, de passer pour mon mari français. » Le journal local porte un gros titre sur le procès des responsables nazis, Goering et toute la bande, en cours dans la ville. Je n'ai pas songé à demander à Julia de l'acheter. C'est bien, qu'on les juge. Que les Alliés les jugent. Mais rien ne pourra me laver de leur avoir obéi.

Ne plus penser qu'au retour à Berlin. À Linda. Je m'effraie de l'ampleur de l'embouteillage à l'entrée de l'autoroute de Helmstedt. Grâce à l'immatriculation française, Julia échappe à la queue et fonce droit vers un bureau militaire. Deux minutes plus tard, la barrière se lève. Les Russes saluent et ouvrent la leur. « La routine, mon chéri. Nous sommes des occupants, ça ne te rappelle rien ? » Elle se trompe. Les passe-droits des occupants, je n'ai guère eu l'occasion d'en profiter, sauf en brève permission de détente. Décidément, ce matin, à cause du procès de Nuremberg, je prépare ma défense.

L'autoroute passe entre des champs de barbelés, un *no man's land* loin des patelins de la zone soviétique. Plus qu'un autre monde, une autre planète où les convois américains se succèdent dans un débordement – je pense : un gaspillage – de richesses. Aucun auteur de feuilleton n'aurait pu m'imaginer, six mois après la fin des combats, amant d'une princesse victorieuse. Je retombe dans la culpabilité. Je prévois Linda : « Pourquoi maman est-elle morte ? Qu'est-ce que tu faisais pendant le bombardement ? Qu'est-ce que tu as fait durant cette guerre ? »

Je suis surpris que la nuit tombe si tôt, comme nous entrons dans les ruines de la capitale. Berlin est tellement au nord, j'avais oublié. Nouveaux contrôles. Une zone éclairée émerge de l'environnement noir. « Le secteur américain, explique Julia. Ils ont assez d'électricité

pour en gaspiller avec des slogans au néon ! » Elle
s'engage dans une zone plus faiblement éclairée :
« Le secteur français. » Stoppe devant un petit groupe
d'immeubles au milieu des ruines.

Déjà un soldat se précipite pour ouvrir sa portière.
Un officier s'avance. Elle me présente, me rendant cette
fois mon vrai nom : « Monsieur Werfer, le spécialiste
des communications », puis me quitte comme s'il n'y
avait rien entre nous, et je sens un petit pincement au
cœur, d'autant que l'autre multiplie les ronds de jambe.
On me conduit, après une volée d'escalier, dans une
chambre spartiate sous les combles : lit de caserne, coin
douche, lavabo et chiottes. Pas de téléphone.

Quand je redescends, Julia a passé sa longue robe
grenat, pas vraiment décolletée, mais qui fait tout de
même soirée de paix. Très entourée. Je me sens
godiche, déphasé, mais elle me saisit par le bras, sans
façon : « Franz, mon mari. » Personne ne semble s'en
offusquer. Elle a dû les préparer. Le colonel me prend
à part : « Il faut que vous soyez tout de suite opéra-
tionnel, mon vieux. Vous avez besoin d'un interprète
pour travailler avec les Américains ? Ils ont tout en
main. – Non, colonel, j'ai pris l'habitude avec eux, à la
conférence de Potsdam. » Je me mords les lèvres. Les
Français n'ont pas été conviés et en font une maladie.
L'autre feint de n'avoir pas entendu.

Julia règne sur le dîner. La conversation tourne sur
les tensions entre l'Est et l'Ouest, qui montent à la toute
neuve ONU. Ici, à Berlin, le contraste s'accroît chaque
jour entre la partie Ouest, ravitaillée, reconstruite,
repeuplée, et la zone soviétique à l'abandon où l'on
continue de démonter usines et installations. Les pil-
lages ont cessé parce qu'il ne reste plus rien d'aisément
transportable. « Les Russes viennent aussi se ravitailler

en putes de notre côté, gouaille quelqu'un. Elles sont illégales à l'Est. Tant pis pour les Allemandes ! »

Il faut à toute force que Julia apporte quelque chose de moi à ma fillette. Après le cognac de rigueur, elle me prend le bras et m'entraîne dans sa chambre du premier, bien plus confortable. À nouveau elle sait créer le miracle, m'arracher à ma fatigue et à mes soucis. « Depuis que je suis arrivée, j'ai rêvé de faire l'amour avec toi à Berlin. » J'aurais pu lui dire que ni Waltraut ni moi n'avions été de vrais Berlinois, mais j'en savais assez de la vie pour laisser tomber ce passé. Julia et moi serons berlinois pour accueillir Linda.

Au matin, Julia découpe un petit morceau du pan de ma chemise : « Quand j'étais petite, je tenais un doudou que je ne lâchais jamais, avec lequel je m'endormais. Ma grand-mère l'avait découpé dans une chemise de mon papa. S'ils la fouillent – et je parie qu'ils vont le faire, après ma visite –, ça passera à l'as. Les bonbons ou le chocolat, eux, seront dans son estomac. » Elle rit très haut. Je suis toujours impressionné quand sortent d'elle des réflexions d'ancienne prisonnière. Elle en garde les traces et comprend mieux le sort de Linda que moi.

Dès qu'elle m'a quitté, je plonge dans l'inventaire des installations téléphoniques. Mon équipe est constituée de prisonniers de guerre. Pour eux, c'est une bonne planque. Ils s'adressent à moi par mon grade. À six heures du soir, je les quitte pour plonger dans l'attente et la peur. Qu'est-ce qui retarde Julia ? A-t-elle été retenue ? Des journaux français traînent dans le hall. Grande nouvelle de Paris : les communistes ont voté sans broncher les crédits militaires que demande de Gaulle, ce qui a isolé les socialistes. Je juge l'affaire baroque. Qu'est-ce que la France, parmi les vainqueurs, a à fiche de crédits militaires ? Julia m'expliquera. Enfin elle paraît, visage tendu sous sa toque et son manteau de fourrure, mis pour impressionner les gens de l'Est. Une nervosité que je ne lui connais pas et qui me noue. Quelque chose s'est mal passé, avec Linda.

Elle m'entraîne dans sa chambre pour plonger en pleurant dans mes bras. « Si tu l'avais entendue chuchoter : "Ne me laisse pas" en s'accrochant à moi ! » Elle se redresse et me tend un petit bout de chiffon déchiré : « C'est pour toi. Elle l'a déchiré pour toi. » Les dirigeants de l'orphelinat ont pris sur le temps de sa visite les démarches visant à déposer le dossier par lequel je réclame officiellement ma fille. Julia a pu tout de même rester seule un moment, juste un moment, avec la petite. « Et puis, Franz, tu ne peux pas imaginer ce que c'est que la promiscuité, dans cet orphelinat, avec les enfants qui ont vécu le cauchemar de la chute de Berlin dans les rues. Tu ne peux pas imaginer... la cochonnerie qu'ils ont vécue ! *Solch'eine Schweinerei ! Eine Zote !* » Elle traduit comme pour mieux l'extirper d'elle : « Une obscénité ! »

Son soulagement quand Linda a raconté qu'on l'avait examinée, oui, un médecin, avec une lampe, et dit qu'elle était vierge. Des sanglots la prennent : « Songe à ce que ta petite a vécu. Elle a des copines et des copains qui ont connu le pire de ce qui pouvait leur arriver. On lui a volé son enfance, à ta fille. Pis, on lui a volé son innocence. » Elle reprend, plus calme : « Je ne sais pas si elle a cru que j'étais ta jeune demi-sœur, je crois que n'importe quelle femme douce aurait fait avec elle l'affaire. Je ne veux pas me monter la tête et m'imaginer... Elle s'accrochait tellement à moi. Elle ne m'a pas parlé de sa maman. Elle sait tout de la vie. »

Quelques précautions que nous ayons prises, le retour de Linda sera, vu de l'Est, une affaire politique. La gosse est promise à une rééducation socialiste, comme ils s'en targuent. Et cet avenir ne sera pas négociable. Il ne nous reste donc pas d'autre ressource que l'enlèvement. Katie va s'occuper des préparatifs. J'écoute comme si je n'étais pas mêlé à cette affaire. Tout me semble irréel : tenir dans mes bras une très belle jeune femme en pleurs à cause de ma fille, dans une chambre d'avant-guerre, à Berlin, l'entendre préparer une expédition dangereuse en zone soviétique comme s'il s'agissait d'aller y faire des commissions.

Je redescends sur terre : « La petite n'est pas née à Potsdam en zone soviétique, mais dans une maternité, à Berlin, près du Jardin botanique. Si le lieu n'a pas été détruit, il y aura des archives. – Tu veux dire des traces de sa naissance à l'Ouest ? Qui font donc d'elle une citoyenne de l'Ouest ? – Je l'espère. Il faut seulement escamoter le fait que nous habitions Potsdam, qui est à eux. »

À son habitude depuis Westerweiler, elle se met à me déshabiller.

15. Roger

Pour notre voyage à Berlin, Katie m'a obligé à remettre mon vieil uniforme râpé de *WC*. Elle porte un complet à l'anglaise, brillant de neuf, féminin tout de même, pour mettre en valeur son côté belle plante, et un épais manteau à col de fourrure. Je me sens un peu miteux, elle s'en amuse : « Tu vas comprendre pourquoi. » Dans l'avion, en dépit de la longueur du vol, elle ne m'explique rien.

Le froid nous cueille dès l'arrivée à l'aérodrome de Tempelhof, déjà bien retapé, un de ces froids enveloppants qui descendent de la Baltique et font geler les lacs autour de Berlin. Julia nous attend devant une auto avec fanion français. Détendue, élégante, en fourrure, insensible à la bise pourtant aigre. Hérédité russe ou accoutumance acquise en taule ? On ne pourrait jamais imaginer qu'elle a connu la guerre. Les retrouvailles avec Katie sont celles de deux sœurs. C'est moi, l'anxieux. Julia nous fait traverser presque tout ce qui reste de la ville plus grise que jamais. Rien ne vieillit aussi mal que les ruines en hiver. Le ciel lui aussi est sale et semble descendre jusque dans les rues où le charroi des camions américains emplit de la brume des pots d'échappement les chaussées verglacées. Katie dit que l'hiver lui rappelle, outre Auschwitz, ceux que racontait sa mère dans son village de Pologne.

Ce n'est qu'une fois arrivés dans l'appartement de Julia, au QG des Français, qu'elle se défoule : « Nos services ont établi que, grâce à l'ascension de son époux, Cordelia est devenue une huile dans le Secours-Rouge, la Croix-Rouge de l'Est. Grâce à elle, donc, on pourra peut-être faire sortir Linda et la rapatrier ! » Elle va bien vite en besogne. « Puisque le courant a passé entre cette Cordelia et toi, ça devrait marcher. Je te laisserai même coucher avec elle si, à ce prix-là, tu nous ramènes la gamine ! » Julia éclate de rire. Moi pas. Katie me fait face, rayonnante, sculpturale. « Pourquoi dis-tu des conneries ? Je n'ai pas couché avec Cordelia quand je ne te connaissais pas encore. – Mais si le sort de Linda en dépend ? – Cesse de me jouer comme un pion dans ta morale de services secrets, veux-tu ? » Elle sourit. Gagné. J'ai bien passé l'épreuve. « De toute façon, je ne te l'aurais jamais pardonné. Penses-y, quand tu vas la revoir. » Dans ses bras solides, pour un baiser de cinéma.

Julia marque que ces chamailleries l'agacent :
« Tout va donc dépendre de sa rencontre avec Cordelia ?
– Oui, ma chérie. Il suffit, en fait, que Roger lui écrive
un message disant qu'il se trouve à Berlin-Ouest et veut
la voir. J'ai le moyen de le lui faire tenir. » Me revient
qu'à l'aérodrome, tandis que j'attendais nos bagages,
Katie est allée prétendument acheter des journaux. Elle
a dû téléphoner. Ces trucs d'agent secret me mettent en
rogne. Pour me calmer, je me plonge dans la presse.

Trois lignes dans le *New York Times* me font bondir.
Je lance à mes compagnes : « Hoess, le commandant
d'Auschwitz, vient de protester à Nuremberg qu'il n'y
a pas eu trois millions de morts gazés à Auschwitz, seulement deux millions trois cent mille ! Les autres sont
morts de maladie... – Il tenait bien sa comptabilité,
raille Julia. – Ça vous étonne ? répond Katie. Il faut être
méthodique et ponctuel pour en exterminer autant. Ce
monstre, c'est le passé. Il s'agit aujourd'hui de sauver la
petite. »

Nuremberg est au présent. Mais elle a raison, pour la
petite. Je reviens à elle ou plutôt réfléchis à haute voix :
« Je vais dire la vérité à Cordelia. Plutôt : une demi-
vérité. » J'ouvre mon carnet et griffonne : « *Je suis à
Berlin pour sauver l'enfant d'une amie très chère. Je crois
que tu peux m'aider.* » Katie lit et dicte : « *Donne-moi
un rendez-vous grâce à l'émissaire.* » Elle ajoute :
« Montre-toi affectueux en signant. »

Katie nous quitte comme si elle avait un train à
prendre. Désœuvré, j'ai visité en vainqueur les trois
zones occidentales et ne l'ai revue qu'au soir. Cordelia
avait accepté, confiant à l'émissaire un mot ému où elle
m'indiquait un moyen de la joindre, un moyen bizarre,
mais en ce monde de ruines il faut prendre ce qu'on
vous offre et ne pas chercher midi à quatorze heures.

Julia nous plante là pour retrouver son Franz. Katie et moi voulons oublier notre dispute.

Le lendemain, donc, chaussé de bottes fourrées que Katie a su me procurer, je m'enfonce selon le plan dans les ruines de Friedrichshain, là où la limite de la zone Ouest coïncide avec le cours de la Spree. Un quartier d'ateliers abandonnés. La neige gelée me fait glisser. Pas le moment de me casser une patte. Je crois m'être perdu, puis, au sous-sol de l'ultime usine, celle qui jouxte la rivière, je repère une tôle fichée dans les débris de la façade et deux vieux en uniforme usé du Volksturm. L'un, squelettique, avec une gueule en V, l'autre, tête ronde épanouie, barbe grise en friche. Ils ressemblent à Croquignol et Ribouldingue, dans *Les Pieds Nickelés*[1] de mon enfance. Ils tiennent, pour parler l'allemand de la guerre, un *ersatz*, un succédané d'échoppe qu'on ne peut dire de cordonnier, en fait de rafistolage de savates.

Mes deux bouifs rapiècent en effet, à l'aide de fils pris sur les filets de camouflage, des morceaux de bottes ou de pneus, du caoutchouc lui-même *ersatz*, sur des semelles faites de restes de treillis, voire de plaques de plâtre enveloppées de vieilles toiles cirées retournées ou de nippes. Le bois leur est article de luxe. Le vrai cuir, inconnu. Médusé, je les regarde faire avec leurs marteaux, leurs aiguilles de tapissier, leurs spatules ou couperets, devant la file hâve de clients, les pieds entourés de chiffons, ce que nous autres Français appelons chaussettes russes.

---

1. Bande dessinée par Louis Forton, publiée à partir de 1908 dans le journal pour enfants *L'Épatant*. Son succès ne cessa de se développer jusqu'à la Seconde Guerre mondiale. *Les Pieds Nickelés* ont été redécouverts et réédités à la fin du XXe siècle. (*Note de L.C.*)

Chaudement habillé face à eux et encore plus riche-
ment botté, je fais si bien occupant étranger que c'est
à hurler. Donc intrus. En plein dans le mille, pour
quelqu'un qui ne doit pas attirer l'attention ! Tant pis.
Affiché du côté des maîtres, je passe devant tous les
autres pour demander à trop haute voix, selon le code,
si ma cousine Cordelia ne leur a pas laissé une paire de
chaussures à réparer. Je laisse paraître entre mes doigts
des billets verts d'un dollar. Le plus vieux ôte un clou
de sa bouche, le pose sur l'établi avec autant de précautions que s'il s'était agi d'un diamant, grommelle qu'un
reicher Kautz comme l'est le visiteur pourra sûrement
lui apporter des godasses de vrai cuir, ce qui fait rigoler
les clients. « Rupin » était le mot de passe convenu. *Reicher Kautz* : une traduction possible. Je n'ai plus de
doutes quand il ajoute qu'il faut qu'elle me donne sa
pointure. J'acquiesce. Le vieux se lève avec peine, far-
fouille dans des bouts de papier passés sur un fil de fer,
en détache un.

J'attends d'être hors de la vue du petit groupe pour
lire le papier. Une adresse dans la Karl Marx Allee. Au
dos, un plan : B.27. 12 h., avec une croix. Pas loin, mais
de l'autre côté de la Spree. J'ai le temps de revenir
d'abord jusqu'au centre, là où se rejoignent les zones
d'occupation devant les ruines d'Unter den Linden et
où circulent les Jeeps avec quatre gendarmes, un de
chaque armée. Cordelia a griffonné qu'il fallait que ma
visite paraisse le plus officielle possible, et a indiqué la
procédure, ajoutant qu'elle serait prévenue sitôt que
j'aurais retiré ce papier à détruire. Toujours la conspiration romantique. Désormais, je la prends tout à fait
au sérieux.

Est-ce que la couverture humanitaire pour le regrou-
pement des familles déplacées, que Katie m'a préparée,

tiendra le coup ? Je passe la prévenir au QG anglais. Elle a préparé des formulaires et même un badge. « Par bonheur, la maternité d'avant-guerre existe toujours. Mon adjointe s'est débrouillée pour photographier le registre du jour de la naissance de Linda, le 17 juin 1939. » Je dois donc aller seul à l'Est, et dans une Jeep française. Un soldat vient m'apporter la carte de la ville jusqu'à l'adresse indiquée par Cordelia. « La contribution des Anglais s'arrête là », dit Katie avec un sourire en coin. Je l'embrasse devant ses collègues.

Dans le secteur français, Julia me fournit, outre la Jeep, la poupée, prétexte à mon équipée. Parce qu'elle voit l'orphelinat comme une prison, Julia sait encore mieux s'y prendre pour la conspiration que Cordelia et Katie. À moi de jouer. Je franchis sans encombre l'entrée dans la zone soviétique. La complication vient de ce que le plan prévoit une intersection de la rue parallèle à Unter den Linden avec la Karl Marx Allee, or elle est devenue impraticable à cause de travaux. Je suis un camion soviétique dans un chemin de fondrières, vois de grands immeubles pas trop détruits sur la droite. Aucun mendiant, mais des cohortes de femmes déblayeuses courbées comme à Potsdam. Berlin sans hommes allemands. Une fliquesse de l'Armée rouge en toque de fourrure m'oblige à prendre une contre-allée.

Un barrage de sacs de sable. Immeuble B 27. Je suis attendu. Escorté par une soldate avec l'étoile rouge, je pénètre sous un porche donnant sur une cour intérieure dont les bâtiments sont déjà remis à neuf. On me conduit dans un vestibule. Une autre soldate me débarrasse de mon manteau. Cordelia m'ouvre les bras, m'appelant très fort « *Mein Vetter* », se traduit en m'embrassant : « Mon cousin français ! »

Indéfrisable années 30 au lieu de ses cheveux raides et courts, bien remplumée sous sa robe voyante, trop parfumée, je ne l'aurais pas reconnue tout de suite. La soldate a refermé la porte. Elle m'étreint, prend carrément ma bouche, me noie dans son parfum agressif. Je lui rends son baiser. Ordre de Katie ? Elle demande comment je vais, comme si elle craignait d'être écoutée. Franz ne disait-il pas les Soviétiques champions de l'installation de micros ? Observant l'ameublement, cossu mais disparate, donc de récupération, je débite mon dossier. Cordelia se montre raisonnablement émue. Un siècle, depuis nos adieux à Francfort, sept mois plus tôt ! Elle pose sa main sur ma cuisse. Elle craint d'être écoutée, pas d'être vue.

« Voilà ce que nous allons faire, mon cher cousin. L'orphelinat n'a rien à me refuser. D'abord, sortir dès ce soir cette petite fille. Je demanderai qu'on nous la confie, sous ma responsabilité, mais il faudra que vous m'ameniez dans l'intervalle sa future belle-mère, pour qu'elle s'occupe d'elle cette nuit. La décision du tribunal de rejoindre son père à l'Ouest ne peut intervenir avant demain matin. Là, ce sera à votre amie Julia de jouer. – C'est un conte de fées ! – J'aimerais d'autres occasions de te revoir. » Le « te » lui a échappé. Elle se mord les lèvres. Je fais la correction, pour les micros : « Vous semblez très heureuse, cousine ! – Comment ne pas l'être, en construisant le socialisme ! » Elle serre plus fort ma cuisse.

Un bruit, dehors, la fait s'écarter. Je plonge dans son regard. Même lassitude gris pâle qu'à Halle. Elle a bel et bien parlé pour les micros. Et, pour mieux m'en convaincre, elle ajoute : « Tout ce temps que j'ai perdu en acceptant de vous suivre à Francfort au lieu de rester à Halle. Mais j'avais tellement peur, à l'époque. J'étais tellement ignorante en politique ! » J'opine du chef, souris afin de montrer que je ne suis pas dupe. Elle se penche vers moi pour effleurer à nouveau mes lèvres. Est-ce que, chez une femme aussi, un homme qu'elle n'a pas eu...

Une chambre spartiate avec deux lits proches. Douche et W-C derrière un paravent. « Pour une nuit. – Un éden, pour la gosse. – L'orphelinat est sûrement très propre. – L'orphelinat, c'est la guerre, Cordelia. » Je n'aurais pas dû, mais redire son prénom m'émeut. Elle prend ma main qu'elle porte à son cœur.

« C'était la guerre, mon cousin. Il nous faut apprendre à vivre la paix. » Malgré elle, sa voix un peu précipitée. Je me suis demandé de quoi était faite sa vie avec ce mari, homme de pouvoir qu'elle n'aimait plus. La libération de Linda apporte une récréation dans son existence cadastrée, isolée du reste du monde. Une occupante.

Une grosse conduite intérieure noire, sorte de Cadillac soviétique, nous attend. L'orphelinat est tout proche. Une caserne. Cordelia y est reçue comme une princesse, garde-à-vous et courbettes. Elle donne ses ordres à des gardiennes hommasses qui, malgré leurs nouveaux uniformes, pensent en « souris grises ». Rendez-vous est pris pour quatre heures, après la sieste des enfants. Au retour, Cordelia profite du court instant où le chauffeur doit sortir afin de faire lever un barrage, pour me glisser : « Si un jour ça tourne mal pour moi, tu m'aideras, malgré Katie ? – Avec Katie. » Elle se mouche bruyamment pour cacher des larmes. Ils n'ont pas encore dû trouver le moyen de placer des micros dans les bagnoles.

Je reviens chez les Français comme Julia arrive avec un gros ballot. En plus des sous-vêtements, les robes

qui l'ont tentée, le tout en deux tailles : six et huit ans.
Je lui transmets l'offre. Elle me quitte aussitôt pour aller
préparer sa nuit avec la gosse. Franz lui a servi de
chauffeur. Je l'entraîne vers le bar et nous prenons une
table à l'écart. Je lui raconte comment Cordelia a tout
arrangé. Puis je lâche ce qui me taraude et que je ne me
formulais pas : « Franz, j'ai trop fait la guerre pour
croire au Père Noël. – Il n'existe que pour les vainqueurs, mais votre amie Cordelia est de leur côté. – Elle
est, en fait, du côté des Russes, vous me comprenez. Je
ne voudrais pas que ce soient eux qui décident du prix
à payer par vous. J'aimerais mettre nos Alliés dans le
coup. – Les Français ? » Je fais non de la tête : « Nous
ne sommes que la roue de secours du carrosse. C'est
vous qui travaillez avec les Américains. Ce sont les seuls
capables de tenir tête aux Russes. »

Il comprend au quart de tour : « Venez. On va téléphoner à mon mentor. » Il me conduit au sous-sol
devant un appareil flambant neuf : « Ligne sécurisée ! »
Il fait le numéro. « Steve ? Je vous passe mon ami français qui sait où se trouve ma fille Linda. » À peine ai-je
résumé l'affaire que Steve me coupe : « J'ai besoin tout
de suite d'une copie de l'acte de naissance de la petite
à l'Ouest. » Je rends l'appareil à Franz.

Steve débarque quelques minutes plus tard en uniforme clinquant de commandant. Devant des scotches,
il explique que se réunit un comité informel pour traiter
des problèmes interzones. Ce soir même, il y fera du
transfert de Linda Werfer une affaire de principe. De
bonne volonté réciproque. Il met son doigt devant ses
lèvres : « Motus et bouche cousue, comme vous dites en
français. Y compris devant votre Julia, n'est-ce pas,
Franz ? Vous aussi, Roger, devant Katie. C'est mon

affaire. Laissez le sentiment à vos femmes. » Il a pris le temps de s'informer sur nous.

Je dois me dépêcher d'y aller, avec les deux femmes. Je retrouve le chemin, m'arrête à l'heure dite devant la lourde bâtisse de l'orphelinat. Cordelia débarque de sa limousine en manteau et toque de zibeline. Elle embrasse Katie comme une amie de toujours, mais je préfère rester en retrait, dans mon uniforme fripé. Une femme imposante, en uniforme gris soviétique, nous accueille au milieu de gardiennes au garde-à-vous. Des gueules de matonnes, vraiment.

Elle ouvre une porte. Une gamine qui ne peut être que Linda. Le regard bleu, que rien ne peut faire baisser, de son père. Cheveux d'un blond très pâle, coupés trop court. Maigrichonne. Elle jaillit au cou de Julia qui la prend dans ses bras avant même que la matonne ne puisse l'intercepter. Katie se place entre la gosse et sa gardienne mafflue, lippue, aux battoirs de paysanne, qui leur roule des yeux assassins. Linda couvre Julia de baisers.

La directrice rappelle que la robe et le trousseau de Linda Werfer appartiennent à l'établissement. Cela figure sur la décharge que Julia doit signer. Je me trouve seul avec Katie devant Julia et Linda. La petite me fixe de son regard bleu. Katie lance, rieuse : « Elle te mangeait déjà des yeux, tout à l'heure. » Soudain la gamine bondit, s'accrochant à mon cou, et me couvre de baisers. « *Du sollst mich nimmer im Stich lassen !* » Éberlué, je réponds que je ne la laisserai jamais tomber. Elle s'accroche plus fort avant de se laisser glisser. Julia dit : « Te voilà avec une petite amoureuse. » Je dis trop fort : « Mais j'en suis fier ! » et je traduis pour Linda qui bat des mains.

« Vous nous retrouvez demain à dix heures moins dix, juste avant le tribunal, me lance Cordelia, un peu crispée. Roger connaît la route, à présent. » Je m'incline en signe d'assentiment. La petite me fait un signe d'adieu. Katie se met au volant, sans doute afin de montrer à Cordelia que c'est elle, la patronne, et me dit à l'oreille : « Je suis sûre d'avoir déjà vu la matonne lippue, mais où ? Quant à la mouflette, si elle avait dix ans de plus, elle te consommerait sur place. – Tu fabules. Je suis le seul mec du groupe. – Tu ne vas pas m'apprendre à juger les femelles qui te font la cour. À six ans, tu lui as tapé dans l'œil, et elle te le fait savoir. »

Comme la nuit tombe, les autos se font rares et celles que nous croisons appartiennent à la police ou à l'armée, phares camouflés comme en temps de guerre, ce qui oblige Katie à rouler en lanternes. Nous traduisons les banderoles politiques qui célèbrent, avec Marx, Engels, Lénine et Staline, la réunification du Parti communiste de la zone avec le Parti socialiste. Je me dis, digne fils de mon père, que ce sera un parti unique, car les autres n'existeront que pour la figuration. Je suis sûr que Steve va emporter le morceau, avec les Soviétiques. Je me félicite de l'avoir mis dans le coup. Tous ces cocos sont trop polis pour être honnêtes.

Cordelia, fière de nous démontrer son pouvoir, n'a pas caché que sa vie était un échec. Quelque chose s'est noué entre moi et cette jeune femme triste. Mon silence déplaît à Katie, et elle me lance, dépitée : « Tu penses à elle ! – Comment faire autrement ? Je pense plus exactement à son destin. – Elle pouvait faire le choix de rester à l'Ouest. – Tant mieux pour Linda ! » Nous quittons la zone soviétique.

Katie se détend : « J'ai pensé que s'il t'était arrivé quelque chose, ce matin, je n'aurais eu aucune pièce officielle pour te venir en aide. – Tu m'as toujours rembarré quand je t'ai suggéré que nous nous mariions. – C'est différent, à présent. Je ne veux pas perdre ma nationalité, ni ma carrière. Mais, en allant voir un pasteur, comme Julia et son Franz ? Ça me rassurera. En Angleterre, c'est plus important qu'un simple mariage civil. – Toi, tu me caches quelque chose ! » Elle rit un peu trop fort : « Suis-moi au QG anglais. »

J'ai failli dire : je ne suis pas habillé pour. Mais il ne peut s'agir que de préparatifs. Nous arrivons dans une petite chapelle nue, ancienne, intégrée dans le bloc de bâtiments réchappés à tous les bombardements. Près de l'autel, une grande brassée de fleurs blanches signe la préméditation. L'aumônier militaire, fort peu militaire, en fait, avec sa bedaine et sa trogne, a un peu forcé sur le whisky. Deux officiers du service vont servir de témoins.

Katie a tout préparé. Les officiers forment une haie d'honneur pas du tout improvisée. Je suis bouleversé. C'est le plus grand des mystères, que la femme que vous aimez vous aime. L'aumônier nous sert un cours pas trop pâteux sur l'entraide que se doit un couple, pas seulement quand la jeunesse échauffe les corps ou que la guerre vous fait courir les mêmes dangers, mais dans la longue paix devenue chaste de la vieillesse. Il passe sans broncher aux formules rituelles et prononce même correctement « Roger Chastain », à la française.

Nous avons prononcé tour à tour, de la même voix forte, le « *I do* » de rigueur. Katie a prévu les bagues. Des vraies, en or. Nous nous sommes enlacés sous les applaudissements. Me manquent mes appareils. Je garde ça pour moi. Le vrai mariage avec son tralala ne sera qu'un ajout officiel. Je le dis. Katie se pend plus fort à mon bras. « C'est tout à fait officiel, ici. À toi, maintenant, de veiller sur moi. »

Le colonel nous lance quelques piques du genre que je ne pourrai jamais devenir assez anglais pour que Katie soit heureuse, mais qu'il ne faut surtout pas que je la « *frenchify* ». Ce à quoi Katie répond crûment qu'elle se marie pour faire l'amour à la française. Elle reste donc Katie Mildraw. Cela rend rouge encore plus brique l'aumônier, mais lui vaut les applaudissements des collègues. J'observe la chapelle trop nue, les invités déjà en train de penser à autre chose en buvant leur scotch.

Quand on nous laisse enfin seuls, je la prends dans mes bras : « Dis-moi la vérité : Berlin te fait peur ? » Elle se pelotonne contre moi : « Ce n'est pas Berlin, mais toute cette fin de guerre, le vide qui s'étendra après. La libération de Linda était devenue notre objectif. À présent qu'il va être atteint ? – Je t'apprendrai la paix. Alors nous ferons nos enfants. » Elle fond en larmes : « Jure-moi que tu auras la patience. – *I do !* Je t'aime ! » Je n'ai pas osé lui en dire plus. Il ne faut jamais provoquer le bonheur. Plus rien ne saura nous séparer. Je vais la pousser à sortir du service actif. Linda libre, les soirs au coin du feu, en pantoufles. Des enfants à nous.

16. *Julia*

Je dépose Linda sur la banquette de la limousine, sa poupée contre son cœur. Cordelia s'écarte pour lui laisser davantage de place et me chuchote : « Roger m'a raconté. Ce qu'elle a vécu n'est pas de son âge, ni

d'ailleurs d'aucun âge. – J'essaierai de le lui faire oublier.
– Franz et vous, vous avez finalement de la chance. Moi,
je ne veux pas d'enfant, je ne veux pas m'attacher. »
Elle cesse de parler à voix basse, lançant ses paroles
comme un défi. Son refus de la maternité m'agresse. Je
mets sans réfléchir ma main sur Linda comme si elle
m'appartenait déjà. Cordelia doit percevoir la gêne que
son aveu provoque. Elle s'explique : « Je sais que la
guerre est finie, qu'il est temps de passer à autre chose.
Simplement, j'ai trop besoin de ma liberté de femme,
c'est tout ce qui me reste pour vivre. » J'ai failli lui dire,
en pensant à la zibeline : N'avez-vous pas tout ce dont
vous pouviez rêver ? Mais j'ai trop besoin d'elle. Après
tout, elle a eu une alternative, quand elle tenait un mess
à Francfort. Voulait-elle m'avouer qu'elle s'était fait des
idées fausses sur l'Est ? L'arrêt brusque de l'auto réveille
la petite.

« Nous sommes arrivées à la maison. » J'ai mis toute
la douceur possible dans mes mots, mais Linda, laissant
tomber sa poupée, s'agrippe à mon cou : « Je ne te
quitte pas. » Je n'ose pas dire devant Cordelia : tu ne
risques plus rien, comme si ces mots prenaient couleur
d'une offense. La gamine s'agrippe de plus belle. J'ai
soudain peur ; je me découvre seule, sans recours, en
zone soviétique. Je me raidis. « Je vais vous conduire,
madame Werfer », dit Cordelia, agacée. Elle se débarrasse de son sac à main sur la femme de chambre en lui
intimant l'ordre d'aller chercher mes affaires dans la
limousine. Elle a dit : « madame Werfer ». M'entendre
appeler ainsi me détend, même si ça me rend encore
plus vulnérable aux yeux des Soviétiques. Contre mon
visage, les cheveux si doux de l'enfant, ceux de Franz,
et je fonds.

« Auparavant, il faut que Linda essaie mon cadeau. » Cordelia sort d'un sac en papier kraft deux petites bottes en cuir souple, fort mignonnes : « Elles viennent d'un magasin russe. Je peux les changer. » Linda obéit sans rechigner, fascinée par la richesse, et se met à danser. « Juste un peu grandes. Avec de grosses chaussettes... » Elle saute au cou de Cordelia qui, pour la première fois, cesse de se tenir sur ses gardes et rougit. Déjà une autre femme de chambre nous tient, stylée, la porte ouverte, puis nous aide à quitter nos manteaux. Je prends la petite dans mes bras pour monter à l'étage, heureuse de l'épreuve physique. Cordelia n'approuve pas. Mauvais exemple pour la domesticité. Elle lance : « N'oubliez pas que le dîner est à 18 heures, à l'Est. » Elle procède à une inspection militaire de la chambre, puis dit, radoucie : « On vous l'apportera ici, comme demain, le petit déjeuner à 7 h 30. J'ai prévu du lait écrémé pour la petite. »

Linda, pour la première fois, s'écarte de moi et, avec des précautions de petite chatte, entreprend la découverte des lieux. Elle tombe en arrêt devant une inscription au-dessus du robinet de l'évier, dans le coin cuisine, et se met à épeler qu'il ne faut pas l'utiliser en même temps que le chauffe-eau de la salle de bains. Je ne m'attendais pas à ce qu'elle énonce sans hésiter des mots aussi compliqués. « J'ai su lire à cinq ans. Maman Waltraut voulait que je puisse me débrouiller toute seule. »

Je la reprends dans mes bras. Elle plante son regard bleu dans le mien ; aucune trace de larmes. « Tu crois qu'ils ne viendront pas me rechercher ? – Cette nuit, non. On passe au tribunal demain. D'ici là, tu ne risques rien. Ils vont te rendre à ton papa. – *Vati*, je comprends. » Un joli sourire : « Tu m'emmèneras tout de suite à l'Ouest et je n'aurai plus jamais les flics au cul ? – Où as-tu appris de vilains mots comme ça ? – À l'orphelinat ! Elles voulaient nous faire peur, les gardiennes. Elles n'arrêtaient pas de nous dire : Si vous voulez vous enfuir, vous aurez les flics au cul ! Et dix coups de fouet sur le cul nu, en prime ! »

Un sourire encore plus épanoui dans sa figure d'ange, en imitant l'allemand vulgaire des matonnes. J'ouvre sa lourde robe grise pour qu'elle n'ait pas trop chaud. « Je peux l'enlever ? – Si tu n'as pas froid. » Linda l'ôte en vitesse, la jette sur le lit et va se poster en culotte et maillot blancs devant le miroir mural, s'examine, redresse ses cheveux sur sa nuque avec un geste de femme. Ses sous-vêtements pendouillent, usés mais propres. Tout à coup, le regard bleu sur moi, sans gentillesse : « Papa n'a jamais eu de petite sœur. » Prise en faute, je me sens rougir : « C'était pour la prison. Pour pouvoir t'embrasser. – Alors, tu dors avec papa ? » Je hoche la tête et la reprends dans mes bras. Je chuchote que oui et, sans transition, la conduis dans le cabinet de toilette. Faire couler la douche, la régler à bonne température. Prendre sa main pour la placer sous le jet. Linda détache sa main et je sens mon cœur battre.

« J'aime mieux que ce soit toi qui me laves. » Je la déshabille. La gamine me prend par la main, baissant la tête : « Maman venait avec moi sous la douche. » Planté sur moi, le regard bleu comme pour me mettre au défi. Je souris, embarrassée. Jamais ma maman... J'étais si petite. Je ne sais plus. Grand-mère relevait juste ses manches. Il faut que tu te jettes à l'eau. Pas seulement au figuré. Je m'efforce de me déshabiller avec naturel, comme si j'étais seule, ne voulant pas troubler l'enfant. C'est long. Rouler les bas. Enlever le soutien-gorge.

« Que tu as de beaux seins ! » Je me sens à nouveau rougir. Il faut que j'invente ce qu'elle attend d'une mère, sans pudeur en face d'elle. Mieux régler la douche, comme dérivatif. Toujours le regard bleu sur moi. Ridicule de garder... Baisser ma culotte. L'enjamber en essayant de paraître indifférente. Pour cacher mon trouble, je reprends la main de Linda et l'entraîne un peu trop vite sous le jet tiède, en prenant bien garde à ne pas lui mouiller les cheveux, mais elle s'agrippe à mes cuisses. La savonner de dos puis, l'ayant fait tourner, la rincer, la sécher avec ce trouble de toucher la peau de Franz, et, l'ayant enveloppée dans une grande serviette, me laver à mon tour. Linda me saute au cou. « Tu es une vraie maman, *Mutti* Julia ! »

M'essuyer en vitesse, passer le peignoir, porter l'enfant dans le lit. Quand elle me tend les bras, je viens me coucher à mon tour. Linda se blottit contre moi, puis elle écarte le peignoir pour toucher mes seins. Je cache ma surprise en caressant doucement ses cheveux, ceux de Franz. « Tu veux bien que je sois ta petite fille ? – Mais tu l'es, Linda. – Tu ne portes pas de bébé dans ton ventre ? reprend-elle en y posant sa main. – Je ne crois pas. – Oh, tu peux me le dire. Je sais comment on fait les enfants. Tu m'as dit que tu couches avec papa ? – Voyez-vous ça... – Tu me l'as dit. – Je t'ai répondu que je dormais avec lui. Mais comment es-tu au courant de tout ? – Tu n'as pas compris qu'à l'orphelinat, les enfants des rues savent tout. Beaucoup ont fait tout comme les grands. Ma copine Laura, par exemple. *Sie ist eine prima Hure*, elle est une bonne pute. – Tu sais ce que ça veut dire ? – Oh oui. Je sais ce qu'il faut faire pour *huren*. Tu dois sucer ce que les filles n'ont pas, ouvrir tes cuisses pour que ce truc-là entre dans ton petit trou. C'est sa maman qui lui a appris ça. Les hommes paient plus cher une gamine étroite. Ils lui font des *Tricks*. » Elle traduit tout à trac en français : « Des trucs ! » et m'explique : « Il est français, son maquereau. »

La gosse débite ces crudités dans son gazouillis et avec son sourire d'ange comme les choses les plus normales du monde. Elle se débarrasse de sa serviette et vient se coucher, nue, sur moi, nue. Me voilà qui tremble de bonheur, m'efforçant de n'en rien laisser paraître. Tu ne dois pas te montrer trop précise dans ton besoin de savoir ce que la petite a ou non subi. Un chemin de traverse : « Quel âge a-t-elle, ta copine Laura ? – Oh, elle est vachement plus vieille, elle a onze ans. – Onze ans ? – Presque douze. Elle a commencé avec sa mère, quand les bombardements ont forcé les gens à vivre n'importe comment. C'est un client qui a tué sa maman pour lui piquer son pognon. Après, il est devenu son maquereau. Les flics l'ont flingué. Il battait Laura quand elle ne ramenait pas assez de *Moos*, comme il disait. De l'oseille, quoi. Il était français, son maquereau. Un travailleur civil. »

Je m'efforce de garder une voix pour la pluie et le beau temps : « Il y en a d'autres... comme elle... à l'orphelinat ? » Ouf, c'est sorti. J'ai arrêté de respirer. Linda dit comme une banalité : « Oui. Beaucoup des grandes. Il y en a même qui font ça entre elles, ou avec les gardiennes. Pas seulement des filles. Ernst, avant qu'on le ramasse, ils lui avaient filé une sale maladie. » Linda se câline à moi comme si la chose ne la troublait pas le moins du monde. Je la serre plus fort contre moi.

Un silence tombe, très doux. Limpide. Puis la petite s'agite : « Moi, j'ai eu beaucoup de chance, tu sais. Quand j'ai compris que maman ne bougerait plus, j'ai marché au milieu de la rue, là où c'était propre, je veux dire sans rien de cassé, sans ordures. Les gens avaient fui. J'ai marché longtemps. J'ai évité les types qui fouillaient les maisons effondrées, puis je me suis cachée dans une cave. La nuit est venue. J'avais très peur, très faim, froid. Le matin, je suis sortie et j'ai vu une ambulance. J'ai crié. Ils m'ont emmenée à l'hôpital où ils m'ont lavée. Après, ils ont regardé par où je fais pipi avec une lampe. Ils ont dit que j'étais vierge. »

J'oublie toute retenue et l'étreins. Elle enfouit sa frimousse entre mes seins. Nous sommes restées un long moment immobiles. Est-ce que maman, dans le temps, me prenait aussi toute nue contre elle toute nue ? Peut-être justement quand elle rentrait de chez son amant. Je demanderai à grand-mère si maman a jamais dormi avec moi. C'est à moi, à présent, d'être la maman qu'elle n'a pas été. Je peux croire ce soir que Linda est sortie de moi. Comme si elle lisait mes secrets, la petite se redresse, mettant les mains sur mes seins pour prendre appui. Essaie de ne pas frémir. Trouve le geste normal. Prends-la, couvre-la de baisers. Fais durer le plus possible ce câlin avant de te lever. Je chuchote enfin : « Il ne faut pas que nous soyons en retard. »

Linda essaie tous les vêtements neufs comme par jeu. Les dessous six ans lui vont, mais il lui faut des robes de huit. Elle n'a jamais été à pareille fête, passe d'une robe à l'autre avec des fous rires. Comment rester au diapason ? À quoi mesurer sa vie parmi ses copines et les garçons de la défaite, de cette fin de monde ? Les ruines ne sont pas que celles des bâtiments, mais celles de la vie. Comment rendre à Linda une enfance ? À six ans, on n'oublie plus.

Et qu'est-ce qui se passera le jour où elle ira dans une école de petites filles normales ? En France. Si elle se met à raconter ? Je vois d'ici la délégation des mères des autres, à l'assaut de la directrice, hurlant qu'elle déprave leurs chères poupées ! La libérer revient à prendre avec elle la première marche d'un escalier sans fin. Et ce n'est pas encore fait. Elle sait tout, comme une adulte. Elle a oublié d'être idiote. Ce qu'elle dit, est-ce sincère, est-ce calcul ? Pour être sûre que je l'en sorte ? J'appartiens aux ennemis de l'Allemagne. La femme de chambre arrive avec le repas sur une table roulante, comme à l'hôtel.

Linda tombe dans le sommeil tout de suite après dîner. Je la couche enveloppée dans sa longue chemise de nuit neuve et m'allonge auprès d'elle. Je redoutais d'être trop énervée pour m'endormir, mais j'ai plongé dans un sommeil comblé, sans rêve. Je me suis réveillée en sursaut, craignant d'avoir laissé passer l'heure. Il n'est que sept heures du matin. Linda suce son pouce avec sa lisse figure d'ange. Je fais ma toilette sans bruit avant de la réveiller par des baisers. La petite s'accroche à mon cou. « Tu crois qu'ils vont vraiment me libérer ? » Cordelia apparaît, tenue très officielle, robe sombre au ras du cou, égayée par une chaîne d'or assez lourde. Elle entreprend aussitôt de raisonner la gamine qui l'écoute docilement. Nous l'avons habillée ensemble, nous entendant pour en faire un jeu.

Il a beaucoup neigé durant la nuit, plus d'un mètre, à voir les allées que des équipes sont en train de creuser. La ville paraît, comme par miracle, nettoyée de ses ruines, d'une propreté immaculée, aveuglante. Cette éclaircie me semble de bon augure. Linda fait très petite fille de bonne famille, avec son bonnet de laine multicolore et ses bottes. Le manteau américain est bien un peu exotique, mais on ne verra que sa bonne qualité. Cordelia s'écarte pour applaudir. Elle est vraiment imposante, dans son vaste manteau de zibeline, sans prix en Occident. Les Russes soignent leurs séides.

Linda découvre la douceur de la fourrure et la lisse de ses menottes sans lâcher pour autant sa poupée.

Katie en civile et Roger apparaissent, couple suffisamment neutre pour ne pas donner l'éveil aux polices de l'Est. Katie s'extasie devant Linda, la prend dans ses bras. Il faudra bien qu'un jour elle s'arrête pour faire des enfants. Puis, j'ai repéré l'alliance : qu'est-ce que ça voulait dire ? Roger porte la même. Ils ont fait comme Franz et moi ? Ils auraient pu tout de même me prévenir ! Ça a dû se passer hier soir. Mais qu'est-ce que j'aurais fait de Linda, pendant qu'ils... ? Le retour dans la paix va trop vite. Mon corps ne suit pas. Je me sens tourneboulée, essoufflée...

La petite se dégage de Katie sans douceur, comme si elle craignait d'être enlevée, et, une fois à terre, lui tourne le dos pour s'accrocher plus fort à moi, elle m'appelle sa nouvelle maman devant eux tous, en se jetant à mon cou. Je me sens malheureuse pour Katie. J'ai voulu expliquer que la gosse devait avoir peur de la suite, de la réunion devant le tribunal, mais c'est resté dans ma gorge. Une fois dans l'auto, Linda me chuchote à l'oreille que, la veille, elle m'a menti. Sa maman, Waltraut, ne venait jamais sous la douche avec elle. « *Mit dir, wollte ich etwas ganz anderes beginnen !* » Avec toi, j'ai voulu commencer quelque chose de tout à fait différent.

17. Katie

Dire que j'en étais à loucher sur un sourire de mes chefs, les pointes d'une moustache, une esquisse de fuite dans un regard, pour deviner mon sort ! En apprenant les nouvelles restrictions budgétaires, le colonel, d'une ondulation des épaules, m'a lâché que le service, plutôt leur *thingumajic*, était l'un des derniers gadgets de la guerre. En haut lieu, on songeait donc à nous envoyer proprement à la casse. C'est-à-dire croupir dans des bureaux. Aussi sec, j'ai décidé d'épouser Roger. « Je prends les devants. Oui ! Ici, à Berlin. Face à tous mes moustachus. » La libération de Linda est ta dernière entreprise personnelle.

Tu cherchais un esclandre, et tout a été trop facile. D'abord le mariage improvisé. Tu avais en tête le tintouin français. Le pasteur t'admire et, comme on dit en France, a tout réglé en deux coups de cuiller à pot. J'aime Roger pour tout ce qui m'émeut, je le veux à moi, dans un ordre qui soit à moi, pas dans cette chierie d'après la guerre d'où rien de neuf n'émerge. Et puis, voilà que c'est devenu une simple formalité. Qu'est-ce que tu voulais au juste ? Marquer ton emprise sur lui dans la ville de Cordelia ? Une gaminerie, alors que tu veux engager toute ta vie, vos deux vies. Avoue que tu l'aimes, que tu lui confies ton corps en serrant son torse dans tes bras. Tu savoures qu'il sache être maître du jeu. Bientôt, tu le sais, tes missions vont s'achever, même si les tensions s'aggravent avec les Russes. Tu ne te vois pas femme au foyer tandis que Roger s'envolera de par le monde.

Au fond, tu es jalouse de Julia. Non. Tu n'as pas apprécié la mainmise de Cordelia sur la libération de la petite, mais alors pas du tout ! Plus fort que moi. Cette femme parade, cul et chemise avec les Soviétiques ! Il y aura sûrement un prix à payer, tôt ou tard. Je vais être obligée de mentir au service ; il eût mieux valu que nous montions une expédition, Julia et moi, sans devoir rien aux gens de l'Est. Julia ne voit pas plus loin que les caresses de la gamine : pour elle, c'est le début d'une nouvelle vie. Je ne suis pas faite pour les enfants. Ils vous isolent. Julia bêtifie. Normal. Elle va en faire une ou un autre, avec Franz.

Ma colère rentrée, je laisse le volant à Roger. Je cherche sur ma main gauche l'alliance que j'y ai passée la veille. Elle y est bien. J'ai toujours le chic pour dégoter l'oiseau rare. Le brocanteur grec établi dans une *Verkaufstelle* en ruine enfilait les alliances récupérées sur des cercles d'abat-jour en loques. Au départ, elles avaient été un moyen de paiement, la première pièce de valeur dont, dans leur dèche, les épouses isolées avaient choisi de se séparer. J'ai tout de suite repéré celle qui irait à Roger.

Il lui fallait accepter d'être Mr. Mildraw pour que nous ayons notre chambre dans la petite annexe pour couples installée par mon service à l'étage de ce qui avait dû être autrefois une maison de rendez-vous, à en juger par le bar au rez-de-chaussée et son clinquant de verreries multicolores représentant une Arcadie de femmes nues. *Mrs. and Mr. Mildraw.* Comme du temps de mon pauvre mari. J'ai déjà remis l'alliance de mon mariage, la jugeant de meilleur aloi que celle d'une inconnue. Pourvu que ça ne nous porte pas malheur ! Roger a fait comme s'il ne s'apercevait de rien. Une chambre avec lit matrimonial, comme dit la fiche. Le mot m'a fait rougir. Et c'était vrai. Un lit de belle largeur, avec une seule couette.

J'ai voulu lui faire oublier toutes les Cordelia. Je l'ai eu. Mieux que jamais. Redevenue lucide : « Si on a fait un bébé, je le garde ! » Un défi. Au temps pour toutes les Cordelia ; aussi pour Julia, si radieuse. Une petite Linda à moi, qui aura les gestes que Linda a pour Julia. Mon corps décide à ma place. Et puis quoi, j'aime Roger. Si on gagne Linda, je vais prendre le congé auquel j'ai droit. Tant pis si le bébé me vaut une césarienne.

Je l'interpelle : « Dis-moi, Roger, le printemps vient, je prends les semaines de vacances auxquelles j'ai droit à cause de ma captivité : est-ce que tu abandonneras ton canard pour m'emmener dans les îles grecques ? – Dès demain, si tu veux. » Son sourire me fait fondre. Le voilà qui rêve tout haut : « Nager nus dans l'eau violette d'Homère. Lie-de-vin ! – Si j'ai un gros ventre, est-ce que tu m'aimeras encore ? – Cette question ! » Je ferme les yeux. Julia, l'autre soir, s'est mise à me vanter son Franz : « Il m'a fait oublier toute pudeur. Dès qu'il m'a eu touchée. Comment expliques-tu ça ? – Tu n'as jamais désiré ton mari. Tu l'as reçu. Le désir, c'est réciproque. Un va-et-vient. Un vient-et-va ! » Là-dessus, elle me chuchote : « En taule, quand Claudine racontait ses baises, j'étais gênée. – Et là, tu as envie de me raconter ? – Je me demande seulement si ça peut durer. – Eh bien ! Roger et moi, depuis six mois, c'est toujours la première fois. »

Je me demande si je ne me suis pas vantée. Non. Je suis restée en deçà. L'amour, c'est comme tout ce qui vit, ça s'enrichit, ça se développe. Il faudrait que la vie nous donne, à Roger et à moi, le temps de nous aimer. Ne cherche pas midi à quatorze heures. La paix, c'est quand on a fini de se taper dessus. Il n'y a plus en guerre que les Français en Indochine. Il faut que je demande à Roger s'il risque encore d'être mobilisé.

18. Roger

Je me réveille le premier, troublé de ce que la lumière filtrant par les doubles rideaux ait une force inaccoutumée. Blancheur brutale, radieuse, à perte de vue, de la neige sous un ciel bleu d'enluminure. Bon signe. D'après ma montre, nous n'avons que le temps de nous préparer. Je secoue Katie : « Regarde. La neige bénit notre union. Je t'aiderai. Je prendrai un poste fixe au canard, *au bureau*, comme on dit dans notre jargon. »

Il fait très chaud dans cette chambre matrimoniale. Elle se lève, n'a sur elle qu'une chemise de nuit très courte qui s'arrête à sa touffe châtain. Mon sang ne fait qu'un tour. Je la rattrape, lui chuchote : « Parfait pour un lendemain de mariage ! » Je couvre sa nuque de baisers, prends son torse dans mes mains, monte jusqu'à ses seins lourds. Je suis le maître du monde. Elle chuchote : « Reste ! Il faut parfaire ce bébé ! »

Quand nous sommes retombés sur le lit, c'est elle qui a pensé à l'heure. À Linda. Il nous a fallu expédier le petit déjeuner, mais rien ne compte plus que nous deux. Je me perds dans le sourire de ses yeux. Ma femme. Un instant d'éternité. Ce doit déjà être les premiers frémissements du printemps, dans les îles grecques. La lumière de la rencontre d'Ulysse et de Nausicaa, dans l'*Odyssée* : « *À Délos autrefois, à l'autel d'Apollon, j'ai vu même beauté : le rejet d'un palmier qui montait vers le ciel. En le voyant je restai dans l'extase, car jamais fût pareil n'était monté du sol...* » Les rêves de mes seize ans, je vais les réaliser en conduisant Katie dans les Cyclades. Pourquoi pas à Délos ? Pour vraiment en finir avec la guerre, comme déjà Ulysse avec celle de Troie ? Cesse de déconner ; nous allons être en retard au tribunal.

Katie se jette dans mes bras : « Je me sens toute neuve pour une vie toute neuve, mon chéri ! » Je l'étreins très fort. Je voudrais faire durer cet instant de bonheur. C'est notre vrai mariage.

19. Katie

« Nous avons bien mérité un peu de paix. Un bébé de paix ? »

Je pose un baiser léger sur sa joue en signe de complicité. Comme j'ai toujours peur d'être optimiste, je lance : « J'espère que le tribunal ne va pas faire de conneries. – Aucune chance, ma douce. Hier soir, avant d'aller te chercher, j'en ai parlé avec le mentor américain de Franz, un nommé Steven, qui siège à une commission quadripartite. Il a montré une photo de l'acte de naissance berlinois. Le principe du rapatriement de Linda devait y être adopté hier soir. Décision à quatre. Le tribunal des cocos de l'Est n'aura qu'à entériner. – Et tu ne m'en as rien dit ! – Il fallait que Julia et Linda jouent le jeu jusqu'au bout. – Mais moi ? – M'en as-tu laissé le temps ? »

Son rire me désarme. La vie vaut la peine d'être vécue, avec cet homme qui sait me donner la réplique : « Je t'aime. » Le lui avais-je déjà dit ? En tout cas, sûrement pas comme ça. Si nous avons fait un bébé, il sera anglais. Roger m'enseigne que le temps des coups de force est révolu : « On règle tout dans des commissions, par des moyens légaux, tu n'es pas faite pour ça ! » Oui, mais les embrassades avec les Russes ne dureront qu'un temps. Si tu fais une petite fille ou un petit garçon... Vous en êtes tout juste à frôler la paix, tu as pour la première fois un désir d'enfant, et déjà tu rêves que la guerre va recommencer ?

Un jeune troufion m'amène la Jeep. « Puissance occupante », ai-je lancé à Roger, et ça nous fait rire tandis que je profite sans vergogne des voies prioritaires.

Avec la neige, les ruines deviennent soudain mieux que présentables, presque engageantes. S'y lancer des boules de neige comme au Jardin des Plantes, il y a six mois ? Avec une petite fille à toi, châtain comme toi. Je sais que le soleil sur la neige fait flamber ma chevelure. Il me passe un air de Charles Trenet dans la mémoire : *Y a d'la joie...*

Une prudence liée à mon bonheur ? Je n'ai pas conduit assez vite : le groupe de la limousine entre déjà au tribunal. Linda donne la main à Cordelia, écrasante dans sa zibeline, et à Julia, qui semble intimidée. L'immeuble gardé par des soldates soviétiques en toque de fourrure : j'ai un geste de recul. Je demande à Roger : « Tu es sûr qu'il faut qu'on y aille ? » Il hoche la tête et nous avons trotté afin de rattraper les autres. Linda se retourne et nous lance un baiser du bout des doigts. Pour Roger, ai-je corrigé. Ces mignardises que savent inventer les gamines ! Tu n'as même jamais rêvé de cette joie. Il faut que tu laisses tomber la femme de guerre. Linda se retourne pour nous envoyer à nouveau un baiser du bout de ses jolis petits doigts. Je fonds.

Pas le temps de te laisser aller. Pas même un contrôle pour notre groupe que Cordelia dirige avec une fermeté militaire. La salle d'un blanc clinique a juste reçu un coup de badigeon minimal qui laisse apparaître, derrière l'estrade, par-dessous, en gothique : *Ein Volk, ein Reich, ein Führer*, Un peuple, un Empire, un Führer : la devise nazie. Ils auraient pu faire plus. C'est le symbole du superficiel de la dénazification à l'Est. Je me retrouve dans mon élément.

En civil, sans insigne, un huissier crie : *Das Gericht !* Le tribunal. C'est du neutre, en allemand. Tout le monde se lève. Ils ont dû décider un huis clos, car les bancs du public restent vides, accroissant encore le sentiment d'oppression dans cette salle nue où trônent un juge et deux assesseurs en civil, genre bureaucrates fatigués. Une dame procureur, commissaire politique soviétique, à droite de l'estrade, dans un tailleur uniforme constellé de décorations. Gueule masculine de l'emploi.

Un type en civil, très flic, vient demander en allemand à Linda de le suivre. Julia veut l'accompagner, mais la femme procureur lui intime l'ordre de rester à sa place. Cordelia chuchote en français : « Ils se donnent de l'importance. Ne vous en faites pas. » Le civil reste aux côtés de Linda, écrasant l'enfant de sa haute taille. La gosse resplendit dans sa robe occidentale, tenant sa poupée dans ses bras comme un bébé. Le président lit une décision sur le rapprochement des familles, insistant comme, d'après Roger, cela avait été décidé, sur l'acte de naissance à l'Ouest.

Le président se penche pour demander à Linda si elle a bien compris la requête de son père. « *Iawohl, Herr Vorsitzender !* » Parfaitement articulé. J'ai failli battre des mains, comme si se jouait mon sort à moi. Ça me fait rougir : je deviens une femme comme les autres. La procureur se redresse pour intimider l'enfant, voulant savoir si elle est vraiment d'accord pour quitter la nouvelle Allemagne qui construit le socialisme avec l'aide de la grande Union soviétique. Et cela, pour aller vivre dans un pays capitaliste exposé au chômage et à la misère. C'est moi qui reçois le regard inquiet de Linda, et je l'encourage d'un sourire. Julia aurait dû préparer la gamine à semblable question, faite pour les occupants.

Un silence. Mon cœur rythme mon angoisse. Si Julia, au lieu d'être égoïste, m'avait mise dans le coup... Roger a trop vite cru éliminer les chausse-trappes. La petite reste à présent très droite, sans regarder personne. Le silence se tend, à faire entendre les pas des fourmis. Le président redemande si elle a bien compris. Linda redresse la tête. Je tremble, ce qui ne m'est jamais arrivé. Ma gorge se serre. Je ferme les poings et j'entends sa petite voix assurée dire qu'elle n'a plus de maman et qu'elle aime beaucoup son papa. Puis, soudain au bord des larmes, en serrant plus fort sa poupée contre son cœur : « *Habe keine Wahl... Mein Vater...* » J'ai pas le choix. Mon père... Curieuse langue où le choix est féminin.

J'ai failli applaudir, dans mon soulagement que la gamine ait su avec tant d'émotion et de discernement esquiver le piège politique. Comme une grande, une avertie, une rouée, même. La commissaire ne s'y trompe pas, bondit hors de son siège, clamant que cette gosse n'a pas l'âge de raison, raconte n'importe quoi. On l'a endoctrinée. Je me mords les lèvres pour ne pas crier. Julia se tord les mains, mais Linda, imperturbable, répète de sa petite voix tremblante qu'elle ne peut faire autrement : « *Ich kann nicht anders... nicht anders...* » J'aurais voulu applaudir pour rompre le silence solidifié qui vient de tomber. Me ruer à côté de la gosse. Je pourrai plus tard former cette petite. Linda serait imbattable, dans les services. Mais je suis folle : elle va vivre la paix. Il te reste à être la tante gâteaux.

Cordelia se lève, demande la parole, ce qui lui est accordé. Elle se présente comme une amie de la famille, intervenue pour que Linda soit, d'ores et déjà, confiée à sa nouvelle mère. La guerre jetait les enfants comme Linda dans des drames affreux qui les rendaient adultes. N'a-t-elle pas vu sa mère tuée devant elle par un bombardement des impérialistes américains, alors qu'elle croyait avoir déjà perdu son père dans la guerre en Russie ? Elle ne raisonne pas comme une enfant de six ans, mais comme une grande personne qui aime plus que tout le seul être cher qui lui reste, son père. Un rescapé de la guerre. Pour que le rapprochement des familles ait son véritable sens, il faut...

Je ne quitte plus Linda des yeux. La petite, toujours très droite, approuve en hochant la tête. Le président vérifie auprès de Julia qui lui répond en choisissant ses mots dans son allemand pur d'universitaire : « C'est une enfant au seuil de la vie. Je vous en supplie, donnez-lui toutes ses chances de retrouver une famille. Je m'engage à l'élever dans le respect de son pays et de sa culture. »

Ces engagements suffisent-ils à la commissaire ? Elle en prend acte, sèchement. Je me mords les lèvres. Julia a oublié de parler du peuple allemand. Émigrée russe, ce n'était pas son truc. Et puis, la devise toujours lisible sur le mur... Les communistes, en face, n'entendent que leur propre rituel. Le silence s'établit. Le président prend acte de ce qu'il n'y a plus d'autre question. Le tribunal se retire.

Silence de mort. Julia interroge du regard Cordelia qui lui fait signe de ne pas bouger. Elle a raison car, déjà, le président revient, un papier à la main. Tant de rapidité est bon signe. Il se tourne vers ses assesseurs qui hochent tour à tour la tête, prend l'acte préparé. Mon cœur bat la chamade. Si c'est non ? Impossible à présent de tenter une opération de commando.

Je me trompe : le débat n'était que pour les apparences. Tout a bien été décidé d'avance, comme Roger me l'a confié, et cette session elle-même n'est qu'un trompe-l'œil. Conformément aux conventions interalliées, il est fait droit à la requête. L'enfant sera reconduite aussitôt hors de la zone soviétique en compagnie de « Madame de Villeroy ». Le président se retire, mécanique, suivi des assesseurs et de la commissaire politique.

La petite jaillit pour venir se blottir auprès de Julia qui l'élève, bras tendus : « Embrasse Roger, c'est lui qui t'a sauvée ! » La gosse se jette au cou de Roger, le couvrant de baisers jusque sur la bouche, et se précipite ensuite sur Cordelia. Laissée à l'écart, j'estime que ces effusions vont bien loin. Nous ne sommes pas encore sortis du guêpier. Je rejoins Julia afin de rhabiller la gosse au plus vite pour affronter le froid du dehors. Me sentant observée, mon regard croise celui de la gardienne hommasse, rouge brique de colère. Soudain, je la revois en matonne, trique à la main, lors de mon arrivée à Auschwitz. Comment ai-je pu ne pas la reconnaître ? Bêtifier à cause de Linda te fait oublier jusqu'à ton métier. Je chuchote à l'oreille de Julia : « Je reconnais la grosse. Elle était à Auschwitz ! »

Les soldats nous entraînent au-dehors. Cordelia ouvre la marche, plus imposante, dans sa zibeline, que jamais. Je m'attends à une dernière chausse-trappe et prends la main gauche de Linda, en bonne garde du corps. Juste avant de franchir la porte, un groupe s'est formé. Des gens du tribunal. Je serre plus fort la main de l'enfant et fonce comme si j'avais priorité. Je n'ai d'yeux que pour la petite. Vraiment sa garde du corps. Une bousculade, et je perçois, trop tard pour reculer, que notre trajectoire croise celle de la gardienne hommasse. Je fonce de plus belle, bouscule ceux qui me gênent, ne voyant plus que les mètres qui me séparent du dehors.

Un choc, soudain, une douleur anormale, cuisante, à gauche. Ne pas laisser d'espace entre Linda et le groupe de Cordelia. Je prends sur moi, en me durcissant, sans chercher à comprendre ce qui m'arrive, ni pourquoi je me sens soudain si lasse, avec des montagnes à soulever pour des gestes d'une grande banalité. Chaque pas me coûte. Ne rien laisser paraître, pour la gamine. L'air du dehors me secoue. Je me sens mieux. Un faux mouvement. Et le stress du tribunal. L'angoisse. Puis la douleur perce. Elle me fait soudain compter mes pas, comme si je réapprenais à marcher. Surtout la jambe gauche. Un poids sans cesse accru dans l'aine. Qui monte. Je mets ma main. Du sang. Je prends peur pour la première fois de ma vie. Elle m'a piqué !

Le chauffeur de Cordelia ouvre la portière à Julia et à Linda. La voiture des flics a déjà allumé ses clignotants. Je fais entrer la gosse, qui veut m'embrasser. Ouf, c'est enfin fini ! Je m'en veux de l'avoir pensé avant d'être sortie de la zone russe. Je me sens encore plus faible. La douleur irradie. Éclate. Une déchirure. Je remets ma main où ça fait mal, je sens à nouveau du sang. « La salope m'a eue ! » Comme moi, mon Russe. Même si elle a touché le cœur, il me reste un peu de temps. Si peu... Je dis à Roger : « Prends le volant de la Jeep. » Te laisser aller sur le siège. T'y enfoncer. Ta main là où le poignard... Te souvenir du cours, en cas de blessure...

Le convoi part, déjà à fond de train, sirènes hurlantes. Roger, concentré, tient le rythme d'enfer. Je me sens planer. La mer tiède, m'y laisser porter sous un soleil de douceur. Ce vert paradis où Roger... Des vers appris dans mon enfance. La *Lorelei* : *Die Luft ist kühl und es dunkelt / Und ruhig fliesset der Rhein*. C'est ça, l'approche de la mort : « L'air est frais, tout s'assombrit et calme coule le Rhin ». *Ich glaube die Wellen verschlingen / Am Ende Schiffer und Kahn...* « Je crois que l'onde a englouti à la fin le marin et la barque... » Pas possible que je meure. Ce serait trop con. Surtout aujourd'hui. La première fois que je goûte à la paix. La douceur m'entraîne... Une fatigue bien trop douce, trop câline.

Je pense de nouveau : c'est ma mort qui gagne. Moi qui faisais des projets d'avenir pour Linda. Les îles grecques... La seule fois où j'ai vu la Méditerranée... Les mines qui nous empêchaient de nager. Roger m'emmènera aux îles grecques. Ferme les yeux. Te laisser enfin aller... C'est bien ma mort. Elle sait t'empêcher de lui résister. La salope m'a eue, comme moi le Russe qui... Une pro... Comme moi. Donc, c'est fini. Ne pas troubler Roger. Ma vie dépend de lui. J'essaie de me redresser, mais je vais ouvrir davantage la blessure. Perdre trop de sang. Pas à l'Est. Cette faiblesse si affectueuse de la mort proche. Ne pas inquiéter Roger. Ce serait trop con d'avoir un accident... J'ai froid. Si je meurs, ils ne s'en apercevront qu'à l'Ouest. Pour une fois que je me sentais heureuse, libérée. Envie d'une petite fille comme Linda. Et si je porte un bébé de Roger ? Je devine qu'il se tourne vers moi, découvre le sang, et ça le fait crier. J'essaie de hurler : « Continue, je t'en supplie. La salope m'a eue... » Mais ma voix s'éteint. Je pense encore : « C'est trop tard. Trop con. Ma mort vient me chercher. Je me laisse partir. » Je plonge en entendant Roger crier : « Tu ne vas pas me faire une syncope ! Tiens le coup ! On y... » Rien.

IV.

LES APRÈS

1946

1. Roger

« Tu ne vas pas me laisser seul ! Accroche-toi. Accroche-toi, nom de Dieu ! Accroche-toi ! C'est toujours la guerre. Tu ne peux pas déserter ! » N'importe quoi contre le silence. Son silence. Un film cassé qui se renoue, repart. Katie, d'une voix changée : « La salope m'a eue... »

J'ai enfin franchi le barrage soviétique, bondi côté américain, stoppé, demandé en hurlant une ambulance. Et crié encore plus fort que Katie poignardée est en train de mourir. « *She is dying !* » J'aide les MP colossaux à la sortir, à la poser sur une civière. Sa jupe couverte de sang. J'en ai plein les mains. Je lui chuchote à l'oreille, tout doux, tout doux : « Tiens le coup, mon amour ! Tiens le coup ! Ne me laisse pas seul... »

Des infirmiers jaillis d'on ne sait où se saisissent d'elle. Quelqu'un crie en allemand : *Schlagader ! Grosse Schlagader...* Je devine qu'ils parlent d'une artère. Peut-être de l'aorte. En tout cas d'une grosse artère. Là, j'ai pris peur. La main de Katie pend. Je peux la prendre en m'efforçant de ne pas gêner, et la voilà qui revient à elle et à moi, sourit, et, d'un souffle : « Quand nous avons gagné ce procès... j'ai baissé ma garde. La salope... – C'est ma faute. Vous auriez réussi l'évasion. Nous sommes toujours en guerre. – Je paie de l'avoir oublié. Chéri... Je vivrai dans ton roman... » Bouleversé, je dois lâcher sa main, car on lui met un masque à oxygène et la vie semble une fois encore gagner. Du rose revient à ses pommettes. Une flamme dans son regard. Je reprends sa main. Une main vivante... Je veux crier ma joie. Elle bouge. Le masque glisse. J'entends : « ... m'as donné du bonheur... »

L'infirmier bondit pour remettre le masque. Trop tard. Une onde terne voile, comme l'ombre d'un nuage, la peau de son visage. Son regard s'éteint en même temps que sa main mollie glisse hors de la mienne. La première fois que je touche la mort à l'instant même où... Les autres s'efforcent de faire repartir le cœur. Ils la sortent de l'ambulance et je reste hébété à voir partir la civière. Puis, sans réfléchir, je me mets à courir pour la rattraper. Je ne peux admettre que tout soit fini. Poser un dernier baiser sur son front. Toucher sa peau. Baiser ses paupières. On me ferme la salle d'opération au nez.

Des minutes à n'en plus finir. Une heure, peut-être. Je ne pense plus, fais tourner en boucle dans ma tête le film du tribunal, de la course en auto. Un chirurgien rubicond rouvre la porte avec la même violence qu'on me l'avait fermée au nez, ôte son masque et me gueule, comme si j'étais sourd, que tout est fini : « *It's over. Over and done !* » Je l'ai bousculé sans ménagement. Katie gît, calme, le drap remonté jusqu'à son cou. Je le baisse, pose un dernier baiser sur son front. Je sais clore pour le grand jamais ses yeux bleu-vert.

Je remonte le drap encore plus haut, comme je faisais tandis qu'elle dormait. Son bras gauche reste dehors, avec le matricule d'Auschwitz. Je n'ai pas fait exprès, mais c'est bien ainsi. « Toi qui ne voulais jamais prendre de repos, ma belle... » Mes jambes me lâchent et je m'effondre sur la chaise la plus proche. Je suis sa famille. Même pas légale, mais ses parents sont trop vieux, trop loin. Peut-être que, grâce à mon alliance, je vais faire rapatrier le corps. Je ne sais même pas comment, ici, contacter les employeurs de Katie, les services anglais... Considéreront-ils qu'elle était en service ? Et moi, son mari ? À moins que, grâce à Steve... Ce terre à terre me fait du bien. Franz arrive, qui me prend par les épaules : « Elle est morte en sauvant Linda ! » Je ne veux pas que la gosse me voie dans un état pareil et je laisse Franz aller seul leur annoncer la nouvelle. Ils sont à présent ma famille.

Je n'avais pas prévu qu'en rentrant dans notre chambre j'allais tomber sur les affaires de Katie. « Mon désordre de garçon », disait-elle sans s'excuser de laisser son intimité à l'abandon : culotte, soutien-gorge, combinaison, bas en vrac dans la salle de bains... Je suis repris par un flot de larmes. Dire que ce matin encore... le bébé... Je m'étais juré, dans l'ambulance, de ne pas recourir à l'alcool pour affronter sa mort, mais, en tombant, dans la poche du couvercle de la valise, sur sa petite fiasque de cognac qui porte gravé son nom, Katie, un cadeau de son mari, je l'ai vidée d'un coup comme dans un ultime baiser à pleine bouche avec elle.

Je garderai au moins ça d'elle, et j'ai caressé le métal. Les humains ont toujours eu besoin de fétiches. En la remettant à sa place, j'ai senti la présence d'un paquet dans la poche de la valise. Un papier chic noué par une faveur d'un rouge ardent. J'ai failli ne pas l'ouvrir, craignant de tomber sur des souvenirs remontant au mari. Mes photos de Katie, nue, lors de notre premier matin, rue Tournefort. Je referme le paquet. Je parviens à refaire le nœud de la faveur. Ainsi elles les a gardées...

Il ne faut jamais croire au bonheur. Ça ouvre les portes au pire. Le bonheur est une idée pas faite pour l'Europe, comme devait le savoir Saint-Just, le guillotineur-guillotiné. Trop neuve. À s'en détruire. Si, au lieu de roucouler tous les deux... Encore tout à l'heure, ici même... Ne t'étonne pas si Katie a pu baisser sa garde. Et toi aussi. Moi encore plus qu'elle. Béat qu'elle pense enfant. Béat d'avoir manigancé ton truc avec Stevens, au point de ne plus rien craindre ! Si tu l'avais laissée organiser son kidnapping de la petite, elle aurait déjoué toutes leurs poursuites. Elle serait là, radieuse, gagnante, saine et sauve. Les combines ramollissantes de la paix n'étaient pas faites pour elle. De quoi tu t'es mêlé, pauvre con ?

Elle t'avait pourtant bien montré, avec Rongier et avec Motin, qu'il ne faut compter que sur les moyens hors ces lois qui sont toujours celles qui vous ont menés en France à la défaite, à l'asservissement de Vichy sous l'occupant. Et là, dans une Allemagne pas encore nettoyée de l'ignominie nazie, en venir à croire qu'un petit arrangement entre occupants... La bête immonde vous a rattrapés. A rattrapé Katie. Pauvre demeuré ! Il te fallait la laisser faire. Pas d'autre morale que la sienne ! Du moment que le jugement du tribunal était pour la frime, c'était son exécution qui constituait le vrai danger. Son exécution ! Ce que la salope a eu en tête !

Le bonheur vous a rendus fous. Toi encore plus qu'elle. Et vous payez le prix fort. Et Katie fauchée à vingt-cinq ans tout autrement que toi. On a oublié tous les deux qu'on était en guerre. La voix qu'elle a prise pour te chuchoter : « Si on a fait un bébé, je le garde... » *Regrets sur quoi l'enfer se fonde...* Pauvre Apollinaire, à toi non plus la paix n'a rien valu. Et les derniers sons que tu as entendus, c'était : « À bas Guillaume ! » L'enfer est fondé pour moi. Tout le reste de ma vie durant !

Je m'écroule sur le grand lit et enfouis mon visage dans le traversin qui a gardé l'odeur de Katie.

2. *Julia*

Sitôt la portière ouverte, la gamine jaillit et saute au cou de son père. Il rit. Il rit. Pour la première fois, je l'entends vraiment rire en homme jeune, au comble du bonheur. Un homme que j'aime. Je comprends soudain que je ne l'ai jamais encore entendu rire comme ça. Rire avec ces éclairs qui transforment son visage, en effacent les aspérités pour l'illuminer : le Franz d'avant la guerre, le jeune homme que je n'ai pas connu. Son présent est à moi. C'est moi qui ai permis sa rencontre avec Linda. Je ne suis plus la même depuis que je l'ai câlinée, ai eu sa peau contre la mienne. Elle a éveillé ma fibre maternelle. Bien plus encore ! Je câline son père avec plus de franchise. Il en est ravi. Moi aussi. La petite le caresse pour le réapprendre avec ses doigts, et il rit de plus belle, rit tellement que les larmes mouillent le bleu de ses yeux.

Pour rien au monde je ne veux briser le charme. Je m'écarte un peu d'eux, bien que je brûle de les serrer dans mes bras. Puis, quelque chose me dérange et éveille ma colère d'être dérangée, mais la gêne finit par s'imposer et je perçois enfin qu'il se passe quelque chose d'anormal derrière moi. Des gardes se sont mis à courir, se hèlent les uns les autres. Dans leur ravissement, Franz et la gosse ne s'aperçoivent de rien. Je prends enfin sur moi et me retourne. Je vois la Jeep stopper dans un crissement de pneus. Roger reste crispé sur le volant, avec une tête que je ne lui ai jamais vue, livide comme s'il avait eu un accident et se retenait de hurler. Enfin il se relève et je repère que c'est Katie qui va mal, que c'est à cause de Katie que Roger...

Laissant Franz et sa fille continuer à se faire fête, je cours le plus vite que je peux vers la Jeep. Je m'en approche au moment où Roger en fait le tour afin d'en sortir Katie, et je découvre la tache de sang qui grandit sur sa jupe. Je devine tout : un coup de la salope, l'hommasse du camp ! Je bifurque sans reprendre haleine vers l'officier américain le plus proche, lui hurlant que la femme qui vient d'arriver a été sérieusement blessée, « *severely wounded* », et puis ça me semble trop français, je corrige en hurlant plus fort : « *seriously wounded !* » Qu'il retienne l'ambulance que nous avions fait venir pour la petite et y fasse transporter Katie. Heureusement, Linda et son père, tout à leurs câlins, n'ont encore rien vu. Je les rejoins, cherchant à me calmer. J'ai beau me dire que je ne peux rien faire de plus, je me sens en faute. Comme à la taule, le danger me laisse lucide et glacée. Je les entoure de mes bras, m'arrangeant pour faire barrage afin que Linda ne voie pas les infirmiers qui accourent avec une civière. J'essaie de sourire, et la gamine se jette dans mes bras.

Linda dit à son père dans un français appliqué, sans faute : « Merci, mon petit papa, de m'avoir trouvé une nouvelle maman si jolie et si douce. » C'est à n'y pas croire ! Comment s'y est-elle prise pour se faire enseigner ce compliment ? Éberluée, j'oublie tout le reste et lui demande d'où elle sort ça. « C'est tante Katie qui me l'a appris. » Je ne sais comment j'arrive à me contenir. J'improvise en sentant mon cœur battre : « Nous la remercierons plus tard. Elle a dû se faire conduire à l'hôpital. Une coupure envenimée... » Au regard qu'il me jette, je sais que Franz a compris.

Dans mon désarroi, je ne dois surtout pas gâcher les retrouvailles de Linda et de son père. Il a tout deviné et juche Linda sur ses épaules, ce qui me rend ma liberté. Qu'est-ce qui a pu se passer ? Me revient la bousculade, à la sortie du procès. Comment Katie a pris les devants pour protéger Linda. Tout se déroule soudain dans ma mémoire avec la netteté d'un film. Aucun doute : la gardienne d'Auschwitz !

Trop bête. Katie a cru comme nous tous la partie gagnée, elle a baissé sa garde. J'essaie de refréner la peur qui monte en moi. Tout s'entrechoque. Le rire de Franz. La guerre, le destin. Elle va s'en sortir. Elle est bâtie en acier. Ce retour sauvage de la guerre, quand je croyais enfin en être sortie, me démonte. Ne pas tomber dans les pommes devant la petite. Cette boule dans ma gorge. « Il faut respirer, disait Katie, quand le pire te tombe dessus. Comme s'il ne s'était rien passé. » Je m'applique.

La gosse s'émerveille de tout. Elle bat des mains en croisant les gens mieux habillés, me prend à témoin à la vue d'autos si nombreuses et si belles, des devantures mises en scène avec éclairages au néon. Je guide sa main vers des cinémas qui surgissent parmi les ruines, avec de grandes affiches vantant des films américains. La vie trépidante de l'Ouest. Je lui explique les nouveautés. Ma voix ne fléchit plus. Elle est ébahie par le luxe de l'hôtel pimpant neuf. Vitesse de l'ascenseur. Elle n'en a jamais pris. La dimension de la chambre, avec un lit pour elle, séparé par un rideau chamarré.

Je ne suis pas sûre de pouvoir encore répondre avec assez de calme à ses questions et l'entraîne dans la salle de bains. « Tu vas prendre un bain et essayer toutes les nouvelles jolies choses que j'ai achetées pour toi. Si elles ne te vont pas, je peux les changer... » Ma voix se casse et je dois tousser pour faire croire que je me suis enrhumée. La gosse, au septième ciel, ne se doute toujours de rien. Elle caresse les vêtements sans me regarder.

Je me sens de plus en plus mal. Je dis le plus calmement possible : « Attends-moi. Il faut que j'aille aux toilettes. » Je n'ai pas pleuré, le vague mal au cœur s'en est allé. La crise est passée. Katie va mourir. C'est inscrit dans ma pensée avant que je me le formule. L'étrange complicité entre Katie et moi. Au moral comme au physique. Comme si, à Westerwelden, j'avais osé faire l'amour avec Franz parce qu'elle, avec Günter... Katie et lui sont tous les deux morts. Tu en es sûre, soudain. Ça te laisse murée, comme s'ils avaient cassé à tout jamais quelque chose en toi. Et pourtant, le courant qui passait entre elle et toi. Une complicité de sœurs. Mieux que des sœurs, parce que ce sont vos vies qui ont tissé cette fusion. Nous n'avons jamais été aussi proches qu'en cherchant Linda. Tu la vis toujours au présent, cette vie, et déjà tu baisses les bras. Et la petite ? Ne pas gâcher la joie de Linda. Katie, la seule dont tu aies admiré la féminité... Si triomphante. Pourquoi suis-je aussi glacée de l'intérieur ? Ce sera de nouveau à toi de parler devant sa tombe.

Je sors en courant. Toujours à palper l'étoffe de ses nouvelles robes, l'enfant ne se retourne même pas à mon arrivée. Je me vois dans une glace en pied. J'ai pris dix ans. Il faut que je me passe de l'eau froide sur le visage, et je le dis à la gosse en essayant de contrôler ma voix. Je prends enfin le temps de respirer. Toujours la méthode Katie. L'eau froide me libère, fait revivre mes traits. Pourquoi, quand Linda m'arrive, le destin me prend-il Katie ? Question imbécile. Mais tu en as besoin. Comment vivre sans la force, l'insolence innée de Katie ? Son côté « droit au but » ? Son courage ? Tu ne sais même pas si elle n'est que blessée. Katie ne fait rien à demi. Et puis, tu sais. Ton cœur sait, qui continue de battre la chamade.

Pas moyen de laisser Linda pour courir à l'hôpital. Katie a Roger. Linda accourt et se jette à mon cou : « *Mutti* Julia. Je veux que tu me déshabilles, comme l'autre fois, puis que tu viennes dans la baignoire avec moi. » Je la couvre de baisers et, comme la première fois, me déshabille. Ça m'évite de penser. Plonger la gamine dans l'eau tiède, entrer à sa suite. Un frémissement de volupté. Je suis vivante.

La petite se jette contre moi, touche mes seins, met sa main sur mon ventre : « Je veux que tu me fasses très vite un petit frère. – Ou une petite sœur, ai-je corrigé, le feu soudain au visage. On ne décide pas. – Non, je veux un petit frère. Je veux être ta seule petite fille. Tu le diras à papa. » Linda se blottit, enserrant ma taille. Nous restons sans bouger. Puis Linda se redresse et, à son habitude, me couvre de baisers. Reste à l'envelopper dans une grande serviette, passer le séchoir, la peigner.

Les sous-vêtements vont sans problème. Arrive le vrai test : la petite robe avec son torse serré et sa jupe évasée. Linda s'épanouit dès qu'elle se voit dans le miroir. On frappe à la porte. J'ouvre. Franz se force à sourire, puis applaudit en élevant Linda dans ses bras. J'essaie de me dire que Katie s'en est peut-être sortie.

La gosse s'étant échappée pour déballer ses jouets, il me glisse à l'oreille que Katie est morte à l'hôpital. Je plonge dans ses bras, puis cours à la salle de bains, essayant une fois encore de me calmer en m'aspergeant

la figure d'eau froide. On m'ampute de Katie. Comme
si Franz, après le bombardement, le visage éclaboussé
par la cervelle de son vieil Honsi... Je reviens me jeter
dans ses bras. « Tu es ce qui me reste ! »

Ce qui aurait dû être un jour de fête attendu depuis
si longtemps a tourné au cauchemar. Je décide que je
dois dire la vérité à la petite. Elle a fini d'inventorier
tous ses cadeaux et demande pourquoi tante Katie ne
vient pas. Elle ajoute, parce que je n'ai pas réagi assez
vite : « C'est parce qu'elle était blessée que tante Katie
a demandé à Roger de conduire ? » J'ai hoché la tête :
« Et elle ne reviendra plus. »

Linda me regarde fixement. De sa petite voix appliquée, en allemand : « J'ai compris, quand ils l'ont emportée dans l'ambulance. Il faut faire punir la méchante qui
va rendre Roger si malheureux. Je témoignerai à son
procès, comment elle nous tapait sur les doigts avec
une règle, et sur le cul nu, jusqu'au sang. Comment elle
nous enfermait dans le noir sans manger ni boire.
Sie genoss ! » J'ai traduit qu'elle en jouissait. Puis j'ai
corrigé en voyant la frimousse fermée de Linda : elle se
régalait.

Je câline Linda, la couvrant de baisers, accrochée à
elle comme à une bouée. La gosse se redresse : « Moi,
je ne sais plus pleurer depuis que j'ai voulu réveiller
maman et que j'ai su qu'elle était morte. » Je la serre
encore plus fort dans mes bras.

3. Roger

Il voulut sortir de son accablement. Entamer tout de
suite les démarches pour faire rapatrier le corps de

Katie, mais il s'en remit pour cela au téléphone. Il rangea toutes les affaires de sa femme dans sa valise. Plier les tissus le rendit malade, mais il lui fallait en finir. Quand il eut achevé, il décida d'aller tout porter chez Julia et Franz. Auparavant, il essaya de laver ses yeux gonflés, puis, carrément, se rasa. C'était pour Linda. Pour ne pas effrayer l'enfant. Il se convainquit qu'elle serait encore plus effrayée de ne pas le voir, et fonça comme un zombi à leur appartement.

C'est Linda qui ouvre, lui lançant dans son plus joli allemand : « Je savais que tu viendrais te faire consoler... » Elle se jette à mon cou. Puis, quand je la repose par terre, s'assied sur la valise, qu'elle caresse : « Tu sais, oncle Roger, j'ai mis tante Katie dans ma mémoire à côté de ma maman d'avant Julia. Comme ça, je la retrouverai toujours. » Julia arrive, tendue, et m'étreint. Linda nous regarde, puis me saute au cou et s'accroche : « Oncle Roger, quand je serai grande, que j'aurai des seins et tout et tout, je remplacerai Katie pour toi. Je te ferai de beaux enfants. Et notre première fille, on l'appellera Katie. » Une houle de sanglots me secoue tandis que je la repose. Elle s'éclipse et j'en suis soulagé. Julia me chuchote : « Elle a cru bien faire. Vois là sa façon de refuser la mort. »

Je hoche la tête pour approuver et vais m'enfouir sur le canapé de l'entrée. Me revient le récit sur la mort de mon père, dans la joie d'apprendre en sa tranchée qu'il avait un fils. Le sniper d'en face... Katie et moi étions tellement heureux que Linda... Comment est-ce possible que la mort frappe en plein bonheur ? Mon pauvre père... Au moins, Katie, je l'ai connue. Je ne peux plus organiser ma pensée. Moi, si méfiant, là, je n'ai vraiment rien vu venir.

Quand Julia vient me réveiller, je comprends peu à peu que j'ai dormi comme une souche, que c'est le matin, parce qu'elle me tend un bol de café. Lorsqu'elle me juge assez revenu à moi, elle m'explique qu'il faut que je retourne chez les Soviétiques. Une procédure de flagrant délit ou quelque chose comme ça, contre la gardienne dont le passé à Auschwitz vient d'être démasqué.

Je me retrouve avec deux spécialistes, un Anglais et un Américain, dans une Jeep, et, une heure plus tard, dans la même salle de tribunal avec, devant moi, la devise nazie sous le badigeon. Mais, cette fois, la paroi derrière la table de la présidence est couverte d'un dais rouge, avec en noir : *Volksgericht*, justice du peuple. À droite, un drapeau rouge avec la faucille et le marteau. Au lieu des civils de la veille, des militaires soviétiques.

Le colonel-procureur martèle un bref exposé en russe à l'adresse du tribunal. Un troufion traduit que la gardienne s'est livrée d'elle-même, revendiquant son acte contre un agent d'espionnage impérialiste. Elle avait espéré que, dans la pagaille créée par son acte, la petite Allemande échapperait à ceux qui voulaient la conduire à l'Ouest.

Appelée à la barre, la tueuse, à présent en uniforme de prisonnière, mais pas menottée, se justifie dans un allemand lourd et haché, racontant comment, mutée administrativement à Auschwitz comme *Aufseherin*, surveillante, lors de l'extension du camp, elle avait été offusquée de voir l'Anglaise comme interprète à la *Schreibstube* des détenus : « Elle parlait aussi le polonais, cette salope. J'étais dégoûtée de la voir mieux nourrie, se pavanant. *Eine Engländerin !* La seule à arborer un matricule rouge avec un E. J'étais bien décidée à lui en faire voir de toutes les couleurs. Les avions anglais bombardaient le Reich nuit après nuit, assassi-

naient femmes et enfants, et elle était là, arrogante...
Après, j'ai su qu'on l'avait promue *Lagerschreiber* au
camp d'Ellsrein. Naturel : tous les hommes salivaient
après *diese englische Hure* ! Cette pute anglaise ! Je suis
contente d'avoir tué *solch'einen Schund*. Une telle
salope. » *Schund* est neutre. Comme du temps où
j'enseignais, j'ai cherché un mot au neutre : ce rebut.
Pourquoi, en français, dit-on *saleté* au féminin ?

Satisfaite, elle croise les bras sur sa lourde poitrine.
J'essaie de capter son regard, en vain. Katie ne disait
jamais *Aufseherin*, mais femme SS. Elle a dû la vexer ou
lui faire honte. À moins que cette mégère n'ait pas supporté sa féminité si éclatante ! J'aurais voulu trouver une
clé rationnelle à cet assassinat que la coupable avouait en
s'en targuant, alors que je n'aurais rien pu prouver contre
elle. Le destin, si on se met le nez dessus, a toujours l'air
absurde. Tu déconnes : c'est la mort en pleine vie qui est
absurde. La mort qu'on n'a pas vue venir.

Les Soviétiques veulent faire un exemple. Le commissaire politique a besoin d'une logique : « Vous avez
eu peur qu'elle vous dénonce et révèle votre passé criminel à Auschwitz, puisque vous vous étiez reconnues.
– Je n'étais pas volontaire pour aller à Auschwitz. J'y
avais été nommée. – Mais quand vous avez postulé pour
obtenir votre poste à l'orphelinat, vous avez mis simplement : gardienne de prison. – Ce poste, je le méritais
par mon expérience et ma compétence. Vous avez vu
les gosses qui sont ici. *Sie sind der Abschaum des Volkes*,
la lie du peuple. *Schmutz und Dreck.* » Des masculins.
En français, toujours des féminins : lie, ordure, merde.

« J'ai tué cette ordure anglaise parce que c'était une
ordure. » J'observe, suffoqué, la méchanceté impavide
de cette grosse femme lippue. Pourquoi a-t-il fallu que
Katie croise son chemin, hier ? On m'appelle. La dou-

leur et la colère m'ont quitté. J'improvise, d'après tout ce que Katie m'a raconté, mêlant Auschwitz et Ellsrein. Et je dresse un portrait de Katie en combattante alliée des Soviétiques, glissant que son mari anglais est mort au combat, mais sans préciser, bien sûr, que c'était au temps où Staline et Hitler marchaient de conserve. Je brosse, pour finir, un tableau, très citation à l'ordre de l'armée, de son aide à la libération de ses camarades, passant sous silence la liquidation des violeurs soviétiques. Je mens comme un avocat. Franz s'en tirerait mieux que moi. Dommage que je n'aie pas pu le prendre avec moi.

À ma surprise, celui de la défense, un lieutenant, ne conteste rien, s'efforçant seulement de situer l'acte criminel de sa cliente sous l'empire de la peur, peur de la Gestapo du temps des nazis ; peur que ce passé ne refasse surface. Il montre alors pesamment combien, alors qu'une ère socialiste s'ouvre devant elle, ces peurs sont irrationnelles. Sa cliente a connu une si mauvaise jeunesse, sous ce monstre de Hitler, mais elle est rééducable. Récupérable pour le socialisme.

J'y vois une provocation, mais personne ne réagit. Ça doit appartenir au rituel : le jugement est aussi rapide que pour la sortie de Linda. Dix ans de camp de rééducation à régime sévère. Donc, tout a déjà été pesé et décidé quelque part ailleurs. La gardienne crache par terre en passant devant mon banc. Je n'éprouve pas de haine contre elle. Pas plus que si elle avait fauché Katie en étant ivre, au volant d'une auto. Dehors, je l'aurais flinguée sur place.

Les officiels m'offrent leurs condoléances et je regagne comme un automate la voiture avec les deux miens qui estiment la peine bien légère. Mon roman sera l'occasion de faire mon deuil de Katie. La maladie propre aux écrivains, aux artistes, de nourrir leur art avec ce qu'ils vivent de bon ou d'affreux, d'insignifiant ou de prémonitoire. Laisser revivre mon amour fou pour elle. Comme au temps des romantiques. Eux aussi avaient vécu dans un sale temps pour l'espérance : le ras de terre des rechutes après les révolutions. Les restaurations. Moi, je n'ai même pas eu ma révolution. Pas même une amorce. J'envie les communistes qui ne voient que ce qu'ils veulent croire.

À mon retour chez Julia et Franz, je raconte en allemand la séance du tribunal pour que Linda puisse suivre, puis, le déjeuner terminé, demande la permission de me retirer dans l'entrée où j'ai dormi, parce que j'ai beaucoup bu, pour m'abrutir, et me sens la tête lourde. Je m'endors comme la veille, telle une masse, réveillé à nouveau par les menottes de Linda : « Maman Julia et papa sont partis. Ils m'ont demandé de faire attention à toi, mais je me suis ennuyée. Et puis, dans tes affaires, j'ai trouvé ces photos... » Celles de Katie nue. Je décide qu'il ne faut pas mentir. « C'est moi qui les ai prises. – Jamais je ne serai aussi belle que tante Katie. – Ne dis pas de bêtises. Tu es une très belle petite fille. Tu vas grandir, devenir une encore plus belle, plus radieuse jeune fille. Plus tard, une jeune femme éblouissante. – Je ne pourrai jamais remplacer Katie auprès de toi. »

Les yeux bleus de la gamine, à son habitude vrillés sur moi. Je lui dis : « Un jour, tu me présenteras un très beau garçon, amoureux fou de toi. – Les garçons ne m'intéressent pas. Je veux que tu m'attendes. » Je chuchote : « Je n'oublierai jamais Katie. – Si c'est vrai, oncle Roger, ça me laisse toutes mes chances. Il n'y a que moi qui pourrai la remplacer. » Elle se jette à mon cou.

4. *Julia*

La mort de Katie a cassé d'un coup tout ce qui te retenait encore de bousculer les règles du vieux monde. Te voilà « dévergondée », comme dirait ton beau-père le comte. Il ajouterait : « nonobstant votre état de veuve... », ou quelque chose comme ça. Tu n'as même pas demandé audience avant de débarquer chez le général commandant de la zone française, afin qu'il fasse établir des laissez-passer pour toi, ton mari et votre petite fille, tous les trois Villeroy, bien sûr. Tu imposes votre retour en avion. À Paris, tu uses de la même effronterie pour obtenir l'aide du service de Katie, puis du cabinet de Charles, afin de faire attribuer à Katie une concession au cimetière Montparnasse, le plus près de la rue de la Gaîté. Tout ça pour te montrer digne de Linda ? À son âge, j'étais toute craintive. La mort de mes parents ? Mon subconscient devait pressentir leur drame. C'est seulement à dix, onze ans que j'ai commencé à prendre le dessus, puis à savoir passer à l'insolence.

Au bonheur de Babouchka, qui a conservé mon lit d'enfant, je décide que son appartement conviendra le mieux pour entamer notre vie de famille. J'aurai Franz dans mon chez-moi. « J'ai dit à la mort de laisser enfin ceux que tu aimes hors de ses filets. J'entends bien être l'arrière-grand-mère de cette jolie poupée. » Linda déjà l'escalade. En bon petit diable, elle met tout de suite en pièces mon beau projet : pas question que son lit ne soit pas à côté du nôtre. Ni qu'elle s'endorme ailleurs que dans les bras de maman Julia. Elle veut aussi son papa, expliquant qu'elle ne pourrait pas se sentir rassurée dans une ville qu'elle ne connaît pas. Un joli plan ourdi dans sa petite tête, inébranlable. Pas question non plus que je me lave du voyage sans elle.

Au dîner, elle a tout raconté à sa manière, fière de parler avec Babouchka en allemand, jusqu'au moment où, après une journée tout de même longue et rude, le marchand de sable... Elle est trop excitée pour s'endormir. Ensuite, comme je m'y attendais un peu, elle sort de son petit lit et s'installe au milieu du nôtre, entre Franz et moi, avec sa poupée préférée. Je dis à Franz : « Il faudra que tu apprennes à me partager avec elle. » Quelques minutes plus tard, décidant qu'elle a trop chaud, sa poupée toujours dans les bras, elle m'enjambe pour passer de l'autre côté de moi.

La mort de sa mère, à présent celle de Katie. Et tout ce qu'elle a déjà vécu d'affreux ; de ce qui ne devrait être de l'âge d'aucune petite fille. Je l'admire et je l'aime. Sa prise sur moi se fait plus molle, sa respiration plus régulière. Je m'écarte d'elle pour la déposer dans son petit lit sans la réveiller. Je touche Franz. Besoin de lui comme jamais. Contre la mort. Ça n'appartient pas à mon cerveau raisonnable, mais aux réactions les plus primaires des femelles de l'espèce. Du moment où elles ont compris la mort. Étaient déjà des femmes. Je dépose un baiser sur le front de la petite pour me donner bonne conscience. Elle ne réagit pas.

Jamais encore je n'ai voulu Franz comme ce soir, et nous nous sommes pris sans presque bouger, afin de ne pas réveiller la gosse. Cette contrainte dans le silence m'a exaltée. Je l'ai gardé pour que l'étreinte n'en finisse pas. Je veux vraiment faire un bébé. À Paris. Un garçon. Nous sommes restés longtemps immobiles. J'ai imaginé Linda tenant le bébé par la main, guidant ses premiers pas, le protégeant. Elle sera parfaite en grande sœur. Je vérifie encore une fois qu'elle dort, toujours aussi béate, et m'endors la dernière, comblée.

Le lendemain, laissant Linda et Franz aux soins de grand-mère, je me suis employée à régler, avec le service de Katie, les problèmes de l'enterrement. Il pourrait avoir lieu la semaine prochaine. Le patron de Katie, un Anglais sec, sans âge, comme on en voit sur les photos de golf, me demande de prononcer les mots d'adieu : « C'est vous qui la connaissiez le mieux ! – Mais vous étiez son chef. Elle se voulait une militaire ! – Voyons, chère amie, sa mort n'a guère de rapport avec le service ! Elle sera toujours des nôtres, mais nous n'allons pas crier sur les toits son peu de respect de la discipline. Contentez-vous de savoir que son compagnon sera traité par nos soins comme s'il était son mari. Il touchera la retraite prévue. »

La froideur anglaise. Katie avait toujours fixé ses propres règles. Son patron les respecte à sa façon.

L'hiver, lui, ne lâche pas prise. J'ai passé la semaine d'attente à faire découvrir à Linda et Franz ce que j'aime de Paris, mais le Marais est sinistre, vidé de tous ses Juifs. Ça déteint jusqu'aux Halles. La ville en a trop vu : elle est sale. Souillée. Les enthousiasmes de Linda me réchauffent.

Marion est venue me voir et parler avec elle m'a remise d'aplomb. Elle a compris que la mort de Katie m'atteignait au plus profond : « Si tu le veux bien, je vais te servir de garde du corps. » C'est vrai que, depuis la mort de Claudine, elle et moi sommes très proches. Elle est plus disponible que les deux survivantes : Lucette, trop accaparée par sa volonté de se sortir du passé ; Gisèle, par son violon et par Suzanne. Il y a aussi, entre nous deux, ma vieille complicité avec Charles. Et puis, comment dire ? Elle est une femme du même bord que Katie et moi, avide de la vie. Nous disons « Katie » avec la même voix.

Enfin Roger arrive avec le cercueil dans un avion cargo américain qui se pose le dimanche matin à Évreux où je suis venue avec le fourgon des pompes funèbres. Il a vieilli, s'est asséché comme arbre en hiver. Je lui saute au cou. Le commandant américain de la base débarque, essoufflé, tout énervé, au point que je ne comprends pas ce qu'il dit. Roger, blême, traduit : « De Gaulle vient de démissionner en plein Conseil des ministres, là, tout à l'heure... Où la France va-t-elle, dis-moi ? »

J'ai d'abord pensé : c'est mieux pour lui : la colère politique le sortira de son deuil. Au contraire, je me rends compte que le départ du Général s'y ajoute. Depuis la mort de Katie, je ne l'ai jamais vu aussi défait. Selon l'Américain, le Général a annoncé que sa mission était terminée. Roger gronde : « Il n'en a pas le droit ! » Je comprends que, pour lui, la page de la Résistance vient d'être déchirée. Il me le dit à sa façon : « C'est foutu. On retourne à la politique. » Je le prends par le bras en le conduisant vers les employés des pompes funèbres qui ont chargé le cercueil et attendent. Je lui dis en allemand, pour qu'ils ne comprennent pas : « Ta place est avec le cercueil. » Il m'embrasse et monte dans le fourgon comme un automate.

Sa douleur et sa colère face au retrait du Général fusionnent avec sa douleur et sa colère après la mort de Katie. Charles réagira sans doute pareillement. Henri n'aurait pas aimé ça non plus. Son père, le comte, doit y lire de nouvelles raisons de mépriser l'époque. Je me dis que ce sera sans doute mieux pour Franz et moi : nous passerons inaperçus. La mort de Katie va clore l'époque pour nous.

Tout est prêt au cimetière, comme prévu, le lende-main lundi à trois heures de l'après-midi. Beau temps d'hiver continental, sec et froid. Katie l'eût aimé. Roger sort de la cabine du fourgon, ébloui par le soleil bas. Il reçoit dans ses bras Linda qui a sauté du marche-pied à son cou et le couvre de baisers. « Oncle Roger ! »

J'ai trouvé pour Franz une gabardine bleu sombre d'Henri qu'il m'a fallu seulement agrandir aux épaules, et un chapeau mou en taupé qui achève de le démilita-riser. Moi, je porte le manteau d'astrakan jalousement conservé par grand-mère, car j'ai estimé que rien n'était assez beau pour escorter Katie à sa dernière demeure. J'ouvre la marche derrière le fourgon, Linda entre Roger et moi.

Ce qui reste de notre groupe est là. Lucette en étole de vison. Gisèle, boudinée dans un manteau de drap trop étroit, avec sa copine Suzanne, trop distinguée. Charles, très officiel avec Marion, déjà en vieux couple. Je sens la peur quand nous arrivons à l'allée de la tombe provisoire, la peur de ne pas être à la hauteur de Katie. L'ordonnateur s'approche. C'est alors que Roger se met à pleurer sans retenue. Linda dégage sa menotte de ma main et court se jeter contre lui, chuchotant dans son allemand gazouillé : « Moi, je ne peux plus pleurer depuis la mort de maman, mais toi, ça te fait du bien. *Es tut dir wohl.* »

Le cercueil est placé sur deux tréteaux. Moment de silence. J'ouvre mon manteau, le trouve trop pesant, l'ôte et le tend à Franz. Je me revois avec Katie au 1ᵉʳ mai. Je suis une femme du froid. Je n'ai plus peur du vide ni de la foule. Le temps s'immobilise parce que Katie n'est plus là. Le type des pompes funèbres s'inquiète et me guide. Je réunis toutes les femmes, y compris Marion et Suzanne, en une haie d'honneur pour Katie. C'est la femme avant tout que je veux saluer en elle.

Et puis ça sort tout autrement : « Katie, ta mort est un scandale. Tu étais la meilleure, la plus forte. Jamais on n'aurait dû laisser une criminelle de guerre libre de t'atteindre. Nous aurions dû veiller sur toi, nous, les rescapées, parce que nous perdons avec toi celle qui, avec mon mari, Franz, a le plus fait pour nous garder en vie. Tu as été pour moi une sœur que j'ai tant aimée et que je perds quand nous commencions à croire en la paix. Il faut que nous sachions honorer en toi la combattante qui n'a jamais baissé les bras, ni dans tes missions périlleuses pour les services anglais (je me tourne vers trois officiers, deux hommes et une femme au garde-à-vous), ni en ta captivité, sachant assumer les plus lourdes responsabilités aux camps d'Auschwitz et d'Ellsrein, ni, à présent, la paix revenue. La paix, mais pas pour toi. Ta mort nous dit que la bête immonde est toujours tapie dans l'ombre. Katie, tu ne croyais pas en Dieu, mais en tout ce qu'une femme peut créer. Et en l'honneur. » Mes larmes jaillissent, m'étouffent. Je me reprends : « Tu croyais en l'amour et nous aurions encore eu davantage besoin de toi dans le monde qui nous attend. » Je ne sais comment j'ai articulé : « Tu vis dans nos cœurs. »

Roger m'empêche de tomber. J'aurais dû dire : c'est toi qui m'as appris à vivre en femme. Je me reprends, parce que Linda m'a saisi la main, et, pour lui montrer que je me sors du souvenir de Katie, je l'embrasse comme si nous étions seules au monde. L'ordonnateur me tend une rose. Linda s'accroche plus fort à moi pour lancer sa rose. Un rayon de soleil caresse le chêne. Roger va défaillir à son tour et j'ai juste le temps de le retenir : « Tu voulais la rejoindre ! »

Je l'entraîne vers l'allée où il va recevoir les condoléances, la petite toujours accrochée à moi. Je fais signe
à Franz de compléter l'alignement après Roger, puis à
Lucette, Charles et Marion, Gisèle. Suzanne reste à
l'écart, mais je la joins aux autres : la vraie famille de
Katie. Marion est en larmes. Viennent les trois Anglais,
puis des inconnus, sans doute des membres de l'organisation de Katie. Jill en grand voile noir qu'elle écarte,
visage défait, pour me sauter au cou.

Soudain, stupéfaite, je vois débouler Motin à grands
pas, drapé de noir comme un clergyman. Il fend le
groupe pour foncer sur moi, essoufflé. « Je n'ai pas pu...
– Votre place n'est pas ici, coupe Roger, cinglant. Vous
le savez. Katie croyait que Klaspen disait la vérité sur
vous. Ne profitez pas de sa mort ! »

Je vois Motin se tasser, se défaire comme si Roger
l'avait cueilli d'un coup de poing, puis reprendre sa pose
hautaine, se détourner sans mot dire et quitter le cimetière avec les mêmes enjambées mécaniques qu'à son
arrivée, rejoint par ses gardes du corps qui ont du mal à
suivre. Roger le menace du poing, ce qui fait sursauter
l'homme des pompes funèbres. Marion me serre dans ses
bras et chuchote : « Charles m'a raconté son arrogance à
Villeroy. Il jouait quitte ou double. Il croyait avoir gagné
la première manche, et il a tout perdu. »

Une main sur mon bras me fait me retourner. Paulette, dans le tailleur de deuil retouché qu'elle a déjà mis
pour sa mère. Je l'embrasse sans retenue. La gamine
s'accroche à moi, éclate en sanglots. « Je... voudrais
que... vous me pardonniez. » Je la serre plus fort :
« Tu seras toujours pour moi la fille de Claudine. »
Elle relève la tête en reniflant ses larmes. « J'ai été
idiote. – On oublie tout. – Papa se remarie. » Elle se
pend à mon cou.

Linda me tire par la manche. « Paulette, je te présente ma fille, Linda. » Je les laisse s'embrasser. « Tu vas au lycée, n'est-ce pas ? – Oui, à Fénelon. Je suis en troisième. – Tu fais quoi, en langues étrangères ? – Allemand première langue. C'est maman... – Ça te dirait, de venir donner des cours de français à ma fille ? » Je traduis pour Linda qui bat des mains. « Comme ça, je vous reverrai... – Il faut que j'organise la vie française de mademoiselle. Venir de Fénelon chez moi, c'est facile. Le soir, je te ferai raccompagner dans ta banlieue en auto. » Paulette tombe dans mes bras et prend ensuite la main de Linda pour sceller l'accord. Flash de l'appareil de Roger sur elles. Il s'est transformé, depuis qu'il a viré Motin. Linda se dégage de Paulette et court vers lui. « Il faudra t'y faire, Paulette. Elle préfère déjà les hommes... »

Franz parle avec Charles et Marion. Je fais les présentations pour Paulette : « Franz, mon mari. Marion, qui n'a pas pu sauver ta mère et est ma Katie de la paix. Charles, mon patron au ministère. » Je me tourne vers Franz : « Tu dois le remercier, parce que c'est grâce à lui que j'ai pu venir te voir et retrouver notre fille. » Charles se redresse de toute sa taille : « Je n'ai fait que mon devoir. Ne me remerciez surtout pas. » Sa voix se casse : « Quand je vois votre enfant, je pense à mes raids sur l'Allemagne pour le *Bombercommand*. À ceux et à celles... – C'était la guerre, tranche Franz au moment où la voix de Charles trébuche. – La guerre remonte, certaines nuits. Quand Marion n'est pas là. On nous a bien appris à oublier, j'ai même appris aux autres à oublier, mais ça ne suffit pas. Quand je vois des enfants... comme la vôtre... »

Franz ne peut répondre, car Linda a entrepris de l'escalader en s'accrochant à sa veste. Quand il l'a juchée sur ses épaules, elle demande : « *Wie sagt man*

auf Französisch "vergessen" ? – Oublier », ai-je traduit
trop vite en la guidant, parce qu'elle se laissait descendre. Je m'apprête à la recueillir, mais elle va prendre
les mains de Charles : « Monsieur : *oublier.* » Elle retire
sa menotte pour la placer sur sa poitrine : « *Ich auch.*
Moi aussi, oublier. »

C'est si peu de son âge que nous en restons sans voix.
Je croise son regard bleu triste et n'ai plus de doute :
elle a pensé à sa maman morte. Elle se jette contre moi,
enfouissant son visage. Je caresse ses cheveux. Charles
s'approche de Franz et le serre dans ses bras, sans rien
dire. Linda va se joindre à son père, comme pour les
rapprocher encore. C'est elle qui nous dénoue en quit-
tant son père pour aller se jeter dans les jambes de
Roger et se faire câliner par lui. Je reviens seule devant
la tombe de Katie. Je m'agenouille et pleure.

5. *Franz*

Dire que, la première fois, penser « friandise » t'a fait
redouter la chasse des nazis au *fremdwort*, au mot étranger ! À présent, ils apprennent l'anglais à l'accéléré, les
nazis ! Même dans ce cimetière, même dans sa colère
devant la tombe, Julia reste la « friandise » ! Je la réentends dire : « Mon mari Franz » avec la plus parfaite
simplicité et la meilleure conscience. Disait-elle autrefois « mon mari Henri » ? Sûrement pas. Ni « Henri,
mon mari. » Juste : « Henri » ? Linda caracole entre
nous avec ce regard bleu qu'elle tient de moi et qui me
vrillait, quand je la retrouvais en permission, pour lire
ce qu'il y avait sous mon visage et que je ne disais pas.
Elle me caressait les joues, le front, s'asseyait sur mes

genoux, me couvrait de baisers, ce qui mettait Waltraut hors d'elle. Linda a serré ma main quand Julia lui a dit, en montrant la tombe de Katie : « Ton père avait su nous garder en vie. » Elle devine tout.

Je suis venu à pied au cimetière, traversant Paris brouillé en cette triste soirée d'hiver, mais intact. J'ai foulé en civil, sans rien qui me distingue, ses pavés et son macadam. Malgré moi, j'entendais le bruit de mes bottes, la première fois, en juillet 40, où j'ai arpenté ses trottoirs. Cantonné dans un hôtel réquisitionné proche du Palais-Royal, pour aller à mon bureau, au ministère des Finances, au Louvre, j'avais peu à marcher. Rue de Rivoli, la zone interdite de l'hôtel Meurice où régnait la Kommandantur était balisée par l'alignement des drapeaux rouges à croix gammée qui pendaient de chaque fenêtre. Les troufions de la Wehrmacht qui me saluaient resplendissaient de fierté, ne voyant que notre victoire. Paris était alors vide.

Tu n'en revenais pas que la France fût si vite tombée : un château de cartes. Le monde s'ouvrait devant Hitler. Tu te disais : pas possible que je me sois trompé à ce point ! Heureux comme Dieu en France... Ne te cherche pas d'excuses. Tu croyais même que l'Angleterre allait céder. À présent, cinq années et demie plus tard, quasi apatride, avec un faux nom, Villeroy, mais un solide certificat de dénazification pour le vrai, ces gens ne savent pas qui tu es. Je me sens à nouveau mieux habillé qu'eux dans le froid de l'hiver.

Ma femme revient, accompagnée du grand type solide, très officiel, qui semble représenter les autorités françaises. Une blonde pétillante aux formes généreuses s'accroche à son bras, marquant sa possession comme s'ils venaient de se fiancer. Julia nous présente : « Marion, qui est ma Katie du temps de paix... Charles, mon

patron au ministère, que tu dois remercier parce que
c'est grâce à lui que j'ai pu venir te voir et retrouver
notre fille. » J'attendais : Marion, son épouse. Visiblement pas. S'afficher ainsi quand on occupe un poste
officiel ? Il n'y a qu'en France.

Linda serre plus fort ma main. Je dois me dégager
pour serrer celle que me tend le patron de Julia. Voilà
qu'elle met sa menotte sur nos mains, et cela trouble
mon vis-à-vis qui se redresse de toute sa taille. Il faut
que j'excuse Linda : « Merci, monsieur, pour nous
trois. » Heureux d'avoir trouvé une formule française
intelligente. Le grand type semble brusquement bouleversé : « Je n'ai fait là que mon devoir. Ne me remerciez
surtout pas. » Sa voix se casse.

Je ne comprends pas. C'est disproportionné. À moins
que Linda, avec ses façons d'adulte... ? Mon vis-à-vis la
regarde comme une apparition. Pour calmer le jeu, je
caresse les cheveux de ma fille, qui prend ma main.
Cette tendresse semble accroître le malaise du patron
de Julia qui la fixe, encore plus défait : « Je peux bien
vous le dire : quand je vois votre enfant, je ne peux
m'empêcher de penser à mes raids sur l'Allemagne pour
le *Bombercommand*. À ceux et à celles, sous mes
bombes... et qui avaient son âge. – C'était la guerre »,
l'ai-je interrompu, très vite.

J'ai pensé : Je ne vais pas le laisser me remettre en
uniforme ! Je voudrais tourner une phrase du genre :
nous n'allons pas revenir dans la guerre ; mais mon
interlocuteur est plus rapide : « Elle remonte, certaines
nuits, la guerre. Quand Marion n'est pas là. On nous a
appris à oublier, j'ai même appris à mes subordonnés à
oublier, et plus tard aux rescapés comme moi. Ça ne
suffit pas. Quand je vois des enfants... comme la vôtre,
à un enterrement comme celui de Katie... – Linda aussi

a fait la guerre, coupe Julia. – Ça me fait du bien, de le dire à ton mari allemand. »

J'ai frémi comme si on me démasquait. Le tutoiement entre eux. Je n'ai pas eu à répondre, car Linda m'a escaladé pour se jeter à mon cou. Quand elle a réussi, je la juche sur mes épaules. Dominant le groupe, elle me demande : « *Wie sagt man auf Französisch vergessen* ? – Oublier », traduit Julia avant moi. Linda se laisse glisser pour aller prendre les mains de Charles : « Monsieur : oublier. » Puis elle met sa menotte sur sa propre poitrine : « Moi aussi, oublier. – La vérité sort de la bouche des enfants, ai-je dit trop vite. Elle vous montre qu'elle ne vous en veut pas. »

Charles fait un pas pour s'éloigner de nous, puis revient me tendre la main en silence. Je prends sa main et la serre. Tous deux, nous voici bien trop émus pour parler. Linda dit dans son français dont elle semble cueillir les mots un à un : « La guerre m'a donné... une très bonne maman. Plus douce... Papa aussi est... plus content. » Elle prend ma main : « *Besser ?* » Je chuchote la réponse. Elle se presse contre les jambes de Julia : « Une meilleure maman. » Charles en a les larmes aux yeux. Je me sens rougir. C'est fou, ce que la gosse a déjà pris du français... La vérité sort de la bouche des enfants... Je ne voulais pas le savoir : Linda était malheureuse avec sa mère. Julia est devenue coquelicot. Je la serre dans mes bras.

Lucette surgit, balayant le groupe avec son étole de vison, attrape tout de suite Linda et la porte à sa hauteur. Elle a entendu la fin de la conversation : « Moi aussi, petite, la guerre m'a apporté une meilleure vie et des amis solides, comme ta nouvelle maman et ton père. » Lucette se trouble soudain : « Katie a été ma... délivrance ! » Elle devine que la petite ne saisit pas le mot, cherche à le dire en allemand : « *Meine Befreiung...* – *Meine Errettung* », corrige Julia. Linda se laisse descendre et fait face à Lucette : « Oui, mais Roger n'est pas pour toi... » Cela déclenche un fou rire général. Roger se laisse gagner, attrapant à son tour ma gosse pour l'embrasser.

« Katie nous a ramenés dans la guerre », dit Julia quand nous sommes seuls. Linda ne nous quitte pas des yeux. J'ai répondu, n'osant pas passer à l'allemand : « Je ne pensais pas, jusqu'à présent, aux Français qui ont fait la guerre. » Rien ne sera jamais fini. La guerre ne passera jamais derrière nous. Ma petite fille va grandir au milieu de ces ombres. Et quand elle ira à l'école ? Julia a raison : comment se débrouillera-t-elle avec les autres petites filles à qui on a dû tout cacher ?

Roger jaillit soudain et nous prend en photo. Je n'ai pas compris, tout à l'heure, son altercation avec un long type maigre qui ressemble à un clergyman, mais je ne lui en parlerai qu'à une autre occasion. Les Français doivent avoir de sacrés comptes à régler entre eux. « Katie serait heureuse de nous voir tous les quatre réunis », lance Julia. Linda abandonne ma main pour placer la sienne sur son cœur : « Tante Katie, toujours là... » Julia la prend dans ses bras. Je les étreins ensemble. Si cette harmonie pouvait durer... Linda a raison. Cette fois, je le lui dis en allemand.

La grand-mère de Julia n'a pas voulu venir au cimetière. Elle nous accueille, tout habillée pour sortir : « Les émotions ne me valent rien, mais j'aimerais que mon gendre me fasse faire ma promenade quotidienne. » Sans attendre la réponse, elle met son chapeau noir à large bord et enfile son manteau de laine. Dès que nous sommes dans la rue, elle demande avec douceur : « Que représente Julia pour vous ? – La première fois que je l'ai regardée, j'ai pensé : une *friandise*. – J'avais compris. Vous l'avez rendue amoureuse de vous. Mais vous ? » Il s'arrête : « Je veux la rendre heureuse. Je ne sais pas ce que cela implique de ma part. Je n'ai encore qu'un laissez-passer provisoire. – Bien répondu, mon gendre. Henri n'était qu'un caprice de jeune fille, mais vous, avec ou sans papiers, vous êtes son mari. Pas parce qu'elle le dit par provocation : parce qu'elle veut Linda aussi pour vous avoir. Elle vous veut pour un avenir. Alors, il ne faut pas laisser son énergie inemployée. Dès qu'elle pourra, vous devez lui faire très vite un enfant. Pour elle et pour Linda. »

Nous sommes arrivés sur le boulevard au milieu d'une foule de passants. Elle me retient pour me contraindre à répondre tout de suite. « Je suis d'accord. Mais c'est à elle, pour le moment, de gérer notre vie commune. – Non, mon cher gendre. Oubliez votre statut de vaincu. Elle a besoin d'un homme qui la tienne en main. C'est dans ce rôle qu'elle vous aime. Il faut savoir vous y tenir. » Je pense qu'elle dit vrai, pour l'enfant. Julia n'aime que le déraisonnable. Elle a déjà pris cette décision. Je me suis penché vers la vieille dame : « Vous avez raison. C'est aussi à moi de savoir trouver un but à notre vie. – Devenez français, si ça vous simplifie l'existence. Mais la nouvelle Allemagne aura besoin de gens comme vous. La guerre entre vos deux pays est finie. Avec le mien aussi, mais Staline, lui, a d'autres idées... »

Rien à répondre. Je la prends par les épaules pour déposer un baiser sur son front. J'avoue que je me sens heureux. Comme si toute cette longue équipée au cours de laquelle j'ai perdu Honsi, puis Günter, prenait ce sens égoïste. C'est Julia, la faiseuse de miracles. Linda l'a tout de suite compris. Saurai-je rester à sa hauteur ?

6. Roger

Chasser Motin confère à l'enterrement une fin digne
de Katie et me délivre de ma douleur. Quelle impu-
dente canaille, quand même ! Un culot digne des nazis
au temps de leur splendeur. À la Klaspen, mais en feutré, en doucereux. Tu aurais dû l'appeler « Alésia » !
Toujours ton esprit de l'escalier. Il doit savoir qui tu es :
ces types ont leur police. En tout cas, il sait, à présent.
Dommage que tu n'aies pas songé à convoquer des
confrères photographes. Toi-même, à le... Toujours les
articles qu'on ne peut pas écrire, parce qu'on est trop
dans le coup. Les meilleures photos, on ne les prend
jamais. Ta colère a fait éruption avant même que tu ne
réfléchisses. Et tant mieux. Le reste ne sera jamais *sortable*. Sortable : ce mot d'argot de ton métier te hante
soudain. Marion, une fois de plus, a tout analysé. Motin
venait se faire absoudre !

Linda a lâché ma main au moment de l'algarade pour
se réfugier dans les jambes de Julia qui lui chuchote
quelque chose à l'oreille. Elle écoute, trop sérieuse,
puis, d'un seul élan, vient se jeter de nouveau à mon
cou pour me couvrir de baisers. Plus ému que je ne
veux le paraître, je la dépose, mais elle garde ma main.
Ça me tourneboule qu'elle veuille exprimer tant de
compassion pour une femme qui a joué, certes, un rôle
dans sa libération, mais qu'elle a si peu connue.

Parce que tous mes sentiments se jouent en mots, je
pense : la mort de Katie m'a pris au dépourvu.
Dépourvu de quoi ? De réponse ? De l'amour que je lui
porte, qui n'a suffi à rien empêcher ? Si je m'étais placé
entre elle et cette pouffiasse de SS ? Recevoir le coup

de couteau à sa place. Comme tout aurait été plus simple ! Pour Linda. Pour Julia. Tu es passé une fois de plus au travers. C'est à toi de vivre comme Katie l'aurait voulu. As-tu tellement envie de connaître la suite ? Mais qui l'écrira, sinon toi ?

Linda a dû juger que je ne m'occupe pas assez d'elle, et est allée rejoindre son père. Je suis de loin les présentations entre Charles et Franz, un manège de la gosse entre eux que je ne comprends pas plus que lorsqu'elle se jette à nouveau dans mes bras. Trop expansive, exigeante, mais, passée par où elle est passée... Puis je l'entends crier dans son français gazouillé : « Monsieur : oublier. Moi aussi, oublier. » Je comprends tout. Voir une moufflette allemande a ramené Charles à ses lâchers de bombes... Linda transcende la guerre, mais elle est bien la seule, et ce passé ne passe pas !

Fin de cérémonie. Gisèle s'en va, bras dessus bras dessous avec sa Suzanne. Lucette s'approche de moi pour me confier qu'elle va épouser son banquier : « Je t'inviterai. Tu ne seras pas forcé de venir, mais sache que ma porte te sera toujours ouverte. » Dit avec son accent belge, cela prend un tour coquin qui, malgré moi, me fait sourire. Elle me plaque un baiser appuyé sur la bouche, frôle les cheveux de Linda qui s'est rapprochée, et s'en va de sa démarche désinvolte de mannequin.

Linda me tire par la main et je la reprends dans mes bras. La petite caresse mes joues où la barbe pointe de plus belle. Elle énonce d'un trait, dans son joli allemand, comme si elle avait préparé ce qu'elle veut me dire : « Papa, je suis bien contente qu'il m'ait trouvé une nouvelle maman ; mais toi, il ne faut pas que tu remplaces Katie. » Je plonge dans les yeux bleus. « Katie est toute ma vie, petite Linda. – Oui, mais tu plais beaucoup aux femmes. » Je ris malgré moi :

« Lucette est une amie, *eine Freundin*. – Oui. On dit ça. Elle te verrait bien dans son lit. *Porte ouverte* », répète-t-elle en français. J'ai compris : *offene Tür*. Ahuri, j'observe sa frimousse : « Dis-moi, tu fais de drôles de progrès en français ! – Oui, quand j'écoute des femmes te parler. »

Julia s'approche et poursuit en allemand : « Toi, tu veux Roger pour toi toute seule ? – Oui, maman. Je me le réserve pour quand j'aurai l'âge. Je serai grande et belle, et je lui donnerai, comme je l'ai dit, les enfants que Katie n'a pas eu le temps de lui faire. » Je n'ose pas regarder Julia et pose simplement à nouveau Linda par terre. La petite court retrouver son père. Julia la rejoint. Je sors en vitesse mon Rollei.

Julia revient : « Tu dînes avec nous chez ma grand-mère. J'ai trouvé, à côté de chez elle, un quatre-pièces meublé. Linda a une chambre pour elle toute seule, mais il y a, dans le bureau, un divan pour que tu loges avec nous, le temps de retomber sur tes pieds. Je ne veux pas te laisser seul. » Linda applaudit. Je me sens réconforté. Mon monde est devenu trop vide. Besoin, pourtant, d'être enfin seul avec Katie.

Julia doit deviner et me retient : « La mort de Katie m'a rendue modeste dans mes demandes au destin. C'est si important de vivre, de transmettre la vie. D'élever cette gamine. » Linda me regarde. Je sens mes larmes monter : « Ce n'est pas modeste, Julia. C'est la seule façon d'en finir avec la guerre. » Je pose un baiser sur le front de la petite et m'éloigne d'elles un peu trop vite.

Jill jaillit devant moi. « Nous sommes tous les deux veufs de Katie. » Je la prends par les épaules. Elle pleure. « C'est moi qui conduisais la moto, quand Katie a... » Pas besoin qu'elle achève sa confidence. Mon baiser sur son front déclenche des sanglots. « Katie était tout ce qui me retenait à la vie. » Je la serre contre moi. Elle me quitte en courant. Katie rayonnait si bien sur nous tous !

Il me reste à finir tout seul la guerre. J'ai tellement rêvé le monde, au sortir de la tuerie : un Front populaire en mieux, puisqu'il n'y aurait plus la pression nazie, ni l'horreur fasciste en Italie et en Espagne, qui seraient libres à nos côtés. L'Italie revit, certes, mais Franco est plus solide que jamais. Les fascistes peuvent continuer d'y tuer. Comme avec Salazar au Portugal. De Gaulle démissionne. Ma pauvre Katie ! Moi qui croyais en écrire un roman... On peut fuir dans l'écriture, mais je voulais l'exact contraire.

Enfin seul sur le large trottoir du boulevard Edgar-Quinet, j'attends que toute la foule s'écoule. Je veux retraverser en vitesse le cimetière jusqu'à la tombe. Être seul. Toute la vie à venir, tu seras seul avec elle. Comme lorsqu'elle t'a demandé, la première fois : « Si le cœur t'en dit ? » Le cœur m'en dira toujours, même si je ne suis marié avec elle que par un papier qui est bidon. Il faut que je régularise : Katie Chastain. Aucun service ne peut plus m'en empêcher. Je la rejoindrai un jour dans le tombeau que je vais lui édifier. Prendre ce rendez-vous allège enfin ma souffrance.

Mes pas claquent sur le sol gelé. Tout à coup, je sursaute : une détonation. Tu te crois toujours à la guerre ? Je hâte pourtant le pas et vois les employés devant la tombe, qui s'agitent. L'un d'eux court vers moi dès qu'il me voit : « Il faut appeler une ambulance ! – Chargez-vous-en ! » J'accélère, repère tout de suite sur l'allée une arabesque de voile noir. De fines chaussures à hauts talons.

Jill tient encore son revolver de service à la main. Une tache rouge s'élargit sous son sein gauche. Plein cœur.

Pour ne pas être défigurée. Je ramasse le réticule, écarte le voile noir pour lui fermer les yeux : « Je vais prévenir qui de droit. » Je hâte le pas afin de téléphoner de chez les gardiens au service anglais. On me demande qui je suis. « Le mari de Katie. » Aussi fou d'elle que Jill, je pense toujours à elle vivante.

Je dois surmonter ma peur d'aller rue Tournefort, même si c'est seulement pour ramasser le courrier. La porte franchie, la concierge me tombe dessus : « Vous êtes rentré, monsieur Chastain ? – À peine », ai-je grommelé. La boîte est pleine à déborder. Rien d'important. Si. Une enveloppe pour Katie, le timbre du village alsacien. Je la mets dans ma poche. « Vous repartez déjà ? – Je ne fais que passer. » J'ai attendu d'être rue de l'Estrapade pour décacheter la lettre. En polonais, avec des traces de larmes. Ça veut dire que le père de Katie est mort, comme sa fille.

La poste en face du Sénat est encore ouverte. Je cherche dans l'annuaire, trouve le téléphone de la mairie. J'ai le maire en personne. Bien deviné. Le père a été enterré il y a deux jours. Je dis ce qui est arrivé à Katie. Un long silence. « À votre place, monsieur, j'attendrais un peu... Mme Brunet a été prise en charge par l'hospice religieux. Elle est tellement affectée... » Je promets de retéléphoner.

Arrivé chez Julia, avant d'aller la retrouver avec Franz et la petite, je m'allonge sur le divan de l'entrée. Fermer les yeux, oublier au moins deux ou trois minutes. Je suis, cette fois encore, réveillé par la voix de Linda qui crie quelque chose. Je m'ébroue pour découvrir, courbaturé, qu'on est déjà au lendemain. J'ai à nouveau dormi combien ? Douze, treize heures. La gamine me couvre de baisers, ravie que j'émerge. Tout remonte en vrac : la mort de Katie ; la course éperdue pour rapatrier le corps ; l'altercation avec Alésia-Motin ; le suicide de Jill...

Linda me chuchote à l'oreille, en allemand : « Maman Julia dit que vivre avec les enfants des rues m'a ravi mon enfance. Qu'à l'école je ferai peur aux autres petites filles si je leur en parle. C'est à toi que je veux être un jour. » Je la serre dans mes bras. Que puis-je répondre ? Sa meilleure amie de l'orphelinat, prostituée par sa mère ? Bouleversé, trop furieux contre moi-même de ne m'être jamais interrogé sur ce que vivaient les enfants des ruines, je lui dis que dans dix ans je serai un très vieux monsieur. « *Ich werde dich wieder jung machen !* » Je te rajeunirai. Je ne trouve rien à lui objecter. Elle est déjà partie en courant.

On ne lui a pas seulement volé son enfance, elle sait, à même pas sept ans, tout ce qu'une femme peut affronter. Ce sera à moi de l'aider, plus tard. Pas comme elle le croit, mais comme un vieil oncle confident dont elle aura besoin afin de retrouver le droit chemin de son adolescence. Tomber amoureuse d'un garçon de son âge. Ne pas le faire fuir en le bousculant par son savoir. Pour l'instant, je ne dois pas me laisser détourner du présent. C'est à dire de Motin. Marion a raison : il a enfin avoué par son silence. Je dois poursuivre sa traque jusqu'au bout : rendre publiques les dernières paroles de Klaspen, venger le mari de Julia. C'est la première chose que je dis en arrivant, rasé de frais, à la table du petit déjeuner qui sent bon le vrai café. Julia met sa main sur la mienne : « Trop tard, mon vieux Roger. La radio vient d'annoncer que Motin est mort cette nuit. Ils ne donnent aucun détail. »

« Je crois bien que j'ai tué Alésia ! » Je redeviens à l'instant journaliste, cours au téléphone. J'ai du mal à écouter les condoléances des copains de la rédaction.

Motin, non, on ne sait rien d'autre que sa découverte, mort dans son lit, par la femme de chambre. « Une enquête ? – Pourquoi une enquête ? Il a bien le droit de clamser. Il était assez usé pour ça ! »

Foncer sans attendre au canard. Impossible que cette mort inopinée soit sa belle mort, sans rapport avec notre altercation. Il a compris, au cimetière, que j'étais le mari de Katie, dans le coup, donc, de l'envoi du journal polonais, au courant de toutes ses turpitudes. Mais se suicider n'est pas vraiment son genre. Qu'est-ce que tu en sais ? Du moment que ça peut passer pour une mort naturelle... La radio, les informations de neuf heures : « Grand résistant, créateur d'un parti charnière... » Je vais foncer de plus belle : « Je vous mets au courant dès que j'ai du nouveau. » Julia m'envoie un baiser du bout des doigts. Linda me tend les bras et je prends le temps de l'étreindre. Je lui explique lentement en allemand : « J'ai quelque chose à faire de très important pour tante Katie. » Par chance, tout de suite un taxi.

À la rédaction, je croule de nouveau sous les condoléances. Katie et moi sommes devenus leur roman presse du cœur. Malgré le manque de place, ils ont publié une belle nécro. Titre : « Assassinée par une gardienne de son camp nazi ». Je me retrouve les larmes aux yeux devant les copains. Ils comprennent qu'il faut que je me remette tout de suite au boulot. « Puisque la mort de Motin te tracasse, tu prends une des tires du journal. Le chauffeur te conduira. Si tu arrives à temps, tu assisteras même au défilé des politiques devant le corps. Leur mascarade a déjà dû commencer. »

Je reçois à nouveau les condoléances du chauffeur, qui les fait durer pendant toute la traversée de Paris, car Motin habitait une villa de fonction à Boulogne. Déjà un embouteillage dans la petite rue. Je fais arrêter la voiture au coin pour m'insérer avec le culot qu'il faut dans la file des visiteurs de marque. Depuis l'enterrement de Katie, je suis assez correctement vêtu pour cela. Je me retrouve vite dans la chambre mortuaire.

Des murs nus. Un christ au-dessus du chevet. Ascétique à souhait. Je m'incline comme les autres devant le corps. La mort a assoupli Motin, il a perdu de sa raideur. Plus besoin de jouer les purs, n'est-ce pas ? Je crois qu'il s'est tué. Il devait s'attendre au coup que je lui ai porté. Je n'éprouve rien, ni haine ni... Ni quoi ? Je réentends la voix aiguë de Linda : « Moi aussi, oublier. » Pas envie d'oublier. Un confrère confirme le récit de la femme de chambre. « On savait Motin malade ? » L'autre hausse les épaules : « Avec leur cirque de séances de nuit, d'inaugurations à la chaîne, de dîners en ville, comment peuvent-ils tenir le coup après toutes les tensions de la clandestinité ? Quarante-sept ans, c'est déjà un âge conséquent, mon vieux. »

Une porte derrière moi. Personne ne regarde. Je m'y faufile et me retrouve dans le bureau de Motin. Calme feutré de sacristie, meubles en palissandre, au mur le portrait officiel du Général. Rien sur le bureau en dehors d'un râtelier à porte-plumes et d'un encrier. Des simagrées, ou bien le refus du stylo ? Sur le siège, un porte-documents en cuir noir d'où dépasse le coin d'un carnet plat usagé. Ça fait désordre. Personne dans la pièce. Je m'approche, dégage l'objet. *Carnet scolaire 1916-1917*. Pourquoi l'a-t-il sorti ? Je sais soudain que je brûle.

Toujours personne. Un livret à la couverture jaunâtre fatiguée, aux inscriptions passées. J'ouvre. Belle écriture ancienne à pleins et déliés : *Gilbert Motin / Adresse des parents : 259, rue d'Alésia, Paris XIVᵉ*. Eurêka ! Rue d'Alésia... C'est donc bien lui. Mais pourquoi l'a-t-il gardé et consulté, sans doute hier soir ? Oublié de le

ranger ? Il ne pouvait deviner que tu serais un des premiers à débarquer chez lui, encore moins que tu foui-
nerais dans son intimité. Je m'assure que personne ne
vient et enfourne le carnet dans ma poche intérieure.

Je sors en douce, profitant du flot qui entoure un
dignitaire ecclésiastique. Me revient en tête le rôle
qu'on attribue à Motin dans les filières vaticanes
d'évasion des nazis. Un confrère prend des notes. Je
m'approche et joue les provinciaux : « Il n'avait pas
une réputation un peu sulfureuse, Motin ? » L'autre
fait la moue. « Comme tout vieux célibataire endurci,
mon pote ! Sauf qu'il était tout à fait en règle avec
l'Église, comme tu peux voir. Le curieux, c'est qu'on
prétend que sa dernière volonté est de se faire incinérer.
– Que veux-tu dire ? – Étrange, pour un catho. Mais, si
bouillon d'onze heures il y a eu, ses cendres l'emporteront. – Ça ne va guère avec l'Église, ou je me trompe ?
– Elle en a vu d'autres, mon vieux, l'Église, depuis 1940
et Pétain. Sa mort, je vais te dire, elle arrange bien des
gens ! Rien ne lave plus blanc ! »

Donc il n'y a pas que moi pour... Je traîne avant de
regagner ma voiture, parce que le chauffeur, en m'acca-
blant de paroles de réconfort, m'empêchera de réfléchir. Puis je pense qu'elle sera le lieu le plus tranquille
pour examiner le carnet. Si Katie vivait, je lui demande-
rais : « Ma jolie, n'y es-tu pas pour quelque chose ? »
Tu vois des complots partout, arrête ! À supposer
qu'un des gardes du corps ait entendu notre altercа-
tion... Le désarroi de Motin ? Qu'il en ait rendu compte ?
À quoi pouvait-il servir encore, à présent, Alésia ? Le
bouillon d'onze heures, dont parlait l'autre ? Je sors
mon stylo pour que le chauffeur croie que je travaille,
et ouvre le carnet.

Tableau de notes, excellentes : 18 et 19, et même 19 1/2. La première appréciation, celle du professeur de morale et philosophie : *Domine tous les sujets qu'il traite. S'il sait s'ouvrir davantage à la vie, connaîtra un bel avenir.* Ce carnet, si Motin l'a regardé, c'est donc parce qu'il... voulait se revoir depuis le début, avant d'en finir ! Le moyen d'échapper à tout et de nous laisser dans le noir. Et moi, je lui ai porté le coup fatal, au cimetière. Sans même y penser. *Ingénu*, comme dirait le comte de Villeroy.

Je sens quelque chose de plus ferme sous la page d'avant et fais tomber une petite photo jaunie, de groupe. Au dos, inscription de la main de Motin : « Cours facultatif d'instruction religieuse. Janson de Sailly, 1934-1935 ». Je la retourne : Motin en jeune prof, entouré de jeunes gens. Sa main est posée sur l'épaule du plus beau, qui le dépasse en hauteur : Henri de Villeroy. Ainsi ils se connaissaient avant leur rencontre à l'armée ! Le puzzle se met en place.

Je range la photo. Elle me bouscule : jusque-là, je triomphais avec Alésia. Maintenant, ça touche à trop de choses. Personne, pas même Julia, ne doit suspecter quoi que ce soit de ce passé entre Henri et Motin. Charles n'en a rien deviné. Trop athée. Klaspen devait être au courant : « On se retrouvera tous en enfer ! » Je crois comprendre pourquoi Motin a recherché ce carnet avant de... Ses promesses d'avenir, lors de ses... quoi ? dix-sept ans, en 1916 ? Ressortir ce vieux carnet n'a donc rien eu de fortuit. Après la scène du cimetière avec moi, revoir l'Henri de ses rêves... Celui qu'il a fait tomber ?

Alésia ? Henri avait-il perçu... ? Non. Il ne sait pas. Quand il se tue, il a perdu son réseau. Veut à tout prix sauver Julia. Klaspen a dû se vanter d'Alésia devant lui. Le genre : « Je sais déjà tout. Vous laisser torturer, laisser torturer votre jeune femme pour ne pas me confirmer une vérité que je connais par Alésia, n'a pas de sens. Parlez ! » Histoire de contrôler si son Alésia a bien tout dit. Et puis, comme ça ne marche pas, ouvrir la fenêtre pour conserver Alésia. Katie a bien deviné.

Voilà ce que nous avons tant cherché. Comme si Motin avait confessé Alésia juste avant de... Moi qui m'en voulais de n'avoir pas songé à l'appeler Alésia. L'adresse de ses parents ! La boucle se referme. Motin, donc, son dernier soir, a sorti ce carnet avant d'avaler les pilules ou le liquide. Tout prévu, sauf que moi je viendrais chez lui. Il me reste à mettre Julia au courant : elle doit tout savoir. Pas la photo, que je vais détruire. Pour Henri. Je mesure soudain les tortures que Motin a provoquées. Combien de morts ? Les pilotes ! Un traître accompli. Et si Klaspen l'a à ce point protégé, même encore à Varsovie, c'est que Motin n'en était pas à son coup d'essai. Le sang sur ses mains si pieuses. Le sang d'Henri. Klaspen a dû le retourner très tôt : une histoire d'homos ?

Finis-en ! Motin emporte ses crimes avec lui. Pour Julia, le responsable de ses malheurs disparaît. Tu vois, ma Katie, seuls compteront désormais, pour ta copine, Franz et Linda. Elle pourra être toute à eux. Sauf toi, personne n'a plus besoin de moi. Je vais garder la rue Tournefort comme un antre de travail à Paris, sans rien toucher aux souvenirs que tu y laisses. Je vivrai ailleurs : il faut que je prenne le temps de me reconstruire, quand ce ne serait que pour libérer la petite de la fixation qu'elle fait sur moi.

En rentrant au journal, je croise le rédac-chef : « Tu peux me donner une demi-colonne pour Motin ? Ça clôt une époque, mais c'est tout ce que ça vaut. » Je garde pour moi mon refrain que la vérité n'est pas sortable. Il opine du chef. Banco !

Tandis que le chauffeur me ramène, j'ajuste ma nécro : « *Positivement miraculé, seul survivant à la chute du réseau Transfer dont Henri de Villeroy..., il passe au Portugal, puis à Alger, mais, en même temps, de la Résistance à la politique où son savoir-faire, son sens des compromis lui acquièrent très vite une position éminente au centre, c'est-à-dire là où l'idéal des combattants fait bon ménage avec les continuités de ceux qui n'ont rien appris ni rien oublié. Peut-être a-t-il ainsi préfiguré une France déjà lasse du "plus jamais ça !" que lancent les survivants de la Résistance à Munich et à la suite.* » Ça me plaît assez. Ses amis cathos grinceront des dents. En recopiant, je vais voir si ça tient le coup.

Qu'est-ce que je vais faire, à présent ? Tu n'as pas le droit de fuir. Tu sais bien, depuis Rimbaud, qu'on ne part pas. C'est à toi de t'occuper de la mère de Katie. Va porter le deuil de ta femme là où elle a grandi ; tu as d'abord besoin de ce tête-à-tête avec elle. Tout à coup, je réentends Klaspen dire à Julia : « Salue Motin de ma part. Au fond, il salivait devant ton Henri... On se retrouvera tous en enfer... » Il savait donc tout. Laisse les morts entre eux. Ils n'ont pas d'enfer où se retrouver.

J'appelle Julia, lui fais lire mon truc. « C'est bien que tu sois méprisant », dit-elle. Je sors de ma poche le carnet de Motin, l'ouvre à la page où est mentionnée la rue d'Alésia. « Ainsi, c'est bien lui. – Comprenne qui voudra. Finalement, c'est Klaspen qui nous a permis d'avoir la peau de Motin. On a déjà viré de Gaulle pour mieux oublier l'abîme où nous avons été plongés. Franz, Linda et toi vous êtes une exception, vous vous construisez contre l'abîme. Continuez. Je vais d'abord aller m'occuper de la maman de Katie. Après, je prendrai Berlin comme point de chute. Histoire de ne rien oublier. »

Elle met sa main sur la mienne : « Je peux te confier un secret ? » J'ai fait oui de la tête. Elle se penche pour me dire à l'oreille : « Je me sens toute drôle. Je me demande si je ne suis pas enceinte. » Elle a le feu aux joues, à ses pommettes hautes qui lui donnent une beauté sévère et lumineuse. Je lui souris : « Ta fille et toi, vous formez un pont sur l'abîme. Fais bien attention à vous trois... à vous quatre. »

J'ai téléphoné mon article. Il passera dans l'édition de trois heures. Je retrouve ma colère. L'après-guerre, ce n'est pas seulement traîner les ignominies de la guerre avec soi, toutes celles de la fausse paix qui nous y a conduits ; voilà que des romanciers s'en échafaudent un « monde de l'absurde », comme ils commencent à dire. Avec, Sartre fait un tabac. Oui, même Camus, qui pourtant est de ceux qui voient plus loin que le bout de leur nez. Tu repenses à l'absurde de la mort de Katie. Elle n'a pas eu la mort que sa vie méritait. Te voilà qui fais de la littérature...

Cet absurde qu'ils écrivent en 1946 pousse au refus de juger un passé qu'il prive de sens. Et toi, tu as besoin qu'il ait un sens ! Le suicide d'Henri n'a pas été absurde : Klaspen était assez misogyne pour pousser les tortures de Julia au plus loin. Toi, il te reste le manque de Katie en toi. Son manque pour toujours en toi. Ne te fais pas d'illusions : le roman que tu cherches à bâtir ne sera lisible que dans cinquante ans. Pour les petits-enfants de Linda. Si tu parviens à l'écrire un jour...

7. *Charles*

Le parfum de Marion m'a trahi. « Cours rejoindre ta putain ! » Une scène hystérique de Ginette, comme je ne l'en croyais pas capable, mais qui m'a délivré. J'ai couru. Sur ma lancée, j'ai réglé les détails de la séparation : Ginette peut rester dans l'appartement réquisitionné. Toutefois, je n'ai pu éviter des petitesses, comme le fait que le téléphone est à la Défense nationale et doit me suivre à ma nouvelle adresse, chez Marion. C'est elle et son avocat qui régleront ce que j'aurai de ma fille Danielle. Marion résume : « Je n'ai plus à te partager qu'avec elle. Il me reste à t'apprendre à mettre un point final à ta guerre. » Ce qu'il y a de plus merveilleux dans la vie, c'est ce qu'elle vous offre sans même que vous l'ayez cherché. Là-dessus, Julia téléphone. J'entends Marion : « ... félicite-le toi-même. » Puis : « Un test de grossesse ? Rien de plus facile... » Elle me tend le combiné. La voix de caresse de Julia : « Charles, Katie ne nous en voudrait pas d'avoir gagné un peu de bonheur ! »

Juin 1953

1. *Julia*

Ça ne m'a pas vraiment étonnée que Linda décide de fêter ses quatorze ans à Berlin. Elle vit dans son propre monde. J'ai bien essayé de savoir si cette décision avait quelque rapport avec la mort de sa mère ou sa libération de l'orphelinat, mais je me suis heurtée à son plus radieux sourire : « Maman, c'est une affaire entre moi et moi. »

Belle fille, aussi grande que moi, des seins hauts, bien formés, de longues jambes sveltes dont elle montre juste ce qu'il faut des genoux – la mode new look n'est déjà plus sa mode –, très garçon manqué en jeune Katie blonde, je finis par penser qu'il doit y avoir de ma faute dans cette effronterie assurée. Même si elle l'avait déjà acquise à l'orphelinat. Voire avant, comme ce regard bleu direct, fouilleur, que je lui connais depuis toujours.

Depuis quelques semaines, elle adopte une coiffure dernière mode qui aplatit sa chevelure à partir du front et, après l'avoir serrée très haut dans un anneau, la laisse flotter sur sa nuque. « En queue-de-cheval », dit son jargon. Elle accroît ainsi son air décidé, indocile, et se donne une ressemblance du haut du visage avec moi pour jubiler quand on lui dit qu'elle est bien la fille de sa mère. Au lycée, personne d'ailleurs ne sait qu'elle ne l'est pas.

Elle n'a pas à affronter cette ressemblance comme une vraie fille. Du moins à ce que j'en imagine : elle m'apporte une complicité que, moi, je n'ai jamais connue. Passe d'autant mieux entre nous la communion dans l'irrégulier, établie dès nos premières heures ensemble, mais la puberté lui apporte une intimité à défendre. Elle mobilise la salle de bains pour elle seule, si elle vient toujours se coucher contre moi dès que Franz est absent. J'essaie de n'être pas trop curieuse, mais pourtant : « Tu dois bien avoir un amoureux... » À quoi elle répond avec l'agacement de qui sait depuis si longtemps tout des choses de la vie : « Tu sais bien que les garçons ne m'intéressent pas. Je suis tellement plus vieille qu'eux ! Les filles encore moins. De vrais bébés ! »

Ces derniers mois, elle s'est affinée, contrastée. Se veut hors du moule. Une frontière franchie quelque part. Découverte de son corps ? Je me suis promis de savoir aborder ce sujet, mais il est encore trop tôt pour... Elle connaît depuis toujours les risques avec les garçons. Si elle y voyait une inquisition ? Pas d'expérience là-dessus. Ma grand-mère, c'est deux générations plus tôt. Si j'avais encore Claudine... Tant d'années déjà. La confiance entre Linda et moi est solide, mais pas verrouillée. Il faudrait que ça vienne d'elle, que je sache la guider d'après des questions émanant d'elle.

Au fond, je n'en sais pas davantage de mon fils. Mais Paul a grandi avec moi et sa sœur, et il n'a encore que sept ans. À un de ses copains qui se vantait d'une petite sœur tout juste née, il a répondu, très fier : « Moi j'ai une demi-sœur, et même qu'elle est vachement vieille ! » Il s'est hâté de le raconter à Linda que ça a bien fait rire, de passer pour « vachement vieille ! » Une famille recomposée. Grâce à Charles, Franz et moi sommes devenus des fonctionnaires internationaux de la Communauté européenne du charbon et de l'acier en son antenne parisienne. Ma seule crainte est qu'avec son développement il ne me faille aller plus souvent à Bruxelles et à Strasbourg. Donc, moins de temps à consacrer à mes enfants. Linda s'y fera, parce qu'elle est déjà européenne. Paul a son grand-père Villeroy de substitution. Il porte mon nom, c'est-à-dire le sien, mais le prénom de son vrai grand-père, le père de Franz, qui va dans les deux langues. Il parle allemand : Franz et moi y avons veillé.

À Berlin, nous sommes arrivés le mardi 16 dans l'appartement de l'oncle Roger, comme Linda l'appelle, qui a fait de cette ville son point de chute entre deux tours du monde. « J'ai voulu être berlinois ! Je suis sûr que Katie m'approuverait. » C'est la ville de leur mariage. Le week-end qui vient, la fête reprendra chez le comte de Villeroy avec ma grand-mère et Paul qui y sont déjà, Charles et sa fille Danielle, parce que c'est le week-end auquel il a droit à elle, Marion et leur tout jeune fils, Paulette, la fille de Claudine qui de prof de français est devenue la copine de Linda, et Lucette sans son banquier, mais enceinte. Gisèle, elle, est en tournée aux États-Unis.

Voici ma Linda qui déboule : « Maman, je voudrais être sûre que ma robe me va ! » Chaque fois qu'elle m'appelle maman, même au bout de sept ans, mon cœur bat plus fort. Chez mon fils, c'est normal, mais Linda... La robe d'été la met en valeur, une vraie robe d'adolescente. J'hésite trop. Un coup d'œil au miroir et, sans attendre ma réponse, elle a déjà disparu dans la chambre attenante, revient en slip et soutien-gorge, mais en ayant troqué ses dessous blancs de collégienne pour des noirs à dentelle sexy. Trop. Choquée, je ne le lui cache pas : « Tu n'as pas à en remettre. Tu es encore trop jeune pour qu'on te croque. Tes dessous blancs sont parfaits ! – Maman, j'ai des mensurations de femme. On me les a vendus sans problème. Pourquoi je ne m'habillerais pas en femme ? » Aussi simple que ça. Elle revient avec sa robe bleu lavande à volants qui accentue les arcs « pigeonnants » de sa poitrine. La dentelle noire perce légèrement sous le tissu bleu, soulignant sa féminité. Là, j'en reste soufflée. « Qui veux-tu séduire ? » Le regard le plus perçant : « Roger, maman. Il aime les femmes faites. Moi, je n'oublie pas Katie. Il ne l'a pas quittée. Si je veux la remplacer... Mon cadeau d'anniversaire, c'est qu'en me découvrant il cesse de m'appeler "ma petite fiancée". »

Je calcule à la vitesse de l'éclair : voilà pourquoi elle m'a bassinée pour venir à Berlin. C'est de la folie. Elle n'a que quatorze ans. « Il est au courant ? – Il le sera ce soir. » Je reprends ma respiration. « Tu as cessé d'être une petite fille depuis l'orphelinat. Tes règles ne font pas de toi, d'un jour à l'autre, une femme. Dans l'histoire de ton corps comme dans celle de ton esprit, tu rentres dans la norme, tu es une rose à peine éclose. – Maman, je ne lui demande pas de me faire un enfant. Pas même de coucher tout de suite avec moi. Encore que je sois si peu vierge, dans ma tête. C'est pour lui que ça changera quelque chose. Je veux devenir sa fiancée sans adjectif. Un point c'est tout. Que ce soit défini, disons, publiquement. Comme ça, il me prendra quand il me jugera à point. »

Linda se jette dans mes bras. « C'est papa et toi qui m'avez donné une haute idée de l'amour. » J'ai plongé dans les yeux bleus. Elle précise : « De l'amour physique. – J'aime ton père, voilà tout. » Je reçois son regard inquisiteur sans comprendre. Pas une mise en doute. Elle s'éclaire, complice : « Je vais te dire un secret, un gros secret. » Pause pour le mettre en valeur, et elle se jette à mon cou : « Maman, je me suis réveillée quand tu m'as remise dans mon petit lit, le soir de ma sortie de l'Est. Je me suis appliquée à faire dodo. Tu as chuchoté à papa, en allemand : "Il faut que tu apprennes à me partager avec elle." J'ai tout de suite compris que je vous empêchais de vous aimer. Je n'ai pas bougé, quand tu m'as donné un baiser. Je ne voulais pas vous priver l'un de l'autre. Je vous ai vus vous caresser. Tu étais très belle, contre lui. Vous avez eu des gestes doux et harmonieux pour ne pas me réveiller. C'est là que j'ai compris que l'amour n'avait rien à voir avec le fick-fick et va-te-laver-le-cul de mes aînées des rues. Je me suis endormie très heureuse. »

Linda se laisse aller contre moi. Cette gosse me bouleversera toujours. « C'est ce soir-là qu'a été conçu ton petit frère. » Je me sens rougir : « Afin de ne pas te réveiller. » Elle m'embrasse comme au retour d'un long voyage : « J'ai ouvert les yeux sur la guerre. Ma mémoire date de la guerre, et j'ai besoin d'un homme qui l'a faite. – Tu me copies : tu vas le chercher de l'autre côté de la guerre. – Maman, je n'ai pas besoin d'un copain de papa. Papa n'a jamais compris mes câlins, durant la guerre. Il est satisfait d'avoir produit les graines d'une belle plante et d'avoir recommencé avec mon frère Paul. Il est heureux que je me sois bien sortie du désastre. Pour lui, les plantes poussent toutes seules. S'est-il même douté qu'il a été pour moi le roc auquel s'accrocher au temps de la guerre ? Ma mère, toujours pendue, haletante, à la radio, ne me parlait de rien. Toi, tu as été et es ma bouée de sauvetage. Celle qui sait tout de moi. » Elle m'étreint plus fort. Délivrée, j'ai ri.

« Maman, es-tu aussi heureuse que lorsque tu m'as recueillie ? » Je ne m'y attendais pas. On ne peut pas s'attendre à des questions comme ça. J'ai dit : « Je ne me pose pas la question. Donc c'est oui. – Vous ne vous lassez pas l'un de l'autre, papa et toi ? » Le regard bleu à quoi on ne peut échapper. Pas de faux-fuyants. « Moi, ça ne me vient pas à l'idée. Pose la question à ton père. » Son silence. Que sait-elle ? Qu'a-t-elle remarqué qui m'a échappé, qui m'échappe ? « Je ne vois pas le temps passer. C'est ma réponse à ta question. J'ai toujours autant besoin de ton père dans ma vie. » Elle n'a pas cillé. « Et de toi. »

Linda tombe dans mes bras : « C'est ce que tu voulais, quand tu avais mon âge ? – Ma mignonne, je n'ai su ce que je voulais qu'après avoir connu ton père. Six ans après mon premier mariage. C'est ton père qui a changé ma vie. Un couple, ma petite Linda, au risque de te paraître une rabâcheuse, c'est une femme et un homme qui s'aiment. Qui se veulent l'un à l'autre. Ils se changent mutuellement. Ce n'est qu'avec ton père que j'ai découvert ce que je pouvais demander à la vie. Mon mari Henri n'était qu'un mirage. – Tu crois que Roger saura me changer ? – Si vous vous aimez, oui. – Alors, puisque je l'aime, je pourrai changer Roger ! »

Soudain, j'entends des bruits sourds dans le lointain, vers l'est, en zone soviétique, donc. Je m'écarte pour tendre l'oreille. Vrombissements de chars ; des manœuvres, sans doute. La guerre semble si loin, en ce printemps d'après la mort de Staline. À l'étonnement de tous, il y a des actes de vraie détente : la guerre de Corée n'est pas finie, mais atténuée, presque arrêtée ; des médecins juifs accusés de tous les crimes sont libérés. Réhabilités. Du jamais-vu ! Enfin, ceux qui survivent. La presse de Moscou a même parlé à mots couverts de tortures. Je n'ose pas encore y croire. Babouchka dit que ceux que Staline laisse derrière lui sont « aussi couverts de sang que lui ». « Ils ne pourront pas revenir en arrière ; trente-cinq ans de terreur ne sauraient s'effacer aussi vite. » Elle compte depuis octobre 1917.

Je ne peux me laisser distraire, car notre conversation m'a mise en retard pour préparer le déjeuner. De quoi mobiliser Linda. Avant que je le lui dise, la voici en tablier. Comme nous achevons de mettre la table, Franz revient avec des fleurs. Quatorze roses pour Linda, des iris pour moi. Afin de donner à l'appartement un air de fête, nous les avons mariés. Toutes les pièces sentent bon la paix du printemps.

Franz fait le rabat-joie, ce qui n'est guère son habitude : « On m'a parlé de graves tensions du côté de la République démocratique, nom qu'a pris par antiphrase la zone soviétique. Des tensions sur les salaires. De nouvelles normes de travail trop augmentées. Certes, il ne peut rien se passer, mais c'est tout de même la première fois qu'on sent un frémissement dans la population. Les Occidentaux restent très prudents, pourtant il semble que dans les réunions quadripartites des forces d'occupation les Soviétiques se montrent plus conciliants. »

J'ai poursuivi mes préparatifs. Ma tête reste ailleurs. Si Linda est comme moi ? Non. Elle, elle saura tout de suite. Peut-être au cours de toutes ces années ai-je déteint sur elle ? Moi, j'ai été une petite fille ignorante et modèle. C'est seulement à l'âge qu'a Linda aujourd'hui que j'ai eu la curiosité, un jour, d'examiner ce qui restait de ma mère. Ça me trouble de penser à ma mère amoureuse, tuée par mon père pour avoir aimé un autre homme. Je ne le raconterai jamais à Linda. Tu ne sais rien de ce que l'avenir lui réserve. Seul Franz est au courant. Depuis le jour où j'ai pris la main de Linda pour qu'elle sente son frère bouger dans mon ventre, j'ai vraiment deux enfants. Me connaissait-elle, ma mère ? Je suis à présent bien plus vieille qu'elle au moment de sa mort. A-t-elle jamais été heureuse ?

Franz me fait sursauter en remarquant tout à trac que Roger aurait dû arriver à midi. Une demi-heure plus tard, rien ne l'annonce encore. Linda tourne en rond et s'énerve. Elle m'entraîne devant la glace du couloir pour équilibrer sa longue chevelure blonde, le col de sa robe. Il va falloir que je lui achète son premier rouge à lèvres. Non. J'attendrai ses quinze ans. Surtout ne pas la vieillir. Elle est déjà bien trop précoce.

Enfin Roger débarque en sueur, essoufflé. Pas appétissant du tout, même vieux chnoque défraîchi, hirsute. Seul son regard... Il lance, enroué, sans même s'excuser : « Manifestation extraordinaire à l'Est. Extra-ordinaire ! Les ouvriers du bâtiment qui érigent les buildings de la Stalinallee se sont mis en grève, je dis bien : *en grève* ! Et ils manifestent. Des Allemands qui brisent, sans prévenir, la discipline ! Du jamais vu ! Bien plus qu'un symbole ! La Stalinallee, tu parles ! La Stalinallee parle enfin et crie, même. C'est la révolution ! » Je retrouve le Roger d'avant, le Roger de Katie.

Il ne m'a pas embrassée, ni Linda. « Tu ne crois pas que tu vas un peu vite ? corrige Franz. – Écoute, ce qu'on n'a jamais pu obtenir de tes compatriotes contre Hitler, quand ils le pouvaient encore, disons jusqu'en 35 ou 36, les Russes viennent de le provoquer avec la bêtise bornée de leurs valets communistes, leur bureaucratie, leur incurie. Tes compatriotes bougent ! Tu imagines ? Ils bougent, Franz ! Et ils bougent huit ans après leur écrasement par la plus forte puissance militaire que le monde ait connue, qui possède elle aussi la bombe atomique et aura bientôt la bombe H. Et ça se passe vingt ans après la prise du pouvoir par Hitler ! » Bien dit à l'allemande, *h* aspiré et finale en couperet. Des ruines d'un clocher il a pu observer une partie du défilé à la jumelle. Voulu essayer de le photographier, mais pas le bon objectif. Il ne pouvait pas prévoir. Toujours les bonnes photos qu'on ne peut pas prendre.

Il revient à la tablée, me découvre, moi, puis Linda. Nous voit enfin, sourit en poursuivant sur sa lancée : « Imaginez, un défilé serré, continu, qui traverse l'Alexanderplatz ! Des écriteaux avec les revendications les plus simples : "À bas les normes !" Il a fallu les préparer d'avance, ces écriteaux ! Plus fort : il y en a même pour réclamer des élections libres ! Essayez un peu d'imaginer ! Des élections libres et donc la démission de Grotewohl et Ulbricht, les larbins du Parti ouvrier unique à la solde des Soviétiques ! La boucle est bouclée. La révolution va retrouver un sens ! »

Sa voix se brise d'émotion : « D'autres manifestants les rejoignent. Quel dommage que je n'aie pas eu les bons objectifs ! Ce sera flou. Mais vous, les Allemands de l'Ouest, vous allez rester à les regarder ? Bras croisés ? Il s'agit de votre avenir, aussi. De votre histoire commune ! » Il retrouve l'air gamin qu'il avait lors de notre rencontre à Belgem. Huit ans déjà ! Franz hausse les épaules : « Nous sommes encore si peu de chose. C'est toujours vous, les Alliés, qui avez tout en main. – Non, vous, les Allemands de l'Ouest, n'en serez pas quittes à si bon compte, avec vos frères ! – C'est l'Europe, si un jour nous la faisons, qui pourra les aider, ceux d'en face. Les aider à se dégager de l'étau soviétique, ai-je coupé. Je ne vais pas vous laisser gâcher une journée pareille ! – Katie aurait aimé ça ! » lance Roger.

Ce qu'il n'aurait pas dû dire s'il avait eu la moindre pensée pour Linda. J'ai craint qu'elle encaisse mal le coup, mais elle lui sourit comme si elle n'avait rien entendu, ou estime que ce passé ne la concerne pas. Elle saisit sa main : « Il faut que tu reprennes des forces. » Elle le fait redescendre sur terre. Il découvre qu'elle est là et l'embrasse : « Ma grande nièce de quatorze ans ! – Je ne sais pas à quelle heure je suis née, mais, officiellement, c'est demain 17. Donc, c'est treize ans et 364 jours. »

Il s'écarte pour mieux la regarder, frappé, j'imagine, par son aplomb, l'audace de sa coiffure, sa mise tout entière. Elle a du chien, ma gosse. Et de l'estomac. Je l'aime en cet instant comme si je l'avais faite. Roger est

sous le charme : « Tu es sûre que l'état civil ne s'est pas
trompé d'une année, voire de deux, que tu n'as pas
quinze ans. Seize… ? – Alors, tonton Roger, je suis bonne
à marier. »

Elle se jette à son cou. Tout le monde rit. Moi, un
peu trop fort. Convaincre Linda de ne rien brusquer.
De savoir prendre son temps. Dire que, tout à l'heure,
à cause d'elle, je cherchais un sens pour la vie à venir,
un sens aussi pour Franz. Comme si, depuis 45, l'histoire s'était bouclée. La voilà qui se réveille, l'Histoire !
Avec sa majuscule ! Après tout, je n'ai que trente et un
ans. Franz, dix de plus. Roger, quoi ? Trente-six, trente-
sept ? Vingt ans et plus que la gosse.

Nous passons à table. Affamé, Roger dévore le rôti,
mais touche à peine au dessert, une bavaroise, œuvre de
Linda, trinque tout de même avec elle qui boit le premier verre de champagne de sa vie, mais il lui souhaite
bon anniversaire en effleurant à peine ses joues du bout
des lèvres, et nous plante là pour écrire à chaud son
article qu'il dictera par téléphone au journal.

« Il ne m'a même pas vraiment embrassée », constate
Linda, dépitée, quand nous sommes seules. « Tu veux
un homme qui a fait la guerre, alors il traîne encore avec
lui ses buts de guerre. Tu n'a pas à le conquérir contre
une autre femme qui pourrait être mieux armée pour
l'amour que toi : il n'en voit aucune. Calmement, il faudra que tu saches le sortir de sa vie ancienne avec Katie,
pour le faire entrer dans la jeune vie qui est la tienne.
Le convaincre que tu lui offres un autre avenir. Ce n'est
pas écrit dans les astres. Ni dans ton sex-appeal, ma
mignonne ! »

Je m'étonne de la longueur de mon discours. J'ai
gagné. Linda se jette dans mes bras pour pleurer toutes
les larmes de son corps. Je laisse passer l'orage. Une fois

qu'elle est apaisée, je caresse, comme si je les découvrais, ses longs cheveux blonds, si souples : « Je vais te coiffer et te maquiller pour ce soir. Tu n'as pas besoin de leçons pour le séduire, mais dis-toi que le garder exigera de toi un sans-faute. »

J'ai touché juste. Linda se ressaisit. À présent, il faut que j'aille droit au but : « Surtout, pas la moindre esquisse d'une scène. Sois souriante, ravie. Montre-toi bien plus compréhensive qu'une fille de ton âge. Tu dois le sortir d'une journée très grave pour lui. Très lourde. Un jour comme aujourd'hui, il pense à pourquoi ses copains sont morts. Au sens de sa guerre. De celle de Katie. – Je serai compatissante, s'il faut ça pour l'avoir à moi... – Plus que compatissante : complice. Apporte-lui le repos du guerrier. Si tu y parviens, il t'en sera reconnaissant. C'est à toi de lui apprendre à vivre avec et pour une femme qui a un quart de siècle et la guerre en France de moins que lui, ma chérie. – Quand tu es venue me chercher, j'en savais autant sur la vie qu'une fille de seize ans. J'ai beaucoup vieilli, depuis. – Lui aussi. »

Je l'ai entraînée dehors, pour faire les nouvelles boutiques qui brillent de tous leurs néons agressifs sur le Kurfürstendamm, le centre du nouveau Berlin-Ouest. Elle m'a conduite chez des Italiennes et jette tout de suite son dévolu, comme dirait le comte, sur la nouveauté 1953 : un complet-veston pour femme. Bleu de ses yeux, il lui va comme un gant, met en valeur les galbes de sa poitrine, de ses hanches, de ses jambes, mais lui enlève son âge, sa fraîcheur. Avant que j'aie dit un mot, Linda tranche : « Il ne plaît pas à maman », et repart dans la cabine. Elle m'entraîne dans la boutique allemande. La vendeuse, chevelure coupée court et collée, genre années 20, s'étonne du contraste entre nous,

demandant à Linda : « Vous êtes sa fille ? » Ce qui lui
vaut une réplique en argot des rues. Du coup, Linda lui
fait apporter une dizaine de robes l'une après l'autre.
Prend des poses de tapineuse. Pour rien.

Finalement, elle me conduit chez les Françaises. « Tu
sais que je me demande si je parle encore le berlinois.
Tout a tellement changé. La langue aussi. » Je ne pouvais m'en rendre compte. À présent que Linda a passé
sa colère, elle se prête de bonne grâce aux essayages.
Elle juge que montrer un peu trop ses genoux fait petite
fille. « Avec des jambes comme les vôtres..., susurre la
vendeuse. – J'ai le mec qu'il me faut. Je ne cherche à
aguicher personne », rétorque Linda, laissant l'autre
bouche ouverte. Elle choisit une robe d'été qui met ses
bras nus en valeur.

Roger nous attend avec une brassée de glaïeuls qu'il
tend à Linda : « Comme tu es belle, ma petite fiancée... » Linda rougit, se laisse embrasser, court mettre
les fleurs dans un vase. Roger est déjà revenu sur ce qui
se passe à l'Est. La manifestation du matin révèle une
révolte spontanée. Elle va recommencer. « Les ouvriers
ne supportent plus la misère. Les autorités ont beau
leur seriner que l'Ouest n'est qu'une richesse de façade,
une vitrine du capitalisme, ils demandent pourquoi tout
reste rationné chez eux ; c'est parce que l'essentiel part
pour la Russie qui manque de tout, trente-six ans après
la Révolution. Même si on défalque les quatre années
de guerre et les pertes, ça leur laissait le temps de
construire le socialisme. – Où cela les mènera-t-il ?
demande Franz, angoissé. Nous, Allemands, n'y pouvons vraiment rien. Personne à l'Ouest ne volera à leur
secours. Les États-Unis sont englués en Corée ; les
Français, encore plus en Indochine ; les Anglais, même
si le Labour Party a perdu le pouvoir, ont trop à faire

chez eux. Staline est mort, mais ses généraux et ses tanks sont toujours là. – Imagine que tu vois la première révolte ouvrière contre le système. Et à Berlin... – Elle a eu un modèle, coupe Franz. Les marins de Kronstadt, en février 1921, le fer de lance de la Révolution, se sont rebellés contre la misère sous le gouvernement de Lénine. Comme mon père ne cessait de me le rappeler, Trotski a alors déjà su trouver assez d'Armée rouge pour les anéantir. Si tu imagines que ceux d'à présent vont prendre des gants avec des ouvriers berlinois... »

J'écoute, bouche bée, découvrant ce passé de la Révolution russe dont je n'avais, et pour cause, aucune idée. Déjà du temps de mes parents, donc ! Grand-mère a vécu ça. Elle a raison, avec la terreur. Il faut que j'apprenne à me sortir de l'exil des miens. Que j'apprenne cette histoire, pour mes enfants. Une histoire russe, allemande, française. Linda s'accroche plus fort à Roger, s'assied carrément sur ses genoux, pose un baiser sur sa joue, puis, voyant qu'elle ne l'arrache pas à sa politique, dit tout à trac : « Qu'est-ce que vous avez gagné, à la guerre ? »

Ça fait un trou, un énorme fossé de silence. Sans fond. Roger réagit le premier : « D'abord, c'est Hitler qui l'a voulue, la guerre. Nous aurions pu tous y passer. C'est sa fin qui nous a apporté un avenir. Et toi, Linda, ça n'était écrit nulle part que tu en sortirais. C'est parce que nous avons d'abord écrasé les nazis que ta nouvelle mère et Katie t'ont retrouvée. – C'est Roger qui a fait le plus pour te libérer, ai-je renchéri. – Oui, je sais, avec sa Cordelia... – Non, avec Steve, qui croyait en ton papa. »

Roger serre Linda dans ses bras : « Les Allemands ont commis l'erreur de se donner à Hitler qui voulait la guerre. – Je ne veux plus être allemande. En devenant ton épouse, je gagne deux fois : je t'ai, toi, et je suis

vraiment française. » Elle descend de sur Roger. Sa jupe
remonte, révélant ses longues cuisses jusqu'à la dentelle
du slip noir, mais elle ne pense qu'à prendre sa bouche.
J'ai fait celle qui ne voit rien : surtout de pas accorder
trop d'importance à cette démonstration ; revenir à
l'anniversaire, comme s'il ne s'était rien passé : « Dan-
sons, à présent ! »

J'ai couru au gramophone ramené par Roger des États-
Unis. Moteur électrique. Des disques, américains eux
aussi : Benny Goodman, Count Basie. Celui du dessus,
Air Mail Special. Franz a compris et enlace sa fille. Je vais
chercher Roger pour l'entraîner dans le rythme. C'est
parti. Je lui chuchote à l'oreille : « Dans ce pays sans
hommes, les femmes doivent te courir après. » Il me fixe
de son regard noir : « Je suis toujours en hiver, ma
vieille. Apollinaire, tu sais bien : *Crains qu'un jour un train
ne t'émeuve plus...* » Moi, je pense : *... un jour un sein...*
Pour voir si c'est vrai, au bout de quelques mesures, j'ai
changé de cavalier avec Linda. Comme par jeu. Elle ne l'a
plus lâché, de disque en disque. Lui non plus.

C'est moi qui ai réclamé une pause. Roger a pris ses
appareils et la pièce crépite de ses flashes. Je chipe un
de ses appareils pour photographier Linda dans ses
bras. Très chatte. La petite aura quand même eu une
soirée d'anniversaire.

Quand tout a été fini, je me suis inquiétée de ce que
ma fille avait dit de la guerre, de l'Allemagne. Avant de
me coucher, j'ai voulu en avoir le cœur net et, en
pyjama, je suis allée lui dire bonne nuit. Linda jaillit de
son lit, nue, et plonge dans mes bras. Je ressens toujours
la même émotion à toucher sa peau. Celle de Franz.
« Dis-moi ce qui ne va pas. » Linda me serre plus fort.
« Maman, je me sens maladroite. Trop impatiente. J'ai
posé une question idiote. – Pas idiote du tout. D'une

petite Allemande de ton âge. » Je l'embrasse, la recon-
duis à son lit, puis je me couche à côté d'elle : « Ma
petite grande fille. » Linda se pelotonne contre moi,
puis ouvre la veste de mon pyjama : « Je peux ? » Elle
met sa tête comme autrefois entre mes seins. « Il me
semble que je t'ai portée en moi comme ton frère. »
Linda se relève : « Mais tu es ma maman de chair. Tu
sais bien que jamais maman Waltraut ne m'a prise
contre elle. » Elle se pelotonne de nouveau. Puis se
relève : « Dis-moi, maman, tu as tout ce que tu veux ?
– Il ne faut jamais penser qu'on est satisfait, ma chérie.
Parce que ça veut dire qu'on ne veut plus aller de
l'avant. La vie se nourrit de l'imprévu. Souvent pour le
mal, aussi pour le bien. Le mieux. » Je laisse le silence
s'établir. Je sens à nouveau la chaleur du jeune corps.
« Raconte-moi, papa et toi. »

Je ne peux me dérober. « Eh bien, en prison, je me
sentais de bois. Surtout face à une copine, dans ma cellule, qui me racontait les exploits entre son mari et elle.
Et puis, ton père nous a libérées. Un moment après, je
me suis sentie jalouse de Katie qui le provoquait. Et
quand ton père a fait attention à moi, j'ai voulu lui
plaire. J'ai inventé sans réfléchir. J'ai gagné. C'est ça, la
réponse à ta question. »

Le regard bleu. Direct. Linda précise : « Pour toi,
malgré ton mari, c'était la première fois. » J'ai mis le
doigt sur sa bouche pour l'empêcher de continuer : « Il
m'a donné ce dont je rêvais quand j'avais ton âge. – Tu
dis toujours que je n'ai pas d'âge. – Comparée à moi,
enfant, c'est vrai. Mais, adolescente, j'étais moins
niaise. Enfin si, beaucoup plus que toi ! » Nous éclatons de rire.

Linda m'enserre plus fort : « Reste dormir avec moi.
J'en ai besoin, ce soir. – Si c'est toi qui vas le demander

à ton père... » Elle a conquis ce droit, le premier soir, à Berlin, et le revendique quand Paul est chez son grand-père. Ce soir, je ne m'y attendais pas, parce qu'elle s'est comportée toute la journée en fille déjà sortie de l'enfance. J'ai été surprise. Je hoche la tête. Elle a déjà sauté hors du lit et revient : « C'est oui. Papa comprend vite. Tu crois que Roger m'attendra ? – Je suis certaine qu'il ne fera entrer aucune autre femme dans sa vie. – C'est ce que je voulais t'entendre dire. Dis, ça ne va pas trop mal se passer, à l'Est ? – Espérons, ma chérie. » Elle s'installe à mes côtés, remet un instant sa tête sur ma poitrine, m'embrasse.

Quand je la sens ensommeillée, je m'écarte, remonte le drap jusqu'à ses yeux, comme quand elle était petite, pose un baiser sur son front : « Tu peux dormir toute seule à présent. Ils m'ont épuisée. – Bonne nuit, maman. Tu m'as rassurée. » Franz m'attend, lisant à la lumière de la veilleuse. J'ai besoin de lui et crains qu'avec les drames à l'Est... Encore plus quand il me montre la couverture du livre qu'il lit, le titre en rouge : *L'Homme révolté,* Albert Camus en noir. Je savais Charles et Roger troublés par cet écrivain. Franz, lui, se montre radieux : « Il y a déjà dans ce bouquin tout ce qui est en train de se passer ici. Écoute plutôt : *Ceux-là font avancer l'histoire qui savent au moment voulu se révolter contre elle aussi.* »

Oui, c'est bien pensé, bien écrit. Je m'en sens irritée. Ces mots éloignent Franz de moi. J'ai déjà payé plus que mon dû à l'époque. Je me suis consacrée toute la journée à ma fille. Je voudrais penser à moi. Comment lui dire : je te veux ? C'est fichu. J'ai reboutonné et resserré mon pyjama. Puis nos regards se sont croisés et il a posé son livre.

2. Roger

Depuis Katie, tu as foulé le sol de tant de villes !
L'écrasement des trottoirs sous la masse des gratte-ciel
à Manhattan, les corps qui jonchent les ruelles de Cal-
cutta ! Saigon où l'armée française se défoule d'une
guerre bien plus dure que prévu. Buenos Aires qui
désapprend à danser sous la dictature de Perón. Rien
n'y fait. Paris reste la ville que tu as réapprise avec
Katie : il y a toujours un coin de rue où je la crois à mon
bras. Berlin, où je l'ai perdue, m'offre la délivrance
d'être, jusqu'en son tréfonds, coupée de son passé. Je
me reconstruis dans ses quartiers hérissés de grues, à
l'Ouest. À chaque fois que je quitte mon appartement
neuf, je crois pouvoir commencer quelque chose d'inconnu, et ça reste vrai, ce matin, même si j'emmène Franz
avec moi.

Ma deux-chevaux Citroën, ma « deudeuche », part
au quart de tour de manivelle et continue à faire sensa-
tion avec son allure d'échassier sur pneus, car elle passe
par n'importe quel chemin au travers des décombres
qui jonchent encore pas mal de chaussées. Je retourne
à mon poste d'observation de la veille, ce coin des
ruines de Kreuzberg, au-delà de l'Oranienstrasse, d'où,
par-dessus l'eau vert sale de la Spree, je peux découvrir
les chantiers de l'orgueil du régime d'en face, les
immeubles neufs de la Stalinallee. Déjà une foule s'y
agglutine, ce qui, à soi seul, fait événement.

Il tombe une pluie régulière, fort peu d'été, parce
qu'elle transperce, mais qui ne brouille pas vraiment la
vue. D'une maison voisine reconstruite Franz et moi
entendons la radio de l'Est mieux que par les distor-

sions des haut-parleurs aux carrefours, de l'autre côté. Le speaker s'égosille à dénoncer les provocateurs venus de l'Ouest. Je passe mes jumelles à Franz pour qu'il voie les groupes converger en silence autour de l'espèce de citadelle en béton géométrique qui a été jadis le QG de Goering. Épargnée, on ne sait pourquoi, par les bombardements, elle abrite un des centres du gouvernement communiste.

« Tu sais, Franz, un jour Katie m'a dit : "Le pire, c'est de croire qu'il ne te reste plus qu'à te laisser aller. Qu'à leur céder." Cela se passait tout de suite après son arrivée à Auschwitz. Il avait gelé très fort sur la boue du dégel. Elle racontait qu'elles devaient porter des madriers dans une montée raide : "Nous dérapions les quatre fers en l'air jusqu'en bas, et les gardiennes nous recevaient à coups de trique en se tordant de rire, parce qu'avec nos claquettes à semelles de bois nous n'arrivions pas même à tenir debout. Arrivante, j'étais déroutée, humiliée, et je ne savais pas quoi faire. Par hasard, en essayant de me rattraper, j'ai cassé la glace avec mon madrier, j'ai mis le pied dans le trou et je me suis servie du madrier comme d'une canne pour creuser des encoches dans la terre gelée et monter. J'ai crié dans toutes les langues aux autres ce qu'il fallait faire. Quand nous sommes arrivées en haut, nous nous sommes embrassées. Les gardiennes n'ont pas osé nous taper dessus. C'est là que j'ai su que je pouvais leur tenir tête." Franz, je te raconte ça parce que, depuis hier, je me répète qu'à l'Est tes compatriotes ont découvert qu'ils pouvaient casser la glace. »

J'ai parlé longtemps, sans reprendre haleine. Je ne pourrai appeler mon bouquin *Après la guerre*. Elle n'est pas finie, la guerre. Il est fait pour Katie, pour Julia. Pour Linda. Elles sont revenues de si loin... *Les Revenantes* !

Le regard bleu de Franz me transperce pour voir au-delà de moi : « Nous avons oublié, sous Hitler, que nous pouvions casser la glace. Et tout enduré, en Russie, jusqu'à bouffer des racines pourries dans la retraite, sans même penser à nous rebeller. Tu as raison, ils veulent s'en sortir, les miens d'en face, mais je crains que les Russes ne les écrasent. – Peut-être, mais ils entrent dans l'Histoire avec une majuscule. – Tu le crois vraiment, dis-moi ? » J'ai soutenu son regard. « Oui. Ils ne vont pas à l'assaut du ciel, comme jadis nos communards, ils veulent juste combattre ceux qui les exploitent. »

Au-delà, vers l'est, des bruits de chenilles nous déchirent les oreilles. Puis ils sont couverts par les hurlements et les sifflets de la foule. La réédition de la veille, en plus grand. En beaucoup plus grand ! Une accalmie de la pluie nous permet de lire les pancartes : « *Nieder mit Ulbricht !* » À bas Ulbricht ! Il s'y joint : « *Nieder mit Pieck !* » Le président de la zone, un vieux révolutionnaire blanchi sous le harnais. « Ils ne croient décidément plus à rien, ceux d'en face ! » commente Franz. Une banderole se déplie : « Nous ne voulons plus être des esclaves ! » J'ai essayé de la photographier, mais, avec la pluie, ça ne passera pas. L'averse redouble, déferlant sur les camions militaires qui déversent à la chaîne des équipes puissamment armées de la Volkspolizei. Les Vopos.

J'ai braqué mes jumelles vers les chantiers. La pluie ne m'empêche pas de voir les échafaudages se dissocier et s'écrouler comme des châteaux de cartes. Dans la foule surgissent des débris de barrières, des madriers, des tiges de fer. Je passe mes jumelles à Franz : « C'est une insurrection ! » Je vois les larmes couler sur son visage. Je ne sens plus la pluie. L'*éruption de la faim*, comme dans le vieux chant de *L'Internationale*. C'est bien ce qu'ils chantent en allemand. Je plaque dessus le français : « *La raison tonne en son cratère. C'est l'éruption de la faim...* » Si le vieux Pottier s'était douté que sa chanson... Condamné à mort après la Commune, quinze ans après il se terrait dans Paris, bien oublié, quand un maire socialiste la fit mettre en musique. En allemand, le chant me semble plus ample. Franz me rend mes jumelles. « Je ne peux plus. Je les ai mouillées de mes larmes. C'est trop pour moi ! Si mon père voyait ça ! »

Claquent les premières détonations, de brèves rafales de mitrailleuse, puis des coups sourds des chars qui tirent, semble-t-il, en l'air. On ne découvre aucun effet sur le gonflement de la manifestation. « Ils en veulent. Ils n'ont pas peur ! » ai-je crié. C'est alors que, des échafaudages brisés, les premières flammes jaillissent.

Pleurer a fait du bien à Franz. Il se raidit comme s'il risquait de briser le rêve qui se déploie sur l'autre rive. Nous sursautons à l'arrivée d'une horde de camions à haut-parleurs annonçant que l'état de siège est décrété. « C'est bien la moindre des choses ! lance Franz. Un gouvernement socialiste tirant sur les ouvriers, ce n'est pas Hitler qu'on rejoue, mais le socialiste Gustav Noske et sa Semaine sanglante de 1919 ! L'histoire bégaie ! – Je ne t'ai jamais vu dans une colère pareille. – Pour mes deux enfants. Il faut que je leur raconte mon Allemagne ! »

Les rafales se font plus lourdes, passent à une canonnade, relayée dans les silences par les cascades d'effondrements des ruines frappées. D'où nous sommes, la montée en ligne des chars russes semble encore sans effet sur la foule, mais je devine au loin comme des ondes de reflux. L'avantage vient de passer aux armes lourdes.

Franz dit qu'il ne veut pas voir ça et se met à descendre en essayant de ne pas entraîner de pans de ruines avec lui. À ma montre, cela fait plus de quatre heures que nous sommes là. Franz pleure sans plus se cacher. Je le prends à nouveau par les épaules : « Tout ça pour des normes infernales ! Il a fallu que les imbéciles imposés par Moscou les poussent vraiment à bout. Et pourquoi les capitalistes de l'Ouest se gêneraient-ils, à présent ? – Staline a-t-il fait autre chose que les aider, bafouer la Révolution et écraser les révolutionnaires ? Dis-moi, Roger, toi qui échappais au bourrage de crâne nazi ! – Oui, mais Staline est mort et tu vois que ça continue sans lui ! – Rentrons. Il ne faut pas gâcher l'anniversaire de la petite. »

Reprenant la deux-chevaux, je reviens vers le centre bien nettoyé par la pluie. Je dépose Franz et m'intercale sans peine parmi les grosses bagnoles des surplus américains agglomérées devant le journal, les seules qu'on pouvait acheter sans liste d'attente. À la salle de rédaction, l'excitation est à son comble. Un correspondant de la *Süddeutsche* vient de rentrer d'en face. Il s'est trouvé au milieu des ouvriers qui se faufilaient parmi les tanks et interpellaient les troufions ahuris dans leur tourelle. Certains savaient assez de russe pour leur crier : « Vous n'avez pas honte de tirer sur des ouvriers ? De quels ventres êtes-vous sortis, pour tuer vos frères ? »

D'autres, armés de poutres ou de planches, couraient après les Vopos. Un Vopo avait trébuché et s'était retrouvé allongé sur les pavés de la chaussée trempée, au milieu des ouvriers qui lui demandaient pourquoi il oubliait à ce point d'être allemand. Un grand type qui semblait un meneur lui avait crié que cela faisait vingt ans qu'ils devaient fermer leur gueule, mais qu'à présent personne ne pourrait plus jamais les obliger à continuer, comme si les nazis étaient toujours là.

Je note tout à chaud et expédie mon papier.

3. *Franz*

La pluie a cessé, les tirs et les cris aussi. Le silence écrasé de la défaite. Chacun de mes pas pèse une tonne. Je me sens encore plus vaincu qu'à Berlin, ce 22 avril 45, dans cet abri où je me suis rasé au milieu de la foule qui se terrait. Au moins, tu ne risques plus de tomber sur des SS. Tu penses soudain que le vieux général de ton block, dans le camp américain, a perdu son pari : les Italiens l'ont condamné à la prison perpétuelle. Ont-ils jugé que, dans son genre, il était « *ein anständiger Kerl* » ? Que sont devenues sa femme et ses deux filles ? Il peut communiquer avec elles si elles ont survécu. Tu n'es pas dégagé de ta promesse. « Roger n'est pas là ? me lance Linda dès que j'entre. – Il écrit son article. N'approche pas. Je dégouline de pluie. »

L'ombre sur son visage. Il n'y a que Roger qui compte ! Je la serre dans mes bras en lui caressant les cheveux. Tristesse de ne pas avoir su prendre le temps de la regarder grandir. « C'est donc si terrible, ce qui se passe à l'Est ? – Oui, ma petite chérie. Par la faute des Soviétiques, la répression contre les ouvriers va donner bonne conscience à tous ceux que ça ne gêne pas d'avoir participé au nazisme. – Il n'y a donc plus d'avenir ? – Si. Mais tout est à recommencer. Tu me feras grand-père. »

Le chagrin lui rend tout à coup sa petite frimousse de la guerre. Celle de mes fins de permission. Je l'attire contre moi. Elle fixe sur moi ce regard des mauvais jours que je lui ai légué. Je ne peux pas la laisser dans mon désarroi : « D'abord, tu as un avenir. Ensuite, si c'est une défaite pour les ouvriers de l'Est, elle compte beaucoup plus en bien pour leur avenir que s'ils étaient restés passifs. Malgré tout ce qu'on va leur faire payer, la Sibérie sans doute pour les meneurs, ils savent qu'ils peuvent tenir en échec le parti unique que les occupants leur imposent. C'est la première fois, ma chérie, que l'Allemagne écrit quelque chose dans l'histoire du progrès depuis que les sociaux-démocrates se sont reniés pour faire la guerre, en 14. Tu comprends ce que je veux dire ? – *Jawohl, Vati.* Mais, pour les filles et les garçons de mon âge, de l'autre côté, ils préféreraient moins d'histoire et plus de liberté ! – Ils n'ont pas le choix. La liberté ne leur sera jamais donnée. Certains vont se laisser séduire par les maîtres... On ne sait jamais ce qui va produire de l'avenir. En avril 45, après qu'on m'avait rappelé à Berlin, quand j'ai été ramassé par des SS, je ne donnais pas cher de mon avenir. C'est pourtant comme ça que j'ai ramené ta maman Julia et Katie à l'Ouest. »

J'ai retrouvé mes repères et mes raisonnements d'avocat. Je sens que Linda attend autre chose. De moins théorique. Elle me prend les mains, comme toujours lorsqu'elle veut se confier. « Je veux épouser Roger sitôt que j'aurai l'âge légal, dans un an et trois mois. Tu me signeras une autorisation ? » Son pari de petite fille. Je biaise, prends de la distance : « On en reparlera dans un an, ma chérie. » Elle plante une nouvelle fois son regard dans mes yeux : ce refus de tout chemin de traverse qu'elle tient de moi. « Dans ce cas, je te préviens, je ne serai plus seulement sa fiancée. » Elle me tourne le dos et sort. Il n'y a que Julia qui puisse lui faire entendre raison. Des mots. Si les ouvriers de l'Est avaient entendu raison...

Le sort de ma fille et celui de l'Allemagne dansent un chassé-croisé où je perds mes repères. J'aurais dû lui dire crûment : ne comprends-tu pas que Roger a choisi Berlin par fidélité à Katie ? Parce que c'est là qu'elle est morte ? En voulant te protéger. Mais Linda le sait mieux que quiconque. Elle sait aussi que c'est elle, la vivante, qui a tous les choix et pas d'âge, depuis la mort de Waltraut. Il faut que Julia lui parle. Ce sont des affaires de femmes. Oui, mais c'est toi, l'Allemand.

J'entends monter de la chambre de Roger un concerto de Mozart, un concerto pour piano qui, soudain, prend des accents déchirants. La mémoire me revient : celui qu'on appelle « Jeune Homme », qui n'est pas ce qu'on croit, mais le nom d'une pianiste... C'est de la musique que Roger avait ramenée d'Amérique pour Katie. Avec le tourne-disques américain qu'il suffit de brancher sur le courant. La musique revient, sublime, sur le déchirement. Je pense : Linda sait qu'elle aura à le sortir du souvenir de Katie. Rien ne lui fait peur. Imbécile, quand tu l'as faite, tu croyais que l'armée t'apporterait un exil intérieur ! Tu ne peux le lui dire. Il faudrait lui avouer : j'ai épousé ta mère pour me ranger. Pour accepter de vivre dans la société des nazis. C'est à moi seul de faire face pour que ni mes enfants ni Julia n'aient à en souffrir.

4. Roger

Je suis encore tout plein de ce que je viens d'envoyer à Paris quand je retrouve Franz seul chez moi. Je lui

déballe tout ce qui me tenaille : « J'ai éprouvé la même
envie de dégueuler à Belgem en 45, quand j'ai appris le
retrait des Américains. – Toi, au moins, tu peux te
défouler avec ton stylo. Moi, qu'est-ce que je peux dire
à Linda ? Le jour de ses quatorze ans ! » Du coup, je
fuis dans ma chambre. Quand le monde prendra la
mesure de ce qui vient de se passer, quel coup pour la
gauche ! Les communistes ne voudront pas voir plus
loin que le bout de leur nez. Entonner leur hymne de
l'Allemagne revancharde, et mettre les manifestations
du peuple allemand au compte des nazis, ce qui sera
vraiment la pire des trahisons ! Personne n'osera, en
public, verser un pleur sur les ouvriers tombés aujourd'hui.
Ni même penser à ceux qu'on va déporter. Tu crois
toujours qu'un article bien ficelé peut détruire le mensonge ? Tu ne peux vivre que comme si...

Mon lit est resté en désordre, mais quelqu'un a posé
mon courrier sur la table : la lettre anglaise avec la pension militaire de Katie. Les services ont été parfaits,
antidatant les pièces nécessaires afin qu'elle devienne
Mrs Katie Mildraw-Chastain. Quelqu'un vient de se
servir du tourne-disques ; il est encore chaud. J'entre en
robe de chambre dans la salle de séjour. Linda y est en
peignoir, dans le fauteuil. Elle se lève comme une fusée
et se jette à mon cou : « J'avais tellement peur pour toi.
– Il ne fallait pas, petite fiancée. Ton vieux Roger sait
passer au travers des gouttes. Les gouttes, c'est d'autant
plus vrai que, ce matin, il pleuvait vraiment très fort.
– La radio parle d'un véritable massacre. – Non. Mais
des morts et des blessés. Surtout, une répression
d'autant plus sauvage qu'en face les chefs ont eu peur. »

Elle reste dans mes bras et je l'éloigne avec douceur,
puis referme les pans de son peignoir qui s'écartent sur
sa poitrine et son ventre nus. « Je ne veux plus être ta

petite fiancée, surtout s'il y a la guerre. Je veux être ta fiancée tout court ! Depuis que tu as perdu Katie, il ne te reste que moi. » Elle laisse glisser le peignoir.

Je ne peux m'empêcher de l'admirer, seins parfaits, une nudité à faire rêver les pinceaux de Lucas Cranach l'Ancien. Pour trouver une contenance, je ramasse le peignoir et le repose sur ses épaules. « Renfile-le. C'est moins simple que tu ne le crois, la vie, petite Linda. Tu es très belle. Très désirable. Ce n'est pas parce que tu as tout d'une femme que tu peux déjà prendre des décisions de femme. – Cet après-midi, je me suis couchée nue dans ton lit. J'ai mis le disque de Mozart que tu aimes, pour communier avec toi. Ce soir, tu dormiras dans mon odeur. »

Elle ferme le peignoir, renoue la ceinture en me regardant avec défi. Je garde mes distances : « Faire l'amour, ce n'est pas prendre un verre d'eau quand on a soif, comme le voulait Clara Zetkin, la sainte patronne bolchevique de tous les futurs Ulbricht de la Terre. Elle traitait l'amour physique comme une affaire de tuyaux bien ajustés, croyant que c'était ça, le matérialisme de la révolution. Elle refusait l'amour, le vrai, parce que l'amour entre la femme et l'homme, c'est tout partager, même ce qui ne se partage pas. Pourquoi prendrais-tu le fardeau d'un homme de trente-sept ans qui a perdu son père à l'autre guerre et est en guerre depuis la moitié de son âge ? Qui a perdu, dans le nouvel après-guerre, la femme qu'il aimait ? – Parce que moi aussi je suis née dans la guerre. Je me sens faite pour toi, Roger, mon chéri. Je sais qu'avec moi tu pourras être l'écrivain que tu portes en toi. J'ai ouvert ton gros manuscrit que tu caches : *Les Revenantes*, roman. Tout y est. J'aimais Katie. Je voulais être un jour aussi libre qu'elle. Je peux prendre un homme qu'elle a pris avant moi. »

Je l'écarte parce que je la désire, et elle se laisse faire :
« D'accord. Je vais attendre. Passer mon bac. Mais c'est
à une condition. Ce soir, j'annonce nos vraies fiançailles
à mes parents. – Oui, puisque cela te laisse la possibilité
de changer d'avis jusqu'à ton bac... – À moins que tu ne
me prennes avant... » Elle éclate de rire : « En photo !
Je vais dire à grand-mère : "Tu sais, j'ai couché dans le
lit de Roger." Elle me consolera. – Grand-mère ? – La
grand-mère de maman Julia. Elle est devenue ma grand-
mère. Une grand-mère à qui je dis tout, bien plus qu'à
Julia. Grand-mère me raconte quand maman était
petite, et la maman de maman, sa fille. »

J'ai pensé : elle a tout reconstruit. Je suis allé chercher mes appareils pour garder mes distances. Assez de
soleil après la pluie. Pas besoin de flash. Je l'ai
mitraillée, la laissant se prendre au jeu, varier ses poses
à moitié nue, carrément nue. « Pour toi, *quand tu seras
bien vieille à la chandelle...* – Merci. On m'a fait lire
Ronsard : Roger *me célébrait, du temps que j'étais
belle* ! » L'éclat de la grâce. Sitôt le flash passé, elle se
lève d'un bond, met sa main sur ma robe de chambre :
« Au moins, je sais que je te fais de l'effet. C'est mon
cadeau de fiançailles. » Elle part en dansant, puis, brusquement, se retourne : « Grand-mère m'a dit que la
maman de maman avait été tuée par son mari parce
qu'elle avait un amant. Je suis vraiment de la famille,
puisque je te veux pour amant. Tu es le seul qui pense
à l'Allemagne. Quand je t'aurai fait nos enfants, j'aurai
besoin de retrouver mes repères, pour eux. Tu m'y
aideras bien mieux que papa. »

Elle prend ma bouche, s'écarte en ouvrant son pei-
gnoir, le referme en me narguant, comme pour dire :
Cause toujours, je finirai bien par avoir ce que je veux.
Elle ferme la porte sans la faire claquer. J'ai le sang à la

tête. J'ai eu raison de lui résister, mais je comprends, à l'instant où elle passe la porte, que j'aurai désormais la peur, tout au fond de moi-même, qu'elle, un jour, devant un homme jeune, sans passé... Je suis trop vieux pour elle dans un monde trop lourd à porter. Qu'a-t-elle voulu dire en déclarant qu'elle est « ce que j'ai gagné à la guerre » ? Nous, les gens de la Résistance, nous n'avons rien gagné de ce que nous attendions, juste le droit de continuer la partie quand Daladier à Munich, puis Hitler nous l'avaient enlevé. Sans même savoir mieux la jouer.

Gaiaigner, jadis, c'était avoir sa part de butin. Ça, au moins, c'était franc, sans fioritures, définitif. Les nanas forcées, les bijoux, le pognon. Les Soviétiques en sont restés là, qui ont tout ramassé. Le peuple ne gagne rien à une telle guerre. Pas même eux et leur belle portion d'Europe au prix de leurs millions de morts. Aujourd'hui, la peur va s'insinuer à Moscou et sans doute balayer les petits frémissements de liberté qui s'y manifestent depuis la mort de Staline. Mes copains sont morts pour ce peu d'espoir, pour le droit à la liberté de l'Ouest. Tu survis. Si ça ne voulait pas dire seulement vivre en plus, mais vivre plus ? Ça dépend de toi.

Je sors de ma valise la boîte où je range mon manuscrit. J'y repère un léger désordre et imagine les fines mains de Linda en sortant les feuillets. A-t-elle ouvert la pochette avec les nus de Katie ? Je ne veux pas savoir. Je tombe vite sur le passage que je veux reprendre, à cause de « tu survis ». Je sors mon stylo, marque d'une croix l'ancienne page à l'endroit où se situera l'ajout, et une autre au verso de la précédente. J'ajoute : « Vivre plus ! » Je crois, en cet instant, que Linda me porte chance.

J'ai oublié le cadeau finement choisi qui saluerait ses quatorze ans. Trop tard pour en inventer un ! J'ai le cœur qui bat. La pauvrette... D'autres fleurs, ça serait idiot. J'avise le choix de poèmes de Rilke que je viens d'acheter parce que le mien est en lambeaux. Sauvé ! Je prends mon stylo : *À Linda, ce poète qui a accompagné ma vie. Pour le partager avec elle.* Je me sens libéré. Je ne triche pas. Elle y lira ce qu'elle veut.

Le téléphone. Charles : « Marion et moi voulons d'abord féliciter Linda. Mais la radio dit que ça va plutôt mal, à Berlin. – Je vais appeler Linda pour que tu le lui dises toi-même. Pour le reste, les ouvriers de Berlin-Est ont lancé la première révolte contre le stalinisme. Elle a été écrasée, mais, je te jure, c'était grandiose ! » La voix de Charles se casse : « Écrasée ? – On ne peut pas dire autrement. Les chars. Ne manquait que l'aviation. Les Soviétiques ont pris peur. Tu auras tous les détails dans le papier que j'ai envoyé à *France libre*. – Heureusement que tu étais là. Tu crois vraiment que c'est pour en arriver là que tant des nôtres sont morts ? – On va tout faire pour détourner la question, mon vieux. Les cocos vont hurler que c'est la résurgence du nazisme. – Dis-moi, Roger, comment Linda prend-elle ça ? – Comme une grande, mon vieux Charles. Elle veut un avenir. Je te l'appelle. »

Je crie à Linda de prendre l'appareil. Charles m'a fichu le cafard. Qui, en France, est prêt à comprendre ? J'entends : « Bonjour, Charles ! » Puis : « Je suis une grande fille. Ce soir, je deviens officiellement la fiancée de Roger. D'abord, je l'aime. Ensuite, ce sera mieux pour moi d'être aussi française pour affronter l'avenir de l'Allemagne ! » Je devine que Charles a dû lui passer Marion, parce que je la vois rougir. « J'espère que tu seras toujours à mes côtés. Je t'embrasse très-très fort ! » Elle repose l'appareil : « Tu vois, Marion me comprend. Elle m'a seulement dit que deux ans de fiançailles ne me feraient pas de mal ! » Elle saute dans mes bras. Julia entre. Je les ai tout à coup toutes les deux devant moi, comme dans mon viseur. Julia règne. L'effronterie de Linda met sa beauté en majesté. Son charme épanoui. Comme si elle devinait mes pensées, Linda me quitte pour elle. Julia s'épanouit davantage.

5. *Julia*

Sitôt que nous sommes seules, Linda me prend par la main : « Maman, j'ai couché dans le lit de Roger. » Avant que j'aie décrypté ce curieux aveu : « Il n'a pas voulu de moi. » Je la serre dans mes bras, caressant ses longs cheveux qui coulent librement : « Ma jolie grande fille, tu es assez avertie pour comprendre que l'âge de ce que tu as vécu et ton âge réel ne correspondent pas. – Charles et Marion ont téléphoné pour me féliciter. Roger les a mis au courant de la situation à l'Est. J'ai tout dit à Marion. Elle me comprend... – Moi aussi, je te comprends. » Elle se dégage. « Avec les morts en face, Roger va repartir en guerre. – Il a Katie à venger. » Je me mords la langue, mais il faut qu'elle retombe dans ses quatorze ans. « Maman, je peux le partager avec Katie. Je serai toujours partagée, allemande et française. » Jamais je ne l'ai vue si belle, comme si elle partait à l'assaut, *La Liberté* de Delacroix sur la barricade : « C'est que la guerre reprend, mon enfant. – Roger m'a expliqué : Katie s'était mise à croire à la paix. Trop vite. – C'est ce qu'il se dit pour trouver un sens. Le malheur n'a jamais de sens, pour ceux qu'il frappe. J'ai vu Claudine violée devant moi. Les salauds, quand elle leur a dit qu'elle était communiste, lui ont lancé en russe des injures telles que je ne les comprenais pas. – En somme, avec ce qui se passe à l'Est, c'est mieux que Claudine soit morte avant. »

Il y a toujours, chez ma fille, des associations d'idées qui me laissent sans voix. Mon fils Paul mène sa vie avec l'indépendance des garçons, pour venir se faire consoler en cas de malheur, mais ma fille, c'est différent. Il me semble vraiment à présent que Linda est sortie de moi. Je la devine, mais elle est tellement en avance sur moi à son âge. « Tu te construiras ta vie. J'espère que tu ne connaîtras plus la guerre. – Maman, tu sais ce qui me ferait plaisir comme cadeau d'anniversaire ? Que, ce soir, je puisse dormir avec toi, comme quand j'étais petite. On enverra papa sur mon divan. – Si tu sais l'en persuader. – Comme ça, je resterai sage. »

Elle m'embrasse et s'enfuit. Je me demande si je sais m'y prendre avec elle. Mieux que sa mère, assurément. Mieux que si j'étais sa mère ? Elle me confie ce qu'elle n'aurait jamais... Franz fait irruption : « Une vraie guerre à l'Est. – Tu crois que la guerre froide va reprendre ? Tout semblait pourtant s'éclaircir, depuis la mort de Staline. – C'est le régime d'en face qui a failli sauter. S'ils ont une once de raison, ils desserreront leur étau. Et puis, je vais te dire : grâce aux ouvriers d'en face, pour la première fois depuis que je me suis rendu aux Américains j'ose me penser en Allemand. Je ne dis pas que j'en suis fier. Je cesse de m'en vouloir. – Je ne t'ai donc pas guéri ? – De mes malheurs, tu le sais bien, mais il me restait un sentiment de fuite devant l'Allemagne. Maintenant, je peux dire : je suis Allemand. – J'ai parlé avec Linda. Elle a voulu coucher avec Roger qui lui a gentiment fait la leçon. Elle veut dormir avec moi, ce soir. » Ça le fait rougir. « En somme, toutes les deux, vous me laissez en tête à tête avec l'Allemagne. » Il me prend dans ses bras. « Camus n'a pas prévu l'aide que ceux de l'Est apportent aux forces du passé ! » Je l'étreins à mon tour : « Je reviendrai. À trente-deux ans, je ne passerai pas cette nuit sans toi. »

6. Roger

Je les ai raccompagnés à leur avion à Tegel avec ma deux-chevaux. Pas une très bonne idée, parce que, quatre passagers, plus les bagages qui dépassent du toit ouvrant, aplatissent les amortisseurs au point de laisser frotter les pneus sur les ailes, dans les virages. Ma deudeuche et moi, nous nous en sommes bien tirés.

Je cadre une dernière photo de notre groupe. Franz au chariot à bagages, Julia épanouie. Linda, qui semble autant sa fille en blond que celle de Franz. Au fond, c'est Julia qui fixe plus que jamais les règles ; enfin, des règles en dehors des règles. En les rattrapant, je lui en fais le compliment. « Tu en es sûr ? demande-t-elle avec son plus beau sourire. – Tu le sais, la première. – Pourquoi me dis-tu ça aujourd'hui ? – Parce que vous êtes ma famille. – Il a raison, maman, coupe Linda, radieuse, puisque tu seras un jour sa belle-mère ! » Elle me saute au cou, me plaque un baiser d'amoureuse sur la bouche : « J'ai déjà commencé le Rilke. Je le reprends dans l'avion. Comme ça, tu seras là ! » Elle met ma main sur son cœur. C'est-à-dire sur son sein. « Tu es contente que Charles et Marion aient pensé à toi ? – Surtout Marion. » Elle rougit comme hier au téléphone. Je me garde de le noter, mais mon regard ne lui a pas échappé. « Marion m'a confié qu'elle, elle avait attendu

jusqu'à ses vingt-trois ans, et Charles... » Elle tombe
dans mes bras. Julia me menace du doigt en riant : « Je
ne fixe aucune règle. Je suis une femme de trente ans,
avec trop de passé, mais je nous veux de l'avenir. »
Franz et moi nous étreignons sans mot dire. J'ai la
même histoire qu'eux. Julia et Franz avec Linda ont
gagné la guerre. Pourquoi ne gagneraient-ils pas la paix
avec Paul, leur jeune fils ?

Je passe la journée avec les confrères à interviewer les
rescapés de l'Est qui parviennent encore à franchir les
bouclages. Selon eux, la révolte a gagné d'autres villes :
Leipzig, Dresde, Halle. Ce qui me ramène à Cordelia.
Qu'est-elle devenue, après tant d'années ? Que pense-
t-elle ? Que fait son mari dans la crise ?

Dès que j'arrive au bureau, le téléphone sonne : mon
rédacteur en chef. Des félicitations, même outrées. « Tu
as été le meilleur. Et de loin ! » Puis il chuchote :
« Obligé de couper tes commentaires. Manque de
place. Resserré, c'est plus fort. Les faits bruts ! » Il
passe à la confidence : « Depuis la disparition de *Ce
soir*, nous avons de gros bataillons de lecteurs communistes ; il faut les ménager, les accrocher à notre titre.
– Je n'ai pas fait aussi longtemps la guerre pour que,
huit ans plus tard, tu me censures ! – Qu'est-ce que tu
vas chercher ? Ton papier est installé en "une". Toi-
même, tu ne t'apercevras pas de ce que j'ai juste... limé.
La gauche est une religion, mon vieux ; elle ne supporte
pas qu'on touche à son Bon Dieu, à ses saints, à ses
contes pour enfants. Staline mort a plus que jamais, en
politique, la virginité de la Vierge. C'est pourquoi je
vais t'arracher à la défaite des tiens. Destination : le vrai
paradis. Oui ! Trois mois en Chine, tous frais payés :
Pékin, Shanghai, Canton ! La Lune, quoi ! Vous serez

les premiers Occidentaux. Départ après-demain de Londres. »

Moi qui comptais sur mon papier, me voici enrôlé de force parmi ceux qui trichent avec la vérité sur les Soviétiques. Pis, je deviens leur garant. Dans les faits, ce que la gauche lance à ceux qui lui font mal : un opportuniste. Je ne vais pas laisser tomber les Allemands de l'Est. Je lui lance : « Même si les lecteurs et toi n'aimez pas ça, je ne vais pas fuir le champ de bataille. – Ne sois pas con, mon vieux Roger. Staline ou pas, jamais les Soviétiques ne les lâcheront. Une histoire finie. Aucune suite au prochain numéro. Tu as assez traîné tes guêtres dans la merde européenne où tu as perdu ta femme ; moi, je t'offre un monde nouveau. » De guerre lasse, c'est le cas de le dire : « Laisse-moi jusqu'à demain. – Dix heures, dernier délai. »

Si Katie était là... Katie a été tuée là. Je n'irai pas en Chine sans elle. Voilà tout. En vivant ici, à chercher la résistance de ceux d'en face, je pourrai encore me convaincre que la vie garde un sens. Katie ne cédait jamais au découragement, possédait une foi capable de remplir toute une vie, même deux. Et il a suffi du poignard de l'autre salope. Peut-être les communistes chinois inventeront-ils... De toute façon, notre convoi sera sous bonne escorte de leur police politique. Et si tu effarouches les lecteurs communistes, le chef te coupera ! Katie, elle, ne s'avouait jamais vaincue. Tu sais que tu vas y aller. Pour ne pas trop penser. Et ta petite Linda qui va t'attendre...

De retour chez moi, le soir venu, je commence par me servir un grand verre de whisky. Ça me fera dormir. *To sleep, to die...* Hamlet me rend encore plus triste. Plus l'issue de foutre le camp comme après la mort de Katie, plus de Vosges, cette fois : sa mère a suivi de si près son père. Où aller, sinon justement en Chine ? Les États-Unis en pleine folie maccarthyste persécutent jusqu'à leurs diplomates rooseveltiens, leurs cinéastes, les intellectuels de gauche et les anciens d'Espagne avec une hystérie qui passe au cinéma. Oui, le fascisme a déteint sur eux. Et salement !

Qui a gagné la guerre, petite Linda ? Les Français sont dans la merde à s'en étouffer, avec leur guerre coloniale en Indochine. Les Anglais se défont de leur empire et que laissent-ils derrière eux, en Inde ? L'horreur au carré, au cube ! Musulmans et hindous s'entre-tuent pis qu'au Moyen Âge, parce qu'ils ont des armes plus efficaces. Et le Japon où Hiroshima et la mauvaise conscience américaine servent à passer sous silence les abominations de leur militarisme ? Et les onze pendus après le procès Slansky, à Prague ? Combien de pendus juifs ? Dix ou onze ? Et les tués de Berlin, à présent ? Tu en as soupé, du XXᵉ siècle ! Un autre verre. Oublier.

Le téléphone du portier. « *Eine Frau für Sie...* » Je dis d'ouvrir sans demander qui c'est, sans doute une messagère pour le journal. Tu ne connais d'autre femme dans cette ville que Cordelia, mais elle est de l'autre côté. Je vais guetter l'ascenseur. Émerge bel et bien Cordelia, souriante, plus dadame encore que la dernière fois, au procès. La zibeline, en dépit de la température de juin et de la pluie printanière, l'étoffe, mais elle s'est remplumée. Au lieu des franges qu'elle arborait à Halle, sous la toque de même fourrure, ses cheveux blonds en indéfrisable de cinéma. Le bleu pâli de ses yeux sous les sourcils faits. Seul signe d'autrefois : accroché à ses épaules, un vulgaire sac à dos de campeur jure avec la fourrure comme un crachat.

Elle ne me laisse pas finir mon examen et plonge dans mes bras : « Je suis enfin venue à toi. J'ai tout mon avoir sur le dos, dans ce sac. Je n'en pouvais plus, là-bas ! » Parfum entêtant, agressif : les luxes de la nomenklatura soviétique. Il me reste le goût fade de son rouge à lèvres. Dégagé, je prends le sac, surpris qu'il soit si lourd. Des bijoux. Des perles. De l'or ? Sans doute. Elle se débarrasse de sa zibeline et remet de l'ordre dans ses boucles. Les sourcils refaits cassent les lignes de son visage. Elle a tout faux. Service commandé ? « Je te sers un whisky ? – Non, de l'eau. »

Je ne reconstitue même plus ce qui m'a ému, à Halle. Tandis que je vais au frigo, j'essaie de mettre le puzzle en place : fringuée comme ça, ils l'ont laissée sortir quand toutes leurs polices sont en alerte... Or ils savent son passé : qu'elle a travaillé dans des mess américains, qu'elle est à moitié française. Alors, une de leurs meilleures chances d'installer un agent à l'Ouest ? Ils n'ont pas perdu de temps. Son histoire trop belle, préparée pour moi. La police de l'Est sait tout de mes faits et gestes : ils ont sûrement déjà mon papier paru dans *France libre*, enfin, ce qu'il en reste, et ont calculé que je ne résisterai pas à l'envie de l'interviewer. Tu parles d'un scoop ! Ça la blanchirait.

Je me sers un solide whisky. Nous trinquons : « J'ai mis une robe trop chaude, tu ne veux pas m'aider à la défaire ? » Elle me tourne déjà le dos et je repère la ligne de boutons qui part de la nuque. Un velours très doux au toucher. Elle laisse tomber le vêtement et l'enjambe sans façon, paraissant en combinaison moulante de soie bleue, porte-jarretelles et bas nylon américains.

Il va de soi pour elle que nous allons enfin coucher ensemble. Plus rien du côté tante Céline qui m'émouvait tant, à Halle. Elle me fixe de son regard pâle : « Depuis que nous avons libéré Linda, je n'ai cessé de penser à toi. » Je ne trouve pas quoi répondre. Elle m'embrasse à nouveau : « Comprends que je ne peux plus rester avec eux, après ce qu'ils viennent de faire : lancer l'armée contre les ouvriers, comme sous les tsars ; mon père se retourne dans ce qui lui sert de tombe, à Dachau. Tu comprends ça ? Je me veux plus que jamais sa fille. Nous pouvons nous tenir compagnie. »

Elle joue son va-tout. Quoi lui dire ? Dans son taudis, jadis, je croyais encore que la guerre avait un sens. À présent, c'est l'Histoire qui n'en a plus : « Je suis trop las. » Elle m'emprisonne dans ses bras : « Je te requinquerai. » Tout heureuse, en plus, de son français de souche. Je sens l'armature de son soutien-gorge contre ma chemise. Je me dégage. Je dis méchamment : « Ce serait au-dessus de tes forces. » Je pense : ou de ta mission. Son père ne peut se retourner devant ce que l'Est vient de faire. Pas de tombe, à Dachau. Rien que des cendres éparpillées qui ont nourri l'herbe. Ce déshabillé coûte une fortune, à l'Est. L'éclair des tristes seins nus, dans sa maigreur, à Halle. Tu as bien fait de ne pas la baiser.

Je me déplace pour prendre le lourd sac à dos. « Tu vas occuper la chambre d'ami. Salle d'eau indépendante. » La désabuser tout de suite : « Après-demain, je pars pour Pékin. Trois mois. Tu pourras habiter ici en attendant de te trouver une chambre. » Son sourire s'éclaire : « Ça nous donne le temps de réfléchir. » Je coupe : « Tu as pris le *S Bahn*, naturellement. » Elle hoche la tête. Tombée dans le piège. Elle ment. Elle ne l'a jamais pris. Ce métro est le moyen de passer de l'Est à l'Ouest, mais, en zibeline, c'est impossible. Alors, les flics de la police d'État ont utilisé un de leurs souterrains. C'eût été du gâteau, pour Katie, de démêler cette intrigue.

Cordelia me reprend dans ses bras : « Je n'ai jamais pu t'oublier. – Moi non plus. » Elle comprend enfin, à mon ton, que je vais en rester là, et entre dans la chambre d'ami en déposant un léger baiser sur mon front.

Assez content de moi. Hier, j'ai résisté à une gamine qui pourrait être ma fille. Aujourd'hui, à une dame bien en chair avec qui, de justesse, à une autre époque, il ne s'est rien passé. Katie, tu m'as acheté une conduite ! Je prends une longue, trop longue douche et m'allonge nu sur mon lit, bras en croix, pour essayer de me refroidir. En face, ils sont vraiment prêts à user de tout. J'irai à Pékin. Ça me mettra en règle avec mon canard. Avec moi-même. Dans trois mois, à mon retour, Cordelia aura trouvé une âme sœur à l'Ouest, quelqu'un de plus haut placé que moi, sur qui elle pourra envoyer des rapports. Puis je pense que Linda s'est couchée là. Son parfum reste sur l'oreiller. Je m'y enfouis pour oublier le reste.

Il m'arrive de temps en temps de rêver de Katie. Je sais que c'est un rêve, mais je m'y abandonne, car elle est à côté de moi. Je sens son corps généreux et chaud contre le mien. Je sais que je dois rester immobile. Ne rien faire pour la toucher. Seulement croire en elle. Si je bouge, elle partira. Ne pas la perdre ! Là, je me réveille en sursaut, car ma main touche une peau nue. Cordelia est venue se glisser contre moi. Sa main sur mes cuisses. « J'ai pensé que nous avions bien droit à une avance. »

Elle m'a volé Katie. Je me retourne avec brusquerie pour lui lancer, furieux : « Une avance sur quoi ? Sur la mort de Katie ? Je n'aimerai jamais qu'elle. Je ne sais pas où je vais sans elle. – Moi non plus, je ne sais pas, Roger chéri. – Un couple d'épaves, c'est le radeau de la

Méduse ! – Montre-moi que je suis encore une femme. Ça fait des mois que mon mari ne m'a plus touchée. Sa politique... » J'allume. J'ai envie de la gifler pour la faire taire. Son maquillage se défait, comme son plan. Elle m'émeut. Ils ont bel et bien escompté que je ferais le papier sur son passage à l'Ouest. Ça lui donnerait un brevet de dissidence. Aussi simple que ça. Pour une fois qu'elle a reçu une mission qui lui plaît. Je la couvre avec le drap pour bien marquer la distance. Je me radoucis : « Tu n'as rien à te reprocher, Cordelia. Les rêves de ton père, le retour de ton mari te conduisaient à l'Est. Trouve-toi à l'Ouest un homme sans trop de passé. Il t'enlèvera tes doutes. Peut-être ceux de l'Est finiront-ils par te ficher la paix, mais, à ta place, je ne m'y fierais jamais. Tu pourras rester chez moi aussi longtemps que tu en auras besoin. Même y amener cet homme. »

Elle me reprend dans ses bras : « Tu ne comprends pas. C'est pénible, pour moi, de quitter mon mari. On a partagé le même pétrin quand on s'est retrouvés. Après qu'il est rentré d'URSS, quand il sortait dans la rue il savait se cogner à des hommes et même à des femmes qui l'auraient liquidé, quelques mois plus tôt, comme traître, et, une fois la guerre finie, qui auraient recommencé s'il n'y avait pas eu les tanks russes. Même dans son parti il est tout seul. Les autres sont tous des gens d'appareil choyés dans leur exil à Moscou. Lui, c'est un héros de la guerre à leur façon, puisqu'il a déserté, mais capable et donc coupable de penser tout seul. De prendre des décisions. Un esprit fort et dange-reux. Ils s'en méfient. En plus, comme il a été un vrai ouvrier, il a commis l'erreur de dire que le relèvement des normes par décret, ça ne passerait jamais. Eux, ça fait vingt-cinq ans qu'ils n'ont plus touché un outil ! »

Je ne lui connaissais pas tant de passion. Je laisse le silence s'appesantir. « Et le soulèvement lui donne raison, à ton mari. – On n'a jamais raison contre le Parti, tu le sais. Ils vont le lui faire payer, et il a besoin d'être tout seul pour mieux se défendre. C'est lui qui a eu l'idée de faire de moi une transfuge de l'Est, pour me protéger de la répression qui va frapper tous les éléments douteux. J'ai le profil pour que ça me tombe dessus un jour ou l'autre. C'est aussi une preuve de sa bonne volonté vis-à-vis de la Sécurité d'État, la *Stasi*. – Et un connard de journaliste français... – Oh non, Roger. Depuis Halle, tu es mon étoile du berger. C'est à cause de toi que j'ai accepté. »

Elle pleure. Je ne m'étais jamais soucié de l'existence du mari. Elle dit sans aucun doute la vérité sur lui. Elle l'aime, même à sa façon. Quelqu'un d'audacieux et qui l'a montré en désertant. Un prolo du communisme. « Cordelia, je ne peux pas t'arracher à ce monde-là. J'ai déjà joué les saint-bernard une fois, en t'emmenant à l'Ouest. Toi seule peux choisir ta liberté. En te lançant dans le vide. Comme tous les empires, celui-là n'aura qu'un temps. » Je reprends mon souffle : « Ça risque d'être un temps long. » Je commence à avoir pitié d'elle dans sa détresse, mais je n'éprouve rien d'autre. Tu vois, Katie, je te suis fidèle par-delà ta mort.

Je prends un trousseau de clés que je tends à Cordelia : « À présent, tu es autonome. » Il lui reste assez de charmes pour trouver un politicien à l'Ouest qui l'exhibera, dont elle transmettra les faits et gestes à ses employeurs. Six ans déjà, Katie, que tu me manques. Tout ce que tu m'as appris, c'est qu'il n'existe pas de réponse à ce que je cherche.

Tout de même, si on t'avait dit que Cordelia, la femme que tu n'as pas eue, viendrait s'offrir à toi et...

Dans la vie, ce sont les réponses qui façonnent après coup les questions. Si tu l'avais baisée à Halle, aurais-tu rencontré Katie ?

Je me suis rendormi sans rêves et me réveille en sursaut, craignant d'avoir laissé passer l'heure. Cordelia est partie, mais la zibeline et le sac restent là. Un mot sur la table : « *Je suis allée m'inscrire au bureau pour les réfugiés. Tu as raison. Il ne faut rien brusquer. Tu es le seul homme qui compte dans ma vie. Cordelia.* » Je peux boucler mes bagages à temps pour le vol d'après-midi vers Londres. J'écris à la suite : « *Je te souhaite le meilleur dans la nouvelle vie que tu vas te construire. Ton vieil ami. Roger.* »

Le téléphone. Scherer, du *Berliner Tageblatt*, m'explique : « Une femme mariée à un bonze de la zone Est se réclame de toi. Des révélations à faire. Je vérifie par acquit de conscience, parce que je ne comprends pas que tu laisses passer ce scoop. – Tu sais bien, les meilleurs papiers sont ceux que tu ne peux pas écrire. – Compris, mon vieux. Et merci ! À propos, tu as entendu la nouvelle ? Les États-Unis ont fait griller les Rosenberg, tu sais bien, les jeunes Juifs qui ont passé la bombe aux Russes. – Non, je... L'Est et l'Ouest se passent le relais pour tuer ceux qui les gênent. – D'ici à ce que la guerre se réchauffe ! – Je pars pour la Chine ! – Bonne idée et bon voyage ! » J'ai failli lui dire : les meurtres, c'est vous, les Allemands, qui avez commencé. J'en ai marre que l'Histoire se retourne sur elle-même. La gauche ne voudra voir que cet assassinat de deux communistes aux États-Unis, oubliant les centaines d'ouvriers tués ou embastillés à Berlin-Est.

Ma valise, en vitesse. Je sors un paquet de chemises. Quelque chose tombe à mes pieds. Une petite culotte bordée de dentelle. Linda a laissé sa présence. Je ne me

vois pas à un contrôle douanier avec ! Mais si Cordelia
la trouve ? Reste le manuscrit. Lui, va dans le coffre à
la banque. Du coup, je reprends la culotte et la plie à
l'intérieur du dossier. La voilà à l'abri. Tu deviens féti-
chiste. Je vérifie la présence des photos de Katie. Il en
tombe une. La plus chiadée, où je lui ai donné la pose
de la *Vénus de dos*, de Vélasquez, mais le miroir, au lieu
de ne renvoyer que sa tête, donne tout le côté face,
poitrine, ventre en majesté. Tu croyais alors au futur. À
notre futur. Si un jour on se mettait à faire des antho-
logies de photos du XXᵉ siècle ? Enfin, de vrais nus ?
Assurer une postérité à Katie. Je la range, j'y joins la
pellicule de Linda, le carnet scolaire de Motin. Alésia,
c'est *erledigt*. « Expédié » comme Klaspen et comme on
disait chez Klaspen. Le carnet, tu le détruiras au retour :
il faut savoir en finir avec la nuit.

À quoi tient la vie d'un homme ? Si Henri n'avait pas
rencontré Motin au cours d'instruction religieuse...
Henri, pur héros après la guerre... Julia n'aurait alors
jamais connu Franz. Moi, je me serais quand même
trouvé sur le chemin de Katie, ça, j'en suis sûr. Il faut,
pour ce que j'ai vécu avec elle, pour ce que je continue
de vivre avec elle, que ç'ait été écrit dans les astres.
Emporte tes appareils et de la pelloche, parce qu'en
Chine...

Tu n'auras jamais pris une photo de Cordelia. Tu
n'as pas non plus une photo de Céline. Katie et toi,
vous n'avez pas eu le temps d'aller déposer un bouquet
pour elle. Après la Chine, tu iras sur sa tombe, Katie
l'aurait voulu.

En rangeant mon carnet de notes, il me vient une
idée. Je détache une feuille. J'écris : *Je lègue tous mes
biens, y compris le droit moral sur ce que j'ai écrit et
photographié, à Linda*. Sur l'enveloppe, en gros, souli-

gné : *À n'ouvrir qu'après ma mort.* Il faut que je date un truc comme ça : *Berlin, 19 juin 1953.* Le 17, l'insurrection à Berlin-Est, le 18, Waterloo, mais aussi de Gaulle à Londres en 40. Le 19, les Rosenberg ! Sacré bouquet de dates ! Qu'est-ce que tu vas faire de ta deudeuche, en attendant ? Il doit y avoir un parking de longue durée à l'aérodrome de Tegel. Voilà ce qu'il te faut, mon vieux : un parking de longue durée.

Tu as laissé sur le divan ton vieux Rilke à la couverture passée, usée. L'emporter en Chine ? Leur police ? Il est si vieux, si fragile. Je le ramasse. Dans ma peur de l'abîmer, j'ai un geste maladroit et il s'ouvre à la page du premier des *Sonette an Orpheus* : *Da stieg ein Baum. O reine Übersteigung / O Orpheus singt ! O Hoher Baum im Ohr / Und alles schwieg. Doch selbst in der Verschweigung / ging neuer Anfang...* Là s'éleva un arbre. Ô élévation pure / Ô Orphée chante / Ô haut arbre dans l'oreille / Et tout se tut. / Pourtant de ce passage même au silence / sortit un commencement neuf... »

J'en perds la musique pour n'en garder que le sens. Qu'un des sens. Ce que Rilke sait faire dire à l'allemand ! Va traduire *Übersteigung* ! Dépassement, surpassement, tous les mots en « ment » sont bien trop terre à terre. Élévation apporte une touche chrétienne dans ce chant païen. Et *Verschweigung*, qui lui répond ? Passage sous silence dit autre chose ; il faudrait un Mallarmé qui sache l'allemand. Comment se peut-il que Rilke m'ouvre un début neuf, quand tout est perdu ?

Je mets le bouquin dans ma valise comme s'il m'apportait de l'avenir.

Les Revenantes, roman

Après que Roger nous a quittés, j'ai trouvé dans son bureau la boîte POUR LINDA qui contenait ce tapuscrit. Outre ses photos de Katie (qui atteignent, comme il l'avait prévu, des prix record, et leur assurent à tous deux une survie), les miennes et mes provocations de jeune fille à son égard, le mot que voici : Ce roman m'a servi à dépasser mon après-guerre, la mort de Katie et juin 53. Après ta venue, je n'ai plus su qu'en faire : il te touchait de trop près pour que je songe à le publier. Il t'appartient. Fais-en ce que tu voudras.

Roger avait poursuivi ce roman, en fait, par des reportages sur tous les points chauds du monde, et celui intitulé La Chute du Mur *est devenu un succès mondial. Peut-être l'ai-je aidé en rentrant dans sa vie. Je m'étais faite à l'idée que j'aurais à l'arracher au fantôme de Katie, mais je n'ai pas admis le retour de Cordelia, qu'elle clamait dans son interview à l'Ouest. Au soulagement de mes parents, j'ai donc évité Roger quand il passait par Paris, jusqu'à ce qu'en 1957, dans le* Neues Deutschland *des rouges, Cordelia annonce qu'elle était rentrée chez son mari, le premier* spoutnik *l'ayant « persuadée de la supériorité du socialisme ».*

Mon orgueil m'avait donc fait perdre des années. Nous nous sommes mariés à la mairie du XIVe avec l'autorisa-

tion de mon père, car, à dix-huit ans, j'étais alors encore mineure. Grand-mère (celle de Julia) m'a conduite à l'autel. Afin de bien tourner la page de la guerre, j'ai pris Marion pour témoin. Roger a choisi Charles, déjà patron des usines d'aviation qui vont devenir celles d'Airbus. Gisèle nous a escortés avec son violon, ce qui a fait de notre mariage un événement pour la presse people, *car elle était devenue une grande vedette.*

Ce tapuscrit est donc resté « dans un parking de longue durée ». La décision de publication m'appartient. S'il s'agit bien d'un roman, mon père et Charles étant morts avant Roger, j'ai tenu à avoir le feu vert des survivantes : maman Julia (enfin, ne me cherchez pas noise), Lucette, mariée à une grande fortune, grand-mère d'une belle progéniture, Gisèle (« Mon violon me rend repérable dans ton histoire, mais, à quatre-vingts ans, je n'ai enfin plus à me cacher d'avoir été homo ! »), Paulette, la fille de Claudine. Marion m'a encouragée.

Je n'ai eu de difficultés qu'avec nos propres enfants et Paul, mon demi-frère, qui apprécient peu que ce passé remonte. Il ne leur appartient pas. Je n'ai pas cherché à apprivoiser ce que Roger appelait « une histoire à ne pas mettre entre toutes les mains », car je suis convaincue que mes petits-enfants et les suivants sauront se débrouiller avec elle. Je me suis bornée à des notes explicatives. Ai-je apporté à Roger ce « début neuf » à quoi Rilke le faisait rêver ? Lui me l'a donné, comme je l'ai su depuis la première fois que je l'ai vu à Berlin.

Linda Chastain, 2008.

Table

I.
UNE HISTOIRE À NE PAS METTRE ENTRE TOUTES LES MAINS

1. Roger	9
2. Franz	22
3. Julia	34
4. Katie	50
5. Franz	61
6. Julia	75
7. Charles	86
8. Julia	95
9. Katie	101
10. Roger	110
11. Julia	125
12. Charles	138

II.
L'ESPACE D'UN PRINTEMPS

1. Julia	149
2. Franz	163
3. Roger	175
4. Julia	184

5. Katie 195

6. Roger 205

7. Julia 213

8. Franz 223

9. Julia 233

10. Charles 238

11. Roger 250

12. Katie 259

13. Charles 268

14. Franz 277

15. Julia 287

16. Katie 296

III.

L'AMOUR ET LA MORT, DE L'ÉTÉ À L'HIVER

1. Julia 299

2. Roger 307

3. Katie 318

4. Charles 323

5. Franz 336

6. Julia 343

7. Charles 356

8. Julia 358

9. Katie 359

10. Julia 366

11. Charles 376

12. Julia 383

13. Charles 392

14. Franz 398

15. Roger 410

16. Julia 422

17. Katie 430

Table 533

18. Roger 433
19. Katie 435

IV.
LES APRÈS

1946

1 Roger 443
2. Julia 447
3. Roger 452
4. Julia 458
5. Franz 466
6. Roger 472
7. Charles 485

Juin 1953

1. Julia 485
2. Roger 502
3. Franz 507
4. Roger 509
5. Julia 515
6. Roger 517

Les Revenantes, roman 529

Du même auteur :

ROMANS

La Dernière Forteresse, Les Éditeurs français réunis, 1950 ; nou-
    velle édition avec une préface d'Aragon et une postface de
    l'auteur, 1954.
Classe 42, Les Éditeurs français réunis, 1951.
Classe 42, t. 2. Dix-neuvième printemps, Les Éditeurs français
    réunis, 1952.
Classe 42, t. 3. *Trois jours de deuil et une aurore*, Les Éditeurs
    français réunis, 1953.
Un tueur, Les Éditeurs français réunis, 1954.
Les Embarras de Paris, Les Éditeurs français réunis, 1956.
La Rivière profonde, René Julliard, 1959.
Maria, René Julliard, 1962.
L'Accident, René Julliard, 1965.
Les Chemins du printemps, Bernard Grasset, 1979.
La Porte du temps, Le Seuil, 1984.
L'Ombre de la forteresse, Robert Laffont, 1990.
Quatre jours en novembre, Belfond, 1994.
Une saison Picasso, Monaco, Éd. du Rocher, 1997.
Une maîtresse pour l'éternité, Éd. du Rocher, 2002.

ESSAIS ET BIOGRAPHIES

Guillevic, Pierre Seghers, 1952.
Sept siècles de roman, Les Éditeurs français réunis, 1955.

Réflexions sur la méthode de Roger Martin du Gard, suivi de *Lettre à Maurice Nadeau et autres essais*, Les Éditeurs français réunis, 1957.

Avec Charles Camproux, Eugène Guillevic et René Lacôte, *Naissance de la poésie française*, Club des amis du livre progressiste, 1958-1960, 3 vol.

Cléopâtre, Del Duca, 1961 ; 2e éd., Mengès, 1981.

Préface à Alexandre Soljénitsyne, *Une journée d'Ivan Denissovitch*, Julliard, 1963.

Journal de Prague (décembre 1967-septembre 1968), Julliard, 1968.

Préface à Manuel Razola et Mariano Constante, *Le Triangle bleu*, Gallimard, coll. « Témoins », 1969.

Structuralisme et révolution culturelle, Casterman, 1971.

Ce que je sais de Soljénitsyne, Le Seuil, 1973.

Prague au cœur, UGE, « 10-18 », 1974.

Aragon : une vie à changer, Le Seuil, 1975 ; 2e éd., Flammarion, 1994 ; 3e éd. *Aragon*, Tallandier, 2005.

Le Socialisme du silence : de l'histoire de l'URSS comme secret d'État (1921-19**), Le Seuil, 1976.

J'ai cru au matin, Robert Laffont, Opera Mundi, 1976.

Le Futur indocile, Robert Laffont, 1977.

Préface à Viktor Kravchenko, *J'ai choisi la liberté*, trad. de l'américain par Jean de Kerdéland, Olivier Orban, 1980.

Les Hérétiques du PCF, Robert Laffont, 1980.

L'Avènement de la Nomenklatura : la chute de Khrouchtchev, Bruxelles, Éd. Complexe, 1984.

Ce que je sais du XXe siècle, Calmann-Lévy, 1985.

La Vie quotidienne des surréalistes : 1917-1932, Hachette, 1993.

Éd., Louis Aragon, *Lettres à Denise*, Maurice Nadeau, 1994.

Braudel, Flammarion, 1995.

François Pinault : essai biographique, Éd. de Fallois, 1998.

Tout mon temps : révisions de ma mémoire, Fayard, Le Grand Livre du mois, 2001.

Les Lettres françaises. Jalons pour l'histoire d'un journal (1941-1972), Tallandier, 2004 (Prix Louis Barthou 2005).

Bréviaire pour Mauthausen, Gallimard, coll. « Témoins », 2005 (Prix François Mauriac 2005).

Dénis de mémoire, Gallimard, coll. « Témoins », 2008.

Aragon avant Elsa, Tallandier, coll. « Texto », 2009.

Avec Elsa Triolet : 1945-1971, Gallimard, 2010.

ESSAIS ET LIVRES D'ART

Delacroix le libérateur : du romantisme français à la peinture moderne, Club des amis du livre progressiste, 1963.

Picasso, A. Somogy, 1964.

Avec Georges Boudaille et la collab. de Joan Rosselet, *Picasso, 1900-1906, catalogue raisonné de l'œuvre peint*, Neuchâtel, Ides et Calendes, 1966 ; 2ᵉ éd., 1988.

Nouvelle Critique et art moderne, Le Seuil, 1968.

« Il n'y a pas d'art nègre dans *les Demoiselles d'Avignon* », *Gazette des Beaux-Arts*, octobre 1970.

L'Aveuglement devant la peinture, Gallimard, 1971.

« For Picasso Truth was Art, and Falsity, the Death of Art », *Art News*, été 1973.

« Picasso – Painters are never better than in the evening of their lives », *Art News*, septembre 1973.

« Des bouleversements chronologiques dans la révolution des papiers collés », Hommage à Picasso, *Gazette des Beaux-Arts*, octobre 1973.

« L'arrière-saison de Picasso ou l'art de rester à l'avant-garde », *XXᵉ Siècle*, n° 41, décembre 1973.

« Picasso et l'art nègre », *Art nègre et civilisation de l'universel*, Nouvelles Éditions africaines, Dakar, 1975. Repris dans *Primitifs ?*, Abbaye Daoulas, 2007.

La Vie de peintre de Pablo Picasso, Le Seuil, 1977.

Avec Joan Rosselet, *Le Cubisme de Picasso : catalogue raisonné de l'œuvre peint, 1907-1916*, Neuchâtel, Ides et Calendes, 1979.

Journal du cubisme, Skira / Flammarion, 1982.

« Braque et Picasso au temps des papiers collés », in *Braque. Les papiers collés*, Centre Pompidou, 1982.

La Vie de peintre d'Édouard Manet, Fayard, 1983.

« On a Hidden Portrait of Marie Thérèse », *Art in America*, septembre 1983.

« Dora Maar d'après Dora Maar », in *Antonio Saura. Portraits raisonnés avec chapeau*, Galerie Stadler, Paris, 1983.

« Der Tod und Picasso », in *Picasso : Todesthemen*, Kunsthalle Bielefeld, 1984.

Picasso au Bateau-Lavoir, Flammarion, 1984 ; rééd. 1994.

L'Ordre et l'Aventure : peinture, modernité et répression totalitaire, Arthaud, 1984.

« Les assemblages de Clavé », in *Clavé, œuvres de 1958 à 1984*, Biennale de Venise, 1984.

« Diego Giacometti », *L'Œil*, n° 368, mars 1986.

Picasso créateur : la vie intime et l'œuvre, Le Seuil, 1987.

« Picasso's Cubism in Works of his Grand-Daughter's Collection », Jan Krugier Gallery, New York, 1987.

« Picasso, son image et l'œil du photographe », *in* Edward Quinn et Pierre Daix, *Picasso avec Picasso,* Pierre Bordas et fils, 1987.

« Les trois périodes de travail de Picasso sur *les Trois Femmes* », *in* « Hommage à Jean Adhémar », *Gazette des Beaux-Arts*, janvier-février 1988.

« Die "Rückkehr" Picasso zum Porträt », in *Picassos Klassizismus*, Kunsthalle Bielefeld, 1988.

« La "Célestine" et ses retours dans l'œuvre de Picasso », in *La Célestine*, Didier Imbert, Paris, 1988.

« Ingres, Matisse et Picasso », in *The Presence of Ingres*, Jan Krugier Gallery, New York, 1988.

« L'historique des *Demoiselles d'Avignon* révisé à l'aide des carnets de Picasso », in *Les Demoiselles d'Avignon*, vol. 2, Musée Picasso, 1988.

« Dread, Desire and *The Demoiselles* », *Art News*, juin 1988.

« Hans Hartung », in *Les Années 50*, Centre Pompidou, 1988.

Rodin, Calmann-Lévy, 1988.

Paul Gauguin, JC Lattès, 1989.

« Pol Bury, l'espace et le temps », in *Pol Bury,* Galerie Sapone, Nice, 1989.

« Pour un aggiornamento de l'histoire de l'art », in *Histoire de l'art,* nᵒˢ 5-6, Paris, 1989.

Picasso, la Provence et Jacqueline, Arles, Actes Sud, 1991.

Hans Hartung, Bordas, D. Gervis, 1991.

Avec James Johnson Sweeney, *Pierre Soulages : l'œuvre, 1947-1990,* Neuchâtel, Ides et Calendes, 1991.

« Picasso at Auschwitz », in *Art News,* septembre 1993.

Zao Wou-Ki : l'œuvre, 1935-1993, Neuchâtel, Ides et Calendes, 1994.

Picasso, Life and Art, Harper-Collins Publishers, 1993-1994.

Dictionnaire Picasso, Robert Laffont, 1995.

« Les expositions Picasso à Avignon », in *Picasso au Palais des Papes 25 ans après,* Avignon, été 1995.

« El Arlequin con espejo, Sara Murphy y el fin del classicismo en Picasso », in *Picasso 1923,* coll. Thyssen-Bornemisza, Madrid, 1995.

« Introduction », à *Jean Bouret. Sept Jours avec la peinture,* Neuchâtel, Ides et Calendes, 1995.

« Le dernier Cézanne », in *Connaissance des Arts,* septembre 1995.

« Un papiers collés historique », in *Pablo Picasso. Verre, bouteille de vin, paquet de tabac, journal,* Francis Briest, 1995.

« Einleitung » à *Pablo Picasso-Roberto Otero Austellung,* Galerie Gmurzynska, Cologne, 1996.

« Portraiture in Picasso's Primitivism and Cubism », in *Picasso and Portraiture,* New York, The Museum of Modern Art, 1996.

« Le peintre et son modèle », *in* « Picasso et le portrait », *Connaissance des Arts,* octobre 1996.

Picasso et Matisse, Neuchâtel, Ides et Calendes, 1996.

Avec Jean-Paul Coussy, *Albert Bitran, arcades : peintures, dessins, sculptures,* Toulouse, Caisse d'épargne de Midi-Pyrénées, 1998.

Picasso l'Africain, Genève, Musée Barbier-Mueller, 1998.

« La modernité de Nicolas de Staël », in *Lettres de Nicolas de Staël,* Neuchâtel, Ides et Calendes, 1998.

« Picasso et Villers, André et Pablo », in *Picasso-Villers, Regards croisés*, Galerie Flak, 1998.

« La sculpture moderne au jardin des Tuileries », Ministère de la Culture, décembre 1998.

Pierre Alechinsky, Neuchâtel, Ides et Calendes, 1999.

Pour une histoire culturelle de l'art moderne, t. I. *De David à Cézanne*, Odile Jacob, 1998.

Pour une histoire culturelle de l'art moderne, t. II. *Le XXe siècle*, Odile Jacob, 2000.

« Picasso et son théâtre », in *reConnaître Picasso et le théâtre*, Musée d'Antibes, RMN, 1999.

« Brassaï and Picasso », in *Brassaï: Conversations with Picasso*, The University of Chicago Press, 1999.

Yves de La Tour d'Auvergne, Éditions Bentell, 2000.

« Kely et la réinvention de la peinture », in *Kely Mendez Riestra*, Galerie Thessa Herold, 2000.

« Le nu, le modèle et le XXe siècle », in *Le Nu au XXe siècle*, Fondation Maeght, 2000.

« Hypothèses sur Gaston Chaissac, Freundlich et Picasso », in *Chaissac,* Galerie du Jeu de Paume, 2000.

« Picasso : l'art dans la presse », in *Picasso et la presse*, L'Humanité et éd. Cercle d'Art, Paris, 2000.

« René Char illustré par Picasso et retour sur l'affaire Aragon », in *Revue de la Bibliothèque nationale*, octobre 2001.

Antoni Clavé : Assemblages, 1960-1999, Neuchâtel, Ides et Calendes, 2001.

Picasso et Matisse revisités, Neuchâtel, Ides et Calendes, 2002.

Eduardo Chillida : l'œuvre graphique, 1966-1996, Cajarc, Arts et dialogues européens, Maison des arts Georges-Pompidou, 2003.

Soulages, Neuchâtel, Ides et Calendes 2003.

Picasso trente ans après, Neuchâtel, Ides et Calendes 2003. Prix Georges-Pompidou 2003.

« La lumière de l'image », *in* Albert Bitran : *Carnets de dessins*, La Main parle, 2003.

Avec Armand Israël, *Picasso. Dossiers de la Préfecture de Police (1901-1940),* Éditions des catalogues raisonnés, 2003.

« La Salida de la guerra y el paso de Picasso a una nueva pintura (1944-1955) », in *Picasso, Guerra y paz*, Museu Picasso, Barcelone, 2004.

« Franklin Chow. Du presque rien au presque tout », Galerie Anton Meier, Genève, 2005.

« Les "Arlésiennes" cubistes de Picasso en 1912 et sa reconquête du portrait », in *Pablo Picasso. Portraits d'Arlésiennes, 1912/1958,* Actes Sud/Fondation Vincent Van Gogh, Arles, 2005.

« Picasso et l'art nègre », in *Picasso l'homme aux mille masques*, Musée Barbier-Müller, Barcelone, 2006.

« Martin Chirino visto desde Paris », in *Martin Chirino, Catalogo razonado*, Museo Reina Sofia, 2006.

« Braque, Picasso y el Cubismo », in *Braque*, Institut Valencià d'Art Modern, 2006.

« Picasso et la Méditerranée », in *Picasso, La Joie de vivre, 1945-1948,* Palazzo Grassi, Skira, Venise, 2006.

« Entretien avec Heinz Berggruen », in *Picasso/Berggruen. Une collection particulière,* Flammarion, 2006.

Les Après-guerres de Picasso (1945-1955) et sa rupture avec Aragon, Neuchâtel, Ides et Calendes, 2006.

Avec Manolo Valdés : « Al Escondite con Picasso », *Art of this Century*, New York, 2006.

Picasso, Tallandier, 2007.

« Les collages d'Alberto Magnelli », Galerie Sonia Zanettacci, Genève, 2007.

« Un retour aux sources », in *Philippe Anthonioz*, Londres, Lefevre Fine Art, 2007.

« Les étapes chez Picasso de la découverte du cubisme », in *Picasso cubiste*, Flammarion, 2007.

Paris des arts, 1930-1950, RMN, 2011.

Composition réalisée par NORD COMPO

Achevé d'imprimer en août 2011 en Allemagne par
GGP Media GmbH
Pößneck
Dépôt légal 1re publication : août 2011
LIBRAIRIE GÉNÉRALE FRANÇAISE – 31, rue de Fleurus – 75278 Paris Cedex 06

31/2902/0